월든

월든

클래식 라이브러리　009
Walden

헨리 데이비드 소로 지음
신재실 옮김

arte

일러두기

1 『월든』 출간 150주년을 기념하기 위해 나온 Henry David Thoreau, *Walden*, ed. by J. Lyndon Shanley(Princeton University Press, 2004)를 번역 저본으로 삼았다.

2 인용된 『성경』 구절은 대한성서공회 공동 번역 개정판을 따랐다.

3 본문에서는 원문상의 단위법을 그대로 따랐으며, 주석에서는 미터법으로 풀었다.

4 주석은 모두 옮긴이의 것이다.

5 『월든』은 19세기 미국 에세이로, '역자 해설' 대신 21세기의 한국 독자가 읽어야 할 이유를 '머리말'로 작성해서 작품 서두에 붙였다.

머리말 / 옮긴이 씀

소로가 대학을 졸업한 1837년, 미국은 이미 농경사회에서 산업사회로 바뀌고 있었다. 소로는 미국의 독립혁명이 아직 설익고, 실험적이며, 불확실하다고 느끼고, 미국 민주주의의 뿌리를 재검토하는 일에 착수했다. 불평등이 만연하고, 물질주의가 날뛰고, 미국 경제는 전적으로 노예제에 의존하고 있었다. 그러나 미국정부와 그 지도자들은 이런 상황을 지속시키는데 만족하는 듯했으니, 노예제의 온갖 혜택을 보는 당사자였기 때문이다.

대학을 졸업하고 콩코드로 돌아온 소로는 그의 이웃 에머슨이 미국의 문화적 독립을 선언했다는 것을 알고, 그가 이끄는 "초월주의자들"Transcendentalists로 불리는 그룹에 가담했다. 초월주의운동은 19세기 미국의 문화적 독립운동이다. 소로의 과제는 18세기 미국의 독립혁명을 지나간 역사로서가 아니라 편협한 인습과 안이한 습관을 계속 뒤집어엎는 살아 있는 정치·문화적 경험으로 이어가는 방법이었다.

그가 월든 호수로 이주한 것은 두 가지 목적이 있었다. 우선 조용하게 글을 쓸 수 있는 곳이 필요했다. 그는 여기서 『콩코드 강과 메리맥 강에서의 일주일』*A Week on the Concord and Merrimack Rivers*과 『월든』*Walden*의 일부를 썼다. 이곳은 또한 정신적 구도자, 철학자, 그리고 시인으로서의 소명을 수행할 수 있는 곳이었다. 월든 숲과 호수는 자유인으로서 '1인 의식혁명'을 시연할 수 있는 무대였다. 소로는 『월든』에서 독자들에게 그를 포함한 다른 모든 사람들로부터 삶의 방식을 물려받지 말고, 그들 나름의 독자적인 삶의 실험에 떨쳐나서라고 격려하면서, 물질적 사치를 위한 돈벌이 소동에 가담하는 대신, 교육, 예술, 음악, 철학을 통한 정신적 성장을 실현할 것을 강조했다. 그는 우리에게 "간소화하라, 간소화하라!"고 외쳤다.

그의 시대와 우리의 시대는 분명 다르지만, 그가 보고, 느끼고, 생각하고, 행동하는 방식은 우리의 것과 크게 다르지 않다. 그가 경험하고 생각하는 삶의 의미, 자연과의 관계, 정부와 법과의 관계 등은 오늘의 우리에게도 바로 '나의 생각'처럼 친밀하게 느껴진다. 그의 생각과 언어는 시대를 가로질러서 현대가 당면한 현실을 날카롭게 지적한다. 그의 통찰은 너무나 진솔하기에, 그가 우리 마음을 즉석에서 읽고 일대일로 조언하는 듯하다. 소로는 『월든』에서 "우리는 얼마나 어린 철학자이고 실험주의자인가! 내 독자들 가운데서 인간의 완전한 삶을 산 사람은 아직 한 명도 없다. 인류의 삶에서 지금은 봄의 몇 달에 불과할지 모른다,"라고 말했다. 『월든』은 "완전한" 삶을 지향하는 "어린 철학자이고 실험주의자"인 소로의 실험 보고서라 할 터이다.

1840년대와 1850년대, 소로는 북부의 여러 주들이 남부의 노예제도를 묵인할 뿐만 아니라, 그 영구화를 획책하고 있다고 느꼈다. 소로의 '지하철도 운동', 그의 「시민 불복종」Civil Disobedience, 「매사추세츠에서의 노예제도」Slavery in Massachusetts, 「캡틴 존 브라운을 위한 탄원서」A Plea for Captain John Brown 등의 글은 모두 노예제도 폐지에 대한 그의 사명감에서 나왔다. 『월든』은 이 모든 것의 집대성이다. 『월든』은 소로가 보고 경험한 것과 관련이 있다. 그는 매사추세츠, 콩코드의 월든 호숫가에 손수 지은 오두막에서 2년여 동안 혼자 살았다.

소로는 미국의 민주주의와 그 지도자들을 믿을 수 없다고 생각했다. 뭔가 바꿔야 한다. 무엇을 어떻게 바꿀 것인가? 스스로 실험을 해야겠다. 2년여의 월든 생활은 그런 실험의 일환이기도 했다. 그는 『월든』에서 "나는 절망의 송가를 쓰려는 것이 아니고, 이웃들의 잠을 깨우려는 간절한 소망으로 횃대 위에 올라선 아침의 수탉처럼 기운차게 뽐내 보고자 한다,"고 말한다. 소로는 자신은 물론 미국도 "봄의 몇 달"을 지나고 있지만, 춘곤증 탓인지 졸고 있다고 느낀 듯하다. 소로는 "깨어 있다는 것은 살아 있다는 것이다. 나는 완전히 깨어 있는 사람을 아직 만난 적이 없다. 있다면 내가 어찌 그의 얼굴을 응시할 수 있었겠는가,"라고 말하면서, '지금의 우리는 졸고 있지 않은가?'라는 질문을 던진다. 그러나 그는 결코 절망하지 않았다. 21세기의 우리 또한 선정적인 뉴스와 엔터테인먼트, 미친 속도의 정보와 통신, 부도덕한 상거래, 각종 소음, 가혹한 스케줄대로 일하고 여행하라는 사회적 압력, 각종 마약, 피곤에 관련된 각종 사고事故에 대한 두려움 등등으로 인해 비몽사몽의 상태에 있지 않은가? 그러나 우리 또한 결코 절망해서는 안 될 터이다.

소로는 빠르게 산업화되어가는 콩코드에서 아버지의 연필공장에서 일하면서, 일의 수요에 육체를 맞추는 것이 어렵다는 것을 알았다. 낮의 규칙적인 작업에 흑연 먼지를 흡입함으로써 악화되는 피로감은 밤이면 기침을 몰고 왔다. 그의 졸음상태는 연필공장 일을 접어두고 가르치는 일에 종사하면서도 지속되었다. 졸음상태가 너무 심해서 읽고 쓰기가 어려웠다. 그는 일기에서 "나는 신경이 병적으로 과민한 사람으로, 시든 잎처럼 시간과 영원 사이에 서 있다,"고 썼다.

1845년 7월, 그가 자립self-reliance의 실험을 감행한 이유 중 하나는 아이러니컬하게도 낮에 잠에서 깨는 것이 아니라 밤에 단잠을 자는 것이었다. 자신의 생체 리듬을 자연의 리듬에 맞춤으로써 현대 산업사회로부터의 휴식을 취하거나, 그의 말대로 "다른 고수鼓手의 북소리"에 맞춰 행진하는 것이었다. 그러나 졸음상태에 시달리는 것은 그저 개인적인 문제가 아니었다. 그것은 산업사회가 생태적 리듬에 따른 곤한 잠의 사이클을 훼손한 상태라고 할 수 있다. 졸음상태는 눈은 떴으되 정신은 잠자고 있는 병적인 상태다. 이런 만연된 졸음상태는 지금 우리가 처한 상태와 놀랍게도 닮았다.

첫 스마트폰이 나오기 2백여 년 전에 소로는 한밤중에 강박감에 사로잡힌 손이 스마트폰을 더듬어 찾는 미래를 이미 내다본 것 같다. 그는 "식사하고 반 시간 선잠을 자던 사람이 깨자마자 고개를 쳐들고는 나머지 인류가 자기 옆에서 보초를 선 듯이 '무슨 뉴스 없소?'라고 묻는다,"라고 썼다. 소로는 일찍이 속도를 위한 속도의 테크놀로지와 통신에 중독된 나머지 부수적으로 육체와 정신을 회복하는 잠이 심하게 손상되는 사회를 내다보았다. 생물체들의 타이밍 시스템과 환경적 영향과의 상관관계를 연구하는 최근의 '생물학적 타이밍'Biological Timing은 19세기 소로가 관심을 갖기 시작했던 이런 여러 현상을 연구한다.

인간의 육체는 내면적인 시계時計만이 아니라 여러 다른 시계의 규제를 받는다. 인간의 유전자 스위치의 여닫음, 소화과정, 호르몬 분비의 패턴, 졸거나 깨어 있는 상태 등을 좌우하는 것은 소위 엔터테인먼트 등 서로 다른 타이밍 시스템이다. 여러 환경적 요인이 인간의 생태학적 변화를 결정하거나 재결정한다. 최악의 경우에는 육체가 낮과 밤의 리듬에서 벗어날 뿐만 아니라, 육체 내의 개별적 타이밍이 서로 일치하지 않는다. 이른바 '내면적 비동기화'의 과정을 밟는 것이다. 우리가 생물학적 시계에 반해서 사는 것은 육체적·심리적 리듬을 어지럽히는 것이다. 기차에서 비행기, 전깃불에서 인터넷으로 기술이 비약적으로 발전함에 따라, 우리의 내면적 타이밍 시스템이 크게 손상을 입었다.

소로를 읽으면 타이밍 시스템 붕괴의 원인과 그 결과를 이해할 수 있다. 산업경제는 우리의 내면적 리듬을 교란시키는 동시에 새로운 물질주의와 자연에 대한 인간의 우월감을 낳았다. 소로는 산업의 부를 점점 큰 집에 쏟아 붓는 그의 부유한 이웃들을 마뜩하게 보지 않았다. 그들은 요새 같은 집에서 밤마다 자연의 소리를 스스로 차단하고, 산업의 필요에 부응하도록 자명종을 맞춰놓았다. 오늘날 많은 가정이 한 술 더 떠서 대형 거실, 최소 서너 개의 침실, 그리고 그에 필요한 냉난방을 위해서 귀중한 자원을 낭비한다. 바꿔 말해서, 우리의 잠자는 방식은 우리를 자연의 타이밍 시스템에 둔감하게 만드는 동시에 자연을 훼손하는 우를 범하게 한다.

소로는 1853년 8월 23일 일기에서 "자연은 우리를 건강하게 하려고 매 순간 최선을 다한다. 그래, 자연은 건강의 또 다른 이름에 불과하다,"라고 썼다. 자연의 시스템이 약탈되면, 우리의 육체 또한 그 변화를 반영할 것이라는 뜻이다. 최근에 기후 변화 연구자들이 19세기 중엽 이후의 기후변화의 영향을 측정하는 데이터로 소로의 수첩을 이용할 정도로, 소로는 환경론의 선구자이기도 하다. 소로의 수첩에는 강과 호수의 얼고 녹는 얼음, 산과 들의 피고 지는 야생화에 대한 기록들이 가득하다. 지금의 봄은 소로의 시대보다 몇 주 더 일찍 오는 듯하다. 그의 작품을 다시 읽으면, 우리의 하이테크와 디지털 시대의 소비자 중심 세계는 외부의 계절은 물론 우리 내부의 계절까지 변화시켰다는 것을 알 수 있을 것이다.

소로는 1837년 9월 하버드대학을 졸업하고 콩코드로 돌아왔다. 에머슨Emerson의 권유로 일기를 쓰기 시작하는 한편, 초월주의자들의 계간지『다이얼』The Dial에 7편의 에세이와 4편의 시를 게재하기도 하는 등, 젊은 작가로서의 꿈을 계속 키웠다. 44세의 나이에 요절하기까지 33권의 방대한 일기책과, 두 권의 단행본『콩코드 강과 메리맥 강에서의 일주일』(1849)과『월든』(1854)을 남겼다. 그러나 그는 생전에는 곧 잊힐 군소 작가 중의 한 사람으로밖에 평가되지 않았다. 그가 죽은 지 160년이 지난 오늘날, 그는 세계적인 작가 중 한 사람으로 자리매김했다.

『월든』은 이 모든 것의 집대성이다.『월든』은 소로가 보고 경험한 것과 관련이 있다. 소로는 "독서를 잘하는 것, 다시 말해 참된 정신으로 참된 책을 읽는 것은 고귀한 수행이다,"라면서 "책들은 그것들이 쓰인 때와 똑같이 신중하고 조심스럽게 읽혀야 한다,"고 말한다.『월든』읽기 또한 소로 자신의 말보다 더 유익한 도움이 필요 없을 터이다.

신재실

2023년 8월

머리말 / 옮긴이 씀

차례

나는 절망의 송가를 쓰려는 것이 아니고,
이웃들의 잠을 깨우려는 간절한 소망으로
횃대 위에 올라선 아침의 수탉처럼
기운차게 뽐내 보고자 한다.

경제

아래의 글, 정확히 말해 이 책의 대부분을 썼을 때, 나는 어느 이웃과도 1마일은 떨어져서 혼자 숲속에서 살았다.[1] 나는 매사추세츠 주 콩코드의 월든 호숫가에 내 손으로 지은 집에서 오직 내 손으로 일해서 먹고살았다. 나는 거기서 2년 2개월을 지냈다.[2] 현재는 다시 문명생활의 '체류자'sojourner[3]로 돌아왔다.

마을 사람들이 내 생활 방식에 대해 꼬치꼬치 묻지 않았던들[4],

---

1 이때 『월든』의 절반 정도를 썼다.
2 1845년 7월부터 1847년 9월까지 지냈다.
3 헨리 데이비드 소로는 자기 인생의 여러 단계를 일시적인 체류나 실험으로 보았다. 숲속 생활이나 문명 생활이나 모두 그에게는 일시적 실험임을 시사한다.
4 소로는 일찍이 1841년 12월 24일 일기에서, "곧 갈대 사이에서 속삭이는 바람 소리만 들리는 호숫가에서 혼자 살고 싶다. …… 그러나 친구들은 거기서 무엇을 할 것인지 묻는다,"라고 썼고, 1846년 겨울에 쓴 일기에서는, "나는 몇몇 마을 사람이 호수에서의 내 생활에 대한 이야기를 듣고 싶어 한다고 들었다,"라고 썼다.

이렇게 독자 여러분에게 내 사생활을 불쑥 내미는 짓은 하지 말아야 할 것이다. 어떤 사람은 마을 사람들의 질문이 무례하다고 생각하겠지만, 내가 보기에는 전혀 그렇지 않으며, 여러 정황을 고려해볼 때, 아주 자연스럽고 온당하다. 어떤 이웃은 내가 무엇을 먹었는지, 외로움을 느끼지 않았는지, 두렵지는 않았는지 등등을 물었다. 그 밖의 사람들은 내가 수입의 얼마만큼을 자선 목적에 바쳤는지 궁금해 했고, 어떤 이들은 식구가 많아서인지 내가 불쌍한 아이를 몇 명이나 돌보았는지 알고자 했다. 그러니 내게 각별한 관심이 없는 독자들에게는 너그러운 용서를 구하면서, 이 책에서 이런 몇 가지 질문에 답변을 하고자 한다. 대부분의 책에서 일인칭 화자인 '나'는 생략되지만, 이 책에서는 그것을 유지할 것이다.[5] 이것은 자화자찬하는 내 말버릇에서 비롯된 것으로, 주요한 차이점이다. 우리는 말하는 사람은 결국 언제나 일인칭 화자라는 사실을 대개 기억하지 않는다. 만약 내가 나 자신만큼 다른 어떤 사람을 잘 알고 있다면, 내 이야기를 이토록 많이 해서는 안 될 것이다. 불행하게도, 나는 경험이 일천하기 때문에, 이 책의 주제를 내 이야기로 제한한다. 나아가서, 나는 나대로 모든 작가에게 자신이 주워들은 다른 사람들의 인생 이야기뿐만 아니라, 시종일관 단순하고도 성실하게 자신의 인생 이야기도 들려줄 것을 요구하는 바이다. 먼 나라에서 자신의 친지에게 보내고 싶은 그런 이야기 말이다. 만약 그가 성실하게 살았다면, 그의 이야기가 내게는 아주 먼 나라의 이야기로 들릴 것이 틀림없기 때문이다. 어쩌면 아래의 글들은 특히 가난한 학생들을 겨냥한 이야

---

5 다른 사람의 삶에 대한 전기적인 글이 아니라 자신의 삶에 대한 글을 쓰겠다는 뜻.

기가 될 것이다. 나의 다른 독자들의 경우, 자신에게 해당하는 부분만 받아들이면 될 것이다. 코트를 입을 때 솔기를 억지로 늘이는 사람은 아무도 없으리라고 믿는다. 왜냐하면 코트는 그것이 딱 맞는 사람에게나 쓸모가 있을 것이기 때문이다.

내가 하려는 이야기는 중국인이나 샌드위치 제도[6] 주민에 관한 것이 아니라, 이 글을 읽는 독자인 뉴잉글랜드 지역에 살고 있다는 여러분에 관한 것이다. 나는 여러분의 형편, 특히 이 세상이나 이 마을에서 겉으로 드러나는 여러분의 조건이나 환경이 어떠하고, 그것이 현재처럼 반드시 나빠야 하는지, 개선의 가능성은 없는지에 대해 무엇인가 이야기하고 싶다. 나는 콩코드를 두루 돌아다녔다. 그런데 가게, 사무실, 들판, 어디를 가든, 내가 보기에는 주민들이 천 가지의 온갖 희한한 방법으로 고행의 삶을 살고 있었다. 내가 주워듣기로는 브라만[7]은 전후좌우에 불을 피워놓고 앉아서 태양을 똑바로 응시하기도 하고, 머리를 아래로 향한 채 화염 위에 거꾸로 매달리기도 하고, 어깨 너머로 하늘을 응시하다가, "마침내 본래의 자연스러운 자세를 되찾기가 불가능하여 틀어진 목구멍에서 위장으로 겨우 액체만 흘려 넘기는 상태에 이르기도 하고,"[8] 평생 동안 나무 밑동에 사슬로 묶인 채 살기도 하고, 광활한 왕국들의 너비를 애벌레처럼 기어서 측정하기도 하고, 높은 기둥 꼭대기에서 한 발로 서 있기도 한다고 한다. 하지만 이런 형태의 의식적인 고행조차 내가 매

---

6 하와이제도의 옛 이름. 제임스 쿡James Cook(1728~1779)은 1778년 하와이 제도를 발견하고, 섬의 이름을 자신의 후견인인 샌드위치 백작의 이름을 따서 '샌드위치 제도'Sandwich Islands로 명명했다.
7 인도 카스트에서 최고인 승려 계급. 예배의 행위로 여러 가지 고행을 한다.
8 출처 불명.

일 목격하는 광경보다 더 엄청나고 놀라운 고행이라고는 말할 수 없다. 헤라클레스Hercules[9]의 열두 가지 노역도 내 이웃들이 떠맡은 노역에 비하면 하찮은 것이었다. 그의 노역은 열두 가지뿐으로 끝이 있었기 때문이다. 그러나 나는 이웃들이 어떤 괴물을 죽이거나 포획하거나 어느 한 가지 노역이라도 끝장내는 것을 본 적이 없다. 그들에게는 뜨거운 쇠로 히드라의 머리를 뿌리째 지져버릴 이올라오스Iolas 같은 친구가 없으니, 괴물의 머리를 하나 박살내면 곧바로 머리 두 개가 돋아났다.[10]

내가 만나는 젊은이들과 마을 사람들의 불행은 농장, 집, 창고, 가축, 농기구를 상속받은 데서 온다. 왜냐하면 이런 것들은 얻기는 쉬워도 버리기가 어렵기 때문이다. 차라리 그들이 광활한 초원에서 태어나 늑대의 젖을 먹고 자랐더라면 더 좋았을 것이니,[11] 그랬더라면 자신들이 어렵게 일해야 할 땅이 어떤 들판인지 좀 더 맑은 눈으로 볼 수 있었을 것이다. 누가 그들을 흙의 노예로 만들었는가? 인간은 겨우 한 펙의 흙을 먹을 운명인데[12], 그들은 왜 60에이커나 먹

9　제우스Zeus의 아들로 장사다. 헤라Hera 여신의 미움을 받아 불가능해 보이는 열두 가지 노역에 종사했다.

10　히드라hydra는 머리가 아홉 개인 괴물 뱀이다. 헤라클레스의 열두 가지 노역 가운데 하나가 히드라 퇴치였다. 히드라의 머리는 불로 지지지 않으면 박살을 내도 다시 돋기 때문에 헤라클레스는 친구 이올라오스의 도움을 받아 뜨거운 쇠로 뿌리째 지져서 퇴치했다.

11　로마의 건국자인 로물루스Romulus와 레무스Remus는 갓난아기 때 들판에 버려져 늑대의 젖을 먹고 자랐다. 소로는 미국은 암 늑대이고 미국 땅은 기회의 들판이라고 생각한다.

12　"우리는 죽기 전에 한 펙의 흙을 먹어야 한다,"라는 18세기 초 속담에서 온 표현. 1펙은 약 9리터.

는가? 그들은 왜 태어나자마자 자기들의 무덤을 파기 시작하는가? 그들은 이러한 상속의 짐들을 모두 뒤에서 밀고가면서 살아야 하기에, 깜냥에는 안간힘을 다하는 것이다. 내가 만난 얼마나 많은 불멸의 영혼이 이런 엄청난 짐의 무게에 짓눌린 채, 연신 숨을 헐떡거리고 있지 않은가! 그들은 길이 75피트 너비 40피트의 창고, 한 번도 청소하지 않은 아우게이아스 외양간,[13] 100에이커의 땅, 경작지, 목초지, 목장, 조림지를 뒤에서 밀며 인생의 길을 기어서 내려가고 있다. 또한 상속을 받지 않은 사람들 역시 불필요하고 성가신 유산이 없는데도, 몇 제곱피트에 불과한 자신의 육체를 다독거리고 가꾸는 일에 매달려서 땀을 흘린다.

그러나 사람들은 여전히 잘못된 생각으로 헛수고를 한다. 그들은 곧 인간의 우월한 부분까지 갈아엎어서 흙의 퇴비로 써버린다. 어느 옛 책[14]에서 말하듯, 그들은 흔히 필요라고 부르는 허울 좋은 운명을 구실로, 좀먹고 녹슬고 도둑이 침입해서 훔쳐갈 재화를 모으는 일에 종사한다.[15] 그것은 어리석은 자의 삶이니, 설사 전에는 모른다 해도 삶의 종말에 다다르면, 그들도 그런 사실을 깨닫게 될 것이다. 데우칼리온Deucalion과 피르하Pyrrha[16]는 그들의 머리 뒤로 돌을

---

13 아우게이아스Augeas 왕의 외양간으로 황소 3,000마리가 수용되었으나 30년간 청소를 안 해서 더럽기 짝이 없었다. 헤라클레스의 열두 가지 노역 가운데 하나가 이 외양간 청소였는데, 그는 강물을 끌어들여 하루 만에 다 청소했다.

14 『성경』을 말한다. 소로에게는 『성경』도 불경 등의 다른 모든 경전과 마찬가지로 "옛 책"의 지위를 차지한다.

15 『마태오의 복음서』 6:19~20. "재물을 땅에 쌓아 두지 마라. 땅에서는 좀먹거나 녹이 슬어 못쓰게 되며 도둑이 뚫고 들어와 훔쳐 간다."

16 대홍수에 대한 그리스 신화에 따르면, 제우스가 인간을 멸하기로 작정

경제

던져서 인간들을 창조했다고 한다. 이에 관한 오비디우스의 시를 롤리가 다음과 같이 격조 높은 운문으로 옮겼다.[17]

"그로 인해 우리는 심장이 단단하여 고통과 근심을 견디며,
우리의 육체 또한 돌같이 단단함을 입증하느니."

그러나 이제는 어쭙잖은 신탁에 맹목적으로 복종하여, 머리 뒤로 돌을 던지고 그 돌이 어디에 떨어지는지 보지도 못하는 짓거리는 그만두자.[18]

비교적 자유로운 우리나라에서도, 단순한 무지와 오해로 인한 부질없는 근심과 필요 이상의 조악한 노동에 급급한 나머지, 대부분의 사람은 더 맛있는 인생의 열매를 따지 못한다. 그들은 과도한 노동 때문에 손가락들이 너무 투박해지고 너무 떨려서 열매를 따지 못한다. 사실, 노역에 종사하는 사람은 하루하루 참된 인성을 유지할 여유가 없다. 다른 사람들과 아주 당당한 관계를 유지할 여지가 없는 것이다. 그렇게 하려들다가는 노동 시장에서 그의 노동이 평가절하 될 터이기 때문이다. 그는 기계 이외의 다른 것이 될 시간이 없다. 그가 성장하려면 자신이 무지하다는 사실을 기억해야 하지

햤을 때, 구원받은 인간은 프로메테우스의 아들인 데우칼리온과 그의 아내 피르하뿐이었고, 이들이 머리 뒤로 던진 돌들이 남자와 여자로 변하여 이 땅에 살게 되었다고 한다.

17 고대 로마의 오비디우스Ovid(기원전 43~기원후 17)의 『변신 이야기』 중 해당 구절을 17세기 영국의 월터 롤리 경Sir Walter Raleigh(1554~1618)이 그의 『세계사』(1624)에서 운문으로 옮겨 소개했다.

18 분별없이 몸을 혹사하고 정신까지 병드는 어리석은 삶은 그만두자는 뜻.

만, 자신의 지식을 부단히 사용해야 하는 그가 어떻게 자신의 무지를 잘 기억할 수 있겠는가? 이런 사람을 평가하기 전에, 우리는 때때로 그를 무상으로 먹여주고 입혀주고, 강장제로 그의 기운을 돋우어야 한다. 우리 본성의 가장 멋진 특질들은 과일 껍질에 붙은 과분과 같아서 아주 조심스럽게 다루어야만 보존할 수 있다. 그러나 우리는 자신이나 서로를 그렇게 귀중하게 대하지 않는다.

우리 모두가 알고 있듯이 어떤 이들은 가난하고 살기가 힘겹다. 말하자면 그들은 때때로 숨을 헐떡인다. 이 책을 읽는 이들 중 일부는 실제로 먹은 밥값과 급속히 해지고 있거나 이미 해진 구두와 코트 값을 지불할 능력이 없고, 지금 이 책도 그들의 채권자들의 시간을 강탈하듯 빌리거나 훔쳐서 읽고 있다는 사실을 나는 조금도 의심하지 않는다. 경험의 숫돌로 날카로워진 내 눈으로 보건대, 아주 명백한 것은 당신들 중에서 많은 이가 매우 초라하고 비천한 삶을 산다는 것이다. 당신들은 항상 빚의 한계점에서 사업을 시작하여, 아주 오랜 빚의 구렁텅이[19]에서 헤어나려고 발버둥을 친다. 고대 로마인은 빚을 '다른 사람의 청동'*æs alienum*이라고 불렀다. 그들의 동전 중 일부는 청동으로 제조되었기 때문이다. 이렇게 당신은 다른 사람의 청동에 파묻혀 있기에, 살아 있지만 사실상 죽어간다. 항상 내일 빚을 갚겠다, 내일은 갚겠다고 약속하지만, 갚지 못하고 오늘 죽어가고 있다. 그러면서 교도소에 갈 범죄만 빼놓고 갖가지 방법으로 다른 사람의 비위를 맞추어서 단골을 확보하려 노력한다. 그리하여 거짓말하고, 아첨하고, 선거 때 한 표 던져주고, 잔뜩 움츠려 고분

---

19 존 버니언John Bunyan(1628~1688)은 『천로역정』에서 도덕적 습지를 "절망의 구렁텅이"로 비유했다.

고분하게 굴거나, 얄팍하고 허황한 분위기로 넉넉한 인심을 베풀기도 한다. 이렇게 당신은 이웃을 설득하여 그의 구두, 모자, 코트, 마차 따위를 만들어주거나 그의 식품과 잡화를 수입한다. 당신은 병들 날에 대비한 어떤 것, 즉 낡은 금고나 회벽 뒤에 숨겨둔 양말짝에, 또는 더욱 안전한 벽돌로 지은 은행 등에, 모아둘 어떤 것을 비축하느라 결국 병이 들고 만다. 어느 곳이든 장소도 가리지 않고, 많든 적든 수량도 가리지 않고 그렇게 한다.

나는 우리가 흑인 노예제라는 고약하고 약간은 낯선 형태의 제도를 떠받들 정도로, 뭐랄까, 매우 천박할 수 있다는 사실에 때때로 놀란다. 지금 남부와 북부에는 인간을 노예로 만들려고 눈을 번뜩이는 악랄한 노예주가 수없이 많다. 남부의 감독 밑에서 일하는 것은 힘들지만, 북부의 감독 밑에서 일하는 것은 더더욱 힘들다.[20] 하지만 가장 힘든 것은 자기 자신을 노예로 부리게 되는 경우이다. 인간에게는 신성神性이 있다는데 이게 어인 일인가![21] 밤낮 시장으로 상품을 실어 나르는, 노상의 마부를 보라! 그의 내부에 조금이라도 신성이 움직이고 있는가? 말에게 먹이와 물을 주는 것이 그의 최고 의무 아닌가! 해운업자와 비교하건대 그의 운명은 도대체 무엇이란 말인가?[22] 그는 결국 경망한 업자를 위해 말을 모는 것 아닌가? 그런 그가 정말 신 같은 존재이며 불멸의 존재인가? 그가 얼마

---

20 남부의 흑인 노예 감독과 북부의 공장 노동자 감독을 비교하는 것이다. 소로는 공장 시스템에 저항한 최초의 미국인 가운데 하나이다.

21 랠프 월도 에머슨Ralph Waldo Emerson(1803~1882)과 소로Thoreau 등 당대의 초월주의자들은 인간의 신성을 믿었다.

22 당시 미국은 '자국 화폐와 자국 선박 우선' 원칙을 채택하여 해운업이 호황이었다.

나 움츠리고 남의 눈치를 보는지, 온종일 얼마나 막연한 불안에 떨고 있는지 보라. 신성을 지녔거나 불멸의 존재이기는커녕, 자신의 행위로 얻게 되는 평판, 즉 자신에 대한 견해의 노예이고 죄수에 지나지 않는다. 우리에 대한 우리 자신의 견해에 비하면, 대중적 견해는 연약한 폭군에 지나지 않는다. 어느 사람이 자신에 대해 생각하는 것, 그것이 바로 그의 운명을 결정하거나, 더 정확히 말하면 예정한다. 서인도 제도[23]에라도 가서 공상과 상상의 자아를 해방하는 것이 어떨까? 그런 해방을 가져올 윌버포스[24]는 어디에 있는가? 자신들의 운명에 너무나 성마른 관심을 드러내지 않기 위해 죽는 날까지 화장대 받침 방석을 짜고 풀고 또 짜는 이 나라의 숙녀들[25]또한 생각해보라! 이렇게 시간을 죽이고도 영원을 손상하지 않을 수 있을까.

일반 대중은 조용한 절망의 삶을 살아간다. 이른바 체념이란 확인된 절망이다. 우리는 절망의 도시에서 절망의 시골로 들어가, 밍크와 사향뒤쥐의 용기를 보고 우리 자신을 달랠 수밖에 없다.[26] 인간의 게임과 오락까지도 그 이면에는 진부하지만 무의식적인 절망이 숨어 있다. 그것들에는 진정한 놀이가 없다. 놀이보다 일이 우

---

23 중앙아메리카의 군도. 여기서는 '먼 어떤 곳'을 상징한다.
24 윌리엄 윌버포스William Wilberforce(1759~1833). 영국 정치가로, 1833년 노예 제도 폐지법을 발의하고 통과시켰다.
25 오디세우스의 아내 페넬로페Penelope는 남편의 귀환을 기다리는 동안 원하지 않는 구혼자들을 따돌리기 위해, 짜고 있는 수의를 다 짜면 답을 주겠다고 약속했다. 그러고는 마지막 날이 당도하는 것을 막기 위해, 밤이면 전날 짠 것을 풀었다.
26 밍크와 사향뒤쥐는 덫에 걸렸을 때 다리를 물어 끊고라도 절망의 덫에서 빠져나온다고 한다.

경제

선이기 때문이다. 하지만 지혜의 한 가지 특징은 절망적인 것을 아예 하지 않는 것이다.

교리문답의 질문을 빌려,[27] 인간의 주목적이 무엇이며 삶의 진정한 필수품과 수단이 무엇인지 생각해볼 때, 인간이 숙고 끝에 지금의 평범한 생활방식을 선택한 이유는 다른 어떤 방식보다 그것을 선호했기 때문인 듯하다. 하지만 이제 그들은 더 이상 정말 선택의 여지가 없다고 생각한다. 깨어 있고 건전한 사람들은 오늘도 태양이 밝게 떠오른 사실을 기억한다. 아무리 늦어도 우리는 편견을 포기할 수 있다. 아무리 오래된 것이라도, 우리는 증명되지 않은 사고방식이나 행동 방식을 결코 신봉할 수 없다. 오늘 모든 사람이 참이라고 거듭 외치거나 묵시적으로 참으로 통하는 것이라도, 내일이면 거짓이나 연기처럼 사라질 견해에 불과한 것으로 판명될 수 있다. 그러나 어떤 사람은 연기 같은 견해를 자기의 들판에 단비를 뿌려줄 구름으로 믿었다. 우리는 노인들이 불가능하다고 말하는 것도 노력하면 할 수 있다는 사실을 발견한다. 옛 사람에게는 옛 행위가 있고, 새로운 사람에게는 새로운 행위가 있다. 아마 한때 옛 사람들은 새로운 연료를 공급하여 불을 꺼뜨리지 않는 방법을 몰랐을 것이다. 이제 새 시대의 사람들은 원통 밑에 마른 나무를 조금 넣고 불을 지핀 다음에, 그야말로 날아가는 새의 속도로 지구를 질주하니[28] 옛 시대 사람들을 치어죽일 것만 같은 기세다. 노인은 젊은이보다 더 나은 선생이 될 수 없으며, 어쩌면 선생으로서의 자질도 더 못할 것이

27 교리문답의 첫 질문은 "인간의 주목적이 무엇인가?"이고, 대답은 "인간의 주목적은 신을 찬미하고, 그를 영원히 향유하는 것이다,"이다.
28 나무를 연료로 하는 증기기관을 장착한 선박과 기차를 말한다.

다. 늙으면서 얻는 것보다는 잃는 것이 더 많기 때문이다. 아무리 현명한 사람이라도 삶을 통해서 절대적 가치가 있는 어떤 것을 터득했다고 믿기는 어려울 것이다. 실제로 노인에게는 젊은이에게 줄 대단히 중요한 충고가 없다. 그들의 경험 자체가 아주 부분적인 것이고, 그들도 여러 개인적 이유로 분명 삶이 아주 처참한 실패였다는 사실을 믿고 있을 것이기 때문이다. 그들에게 어떤 믿음이 남아 있다면, 그것은 그들의 경험이 잘못되었다는 믿음일 것이다. 그들은 기껏 전보다 늙었을 뿐이다. 나는 이 행성에서 30년 정도 살았는데, 아직 선배들에게 가치 있거나 성실한 충고의 첫마디도 듣지 못했다. 그들은 내게 적절한 무엇도 말해주지 않았고, 아마 해줄 수도 없을 것이다. 지금의 인생은 대부분 내가 경험하지 않은 하나의 실험이다. 그러나 선배들이 했다는 실험은 내게 도움이 되지 않는다. 내가 가치 있다고 생각하는 어떤 경험을 하게 된다면, 이에 대해 분명 나의 스승들이 해준 말이 아무것도 없었다고 회상하게 될 것이다.

한 농부가 내게 "채소만 먹고 살 수는 없습니다. 뼈가 될 만한 성분이 전혀 없거든요,"라고 말한다. 그래서 그는 자신의 몸에 뼈의 원료를 공급해주는 일에 하루의 일부를 성실하게 바친단다. 이런 말을 하는 그는 줄곧 황소들의 뒤에서 걸어가고, 풀을 먹고 자란 뼈를 가진 황소들은 갖가지 장애를 헤치고, 농부와 그의 육중한 쟁기를 계속 끌고 있지 않은가! 어떤 것들은 아주 무력하거나 병약한 무리에게는 실로 생활필수품이지만, 다른 무리에게는 사치품에 지나지 않고, 또 다른 무리에게는 전혀 알려져 있지도 않은 법이다.

어떤 이들에게는 그들의 선조들이 인간생활의 모든 땅을 점검했으며, 능선과 계곡 그리고 그 밖의 모든 것도 샅샅이 살핀 것처

경제

럼 보일 것이다. 이블린[29]에 의하면, "현명한 솔로몬 왕[30]은 나무와 나무 사이의 거리까지 법령으로 정했으며, 로마의 집정관들은 백성이 이웃의 토지에 들어가 땅에 떨어진 도토리를 몇 번까지 집어 오는 것이 재산 침해에 해당하지 않고, 그 이웃의 몫은 얼마인지까지 정해 놓았다,"고 한다. 히포크라테스Hippocrates는 손톱을 어떻게 깎아야 하는지도 남겼다. 그에 따르면 손가락의 끝과 같은 높이로 자르되, 더 짧지도 않고 더 길지도 않게 잘라야 한다. 주제넘게도 이렇게 인생의 다양성과 즐거움을 소진해버린 지루하고 권태로운 행위는 분명 태곳적부터 있었다. 그러나 인간의 능력이 제대로 측정된 적은 한 번도 없다. 우리는 과거의 전례만으로 인간이 무엇을 할 수 있고 없고를 판단해서는 안 된다. 지금까지 인간이 시도한 것이 너무 적기 때문이다. 이제까지 실패한 것들이 무엇이든 간에 "내 아들아, 괴로워하지 마라. 네가 하지 못하고 남긴 것을 누가 네 탓으로 돌리겠느냐?"[31]

우리는 간단한 수많은 방법으로 자신의 삶을 시험해볼 수 있으리라. 예컨대, 내 콩을 여물게 하는 태양은 지구와 유사한 다른 행성도 동시에 비추는데, 만약 내가 이 사실을 기억했더라면 몇 가지 실수를 미리 막았을 것이다. 지금의 빛[32]은 이미 내가 콩밭의 풀을 뽑을 때의 빛이 아니다. 별들은 얼마나 신비한 삼각형의 정점인가! 우주의 여러 저택에 사는 서로 다른 존재들이 얼마나 먼 거리에서

---

29 존 이블린John Evelyn(1620~1706). 영국의 일기 작가이자 원예가.
30 출처인 이블린의 『수림지』에는 솔로몬이 아니라 아테네의 정치가이자 시인인 솔론Solon으로 나온다. 소로의 실수인지 의도적인 개작인지는 알 수 없다.
31 힌두교 경전인 『비슈누 푸라나』의 한 구절.
32 태양 빛을 뜻함과 동시에 인간이 지닌 직관의 빛을 뜻한다.

동시에 같은 정점을 응시하는가! 자연과 인생은 우리 각자의 체질만큼이나 다양하다. 인생이 또 다른 사람에게 어떠한 가능성을 제시할지 누가 알 수 있겠는가? 우리가 서로의 눈을 한순간 살피는 것보다 더 큰 기적이 일어날 수 있을까?[33] 우리는 짧은 시간에 세상의 모든 시대를 살펴야 한다. 그렇다, 한 시간 동안 모든 시대의 모든 세계를 살아야 한다. 역사, 시, 신화를 읽어라![34] 다른 사람의 경험을 읽는 독서에서 이만큼 놀랍고 유익한 것은 없으리라.

나는 사실 이웃들이 선이라고 부르는 것의 대부분은 악이라고 믿는다. 그리고 내가 후회하는 것이 있다면, 그것은 십중팔구 나의 선행일 것이다. 내가 어떤 귀신에 사로잡혀 그렇게 착하게 행동했을까? 70년[35]을 명예롭게 산 어르신이여, 당신은 나름대로 가장 현명한 말씀을 할 수 있지만, 그런 모든 말씀을 듣지 말라는 거역할 수 없는 목소리[36]가 내 귀에 들립니다. 한 세대는 지난 세대의 사업을 난파된 배를 버리듯 버리는 법이니까요.

나는 우리가 지금보다 훨씬 더 많은 믿음을 가져도 무방하다고 생각한다. 자신에 대한 지나친 관심과 걱정을 미루고, 그에 못지않은 관심을 다른 곳에 진솔하게 쏟는 편이 좋을 것이다. 자연[37]은 우리의 강점은 물론 약점과도 궁합이 잘 맞는다. 어떤 사람의 끊임없는 불안과 긴장은 치유할 수 없는 형태의 질병과 같다. 우리는 우

---

33 인간의 눈은 각자의 꿈을 한 순간에 밝히는 기적의 빛을 발한다.
34 역사, 시, 신화는 모든 시대와 세계를 한 순간에 아우르는 기적의 '눈'이다.
35 『시편』 90:10. "인생은 기껏해야 칠십 년, 근력이 좋아야 팔십 년."
36 소로의 일기에서는 "내 운명의 목소리"라고 했다.
37 여기서 자연nature은 인간성human nature을 포함하는 개념이다.

리가 하는 일의 중요성을 과장하는 속성이 있다. 하지만 우리가 아직 못한 일이 얼마나 많은가! 혹은 우리가 병이라도 들면 어찌하겠는가! 수동적인 믿음으로 사는 인생을 되도록 피하겠다고, 우리는 얼마나 눈을 부릅뜨고 사는가! 하지만 하루 종일 눈을 부릅뜨고 있다가, 밤이 되면 수동적인 기도를 중얼거리며 자신을 불확실성에 의탁해버린다. 현재의 삶을 너무 존중하고 변화의 가능성을 부정하기에, 우리는 아주 철저하고 성실하게 살 수밖에 없는 것이다. 우리는 "이것이 유일한 길이다,"라고 말한다. 그러나 하나의 중심을 기점으로 그릴 수 있는 반지름의 수만큼이나 많은 길이 있다. 모든 변화는 우리가 응시할 기적이다. 하지만 그런 기적은 시시각각 일어난다. 공자는 "아는 것을 안다고 하고, 모르는 것을 모른다고 하는 것이 참으로 아는 것이다,"[38]라고 말했다. 나는 한 사람이 어떤 상상의 사실을 자신의 오성惡性의 사실로 바꾸어놓으면, 모든 사람이 그들의 삶을 그 바탕 위에 세울 것이라고 예견한다.[39]

내가 언급한 관심과 걱정이 대부분 무엇에 관한 것이며, 우리가 어느 정도로 걱정하거나 최소한 조심할 필요가 있는지를 잠시 생각해보자. 이를 위해 원시적이고 개척자적인 삶을 살아본다면 다소 도움이 될 것이다. 그러나 단지 삶의 전반적인 필수품이 무엇이며, 그것들을 얻기 위해 어떤 방법이 사용되었는지를 알고자 한다면, 물질문명의 한복판에서도 알 수 있을 것이다. 아니면 사람들이 가게

---

38 『논어』, 「위정편」爲政篇.
39 가지 않은 길을 선택한 한 사람이 그의 꿈을 현실로 바꾸면 만인이 그 혜택을 받는다는 뜻.

에서 가장 일반적으로 무엇을 샀으며, 상인들은 무엇을 비축했는지, 다시 말해 무엇이 전반적인 먹을거리와 잡화였는지 알아보려면, 상인들의 옛 장부를 들여다보면 될 것이다. 왜냐하면 우리의 골격이 우리 조상의 그것과 별 차이가 없듯이, 시대의 발전은 인간 생활의 기본 법칙에 별다른 영향을 주지 않았기 때문이다.

내가 말하는 '생활필수품'이라는 것은 인간이 자신의 노력으로 얻는 모든 것 중에서 처음부터 또는 오랜 사용으로 인간 생활에 너무 중요해졌기 때문에, 설령 야만적이거나 가난하거나 어떤 철학적 이유가 있다손 치더라도, 그것 없이 살려는 사람이 별로 없는 물품을 의미한다. 이런 의미에서 많은 피조물의 생활필수품은 단 한 가지, 즉 음식이다. 평원의 들소에게 필수품은, 들소가 숲이나 산에서 그늘진 집을 찾지 않는 한, 마실 물과 구미가 당기는 몇 인치의 풀뿐이다. 어떤 짐승에게도 음식과 집 외에는 아무것도 필요하지 않다. 이곳 기후에서 사는 인간의 생활필수품은 음식, 집, 옷, 연료 등 서너 항목으로 아주 정확하게 나눌 수 있다. 이런 필수품이 확보된 다음에야 우리는 성공의 가능성을 가지고 인생의 진정한 문제를 자유롭게 생각할 준비가 된다. 인간은 집뿐만 아니라, 옷과 조리된 음식을 고안했다. 그리고 아마도 따뜻한 불을 우연히 발견하고, 그 불을 자연스럽게 사용하면서, 처음에는 사치품이었던 그것이 지금은 그 옆에 앉아야 하는 필수품이 된 것이다. 고양이와 개도 이와 똑같이 제2의 천성을 얻는 것을 본다. 우리는 적절한 집과 옷으로 체내 열을 유지한다. 그러나 집과 옷과 연료의 과다 사용으로, 다시 말해 우리 자신의 체내 열보다도 더 높은 체외 열을 사용함으로써, 요리가 시작되었다고 말하는 것이 합당하지 않을까? 박물학자 다윈

Darwin은 티에라델푸에고Tierra del Fuego[40]의 주민을 언급하면서, 옷을 잘 입고 불 가까이에 앉아 있는 자신의 일행은 추워 떨고 있는데, 벌거벗고 불에서 멀리 떨어진 미개인들은 아주 놀랍게도 "멀리서 불을 쬐면서도 땀을 뻘뻘 흘리고 있는 것"[41]을 관찰했다고 말한다. 마찬가지로 오스트레일리아의 원주민은 벌거벗고도 아무렇지 않은데, 유럽인은 옷을 입고도 떤다고 한다. 이런 미개인의 강건함과 문명인의 높은 지능을 결합하는 것은 불가능할까? 리비히[42]에 따르면, 인간의 육체는 난로이고, 음식은 폐 안의 내적 연소를 유지하는 연료이다. 우리는 추운 날씨에는 더 많이 먹고, 따뜻한 날씨에는 더 적게 먹는다. 동물의 열은 느린 연소의 결과이다. 그리고 질병과 사망은 연소가 너무 빠르거나, 연료가 부족하거나, 통풍상의 어떤 결함으로, 불이 꺼질 때 발생한다. 물론 생명의 열과 물리적 불을 혼동해서는 안 될 테니, 비유는 이 정도로 끝내자. 위의 필수품 목록으로 보건대, '동물의 생명'이라는 표현은 '동물의 열'이란 표현과 거의 동의어인 듯하다. 그러니 음식은 우리 체내의 불을 유지하는 연료로 생각할 수 있다. 그리고 연료는 그런 음식을 준비하거나 외부에서 열을 가해 우리 육체를 따뜻하게 하는데 사용될 뿐이며, 집과 옷 역시 이렇게 발생하여 흡수된 '체열'의 보존에 이바지할 뿐이다.

그렇다면, 우리 육체에 아주 필요한 것은 육체를 따뜻하게 유지하는 것, 즉 우리 내부에 있는 생명의 열을 유지하는 것이다. 따라

---

40 스페인어로 '불의 땅'이란 뜻. 남아메리카의 마젤란 해협 남쪽의 군도. 다윈은 1831년 이곳을 방문하여 과학 탐사 기록을 남겼다.

41 찰스 다윈의 『비글호 항해기』 중.

42 유스투스 프라이허 폰 리비히Justus von Liebig(1803~1873). 독일 유기 화학자.

서 우리는 온갖 수고를 다해서 우리의 음식, 옷, 집뿐만 아니라, 우리의 밤의 옷인 침대까지 마련한다. 이런 집 안의 집을 마련하기 위해서 새의 둥지와 가슴의 솜털까지 빼앗으니, 두더지가 자기의 굴 막장에 풀과 나뭇잎 침대를 또 마련하는 것과 무엇이 다른가! 가난한 사람은 이 세상이 춥다고 입버릇처럼 불평한다. 하기야 우리는 대부분의 고통을 곧바로 사회적 추위 못지않게 육체적 추위 탓으로 돌린다. 어떤 기후에서는, 여름철이면 인간이 일종의 극락 생활을 즐길 수 있다. 그때는 음식을 조리하는 일 말고는 연료가 불필요하다. 태양이 인간의 불이 되어주고, 많은 과일이 햇빛으로 충분히 익는다. 또한 일반적으로 음식의 가짓수도 더 많고, 구하기도 더 쉬우며, 옷과 집은 전혀 불필요하거나 반절밖에 필요하지 않다. 오늘날 이 나라에서, 내가 직접 경험한 바로는 필수품 다음으로 칼, 도끼, 삽, 손수레 등 몇 가지 도구가, 그리고 공부하는 사람들에게는 램프, 문방구, 몇 권의 책이 중요한 위치를 차지하는데, 이런 것들은 모두 적은 비용으로 구할 수 있다. 하지만 일부 사람들은 현명하지 못하게도, 살기 위해서, 다시 말해 편안하고 따뜻하게 지내기 위해서, 그리고 종국에는 뉴잉글랜드에서 눈을 감기 위해서, 지구 반대편의 야만적이고 건강에 해로운 지역으로 가서 10년이나 20년 동안 교역에 헌신한다.[43] 사치스러운 부자들은 단순히 편안할 정도로 따뜻함을 유지하는 것이 아니라, 부자연스러울 정도로 몸을 뜨겁게 달군다. 내가 앞에서 암시했듯이,[44] 그들의 몸은 '유행에 따라'*à la mode*[45] 자연

---

43 소로 당시 한창이었던 중국과의 교역을 말한다.
44 불의 발견과 '요리'의 시작을 가리킨다.
45 당시 부유한 집에 유행하기 시작했던 중앙난방을 의미한다.

경제

스레 달궈진다.

대부분의 사치품과 이른바 생활 편의품 가운데 많은 것은 반드시 필요하지 않을뿐더러 인류의 향상에도 큰 장애물이다. 사치품과 편의품 사용과 관련해 아주 현명한 사람들은 가난한 사람들보다 소박하고 검소하게 살았다. 중국, 인도, 페르시아, 그리스의 옛 철학자들은 외적으로는 누구보다 가난하지만, 내적으로는 누구보다 부유한 계층이었다. 우리는 그들에 대해 많은 것을 알지 못한다. '우리'가 그들에 대해 이만큼이라도 알고 있는 것은 대단한 일이다. 그들과 같은 부류인 요즘의 개혁자와 자선가의 경우도 이와 마찬가지다. 아무도 이른바 자발적 빈곤이라는 유리한 상황에 처하지 않으면, 결코 인간 생활에 대한 공정하고 현명한 관찰자가 될 수 없다. 농업, 상업, 문학, 예술을 막론하고, 사치스러운 삶은 사치스러운 열매를 맺는다. 요사이 철학 교수는 있지만, 철학자는 없다. 한때 철학자로 사는 것이 칭송받는 일이었기에, 철학을 가르치는 것은 여전히 칭찬할만하다. 철학자가 된다는 것은 오묘한 사상을 품었다거나, 어떤 학파를 세우는 것이 아니라, 지혜를 사랑하는 나머지 그 명령에 따라 소박, 독립, 아량, 신뢰의 삶을 사는 것이다.[46] 그것은 어떤 삶의 문제를 이론적으로뿐만 아니라 실용적으로 해결하는 것이다. 위대한 학자와 사상가의 성공은 제왕이나 대장부다운 성공이 아니라, 대개는 궁정의 신하다운 성공이다. 그들은 옛 신하가 그랬듯이 타협적으로 순응하면서 실용적으로 살아가기 때문에, 어떤 의미에서도 더 숭고한 인류의 조상이 되지는 못한다. 그러나 왜 인간은 계속 퇴화하는

---

46 사고思考에 뒤따르는 실천적 삶이 소로 철학의 핵심이다.

가?[47] 무엇이 종족을 소멸시키는가? 민족을 무기력하게 하고 멸망시키는 사치의 특성은 무엇인가? 우리의 삶에 사치가 전혀 없다고 확신할 수 있는가? 철학자는 외적인 형태의 삶에서도 자신의 시대를 앞서가는 사람이다. 그는 동시대의 다른 사람과 똑같이 음식을 먹거나, 집을 짓거나, 옷을 입거나, 몸을 따듯하게 하지는 않는다. 철학자가 되고도 어찌 다른 사람보다 더 좋은 방법으로 제 생명의 열을 유지하지 않을 수 있겠는가?

인간이 이미 말한 여러 방법으로 몸을 따듯하게 하고 나면, 그 다음에 무엇이 필요하겠는가? 그에게는 분명 같은 종류의 열, 예컨대 더 많고 기름진 음식, 더 크고 화려한 집, 더 좋고 풍부한 옷, 계속 더 뜨겁게 불타는 많은 난로 등이 필요하지는 않을 것이다. 일단 생활에 필수적인 것을 획득하고 나면, 더 이상 쓸모없는 것을 획득하기보다는 또 다른 선택을 해야 하지 않겠는가. 다시 말해, 그는 이제 인생의 모험에 떨쳐나서야 한다. 비천한 노역을 떨쳐 버릴 휴가가 시작되지 않았는가. 인생의 씨앗이 이렇게 어린뿌리를 땅에 내렸으니, 이곳의 토양이 그 씨앗에 알맞은 듯하다. 그러니 이제 그 인생은 어린 가지를 자신 있게 하늘로 뻗어도 좋으리라. 대지에 이토록 굳건한 뿌리를 내렸으니, 그만큼 하늘로 치솟지 못할 이유가 있겠는가? 고귀한 식물은 땅과 멀리 떨어져 마침내 공중과 햇빛 속에서 맺는 열매로 평가를 받으며, 그렇기에 비천한 뿌리채소들과는 다르게 취급받지 않는가.[48] 뿌리채소는 비록 2년생일지라도 뿌리가 성숙할 때

---

47 당대의 유럽 과학자들 사이에서는 인간과 동물이 구대륙에서 신대륙으로 옮겨가면 퇴화한다는 가설이 있었다.
48 17세기에 시작된 구대륙 사람들의 이민이 뉴잉글랜드 땅에 뿌리를 굳

경제

까지만 가꾸어지고, 이 목적을 위해 흔히 윗가지가 잘리기 때문에, 대부분의 사람은 그것들이 꽃피는 계절을 알지 못한다.

　나는 강하고 용감한 사람들에게 삶의 규범을 처방하려는 것이 아니다. 그들은 천국에서든 지옥에서든 앞가림을 잘하고, 어쩌면 최고 부자보다 더 멋지게 집을 짓고, 아낌없이 돈을 쓰고도 가난뱅이가 되지 않으니, 자신들이 어떻게 살고 있는지도 모르는 사람들 아닌가. 하지만 상상 속의 그런 사람들이 과연 존재하는지 모르겠다. 또한 바로 현재의 상황에서 격려와 영감을 발견하고, 연인의 애정과 열정으로 그것을 소중히 여기는 사람들에게 처방을 하려는 것도 아니다. 나 자신도 어느 정도 이런 부류에 속한다고 생각한다. 어떤 상황에서도 맡은 일에 충실한 사람들에게 말하려는 것이 아니니, 그들은 자신이 일에 충실한지 어떤지를 아는 사람들이기 때문이다. 내가 말하려는 주요 대상은 개선의 여지가 있는데도, 불만스러워 하면서 자신들의 가혹한 운명이나 시대를 무책임하게 한탄하는 일반 대중이다. 그들 중 일부는 이른바 의무를 다하고 있기 때문에, 누구보다도 열정적으로, 달랠 수 없을 만큼, 불만을 토로한다. 또한 내가 염두에 두는 부류는 겉보기에는 부자이지만, 가장 끔찍하게 가난한 계층이다. 즉 무가치한 부를 축적했지만, 그것을 사용하거나 처분하는 방법을 몰라서 금이나 은의 족쇄를 만드는 사람들이다.

　만약 내가 지난 세월 동안 인생을 어떻게 보내고 싶었는지 말하고자 한다면, 아마도 내 삶의 실제 내력을 어느 정도 알고 있는 독

건히 내렸으니, 이제 문화의 꽃과 열매를 맺어야 할 때라는 뜻이다. 소로는 스승 에머슨과 함께 19세기 뉴잉글랜드 르네상스의 꽃을 피웠다.

자들은 놀랄 것이고, 전혀 몰랐던 사람들은 더욱 놀랄 것이 분명하다. 그러니 내가 소중히 여겨온 기획들의 일부를 귀띔하는 것으로 그치고자 한다.

어떤 날씨에서건, 나는 밤낮을 가리지 않고 촌각을 활용하고, 그것을 내 지팡이에 기록하고 싶었다.[49] 그리고 과거와 미래라는 두 영원의 접점, 즉 정확히 현재라는 순간에 서서 그 선線을 발끝으로 딛고 싶었다. 내 생업은 대부분 사람이 하는 것보다 모호하고 불가사의한 점이 많지만, 그런 점이 내 자유의지로 감추어지지 않고, 내 생업의 특성과 불가분의 관계에 있기 때문에, 약간 애매한 표현들이 있더라도 용서해주길 빈다. 나는 내 생업에 대해 알고 있는 것을 기꺼이 모두 이야기할 참이고, 내 출입문에 "출입 금지"라는 경고문은 절대 써놓지 않으려 한다.

나는 오래 전 사냥개 한 마리, 적갈색 말 한 필, 그리고 멧비둘기 한 마리를 잃었는데, 아직도 그것들의 행방을 좇고 있다. 나는 많은 여행자에게 그것들에 관해 이야기하면서, 그 발자국과 그것들이 어떤 부름에 응답했는지 설명했다. 사냥개 소리나 말발굽 소리를 들었다거나, 심지어는 비둘기가 구름 뒤로 사라지는 것을 보았다는 사람을 한둘 만났다. 그리고 그들은 마치 자신들이 그것들을 잃은 것처럼 되찾고 싶어 했다.[50]

우리가 일출과 새벽을 앞지를 뿐만 아니라, 가능하다면 자연

---

49 로빈슨 크루소Robinson Crusoe는 나무 막대기에 눈금을 새겨 시간의 흐름을 체크했다.
50 실종된 미덕을 되찾자는 뜻을 우회적으로 전한 말이다. 소로는 뒤에서 '성실, 진리, 소박, 믿음, 순수' 등의 미덕을 언급한다.

경제

자체를 앞지를 수 있다면, 얼마나 좋을까! 나는 여름이건 겨울이건 얼마나 많은 아침에, 어느 이웃도 아직 자신의 일로 분주해지기 전에, 이미 내 일에 매달렸던가! 분명 내가 일을 벌써 마치고 돌아오는 길에 마주치는 사람이 많이 있었으니, 해뜨기 전 보스턴으로 향하는 농부나 일터로 가는 나무꾼 등이 그들이었다. 사실 내가 태양이 떠오르는 것을 실질적으로 도와준 적은 없지만, 분명 더할 수 없이 중요한 사실은 그 현장에 있었다는 것이다.

나는 바람을 타고 들려오는 소식을 듣고, 그것을 급히 전하기 위해서, 정말이지 얼마나 많은 가을과 겨울의 날들을 마을 밖에서 보냈던가! 나는 그 일에 내 자본[51]을 거의 다 쏟아 부었을 뿐 아니라, 바람을 안고 달리는 통에 숨이 넘어갈 뻔했다. 만약 내가 전하는 소식이 어느 정당과 관계된 내용이었더라면, 틀림없이 최신 정보라면서 신문에 보도되었으리라. 어떤 때는 절벽이나 나무 위의 망루에 올라가 관찰하다가, 새로운 소식이 당도하면, 급히 타전했다. 저녁이면 언덕 꼭대기에 올라가 하늘이 무너지기를 기다렸으니, 떨어지는 '어떤 것'을 잡으려는 것이었지만, 이렇다 할 것을 잡은 적이 없고, 있더라도 만나[52]와 같이 햇빛에 녹아버리기 일쑤였다.

나는 오랫동안 발행부수가 별로 많지 않은 어느 잡지사의 기자로 일했다.[53] 그러나 그 편집인은 내가 기고한 글의 대부분을 기사

---

51 그의 시간과 축적된 지식을 포함하는 말이다.
52 시나이 사막에서 하느님이 이스라엘 사람들에게 준 음식. 『출애굽기』 16: 21. "그래서 사람들은 아침마다 먹을 만큼씩만 거두어들였고, 그 나머지는 햇볕에 녹아버렸다."
53 1840년부터 1844년까지 발행한 계간지 『다이얼』을 말한다.

로 싣기에는 적당하지 않은 것으로 보았기 때문에, 글 쓰는 사람이 흔히 그렇듯이, 내 노동은 헛수고로 끝난 셈이 되었다. 하지만 이 경우에 내 수고는 그 자체가 보상이었다.

나는 여러 해 동안 자발적으로 눈보라와 폭풍우의 관찰자가 되어 의무를 충실하게 수행했다. 큰 도로는 아니지만 당시의 숲길과 모든 지름길을 측량하여, 그런 길을 계속 트고, 계곡에는 다리를 놓아서 사시사철 다닐 수 있게 하는 데 일조했다.[54] 사람들의 발자국이 이미 그 효용성을 입증한 길이었기 때문이다.

나는 마을의 방목 가축들을 보살폈다. 방목 가축들은 울타리를 뛰어넘어 충실한 목동의 애간장을 태우기 일쑤였다. 그리고 나는 사람의 손길이 잘 닿지 않는 농장의 구석구석과 모퉁이도 살폈다. 그러나 오늘 어떤 밭에서 요나Jonas가 일했는지 아니면 솔로몬Solomon이 일했는지[55] 항상 알지는 못했다. 그것은 내가 상관할 바가 아니었다. 나는 붉은 월귤, 모래벗나무[56], 팽나무, 홍송紅松, 검정 물푸레, 백포도, 노랑제비꽃에 물도 주어서 그것들이 건기乾期에 말라 죽지 않도록 했다.

요컨대, 나는 이런 일을 오랫동안 수행했다. 자랑으로 하는 말이 아니고 마땅히 할 일이라고 생각해 충실하게 했지만, 그렇다고 마을 사람들이 나를 마을 공무원 명단에 끼워주지도[57] 않을 것이며, 내

---

54 소로의 생애 마지막 15년 동안에는 가업인 연필 사업 수입보다 측량 일로 버는 수입이 더 많았다.

55 불특정 농부를 칭하는 이름들이지만, 밭의 농부도 요나 같은 선지자나 솔로몬 같은 현자일 수 있음을 시사한다.

56 모래땅에서 자라는 작은 벗나무.

57 콩코드 읍의 일부 공직은 읍장이 임명했고 다른 공직은 선출직이었다.

경제

자리를 약간의 보수가 있는 한직으로 만들지도 않으리라는 사실이 점점 명백해졌다. 나는 내 회계 장부를 충실하게 유지했다고 맹세할 수 있지만, 실로 그것을 감사받은 적도 승인받은 적도 없으며, 정산을 한 적은 더더구나 없다. 하지만 나는 그런 것에 희망을 건 적도 없다.

얼마 전 한 인디언 행상이 내 이웃에 사는 유명한 변호사 집에 바구니를 팔러 갔다. 그가 "바구니를 사지 않겠습니까?"하고 물었다. 변호사는 "필요 없습니다,"라고 대답했다. 대문을 나서면서 인디언이 외쳤다. "뭐라고요! 우리를 굶겨 죽일 작정입니까?" 근면한 백인 이웃들이 아주 잘살고 있고, 그 변호사가 변론을 맡기만 하면 신기하게도 부와 지위가 뒤따르는 것을 보고, 그 인디언은 '나도 사업을 하겠다. 바구니를 엮을 것이다. 그것이 내가 할 수 있는 일이다,'라고 다짐했다. 그는 바구니들을 엮으면 그것으로 자기는 할 일을 끝냈고, 그것들을 사는 것은 백인 몫이라고 생각했다. 다른 사람들이 살 만한 가치가 있는 바구니를 만들거나, 최소한 살 만한 물건이라는 생각이 들도록 그들을 설득하거나, 살 만한 가치가 있는 다른 물건을 만들어야 한다는 사실을 깨닫지는 못했던 것이다. 나 또한 올이 섬세한 바구니 비슷한 어떤 것을 엮기는 했지만, 누군가 살 만한 가치가 있는 것을 엮지는 못했다.[58] 그럼에도 내 경우에는 그것들을 엮을 만한 가치가 있다고 생각했다. 그래서 나는 사람들이 살 만한 가치가 있는 바구니를 어떻게 만들지 연구하는 대신, 오히려 그것들을 팔아먹을 필요성을 어떻게 피할지를 연구했다. 사람들이 성공적

---

58 소로는 1849년에 『콩코드 강과 메리맥 강에서 보낸 일주일』을 1,000부 출판했지만 겨우 300부밖에 팔지 못했고, 290달러의 빚을 4년에 걸쳐 갚느라 애를 먹었다.

이라고 칭송하고 존경하는 삶은 기껏해야 어느 하나의 삶에 불과하다. 우리가 어느 하나의 삶을 과대평가하고 다른 다양한 삶을 희생할 이유가 있는가?

친애하는 마을 주민들이 내게 법원의 어느 방[59]이나 부목사 직이나 다른 일자리를 제공해줄 가망이 없기에, 나는 자활할 수밖에 없음을 깨닫고 어느 때보다 더욱 외곬으로 얼굴을 숲으로 돌렸다. 내 얼굴은 그곳에서 더 잘 알려졌기 때문이다. 나는 즉시 사업에 착수하기로 작정하고는, 밑천이 확보되기까지 기다리지 않고, 이미 가지고 있는 약간의 돈을 썼다. 내가 월든 호수로 간 목적은 그곳에서 쪼들리며 살거나 넉넉하게 살려는 것이 아니라, 되도록 방해를 덜받고 모종의 개인적인 일을 하기 위해서였다.[60] 약간의 상식과 기획력과 활동 능력이 없어서, 이런 일을 성취하지 못하고 주저앉는다는 것은 슬프다기보다 어리석어 보였다.

나는 항상 엄격한 사업 습관을 익히려고 노력했다.[61] 그런 습관은 누구에게나 없어서는 안 되는 것이다. 당신의 사업이 천상의 제국[62]을 상대하는 교역이라면, 세일럼 항구[63] 연안에 작은 계산소 하나 두는 것으로 충분할 것이다. 그리고 이 나라에서 생산되는 순

---

59 마을 공무원을 뜻한다. 1850년 콩코드의 마을 사무소가 세워지기 전에는 법원이 마을 사무소로도 쓰였다.
60 『콩코드 강과 메리맥 강에서 보낸 일주일』을 쓰는 것도 그 목적 중 하나였다.
61 단순한 농담이 아니라 소로는 아버지의 연필 제조 사업을 아주 성공적으로 관리했다.
62 청나라까지의 중국 왕조. 여기서는 '정신적 세계'의 은유이기도 하다.
63 매사추세츠 주에 있는 도시로, 한때 중국과의 교역 중심지였다.

수한 국산품, 예컨대 다량의 얼음, 소나무 목재, 약간의 화강암[64]을 항상 미국 선박에 실어 수출하게 될 것이다. 아래와 같은 일들이 사업상의 모험이 될 것이다. 당신이 직접 모든 세부를 감독하고, 도선사 겸 선장이 되고, 선주 겸 보험업자가 되고, 직접 물건을 사고팔고, 장부를 작성할 것. 받은 편지를 모두 직접 읽고, 보내는 편지를 일일이 직접 쓰거나 읽을 것. 밤낮으로 수입품 하역을 감독할 것. 아주 값비싼 화물이 뉴저지 해안에서 하역되는 일이 자주 있으니[65] 해안의 여러 곳을 거의 동시에 동분서주할 것. 쉴 새 없이 수평선을 살피고, 직접 위험 신호기가 되어서 해안으로 향하는 모든 선박에 조난의 위험을 알릴 것. 거리가 매우 멀고 수요가 많은 시장에 공급할 상품 발송을 꾸준히 유지할 것. 모든 탐험대가 거둔 성과를 십분 활용하고, 새 항로와 발전된 항해술을 이용해서 도처에 있는 시장의 상태와 전쟁과 평화의 전망에 대한 정보에 뒤처지지 않고 교역과 문명의 추세를 예상할 것. 해도海圖를 연구하고, 암초와 새로운 등대와 부표를 확인하고, 어떤 계산원의 착오로 정다운 부두에 당도했어야 할 선박이 암초에 난파되는 경우가 많으니 — 라페루즈[66] 백작의 운명은 아직도 모른다 — 항상 잊지 말고 로그표[67]를 수정할 것. 한노[68]와

---

64 얼음, 소나무 목재와 화강암은 뉴잉글랜드의 전형적인 수출품이었다.

65 뉴저지 해안은 많은 조난 사고가 있었던 곳으로, 값비싼 화물과 인명의 손실을 낳았다. 이런 손실을 여기서는 '하역'이라고 표현했다.

66 라페루즈 백작Jean-Francois de Galaup, comte de Laperouse(1741~1788). 프랑스 탐험가. 오스트레일리아의 보터니 만에서 그의 배가 난파된 후 행방불명되었다.

67 19세기 항해에서 널리 쓰인 표로서 눈에 보이는 달의 고도와 수평시차 등을 계산하는 데 쓰였다.

68 한노Hanno(?~?). 카르타고의 제독이자 탐험가로 기원전 480년에 아프

페니키아인들의 시대부터 오늘날에 이르기까지 모든 위대한 발견자와 항해가의 인생을 공부하며 전 세계의 과학과 보조를 맞출 것. 요컨대 수시로 재고를 파악하고, 현재 상황을 알 것. 그것은 이익과 손해, 이자, 용기容器의 무게와 공제[69], 이에 포함된 각종 계량의 문제 등에 대한 보편적인 지식이 요구되니, 한 사람의 능력을 모두 쏟아야 하는 힘든 일이다.

나는 월든 호수가 사업하기에 좋은 곳이 되리라고 생각했다. 철도와 얼음 교역이 있기 때문만이 아니라, 그 밖에도 여러 이점을 제공하지만 이를 공표하는 것은 그리 현명한 일이 아닐지 모르겠다. 그곳은 토대가 튼튼한 좋은 항구[70]이다. 여기에는 메워야 할 네바 Neva의 늪지대[71] 따위는 없다. 그러나 어디서든 당신이 직접 박은 말뚝 위에 집을 지어야 한다. 서풍이 불고, 네바 강이 얼고, 밀물이 닥치면, 상트페테르부르크St. Petersburg가 지구의 표면에서 싹 사라지리라는 설도 있지 않은가 말이다.

이 사업은 통상적인 자본도 없이 시작이 될 예정이었으니, 이런 사업에 여전히 필수적인 수단을 어디서 구할 수 있을지 추측하기란 쉽지 않을 것이다. 당장 실제적인 문제로 대두하는 것이 옷이다. 옷을 마련할 때, 우리는 아마도 진정한 실용성보다 새것에 대한

리카 서부 해안을 항해했다.

69 화물의 정량을 측정하면서 용기의 무게를 빼고, 훼손에 대비해서 104파운드당 4파운드를 공제한 제도를 말한다.

70 여기서 항구는 사업의 거점을 은유한다.

71 러시아 네바 강의 삼각주. '표트르 1세'Pyotr I가 이곳에 제정러시아의 수도인 상트페테르부르크(1914~91년까지의 이름은 레닌그라드 Leningrad) 시를 세웠다.

사랑과 타인의 이목을 끌려는 마음에 좌우되는 경우가 더 많을 것이다. 일을 할 사람이 옷을 입는 것은 첫째 생명을 좌우하는 체온을 유지하기 위한 것이고, 둘째 지금의 사회에서는 알몸을 감추어야 하기 때문이니, 그는 현재 옷장에 있는 옷만으로 필요하거나 중요한 일을 얼마나 많이 실행할 수 있을지 판단할 수 있을 것이다. 왕실의 전속 재단사나 양재사가 만든 옷이지만, 그것을 단 한 번 입는 왕과 왕비는 자신의 몸에 딱 맞는 편안한 옷을 입는 기분을 알 수가 없다. 그들은 깨끗한 옷을 걸어놓은 목마와 다르지 않다. 우리의 옷은 입는 사람의 성격에 영향을 받아, 매일 우리 자신에 더욱 동화된다. 마침내 버릴 때가 되면, 우리는 으레 신체의 일부를 버리듯 진중하게 미루고 수선 기구를 동원하면서까지 망설인다. 나는 어떤 사람의 옷에 기운 곳이 있다는 이유로 그를 더 낮게 평가한 적은 결코 없었다. 그러나 사람들은 흔히 건전한 양심을 소유하기보다는 유행하거나 적어도 깨끗하고 깁지 않은 옷을 소유하는 데 더 열을 올리고 있는 것이 확실하다. 하지만 설사 찢긴 곳을 깁지 않았더라도, 그것이 드러내는 최악의 인상은 아마 준비성이 좀 부족하다는 정도일 것이다. 나는 가끔 '무릎 위를 한 번 깁거나, 두 번 덧댄 옷을 입을 수 있겠는가'와 같은 질문으로 지인들을 시험한다. 대부분은 그런 옷을 입으면 앞날을 망치리라고 믿는 듯이 행동한다. 그들은 떨어진 바지를 입고 마을에 가기보다는 부러진 다리를 절룩거리며 가는 편이 더 편할 것이다. 신사의 다리에 사고가 발생하면 치료할 수 있지만, 그의 바짓가랑이에 비슷한 사고가 발생하면 어쩔 줄을 모른다. 무엇이 진정으로 존경할만한 것인지가 아니라 무엇이 존경받고 있는지를 고려하기 때문이다. 우리는 사람 자체보다도 코트와 바지에 훨씬 더 주목한다. 당신이 지난번에 갈아입었던 옷을 허수아비에게 입히고 당신 자신은 허름한 옷을 입고 그 옆에 서 있어보라. 그러면 곧 모두가 당신이 아닌 그 허수아비에게 인사하리라. 나는 며칠 전 어느 옥수수 밭을 지나다가 내 바로 옆에 모자와 코트를 씌운 말뚝을 보고서 그 밭의 주인을 알아보았다. 그는 지난번에 보았을 때보다 조금 더 세파에 시달린 모습이었다. 내가 들은 바에 따르면, 어떤 개는 낯선 사람이 옷을 입고 주인집 가까이에 오면 예외 없이 짖지만, 도둑이 벌거벗고 접근하면 쉽게 누그러졌다고 한다. 인간이 옷을 벗어버리는 경우 자신의 상대적 지위를 얼마만큼 유지할 수 있을지 흥미로운 문제다. 그런 경우에 가장 존경받는 계층에 속하는 개화된 무리를 확실히 구분할 수 있겠는가? 동서양에 걸쳐 모험적인 세계여행을 한 파이퍼 부인[72]은 비교적 고국과 가까운 아시아 쪽의 러시아에 당도해서, 그곳 관리들을 만나러 갈 때, 여행복이 아닌 다른 옷을 입을 필요성을 느꼈다고 한다. 그것은 "이제 문명국 — 사람을 입은 옷으로 판단하는 곳 — 에 들어왔기 때문"이라고 했다. 민주적인 우리 뉴잉글랜드 마을들에서조차 우연한 부를 소유하고 값비싼 옷과 장신구로 그런 부를 과시하는 것만으로, 거의 모든 사람에게 존경을 받는다. 그러나 그런 존경을 바치는 사람들은 숫자가 아무리 많아도 아주 미개한 이방인들이기 때문에, 바로 그런 이들에게 선교사를 보낼 필요가 있다. 그뿐만 아니라, 옷을 입게 되면서 바느질이 시작됐는데, 이 바느질이라는 것이 끝없는 일이라 할 수 있을 것이다. 적어

---

72 아이다 로라 파이퍼Ida Laura Pfeiffer(1797~1857). 오스트리아 빈 출신의 여행가이자 작가. 『어느 여인의 세계일주』로 유명하다.

경제

도, 여성의 옷은 결코 끝이 없다.[73]

　　마침내 할 일을 찾은 사람은 그 일을 하기 위해서 새로운 옷을 장만할 필요가 없을 것이다. 오랫동안 다락방에서 먼지를 뒤집어쓰고 있는 헌 옷으로도 충분할 것이다. 어느 영웅에게 시종이 있다고 치자. 그러면 시종이 신었던 헌 구두가 그 영웅을 더 오래 섬길 것이다.[74] 구두보다 더 오래된 신발이 맨발이다. 영웅은 맨발로도 만족할 수 있다. 만찬장과 의사당 홀에 가는 사람들만은 수시로 사람이 달라지므로, 그때마다 바꿔 입을 새 코트가 있어야 할 것이다. 그러나 만약 현재의 재킷과 바지, 모자와 구두가 하느님을 예배하기에 적합하다면, 나는 그것들로 족할 것이다. 그렇지 않겠는가? 자신의 낡은 옷, 예컨대 낡은 코트가 실제로 완전히 해져서 본래의 원소로 용해되는 것을 본 사람이 있는가. 그리하여 그런 코트를 어느 가난한 소년에게 주고, 또 그 소년이 그것을 아마도 자기보다 더 가난한 사람 ― 아니면 더욱 못한 코트로도 만족할 수 있으니까 더욱 부자라고 말할 수 있을까? ― 에게 주는 것이 자선의 행위가 되지 못하는 경우가 있는가? 헌 옷을 새롭게 입는 사람을 경계하기보다는 새 옷을 요구하는 온갖 사업을 경계하라. 만약 새 사람이 없다면, 어떻게 딱 맞는 새 옷이 만들어지겠는가? 당신의 목전에 새로운 일이 있으면, 헌 옷을 입고 해보라. 모든 사람에게 필요한 것은 '해야 할' 어떤 일이나 '되어야 할' 어떤 인물이지 '갖추어야 할' 어떤 물건이 아니다. 옛 옷이 아무리 해지거나 더러워도, 결코 새 옷을 장만해서는 안 될 것이다. 우리가 어떤 방법으로 행동하고 기획하고 항해한 결과 새

---

73 "여성의 일은 결코 끝이 없다."라는 미국 속담을 약간 변형한 것이다.
74 사람은 불충하더라도 옷이나 구두는 끝까지 충성한다는 뜻이다.

사람이 되었지만, 여전히 옛 옷을 입고 있는 듯 느끼고, 따라서 그것을 계속 입는 것이 낡은 병에 새 술을 담는 꼴이 되는 경우에야 비로소 새 옷이 필요할 것이다. 우리의 털갈이 시기는 날짐승의 그것처럼 우리 인생의 갈림길임에 틀림없다. 되강오리는 외딴 호수를 찾아 털갈이 시기를 보낸다. 뱀도 이처럼 허물을 벗고, 나방도 애벌레 시절의 코트를 벗는다. 모두가 내적인 근면과 확장에 의한 것으로, 옷은 우리의 맨 바깥쪽의 외피이자 사라질 덮개에 지나지 않기 때문이다. 털갈이를 하지 않으면 우리는 거짓 국기를 달고 항해하는 꼴[75]이 될 테고, 그렇다면 인류뿐만 아니라 우리 자신의 평가에 의해서 어쩔 수 없이 도태될 것이다.

우리는 옷 위에 옷을 입는다. 우리는 마치 몸집을 불려가는 외생식물[76]처럼 성장한다. 우리의 겉을 에워싼 얇고 멋진 옷은 흔히 외피 또는 가짜 피부[77]이다. 그것은 우리 생명의 일부가 아니기 때문에, 여기저기 벗겨져도 치명적인 상해를 입지는 않는다. 더 두꺼운 겉옷은 나무의 외피나 겉껍질에 해당하는 것으로 부단히 해진다. 그러나 우리의 속옷은 나무의 내피나 속껍질에 해당하는 것으로 그것을 빙 둘러 벗겨내지 않는다면 제거할 수 없고, 제거한다면 사람을 파괴하게 된다. 나는 모든 인종이 어떤 계절에는 속옷에 버금가는 무엇[78]을 입는다고 믿는다. 하지만 바람직한 것은 어둠 속에서도 자신의 몸을 감촉할 수 있을 정도로 간소한 옷을 입고, 모든 점에서

---

75 해적들은 위장술로 거짓 국기를 달고 항해하는 일이 많았다.
76 나무처럼 껍질 밑에 해마다 층을 불려나가는 식물.
77 피부의 표면은 죽은 세포로 구성되어서 문지르면 쉽게 벗겨진다.
78 두툼한 방한복 따위.

경제

아주 검소하고 버릴 것 없이 살아서, 만약 적이 마을을 점령하더라도 어느 옛 철인[79]처럼 걱정 없이 빈손으로 성문을 빠져 나갈 수 있는 것이다. 하나의 두툼한 옷은 대부분의 경우 얇은 옷 세 벌의 구실을 한다. 그리고 고객은 자신에게 딱 맞는 가격으로 싼 옷을 구입할 수 있다. 5년간 입을 만한 두툼한 코트를 단돈 5달러, 두툼한 바지를 2달러, 쇠가죽 구두 한 켤레를 1달러 50센트, 여름 모자를 25센트, 겨울 모자를 62.5센트에 살 수 있다. 아니면 적은 비용으로 더 좋은 옷을 집에서 만들어 입을 수도 있다. 가난하여 '손수 장만한' 옷을 입었다 해서, 지혜로운 사람들이 그에게 경의를 표하지 않는 곳이 어디 있겠는가?

내가 특정 형태의 옷을 주문하면, 여자 재단사는 정색하고 이렇게 말한다. "우리 업계는 이제 그런 옷을 만들지 않아요." 그녀가 '업계'라는 말을 전혀 강조하지 않는 데서 마치 운명의 여신들Fates[80] 같은 어떤 비정한 권위자의 말을 인용하는 듯한 인상을 받는다. 내 말이 진심일 수 없고, 내가 그렇게 몰상식한 사람일 리가 없다는 그녀의 믿음 때문에, 나는 내가 원하는 옷을 맞추어 입기가 힘들다. 신탁과도 같은 그녀의 이런 말을 들으면, 나는 그 말이 무슨 뜻인지 알기 위해서 '업계'와 '나' 사이에 어느 정도의 혈연관계가 있는지, 업계가 내게 그처럼 밀접하게 영향을 주는 일에 어떤 권위가 있는지 알

---

79 그리스의 7대 현인 중 하나인 비아스Bias(기원전 6세기)를 말한다. 가진 것이라고는 몸에 지닌 것밖에 없는 그는 피난길에 법석을 피울 필요가 없었다.

80 제우스와 테미스Themis 사이에서 태어난 운명의 여신들인 모이라이Moirai를 말한다. 그중 클로토Clotho는 생명의 실을 뽑아내고, 라케시스Lachesis는 그것을 짜며, 아트로포스Atropos는 가위로 생명의 실을 끊었다.

아내려고, 잠시 생각에 잠겨서 한마디 한마디를 되짚어본다. 마침내 나도 똑같이 모호하게, 그리고 "업계"라는 말을 조금도 더 강조하지 않고, 그녀에게 이렇게 대답하고 싶다. "맞습니다. 얼마 전까지는 업계가 그렇게 만들지 않았지만, 지금은 그렇게 해요." 만약 그녀가 내 인격을 재지 않고, 사람의 어깨가 코트를 걸어놓을 옷걸이인 양 내 어깨 너비만을 재는 식이라면, 그것이 무슨 소용이 있을까? 우리는 미의 여신들Graces[81]이나 운명의 여신들Parcæ[82]을 숭배하지 않고 유행의 여신Fashion을 숭배한다. 유행의 여신은 완전한 권위로 실을 잣고 짜고 재단한다. 파리의 원숭이 두목[83]이 여행용 모자를 쓰면, 미국의 모든 원숭이가 똑같은 모자를 쓴다. 나는 인류의 도움을 받아서는 이 세상에서 아주 간단하고 정직한 일을 한 가지도 성취할 수 없으리라는 절망감에 빠질 때가 있다. 사람들을 우선 강력한 압착기로 눌러서 그들의 낡은 망상을 짜내고, 그들이 곧 자신들의 다리로 다시 일어서지 못하게 해야 할 것이다. 그렇게 해도 그 무리 가운데는 언제 낳았는지 아무도 모르는 알에서 부화한 '구더기가 머리에 우글거리는' 사람이 있을 것이다. 구더기 같은 망상은 불에 태워도 죽지 않기 때문이다. 그러니 결국 우리의 노력은 헛수고가 될 것이다. 그럼에도 우리는 이집트의 밀알이 미라에 의하여 우리에게 전해

---

81 그리스 신화에 등장하는 미의 세 여신인 아글라이아Agalaia, 탈리아 Thalia, 에우프로시네Euphrosyne를 말한다.
82 로마 신화에 등장하는 운명의 세 여신인 파르카이Parcæ를 말한다. 그리스 신화의 모이라이Moirai에 해당한다.
83 파리 태생의 런던 사교계 인사인 알프레드 기욤 가브리엘Alfred Guillaume Gabriel(1801~1852)을 말한다.

졌다는 사실을 잊지 않을 것이다.[84]

대체로, 이 나라든 어느 나라든 의상이 예술의 경지에 올랐다고 주장할 수는 없다고 생각한다. 요즘 사람들은 구할 수 있는 옷을 닥치는 대로 입는다. 그들은 난파된 선원처럼 해변에서 발견할 수 있는 옷을 입고는, 공간상으로든 시간상으로든 약간의 거리라도 생기면, 상대방의 옷이 가면무도회에서나 입을 의상이라며 비웃는다. 모든 세대는 지나간 패션을 비웃으면서 새로운 패션을 신앙처럼 추종한다. 우리는 헨리 8세나 엘리자베스 여왕의 의상을 보고는, 식인 食人 군도의[85] 왕과 왕비의 의상을 구경하듯이, 재미있어한다. 벗어 놓은 모든 의상은 가엾거나 우스꽝스럽다. 우리가 어떤 사람의 의상을 웃음을 억제하고 신성시하는 이유는 오로지 그 옷을 입고 살아온 이의 진실한 삶과 그가 응시하는 진지한 눈 때문이다. 할리퀸 Harlequin[86]에게 복통 발작이 일어나면, 그의 의상도 그 기분에 기여하기 마련이다. 포탄에 맞은 병사에게는 갈가리 찢긴 군복이 고관의 자줏빛 의상 못지않게 어울릴 것이다.

오늘날 새로운 패턴을 찾는 남녀의 유치하고 야만적인 취향 때문에, 아주 많은 사람이 이 세대가 요구하는 독특한 디자인을 찾기 위해서 만화경을 계속 흔들며 들여다본다. 의상업자들은 이런 취향이 기껏 변덕일 뿐이라는 것을 알게 되었다. 어떤 특정 색깔의 실을 겨우 몇 올 더하거나 빼는 것 말고는 전혀 다르지 않은 두 가지 본의

---

84 당시 이집트의 무덤에서 발견된 밀알을 발아시키려는 노력이 영국에서 있었다. 진리의 밀알은 언젠가는 싹이 트리라는 믿음을 에둘러 말한 것이다.
85 지금의 피지 군도Fiji Islands.
86 옛 이탈리아 즉흥 희극에 등장하는 익살스러운 어릿광대로, 얼룩덜룩한 옷을 입었다.

옷 중 하나는 잘 팔리고, 다른 하나는 선반에서 잠자는 것이다. 하지만 한 시즌이 지나면 후자가 단연 유행하는 일이 자주 일어난다. 문신tattooing은 가증스러운 풍습이라지만, 상대적으로 보면 그렇지도 않다. 그것은 프린팅printing이 피부 깊숙이 남아서 변경할 수 없기 때문에 적어도 야만적이지는 않다.

나는 우리의 공장 제도가 옷을 구할 수 있는 최선의 방식이라고 생각하지 않는다. 우리나라 직공들의 위상은 나날이 영국 직공의 그것을 닮아가고 있다. 그리고 내가 듣거나 관찰하기로는, 공장의 주목적은 인류가 옷을 제대로 정직하게 입을 수 있게 하는 것이 아니라, 회사가 부자가 될 수 있도록 하는 것임이 분명하기 때문에, 놀라운 일이랄 수도 없다. 결국 사람들은 겨냥하는 것만을 달성하지 않는가. 그렇다면 당장은 실패하더라도 더 높은 어떤 것을 겨냥하는 편이 더 좋지 않겠는가.

집에 관해 이야기해보자. 나는 이제 집이 생활필수품의 하나라는 사실을 부정하지 않는다. 하지만 이곳보다 더 추운 지방에서도 오랫동안 집 없이 살았던 사람들의 사례가 있다. 새뮤얼 레잉[87]은 이렇게 말했다. "라플란드인Laplander[88]은 가죽 옷을 입고, 가죽 자루를 머리와 어깨까지 뒤집어쓰고, 밤이면 밤마다 눈 위에서 잔다. 털옷을 단단히 입은 사람도 집밖에서 잠자면 얼어 죽을 정도의 혹독한 추위에서도 그들은 그렇게 한다." 레잉은 그들이 이렇게 잠자는

---

87 샤뮤얼 레잉Samuel Laing(1780~1868). 스코틀랜드의 여행가이자 작가. 『노르웨이 체류기』로 유명하다. 소로의 인용은 이 책에서 한 것이다.
88 노르웨이 최북단 지역인 라플란드Lapland에서 사는 소수 민족.

경제

모습을 목격했다. 하지만 그는 "그들이 다른 사람들보다 더 강인한 것은 아니다,"라고 덧붙인다. 아마도 인간은 지구상에 존재한 지 얼마 되지 않아 집의 편의성, 즉 가정의 안락함을 알게 되었을 것이다. 가정의 안락이라는 말은 본래 가정의 만족보다는 집이 주는 만족을 의미했으리라. 그러나 집이 겨울이나 우기와 연관되고, 한 해의 3분의 2는 양산 이외에 집이 필요 없는 지역에 사는 사람들의 생각에는 집의 안락이란 지극히 부분적이고 일시적인 것일 것이다. 우리의 기후에서는, 여름철의 집이란 예전에는 밤에 덮는 덮개에 불과했다. 인디언 공보公報를 보면[89] 그들의 원형 오두막은 하루 동안의 행진을 나타내는 상징이었고, 나무껍질에 일렬로 새기거나 그린 오두막은 그만큼 여러 번 야영을 했다는 뜻이었다. 인간은 팔다리가 아주 크고 강건하게 창조되지 않았기 때문에, 자신의 세계를 좁히고 자신에게 알맞은 정도의 공간을 담으로 에워싸려고 한다. 인간은 처음에는 알몸으로 야외에서 살았다. 그러나 이런 생활은 평온하고 따뜻한 기후와 대낮에는 아주 유쾌했겠지만, 뙤약볕 아래는 말할 것도 없고 우기와 겨울에는 종족의 싹을 시들게 하거나 얼어 죽게 했을 것이므로, 인간은 서둘러 집이라는 보호 옷을 입었다. 우화에 따르면, 아담과 이브는 다른 옷을 입기에 앞서서 잎으로 몸을 가렸다고 한다.[90] 인간에게는 집, 즉 따뜻하거나 안락한 장소가 필요했다. 첫째는 육

---

89 인디언 공보는 표의문자와 그림문자로 나무에 새기거나 그리는 방법으로 사람들에게 전해졌다.

90 『창세기』 3:7. "그러자 두 사람은 눈이 밝아져 자기들이 알몸인 것을 알고 무화과나무 잎을 엮어 앞을 가렸다." 소로에게는 『성경』의 내용도 하나의 우화다.

체를 따뜻하게 해줄 장소가, 그다음에는 따뜻한 애정을 느낄 수 있는 장소가 필요했던 것이다.

인류 초창기에, 어느 모험심 많은 한 인간이 바위 속의 텅 빈 굴에 기어들어 그곳을 집으로 삼았던 때를 상상할 수 있을 것이다. 모든 아이는 어느 정도까지는 세상을 다시 시작하는 존재인 까닭에 비 내리고 추운 날씨에도 집 밖에 머물기를 좋아한다. 아이에게는 놀이 본능이 있기 때문에 소꿉놀이도 하고 말놀이도 한다. 어렸을 때 평평한 바위나 동굴의 입구를 호기심 어린 눈으로 바라보지 않은 사람이 있겠는가? 이런 열망은 원시적인 조상이 지녔던 본능의 일부가 아직 우리에게 살아 있는 것이다. 우리의 집은 동굴에서 출발하여, 야자나무 잎으로 덮은 지붕, 나무껍질과 나뭇가지로 덮은 지붕, 아마포를 엮어서 이은 지붕, 풀과 짚으로 이은 지붕, 판자와 널로 이은 지붕, 돌과 타일로 이은 지붕으로 발전했다. 드디어 우리는 야외에서 사는 것이 무엇인지도 모르게 되었으며, 생활은 우리가 생각하는 것 이상으로 여러 의미에서 가정적이 되었다. 이제 가정에서 들판까지도 아주 멀어졌다. 만약 천체들과 우리 사이에 아무런 장벽을 두지 않고 더 많은 낮과 밤을 보낼 수 있다면, 만약 시인이 그처럼 많은 언어를 어느 지붕 밑에서 토해내지 않는다거나, 성인聖人이 지붕 밑에서 그처럼 오래 거주하지 않는다면, 얼마나 좋을까. 새들도 동굴에서는 노래하지 않으며, 비둘기들도 비둘기장에서는 순수함을 간직하지 못하는 법이다.

그러나 만약 누가 기거할 집을 건축할 계획이라면, 양키[91]의 영

---

91 미국인, 특히 뉴잉글랜드 주민의 별칭.

리함을 다소 발휘할 필요가 있다. 그리하여 결국 집 대신 자신의 작업장[92]이나 출구를 찾을 수 없는 라비린토스labyrinth[93]나 박물관[94]이나 빈민구호소나 교도소나 호화 무덤 같은 집을 짓는 일이 없도록 해야 한다. 우선 반드시 필요한 것은 아주 간소한 집이라는 사실을 고려하라. 나는 우리 마을에서 페놉스콧Penobscot 인디언[95]이 사방에 1피트가량의 눈이 쌓여 있는데도, 줄곧 얇은 무명 텐트 속에서 사는 것을 본 적이 있다. 그때 눈이 더 깊이 쌓여서 바람을 막아주면, 그들이 좋아하리라고 생각했다. 불행히도 지금은 감각이 다소 무뎌졌지만, 나는 과거에 내 본연의 일을 추구할 자유를 누리면서도 어떻게 하면 정직하게 생계를 유지할 수 있을지의 문제로 지금보다 훨씬 더 고민했다. 그 시절에 나는 철로 옆에 놓인, 높이 6피트에 너비 3피트의 대형 상자를 바라보곤 했다. 인부들이 밤에 연장을 넣고 잠가 두는 상자였다. 형편이 어려운 사람이라면 누구나 1달러쯤 주고 그런 상자를 사서, 송곳으로 구멍을 몇 개 뚫어 최소한의 공기가 통하게 하고, 비가 올 때나 밤에는 그 속에 들어가 뚜껑을 내리면, 그의 사랑이 자유를 누리고, 그의 영혼도 자유로우리라는[96] 생각이 떠올랐다. 이것은 최악의 방법도 아니고, 결코 경멸할 만한 대

---

92 작업을 진행하는 집이라는 뜻과 동시에, 의식주를 보장받기 위해 노역을 해야 하는 구빈원을 뜻한다.

93 괴물 미노타우로스Minotaur를 감금하기 위해 고대 크레타Crete의 미노스Minos 왕의 명령으로 다이달로스Daedalus가 만든 미로.

94 소로는 박물관이 "자연의 지하묘지"라며 싫어했다.

95 북부 메인 주의 종족으로, 콩코드를 자주 방문하여 바구니를 팔고 마을 밖에서 야영했다.

96 리처드 러브레이스Richard Lovelace(1617~1657), 「엘시어에게, 감옥으로부터」 중. "나의 사랑에 자유가 있고, / 나의 영혼이 자유롭기를."

안으로 보이지도 않았다. 밤늦게까지 마음대로 앉아 있을 수 있고, 언제 기상하든 집세를 요구하며 괴롭히는 지주나 집주인과 맞닥뜨리지 않고 외출할 수도 있을 것이다. 이런 상자에서 살더라도 얼어 죽지 않았을 많은 사람이, 이보다 더 크고 호화로운 상자의 임대료를 지불하기 위해서 죽도록 고생을 했다. 절대 농담이 아니다. 경제[97]는 경솔하게 다루어질 수도 있는 주제이지만, 그렇게 처리될 수 없는 문제이다. 한 때 이곳에서 주로 노천생활을 하여 거칠고 강건했던 어느 인디언 족은 자연에서 손쉽게 마련할 수 있는 재료만으로 안락한 집을 지었다. 매사추세츠 식민지 관할의 인디언 문제 담당관이었던 구킨[98]은 1674년에 쓴 글에서, "그들의 가장 좋은 집은 나무껍질로 아주 단정하고 조밀하고 따뜻하게 덮였는데, 그 나무껍질은 수액이 오르는 계절에 벗겨낸 것으로, 아직 초록색인 그것을 무거운 목재로 눌러서 얇고 큰 조각으로 만든 것이다. (……) 이보다 못한 집은 일종의 왕골로 만든 매트로 덮여 있는데, 이 또한 똑같이 조밀하고 따뜻하지만, 전자만큼 좋지는 않다. (……) 내가 본 어떤 집은 길이가 60~100피트이고 너비가 30피트였다. (……) 나는 종종 그들의 원형 오두막에서 잤는데, 영국 최고의 집만큼이나 따뜻하다는 사실을 알았다,"라고 말한다. 구킨은 그들의 집에는 대개 양탄자가 깔려 있고, 집 내부는 공들여 세공한 자수 매트로 장식하고, 각종 가정용품을

---

97 소로가 말하는 '경제'는 통상적인 의미 이외에 가정 또는 가사 관리까지 포함하는 개념이다.
98 대니얼 구킨Daniel Gookin(1612?~1687). 1656년 매사추세츠 주의 인디언 감독관으로 임명되어 백인의 횡포로부터 인디언을 보호했다. 이어지는 인용은 그의 『뉴잉글랜드 인디언의 역사 모음집』의 한 구절이다.

경제

갖추었다고 덧붙인다. 인디언은 지붕에 낸 구멍 위에 매트를 매달고, 끈으로 움직여서 바람의 효과를 조정할 정도로 매우 진보했다. 우선 이런 집은 기껏해야 하루 이틀 만에 지을 수 있고, 몇 시간이면 헐고 다시 세울 수도 있었다. 그리고 모든 가정이 그런 집을 한 채씩 소유하거나, 그런 집에서 방 한 칸을 나누어 가졌다.

야만적인 상태에서는 모든 가정이 최상의 집 못지않게 좋은 안식처를 하나씩 소유한다. 그리고 이런 안식처는 더욱 소박하고 단순한 그들의 욕망을 채워 주기에 충분하다. 하늘의 새들에게는 보금자리가 있고, 여우들에게는 굴이 있으며,[99] 야만인들에게는 원형 오두막이 있지만, 오늘날의 문명사회에서는 집을 소유한 가정이 절반도 안 된다고 말해도 지나치지 않다고 생각한다. 문명이 특별히 위세를 떨치는 큰 마을과 도시에서는 집을 소유한 주민의 수가 전체 인구 중 극히 일부에 지나지 않는다. 나머지 주민들은 여름이나 겨울이나 없어서는 안 되는 집, 즉 겉옷 중의 겉옷의 대가로 해마다 집세를 지불하는데, 그것이 어느 인디언 마을의 원형 오두막을 몽땅 사들일 만큼 큰돈이기에, 평생 가난에서 벗어나지 못한다. 여기서 나는 소유에 견주어 임대가 손해임을 강조하려는 것이 아니다. 미개인이 집을 소유할 수 있는 것은 비용이 별로 들지 않기 때문인 반면, 문명인이 대개 세를 얻어 산다는 것은 분명 집을 마련할 여유가 없기 때문이다. 또한 임대료를 감당할 그의 능력마저 장기적으로도 개선되지 않는다. 그러나 어떤 사람은 가난한 문명인은 단지 이런 집

---

99 『마태오의 복음서』 8:20. "그러나 예수께서는 '여우도 굴이 있고 하늘의 새도 보금자리가 있지만 사람의 아들은 머리 둘 곳조차 없다,' 하고 말씀하셨다."

세를 지불함으로써 야만인의 집에 비해 궁궐같이 좋은 집을 얻지 않느냐고 반박한다. 1년에 전국 시세인 25~100달러의 집세를 내면, 수 세기 동안 개량된 문명의 이기인 널찍한 방, 깨끗한 페인트와 벽지, 럼퍼드 벽난로[100], 단열 회벽, 베니션 블라인드[101], 구리 펌프, 스프링 자물쇠, 널찍한 지하실, 그리고 다른 많은 이기를 이용할 권리를 누린다. 그러나 이런 것들을 향유한다는 사람은 흔히 '가난한' 문명인인 반면, 이런 것을 누리지 못하는 야만인은 '부유한' 미개인인 것은 어찌된 일인가? 만약 문명이 인간의 조건에서 진정한 발전이라고 주장한다면, 더 싼 비용으로 더 좋은 집을 생산했다는 사실도 증명해야 한다. 나도 문명이 발전이라고 생각하지만, 현명한 사람만이 그 혜택을 향상시킨다. 그리고 어떤 사물의 비용이란 당장 또는 궁극적으로 그것과 교환하기 위해 필요한 인생의 양이다. 이 근처의 평균 집값은 800달러쯤인데, 이 액수를 저축하려면 가족 부양의 짐이 없더라도 노동자 인생의 10~15년 정도가 필요하다. 어떤 사람은 더 받고 다른 사람은 덜 받기 때문에, 모든 사람의 노동 가치를 화폐로 하루에 1달러씩 계산하는 경우 그렇다는 것이다. 그러므로 노동자가 '자신의' 오두막을 마련하려면 보통 인생의 절반 이상을 소비해야하는 것이다. 그가 집을 마련하는 대신 집세를 내는 쪽을 택하더라도, 이것 역시 현명하지 못한 나쁜 선택이 될 뿐이다. 만약 미개인이

---

100 방안에 연기가 들어오는 것을 막는 연통이 달린 벽난로로 영국 물리학자 럼퍼드 백작Sir Benjamin Thompson, Count Rumford(1753~1814)이 발명했다.

101 이탈리아 베네치아에서 처음 개발된 블라인드로 끈으로 올리고 내려서 빛을 조절한다.

경제

이러한 조건으로 자신의 오두막을 궁궐과 교환하려 한다면 현명한 짓이겠는가?

짐작했겠지만 나는 미래를 대비한 기금으로 이런 불필요한 재산을 보유해서 얻는 이점은, 적어도 개인에 관한 한, 주로 그의 장례식 비용을 마련한다는 것뿐이라고 생각한다. 하지만 아마도 인간은 제 시신을 직접 매장할 필요가 없다. 그럼에도 불구하고 장례는 문명인과 미개인 간의 중요한 차이점을 나타낸다. 문명인의 삶을 하나의 '제도'로 만드는 것은 우리의 이익을 빙자로 꿍꿍이수작을 부리는 것이 분명하니, 종족의 생명을 보존하고 완성한다는 구실로, 개인의 삶은 대부분 제도에 흡수되게 마련이다. 나는 현재 이런 제도의 이점이 어떤 희생으로 얻어지는지를 밝히고, 아무런 불이익을 당하지 않고 모든 이익을 얻을 수 있는 삶의 가능성을 제시하고 싶다. 다음과 같은 말씀들[102]은 대체 무슨 뜻인가?

"가난한 사람들은 언제나 너희 곁에 있겠지만,"[103] 또는

"아비가 설익은 포도를 먹으면, 자식들의 이가 시큼해진다."[104]

"주 야훼가 말한다. 내가 무슨 일이 있어도 다시는 너희 이스라엘에서 이런 속담을 말하지 못하게 하리라."[105]

"사람의 목숨은 다 나에게 딸렸다. 아들의 목숨도 아비의 목숨처럼 나에게 딸렸다. 그러므로 죄지은 장본인 외에는 아무도 죽을

---

102 인용한 『성경』 구절은 어떤 사람의 가난, 절망, 죄 따위를 사회나 세습의 탓으로 돌리는 것을 경계한다. 기독교에서 구원은 전적으로 하느님과 개인 간의 문제로서 소로의 반문명적 개인주의와 상통한다.

103 『마태오의 복음서』 26:11.

104 『에제키엘』 18:2.

105 『에제키엘』 18:3.

까닭이 없다." 106

　내 이웃들을 보건대, 콩코드의 농부들은 적어도 다른 계층만큼 잘살고 있다. 하지만 그들은 대체로 농장의 진짜 주인이 되기 위해서, 20년, 30년 또는 40년을 노역에 종사한다. 그들은 보통 저당 잡힌 농장을 물려받거나 빌린 돈으로 농장을 구입했지만, 대개는 아직 갚지 못했다. 게다가 그들은 노역의 3분의 1정도를 주택비로 쓰지 않는가. 사실 저당금액이 때로는 농장 가치를 초과하여, 농장 자체가 큰 짐이 되고 있다. 그런데도 어떤 사람은 농장과 친숙하다고 말하면서, 여전히 그런 짐을 상속받는다. 과세 사정관에게 물어보면, 놀랍게도 마을에서 농장을 빚 없이 완전하게 소유하고 있는 농부는 열두 명도 채 되지 않는다. 만약 이런 농가의 역사를 알고 싶다면, 그것이 저당 잡혀있는 은행에 가서 물어보라. 농장에서 일해서 빚을 실제로 갚은 사람은 모든 이웃이 지목할 수 있을 만큼 아주 드물다. 콩코드에 그런 사람이 셋이라도 있는지 의심스럽다. 전하는 말에 의하면, 상인 백 명 가운데 아흔일곱 명 정도의 절대 다수가 틀림없이 빚 상환에 실패한다고 하는데, 이것은 농부에게도 해당하는 말이다. 하지만 상인들의 실패는 대부분 순수하게 금전상의 손해를 봐서가 아니라 형편이 여의치 않아 채무를 이행하지 못한 데서 올 뿐이라고 한 상인이 말하기도 했다. 다시 말해서, 파산한 것은 바로 그들의 도덕적 인격이라는 것이다. 그러나 이것은 문제의 국면을 무한히 추악하게 만드는 것이니, 어쩌면 성공한 나머지 세 명의 상인도 자신의 영혼을 구제하는 데 성공하지 못했고, 오히려 정직하게

---

106 『에제키엘』 18:4.

실패한 아흔일곱 명의 상인보다 더 나쁜 의미에서 파산했음을 뜻한다. 우리 문명인은 대부분 파산과 지급거절을 도약판 삼아서 뛰어오르고 공중제비를 하지만, 그러지 못하는 비문명인은 탄력 없는 결핍의 널빤지 위에 서 있지 않는가. 그런데도 미들섹스 가축 품평회[107]가 이곳에서 해마다 '성대하게'*éclat* 개최되고 있으니, 농업이라는 기계의 관절은 모두 아무 탈 없이 움직이는 모양이다.

농부는 생계 문제를 그 자체보다 더 복잡한 공식으로 해결하려고 노력한다. 구두끈[108]을 얻기 위해 농부는 소떼에 투기를 한다. 그는 또 능숙한 솜씨로 머리칼 덫[109]을 놓아 안락과 자립을 포획하려 하지만, 돌아서다가 오히려 그 덫에 제 다리가 걸리고 만다. 그래서 그 농부는 가난하다. 그리고 비슷한 이유로 우리는 모두 사치품에 둘러싸여 있으면서도, 원시적인 수많은 즐거움을 누리지 못한다는 점에서 가난하기 짝이 없다. 채프먼은 다음과 같이 노래한다.

"인간의 거짓 사회여
세속의 위대함을 좇느라
천상의 모든 즐거움이 물거품 되는구나." [110]

---

107 Middlesex Cattle Show. 미들섹스 카운티county에 속한 콩코드 Concord에서 매년 9월이나 10월 '미들섹스 농업협회'가 주관한 가축 품평회를 말한다.
108 당시 구두끈은 대부분 가죽으로 만들었다.
109 걸려 넘어지기 아주 쉬운 장치를 한 덫.
110 조지 채프먼George Chapman(1559?~1634), 『카이사르와 폼페이의 비극』 중.

그리고 농부가 집을 마련하면, 그 때문에 더 부자가 되는 것이 아니라 더 가난해지고, 거꾸로 집이 그를 소유하게 될 것이다. 모무스Momus[111]는 미네르바Minerva[112]가 지은 집에 대해 "나쁜 이웃을 피할 수 있는 이동식 집으로 짓지 않았다,"면서 반대했다고 하는데, 나는 그것을 이해한다. 그리고 이런 반대는 지금도 역설할 만하다. 집이란 것은 마음대로 할 수 없는 재산이어서, 우리가 집에서 산다기보다 흔히 집에 갇히는 신세가 되고, 우리가 피할 나쁜 이웃은 바로 괴혈병에 걸린 우리 자신이기 때문이다. 우리 고장에서 적어도 한두 가정은 거의 한 세대 동안 교외에 있는 집을 팔고 우리 마을로 이사 오기를 소망했지만, 뜻을 이루지 못했다. 그들은 죽어야 그 집에서 풀려날 것이다.

'다수의 사람들'이 마침내 개량된 설비를 모두 갖춘 현대식 집을 소유하거나 임대할 수 있다고 하자. 문명은 우리의 집을 개량해 왔지만, 그 집에 기거할 사람을 개량하지는 않았다. 문명은 궁궐을 창조했으나, 귀족과 왕을 창조하기란 그리 쉽지 않았다. 그리고 '만약 문명인의 추구가 미개인의 그것보다 더 값지지 않다면, 만약 그의 삶 대부분이 단순히 비속한 필수품과 안락을 얻기 위해 쓰인다면, 그가 미개인보다 더 좋은 집을 소유할 이유가 있는가?'

하지만 가난한 '소수'는 어떻게 살고 있는가? 알고 보면, 아마도 외적 환경에서 미개인보다 우위에 있는 문명인이 일부 있겠지만, 그와 똑같은 비율의 다른 문명인은 미개인보다 못한 환경에 있을 것이

III 그리스 신화에 등장하는 조소와 비난의 신.
II2 로마 신화에 등장하는 지혜의 여신. 그리스 신화의 아테나Athena에 해당한다.

다. 한 계층의 사치는 또 다른 계층의 빈곤과 균형을 이룬다. 한쪽에는 궁궐이 있고, 다른 쪽에는 극빈자 수용소와 '침묵의 가난뱅이'[113]가 있다. 파라오Pharaoh들의 무덤이 될 피라미드를 지었던 수많은 사람들은 겨우 마늘을 먹고 견뎠지만, 결국 격식대로 묻히지도 못했으리라. 궁궐의 추녀 돌림띠 장식을 마무리하는 석공은 밤이면 인디언의 원형 오두막집만도 못한 집으로 돌아가리라. 문명의 증거들을 흔히 볼 수 있는 나라에서, 절대 다수 주민들의 형편이 미개인의 형편만큼 품위 없지는 않다고 생각하는 것은 오산이다. 지금 나는 품위 없는 부자가 아니라 품위 없는 가난뱅이를 가리키는 것이다. 이런 사정을 알기 위해, 굳이 더 멀리 가볼 필요 없이 문명의 첨단이라 할 수 있는 철도 연변에 쭉 늘어선 판잣집을 보면 된다. 나는 매일 산책하면서 돼지우리 같은 집에서 사는 인간들을 본다. 그들은 햇빛을 들이기 위해 겨우내 출입문을 열어놓고 산다. 흔히 상상할 수 있는 장작더미도 전혀 눈에 보이지 않는다. 노인과 젊은이의 몸은 추위와 빈곤에 움츠린 오랜 습관으로 영구히 오그라들었으며, 팔다리와 재능의 발달은 모두 정지되었다. 이 세대의 특징적인 여러 사업이 이러한 노동자 계급의 노동으로 이루어지고 있으니, 그들을 주시하는 것은 분명 온당하다. 크고 작은 정도의 차이는 있지만, 세계의 위대한 구빈원[114]이라는 영국의 각종 노동자들의 사정도 이와 비슷하다.

---

113 극빈자수용소에 수용된 사람들보다도 못해서 자신의 집에서 구호를 받고 있는 점잖은 가난뱅이.
114 산업혁명기인 1838년 영국 수상 벤저민 디즈레일리Benjamin Disraeli (1804~1881)가 하원에서 영국을 세계의 "일터workshop"라고 칭한 것을 빗대어 세계의 "구빈원workhouse"이라고 풍자한 말이다.

아일랜드를 예로 들면, 이곳은 지도상으로 흰색, 즉 개명된 지역으로 표시되어 있다. 아일랜드인의 육체적 조건을 북아메리카 인디언이나 남태평양 제도 원주민, 또는 문명인과의 접촉으로 타락하기 이전의 다른 야만인과 대조해 보라. 나는 이런 인민의 통치자들이 문명국 통치자들의 평균 못지않게 현명하다는 것을 추호도 의심하지 않는다. 아일랜드의 조건은 비참할 정도의 가난이 문명과 공존할 수 있다는 현실을 증명할 뿐이다. 미국 남부 여러 주의 노동자들도 언급할 필요가 거의 없을 것이다. 그들은 미국의 주요 수출품들을 생산하는 노동자이면서, 그들 자신이 남부의 주요 산물이기 때문이다. 그러니 나는 이른바 '중간 정도'의 환경에 처한 사람만을 대상으로 말하고자 한다.

대부분의 사람은 집이 무엇인지 생각해본 적이 한 번도 없는 듯하다. 하지만 그들은 이웃들이 소유한 것과 같은 집을 반드시 가져야 한다고 생각하기 때문에, 평생 사실상 불필요한 가난에 시달린다. 마치 재단사가 만들어주는 코트라면 사족을 못 쓰고 입거나, 야자 나뭇잎 모자나 우드척[115] 가죽 모자를 차례로 벗어던지면서, 왕관을 살 여유가 없으니 살기 힘든 세월이라고 불평하는 사람 같지 않은가! 현재 소유한 집보다 훨씬 더 편리하고 사치스러운 집을 고안할 수 있겠지만, 그런 집을 살 여유가 우리에게 없다는 점은 누구나 인정할 것이다. 우리는 이런 것들을 더 많이 얻으려고 늘 머리를 굴리는데, 때로는 더 적은 것들로 만족하는 법은 배우지 못한다는 것인가? 존경할 만한 시민이 젊은이에게 상당수 불필요한 장화, 우

---

115 북아메리카에 널리 분포하는 다람쥐과의 설치류. 두꺼운 갈색 털로 덮여 있고, 땅에 구덩이를 파고 산다.

산, 할 일 없는 손님들을 위한 텅 빈 객실을 죽기 전에 반드시 마련해야 한다고 엄숙하게 훈계하고, 시범을 보여 가르쳐서야 되겠는가. 왜 우리의 가구는 아랍인이나 인디언의 가구처럼 간단하면 안 되는가. 인류의 은인들을 생각해 보자. 우리가 그분들을 하늘이 보낸 메신저들, 신이 인간에게 주는 선물을 나르는 존재로 신격화했거늘, 그런 분들이 줄줄이 거느리는 하인들, 차떼기로 들이는 패션 가구 따위를 상상이나 하겠는가. 만약 우리가 도덕적으로나 지성적으로나 아랍인보다 우월하니까, 그것에 정비례해서 우리의 가구가 더욱 복잡해지는 것은 당연하다고 인정한다면 어찌되겠는가! 희한한 인정이 아니겠는가. 현재도 우리의 집들은 가구로 어지럽고 더럽혀져 있지 않은가 말이다. 그러니 훌륭한 주부라면 그 대부분을 쓰레기 구멍에 쓸어 넣고 나서야 아침 일을 끝마칠 것이다. 아침 일이라! 에오스Eos[116]의 홍조와 멤논Memnon[117]의 음악이 있는 가운데 인간이 이 세상에서 해야 할 '아침 일'이란 무엇이어야 하겠는가? 내 책상 위에는 석회석 조각이 세 개 있었다. 나는 이 돌들의 먼지를 매일 털어야 한다는 사실에 크게 놀랐다. 아직 내 마음속 가구의 먼지도 못 털고 있지 않았는가. 정나미가 떨어져서, 그것들을 창밖으로 던져버렸다. 그런 내가 어떻게 가구 딸린 집을 소유할 수 있겠는가? 차라리 노천에 나앉고 싶다. 사람이 땅을 파헤치지 않는 한, 풀 위에 먼지가 쌓이는 일은 없을 테니 말이다.

---

116 그리스 신화 속 새벽의 여신. 로마 신화의 아우로라Aurora.
117 에오스의 아들. 이집트의 멤논 석상은 아침 햇살을 받으면 하프 줄을 튕기는 소리를 내는데, 이것은 에오스의 인사에 응답하는 멤논의 목소리라고 한다.

뭇사람이 아주 열심히 좇는 유행을 퍼뜨리는 자는 바로 사치와 방탕을 일삼는 사람들이다. 이른바 최고급 여관에 투숙하는 여행객은 이런 사실을 곧 알게 된다. 여관 주인이 그를 사르다나팔루스 왕[118]으로 여길 테고, 만약 여관 주인의 친절한 자비에 자신을 맡겨버리면, 그는 곧 완전히 거세를 당할 것이기 때문이다. 열차의 객실을 보면, 사치스러운 치장에 돈을 더 쓰고 안전과 편리는 뒷전에 두는 경향이 있어서, 기껏 현대식 응접실로 탈바꿈할 징후를 보인다. 객차가 침대 겸용 소파, 발걸이 의자, 햇빛 가리개, 동방의 수많은 장식품[119]을 갖추고 있으니 말이다. 우리는 이런 물품들을 서방으로 들여오고 있는데, 그것들은 본래 규방 숙녀와 중국 왕조의 문약한 토박이를 위해 고안된 것으로 조너선Jonathan[120]이라면 그 이름을 아는 것만으로도 얼굴을 붉혀야 할 것이다. 나는 객차의 벨벳 쿠션에 끼어 앉기보다는, 차라리 호박 하나를 독차지하고 그 위에 앉고 싶다. 유람 열차의 호화 객차를 타고 계속 '유독한 공기'malaria를 마시면서 천국에 가느니, 차라리 공기가 잘 통하는 황소 달구지를 타고 땅 위에서 달리고 싶다.

원시시대의 소박하고 적나라한 삶은 적어도 인간이 여전히 자연의 체류자로 남는 이점이 있었다. 그 시대의 인간은 음식과 잠으로 원기를 회복하고 나면, 새로운 여행을 떠날 준비를 했다. 말하자

---

118 사르다나팔루스Sardanapalus(?~?). 아시리아의 마지막 왕(재임 기원전 668~627으로 알려져 있으며, 우유부단하고, 향락적이며, 사치스러운 생활방식으로 유명하다.
119 당시 중국과의 교역으로 유행하던 동양의 장식품과 가구를 말한다.
120 19세기에 전형적인 미국인을 칭하는 이름으로 영국의 '존 불John Bull'에 해당한다.

경제

면, 그는 이 세계의 어느 천막에 체류하면서, 계곡을 누비고 평원을 건너거나 산꼭대기에 기어올랐다. 그러나 보라! 이제 인간은 자신이 쓰는 도구의 도구가 되어버렸다. 배고플 때 독립적으로 과일을 따먹던 인간은 이제 농부가 되었고, 집 대신 나무 밑에 섰던 그는 살림꾼이 되었다. 이제 우리는 잠자기 위해 더 이상 야영하지 않으며, 땅 위에 정착한 뒤로는 하늘을 잊어버렸다. 우리는 기독교를 향상된 '농경'*agri*-culture의 방법[121]으로만 받아들였다. 현세를 위해서 가족용 대궐을 지었고, 내세를 위해서 가족용 묘지를 부설했다. 최고의 예술 작품은 현세에서 해방되고자 하는 인간의 몸부림을 표현한 것이다. 하지만 작금의 예술은 낮은 수준의 현세에 안주하고, 높은 수준의 내세를 망각하게 할 뿐이다. 어떤 '멋진' 예술 작품이 전해졌다 하더라도, 우리 마을에는 사실상 그런 작품이 설 자리가 없다. 우리의 삶, 집, 거리가 그런 작품에 걸맞은 받침돌을 제공하지 않기 때문이다. 그림을 걸어놓을 못 하나 없고, 영웅이나 성인의 흉상을 받쳐놓을 선반 하나 없다. 우리의 집이 어떻게 건축되고, 그 대금이 어떻게 지불되거나 지불되지 않으며, 집안의 경제가 어떻게 관리되고 유지되는지를 생각해 본다. 그러면 방문객이 벽난로 위의 싸구려 장식품들에 감탄하는 동안, 그가 딛고 서 있던 마룻장이 갑자기 내려앉아, 지하실로 떨어져서, 꽤 단단하고 튼실한 흙바닥에 벌렁 눕게 될까봐 걱정이 된다. 이른바 '부유하고 세련된 삶'이란 점프로 꿰찬 것이라는 인식을 지울 수 없다. 그리고 전적으로 그런 점프에 관심이 쏠리는 까닭에, 나는 그렇게 점프로 꿰찬 삶을 장식하는 '멋진' 미술품

---

121 농경*agri*-culture은 본래 '밭갈이'나 '경작'을 뜻한다. 여기서는 통상적인 문화culture의 의미까지 함축한다.

따위를 느긋하게 즐기지 못한다. 내가 기억하기에 인간이 진짜 근력만으로 점프한 최고 기록은 일부 아랍 유목민들이 세운 것인데, 그들은 평지에서 25피트를 점프했다고 한다. 인위적인 지지대가 없는 한, 인간이 그 이상 점프하면 다시 땅으로 떨어지기 마련이다. 나는 이런 졸부猝富에게 맨 먼저 이런 질문을 던지고 싶다. '누가 당신을 떠받치는가? 당신은 백 명 중 아흔일곱 명의 실패한 상인 가운데 하나인가, 아니면 세 명의 성공한 상인 가운데 하나인가? 이런 질문에 답해보라. 그러면 나는 당신의 자질구레한 장신구들을 살펴보고, 그것들이 장식이 되는지 어떤지 판단할 것이다.' 말 머리 앞에 단 수레는 아름답지도 않고 쓸모도 없다. 우리가 집을 아름다운 물건으로 장식하려면, 그 전에 낡은 벽의 페인트를 벗기고, 낡은 삶의 옷도 벗고, 아름다운 살림살이와 아름다운 삶의 기초를 놓아야 한다. 그런데 이에 필요한 심미안은 대부분 집도 살림꾼도 없는 집 밖의 자연에서 길러지니 어찌하랴.

존슨은 『기적의 섭리』[122]에서 자신과 동시대인이었던 우리 마을[123]의 첫 정착민들을 언급하면서, "그들은 어느 산기슭 아래에 땅굴을 파서 최초의 주거지로 삼았다. 그리고 가로장을 깔고, 그 위에 파낸 흙을 내던진 다음, 가장 높은 쪽에서 맨땅에 연기가 자욱한 불을 피웠다,"라고 말한다. 이어서 그는 그들은 "주님의 축복으로 땅이 그들을 먹일 빵을 생산하기까지 집을 마련하지 않았다,"면서, 첫해 수확이 너무 적었으므로, "그들은 자신들의 빵을 아주 얇게 썰어서

---

122 에드워드 존슨Edward Johnson(1599?~1672)의 『뉴잉글랜드에서 구세주가 행한 기적의 섭리』(1654)를 말한다.
123 뉴잉글랜드의 첫 내륙 마을인 콩코드를 말한다.

기나긴 계절에 대비할 수밖에 없었다,"라고 말한다. 뉴네덜란드 성省[124]의 장관은 이곳에 정착하고자 하는 사람들을 위해 정보를 제공할 목적으로 1650년 네덜란드어로 쓴 글에서 더 구체적으로 이렇게 말한다. "뉴네덜란드, 특히 뉴잉글랜드에서 자신이 원하는 대로 농가를 단번에 지을 수단이 없는 사람들은 적당하다고 생각하는 길이와 너비에 6~7피트 깊이로 땅에 지하실 형태의 사각형 구덩이를 파고, 벽 안쪽의 흙에 빙 둘러 목재를 댄 다음, 나무껍질이나 다른 어떤 것으로 목재의 틈을 메워 흙이 쏟아져 들어오는 것을 막는다. 이런 지하실 바닥에 널빤지를 깔고, 머리 위에 두른 징두리 판으로 천장을 삼으며, 둥근 목재로 지붕을 올리고, 나무껍질이나 초록색 떼로 그 위를 덮는다. 그리하여 이러한 집에서 전 가족이 2년, 3년 또는 4년 동안 눅눅하지 않고 따뜻하게 살 수 있다. 그리고 보통 그런 지하실 형태의 집을 가족의 규모에 적합한 수로 칸을 나누었다. 식민 초기에는 뉴잉글랜드의 부유한 지도층 인사들도 최초의 거처를 이런 식으로 마련했다. 이유는 두 가지다. 첫째, 건축에 시간을 낭비하여 다음 계절에 식량이 모자라는 일이 없도록 하기 위해서였으며, 둘째, 고국에서 데려온 수많은 가난한 노동자의 용기를 꺾지 않기 위해서였다. 3~4년이 지나 그 지방이 농업에 적응했을 때, 그들은 수천 달러의 돈을 들여 멋진 집을 지었다."[125]

우리 조상들이 택한 이런 방침에는 적어도 어떤 분별력이 발휘

---

124 Province of New Netherland. 지금의 뉴욕 주. 1613~1664년까지 네덜란드 식민지였다.

125 에드먼드 베일리 오캘러헌Edmund Bailey O'Callaghan(1797~1880), 『기록으로 본 뉴욕 주 역사』(1851) 중.

되었으니, 더욱 시급한 욕구를 먼저 충족시키는 것이 그들의 신조였던 것 같다. 그러나 오늘날에는 더욱 시급한 욕구가 충족되고 있는가? 나는 사치스런 현대식 집을 한 채 장만할까 생각하다가도 이내 단념한다. 말하자면, 이 나라가 아직 '인간적' 문화에 적합하지 않아서, 지금도 우리 조상들이 밀가루 빵을 얇게 잘랐던 것보다 훨씬 더 얇게 우리의 '정신적' 빵을 자르지 않으면 안 되기 때문이다. 하지만 아주 교양 없는 시대라도, 모든 건축 장식들을 깡그리 무시하자는 뜻은 아니다. 우선 우리 삶과 맞닿아 있는 집 안쪽을 조개류의 집처럼 아름답게 단장하되, 지나치게 치장하지는 말자는 것이다. 그러나 슬프다! 나는 한두 집의 집 안에 들어가 보았고, 내부가 무엇으로 치장되었는지 알고 있다.

오늘날 우리의 체질이 퇴화되었다지만, 우리는 여전히 동굴이나 원형 오두막에서 살거나, 짐승가죽 옷을 입을 수 있을 것이다. 그렇더라도, 우리는 문명의 이기들을 받아들이는 편이 분명 나을 것이다. 그것들은 아주 값비싼 대가를 지불한 것이기는 하지만, 인류의 근면과 발명이 제공하는 이기들이기 때문이다. 우리 인근 지역에서는, 적절한 동굴들, 또는 온전한 통나무, 또는 충분한 양의 나무껍질, 또는 심지어 반죽이 잘된 진흙이나 납작한 돌보다도 널빤지와 지붕널, 석회와 벽돌 들을 더 싸고 더 쉽게 구할 수 있다. 내가 이 문제에 대해 자신 있게 말하는 까닭은 이론과 실제의 양면에서 잘 알고 있기 때문이다. 우리가 지혜를 조금 더 발휘하여 이런 재료들을 활용하면, 우리는 현재 가장 부자인 사람들보다도 더 부유할 수 있고, 문명을 하나의 축복으로 만들 수 있을 것이다. 문명인이란 경험이 더 많고, 더 현명한 미개인일 따름이다. 그러면 이제 나 자신의 실험[126] 이야기를 서두르겠다.

1845년 3월 말경, 나는 빌린 도끼 한 자루를 들고 월든 호숫가의 숲으로 갔다. 내가 집을 짓고자 하는 데와 가장 근접한 곳이었다. 나는 목재로 쓰기 위해서 아직 한참 자라는 곧고 큰 백송을 몇 그루 베어 넘기기 시작했다. 아무것도 빌리지 않고 어떤 일을 시작하기란 어렵지만, 일부러 빌려 씀으로써 당신의 이웃으로 하여금 당신이 하는 일에 관심을 갖도록 하는 것도 매우 도량 넓은 처신이 될 수도 있으리라. 도끼 임자는 잡고 있던 도끼를 내밀면서 자기의 눈동자처럼 아끼는 것[127]이라고 했다. 하지만 나는 도끼를 빌려 올 때보다도 더 날카롭게 갈아서 돌려주었다. 내가 작업하던 곳은 소나무 숲이 우거진 기분 좋은 언덕배기였다. 숲 사이로 호수도 보이고, 소나무와 히코리[128]가 쑥쑥 자라는 숲속의 작은 공터도 보였다. 호수의 얼음은 군데군데 녹아서 물이 보이는 곳도 있었지만 아직 다 녹지는 않았으며, 얼음이 모두 거무스레한 빛을 띠고 물기를 머금고 있었다. 내가 그곳에서 작업하는 동안에 눈발이 약간 흩날리기도 했다. 하지만 귀갓길에 철도변으로 나올 때면, 거의 언제나 멀리까지 쭉 뻗은 노란 모래 더미가 아지랑이 속에서 반짝였고, 선로 역시 봄 햇살에 빛나고 있었다. 그리고 종달새와 딱새와 그 밖의 새들이 이미 당

---

126 소로는 1845년 미국 독립기념일인 7월 4일에 맞추어 월든 숲으로 이주했다. "실험"이라는 단어는 제퍼슨 대통령이 취임사에서 민주주의를 "성공적인 실험"이라고 부른 것에 빗댄 것인 것 같다.

127 『신명기』 32:10. "스산한 울음소리만이 들려오는 빈 들판에서 만나, 감싸 주시고 키워 주시며 당신의 눈동자처럼 아껴 주셨다."

128 북아메리카 호두나무과의 나무.

도해서, 우리와 함께 또 다른 한 해를 시작하며, 지저귀는 소리도 들렸다. 유쾌한 봄날이었고, 땅뿐만 아니라 인간의 불만의 겨울[129]도 녹고 있었으며, 동면으로 누워 있던 생명이 기지개를 펴기 시작했다. 어느 날 내 도끼 자루가 빠졌다. 그래서 나는 쐐기 대용으로 히코리의 푸른 가지를 잘라서, 돌로 도끼에 때려 박은 다음, 자루가 다시는 빠지지 않도록 물에 불리기 위해서 호수의 얼음 구멍에 도끼를 송두리째 담갔다. 이때 황급히 물속으로 들어가는 줄무늬 뱀 한 마리가 보였다. 뱀은 내가 거기 있는 동안, 그러니까 15분 넘게, 호수 바닥에 가만히 있었지만, 전혀 불편해보이지 않았다. 아마 동면 상태에서 완전히 깨어나지 않았기 때문일 것이다. 나는 사람들도 이와 비슷한 이유로 현재의 낮고 원시적인 상태에서 동면하고 있다는 생각을 했다. 하지만 만약 그들이 도약하는 봄기운을 느끼고 깨어난다면, 반드시 더 높고 영묘한 삶을 향해 비상할 것이다. 나는 서리가 내린 추운 아침에 어딘가를 가다가, 뱀이 몸의 마디마디가 여전히 마비된 채로 움직이지 못하고, 햇빛이 녹여주기만을 기다리는 모습을 본 적이 있다. 4월 초하루에 비가 내리면서 호수의 얼음이 녹았다. 그리고 그날의 아침나절은 안개가 자욱했는데, 짝 잃은 기러기 한 마리가 길을 잃은 듯, 아니면 안개의 정령인 듯, 호수 상공을 더듬거리며 끼룩끼룩 울어대는 소리가 들렸다.

그렇게 나는 며칠간 작은 도끼만을 가지고, 나무를 절단하고 깎아서 샛기둥과 서까래를 다듬었다. 나는 남에게 전할 만하거나 학문적인 생각은 별로 하지 않고 그저 노래를 흥얼거렸다.

---

129 윌리엄 셰익스피어William Shakespeare(1564~1616), 『리처드 3세』 첫
행. "지금은 우리의 불만의 겨울이다."

경제

사람들은 자신이 많은 것을 안다고 말한다.

그러나 보라!

예술과 과학, 그리고 천 가지 기구,

그것들이 날개를 달았다.

불어오는 바람, 우리가 아는 것은

단지 그것뿐이다. [130]

나는 큰 기둥은 사방 6인치로 깎았고, 대부분의 샛기둥은 양면만 깎았다. 서까래와 바닥재는 한쪽만 깎고, 다른 쪽의 껍질은 그대로 남겼다. 그랬더니 그것들은 톱으로 켠 목재 못지않게 곧으면서도 더 단단했다. 이 무렵에는 다른 연장도 빌려왔기 때문에, 모든 널의 양쪽 끝에 장붓구멍과 장부촉을 주의 깊게 파서 서로 이었다. 숲속에서의 일과는 그리 길지 않았다. 점심으로는 대개 빵과 버터를 싸가지고 갔다. 그리고 정오에는 내가 잘라낸 푸른 소나무 가지들 사이에 앉아서 빵을 쌌던 신문을 읽었다. 손에 송진이 잔뜩 묻었기 때문에, 빵에서 송진 향기가 약간 났다. 소나무를 몇 그루 베어 넘겼지만, 이러는 동안에 소나무와 더 친숙해졌다. 그래서 집을 완성하기 전에, 나는 이미 소나무의 적이라기보다는 친구가 되었다. 때로는 숲속을 산책하는 사람이 내 도끼 소리에 끌려서 다가왔다. 우리는 잘라 놓은 나무토막들을 사이에 두고 즐거운 잡담을 나누었다.

작업을 서두르지 않고 정성을 다했기 때문에, 집은 4월 중순에야 뼈대를 갖추고 상량 준비가 되었다. 나는 널빤지를 쓰려고 피

---

130 소로가 지은 것이다.

츠버그 철도[131] 공사장에서 일했던 제임스 콜린스라는 아일랜드인의 판잣집을 이미 사들였다.[132] 그의 판잣집이 드물게 쓸 만하다는 말을 들었기 때문이다. 그 집을 보러 갔을 때, 그는 집에 없었다. 집 밖을 쭉 둘러보았지만, 창문이 아주 깊고 높아서인지, 처음에는 집 안의 누구도 나를 보지 못했다. 그 집은 자그마한 오두막으로, 지붕은 끝이 뾰족했고, 집을 빙 둘러 5피트 높이의 흙이 마치 퇴비더미처럼 쌓여 있어서, 이렇다 할 것이 눈에 띄지 않았다. 지붕이 가장 성한 부분이었지만, 햇빛에 상당히 뒤틀려서 버걱버걱했다. 문지방은 전혀 없었고, 출입문 널빤지 아래로 닭들이 노상 출입하는 통로가 있었다. 콜린스 부인이 출입문에 나와서 집 안을 둘러보라고 말했다. 내가 다가가자, 닭들이 우르르 집 안으로 들어갔다. 안은 어두웠고 대부분 흙바닥이었다. 그리고 바닥은 축축하고 끈적끈적하고 으스스했으며, 겨우 여기에 널빤지 하나, 저기에 널빤지 하나가 있었으나, 떼어내면 바스러질 것 같았다. 안주인은 등불을 켜서 지붕 안쪽과 벽을 보여주었고, 침대 밑에 깔려 있는 판자 마루도 보여주면서, 지하실에는 발을 들여놓지 말라고 주의를 주었다. 약 2피트 깊이의 흙구덩이 같은 지하실이었다. 안주인의 말대로, "천장과 사면의 벽 판자들은 쓸 만하고 창문도 멀쩡해" 보였다. 원래 정사각형 유리 두 장을 끼운 온전한 창문이었지만, 근래 창문을 통해 나간 것은 고양이뿐이라고 했다. 그곳에 있는 것은 난로 하나, 침대 하나, 의자 하나, 그 집에서 태어난 갓난아

---

131 보스턴에서 콩코드를 경유하여 피츠버그까지 가는 철도.
132 철도 공사가 끝나가면서 많은 노동자들이 자신들의 판잣집을 팔고 다른 곳으로 이주했다.

이 하나, 비단 양산 하나, 도금한 테를 두른 거울 하나, 그리고 어린 참나무에 못으로 고정한 최신형 커피분쇄기 하나가 전부였다. 그러는 동안에 제임스가 돌아왔기 때문에 계약이 곧 체결되었다. 나는 그날 밤 4달러 25센트를 지불하고, 그는 다음 날 아침 5시에 집을 비워주되, 그동안에 다른 누구에게도 팔지 않기로 했다. 그리고 아침 6시에 내 소유가 될 터였다. 그는 나더러 아침 일찍 오는 편이 좋을 것이라면서, 땅 임대료와 연료에 대해 애매하고도 매우 부당한 청구권을 주장하는 사람이 있을 테니, 그에 대비하라고 말했다. 그는 그것이 유일한 두통거리라고 확인해주었다. 6시에 나는 그와 그의 가족을 길에서 만났다. 큰 꾸러미 하나에 고양이를 제외한 그들의 전 재산인 침대, 커피분쇄기, 거울, 닭이 들어 있었다. 고양이는 숲으로 달아나서 살쾡이가 되었다고 했다. 나중에 안 일이지만, 이 고양이는 우드척을 잡으려고 쳐놓은 덫에 걸려서 결국 죽고 말았단다.

나는 같은 날 아침 이 집을 헐고, 못을 뽑아낸 판자들을 작은 수레에 실어 몇 차례에 걸쳐 호숫가로 옮겨 풀밭 위에 펼쳐놓았다. 뒤틀린 널빤지들을 햇빛에 말려 바로잡기 위해서였다. 수레를 끌고 숲길로 가는 길에 이른 아침의 개똥지빠귀 한 마리가 내게 노래를 한두 곡 불러주었다. 패트릭Patrick[133]이라는 아이의 고자질에 따르면, 내가 수레로 판자를 나르는 틈틈이 이웃에 사는 실리Seeley라는 아일랜드인이 아직 쓸 만한 곧고 튼튼한 못, 꺽쇠, 대못을 주머니에 슬쩍했다고 한다. 내가 돌아왔을 때도, 그 사람은 그곳에 서서 시간을 보내며, 봄 생각에 잠긴 듯 무심히 허물어진 집터를 새삼스레 바라보았다. 그의 말에 따르면, 딱히 할 일도 별로 없어서 나왔다는

---

133 아일랜드인의 흔한 이름.

것이다. 그는 구경꾼을 대표해서 그곳에 있었고, 보아하니 시시한 이 일을 트로이Troy의 신들을 옮기는 일[134]과 맞먹는 사건으로 만드는 데 한몫 낀 셈이었다.

나는 예전에 우드척이 굴을 팠던 남향의 언덕배기에 지하 저장실을 팠다. 옻나무 뿌리와 블랙베리 뿌리, 땅속 깊숙한 초목들의 흔적을 헤치고, 고운 모래가 나올 때까지 깊이 7피트 너비 6피트의 정사각형으로 파 내려갔다. 그 안에서는 아무리 추운 겨울에도 감자가 얼지 않을 것이다. 측면은 석축을 쌓지 않고 경사진 대로 두었지만, 거기에는 해가 비치는 일이 없었기에 모래가 여전히 제자리를 지킨다. 겨우 두 시간 걸리는 작업이었다. 이렇게 땅을 파헤치는 일에 각별한 즐거움을 느끼는 것은 거의 어느 위도에서나 땅을 파고 들어가면 일정한 온도를 얻을 수 있기 때문이다. 도시의 가장 호화로운 주택의 지하에서도 아직 옛날과 다름없이 뿌리채소를 저장하는 지하실을 발견할 수 있고, 지상 건축물이 사라지고 나서 오랜 뒤에도, 후손이 움푹 팬 지하실 흔적을 땅속에서 발견한다. 그러고 보면 집은 여전히 땅굴 입구에 있는 일종의 현관에 지나지 않는가 보다.

드디어 5월 초에, 나는 몇몇 가까운 사람들[135]의 도움을 받아

---

134 푸불리우스 베르길리우스 마로Publius Vergilius Maro(기원전 70~기원후 19), 『아이네이스』 2권 참조. 트로이가 그리스인에게 함락되고, 아이네이아스Aeneas가 그의 아버지를 업고 피할 때, 그들은 국가의 신들을 상징하는 가정의 신상들을 함께 옮겼다.

135 당대의 초월주의자인 에머슨, 브론슨 올컷Bronson Alcott(1799~1888), 엘러리 채닝Ellery Channing(1780~1842), 제임스 커티스James Curtis(1821~1895)와 윌리엄 커티스William Curtis(1824~1892) 형제를 비롯해서 소로의 농부 친구인 에드먼드 호스머Edmund Hosmer(?~?)와 그의 세 아들이 도왔다고 한다.

경제

집을 상량했다. 도움이 필요했기 때문이라기보다는 이웃과의 친목에 좋은 기회가 될 것이기에 그렇게 했다. 상량에 참가한 이들의 인격으로 보아, 나보다 더 큰 영광을 누린 사람은 일찍이 없으리라. 나는 그들이 언젠가 더 고귀한 건축물을 세우는데도 숙명적으로 나를 도와주리라 믿는다. 7월 4일, 나는 이곳에 입주했다. 판자벽을 붙이고 지붕을 올린 즉시 들어왔으니, 판자의 가장자리를 조심조심 얇게 후린 다음에 서로 겹쳐 붙여서 비가 전혀 스미지 않는 집이 된 뒤였다. 판자를 붙이기 전에, 나는 호수에서 두 수레분의 돌을 언덕 위로 안고 와서, 집의 한쪽 끝에 굴뚝의 기초를 놓았다. 가을에 뿌리채소를 캔 뒤 굴뚝을 세웠는데, 아직 난방을 위한 불이 필요하기 전이라서, 당분간은 이른 아침에 집 밖의 땅 위에서 밥을 지었다. 어느 면에서는 이런 방법이 보통의 방법보다 더 편리하고 기분 좋다는 생각이 아직도 든다. 빵이 구워지기 전에 폭풍우가 불어칠 때면, 판자 몇 장을 불 위에 고정해 놓고, 그 밑에 앉아서 빵을 지켜보면서 기분 좋은 몇 시간을 보냈다. 일손이 무척 바빴던 당시에는 독서를 별로 하지 못했다. 하지만 땅 위에 펼쳐진 하찮은 신문 조각이 독서 못지않은 즐거움을 주었으니, 물건을 쌌던 것이든, 식탁보로 썼던 것이든, 실로 신문이 『일리아스』와 똑같은 구실을 했다.

집을 지을 때는 나보다 훨씬 더 용의주도하게 짓는 편이 좋을 성싶다. 예를 들어, 출입문, 창문, 지하실, 다락이 인간성의 어디에 바탕을 두었는지를 고려해 집을 지으면 어떨까? 그리고 어쩌면 일시적 필요 이상으로 타당한 이유를 발견하기 전에는, 어떤 건축물도 짓지 않으면 어떨까? 인간이 자신의 집을 지을 때는, 새가 둥지를 지를 때와 똑같이 적합성이라는 것이 있다. 만약 인간이 손수 집을 짓고, 아주 소박하고 정직하게 자신과 가족을 벌어 먹인다면, 인간의 시적 능력이 보편적으로 발전되지 않겠는가? 그렇게 하는 새들이 보편적으로 노래를 부르듯이 말이다. 그러나 슬프다! 우리는 다른 새가 지은 둥지에 알을 낳고, 객객 우는 소리와 불쾌한 소리를 내어 어떤 나그네도 즐겁게 하지 못하는 찌르레기와 뻐꾸기처럼 행동한다. 우리는 건축의 즐거움을 영원히 목수에게 일임할 것인가? 일반 대중의 경험에서 건축이 차지하는 비중은 어느 정도인가? 나는 많이 쏘다녔지만, 자기가 살 집을 손수 짓는 것처럼 아주 단순하고도 자연스러운 일에 종사하는 사람을 만난 적이 없다. 우리는 공동체에 속한다. '사람의 9분의 1은 재봉사가 차지한다,'고[136] 하지만 재봉사만이 아니다. 목사와 상인과 농부도 같은 정도를 차지한다. 이런 노동의 분업은 어디서 그칠 것인가? 그리고 그것이 결국 어떤 목적에 이바지할 것인가? 분명 다른 사람이 나를 대신해서 생각마저 '할 수도' 있으리라. 하지만 그런 이유로 스스로 생각하기를 멈추고 다른 사람이 대신하게 하는 것은 바람직하지 않을 것이다.

사실 이 나라에는 건축가로 불리는 사람들이 있다. 그리고 건축 장식이 마치 신의 계시인 것처럼, 그것을 적어도 진리의 핵, 하나의 필수, 하나의 아름다움으로 만들려는 생각에 몰두하는 건축가[137]가 있다는 소리도 들었다. 그의 관점에서 볼 때는, 모든 장식이 아주

---

136 "아홉 명의 재단사가 한 인간을 만든다."라는 17세기 영국 속담에 빗댄 것이다.

137 조각가 호라티오 그리너프Horatio Greenough(1805~1852)를 가리킨다. 일찍이 실용적 건축 장식을 제창했다.

훌륭하겠으나 실은 흔한 딜레탕티슴에 지나지 않는다. 건축 분야의 감상적 개혁자인 그는 건축의 기초부터 시작하지 않고 추녀 돌림띠 장식부터 시작했다. 그것은 모든 봉봉 과자 안에 아몬드나 캐러웨이 씨를 하나씩 넣도록 하는 것처럼 — 하지만 아몬드는 설탕을 가미하지 않고 먹는 것이 가장 몸에 좋으리라 생각된다 — 진리의 핵을 장식들 안에 넣는 방법일 뿐이며, 주민이나 거주자 자신이 집의 안팎을 참되게 건축하고 장식을 자연스레 해결하게 하는 방법이 아니다. 어떤 이성적인 사람이 장식들을 단순히 외적이고 표피적인 것일 뿐이라고 생각하겠는가? 거북이가 점박이무늬 등딱지를 갖게 되고 조개가 자개빛깔을 띠는 것이, 브로드웨이의 주민들이 트리니티 교회 Trinity Church[138]를 지은 것처럼 업자에게 도급을 주어서라고 생각할 사람이 있겠는가? 거북이가 자신의 점박이무늬 등딱지를 제멋대로 할 수 없듯이, 사람도 자기 집의 건축 양식[139]을 제멋대로 할 수 없다. 병사 역시 자신이 추구하는 덕목의 '색깔'을 깃발에 정확히 칠하려는 따위의 한심한 노력은 할 필요가 없다. 그렇게 하면, 그의 적이 자연스레 알아낼 것이니, 그런 병사는 시련이 닥치면 곧 얼굴이 창백해질 것이다. 내가 보기에, 앞서 말한 건축가는 추녀 돌림띠 장식 위로 상체를 쑥 내밀고, 자기의 어설픈 진리를 교양 없는 주민들에게 주뼛거리며 속삭이는 듯하다. 그러나 주민들은 사실 그 건축가보다 더 잘 알고 있다. 지금 내 눈에 쏙 드는 건축미는 그 집의 유

---

138 뉴욕 브로드웨이에 지은 고딕 양식의 성공회 교회. 화재로 1846년 재건축되었다.

139 여기서의 '건축'은 건물을 짓는 것만이 아니라 인격을 짓는 것까지 포함한다.

일한 건축가인 주민의 필요와 인격을 바탕으로 하여 안에서 밖으로 성장하는 미美, 다시 말해 외양은 전혀 고려하지 않고 어떤 무의식적인 진솔함과 고귀함을 바탕으로 성장하는 미라고 알고 있다. 그리고 이런 종류의 특별한 미는 모두 그와 유사한 무의식적인 삶의 미가 선행하면 자연적으로 뒤따르기 마련이다. 화가라면 알고 있듯이, 이 나라에서 가장 흥미 있는 집은 일반적으로 가난한 사람이 사는 아주 꾸밈없고 소박한 통나무집과 오두막집이다. 이런 집을 한 폭의 '그림처럼' 만드는 것은 단순히 그 외관상의 특징이 아니라, 집이라는 껍질 안에 사는 거주자의 삶이다. 교외에 사는 시민의 성냥갑 같은 집이라도, 그의 삶이 여전히 소박하고 상상력을 북돋우고, 그의 주거 양식에 억지로 덧붙인 장식들이 별로 없다면, 똑같이 우리의 흥미를 끌 것이다. 대부분의 건축 장식은 문자 그대로 공허하다. 그래서 9월에 강풍이 불면 빌려온 깃털처럼 날아가 버리고, 몸체에는 아무런 상처도 남기지 않으리라. 지하실에 올리브도 없고 포도주도 없는 사람은 '건축' 없이도 살 수 있다. 만약 문학에서 문체의 장식에 똑같이 법석을 떨고, 경전들의 설계자들이 우리 교회의 건축가들과 마찬가지로 추녀 돌림띠 장식에 시간을 소비한다면 어찌되겠는가? 그런데도 '순수문학'*belles-lettres*과 '순수미술'*beaux-arts*뿐만 아니라 이 것들을 가르치는 교수들까지 이런 식으로 만들어지고 양성된다. 정말이지 사람들은 자기 위나 아래에 몇 개의 막대기를 어떤 모양으로 비스듬히 세울지, 그의 상자[140]에 어떤 색을 칠할지 등에 큰 관심을 기울인다. '그가' 조금이라도 진솔한 정신에서 막대기를 비스듬히

---

140 집도 관과 마찬가지로 일종의 '상자'이다.

세우고 상자에 색을 칠한다면, 다소 의미가 있을 것이다. 하지만 거주자의 혼이 이미 떠났다면, 그것은 자신의 관을 만드는 것 — 무덤의 건축 — 과 매한가지이며, '목수'는 '관 제조자'의 또 다른 이름에 지나지 않는다. 삶에 절망하거나 냉담해진 어떤 사람은 발밑 흙을 한 줌 집어서 흙색으로 집을 칠하라고 말한다. 그는 자기 최후의 '좁은 집'[141]을 생각하는 것인가? 그것은 차라리 동전을 던져 결정하라지.[142] 무척이나 할 일 없는 사람인가 보다! 왜 한 줌의 흙을 집어 집을 칠하겠는가? 차라리 안색에 어울리는 색으로 칠하는 편이 더 좋을 것이다. 그리하여 안색에 따라 창백해지거나 붉어지게 놔둬라. 그리하면, 오두막 건축 양식[143]을 개량하는 사업이 되리라! 당신이 내게 맞는 장식을 준비하면, 그것으로 내 집을 꾸며보리라.

　나는 겨울이 닥치기 전에 굴뚝을 세웠다. 그리고 이미 비가 샐 염려는 없었지만, 집의 외벽에 널조각을 덧댔다. 통나무를 처음 얇게 자를 때 만들어진 불완전하고 수액이 많은 널조각들의 가장자리를 대패로 반듯하게 다듬어 덧댄 것이었다.

　이렇게 해서 나는 빈틈없이 널을 대고 석회를 바른 집을 한 채 갖게 되었다. 높이 15피트에 너비 10피트, 문기둥 높이 8피트였으며, 다락과 벽장, 양쪽에 커다란 창문 하나씩, 들창문 두 개, 한쪽 끝에 출입문이 있고, 그 맞은편에는 벽돌로 된 벽난로를 갖춘 집이었다.

141　무덤.
142　10센트 동전을 던져 둘 중 하나를 택하는 방법을 말한다. 그리스 화에서 저승의 강을 건널 때 나루지기 카론에게 노자로 지불했다는 동전을 함축하기도 한다.
143　소로가 월든에 지은 오두막은 식민 초기의 대표적 양식이었다.

모든 일을 나 혼자 했으니, 노임은 계산하지 않고, 사용한 자재에 대해서는 일반적인 시세로 값을 지불한 결과, 내 집의 정확한 비용은 다음과 같았다. 이 내역을 밝히는 이유는 자기 집에 든 건축비를 정확히 말할 수 있는 사람이 몇 안 되고, 있다 해도 집을 구성하는 재료들의 각각의 비용을 말할 수 있는 사람은 더욱 적기 때문이다.

널빤지	8달러 3.5센트(거의 판잣집 널빤지)
지붕과 벽면용 헌 널빤지	4달러
욋가지	1달러 25센트
유리가 끼어 있는 헌 창문 2개	2달러 43센트
헌 벽돌 1,000개	4달러
석회 두 상자	2달러 40센트(비싼 편)
털[144]	31센트(필요 이상의 분량)
벽로 철제 상인방[145]	15센트
못	3달러 90센트
돌쩌귀와 나사못	14센트
빗장	10센트
백묵	1센트
운반비	1달러 40센트(상당 부분 내가 등에 지고 운반)
총 계	28달러 12.5센트

---

144 회반죽 강도를 높이기 위해 석회에 섞는 털. 보통 말 털을 사용했다.
145 벽난로의 굴뚝을 떠받치는 들보로 목재나 철재가 쓰였다.

경제

이것들이 내가 쓴 자재의 전부였다. 내가 땅을 점유한 자의 권리로 사용한 목재, 돌, 모래를 제외하고 말이다. 또한 인근에 작은 나뭇간도 지었는데, 집 짓고 남은 자재를 주로 썼다.

나는 앞으로 콩코드 마을 중심가의 어느 집보다 웅장하고 사치스러운 집을 지을 작정이다. 현재의 이 통나무집만큼이나 마음에 들고 비용도 전혀 더 들지 않는다면, 곧바로 짓겠다는 말이다.

이리하여 나는 거처를 원하는 학생이 현재 지불하는 1년 치 집세보다 많지 않은 비용으로 평생 살 집을 장만할 수 있다는 것을 알았다. 내가 주제넘은 자랑을 하는 것처럼 보인다면, 그것은 나를 위해서가 아니라 오히려 인류를 위한 것이라고 변명하고 싶다. 내 단점과 모순에도 불구하고, 내 말의 진실성에는 변함이 없다. 나는 나의 '밀'에서 '겨'를 가려내기가 사실 힘들기에, 이를 누구 못지않게 유감으로 생각한다. 그러나 많은 말치레와 위선에도 불구하고, 나는 진실하다는 면에서 팔다리를 쭉 펴고 자유롭게 숨을 쉴 것이며, 따라서 도덕적, 육체적 시스템이 받을 부담이 크게 줄어들 것이다. 그렇기에 나는 겸손 때문에 결코 악마의 대변인이 되지는 않겠다고 다짐했다. 나는 괜찮은 진실의 대변자가 되도록 노력할 것이다. 케임브리지대학[146]에서 학생용 방 하나의 방세만도 매년 30달러다. 현재의 내 방보다 약간 더 클 뿐인데 그렇다. 학교 법인은 한 지붕 밑에 나란히 서른두 개의 방을 지어 이득을 취하는 반면에, 기숙생은 이웃에 학생이 많아 시끄러운 불편을 겪어야 하는 데다, 어쩌면 4층 방에 배정되는 불이익까지 받을 수도 있다. 이런 여러 면에서 좀 더 진

---

146 매사추세츠 주 케임브리지의 하버드대학을 말한다. 소로는 1837년 이 대학을 졸업했다.

실한 지혜를 발휘한다면, 정말이지 그 자체가 이미 값진 교육을 받는 셈이 될 테고, 그만큼 교육이 덜 필요할 뿐만 아니라, 교육비도 대폭 절감할 수 있으리라 생각하지 않을 수 없다. 케임브리지나 다른 대학에서 학생에게 필요한 그런 시설을 학생과 학교 쌍방이 적절히 관리한다면, 현재 학생이나 다른 누군가가 감당해야 하는 희생을 10분의 1로 줄일 수 있을 것이다. 돈이 가장 많이 드는 것이 학생이 가장 원하는 것은 결코 아니다. 예컨대, 수업료는 학비 가운데 중요한 항목이지만, 동시대 사람 가운데서 가장 교양 있는 사람들과의 교류에서 얻는 훨씬 더 값진 교육은 무상으로 제공된다. 대학을 설립하는 방법은 대개 한 푼 두 푼 기부금을 모금한 다음, 극단적인 노동 분업의 원리를 추종하는 것이다. 아주 신중하게 접근해야 하는 분업의 원리를 맹목적으로 추종하여, 투기를 일삼는 청부업자를 불러들이면, 청부업자는 아일랜드 인부나 다른 공원工具을 고용하여 사실상 기초를 쌓는다. 그러는 동안 미래 대학생들은 수험을 위한 준비를 한다. 그래서 이런 실책의 비용을 대대손손 갚아야 한다. 차라리 대학의 혜택을 보고자 하는 사람이나 학생이 직접 기초를 쌓는 것이 '이보다 좋으리라'고 생각한다. 만약 학생이 인간의 의무인 노동을 조직적으로 회피함으로써 자신이 갈망하는 여가와 자유를 얻는다면, 그는 수치스럽고 무익한 여가를 얻을 뿐이고, 여가를 유익한 것으로 만들 수 있는 유일한 경험을 스스로 박탈하는 것이다. 어떤 사람은 "하지만 학생이 머리 대신 손으로 일해야 한다는 뜻은 아니겠지요?"라고 말할 것이다. 내 말은 정확히 그런 뜻은 아니다. 하지만 그와 아주 유사한 의미로 생각할 수도 있다. 내 말은 지역 사회가 이렇게 비싼 비용으로 학생들을 지원하는 동안, 그들은 인생

경제

을 '연기'演技하거나 '공부'하지 말고 처음부터 끝까지 진지하게 '살아야' 한다는 뜻이다. 젊은이들이 인생을 사는 실험을 즉시 하지 않고, 어떻게 더 잘 사는 방법을 배울 수 있겠는가? 나는 이런 실험이 수학 못지않게 그들의 정신을 단련시키리라 생각한다. 가령 어떤 소년에게 예술과 과학에 대해 무엇인가를 가르치고 싶다면, 나는 그 아이를 어떤 교수가 있는 지역으로 들여보내는 식의 일반적인 과정을 따르지는 않을 것이다. 그런 곳에서는 무엇인가를 강의하고 실습하지만, 삶의 예술은 가르치지 않기 때문이다. 소년은 망원경과 현미경을 통해 세계를 관찰하지만, 결코 타고난 육안으로는 관찰하지 않으며, 화학은 공부하되 빵이 어떻게 만들어지는지는 배우지 않으며, 기계학을 공부하되 빵을 얻는 방법은 배우지 않으며, 해왕성의 새로운 위성을 발견하면서 자신의 눈에 들어간 티는 찾아내지 못하거나, 자신이 어떤 부랑자의 위성인지 감지하지 못하며, 한 방울의 식초 안에 있는 괴물을 응시하는 동안에 자신은 주변의 들끓는 괴물에게 먹히고 있다는 사실조차 모른다. 자신이 파내고 녹인 광석으로 주머니칼을 만들고 이에 필요한 독서를 틈틈이 하는 소년과, 그동안에 대학에서 야금학 강좌에 참석하고 아버지에게서 로저스 주머니칼[147]을 받은 소년 중, 한 달이 지난 다음에 어느 쪽이 더 많이 발전했을까? 둘 중 누가 자신의 손가락을 더 베기 쉬울까? 나는 대학을 졸업할 무렵 내가 항해학을 공부한 사실을 알고[148] 놀랐다! 그래, 만

---

147 Rodgers' penknife. 영국의 유명한 칼 제조회사인 '조지프 로저스'의 주머니칼.

148 1830년대 하버드대학의 2학년 수학 교과의 일부로 '항해 천문학'이 있었다.

약 항구를 따라 한바탕 배를 몰았다면, 항해에 대해 더 많이 알았을 것이다. 철학과 동의어인 '삶의 경제'는 우리 대학에서 진지하게 가르치지 않는 반면에, '가난한' 학생까지도 '정치경제학'[149]만 공부하고, 배운다. 그 결과 학생이 아담 스미스, 리카도, 세[150]를 읽는 동안, 그의 아버지는 헤어날 수 없는 빚 구덩이에 빠지고 만다.

우리의 대학과 똑같은 실정에 놓인 것이 바로 수많은 '현대적 개선들'이다. 이것들에는 어떤 환상이 작용하고 있다. 항상 긍정적인 발전만 있는 것이 아니라는 말이다. 악마는 이런 개선에 초기에는 물론 계속해서 수많은 투자를 하고, 투자한 것에 대해 끝까지 가혹한 복리 이자를 짜낸다. 우리의 발명품들은 예쁜 장난감이기 일쑤여서, 우리의 관심을 진지한 일에서 딴 곳으로 돌린다. 그것들은 개선되지 않은 목적을 달성하는 개선된 수단에 불과하다. 그런 목적은 철도가 보스턴이나 뉴욕으로 통하듯이, 그 이전에도 아주 쉽게 달성할 수 있는 것이었다. 우리는 지금 메인 주에서 텍사스 주까지 전신망을 가설하려고 무척 서두르고 있다. 하지만 메인 주와 텍사스 주 간에는 통신할 만한 중요한 것이 전혀 없을 것이다. 두 곳은 모두 어떤 저명한 귀머거리 부인과 소통하기를 열망하던 한 사내가 처한 것과 똑같은 곤경에 빠졌다. 이 사내는 막상 그 부인을 소개받고, 그녀의 보청기 한쪽이 자신의 손에 쥐어지자, 할 말이 아무것도 없었다고 한다. 전신의 주요 목적은 분별 있게 말하는 것이 아니고 빨리

---

149 국가세입의 경영학.
150 아담 스미스Adam Smith(1723~1790), 데이비드 리카도David Ricardo(1772~1823), 장바티스트 세Jean-Baptiste Say(1767~1832). 세 사람 모두 18세기와 19세기 초의 영향력 있는 경제학자들이다.

경제

말하는 것인 듯하다. 우리는 대서양 밑에 터널을 뚫어 구세계와 신세계의 거리를 몇 주 더 가까이 당기기를 갈망한다. 하지만 팔랑거리는 미국인의 귀에 흘러들어올 첫 뉴스는 아마도 애들레이드 공주 Princess Adelaide[151]가 백일해에 걸렸다는 소식 정도일 것이다. 따지고 보면, 1분에 1마일의 빠른 속도로 달리는 말을 타고 달려오는 사람이 가장 중요한 메시지를 전하는 것은 아니다. 그는 복음의 전도사도 아니며, 메뚜기와 석청을 먹고[152] 다니는 예언자도 아니다. 날아가는 듯이 빠른 칠더스[153]가 일찍이 1펙의 옥수수라도 방앗간으로 나른 적이 있는지 의심스럽다.

어떤 친구가 내게 "저축을 하지 않는다니 놀랍구나. 너는 여행을 좋아하잖아. 철도를 이용하면 오늘 피츠버그까지 가서 그곳을 구경할 수 있잖아,"라고 말한다. 하지만 나는 그럴 정도로 어리석지 않다. 나는 걸어가는 사람이 가장 빠른 여행자라는 것을 체득했다. 나는 그 친구에게 이렇게 말한다. '누가 그곳에 먼저 도착하는지 시험해보자. 거리는 30마일이고 기찻삯은 90센트다. 거의 하루 품삯에 맞먹는 돈이다. 바로 이 철도 공사 현장에서 일하는 노동자의 일당이 60센트였던 시절이 기억난다. 자, 내가 지금 걸어서 출발하면, 해가 저물기 전에 그곳에 도착할 것이다. 일주일간 쉬지 않고 그런 속

---

151 독일 '작센마이닝겐 공국'Herzogtum Sachsen-Meiningen의 공주로서, 독일식 이름은 아델하이트 루이제 테레자 카롤리네 아멜리아Adelaide Louise Theresa Caroline Amelia(1792~1849)다. 1818년 영국의 왕 윌리엄 4세William IV(1765~1837)와 결혼했다.

152 『마태오의 복음서』 3:4. "요한은 낙타털 옷을 입고 허리에 가죽 띠를 두르고 메뚜기와 들꿀을 먹으며 살았다."

153 18세기 영국의 경주마로, 1분에 1마일을 달릴 수 있다고 알려졌다.

도로 여행한 적이 있다. 그동안 너는 차비를 벌어서, 내일 어느 때나 어쩌면 오늘 저녁에 도착하겠지. 운 좋게 제 때 일거리를 구한다면 그럴 것이다. 너는 피츠버그로 가는 대신 하루의 대부분을 여기서 일하고 있겠지. 그러니 만약 철도가 온 세계로 뻗는다 해도, 내가 너보다 먼저 가리라고 생각한다. 그러니 빠른 여행을 경험하면서 전원까지 구경하는 것이라면, 나는 너와의 결별도 불사할 수밖에 없을 것이다.'

이런 것이 보편적인 법칙이고, 누구도 이 법칙을 거스를 수 없다. 그러니 철도로 말하면, 있어도 그만 없어도 그만이라고 말할 수 있을 것이다. 인류가 모두 사용 가능한 철도를 세계 방방곡곡에 깐다는 것은 모든 지표면의 경사를 평평하게 만드는 일이나 다름없다. 사람들은 만약 공동의 자본을 투자하여 충분히 오랫동안 삽질하면, 마침내 모두가 어디로든 즉시 무료로 기차 여행을 할 것이라는 막연한 생각을 한다. 하지만 군중이 정거장으로 몰려들고, 기관차 연기가 걷히고 수증기가 압축되면서, 차장이 '전원 승차!'를 외친다 해도, 소수의 사람만 기차를 타고 나머지는 기차에 치어 죽은 사실을 알게 될 것이다. 그러면 그 일은 '어떤 우울한 사고'[154]로 두고두고 사람들의 입에 오르내릴 것이다. 만약 기찻삯이라도 번 사람들, 다시 말해, 그만큼 오래 목숨을 부지한 사람들은 마침내 기차를 탈 수 있을 것이다. 하지만 그때쯤에는 아마도 여행하고 싶은 탄력과 욕망을 이미 상실했을 것이다. 가장 쓸모없는 노년기에 별 볼 일 없는 자유를 누리기 위하여 인생의 황금기를 이렇게 허비하는 사람들을 보

---

[154] 전형적인 신문 표제.

　　　　　　　　　　경제

면, 나는 어느 영국인[155]이 생각난다. 그는 훗날 영국으로 돌아와 시인의 삶을 살기 위하여, 우선 한몫 잡으려고 인도에 갔다. 하지만 그는 즉시 다락방으로 올라가 시를 썼어야 했다. 이 나라의 모든 판잣집에서 100만 명의 아일랜드 노동자들이 벌떡 일어나 외친다. "뭐라고요! 우리가 건설한 이 철도가 쓸모가 없다고요?" 나는 이렇게 대답한다. 네, '비교적' 쓸모가 있습니다. 다시 말하면, 이보다 쓸모없는 일을 할 수도 있었을 테니까요. 하지만 당신들은 나의 형제이기 때문에, 이 땅에서 흙을 파는 것보다 더 좋은 방법으로 시간을 보낼 수 있기를 바랄 뿐입니다.

집을 완성하기 전, 나는 정직하고 기분 좋은 방법으로 10~12달러의 돈을 벌어서 예외적인 비용들을 충당하고 싶었다. 그래서 집 근처 약 2.5에이커의 푸석한 모래땅에 주로 콩을 심었고, 한쪽에는 감자, 옥수수, 완두콩, 순무를 조금씩 심었다. 전체 땅은 11에이커로 대부분 소나무와 히코리가 우거졌고, 지난 계절에 에이커당 8달러 8센트에 팔렸다.[156] 한 농부는 그 땅은 "찍찍거리는 다람쥐를 기르는 것 말고는 아무짝에도 쓸모가 없다,"라고 말했다. 나는 땅 주인이 아니라 무단 거주자[157]일 뿐이고, 그 넓은 땅을 다시 경작하리라는 생각도 없었기 때문에, 아무런 거름도 주지 않았고, 전체적으로

---

155 동인도회사의 첫 총독을 지낸 로버트 클라이브Robert Clive(1725~74)를 칭하는 듯하다. 그는 시를 몇 편 썼다.

156 이 땅은 1844년 에머슨Emerson에게 팔렸다.

157 사실은 무단 거주자가 아니고, 땅 주인인 에머슨이 소로에게 땅을 부쳐 먹으면서 사람들이 나무를 베어가는 것을 막으라고 했다.

김을 맨 적도 없었다. 쟁기로 밭을 갈면서, 나무뿌리를 몇 코드[158] 캐내어 오랫동안 땔감으로 사용했다. 나무뿌리를 캐내면서 싱싱한 땅뙈기들이 생겼고, 여름 내내 콩이 아주 무성하게 자라서 다른 땅과 쉽게 구별이 되었다. 그리고 죽어 쓰러져서 상품가치가 거의 없는 집 뒤의 고목과 호수에서 건져낸 부목浮木으로 땔감을 보충했다. 내가 직접 쟁기를 잡았지만, 땅을 갈 때는 말과 인부 한 사람을 고용해야 했다. 처음 농사에 들인 비용은 농기구, 씨앗, 품삯 등으로 모두 14달러 72.5센트였다. 옥수수 씨앗은 그냥 얻었다. 필요 이상으로 심는 게 아니라면, 이렇다 할 씨앗 값은 들지 않는다. 나는 12부셸[159]의 콩, 18부셸의 감자, 약간의 완두콩과 사탕옥수수를 수확했다. 노란 옥수수와 순무는 너무 늦게 심어서 수확이 거의 없었다. 농사에서 얻은 나의 총수입은 다음과 같다.

총수입	23달러 44센트
비용 공	14달러 72.5센트
순수입	8달러 71.5센트 [160]

이것 말고 내가 소비한 작물과 계산 당시 수중에 있던 작물을 계산하면 4달러 50센트는 되는데, 내가 기르지 않고 소비한 약간의 푸성귀를 비용으로 공제하더라도, 크게 남는 액수인 셈이다. 모든 것을

---

158 장작의 용적 단위. 1코드는 약 400제곱센티미터.
159 1부셸은 약 36리터.
160 농장 노동자의 일주일 평균 수입을 약간 상회하는 액수였다.

경제

고려해볼 때, 다시 말해 한 사람의 영혼과 오늘이라는 시점의 중요성을 고려해볼 때, 내가 실험에 쓴 시간이 짧았음에도 불구하고, 아니 오히려 그 실험의 일시적인 성격 때문에, 나는 그해 콩코드 마을의 어느 농부보다도 농사를 잘 지었다고 확신한다.

그다음 해 나는 농사를 훨씬 잘 지었다. 왜냐하면 내게 필요한 약 3분의 1에이커의 땅을 죄다 일구었고, 아서 영[161]의 것을 비롯해 많은 농업 관련 유명 서적에 전혀 기죽지 않고, 2년에 걸친 경험에서 다음과 같은 사실을 알아냈기 때문이다. 즉, 사람이 소박하게 생활하고 자신이 기른 농작물만을 먹되 필요한 만큼만 기르며, 그것을 시답잖은 양의 더 호사스럽고 값비싼 물건과 교환하는 짓만 하지 않는다면, 불과 몇 로드[162]의 땅만 경작해도 충분히 먹고 살 수 있다는 사실 말이다. 그리고 그 땅을 가는 데 소를 사용하는 것보다 삽을 써서 파 엎고, 농사를 지었던 땅에 거름을 주느니보다 그때그때 땅을 새로 일구는 편이 비용이 적게 든다는 사실도 알았다. 그리고 여름철에는 말하자면 남아도는 시간에 남아도는 일손으로도 필요한 농사일을 죄다 할 수 있으니, 사람이 현재와 같이 황소나 말이나 암소나 돼지에 얽매이지 않아도 된다는 것도 알았다. 나는 현재의 경제적, 사회적 제도의 성공이나 실패에 관심이 없는 사람이므로, 이점에 대해 편견 없이 말하고 싶다. 나는 콩코드의 어느 농부보다 독립적이었으니, 그것은 내가 매우 삐딱한 성품이지만, 매 순간 타고난 성품대로 어느 집이나 농장에 얽매이지 않을 수 있었기 때문이다. 나는 이미 그들보다 유복하게 살고 있었으니, 설사 내 집이 불타거

---

161 아서 영Arthur Young(1741~1820). 영국의 농업 전문가.
162 면적 단위로 쓰일 때 1로드는 25.29제곱미터.

나 흉작이었더라도, 전과 다름없이 넉넉하게 살았을 것이다.

　나는 곧잘 사람이 가축의 주인이라기보다 가축이 사람의 주인이고, 가축이 훨씬 더 자유롭다고 생각한다. 인간과 황소는 서로 일을 바꾸어서 한다. 그러나 필요한 일만을 생각한다면, 황소를 먹일 건초 농장이 훨씬 더 넓으니 황소가 우리보다 크게 유리하다는 것을 알 수 있다. 황소와 서로 바꾸어서 하는 노동의 일부로 인간은 6주 동안이나 건초를 마련하는데, 이 노동은 애들 장난이 아니다. 모든 면에서 소박하게 사는 나라, 다시 말해 철학자의 나라가 있다면, 분명히 그곳은 동물의 노동력을 사용하는 따위의 엄청난 실수는 범하지 않을 것이다. 사실, 철학자의 나라는 존재한 적도 없고, 곧 존재할 것 같지도 않으며, 그런 나라가 존재하는 것이 바람직한지 나 자신도 잘 모르겠다. 하지만 '나'는 내가 할 일을 대신 할 수 있도록 말이나 황소를 길들여서 먹여 살리는 짓은 결코 하지 않았을 것이다. 한낱 마부나 가축지기가 될 염려가 있기 때문이다. 이렇게 해서 사회가 이득을 본다고 하자. 하지만, 우리는 한 사람의 이득이 곧 다른 사람의 손실이 아니며, 마구간을 돌보는 소년이 주인과 똑같이 만족할 만한 이유가 있다고 확신할 수 있는가? 어떤 공공사업이 가축의 도움 없이는 이루어질 수 없음을 인정하고, 인간이 그런 사업의 영광을 황소와 말과 나누어 가진다고 치자. 이런 경우에 인간이 자신에게 더 가치 있는 일을 성취할 수 없었을 것이라고 말할 수 있는가? 인간이 가축의 도움을 받아 그저 불필요하거나 예술적인 일뿐만 아니라 사치스럽고 낭비적인 일까지 하기 시작하면, 불가피하게 황소와 서로 바꾸어서 하는 모든 일은 몇몇 사람이 도맡게 될 것이다. 달리 말하면, 몇몇은 최고로 힘센 자의 노예가 될 것

경제

이다. 이리하여 사람은 자기 내부의 동물성動物性을 위해서뿐만 아니라, 이의 상징으로 자기 외부의 동물을 위해서도 일하게 될 것이다. 벽돌집이나 돌집이 많이 있지만, 아직도 농부의 성공은 그의 집을 압도하는 축사의 위용에 따라 측정되고 있다. 우리 마을은 황소와 암소와 말을 위해 이 근처에서 가장 큰 축사를 가지고 있고, 공공건물의 규모에서도 뒤지지 않는다고 한다. 하지만 이 고장에는 자유로운 예배와 자유로운 연설을 위한 강당조차 거의 없다.[163] 국가가 세우고자 하는 금자탑은 건축에 의해서가 아니라 힘찬 추상적 사고에 의해 세워져야 되지 않겠는가? 『바가바드기타』[164] 경전은 동방의 모든 건축물 유적보다도 훨씬 더 훌륭한 기념비 아닌가! 탑과 신전은 군주의 사치품이다. 소박하고 자주적인 사람은 군주의 명령에 따라 일하지 않는다. 천재는 황제의 종복이 아니며, 천재의 재료는 극히 소량을 제외하고는 은이나 금이나 대리석도 아니다. 정말이지, 무슨 목적으로 그렇게 많은 돌에 망치질을 해대는가? 아르카디아Arcadia[165]에 갔을 때, 나는 거기서 망치로 돌을 두드리는 광경을 전혀 보지 못했다. 여러 민족은 그들이 망치질해서 남긴 돌의 양으로 영원한 기념비를 삼으려는 광적인 야심에 사로잡혀 있다. 그와 똑같은 노력을 그들의 품행을 가다듬는 데 바친다면 어떨까? 달까지 솟은 기념비보다 한 조각의 양식良識이 더 기억할 만할 것이다. 나는

---

163 1844년 에머슨이 콩코드에서 노예폐지론자 모임에서 연설하려 했지만 어느 교회도 공간의 사용을 허락하지 않아서 소로는 법원을 대회장으로 확보했다.
164 고대 인도의 힌두교 경전으로 소로가 애독했다.
165 고대 그리스의 이상향. 농사를 짓지 않고도 자연에서 인간의 욕구를 충족하던 황금시대의 땅을 상징한다.

제자리에 그대로 있는 돌이 더 보고 싶다. 테베Thebes[166]의 장관壯觀은 저속한 장관이다. 성문이 백 개나 되지만, 인생의 참다운 목적으로부터 멀리 탈선한 테베보다는 정직한 어떤 사람의 밭 경계에 둘러친 5.5야드 높이의 돌담이 더 의미가 있다. 야만적이고 이교적인 종교와 문명은 화려한 사원을 짓지만, 참된 기독교라면 그런 짓을 하지 않는다. 한 민족이 망치질하는 대부분의 돌은 그들의 무덤으로 향할 뿐이다. 그런 민족은 자신을 생매장한다. 피라미드로 말하면, 어떤 야심찬 얼간이를 위한 무덤을 축조하는 일에 수많은 사람의 인생을 허비할 정도로 인간의 품위가 떨어질 수 있다는 사실 말고는 별로 경탄할 점이 없는 축조물이다. 그런 얼간이는 나일 강에 던져 익사시킨 다음, 그 시체를 개에게 던져주는 편이 더 현명하고 당당했을 것이다. 그런 일꾼들과 얼간이를 옹호하는 어떤 변명을 늘어놓을 수도 있겠지만, 내게는 그럴 시간이 없다. 종교와 예술에 대한 건축가의 사랑으로 말하자면, 이집트의 사원이건 미합중국 은행[167]이건 전 세계적으로 거의 똑같아서 실제 가치보다 비용이 더 많이 드는 사랑이다. 그 주요 동기는 허영이고, 마늘과 빵과 버터[168]에 대한 사랑이 그 허영을 부추긴다. 유망한 청년 건축가 발콤Balcom 군[169]은 연필과 자를 가지고 비트루비우스[170]의 저서 뒷면에 설계도를 그려

---

166 고대 이집트의 수도.
167 United States Bank. 첫 미합중국 은행이 1791년 필라델피아에 설립됐다.
168 피라미드를 세운 사람들은 마늘을 양식으로 삼았다고 전해지며, 빵과 버터는 임금賃金의 통상적 표현이다.
169 가상의 인물인 듯하다.
170 Vitruvius. 기원전 1세기경에 활약한 로마의 건축가이자 『건축』De Architectura의 저자.

　　　　　　　　　경제

서, 석수인 도브슨 앤드 선스[171]에게 건축 일을 맡긴다. 30세기의 세월이 건축물을 내려다보기 시작하면, 사람들은 그것을 올려다보기 시작하는 것이다.[172] 높은 탑과 기념비는 어떤가 보자. 일찍이 우리 마을에는 중국까지 땅을 파 내려가려고 착수한 미친 친구가 있었는데, 그의 말로는 중국의 솥과 냄비가 덜걱거리는 소리가 들리는 곳까지 도달했다고 한다. 하지만 나는 그가 팠다는 구멍[173]을 황홀한 눈으로 바라볼 생각은 추호도 없다. 많은 사람이 동서양의 기념비에 대해 관심을 기울이고, 그것을 누가 세웠는지 알고 싶어 한다. 나로서는 그 당시에 그런 것을 세우지 않은 사람, 그런 시시한 것을 초월한 사람이 누구였는지 알고 싶다. 하지만 이만 줄이고, 나의 실험에 대한 통계를 계속 작성하기로 하자.

그동안 나는 마을에서 측량일과 목수일과 여러 가지 날품팔이로 13달러 34센트를 벌었으니, 손가락 수만큼이나 다양한 직업을 가지고 있었다. 숲속에서 2년 이상 살았지만 아래의 계산을 했던 기간인 8개월, 즉 7월 4일부터 다음 해 3월 1일까지의 식비는 다음과 같다. 내가 길렀던 감자와 약간의 풋옥수수와 완두콩은 계산하지 않았고, 마지막 날에 수중에 있던 식량 값도 포함하지 않았다.

쌀 ·· 1달러 73.5센트
당밀 ················· 1달러 73센트(가장 싼 형태의 사카린)

---

171 Dobson & Sons. 가상의 건축회사인 듯하다.
172 나폴레옹은 이집트의 피라미드 앞에 서서 병사들에게 40세기의 세월이 그들을 내려다보고 있다고 말했다고 한다.
173 콩코드의 이스터브룩 숲에 "중국으로 통하는 구멍"Hole to China라 불리는 작은 굴이 있다.

호밀 가루	1달러 4.75센트
옥수수가루	99.75 센트(호밀보다 싸다)
돼지고기	22센트
밀가루	88센트(돈과 노고를 모두 계산하면, 옥수수 가루보다 비용이 더 든다.)
설탕	80센트
돼지기름	65센트
사과	25센트
말린 사과	22센트
고구마	10센트 (모두 실패한 실험)
호박 1개	6센트
수박 1개	2센트
소금	3센트

(위의 식비 중에서 밀가루 이하 소금까지는 모두 실패한 실험이다.)

그렇다. 나는 합계 8달러 74센트를 식비로 썼다. 그러나 이렇게 내 죄과를 뻔뻔스럽게 공표하는 것은 대부분의 독자에게도 나와 똑같은 죄과가 있으며, 그들의 행적 또한 활자화하면 더 나은 점이 없으리라는 것을 알고 있기 때문이다. 그다음 해에는 가끔 물고기를 한 접시 잡아서 저녁 식사를 했으며, 내 콩밭을 약탈한 우드척을 잡은 적도 한 번 있다. 타타르Tatar 사람이 말하듯이, 나는 우드척의 영혼을 윤회시킨 셈[174]이었지만, 어쨌든 시험 삼아 그놈을 먹어치웠다. 사향 맛이 났지만, 그 순간에는 고기 맛을 즐겼다. 마을의 푸주한에

---

174 동물이 죽으면 그 영혼이 갓 태어난 다른 동물에게로 옮겨간다는 믿음을 말하는데, 이런 생각을 타타르 사람과 결부한 이유는 분명하지 않다.

게 맡겨 맛을 내면 어떨지 모르겠지만, 우드척을 아주 오랫동안 늘 먹으면 좋은 식습관이 되지 못하리라는 것을 알았다.

같은 기간에 쓴 피복비와 약간의 잡비 총계는 다음과 같다. 이 항목에서는 생각나는 것이 별로 없다.

피복비	8달러 40.75센트
등유와 몇 가지 살림 도구	2달러

그리고 세탁과 수선은 대부분 집 밖에서 했다.[175] 이에 대한 청구서는 아직 받지 못했기에 이를 제외하고 금전적으로 지출한 총액은 다음과 같다. 이 금액은 이 지역에 살면서 부득이 써야 하는 생활비 등 제반 비용의 총계다.

집	28달러 12.5센트
1년 영농비	14달러 72.5센트
8개월 식비	8달러 74센트
8개월 피복비 등	8달러 40.75센트
8개월 등유 등	2달러
합계	61달러 99.75센트

이제 나는 생계를 꾸려나가야 하는 독자들에게 말한다. 위의 지출

---

175 본가에서 그의 어머니와 누이가 했다.

을 충당하기 위해 나는 농산물 판매 대금 등으로 다음과 같은 수입을 올렸다.

농산물 판매대금 ·· 23달러 44센트
날품으로 번 돈 ·· 13달러 34센트

합계 ·· 36달러 78센트

총 지출에서 이 수입을 빼면 한편으로는 25달러 21.75센트의 부족액이 생기는데, 이 액수는 내가 애초에 가졌던 자금과 거의 비슷했으며, 앞으로 발생할 비용의 척도가 되었다. 반면 여가와 자립과 건강은 물론 원하는 날까지 살 수 있는 편안한 집까지 확보했다.

이런 통계는 매우 우연한 결과여서 별로 유익하지 않겠지만, 상당히 완벽하기 때문에 나름의 가치가 있다. 수중에 들어온 것은 빠짐없이 결산에 포함시켰다. 위 계산으로 보면, 식대만으로 일주일에 약 27센트가 들었다. 이후 거의 2년간, 내 식량은 이스트를 넣지 않은 호밀가루와 옥수수가루, 감자, 쌀, 아주 적은 양의 절인 돼지고기, 당밀, 소금, 마시는 물이었다. 인도 철학을 대단히 사랑하는 내가 쌀을 주식으로 삼은 것은 합당했다. 일부 상습적 트집쟁이의 반론에 대비하기 위해 밝히고 넘어갈 점은, 나는 과거에도 늘 외식을 했고 앞으로도 그럴 기회가 자주 있으리라 믿지만, 외식을 하면 살림살이에 구멍이 생기는 일이 많았다는 것이다. 그러나 이미 말했듯이, 이런 외식이 일종의 고정비가 되었으니, 이와 같은 수지 비교표에는 조금도 영향을 미치지 않는다.

경제

내가 2년간의 경험에서 배운 것은 이처럼 높은 위도에서도 누구나 믿을 수 없을 만큼 적은 노력으로 필수 식량을 구할 수 있다는 사실, 그리고 인간도 동물처럼 아주 간단한 식사로 건강과 힘을 유지한다는 사실이다. 나는 옥수수 밭에서 채취한 쇠비름*Portulaca oleracea* 한 접시를 삶아서 소금으로 간을 치는 것만으로 여러 면에서 흡족하고 만족스러운 식사를 했다. 내가 일부러 쇠비름을 라틴어로 표기한 까닭은 하찮은 이름이 풍기는 향긋한 맛 때문이다.[176] 정말이지 이성적인 사람이라면, 평화로운 시절의 평범한 정오에 소금을 조금 쳐서 삶은 말랑말랑한 사탕옥수수를 실컷 먹는 것 외에, 그 이상 무엇을 바라겠는가. 내가 식단에 약간의 변화를 준 것도 건강상의 이유가 아니라 식욕에 굴복한 결과였다. 어쨌든 사람들이 자주 굶는 난처한 일이 발생하는 이유는 필수 식량이 부족해서가 아니라 사치성 식품을 탐내기 때문이다. 나는 아들이 물만 즐겨 마셨기 때문에 목숨을 잃었다고 생각하는 어떤 착한 부인을 알고 있다.

독자는 내가 이 문제를 영양학적 관점보다는 경제적 관점에서 다루고 있다는 것을 감지할 것이다. 그러니 자신의 식료품 저장실이 그득한 독자가 아니라면, 나의 금욕적인 식생활을 시험해보지는 않을 터이다.

내가 처음 만든 빵은 순전히 옥수수가루에 소금을 곁들인 진짜 팽이케이크[177]였다. 나는 집 밖의 화톳불 앞에서, 지붕널이나 집

---

176 라틴어 학명의 두 번째 단어 '*oleracea*'는 '향기 나는 잎'이란 뜻이다. 이를 반어적으로 "하찮은 이름"이라고 한 것이다.
177 옥수수가루로 만든 작은 케이크로, 본래 큰 팽이의 날에 올려놓고 구웠기 때문에 생긴 이름이다.

지을 때 톱으로 잘라낸 나무토막 위에 앉아서 빵을 구웠다. 하지만 이 빵은 연기가 스며들어 소나무 맛이 나기 일쑤였다. 밀가루 빵도 만들어보았다. 그러나 결국에는 호밀가루와 옥수수가루를 섞어 구운 빵이 가장 굽기 편하고 맛있다는 것을 알았다. 이집트인이 달걀을 부화시킬 때처럼,[178] 빵을 주의 깊게 살피고 뒤집으면서, 추운 날씨에 이런 작은 빵 덩어리 몇 개를 연속해서 구워내는 것은 적잖이 즐거웠다. 이런 빵들은 내가 성숙시킨 진짜 곡물 과일이었고, 다른 고귀한 과일 못지않게 향기로워서, 그 향기를 가능한 한 오래 보존하려고 그것을 헝겊에 싸서 보관했다. 나는 구할 수 있는 모든 정보를 참조하여, 자고이래의 필수불가결한 빵 굽는 기술을 공부했다. 효모를 넣지 않은 빵을 최초로 발명한 원시시대까지 거슬러 올라갔으니, 인간이 야생의 견과와 고기에서 탈피해서 처음으로 부드럽고 세련된 식사를 하기 시작한 것이 이때였다. 그다음 반죽이 새콤하게 쉬는 것을 우연히 발견하고, 발효법을 터득하는 과정과 이후의 여러 발효법을 거쳐, 마침내 생명의 지팡이[179]인 "맛좋고, 달고, 건강에 좋은 빵"에 이르는 과정을 점차로 섭렵했다. 어떤 사람은 효모를 빵의 영혼으로, 즉 빵의 세포 조직을 채워주는 '스피리투스'*spiritus*[180]로 생각하고 베스타[181]의 불처럼 신앙적으로 보존한다. 메이플라워 Mayflower[182] 호의 사람들이 병에 가득 담아 처음으로 가져온 효모

---

178 이집트인들은 일찍이 달걀을 인공 부화했다.

179 "빵은 생명의 지팡이다,"라는 속담이 있다.

180 영혼, 내적 생명, 생명의 원리를 뜻한다.

181 베스타Vesta는 로마 신화에 나오는 난로와 가정의 여신이다. 베스타 사원에서는 제단에서 타는 영원한 불을 처녀 사제들이 돌보았다.

182 1620년, 영국 청교도들을 태우고 미국으로 온 첫 이민선의 이름.

경제

가 미국을 위해 그 사명을 다했으니, 지금도 효모의 영향은 물결치는 곡물처럼 미국 전역에 피어올라, 부풀고, 확산되고 있다고 생각한다. 나는 정기적으로 그리고 성실하게 마을에 가서 효모를 가져왔다. 그러다 어느 날 아침 그 사용법을 깜박 잊고서 효모를 태워버렸고, 이 사고로 효모마저도 반드시 필요하지는 않다는 사실을 알게 되었다. 이 발견은 종합적인 과정이 아니라, 분석적인 과정을 통해 하게 된 것이었다. 그 후 나는 기꺼이 효모를 쓰지 않았다. 하지만 대부분의 주부는 효모 없이는 안전하고 건강에 좋은 빵을 만들 수 없다며 진지하게 나를 설득했고, 나의 활력이 급격히 쇠퇴하리라 예언하는 노인도 있었다. 그러나 효모가 필수성분이 아니라는 것을 발견하고, 1년간 그것 없이 지냈지만 아직도 난 살아 있는 자의 땅을 밟고 있으며, 주머니에 효모 병을 그득히 넣고 다니는 시답잖은 짓을 면하게 되어 기쁘다. 효모 병을 주머니에 넣고 다니다 보면, 때때로 병마개가 펑 하고 빠지면서 내용물이 쏟아져 당황스럽기 때문이다. 효모를 쓰지 않는 편이 더 간편하고 모양새도 좋다. 인간은 어떤 동물보다 모든 기후와 환경에 더 잘 적응할 수 있다. 나는 빵에 탄산소다도, 다른 어떤 산이나 알칼리도 전혀 넣지 않았다. 내가 만든 빵은 기원전 2세기쯤에 마르쿠스 포르키우스 카토[183]가 말한 요리법을 따른 듯 보일 것이다. 그의 요리법을 옮기면 다음과 같다. "밀가루 반죽은 이렇게 한다. 먼저 손과 반죽 그릇을 잘 씻는다. 그릇에 밀가루를 넣고, 서서히 물을 부어가며 잘 이긴다. 반죽이 된 다음에

---

[183] 마르쿠스 포르키우스 카토Marcus Porcius Cato(기원전 234~기원전 149). 로마의 정치가 겸 문인. 이어지는 인용문은 그의 『농업론』에서 가져온 것이다.

는 빵을 빚어서 뚜껑을 덮고 굽는다." 다시 말해 솥에 넣고 구우라는 것이다. 효모에 대해서는 한마디도 없다. 그러나 나는 효모 없는 생명의 지팡이도 항상 사용하지는 못했다. 어떤 때는 내 지갑이 비었기 때문에, 한 달 넘게 빵을 구경조차 하지 못했다.

뉴잉글랜드 사람은 누구나 모든 빵 재료를 호밀과 옥수수의 고장인 이곳에서 쉽게 조달할 수 있는데도, 가격 파동이 심한 먼 시장에 의존한다. 이제껏 우리는 소박과 자립의 미덕에서 멀리 떨어져 있으니, 콩코드에서는 신선하고 맛 좋은 빵가루를 파는 가게가 드물어졌다. 그렇다고 묽은 옥수수죽을 먹거나 굵은 옥수수가루를 사용하는 사람도 별로 없다. 대부분의 농부는 자신이 생산한 곡물은 가축과 돼지에게 주고, 건강에 매우 나쁜 밀가루를 더 비싼 가격에 가게에서 사서 먹는다. 호밀은 아주 토박한 땅에서도 자라고 옥수수도 아주 기름진 땅을 필요로 하지 않기 때문에, 나는 내가 먹을 한두 부셸의 호밀과 옥수수를 쉽게 재배할 수 있었다. 그리고 그것들을 맷돌에 갈면, 쌀과 돼지고기 없이도 살아갈 수 있다는 것을 알았다. 만약 농축된 당분이 필요하면, 호박이나 사탕무로 아주 좋은 당밀을 만들 수 있다는 것도 실험으로 알게 되었다. 당분을 더 쉽게 구하려면, 단풍나무 몇 그루 심으면 되고, 이것들이 자라는 동안에는 앞에서 언급한 것 이외의 여러 대체품도 사용할 수 있다는 것을 알았다. 조상들이 노래했듯이,

"우리는 호박과 설탕당근과 호두나무 조각으로
우리의 입술을 달게 적실 술을 빚을 수 있다." [184]

---

184 「조상들의 노래」로 일컬어지는 뉴잉글랜드 민요의 한 구절.

마지막으로 식료품 중 가장 고약한 소금에 대해 말하자면, 이것을 구한다는 구실로 해변을 방문할 수도 있을 것이다. 아니면 아예 소금 없이 지내는 경우, 물도 더 적게 마시게 될 것이다. 나는 인디언이 소금을 구하려고 애썼다는 이야기를 듣지 못했다.

식량에 관한 한, 나는 이렇게 모든 거래와 물물교환을 피할 수 있었다. 그리고 살 집을 이미 마련했으니, 남은 일은 옷과 연료를 구하는 것뿐이었다. 지금 내가 입고 있는 바지는 어느 농가에서 손으로 짠 것이다. 농부가 공장 직공으로 추락하는 것은 인간이 농부로 추락한 것만큼이나 중대하고 잊지 못할 사건이라고 생각하기 때문에, 인간에게 이런 미덕이 여전히 존재한다는 사실을 하늘에 감사한다. 그리고 새 터전에서는 연료가 두통거리다.[185] 주거지에 대해 말하자면, 지금처럼 무단 거주가 허용되지 않는다면, 아마도 현재의 내 경작지가 팔렸던 것과 같은 가격인 1에이커에 8달러 8센트로 집터 1에이커를 구입해야 할지도 모른다. 하지만 알다시피 나는 무단 거주를 하게 되었고, 그 결과 그 땅의 가치를 높여주었다고 생각한다.

내 말을 불신하는 사람들은 때때로 채소만 먹고 살 수 있다고 생각하느냐는 따위의 질문을 던진다. 그러면 나는 천연덕스럽게 판자에 박는 못을 먹고도 살 수 있다고 대답한다. 근본적인 것은 신념이기 때문에, 나는 이렇게 즉각 문제의 핵심을 찌른다. 만약 그들이 이런 대답을 이해할 수 없다면, 내가 이 책에서 말하고자 하는 바도 대부분 이해하지 못할 것이다. 나로서는 다음과 같은 실험이 시도되었다는 소리만 들어도 기쁘다. '어떤 젊은이가 2주 동안 속대에 붙어

---

185 석탄이 아닌 나무를 연료로 쓰는 경우에는 산도 있어야 하고, 나무를 자르고 쪼개는 일도 필요하기 때문이다.

있는 딱딱한 날 옥수수를 절구 대신 자신의 이빨만으로 바수어 먹고 살아보려는 실험을 했다고 한다.' 다람쥐 족속도 이와 똑같은 실험을 해서 성공했다. 인류도 이런 실험에 흥미를 느끼고 있다. 하지만 이빨이 상한 사람이거나 방앗간의 3분의 1을 상속받은[186] 몇몇 노파라면, 이런 실험을 아주 마뜩찮게 생각할 것이다.

내 가구는 침대 하나, 테이블 하나, 책상 하나, 의자 셋, 지름 3인치의 거울 하나, 부젓가락과 철제 장작받침 한 쌍, 솥 하나, 스튜 냄비 하나, 프라이팬 하나, 국자 하나, 세면기 하나, 나이프와 포크 두 벌, 접시 세 개, 컵 하나, 스푼 하나, 기름 병 하나, 당밀 병 하나, 옻칠한 램프 하나로 구성되었다. 그중 일부는 내가 직접 만든 것이고, 나머지도 비용이 전혀 들지 않아 계산에 넣지 않았다. 의자가 없어서 호박 위에 앉아야 할 정도로 가난한 사람은 아무도 없다. 있다면, 그는 주변머리가 없는 사람이다. 마을에 가면, 집집마다 다락에 마음에 쏙 드는 의자들이 많이 있으니, 누구든 가져다 사용하면 된다. 가구라! 하느님께 감사하게도, 나는 가구점의 도움을 받지 않고 앉을 수도 있고 설 수도 있다. 하지만 철학자 말고 어떤 사람이 카트에 실려 시골길을 올라가는 그의 가구가 하늘의 빛과 사람들의 눈에 구경거리가 되고 있는 것을 보고 부끄러워하지 않겠는가. 그야말로 빈 상자들의 거지 같은 이야기 아닌가?[187] '저것이 스폴딩Spaulding[188]의

---

186 당대의 관행으로 아내는 죽은 남편 재산 (많은 남편이 방앗간을 소유했다) 중 3분의 1을 상속받고, 나머지는 장자가 상속받았다.
187 소로는 1845년 7월 4일 가구 몇 점을 수레에 싣고 월든 숲으로 이사했다.
188 가공의 인물.

가구래!' 나는 그런 이삿짐을 보면, 그것이 이른바 부자의 것인지 가난한 사람의 것인지 결코 분간할 수 없었다. 그 주인은 예외 없이 가난에 찌든 것처럼 보였다. 실로 그런 하찮은 물건을 많이 가지면 가질수록 그만큼 더 가난하다. 모든 이삿짐이 판잣집 열두 채의 가구를 몽땅 꾸린 것 같이 보이니, 한 채의 판잣집이 가난에 찌들었다면, 이것은 그 열두 배나 가난에 찌든 셈이다. 정말이지 우리의 '빈껍데기'*exuviæ*인 가구를 버리는 것이 '이사'의 목적 아닌가? 그리하여 마침내 우리가 이승을 떠나 새로운 가구가 갖추어진 저승으로 갈 때면, 이승의 가구를 태워버리는 것 아닌가? 그런데 이러한 모든 가구의 덫이 어느 인간의 허리띠에 버클로 고정되어서, 우리 운명이 걸린 험준한 지역을 넘을 때도, 그는 으레 그의 덫인 그것들을 끌고 가는 듯하다. 덫에 꼬리를 떼어놓고 달아난 여우는 행운의 녀석이지 않은가[189]? 사향뒤쥐는 세 번째 다리를 물어 끊어내고서라도 덫에서 빠져나온다고 한다.[190] 인간이 자신의 탄력성을 상실하고 만 것은 놀라운 일이 아니다. 얼마나 자주 막다른 상태에서 주저앉고 마는가! "선생님, 외람된 질문이지만, 막다른 상태에서 주저앉는다는 것이 무슨 뜻인가요?" 당신이 혜안을 가졌다면, 어떤 사람을 만날 때마다 그가 소유하고 있는 모든 것과 그가 뒤에 숨기면서 자신의 것이 아닌 척하는 많은 것, 심지어는 그의 부엌 가구와 아까워 태우지 못

---

189 이솝 우화 「꼬리 없는 여우」에서 여우는 덫에서 빠져나오다 꼬리를 잃었다.

190 실제로 덫에 걸린 사향뒤쥐는 두 번째 다리까지는 끊고 남은 두 다리로 도망치지만 세 번째 다리까지 끊으면 남은 다리 하나로는 도망칠 수가 없어서 결국 죽는다고 한다.

하는 모든 잡동사니까지 볼 수 있을 것이다. 그러면 그는 이런 것들을 모두 꿰차고 전진해보려고 버둥거리는 듯이 보일 것이다. 어떤 사람이 옹이구멍이나 출입구를 통과하는데, 등 뒤 썰매에 실은 가구가 그를 뒤따라 통과할 수 없는 경우에, 나는 그가 바로 막다른 상태에서 주저앉은 것이라고 생각한다. 말끔하고, 야무져 보이고, 외관상 자유로운 사람이 허리띠를 졸라맨 자세로 자신의 "가구"가 보험에 들어 있느니 안 들어 있느니 하면서 떠드는 소리를 들을 때, 연민의 정을 느끼지 않을 수 없다. "하지만 제 가구는 어찌 할까요?" 이렇게 하소연하는 사람은 이미 거미줄에 걸려든 아름다운 나비인 셈이다. 오랫동안 가구라고는 없이 산 듯 보이는 사람들조차, 더 세밀하게 조사해보면, 다른 사람의 창고에 모종의 가구를 보관하고 있음을 발견할 것이다. 나는 오늘날의 영국을 굉장히 많은 수화물, 즉 오랜 살림살이로 누적된 잡동사니를 태워버릴 용기가 없어서, 그것을 짊어지고 여행하는 노신사로 간주한다. 그는 대형 트렁크, 소형 트렁크, 판지 상자와 꾸러미를 끌고 인생을 여행한다. '영감님, 적어도 앞의 세 가지는 버리고 여행하세요.' 요사이 자신의 침대를 들고 걷는 것[191]은 건강한 사람이라도 힘에 부치는 일이다. 그러니 나는 병약한 사람은 아예 침대를 내려놓고 달리라고 확실하게 충고한다. 자신의 전 재산을 꾸린 꾸러미를 메고 비틀거리는 어느 이민자를 만난 적이 있다. 그 꾸러미는 그의 목덜미에서 자란 엄청난 혹처럼 보였다. 그를 딱하게 생각한 것은 그의 전 재산이 그뿐이어서가 아니라, 그가 '그것'을 모두 메고 가야 했기 때문이다. 덫을 끌어야 한다면, 나

---

191 『요한의 복음서』 5:8. "예수께서 '일어나 요를 들고 걸어가라' 하시자"

는 조심해서 가벼운 것을 고르고, 그것이 내 급소를 다치게 하는 일이 없도록 할 것이다. 하지만 애초에 손발이 덫에 걸리지 않도록 하는 것이 가장 현명하리라.

그건 그렇고, 내가 커튼에 전혀 비용을 들이지 않았다는 이야기를 해야겠다. 왜냐하면 태양과 달 이외에 내 집을 들여다볼 사람이 아무도 없고, 달과 태양이 내 집을 들여다보는 것은 환영하기 때문이다. 내게는 달빛 때문에 상할 우유나 부패할 고기도 없고, 햇빛 때문에 손상될 가구나 색이 바래는 카펫도 없다. 그리고 햇빛이 친구로서 때때로 지나치게 따뜻한 경우, 살림살이를 하나 더 추가하기보다는 자연이 제공하는 커튼인 나무 그늘 뒤로 물러나는 것이 더 경제적이라는 사실을 안다. 언젠가 어떤 숙녀가 내게 신발 매트를 하나 주겠다고 했지만, 그것을 놓을 공간도 없고, 집 안이나 밖에서 신발의 흙을 털 시간도 없기 때문에, 나는 사양했다. 대신 출입문 앞의 잔디에 신발을 문질러 닦는 편을 택했다. 악의 시작은 피하는 것이 최고다.

얼마 전에 어느 교회 집사의 동산 경매에 참석한 적이 있다. 그의 인생이 무력하지 않았기에 호기심이 생겼던 것이다.

"인간이 행하는 악은 그의 사후에도 남는다." 192

흔히 그렇듯이, 그의 가재도구도 대부분 자기 아버지 시절부터 쌓아두기 시작한 잡동사니였다. 그중에는 바싹 마른 조충條蟲도 한 마리 섞여 있었다. 그것들은 반세기 동안이나 다락과 기타 먼지 구덩이

---

192 윌리엄 셰익스피어, 『줄리어스 시저』 중.

에 처박힌 채 소각되지 않았다. '큰 화톳불'[193]에 소각하거나 폐기처분을 하지 않고, '경매'에 붙여 되레 증가시켰다.[194] 이웃들이 앞다퉈 몰려와 구경하고, 그것들을 모두 구입했다. 그들은 그것들을 조심스레 자신들의 다락방과 먼지 구덩이로 옮겼다. 그것들은 언젠가 그들의 유품들이 정리될 때까지, 그곳에 처박혀 있다가 또다시 팔려나갈 것이다. 사람이 죽으면 이렇게 먼지를 걷어찬다.

어떤 미개인의 관습 중에는 우리가 모방하면 유익한 것이 있다. 그들은 매년 적어도 자기들의 허물을 벗는 것과 비슷한 의식을 치른다. 그런 습관의 실체야 어떻든 간에, 그들은 그 취지를 이해한다. 우리도 그런 "버스크"busk[195] 또는 "첫 열매의 잔치"를 벌이면 좋지 않겠는가? 바트램[196]은 버스크가 머클래스Mucclasse 족 인디언의 관습이었다고 설명하면서 이렇게 말한다. "한 마을이 버스크를 벌일 때는 새 옷, 새 항아리, 냄비, 기타 가재도구와 가구를 미리 갖춘 다음에, 낡은 옷과 기타 몹쓸 물건을 모두 모아놓고, 그들의 집과 마당과 마을의 오물을 깨끗이 청소하고, 그 오물을 남아 있는 곡물과 기타 묵은 식량과 함께 한 무더기로 쌓아 몽땅 불태워버린다. 그들은 약을 먹고, 사흘 동안 단식한 뒤에, 마을의 모든 불을 끈다. 이 단식 기간에 그들은 식욕과 성욕 등 일체의 욕망 충족을 삼간다. 전면 사면이 선포되고, 모든 죄인은 자신의 마을로 돌아갈 수 있다. —"

---

193 본래 금지된 책, 이단자, 또는 시체를 태우는 정화의 불.
194 '경매'의 라틴어 어원에는 '증가'의 의미가 있다.
195 머클래스 족 인디언이 연말과 연초에 행하는 종교적 축제.
196 윌리엄 바트램William Bartram(1739~1823). 미국의 식물학자. 이어지는 인용문은 그의 『남북 캐롤라이나, 조지아, 동서 플로리다, 체로키 카운티 등의 여행기』(1791)에서 가져온 것이다.

"나흘째 아침에, 대제사장이 마른 목재를 서로 문질러서 마을 광장에 새로운 불을 지피면, 그 불에서 마을의 모든 집이 깨끗한 새 불씨를 공급받는다."

그런 다음 그들은 사흘 동안 햇옥수수와 햇과일로 잔치를 벌이고 춤추며 노래한다. "그 후 나흘 동안 그들은 같은 방식으로 자신들을 정화하고 준비한 이웃 마을 친구들을 맞이하여 함께 즐긴다."

멕시코 사람들도 52년마다 매번 이와 비슷한 정화의 의식을 행했다. 52년을 주기로 한 세상이 끝나고 새로운 세상이 시작된다는 믿음에서였다.

사전의 정의에 따르면, 제례는 "내적이고 정신적인 은총에 대한 외적이고 가시적인 표현"이라고 하는데, 나는 인디언의 제례만큼 진솔한 제례를 일찍이 들어본 적이 없다. 그들에게는 그런 계시가 기록된 『성경』이 없긴 하지만, 나는 그들이 당초에 하늘로부터 직접 이런 영감을 받았다고 믿어 의심치 않는다.

이처럼 나는 5년 이상을 오로지 내 손으로 일해서 자활했다. 그 결과 1년에 약 6주 동안 일하면, 필요한 생활비를 모두 벌 수 있다는 것을 알았다. 그리하여 여름 대부분은 물론 겨울 전부를 공부에 진력할 수 있었다. 나는 한때 학교 경영[197]에 전념한 적이 있는데, 그러자니 그에 따른 생각과 신념을 가져야 했을 뿐만 아니라, 옷을 갖추어 입고, 수련하고, 게다가 시간까지 빼앗겼기 때문에, 그 비용이 수입과 맞먹거나 오히려 초과한다는 것을 알았다. 나는 제자들의

---

197 소로는 1838년에서 1841년 3월까지 형과 함께 사립학교를 운영했다.

이익이 아니라 순전히 생계를 위해서 가르쳤으므로, 이것은 실패였다. 사업도 했지만,[198] 그것이 궤도에 오르려면 10년은 걸릴 테고, 그 사이에 나는 아마 악마의 길을 가리라는 것을 알았다. 사실 그때쯤이면 내가 이른바 수지맞는 사업을 하고 있을까봐 두려웠다. 예전에 내가 생계를 위해서 무엇을 할 수 있을지 궁리하고 있을 때, 친구들의 소망을 따르다가 겪었던 슬픈 경험이 생생하여 창의력을 짓눌렀기에,[199] 나는 월귤을 따서 파는 일을 자주 진지하게 생각했다. 나는 분명히 그렇게 할 수 있으며, 얼마 안 되는 이익으로도 만족할 것이니, 나의 가장 뛰어난 재주가 별로 욕심 부리지 않는 것이 아닌가 말이다. 게다가 자본도 별로 필요하지 않고, 나의 일상적인 기질에서 별로 벗어나지도 않는 일이다. 나는 이렇게 어리석은 생각을 했다. 친구들이 서슴지 않고 사업이나 여러 직업에 뛰어든 반면, 나는 월귤 따는 일이 그들의 일과 별로 다르지 않다고 생각했다. 그래서 여름 내내 언덕을 누비며, 닥치는 대로 월귤을 딴 뒤, 아무렇게나 처분했다. 말하자면, 아드메투스Admetus의 양떼를 지킨 격이었다.[200] 나는 또한 야생 약초를 수집하거나, 상록수를 수레 가득히 싣고, 마을은 물론 도시까지라도 가서 숲을 기억하고 싶은 사람들에게 파는 꿈도 꾸었다. 그러나 이후 장삿속으로 물건을 취급하면 모든 것을

---

198 1841년, 소로는 학교 문을 닫고 가업인 흑연과 연필 사업을 도왔다.
199 소로는 에머슨 등의 권유로 『콩코드 강과 메리맥 강에서 보낸 일주일』을 자비 출판했다가 판매가 신통치 않아 책을 다시 사들여야 하는 등 골머리를 앓았다.
200 그리스 신화에 등장하는 음악과 시의 신 아폴로는 9년간 천국에서 추방되어, 아드메투스 왕의 양떼를 돌봐야 했다. 소로는 자신의 처지를 영락한 신과 동일시했다.

망친다는 것을 알게 되었다. 설사 하늘의 말씀을 취급하는 사업이라도 장삿속으로 하면 온갖 저주가 따라다닌다.

나는 어떤 것들을 다른 것들보다 선호했고, 특별히 내 자유를 소중히 여겼기에, 힘들게 지내면서도 상당히 성공할 수 있었다. 그러기에 값비싼 양탄자나 다른 멋진 가구, 고급 요리, 최신식의 그리스나 고딕 양식의 집[201]을 마련하는 데 시간을 낭비하고 싶지 않았다. 만약 이런 것들을 획득하는 것이 하등 성가신 일도 아니고, 획득하면 그것을 사용할 줄 아는 사람이 있다면, 그 사람이나 실컷 그런 것을 추구하도록 양보할 것이다. 어떤 사람은 '부지런해서' 노동 자체를 위한 노동을 하거나, 어쩌면 더 나쁜 비행을 예방하기 때문에 노동을 좋아하는 듯하다. 그런 사람에게 나는 지금 할 말이 없다. 현재 누리는 것보다 더 많은 여가를 주체하지 못하는 사람에게는 지금보다 갑절로 열심히 일해서 마침내 자력으로 빚을 다 갚고, 자유증서를[202] 얻으라고 권고하고 싶다. 나 자신은 날품팔이 직업이 어느 직업보다 독립적이라는 것을 알았다. 특히 한 사람이 먹고살기에는 1년에 30~40일만 일하면 되기 때문이다. 노동자의 일과는 해가 지면서 끝나고, 그다음에는 노동에서 벗어나서, 자신이 선택한 일에 자유롭게 헌신할 수 있다. 그러나 달이면 달마다 쉬지 않고 머리를 짜내야 하는 그의 고용주는 1년 내내 숨 돌릴 겨를이 없다.

요컨대, 나는 믿음과 경험으로 이 지구상에서 자신의 자아를 유지하는 것이 고난이 아니라 오히려 오락이라고 확신한다. 만약 우

---

201 9세기 중엽에 유행하던 건축 양식.
202 식민시대의 이민자들은 유럽에서 미국으로 올 때 진 빚을 노역 계약으로 대체하고, 빚을 청산하면 자유증서를 발급받았다.

리가 소박하고 현명하게 살고자 하면, 그렇다는 말이다. 더 소박했던 민족들의 생업이 오늘날에는 더 인위적인 스포츠로 남지 않았는가. 나보다 더 쉽게 땀을 흘리는 사람이 아니라면, 구태여 이마에 땀을 흘려서 생계를 유지할 필요는 없다.

내가 아는 한 젊은이는 몇 에이커의 땅을 상속받았는데도, '수단만 있으면' 나처럼 살 생각이라고 말했다. 나는 결코 어느 누구도 '나의' 생활방식을 채택하기를 바라지 않는다. 그 사람이 내 생활방식을 제대로 터득하기 전에, 나 자신은 이미 또 다른 방식을 찾아낼지도 모를 뿐만 아니라, 이 세상에 서로 다른 사람이 되도록 많이 존재하기를 바라기 때문이다. 내가 바라는 것은 각자 아버지나 어머니나 이웃의 길을 가지 말고, '자신의' 길을 아주 조심스럽게 찾는 것이다. 젊은이는 건축을 하거나 농사를 짓거나 배를 탈 수도 있을 테지만, 그가 하고 싶다고 말한 일이 방해를 받아서는 결코 안 될 것이다. 선원이나 도망노예가 항상 북극성을 바라보듯이, 우리는 오로지 수학적인 어느 한 점을 바라보는 것이 현명하니, 바로 그 점이 평생 우리의 지표가 되기에 충분하기 때문이다. 우리는 계산 가능한 기간 안에 목표하는 항구에 도착하지 못할 수도 있겠지만, 항로는 올바르게 유지하게 될 것이다.

이런 경우에 분명한 사실은, 한 사람에게 진리인 것은 천 사람에게는 더욱 진리라는 것이다. 큰 공동 주택이 작은 단독 주택보다 상대적으로 비용이 덜 드는 이치이니, 지붕이나 지하실은 하나면 되고, 벽 하나로 여러 세대를 나눌 수 있기 때문이다. 하지만 나로서는 단독 주택을 선호했다. 더욱이 공동 주택의 이점을 또 다른 사람에게 설득하기보다는 혼자 독채를 짓는 것이 일반적으로 비용이 덜

든다. 그리고 당신이 설득을 했어도, 공동 분할의 경우 비용을 훨씬 줄이려면 벽이 얇아야 하는데, 알고 보니 상대방이 나쁜 이웃일 수도 있고, 이웃이 자기 쪽 벽을 수리하지 않고 방치할지도 모른다.[203] 이웃 간에 일반적으로 할 수 있는 유일한 협력은 지극히 부분적이고 피상적이다. 진정한 협력이 아주 약간 존재하더라도, 화음和音이란 사람들에게 잘 들리지 않는 소리여서, 마치 존재하지 않는 것이나 마찬가지다. 어떤 사람이 소신이 있으면 어디서나 똑같은 소신으로 협력할 테고, 만약 소신이 없으면 어떤 동반자와 손을 잡더라도 계속 남남같이 살 것이다. 협력한다는 것은, 가장 낮은 의미에서는 물론 가장 높은 의미에서도, '삶을 함께한다'는 뜻이다. 나는 최근에 두 젊은이가 세계 일주 여행을 하는데, 돈이 없는 사람은 여행을 하면서 돛대 앞과 쟁기 뒤[204]에서 필요한 돈을 벌고, 다른 사람은 환어음을 가지고 여행하기로 했다고 들었다. 한쪽이 전혀 '움직이지' 않을 터이므로, 동행하든 협력하든 두 사람의 관계가 오래가지는 않을 게 불 보듯 뻔했다. 그들은 여행의 첫 번째 고비에서 헤어지고 말 것이다. 이미 암시했듯이, 무엇보다 혼자 가는 사람은 오늘이라도 떠날 수 있으나 동행이 있는 사람은 상대방이 준비될 때까지 기다려야 하므로, 그들이 함께 떠나려면 오랜 시간이 걸릴지도 모른다.

그러나 나는 몇몇 마을 사람이 이 모든 것이 너무 이기적이라고 수군대는 소리를 들었다. 고백하거니와 나는 이제까지 자선 사업에 별로 신경 쓰지 않았다. 나는 어떤 사명감 때문에 몇 가지 희생을

---

203 "담장이 튼튼해야 이웃 사이가 좋다,"라는 속담이 있다.
204 각각 선원 노릇과 농부 일을 뜻한다.

감수했으니, 그런 희생 가운데는 자선의 기쁨도 포함되어 있다. 어떤 사람들은 이 마을의 어느 가난한 가정을 부양하도록 나를 설득하려고 온갖 수단을 다 동원했다. 만약 내가 할 일이 전혀 없다면, 그와 같은 소일거리에 손을 댈지도 모른다. 게으른 사람에게는 악마가 일거리를 찾아준다고 하지 않는가.[205] 그러나 언젠가 내가 이런 일에 투신하여, 몇몇 가난한 사람들이 모든 점에서 내가 자활하는 만큼이나 편안하게 살도록 지원함으로써 그들의 신에게 은혜를 베풀어야겠다고 생각하고는, 한껏 용기를 내어 그들에게 내 뜻을 전했더니, 그들은 이구동성으로 전처럼 가난하게 사는 쪽을 선호했다. 마을 사람들이 아주 여러 가지 방법으로 이웃의 행복을 위해 헌신하고 있으니, 나 한 사람쯤은 덜 인도적인 다른 일을 하도록 버려두어도 좋을 것이다. 다른 모든 일에서와 마찬가지로 자선에도 천성이 있어야 한다. 자선 사업으로 말하면, 비집고 들어갈 공간이 없는 인기 직업 가운데 하나다. 더욱이, 나도 자선사업을 어지간히 해봤는데, 이상하게 보이겠지만, 그것이 나의 생리에 부합하지 않는다는 사실에 만족한다. 사회가 요구하는 자선을 행하거나 우주를 파멸에서 구한답시고 내 고유의 직분을 의식적이고 고의적으로 포기해서는 안 될 것이다. 그리고 나는 비슷하지만 무한히 더 큰 확고한 의지를 다른 곳에 쏟아야 지금의 우주가 보전된다고 믿는다. 그러나 어떤 사람이 제 본성을 발휘하는 것을 막지는 않을 것이다. 내가 거부한 이 자선 사업을 열성을 다해서 야무지게 하는 사람에게 이렇게 말하고 싶다. '인내하시오. 십중팔구 세상 사람들이 그것을 악행이라고 부를 것이

---

205 "악마는 게으른 손의 일거리를 찾는다."라는 속담. 17세기부터 영미권에 전해지고 있다.

니, 그렇더라도 인내하시오.'

내 주장이 결코 별나다고는 생각하지 않는다. 독자들 중에는 나와 비슷한 변명을 하는 이들이 분명 많을 것이다. 나는 어떤 일을 할 때, 이웃들이 그것을 선한 일이라고 말할지에는 관심이 없으며, 그 일을 할 만한 적임자가 바로 나라고 말하기를 망설이지도 않는다. 그러나 내가 할 일이 무엇인지는 나의 고용주가 알아서 결정할 일이다. 내가 행하는, 통상적 의미에서의 '선'은 모두 내 주요 노선에서 벗어난 것이 틀림없고, 대부분은 내 의도와 전혀 관계없다. 사람들은 실제로 이렇게 말한다. '현재의 당신의 위치에서 그 모습 그대로 시작하되, 당신 자신이 더 가치 있는 사람이 되는 것을 주목적으로 삼지 말고, 애초의 선의로 착한 일에 종사하시오.' 내가 혹여 같은 투로 설교한다면, 이렇게 말하고 싶다. '먼저 당신 자신을 닦는 데 착수하시오. 태양이 달이나 육등성 별[206]의 광채 정도로 자신의 불을 지핀 다음에, 수신修身을 중단하고, 로빈 굿펠로[207]처럼 배회하며, 오두막 창문마다 기웃거리고, 미치광이나 부추기고, 고기나 부패시키고, 가시적인 어둠[208]이나 만들고 다녀서야 되겠소. 태양이라면 자신의 온화한 열과 덕을 꾸준히 늘려서, 어떤 인간도 그의 얼굴을 똑바로 응시할 수 없을 정도로 눈부신 것이 되어야 하지 않겠소. 그런 다음, 그리고 그렇게 되는 동안에도, 그는 자신의 궤도를 따라 세상을 돌면서 선을 베풀거나, 더 진정한 물리학[209]이 발견한 것처

---

206 일등성은 가장 빛나는 별이고, 육등성은 겨우 보이는 별이다.
207 영국 민담에 나오는 개구쟁이 요정.
208 존 밀턴John Milton(1608~1674), 『실낙원』 중. "빛이 아닌 가시적 어둠."
209 니콜라우스 코페르니쿠스Nicolaus Copernicus(1473~1543)의 지동설을 가리킨다.

럼, 자신의 주위를 돌고 있는 세상이 이득을 얻도록 도와야 하지 않겠소.' 파에톤Phaeton[210]은 자신이 신의 아들인 것을 자선으로 증명하고 싶어서 단 하루 동안만 태양의 마차를 운행하는 허락을 받았는데, 그만 궤도 밖으로 모는 바람에 하늘 아래쪽에 있는 마을의 집들을 불태우고, 지구의 표면을 그을리고, 모든 샘물을 완전히 말려버렸으며, 거대한 사하라 사막을 만들었다. 드디어 유피테르Jupiter[211]가 벼락을 쳐서 그를 땅으로 추락시켰다. 그리고 태양은 아들의 죽음을 슬퍼한 나머지 1년 동안 빛을 비추지 않았다.

부패한 선에서 발생하는 악취만큼 고약한 것은 없다. 그것은 죽은 인간과 죽은 신이 썩는 냄새다. 만약 어떤 사람이 선을 베풀 의도를 가지고 내 집에 온다는 것을 분명히 안다면, 나는 모래 열풍이라고 불리는 아프리카 사막의 건조하고 푹푹 찌는 바람을 피하듯이 필사적으로 도망칠 것이다. 그런 바람은 우리의 입과 코와 눈에 모래를 뿌려 마침내 질식시키기 때문이다. 그가 내게 행하는 선의 일부를 받아들이면, 그것의 일부 바이러스가 내 피와 섞이지 않겠는가. 그렇다면 나는 차라리 악을 자연스레 감내하고 싶다. 내가 굶주리면 먹여주고, 추위에 떨면 따뜻하게 해주고, 수렁에 빠지면 언제나 끌어내준다고 해서, 그가 내게 이로운 '인간'은 아니다. 그만한 일은 뉴펀들랜드 종의 개도 할 수 있다. 자선은 가장 넓은 의미의 인류애가 아니다. 하워드는 분명 그 나름대로 지극히 친절하고 훌륭한 사람이었고, 그에 따른 보답도 받았다. 하지만 상대적으로 말해, '우리'

---

210 태양신 헬리오스의 아들.
211 로마 신화에 등장하는 최고의 신. 그리스 신화의 제우스. 본래 번개와 벼락의 신이었다. 영어 이름은 '주피터'다.

경제

에게 가장 도움이 필요할 때 도움을 받지 못하면, 백 명의 하워드[212]가 있다 한들 그들의 자선이 무슨 소용이 있겠는가? 나는 어떤 자선 모임에서도 나 또는 나와 비슷한 사람을 도와주자는 이야기가 진지하게 거론된 적이 없다고 들었다.

예수회 선교사들은 화형을 당하는 인디언들이 자기들을 고문하는 자들에게 새로운 고문 방법을 제시하는 것을 보고 기절초풍했다고 한다. 인디언들은 육체적 고통을 초월했기 때문에, 선교사가 제공할 수 있는 어떤 위로에도 끄떡하지 않는 경우가 종종 있었다고 한다. 그리고 '네가 대접받고자 하는 대로 남에게 행하라'[213]는 율법도 그들의 귀에는 별로 설득력 없이 들렸다. 인디언들은 남들이 그들을 어떻게 대접하는지는 상관하지 않고, 적들을 새로운 방식으로 사랑하고, 적들이 행한 모든 것을 거의 무조건적으로 용서하기까지 했던 것이다.

가난한 사람들을 도울 때는, 꼭 필요한 도움을 주는지 확인하라. 비록 당신이 그들이 따르기 힘든 모범을 보이는 것으로 끝나더라도, 그렇게 하라. 만약 돈을 준다면, 단순히 그들에게 맡겨서 쓰게 하지 말고, 그 돈을 당신 능력껏 써서 도와라. 우리는 때때로 엉뚱한 실수를 한다. 가난한 사람은 흔히 더럽고 남루하고 추하지만, 꼭 춥고 배고픈 것은 아니다. 그것은 어느 정도는 그의 취향이지 단순히 그의 불운 때문만은 아니다. 만약 그에게 돈을 주면, 아마 그는 그 돈으로 누더기를 더 장만할 것이다. 매우 초라하고 남루한 옷을

---

212 존 하워드John Howard(1726~1790). 영국의 박애주의자이며 교도소 개혁자.

213 『루가의 복음서』 6:31. "너희는 남에게서 바라는 대로 남에게 해주어라."

입고 호수에서 채빙하는[214] 꼴사나운 아일랜드 노동자들을 보면, 종종 동정심을 느꼈다. 나 자신은 더 말쑥하고 약간은 더 유행하는 옷을 입었지만, 정작 추위에 덜덜 떨고 있으면서 말이다. 마침내 혹독하게 추운 어느 날, 물속에 빠졌던 한 노동자가 몸을 녹이려고 내 집에 왔는데, 세 벌의 바지와 두 켤레의 스타킹을 벗고서야 그의 알몸이 드러났다. 사실 더럽고 아주 남루한 옷이었지만, 아주 많은 '내의'를 입었기 때문에, 그에게는 내가 준 '외투'를 거절할 만한 여유가 있었다. 그에게 필요한 것은 바로 여봐란듯이 내 외투를 거절하는 것이었다. 그제야 나는 나 자신을 동정하기 시작했다. 그리고 그에게 싸구려 기성복 가게를 통째로 주는 것보다는 플란넬 셔츠 하나를 나 자신에게 더 주는 편이 더 큰 자선이 되리라는 사실을 깨달았다. 악의 가지를 자르는 사람이 천 명이라면, 악의 뿌리를 자르는 사람은 한 명밖에 없다. 그리고 가난한 자에게 가장 많은 양의 시간과 돈을 증여하는 사람은 그런 삶의 방식 때문에 가난한 자의 불행을 오히려 최대로 조장하고, 따라서 그의 구제 노력은 헛된 결과가 될 것이다. 이런 노력은 열 명의 노예 중 한 명을 팔아서, 그 돈으로 나머지 아홉 명의 노예에게 일요일 하루의 자유를 사주는 신앙심 깊은 노예 사육자의 짓이나 다름없다. 어떤 사람은 가난한 사람들에게 친절을 베푼답시고 그들을 자기 집 부엌에 고용한다. 부엌일은 스스로 하는 편이 더 친절하지 않을까? 당신은 고작 수입의 10분의 1을 자선에 쓰면서 뽐내는데, 아마 수입의 10분의 9를 자선에 바치고, 그것으로 끝내는 편이 좋을 것이다. 사회는 겨우 재산의 10분의 1만

---

214 겨울에 채빙하여 여름용으로 보관한다.

회수하는 셈이다. 이런 정도의 회수나마 어쩌다 재산을 소유한 사람의 너그러움 덕분인가, 아니면 사회 정의를 책임지는 공무원들의 태만 덕분인가?

자선은 인류의 충분한 평가를 받고 있는 거의 유일한 미덕이다. 아니, 그것은 지나친 평가를 받고 있다. 자선을 과대평가하는 것은 바로 우리의 이기심이다. 어느 화창한 날 이곳 콩코드에서, 가난하지만 건강한 한 남자가 마을의 어떤 사람을 극구 칭찬했다. 그 마을 사람이 가난한 사람에게 친절하기 때문에 그런다는데, 가난한 사람이란 바로 자기 자신을 지칭하는 말이었다. 인류의 친절한 아저씨와 아주머니가 참된 정신적 아버지와 어머니보다 더 존경을 받고 있는 것이다. 나는 언젠가 학식과 지성을 겸비한 목사가 영국을 주제로 하는 강연을 들은 적이 있다. 그는 영국의 과학과 문학과 정치의 위인들인 셰익스피어, 베이컨, 크롬웰, 밀턴, 뉴턴 등을 거론한 다음에 영국의 기독교 영웅들에 대해 말했다. 마치 자신의 직업이 그에게 그렇게 하라고 요구하는 듯이, 목사는 기독교의 영웅들을 다른 모든 위인보다 높은 위치로 치켜올렸다. 그 영웅들은 펜, 하워드, 프라이 부인[215]이었다. 모든 사람이 그 목사의 말에 거짓과 허세를 느꼈을 것이 틀림없다. 이 세 사람은 영국이 낳은 최고의 남녀가 아니라, 아마 영국 최고의 박애주의자에 불과했을 것이다.

나는 박애주의가 받아야 할 칭송을 조금치도 깎아내리고 싶지 않으며, 자신의 생애와 업적으로 인류에게 축복을 주었던 모든

---

215 윌리엄 펜William Penn(1644~1718)은 퀘이커 교도이자 미국 펜실베이니아 식민지를 건설한 박애주의적 정치가이고, 엘리자베스 프라이 Elizabeth Fry(1780~1845)는 퀘이커 교도이자 영국의 교도소 개혁자다.

사람에게 공정한 평가를 요구할 뿐이다. 나는 어떤 사람을 평가할 때, 그의 곧은 성품과 자선을 높게 치지 않는다. 이런 것들은 말하자면 그의 줄기와 잎사귀에 지나지 않기 때문이다. 병자를 위한 허브차茶를 만드는 데 쓰이는 말린 식물은 겨우 하찮은 용도로밖에 쓸모가 없으며, 대개 돌팔이 의사들이 애용한다. 나는 어떤 사람의 잎과 줄기가 아니라 꽃과 열매를 원하고, 어떤 향기가 그에게서 내게로 퍼지기를 원하며, 그의 잘 익은 열매가 우리의 교제에 맛을 더하기를 원한다. 그의 미덕은 부분적이고 일시적인 행위가 아니라, 항상 흘러넘치는 것이어야 하고, 그에게 아무런 비용도 들지 않고, 그가 의식하지도 않는 것이라야 한다. 이것이야말로 허다한 죄를 덮어주는 자선이다.[216] 박애주의자는 흔히 자신이 이겨낸 슬픔들에 대한 회상으로 사람을 포위하여 어떤 분위기를 조성하고, 그것을 연민이라고 부른다. 우리는 우리의 절망이 아닌 용기, 우리의 질병이 아닌 건강과 편안함을 나누어주고, 이런 절망과 질병이 전염병처럼 퍼지지 않도록 주의를 기울여야 한다. 저 통곡하는 소리는 남부의 어느 평원에서 들려오는가? 우리가 빛을 보내야 할 이교도는 어느 위도에서 살고 있는가? 우리가 구제해야 할 저 방종하고 잔인한 인간은 누구인가? 어떤 박애주의자가 몸이 아파서 직무를 수행하지 못하거나 창자에 통증이라도 있으면, 그 사람은 당장 세계를 개혁하는 일에 착수한다. 창자가 연민의 고향이기 때문인가. 그 자신이 소우주가 되어, 그는 세상 사람들이 이제껏 풋사과[217]를 먹고 있었다는

---

216 『I 베드로』 4:8. "모든 일에 앞서 서로 진정으로 사랑하십시오. 사랑은 허다한 죄를 용서해 줍니다."
217 풋사과를 위장병의 원인으로 여겼다.

사실을 발견하니, 이것이야말로 진정한 발견이고, 그것을 발견한 장본인은 바로 그이다. 실로, 그의 눈에는, 지구 자체가 하나의 거대한 풋사과로 보인다. 인간의 자식들이 익기도 전에 이런 풋사과를 야금야금 먹을 위험성이 있으니, 생각만 해도 끔찍한 일이다. 그렇기에 곧바로 그의 맹렬한 박애주의는 에스키모와 파타고니아 사람을 열심히 찾으며, 인구가 많은 인도와 중국의 마을을 품에 안는다. 그러는 동안 권력자들은 그들 나름의 목적을 위해 그런 박애주의자를 이용한다. 하지만 이렇게 몇 년간 자선 활동을 하고 나면, 틀림없이 그는 자신의 위장병을 치유한다. 그러면 지구는, 막 익기 시작한 과일처럼, 한쪽이나 양쪽 볼에 엷은 홍조를 띠게 되고, 인생도 설익은 상태에서 벗어나 다시 한 번 즐겁고 건전한 것이 된다. 나는 이제껏 내가 저지른 것보다 더 큰 대죄를 상상한 적이 없다. 나는 나 자신보다 더 못된 인간을 만난 적이 없으며, 앞으로도 만나지 못할 것이다.

내가 믿기에는 개혁자를 매우 슬프게 하는 것은 고통 받는 동료들에 대한 연민이 아니다. 비록 그가 성스러운 신의 아들이라 할지라도, 그를 슬프게 하는 것은 바로 자신의 개인적인 고통이다. 개인적 고통이 치유되어, 그에게 봄이 오고, 그의 침대에 아침 해가 비치면, 그는 한마디 변명도 없이 자신의 너그러운 동행자들을 버릴 것이다. 내가 씹는담배 사용에 반대하는 강연을 하지 않는 이유는 한 번도 그것을 씹어보지 않았기 때문이다. 그런 강연은 담배를 씹다 끊은 사람들이 갚아야 하는 벌금이다. 하지만 내가 씹어본 것 중에서, 그 해독에 대해 강연을 할 만한 것이 많이 있다. 만약 당신이 속아서 이런 자선 행위 중 무엇이라도 하게 되면, 오른손이 한 것을 왼손이 모르게 할 것이니[218], 자선은 알릴 만한 가치가 없는 행위이기 때문이다. 물에 빠진 사람을 구한 다음에는 묵묵히 당신의 구두끈을 매라. 그리고 숨을 돌리고 자유로운 일에 착수해라.

우리의 예절은 성자들과 접촉하면서 오염되었다.[219] 찬송가들은 신에 대한 저주의 멜로디와 그에 대한 영원한 인내로 가득 찼다. 우리는 예언자와 구세주들도 인간의 희망을 확인하기보다는 두려움을 달래주었다고 말하고 싶을 것이다. 선물로 받은 생명에 대한 소박하고 억누를 수 없는 만족, 신에 대한 기억할 만한 칭송은 아무 곳에도 기록되어 있지 않다. 건강과 성공은 아무리 멀리서 침묵하고 있는 것처럼 보여도, 나를 이롭게 한다. 그러나 질병과 실패는 그것이 내게 그리고 내가 그것에게 아무리 많은 연민을 보내더라도, 나를 슬프게 하고 내게 해를 끼친다. 그러니 만약 우리가 진실로 인디언적이고 식물적이고 자성적磁性的이고[220] 자연적인 수단으로 인류를 회복시키고자 한다면, 우선 우리 자신이 자연처럼 단순하고 건강하도록 노력하자. 그리고 우리 자신의 이마 위에서 어른대는 구름을 걷어내고, 우리의 숨구멍으로 다소의 생명력을 흡수하자. 가난한 사람의 감독관으로 남아 있지 말고, 세상의 가치 있는 사람 가운데 하나가 되도록 노력하자.

---

218 『마태오의 복음서』 6:3. "자선을 베풀 때에는 오른손이 하는 일을 왼손이 모르게 하여."
219 『I 고린토』 15:33. "속지 마십시오. '나쁜 친구를 사귀면 품행이 나빠집니다.'"
220 인디언적 수단은 인디언의 여러 치료법을, 식물적 수단은 식물에서 추출한 생약을, 자성적 수단은 일종의 최면요법을 말한다.

나는 시라즈Shiraz[221]의 셰이크 사디[222]가 쓴 『굴리스탄 장미원』[223]에서 이런 구절을 읽었다. "사람들이 현자에게 '지고하신 신이 울창하게 우뚝 창조한 온갖 유명한 나무들 가운데서 사람들은 열매도 맺지 않는 삼나무만 유독 자유민[224]이라고 부르는데, 삼나무에는 무슨 신비가 숨어 있습니까?'라고 물었다. 그러자 현자는 '모두가 고유한 열매와 정해진 계절을 가지고 있어, 제철에는 싱싱하고 꽃을 피우나 철이 지나면 마르고 시든다. 그렇지만 삼나무는 계절의 변화에 아랑곳하지 않고, 사시사철 번성하니, 자유민이나 종교적으로 독립한 사람도 이런 특징의 소유자이니라,'라고 대답했다. 칼리프caliph[225]의 족속이 사라진 뒤에도 티그리스 강은 바그다드를 계속 흐를 터이니, 덧없는 것에 너의 마음을 두지 마라. 만약 너의 손이 많은 것을 가졌으면, 대추야자나무처럼 너그러이 주어라. 그러나 손에 아무것도 줄 것이 없으면, 삼나무처럼 자유민이나 독립한 사람이 될지어다."

---

221 옛 페르시아 도시.
222 셰이크 사디Sheikh Saadi(1213?~1291). 페르시아의 시인.
223 1823년 제임스 로스James Ross가 번역한 사디의 시, 산문, 격언 모음집으로, 초월주의자들의 애독서였다.
224 농노제도에서 농노와 다르게 토지에 묶여있지 않은 개인. 삼나무의 위치를 '자유민'의 그것에 빗댄 말.
225 마호메트의 후계자를 이르는 말.

보완의 시
빈궁貧窮의 허세 [226]

빈궁한 처사處士여, 당신 너무 주제넘구나.

당신의 초라한 오두막이나 함지박이,

값싼 햇빛 속이나 그늘진 우물가에서

뿌리채소류와 나물로 게으름의 미덕이나

현학의 미덕을 얼마간 기른다 하여

천상에 한 자리를 요구하니 말이다!

아름다운 꽃을 피우는 덕은

마음의 줄기에서 번성하거늘, 당신의 바른 손이

마음에서 그런 자비로운 열정을 찢어버려

본성을 타락시키고, 감각을 마비시키고,

활동적인 인간들을 돌로 변화시키니,

당신은 고르곤[227]이나 다를 바 없구나.

우리에게는 기쁨도 슬픔도 모르는

당신의 억지스러운 절제나,

그런 부자연스러운 우둔과의

활기 없는 교제를 필요로 하지 않고,

---

226 이 시는 영국의 왕당파 시인 토마스 커루Thomas Carew(1595~1645)의
가면극『영국 하늘』에서 인용한 것이다. 시의 제목과 풍자적 부제는
소로 자신이 붙인 것으로, 소로는 자신이 찬미하는 능동적인 덕들을
그것들과 상반되는 수동적인 덕들과 대조함으로써 보완하고자 했다.
227 그리스 신화에 등장하는 세 자매 괴물 중 하나. 이들의 머리칼은 수많
은 뱀으로 이루어져 있으며, 쳐다보는 사람을 모두 돌로 변화시킨다.

경제

능동적 불굴보다 고상하다고 속이면서
강요하는 수동적 불굴 또한 필요 없다.
이 하찮고 비참한 동복同腹들은 평범함
속에 있으니 당신의 비굴한 마음과 어울린다.
하지만 우리는 부절제를 용인하는
덕들을 제창한다.
용감하고 관대한 행위, 제왕다운 기품,
못 보는 것이 없는 분별력, 한계를 모르는 도량,
그리고 헤라클레스나 아킬레스나 테세우스처럼
고대에도 이름을 남기지 못하고
그 모범만을 보였던 영웅적 덕들을 제창한다.
그러니 당신은 당신의 혐오스러운 암자로 돌아가서
밝은 새 하늘이 보이거든 오로지 그런 위인들이
어떤 사람들인지 연구하여 알도록 하라.

-토머스 커루 / T. Carew

나는 어디서, 무엇을 위해 살았나?

인생의 어느 계절에 이르면 우리는 가능한 모든 장소를 집터로 생각해보는 습성을 갖게 된다. 그리하여 나는 내가 사는 곳에서 사방 12마일 이내의 땅을 모두 답사했고, 상상으로 모든 농장을 차례로 사들였다. 농장은 모두 상상으로 구입할 수 있으니, 그것들의 가격까지 알고 있었기 때문이다. 나는 각 농부의 집과 토지를 모두 살피고 다니며, 야생 사과의 맛을 보기도 하고, 농부와 농사 이야기를 나누기도 하면서, 가격이 얼마가 되건 그가 부르는 가격에 농장을 사들인 다음, 그에게 저당권을 설정해주는 상상을 했다. 심지어 부르는 값보다 더 높은 값을 매긴 적도 있다. 이러면서도, 나는 토지 문서만은 결코 받지 않았다. 농부의 말을 문서로 대신했으니, 내가 말하기를 좋아하는 사람이기 때문이리라. 이렇게 상상으로 땅을 경작했고, 동시에 어느 정도 그 농부까지 경작한 셈이었다. 이런 상상을 어지간히 오래 즐긴 다음에는 취소하고, 그 농부에게 계속 땅을 맡겼다. 이런 나의 이력 때문에 친구들이 나를 일종의 토지 중개인으로 여길 만도 했다. 내가 어디에 앉든, 그곳은 살 만한 곳이었으니, 그에 따라서 나를 중심으로 풍경이 사방으로 펼쳐졌다. 집이란 것이 '궁둥이 붙일 자리'sedes, 즉 좌석이 아니고 무엇이겠는가? 그 자리가 시골이라면 더 좋다. 나는 곧 개발될 것 같지 않은 집터를 많이 발견했다. 어떤 집터는 마을에서 너무 멀다고 생각될 수 있으나, 내 눈에는 마을이 그곳에서 너무 멀어 보였다. 나는 '좋아, 그곳이라면 내가 한번 살아볼 만할 거야,'라고 말했다. 한 시간 동안, 그곳에서의 한해 여름과 한해 겨울의 삶을 살아보았다. 나아가 그곳에서 많은 세월을 보내면서, 겨울과 싸우고 오는 봄을 맞이하는 내 모습을 상상해보기도 했다. 장차 이 지역에 살게 될 사람들이 어디에 집을 정하건, 그곳이 이미 내가 집터로 고려했던 곳이라는 사실을 믿어도 좋다. 그 땅을 어떻게 과수원, 나무숲, 목초지 등으로 구획할지, 어떤 멋진 떡갈나무나 소나무를 대문 앞에 그대로 남겨둘지, 어느 쪽에서 봐야 고목나무들이 가장 멋져 보일지의 문제는 오후 한나절이면 충분히 해결할 수 있었다. 그런 다음 나는 그 땅을 어쩌면 경작하지도 않은 채 고스란히 놓아두었다. 사람은 묵혀둘 수 있는 것들이 얼마나 많으냐에 정비례해서 부자가 아닌가 싶다.

나는 몇 개 농장의 선매권까지 소유했다는 상상을 하기에 이르렀으니, 내가 원한 것은 고작 선매권이었다. 그러나 실제로 농장을 소유하여 공연한 고생을 한 적은 결코 없었다. 실제로 농장을 소유할 뻔했던 적이 있었으니, 그것은 내가 할로웰 농장[1]을 구입하고, 씨앗을 고르기 시작하고, 씨앗을 싣고 왕래할 외바퀴 손수레를 만들

---

1 Hollowell Place. 콩코드의 서드베리 강 서쪽에 있는 옛 농장.

재료를 모을 때였다. 그러나 주인이 내게 땅문서를 넘겨주기 전에, 그의 아내가 마음을 바꾸어 땅을 팔지 않기로 했고, 그는 위약금으로 10달러를 주겠다고 했다. 누구에게나 그런 아내가 있다. 자, 사실 대로 말하면, 내가 가진 돈이라고는 10센트밖에 없었다. 내가 10센트를 가진 사람인지, 농장을 가진 사람인지, 10달러를 가진 사람인지, 또는 이 모두를 가진 사람인지 내 산술로는 알 수 없었다. 그러나 나는 그에게 10달러는 물론이고 농장도 그대로 두라고 했다. 나는 이미 농장을 소유할 만큼 소유했기 때문이다. 더 정확히 말하면, 내가 관용을 베풀어 산 값 그대로 농장을 되팔았고, 그가 부자가 아니므로, 위약금 10달러마저 그에게 선물한 셈인 데다가, 내게는 여전히 10센트, 씨앗, 외바퀴 손수레를 만들 재료가 그대로 남아 있었다. 그리하여 나는 내 빈곤에 아무런 손상도 받지 않고 부자가 되었다는 사실을 알았다. 하지만 경치는 경치대로 간직했으며, 그 이후 해마다 경치의 산물을 외바퀴 수레를 쓰지 않고, 실어 날랐다. 경치에 관해서라면, 나는 이렇게 말할 수 있다.

"나는 내가 '바라보는'survey 모든 것의 군주이며,
그곳에서의 내 권리를 문제 삼는 자 아무도 없다."[2]

나는 시인이 어느 농장의 가장 값진 부분을 즐기고 나서, 물러나는 경우를 자주 보았다. 한편 무감각한 농부는 시인이 야생 사과 몇 개만 따먹었다고 생각한다. 시인이 눈에 보이지 않는 아주 감탄

---

2 윌리엄 코퍼William Cowper(1781~1800), 「알렉산더 셀커크가 후안페르난데스섬에서 외롭게 거주할 때 썼을 법한 시」 중. 강조는 소로의 것.

할 만한 운율의 울타리를 그의 농장에 둘러친 다음, 농장을 적절히 가둔 채 젖을 짜고, 불순물을 걷어낸 후, 크림은 전부 가져가고, 농부에게는 생크림을 제거한 탈지유만 남겨주었지만, 웬일인지 농장 주인은 몇 해를 두고도 이를 알지 못한다.

내가 보기에 할로웰 농장의 진짜 매력은 완전히 후미진 곳에 있다는 점이었다. 마을에서 약 2마일, 가장 가까운 이웃으로부터도 반 마일 떨어져 있고, 신작로도 넓은 밭을 사이에 두고 떨어져 있다. 그 농장의 또 다른 매력은 강을 끼고 있다는 점인데, 주인의 말로는 봄철에는 강 안개가 서리로부터 농장을 보호한다지만, 그건 내게 전혀 중요하지 않았다. 폐허 상태의 회색 집과 헛간, 황폐한 울타리 또한 그 농장의 매력이었으니, 이것들이 나와 예전 주인과의 사이를 아득히 떼어놓기 때문이었다. 토끼가 갉아먹은 흔적이 남아 있는, 속이 비고 이끼 낀 사과나무 역시 내가 어떤 부류의 이웃을 만나게 될지 알려주었다. 그러나 무엇보다 기억나는 것은 처음 배를 타고 강을 올라가던 때의 추억이다. 그때 그 집은 울창한 붉은 단풍나무 숲 뒤에 숨겨져 있었고, 숲 사이로 개 짖는 소리가 들렸다. 나는 그것을 사들이려고 서둘렀다. 주인이 어딘가의 돌을 빼내고, 속이 빈 사과나무를 자르고, 목초지에서 싹튼 어린 자작나무를 뽑아 버리기 전에, 요컨대 그가 더 이상 어떤 개량도 하기 전에 사려고 서둘렀다. 이런 매력을 즐기기 위해서, 나는 그 농장을 짊어지고 다니고 싶은 마음이었으니, 아틀라스Atlas[3]처럼 내 어깨에 세계를 짊어질 각오가 되어있었던 것이다. 하지만 아틀라스가 그 대가로 무슨 보상을 받았

---

3 그리스 신화에서 아틀라스는 어깨에 세계를 짊어진 거인이다.

는지 들은 바 없다. 나는 대금을 치르고 나서 농장의 매력을 소유하는 데 아무런 간섭을 받지 않는 것 이외에는 농장을 살 다른 동기나 구실을 가지고 있지 않았다. 그것에 손을 대지 않고 그대로 놔둘 수만 있다면, 내가 원하는 산물을 가장 풍성하게 거두어들이게 될 것을 줄곧 알고 있었기 때문이다. 그러나 상황은 앞에서 말한 대로 틀어지고 말았다.

그러니 대규모 영농에 관하여 (나는 남새밭은 늘 가꾸었다.) 기껏 말할 수 있는 사실은 내가 씨앗을 준비했다는 것뿐이다. 많은 사람이 씨앗은 묵혀둘수록 좋다고 생각한다. 나도 시간이 지나면서 좋은 씨앗과 나쁜 씨앗이 가려진다는 것을 전혀 의심하지 않는다. 그리하여 마침내 씨를 심으면, 실망할 가능성은 그만큼 줄어들 것이다. 하지만 나는 친애하는 동료들에게 단연코 이렇게 당부하고 싶다. 가능한 한 오래오래 자유롭고 얽매이지 않는 삶을 살아라. 농장에 얽매이든 지방 교도소에 얽매이든, 얽매이는 것은 큰 차이가 없다.

고대 로마의 카토가 쓴 『농업론』*De Re Rustica*은 나의 "컬티베이터"*Cultivator*[4]인 셈인데, 내가 읽은 유일한 번역본은 다음 대목을 엉망진창으로 옮겨놓았지만 어쨌든 카토는 이렇게 말한다. "농장을 살 때는, 탐내지 말고 숙고에 숙고를 거듭하라. 수고를 아끼지 말고 살펴보고, 한번 둘러보는 것으로 충분하다고 생각하지 마라. 그것이 좋은 농장이면, 자주 가볼수록 더욱 마음에 들 것이다." 이제 나는 농장을 탐내서 사지 않을 것이며, 내가 살아 있는 동안 계속 둘러보고 또 둘러볼 것이다. 그리고 그 땅에 내가 먼저 묻힐 것이니, 그것이

---

4 『보스턴 컬티베이터』, 『뉴잉글랜드 컬티베이터』 등 당대의 농업 잡지들에 '컬티베이터'라는 명칭을 붙였다.

종국에는 더 만족스러울 것이다.

현재의 실험은 이런 상상의 실험에 버금가는 실험이었다. 이를 더욱 자세히 설명해 볼 생각이다. 편의상 2년의 경험을 1년으로 축약한다.[5] 이미 말했듯이, 나는 절망의 송가[6]를 쓰려는 것이 아니라, 이웃들의 잠을 깨우려는 간절한 소망으로 횃대 위에 올라선 아침 수탉처럼 기운차게 뽐내 보고자 한다.

내가 처음 숲속에 거주했을 때, 다시 말해 낮뿐만 아니라 밤까지도 그곳에서 보내기 시작했을 때, 그날은 우연히도 1845년 7월 4일 독립기념일이었다. 당시 내 집은 겨울을 날 만큼은 완성되지 않은 상태였고, 비를 겨우 피할 수 있는 정도였다. 회벽이나 굴뚝도 없었으며, 비바람에 시달린 거친 판자로 벽을 댔지만, 틈새가 넓어서 밤이면 서늘하기까지 했다. 집은 곧고 희게 다듬은 샛기둥과 금방 대패질한 문틀과 창틀 때문에 깨끗하고 시원한 모습이었으니, 목재가 이슬에 흠뻑 젖어 있는 아침에는 특히 그러하였다. 그래서 나는 정오쯤이면 향기로운 나뭇진이 목재에서 빠져나오리라는 공상에 빠지기도 했다. 내 상상 속에서 이 집은 이런 찬란한 아침의 특성을 다소간 간직하면서, 그 전 해에 방문했던 산상의 어떤 집[7]을 떠올리

---

5 소로는 1845년 7월 4일부터 1847년 9월까지 약 2년간 월든 숲에 살았으나, 1년 사계절의 틀에 맞추어 그의 실험적 삶을 기록했다.

6 새뮤얼 테일러 콜리지Samuel Taylor Coleridge의 「절망의 송가」에 빗댄 것이다.

7 소로가 1844년에 방문한 아이라 스크리브너(Ira Scribner, 1800~1890)의 집. 스크리브너는 카터스킬 폭포Kaaterskill Falls 쪽에 있는 제분소 주인이다.

게 했다. 석회를 바르지 않아 바람이 잘 통하는 오두막으로, 여행하는 신을 즐겁게 모시기에 적당하고, 여신이 옷자락을 끌고 거닐 만한 곳이었다. 내 집 위를 지나는 바람은 산마루를 스쳐가는 것으로, 지상의 음악적 선율을 단속적으로 실어다 주었으니, 그저 천상의 가락인 것만 같았다. 아침의 바람은 끝없이 불고, 창조의 시는 중단되지 않지만, 그것을 듣는 귀는 많지 않다. 속세를 한 발짝만 벗어나면 올림포스 산Olympus[8]은 어디에나 있다.

보트 한 척을 제외하면,[9] 내가 전에 소유한 유일한 집은 텐트 하나뿐이었다. 여름에 유람할 때 그 텐트를 가끔 사용했다. 하지만 지금 그 텐트는 둘둘 말려 다락에 처박혀 있다. 그러나 보트는 이 손에서 저 손을 전전하다가, 세월의 강물에 떠내려가고 없다. 이제 이렇게 더 튼튼한 집을 마련했으니, 세상에 정착하는 데 진일보한 셈이었다. 아주 가벼운 옷을 걸친 이 집은 나를 에워싼 일종의 결정체로서, 건축자인 내게 화답했다. 이 집은 윤곽만 잡은 하나의 그림처럼 다소 암시적이었다. 나는 바람을 쐬러 문밖에 나갈 필요가 없었다. 실내 공기가 신선함을 전혀 잃지 않았기 때문이다. 집 안에 있어도 밖에 앉아 있는 것이나 다름없었으니, 비가 많이 내리는 날씨에도 그랬다. 『하리반사』*Harivansa*[10]에는 "새가 없는 집은 양념하지 않은 고기와 같다,"라는 말이 나온다. 내 집은 그런 집이 아니었다. 나

---

8 그리스 신화에 등장하는 신들의 고향.
9 소로는 형과 함께 보트를 제작해서 1839년에 콩코드 강과 메리맥 강을 유람했다.
10 고대 인도 서사시인 『마하바라타』*Mahabharata*의 부록에 해당하는 것으로서, 크리슈나Krishna 신의 삶을 다루었다.

나는 어디서, 무엇을 위해 살았나?

는 갑자기 새들의 이웃이 되어 있었다. 새를 한 마리 가두어서가 아니고, 나 자신을 새들 가까이에 가두어서 그렇게 되었다. 나는 보통 남새밭과 과수원을 자주 찾는 새뿐만 아니라, 마을 사람에게는 세레나데를 불러주는 일이 전혀 또는 거의 없어서 더욱 야성적으로 들리고 가슴 두근거리게 하는 노래꾼인 티티새, 개똥지빠귀, 풍금새, 종다리, 쏙독새, 그 밖의 많은 새와 더 가까운 이웃이 되었다.

　　나는 어느 작은 호숫가에 터를 잡았다. 이 호수는 콩코드 마을에서 남쪽으로 1마일 반쯤 떨어져 있고, 마을보다 약간 지대가 높으며, 콩코드 마을과 링컨 마을 중간에 있는 광대한 숲의 복판에 있다. 그리고 호수 남쪽 약 2마일 지점에 이 일대에서 유일하게 이름난 들판인 '콩코드 전쟁터'[11]가 있다. 그러나 나는 숲속 아주 낮은 곳에 터를 잡았기 때문에, 시야에 들어오는 가장 먼 지평선이라야 반 마일 떨어진 맞은편 호숫가였는데, 다른 호숫가처럼 그곳도 숲으로 덮여 있었다. 첫 한 주 동안 호수를 내다볼 때면 언제나, 그것이 어느 높은 산기슭에 위치하고 있어서, 그 바닥이 다른 호수의 수면보다도 훨씬 높다는 인상을 받았다. 그리고 해가 떠오르면, 호수는 밤마다 입는 안개 옷을 벗어던지면서, 여기저기, 차차로, 부드러운 잔물결이나 햇빛을 반사하는 매끄러운 수면을 드러냈다. 그러면 유령 같은 안개가 밤의 비밀집회[12]에서 해산하듯, 숲속 사방으로 살며시 철수하는 것이 보였다. 산기슭에 있어서인지, 이슬도 보통보다 더 늦은 낮 시간까지 나뭇잎에 맺혀 있는 듯했다.

　　이 작은 호수는 부드러운 비바람이 간간히 찾아오는 8월에 내

11　1775년 4월 19일, 미국 독립전쟁의 시작을 알린 장소.
12　마녀들의 숲속 비밀집회를 말하는 듯하다.

게 가장 소중한 이웃이 된다. 이때는 바람과 물이 모두 죽은 듯이 고요하지만, 하늘이 구름에 덮여 있어서, 오후의 한때일지라도 저녁의 고요함이 한껏 깃들고, 사방에서 지저귀는 티티새의 노랫소리가 호숫가 여기저기서 들려왔기 때문이다. 이런 호수는 이런 때가 가장 잔잔하고, 호수 위의 맑은 공기층이 구름에 가려 낮고 어둡기 때문에, 구름 사이로 햇빛이 비치고 반사광이 가득한 수면 자체는 소중하기 그지없는 낮은 하늘이 된다. 최근에 나무를 베어낸 가까운 언덕 꼭대기에 올라가 보면, 호수 건너 저 멀리 남쪽으로 호숫가를 형성하는 언덕들의 널찍한 끝자락 사이로 유쾌한 경치가 펼쳐진다. 서로 마주 보는 경사진 언덕들을 바라보노라면, 수목이 우거진 계곡을 지나 남쪽 멀리 어떤 냇물이 흐를 것같이 보이지만, 냇물은 하나도 없었다. 그쪽을 바라보면, 이웃의 녹색 언덕들 사이 또는 언덕 너머의 지평선 위로 푸른빛이 감도는 더 높은 언덕들이 멀리 보였다. 발 돋움을 하고 바라보면, 서북쪽으로 실로 더 푸르고 더 먼 산맥의 몇몇 봉우리가 스치듯 보였으니, 하늘의 주조소鑄造所에서 직접 만든 진짜 푸른 동전 같았다. 그리고 마을 모습도 일부 눈에 들어왔다. 그러나 다른 방향으로는, 이 지점에서 나를 에워싸고 있는 숲만 보일 뿐, 그 너머를 볼 수는 없었다. 근처에 물이 있으면, 땅에 부력을 주어 땅을 띄워주기 때문에 좋다. 아무리 작은 샘이라도 그것이 가진 한 가지 가치는 그 안을 들여다보면 땅이 대륙이 아니라 섬이라는 사실을 알게 된다는 것이다. 이 가치는 샘물이 버터를 시원하게 보관해주는[13] 것만큼이나 중요하다. 홍수 때 이 봉우리에서 호수 건

---

13 여름에 버터를 샘물에 담가서 녹는 것과 부패하는 것을 막았다.

나는 어디서, 무엇을 위해 살았나?

너 서드베리 초원 쪽을 바라보면, 아마도 신기루의 작용 때문인 듯, 물결이 소용돌이치는 계곡 속에 초원이 마치 대야 안의 동전처럼 떠 있고, 호수 너머의 모든 땅은 그 사이에 끼어 있는 이 작은 수면 때문에 섬처럼 고립되어서, 두둥실 떠 있는 얇은 빵조각처럼 보였다. 그리고 내가 살고 있는 이곳 역시 '물이 빠진 땅'에 지나지 않는다는 생각이 들었다.

내 집 문에서 보이는 경치는 훨씬 더 옹색했지만, 답답하거나 갇혀 있다는 느낌은 조금도 들지 않았다. 나의 상상력을 발휘하기에 충분한 초원이 있었기 때문이다. 맞은편 호숫가에서 솟아오른 낮은 관목 떡갈나무 고원이 서부 대평원과 타타르Tartary[14] 초원 지대 쪽으로 뻗어 있어서 유랑하는 모든 인간 가족에게 충분한 공간을 제공했다. 자신의 가축에게 새롭고 더 큰 목초지가 필요했을 때, 다모다라Damodara[15]는 "광활한 지평선을 마음껏 향유하는 자 말고는 세상에 행복한 자가 없구나,"라고 했다.

장소와 시간이 모두 바뀌었고, 나는 나를 가장 매혹했던 우주의 어떤 지역, 역사 속의 어떤 시대와 더 가까이 살게 되었다. 내가 살았던 곳은 밤마다 천문학자들이 관측하는 수많은 공간 못지않게 외딴 곳이었다. 우리는 소음과 소란에서 멀리 떨어진 카시오페이아Cassiopeia의 별자리 뒤, 아득하고 더욱 천상적인 우주의 어떤 구석에 희귀하고 유쾌한 장소가 있을 것이라고 버릇처럼 상상한다. 나는 내 집이 실제로 매우 인적이 드물면서도 항상 새롭고 더럽혀지지 않은 우주의 어떤 구석에 터를 잡았다는 사실을 발견했다. 플레이아데스

---

14 아세아 쪽 러시아의 초원지대.
15 인도 신화에 나오는 영웅 신인 크리슈나의 별칭.

Pleiades 성단이나 히아데스Hyades 성단, 알데바란Aldebaran 성이나 견우성Altair에 가까운 그런 지역에 정착할 가치가 있다면, 나는 정말로 그런 곳에서 살고 있는 셈이다. 아니면 내가 버리고 온 생활과는 별만큼이나 먼 삶을 살고 있었다. 내 삶은 아득히 먼 별만큼이나 작고 깜빡이고, 가장 가까운 이웃의 눈에도 달이 없는 캄캄한 밤에나 겨우 보인다. 내가 쭈그리고 앉아 있는 공간은 우주 천지 가운데서도 바로 그렇게 아득한 곳이었다.

> "한 목동이 살았더니,
> 높은 생각을 가졌더라.
> 그의 양떼가 시간마다 그를 즐겁게 한
> 산상들만큼 높은 생각을 품었더라." 16

만약 양떼가 목동의 생각보다 더 높은 목초지로 항상 유랑한다면, 우리는 그런 목동의 삶을 어떻게 생각할까?

매일 아침은 즐거운 초대장이었다. 그것은 내 삶을 자연 자체와 똑같이 소박하고, 뭐랄까, 순진무구하게 만들라고 손짓했다. 나는 그리스 사람들 못지않게 새벽의 여신 에오스Eos를 진지하게 숭배했다. 나는 일찍 일어나서 호수에서 목욕했다. 이것은 하나의 종교적 수련이었고, 내가 한 최고의 수련 가운데 하나였다. 중국 탕왕湯王의 욕조에는 이런 글귀가 새겨져 있었다고 한다. "자신을 나날이 완전히 새롭게 하라. 날이면 날마다 새롭게 하고, 영원히 새롭게 하

---

16 작자 미상의 옛 민요.

라."17 나는 이 말을 이해할 수 있다. 아침은 영웅의 시대를 다시 불러온다. 아주 이른 아침에 문과 창문을 열어놓고 앉아 있을 때면, 볼 수도 상상할 수도 없는 여행길에 나선 어떤 모기가 내 집을 지나면서 가냘프게 앵앵거리는 소리가 들린다. 그 모깃소리는 일찍이 영광을 노래한 어느 트럼펫 소리보다도 감동적이었다. 그 소리는 바로 호메로스의 진혼곡이었다. 그 자체가 공중에 울려 퍼지는 『일리아스』와 『오디세이아』로서, 자신의 분노와 방황을 노래하고 있었다.18 모깃소리에는 우주론적인 무엇인가가 있었으니, 그것은 세계의 끝없는 활력과 번식력에 대한 지속적인 알림이었다. 하루 중에서 가장 기억할 만한 시간인 아침은 잠에서 깨어나는 시간이다. 이때는 사람이 가장 덜 졸리는 시간이다. 밤낮을 가리지 않고 계속 잠자는 우리의 어떤 부분도 최소한 아침 한 시간 동안은 깨어 있다. 우리가 타고난 본성에 따라서가 아니라 하인이 기계적으로 깨워서 잠을 깬다면, 즉 천상의 음악과 대기에 가득한 향기를 호흡하면서 새롭게 획득한 우리 자신의 힘과 내부의 열망으로 어젯밤 잠들 때보다 더 높은 삶으로 깨어나지 않고 종소리 때문에 깨어난다면, 우리는 그날을 하루라고 부를 수 있을지는 모르나 그날의 삶에서 기대할 것은 별로 없다. 잠에서 올바로 깨어나야만, 어둠이 열매를 맺고, 어둠 자체가 빛 못지않게 훌륭하다는 것을 입증한다. 하루하루는 우리가 이미 더럽힌 시간보다 더 이르고 더 성스러운 새벽 시간을 포함하고

---

17 유교 경전의 하나인 『대학』大學에 있는 말.
18 호메로스Homer의 『일리아스』는 아킬레우스Achilles의 분노에 대한 언급으로, 『오디세이아』는 오디세우스Odysseus의 방황에 대한 언급으로 시작한다.

있다는 사실을 믿지 않는 이가 있다면, 그는 삶에 절망하여 어두워 가는 내리막길을 추구하는 사람이다. 감각적인 삶을 부분적으로 중단하면, 인간의 영혼 또는 영혼의 기관들은 매일 활기를 되찾는다. 그리고 그의 본성은 능력껏 고귀한 삶을 살려고 다시 노력한다. 정말이지, 기억할 만한 모든 사건은 아침 시간과 아침 분위기에서 일어난다. 『베다』Vedas[19]에서는 "모든 지성은 아침과 함께 잠이 깬다."라고 했다. 시와 예술, 가장 아름답고, 가장 기억할 만한 인간의 행동은 이런 아침 시간에서 유래한다. 모든 시인과 영웅은 멤논Memnon과 마찬가지로 새벽 여신의 자손들이고, 해가 뜰 때에 그들의 음악을 분출한다. 태양과 보조를 맞추어 탄력적이고 힘찬 생각을 유지하는 사람에게는 하루가 영원한 아침이다. 시계가 가리키는 것이나, 사람들의 태도나 노동이 말하는 것은 중요하지 않다. 아침은 내가 깨어 있고, 나 안에 새벽이 있는 때이다. 도덕적 개혁은 잠을 물리치려는 노력이다. 사람들이 꾸벅꾸벅 졸고 있는 것이 아니라면, 왜 자신들의 하루에 대해 그렇게 형편없는 보고를 하는가? 사람은 그렇게 계산에 어두운 존재가 아니다. 사람이 졸음에 압도되지 않았다면, 그는 무엇인가를 수행했을 것이다. 수백만 명의 사람이 육체노동을 하기에 충분할 만큼 깨어 있으나, 지적 활동을 효과적으로 할 만큼 깨어 있는 사람은 백만 명 중 한 명뿐이고, 시적이거나 신적인 삶을 살 수 있을 만큼 깨어 있는 사람은 1억 명 중 한 명뿐이다. 깨어 있다는 것은 살아 있다는 것이다. 나는 완전히 깨어 있는 사람을 아직 만난 적이 없다. 있다면, 내가 어찌 그의 얼굴을 응시할 수 있었겠

---

19 인도 브라만교에서 가장 오래된 경전.

는가.

우리는 아무리 깊은 잠에서도 기계의 도움에 의해서가 아니라, 우리를 버리지 않는 새벽의 무한한 기대에 의해서 다시 깨어나고, 깨어 있는 상태를 계속 유지할 줄 알아야 한다. 내가 알고 있는 가장 고무적인 사실은 인간이 의식적인 노력으로 자신의 삶을 드높일 수 있는 능력을 분명 가지고 있다는 점이다. 우리가 어떤 그림을 그리거나 조각을 해서 몇몇 사물을 아름답게 만들 수 있다는 것은 대단한 일이다. 하지만 우리가 삶을 들여다보는 조건과 수단 자체를 조각하고 칠하는 것[20]이 훨씬 더 영광스러우니, 우리가 도덕적으로 그렇게 할 수 있다. 삶의 질을 바꾸는 것, 그것이 예술의 정수다. 모든 사람에게는 가장 고결하고 소중한 시간에 자신의 삶을 그 세부까지도 명상해 볼 가치가 있게 만들 의무가 있다. 설사 우리가 얻는 하찮은 정보를 거부하거나 소진한다 해도, 신탁은 이렇게 살 수 있는 방법에 대한 정보를 우리에게 똑똑히 제공할 것이다.

내가 숲으로 간 이유는 인생을 의도적으로 살아보기 위해서였다.[21] 나는 인생의 본질적인 사실에만 정면으로 부딪쳐보고, 인생이 가르치는 바를 배울 수 있을지 시험해보려고 했으며, 마침내 죽음에 이르러 내가 삶다운 삶을 살지 못했다는 사실을 깨닫는 일이 없도록 하고자 했다. 삶은 아주 값진 것이기 때문에, 나는 삶이 아닌 삶을 살고 싶지 않았다. 또한 아주 필요한 경우가 아니면, 묵묵히 참고 따르는 삶도 살고 싶지 않았다. 나는 깊이 살고, 인생의 모든 골수를 빨아먹고, 스파르타 사람처럼 아주 강건하게 살아서 삶이 아닌 모

---

20 일상을 넘어서 삶의 큰 틀을 짜는 것.
21 숙고, 최선의 선택, 실행으로 이어지는 긍정의 삶을 의미한다.

든 것을 물리치고 싶었다. 나는 풀을 베어 넓은 인생길을 내고 나서, 아예 풀을 빡빡 깎아버리고는 인생을 구석으로 몬 다음에, 가장 낮은 수준까지 끌어내리고 싶었다. 만약 인생이 비천하다고 입증되면, 당연히 그 비천함의 진면목을 제대로 파악하여 세상에 알리고 싶었고, 만약 인생이 숭고하다면, 그것을 경험으로 알아서, 나의 다음 여행[22]에서는 그것에 대한 성실한 이야기를 할 수 있기를 원했다. 내가 보기에, 이상하게도 대부분의 사람은 인생이 악마의 것인지, 신의 것인지 확신하지 못하고, 이 땅에서 사는 인간의 주요 목적이 "신을 찬미하고, 그를 영원히 향유하는 것"[23]이라고 '다소 성급하게' 결론을 내렸다.

아직도 우리는 개미들처럼 비천하게 산다. 하기야 우화에 따르면, 우리는 옛날 옛적에 인간으로 바뀐 개미라고 한다.[24] 우리는 피그미들pygmies처럼 왜가리들과 싸운다.[25] 그것은 실수에 실수를, 누더기에 누더기를 덧대는 것이다. 우리의 최고의 미덕은 불필요하고 피할 수 있는 불행을 기회로 삼는 것이다. 우리의 삶은 사소한 일로 조금씩 허비된다. 정직한 사람은 열 손가락만 있으면 거의 모든 계산을 할 수 있다. 극단적인 경우에도 열 발가락을 보태면 되고, 나머지는 하나로 묶어라. 간소화하라, 간소화하라, 간소화하라! 바라건대, 당신의 일을 백이나 천 가지가 아니라, 두 가지나 세 가지가 되게

---

22 숲을 떠난 다음의 문명생활.
23 개신교 교리문답의 서두에 나오는 말.
24 그리스 신화에서 아이기나Aigina의 전설적인 왕 아이아코스Aeacus는 백성들이 역병으로 죽자 제우스에게 개미를 사람으로 변하게 해달라고 간청하여 인구를 다시 채웠다.
25 『일리아스』에서 트로이 대군을 피그미들과 싸우는 왜가리들로 비유했다.

하라. 백만 대신에 여섯까지만 셀 것이며, 센 숫자를 엄지손톱에 기록하라. 풍랑의 바다 같은 이런 문명 생활 속에서는, 구름, 폭풍, 흘러내리는 모래 등, 천 가지가 넘는 수많은 상황을 참작해야 하기 때문에, 인간은 추측 항법[26]으로 살 수밖에 없고, 성공하는 사람은 진짜 위대한 계산가임에 틀림없다. 그렇지 않으면, 그는 침몰하여 항구에 입항조차 하지 못할 것이다. 간소화하라, 간소화하라. 하루 세 끼 대신에, 필요하다면 한 끼만 먹고, 백 가지 요리를 다섯 가지로 줄이고, 다른 것도 이에 비례해서 줄여라. 우리의 인생은 독일연방[27]같이 작은 국가들로 구성되어 있다. 그 국경선이 늘 바뀌고 있어서, 독일인조차 지금의 국경선이 어떻게 되어 있는지 알지 못한다. 국가는 이른바 갖가지 내적 발전들을 하고 있다지만, 사실은 모두 외적이고 허울뿐인 것들로서, 매우 다루기 힘든 비대한 조직에 지나지 않는다. 그 나라의 수백만 가정과 마찬가지로, 나라 자체가 가구가 널브러져 있고, 제 손으로 놓은 덫에 치이고, 사치와 무분별한 지출, 합당한 목적과 계산의 결여로 파산에 이르고 만다. 이에 대한 유일한 치료책은 엄격한 경제, 스파르타식을 뺨칠 정도로 단호한 삶의 간소화, 그리고 목적의 고양高揚이다. 이 나라는 너무 숨 가쁘게 돌아간다. 사람들은 '국가'가 교역을 터서 얼음을 수출하고, 전신을 통해 소식을 전하고, 한 시간에 30마일을 달리는 것이 반드시 필요하다고 생각한다. '그것들'이 좋은지 나쁜지는 전혀 의심하지 않는다. 그

---

26 육상의 지표나 별의 위치로 항로를 정하지 않고 항해 방향, 지나간 시간, 속도, 마지막 알려진 위치 등을 참작하여 항해하는 방법.
27 1871년 비스마르크가 통일하기 이전의 독일연방은 서른아홉 개의 공국과 소왕국으로 구성되어 있었다.

러나 우리가 원숭이같이 살아야 하는지 아니면 인간같이 살아야 하는지는 그다지 확신하지 못한다. 만약 우리가 침목을 자르고, 레일을 주조하고, 밤낮으로 열심히 일하지 않고, '그것들'을 향상시킨답시고 '인생'을 땜질하고 있으면, 철도는 누가 놓겠는가? 그리고 철도가 놓이지 않으면, 어떻게 시즌을 맞아서 천국에 가겠는가? 그러나 우리가 집에 남아서 우리의 일에 전념한다면, 그 누구에게 철도가 필요하겠는가? 우리가 철도를 타고 달리는 것이 아니라, 철도가 우리를 타고 달린다. 철로 밑에 깔려 있는 침목이 무엇인지 생각해본 적이 있는가? 침목 하나하나가 아일랜드 사람이건 양키이건 하나의 사람이다. 그들 위에 철로를 깔고, 모래로 덮고 나면, 그 위로 기차가 매끄럽게 달린다. 정말이지 그들은 견실한 침목[28]이다. 그리고 몇 년마다 새로운 침목이 깔리고, 그 위를 기차가 달린다. 어떤 사람들이 철로 위에서 달리는 기쁨을 누린다면, 다른 사람들은 그 밑에 깔리는 불운을 당하는 셈이다. 그리고 만약 기차가 잠에 취해 걸어가는 어떤 사람, 즉 잘못된 위치에 있는 어느 잉여 침목을 치어서 그의 잠을 깨우면, 사람들은 기차를 갑자기 멈추고 이것이 이례적인 사건이라도 되는 듯이 야단법석을 떤다. 5마일마다 한 무리의 선로공을 배치하여 침목들을 달래야 그것들이 제자리에 그대로 누워 있다는 것을 알게 되니 되레 기쁘다. 그 침목들이 언젠가는 다시 일어날 것이라는 징조이기 때문이다.

왜 우리는 그렇게 허겁지겁 인생을 허비하면서 살아야 하는가? 우리는 배가 고프기도 전에 굶어죽을 각오를 한다. 사람들은 제

---

28 '견실한 침목'sound sleeper은 글자 그대로 '고이 잠든 사람'이란 의미도 된다.

나는 어디서, 무엇을 위해 살았나?

때의 바늘 한 땀이 나중에 아홉 땀을 줄여준다고 하면서, 내일의 아홉 땀을 줄이려고 오늘 천 땀을 뜨는 우를 범한다. '일'로 말하면, 우리는 이렇다 하게 의미 있는 일을 전혀 하지 않는다. 우리는 무도병 舞蹈病[29]에 걸려서 도무지 좌불안석이다. 내가 교회의 종을 몇 번 당기면, 다시 말해 화재 발생 때처럼 종을 빠르고 급하게 울리면,[30] 콩코드 교외의 농장에서 일하던 농부는 물론 소년과 여자까지 예외 없이 만사 제쳐두고 화재 현장으로 달려 올 것이다. 그 사람들은 당일 아침만 해도 걸핏하면 시급한 용무가 있다면서 꽁무니를 뺐던 자들이다. 하지만 진실을 고백하자면, 그들의 주목적은 화재로부터 재산을 구하는 것이 아니라 불구경을 하는 것이다. 어차피 그것은 타버릴 테고, 사실인즉 우리가 불을 지른 것도 아니기 때문이다. 아니면 불 끄는 것을 구경하다가 진화가 아주 멋있게 되면, 그 일에 한몫 낄 수도 있을 것이다. 화재 현장이 다름 아닌 마을 교회라 하더라도 마찬가지다. 식사하고 반 시간 선잠을 자던 사람이 깨자마자 고개를 쳐들고는 나머지 인류가 자기 옆에서 보초를 선 듯이 "무슨 뉴스 없소?"라고 묻는다. 어떤 사람은 반 시간마다 자신을 깨워달라고 당부하는데, 다른 목적이 있어서가 아니라 뉴스를 듣기 위한 것이 틀림없다. 그는 깨워준 답례로 자신이 꾼 꿈 이야기를 들려준다. 하룻밤 자고 난 그에게는 뉴스가 아침 식사만큼이나 필수적이다. "지구의 어디에서건 새로운 일이 발생했으면 제발 내게 알려 주세요."—그리고 그는 빵과 커피를 들면서 기사를 읽는다. 어떤 사람이

---

29 신경에 영향을 주어, 경련성의 동작, 우울, 정서적 불안정을 초래하는 병.
30 줄을 높고 힘차게 당겨 천천히 울리면 예배를 알리는 것이고, 낮게 당겨 빠르고 급하게 울리면 화재 경보였다.

오늘 아침 와치토 강[31]에서 눈알이 뽑혔다는 따위의 기사 말이다. 읽는 동안 그는 자신이 이 세계의 무한히 깊고 어두운 거대한 동굴에 살며, 눈이라고는 퇴화한 것밖에 없다는 사실을 꿈에도 생각하지 않는다.[32]

　　나로 말하면, 나는 우체국이 없어도 불편 없이 지낼 수 있을 것이다. 중요한 소식을 우체국을 통해 주고받는 경우는 별로 없다고 생각한다. 비판적으로 말하면, 나는 내 평생에 우표 값이 아깝지 않은 편지는 한두 통밖에 받지 못했다. 나는 몇 년 전에도 이렇게 쓴 적이 있다.[33] 일반적으로 1페니 우편은,[34] 1페니 줄 테니 무슨 생각을 하는지 알려달라고 스스럼없이 농담을 주고받던 것이 이제는 정말로 1페니를 내게 된 제도이다. 그리고 나는 신문에서도 기억할 만한 뉴스를 읽은 적이 분명 없다. 어떤 사람이 강도를 당했다거나, 살해되었다거나, 사고로 죽었다거나, 집이 불탔다거나, 배가 난파되었다거나, 증기선이 폭발했다거나, 소가 서부 철도에 치었다거나, 미친 개가 살해되었다거나, 겨울에 한 떼의 메뚜기가 출현했다는 따위의 기사라면, 또 다른 기사를 읽을 필요가 없다. 하나면 충분하다. 원리를 알고 있다면, 수많은 사례와 응용에 신경을 쓸 것이 뭐 있는가? 철학자에게 소위 '뉴스'라는 것은 가십에 지나지 않으며, 그것을 편

31　Wachito River. 미국 남부 아칸소 주의 강.
32　켄터키 주의 매머드 동굴에 사는 블라인드 피시blind fish에 빗댄 말이다.
33　1846~1847의 겨울 일기에서 소로는 "나는 우체국 없이도 지낼 수 있을 것 같다. 1년에 편지 한 통 이상을 받지 않았다,"라고 썼다.
34　1840년 영국의 단일 우편료가 1페니였다. 『월든』이 출판된 1854년의 미국 우편료는 3센트였다.

집하거나 읽는 사람은 차를 마시는 노파들이다. 그런데도 적잖은 사람들이 이런 가십을 탐한다. 며칠 전 어느 신문사 사무실에 최신 국외 뉴스를 알려고 많은 사람들이 몰려드는 바람에 회사의 대형 판유리 몇 장이 박살났다는 소식을 들었다. 하지만 그것은 준비된 재사才士라면 12개월 전이나 12년 전에 꽤 정확하게 쓸 수 있었던 뉴스일 것이다. 예컨대, 스페인에 관해서라면 돈 카를로스Don Carlos와 인판타Infanta[35], 돈 페드로Don Pedro와 세비야Seville와 그라나다Granada[36] ─ 내가 신문을 마지막으로 본 이후로 이름이 약간 바뀌었는지 모른다 ─ 를 그때그때 적절한 비율로 삽입할 줄 알고, 다른 흥밋거리가 없을 때는, 투우 기사를 제공하면 문자 그대로 사실적인 기사가 될 것이다. 그것은 이런 표제로 실리는 가장 간결하고 명료한 신문 기사와 똑같이 스페인 사정에 대한 정확한 상태 또는 혼란상을 우리에게 올바로 알려줄 것이다. 영국에 관해서라면, 그 나라에서 발생한 최신 뉴스 부스러기 중 중요한 것은 1649년의 혁명[37] 정도였다. 그러므로 당신이 이제까지의 영국 1년 평균 농작물 수확을 이미 알고 있으며, 당신의 일이 농산물과 관련된 투기사업만 아니라면, 농작물 수확량에 새삼 신경 쓸 필요는 없을 터이다. 신문을 별로 들

---

35 1830년대 스페인 국왕 페르난도 7세Fernando VII와 그의 동생 돈 카를로스가 권력투쟁을 벌인 끝에 1833년 페르난도의 왕녀 인판타(당시 세살)가 이사벨 2세Isabel II로 등극했다.

36 세비야의 돈 페드로와 그의 군대가 그라나다Granada 왕국의 아부사이드Ab Said 왕을 진압하고 살해했다. 세비야는 스페인 남부의 예술, 문화, 금융의 중심지이고, 역시 스페인 남부 도시인 그라나다는 그라나다 왕국의 알함브라Alhambra 궁전으로 유명하다.

37 크롬웰Cromwell의 공화정이 왕정을 폐지한 혁명.

여다보지 않는 사람이 판단하건대, 새로운 어떤 일이 국외에서 발생하는 일은 전혀 없으며, 프랑스 혁명 같은 것도 예외가 아니다.

새로운 소식이라니! 낡지 않고 영원한 것을 아는 것이 얼마나 더 중요한 일인가! "위나라의 고관 거백옥이 공자의 새 소식을 알려고 그에게 사람을 보냈다. 공자는 사자使者를 자기 옆에 앉히고, '그대의 주인은 무엇을 하시는가?'하고 물었다. 사자는 공손히 '저의 주인은 자신의 허물을 줄이고자 합니다만 끝을 내지 못하고 있습니다,'라고 대답했다. 사자가 간 뒤에 그 현인은 '아주 훌륭한 사자로고! 아주 훌륭한 사자로고!'라고 말했다.[38] 목사는 주일 마지막 날인 휴일에 — 일요일은 잘못 보낸 일주일의 적절한 끝이지 새로운 한 주의 기운차고 용감한 시작은 아니므로 — 너절하기 짝이 없는 상투적인 설교로 졸린 농부들의 귀를 괴롭히는 대신, 우레 같은 목소리로 그들에게 "멈춰라! 게 서거라! 느려터진 주제에 왜 그리 서두르는 척하는가?"라고 야단을 쳐야 할 것이다.

속임수와 기만은 가장 건전한 진실로 존중되는 반면, 진실은 우화 정도로 여겨진다. 사람들이 진실만을 꾸준히 바라보고 기만을 용납하지 않는다면, 인생은 우리가 알고 있는 것들과 비교하건대 동화와 『아라비안나이트』처럼 될 것이다. 우리가 필연적인 것과 존재할 권리가 있는 것만을 존중한다면, 음악과 시가 거리에 울려 퍼질 것이다. 서두르지 않고 현명하게 처신할 때, 우리는 위대하고 가치 있는 것만이 영원하고 절대적인 존재 가치를 갖는다는 것, 다시 말해 사소한 두려움과 사소한 쾌락은 진실의 그림자에 지나지 않는

---

38 『논어』, 「헌문편」憲問篇에 나오는 말.

나는 어디서, 무엇을 위해 살았나?

다는 것을 지각하게 된다. 이것은 항상 유쾌하고 숭고한 진리다. 사람들은 눈을 감고 꾸벅꾸벅 졸거나 겉모양에 속아 넘어감으로써, 어디서나 판에 박힌 일상과 습관을 확립하고 굳히지만, 그것은 여전히 순전한 허구를 바탕으로 세워진 것이다. 삶을 놀이로 삼는 어린이는 인생의 진정한 법칙과 관계를 어른보다 더 명확하게 분간한다. 어른은 삶을 가치 있게 살지 못하면서도, 경험에 의해서, 바꾸어 말하면 실패에 의해서, 자기들이 더 현명하다고 생각한다. 나는 어느 힌두교 경전에서 이런 것을 읽었다.[39] "어떤 왕자가 있었는데, 그는 갓난아이 때 왕궁에서 쫓겨나 한 산림지기의 손에 양육되었다. 그런 상태에서 성장했기 때문에, 그는 자신도 그와 함께 살았던 미개한 종족의 일원이라고 생각했다. 아버지의 신하 하나가 그를 발견하고 신분을 밝혀주자, 그는 자기 신분에 대한 오해를 풀고 왕자라는 사실을 알았다." 힌두Hindu의 현인은 계속해서 "이처럼 인간의 넋도 처한 상황 때문에, 자신의 근본을 오해하다가, 어떤 신성한 스승이 그 진실을 밝혀주면 비로소 자신이 '브라흐마'Brahme[40]임을 안다,"라고 말한다. 나는 우리 뉴잉글랜드 주민이 현재처럼 비천하게 사는 것은 사물의 표면을 꿰뚫어 보지 못하기 때문이라고 생각한다. 우리는 눈에 '보이는 것'이 '존재하는 것'이라고 생각한다. 어떤 사람이 이 마을을 다니며 현상만 본다면, 당신은 "밀댐"Mill-dam[41]이 어디로 갈 것이라고 생각하는가? 그가 마을에서 보이는 현상만 이야기한다면, 우리는 그의 서술에서 물방앗간 자리도 인지하지 못할 것이다. 공회

---

39 출처 불명.
40 힌두 철학에서 영적 존재의 본질을 가리킨다.
41 콩코드의 상업지구로 하천이 흐르고 물레방아 댐이 있었던 곳이다.

당이나 재판소나 감옥이나 가게나 주택을 보라. 당신이 진정한 눈으로 응시할 때, 그것들이 정말로 무엇으로 보이는지 말해보라. 그러면 당신의 평가에서, 그것들은 산산조각이 날 것이다. 사람들은 진리가 먼 곳에 있다고 생각한다. 그들은 그것이 우주의 변두리에, 가장 멀리 떨어진 별 너머 어딘가에, 아담의 이전과 최후의 인간 이후의 어느 때쯤에 있다고 생각한다. 영원에는 실로 참되고 숭고한 어떤 것이 있다. 그러나 이런 모든 시간과 장소와 경우가 '지금' 그리고 '여기'에 존재한다. 신 자신이 지금 이 순간의 정점에 계시니, 흘러가는 모든 시대 중 지금이 가장 거룩한 순간이다. 그리고 우리는 우리를 에워싸고 있는 진실을 영원히 흡입하고 흠뻑 마심으로써만, 숭고하고 고귀한 것을 이해할 능력이 생긴다. 우주는 우리의 구상에 끊임없이 고분고분하게 응답한다. 우리가 빨리 여행하건 느리게 여행하건, 우주는 우리를 위한 행로를 마련한다. 그러니 무엇인가를 구상하며 우리의 삶을 보내자. 시인이나 예술가가 아주 아름답고 고귀한 계획을 수립하면 언제나, 후세의 누군가가 그것을 그런대로 성취할 수 있었다.

'대자연'Nature처럼 유유하게 하루를 보내자. 그리하여 선로 위에 모기 날개와 견과 껍질이 떨어질 때마다, 궤도에서 탈선하는 일이 없도록 하자. 일찍 일어나자. 그리고 금식을 하든지 식사를 하든지, 조용하고 평온하게 하자. 그런 다음 손님을 받고, 손님을 보내고, 종을 울리고, 아이들이 함성을 지르도록 하자. 요컨대, 신나는 하루가 되도록 결심하자. 우리가 시류에 영합할 이유라도 있는가? 정오의 모래톱에 자리 잡은 오찬이라는 무서운 급류와 소용돌이에 휘말려서 허우적거리지 말자. 이런 위험을 헤치고 나가면, 당신은 안전할 것이다. 나머지 길은 내리막이기 때문이다. 긴장을 풀지 말고, 아침의 기백을 그대로 가지고, 오디세우스처럼 돛대에 몸을 묶은 다음[42] 다른 쪽을 바라보면서, 정오의 소용돌이를 비껴 항해하자. 기관차가 기적을 울리면, 목이 쉴 때까지 울리게 내버려두자. 기관차가 나팔을 울린다고 해서, 우리가 뛰어갈 이유라도 있는가? 그 소리를 일종의 음악으로 생각할 수도 있을 것이다. 우리 자신을 차분하게 하자. 그리고 의견, 편견, 전통, 망상, 겉치레의 진흙과 진창을 뚫고, 우리의 발을 그 아래로 힘껏 뻗고 전진하자. 지구를 뒤덮고 있는 충적층을 뚫고, 파리와 런던을 뚫고, 뉴욕과 보스턴과 콩코드를 뚫고, 교회와 국가를 뚫고, 시와 철학과 종교를 뚫고, 마침내 우리가 '이거야, 틀림없어!'라고 말할 수 있는 '리얼리티'reality라는 이름의 바위처럼 단단한 본연의 밑바닥에 당도할 때까지 아래쪽으로 발을 뻗고 전진하자. 그러면 홍수와 서리와 불의 영향권을 벗어나 하나의 '거점'point d'appui이 마련될 테니, 이제 성벽이나 국가의 기초를 세우거나, 가로등 기둥 하나를 안전하게 세우거나, 어떤 계기計器라도 하나 세울 수 있는 터전을 닦자. 나일 강의 계기[43]가 아니라 리얼리티를 측량하는 계기 말이다. 그리하여 후세들이 때때로 얼마나 깊이 허위와 겉치레의 홍수가 범람했는지 알 수 있도록 하자. 만약 당신이 어떤 사실과 똑바로 마주 서면, 그 사실의 양면에 태양 빛이 마치 언월도偃月刀[44]의 칼

---

42 호메로스의 『오디세이아』에서 오디세우스는 세이렌들이 부르는 유혹의 노래를 들을 수는 있지만 제물이 되지 않으려고 돛대에 자신의 몸을 묶고 세이렌들을 외면했다.

43 '나일 강의 계기'Nilometer는 고대 이집트에서 홍수를 경고하기 위해 수위를 기록하던 것이었다. "nil"이 "nothing"의 의미가 있어서 결국 아무것도 아닌 계기라는 함의가 있다.

44 초승달처럼 굽은 큰 칼.

날인 듯이 번득이는 것을 볼 테고, 그 멋진 칼날이 당신의 심장과 골수를 절단한다고 느낄 테니, 당신은 행복하게 이승의 삶을 하직할 것이다. 삶이든 죽음이든, 우리는 오로지 리얼리티를 갈구한다. 만약 우리가 실제로 죽어간다면, 목구멍의 가르랑거리는 소리를 들으며 팔다리가 차가워지는 것을 느끼자. 만약 우리가 살아 있다면, 해야 할 일을 열심히 하자.

시간은 내가 낚시질하는 강물에 지나지 않는다. 나는 그 물을 마시지만, 마시는 동안 모랫바닥을 보고 강이 얼마나 얕은지 깨닫는다. 얕은 시간의 물은 흘러가지만, 영원은 남는다. 나는 더 깊은 물을 마시고, 별들이 조약돌처럼 깔린 하늘에서 낚시를 하고 싶다. 나는 하나조차 셀 줄 모른다. 나는 알파벳의 첫 글자도 모른다. 나는 내가 태어난 그날만큼 현명하지 못한 것을 항상 유감스러워했다. 지성은 하나의 큰 칼이다. 그것은 사물의 비밀을 식별한 다음, 그 속으로 파고들어간다. 나는 필요 이상으로 내 손을 바쁘게 놀리고 싶지는 않다. 내 머리가 곧 내 손발이다. 나는 내 최고의 능력이 모두 머릿속에 모여 있음을 느낀다. 어느 동물들이 주둥이와 앞발을 써서 굴을 파듯이, 나는 내 머리가 땅굴을 파는 하나의 기관이라는 것을 본능적으로 알고 있다. 그러니 나는 내 머리로 땅굴을 파서 이 산들을 관통하는 나의 길을 닦을 것이다. 이 근처 어딘가에 아주 풍부한 광맥이 있는 것 같다. 나는 탐지 막대가 가리키는 곳과 엷게 피어오르는 수증기를 보고 광맥을 판단한다. 여기서 갱도를 파기 시작할 것이다.

나는 어디서, 무엇을 위해 살았나?

독서

　탐구 대상의 선택에서 좀 더 신중하면, 모든 사람이 본질적으로 학자나 관찰자가 될 것이니, 탐구의 특질과 운명은 분명히 모두에게 똑같이 흥미롭기 때문이다. 자신이나 후손을 위해서 재산을 모으고, 가정이나 국가를 세우고, 혹은 명성을 얻는다 해도, 우리는 결국 죽고 마는 존재다. 그러나 진리를 탐구하면, 영원히 사는 존재가 되어서 변화나 재난을 두려워할 필요가 없다. 태고의 이집트나 힌두 철학자는 신의 조상彫像에서 베일을 들추었다.[1] 그리하여 나풀거리는 신의 옷자락은 여전히 살짝 들춰져 있다. 고대 철학자가 그랬듯이, 나도 신선한 신의 영광을 응시한다. 그렇듯 아주 대담하게 베일을 들추었던 자는 철학자 안에 있던 '나'였으며, 지금 그 비전을 다시 보는 자는 내 안에 있는 '그'이기 때문이다.[2] 신의 옷에는 먼지 하

1　진리 탐구를 신비에 싸인 신이나 영원의 베일을 들추는 것으로 은유한 말이다.
2　인간은 영원을 응시하는 철학적 본성을 지니고 있다는 뜻.

나 묻어 있지 않다. 신격이 드러난 이후 하등의 시간도 흐르지 않은 것이다. 우리가 진정으로 가치를 높이거나 높일 가능성이 있는 시간은 과거도 현재도 미래도 아닌 셈이다.

나의 거처는 사색하기에는 물론 진지한 독서를 하기에 어느 대학보다 적합했다. 흔한 순회도서관의 권역에서도 벗어난 곳에서 살았지만, 세계를 순회하는 책들[3]의 영향을 어느 때보다도 많이 받았다. 이런 책의 문장들은 처음에는 나무껍질에 쓰였으며, 지금은 가끔 리넨 종이에 탑본되고 있을 뿐이다. 시인 미르 카마르 우딘 마스트[4]는 말한다. "앉아서 정신세계의 영역을 통독通讀하니, 내가 책들에서 취한 것은 바로 이런 이점이다. 한 잔의 포도주에 취하듯이, 나는 심오한 교리의 술을 마실 때, 바로 이런 기쁨을 경험했다." 나는 여름 내내 책상 위에 호메로스의 『일리아스』를 놓아두었지만, 그저 가끔 책장을 뒤적거리기만 했다. 처음에는 집을 마무리하랴 콩밭을 가꾸랴 내 손으로 할 일이 끊이지 않아, 공부할 여력이 없었기 때문이다. 하지만 언젠가 책을 읽게 될 것이라 기대하면서 참고 견뎠다. 나는 일하는 사이사이에 시시한 여행 관련 서적 한두 권을 읽었다. 마침내 그런 독서를 하는 자신이 부끄러워서, 지금 '나'라는 사람이 사는 곳이 과연 어디인지 자문해보기도 했다.

그리스어로 호메로스나 아이스킬로스[5]를 읽는 학생은 방탕이

---

3 고대 철학자들의 세계적 고전을 의미한다.
4 미르 카마르 우딘 마스트Mir Camar Uddin Mast(?~1793). 18세기 힌두 시인. 이어지는 인용문은 프랑스 동양학자 가르생 드 타시Garcin de Tassy가 『힌두 문학과 힌두어의 역사』(1839)에서 인용한 것이다.
5 아이스킬로스Aeschylus(기원전 525~기원전 456). 고대 그리스의 비극 시인. 칠십 편 이상의 극작품 중 일곱 편만 현존한다.

나 사치에 빠질 위험이 없다. 왜냐하면 그는 그러한 독서를 통해서 거기에 등장하는 영웅을 어느 정도 본받으려 할 것이고, 책을 읽는 데 아침나절을 바칠 것이기 때문이다. 영웅에 관한 책은 비록 우리 모국어로 인쇄된 것이라도, 타락한 시대의 사람들에게는 항상 죽은 언어로 쓰인 것에 지나지 않을 것이다. 그러므로 우리는 모든 지혜와 용기와 아량을 발휘하여, 일반적으로 쓰이는 의미보다 더 큰 의미를 추정하면서, 각 단어와 행이 가지는 의미를 열심히 찾아야만 한다. 오늘날 온갖 번역물이 나오고 염가판이 쏟아지고 있지만, 영웅을 그린 고전 작가들에게 좀 더 가까이 다가가는 데는 별 도움을 주지 못하고 있다. 그렇기에 고전 작가들은 언제나 고독해 보이며, 그들의 작품을 인쇄한 글자 역시 늘 희귀하고 진기해 보인다. 만약 젊은 시절에 귀중한 시간을 바쳐서 고대 언어의 단어 몇 개만이라도 배운다면, 그것은 그만한 가치가 있는 일이다. 그런 단어들은 거리의 시시한 일상을 벗어나서, 영원한 암시와 자극을 줄 것이기 때문이다. 농부가 귀동냥한 라틴어 단어 몇 개를 기억하고 줄줄 외우는 것은 결코 헛된 일이 아니다. 때때로 사람들은 고전연구는 결국 더 현대적이고 실용적인 학문에 자리를 내주고 말 것이라고 말한다. 그러나 고전이 어떤 언어로 쓰였든, 얼마나 오래 전에 쓰였든, 모험적인 학생이라면 항상 고전을 공부할 것이다. 고전이야말로 인간의 가장 고귀한 생각을 기록한 것이 아니고 무엇이겠는가. 고전은 사라지지 않고 남아 있는 유일한 신탁이며, 그 안에는 가장 현대적인 질문에 대해 델포이Delphi와 도도나Dodona의 신탁[6]도 밝히지 못한 해답

---

6 델포이의 아폴로 사원과 도도나의 제우스 사원은 고대 그리스의 주요 신탁神託의 성소였다.

이 들어 있다. 고전 연구를 그만두는 것은 자연이 낡았다고 해서 자연 연구를 그만두는 것이나 다름없다. 독서를 잘하는 것, 다시 말해 참된 정신으로 참된 책을 읽는 것은 고귀한 수행이고, 당대의 관습이 평가하는 어떤 수행보다 독자에게 무거운 짐이 될 것이다. 운동선수가 겪는 것과 같은 훈련을 필요로 하며, 독서에 임하는 꾸준한 의지가 거의 평생 요구된다. 책들은 그것들이 쓰인 때와 똑같이 신중하고 조심스럽게 읽혀야 한다. 책들이 쓰인 해당 국가의 언어를 말할 수 있는 것만으로는 충분하지 않다. 구어와 문어, 듣는 언어와 읽는 언어 사이에는 커다란 간극이 있기 때문이다. 전자는 일반적으로 일시적인 하나의 소리나 말이나 방언일 뿐이고 거의 야만적이어서 우리는 그것을 야만인처럼 무의식적으로 어머니에게서 배운다. 후자는 전자가 성숙하고 경험되면서 만들어진다. 전자가 어머니 말이라면 후자는 아버지 말, 즉 절제되고 선택된 표현으로 너무나 의미심장하여 귀로는 들을 수 없는 언어이기 때문에, 우리는 다시 태어나야만 말할 수 있는 언어이다. 중세에 그리스어와 라틴어를 그저 '말했던' 민중이 그때 태어났다고 해서, 그 나라의 언어로 쓰인 천재의 작품을 '읽을' 수 있었던 것은 아니다. 그 작품들은 그들이 아는 그리스어와 라틴어가 아니라 정선된 문학 언어로 쓰였기 때문이다. 그들은 좀 더 고귀한 그리스와 로마의 방언을 배우지 않았기 때문에, 그들에게는 그런 방언이 쓰인 종이 자체가 휴지였다. 대신 당대의 천박한 문학을 더 높이 평가했다. 그러나 몇몇 유럽 국가가 자국의 떠오르는 문학의 목적에 부합한 언어, 다시 말해 투박하지만 특색 있는 자국의 문어를 획득하면서, 첫 번째 문예부흥이 일어났으며, 시대적 거리에도 불구하고 학자들은 고대의 보물을 식별할 수

153   독서

있게 되었다. 로마와 그리스 대중이 '들을 수' 없었던 것을 수많은 시대가 지난 후에 소수의 학자들이 '읽을 수' 있게 되었고, 지금도 소수의 학자만이 그것을 읽고 있다.

우리가 때로 포효하는 웅변가의 열변에 아무리 많은 박수를 보낼지라도, 가장 고귀한 문어는 흘러가는 구어보다 훨씬 앞서거나 높은 위치에 있으니, 별들이 빛나는 창공이 구름 위에 있는 것과 유사하다. 별들은 '저곳에' 있다. 그리고 별들을 읽을 줄 아는 사람이라야 그것들을 읽을 것이다. 천문학자는 영원히 별들을 관찰하고 주석을 단다. 우리가 일상적으로 나누는 대화나 수증기처럼 내뿜는 숨결과는 달리, 별들은 단순한 빛의 발산체가 아니다. 토론회에서 달변으로 통하는 것이 연구실에서는 흔히 수사修辭에 지나지 않는다. 웅변가는 그때그때의 덧없는 영감에 이끌려 눈앞의 군중에게, 즉 자기의 말을 '들을 수 있는' 사람들에게 말한다. 그러나 보다 평온한 삶이 본연의 업業이고, 웅변가를 고무시키는 사건이나 군중을 대하면 되레 정신이 산만해지는 작가는 인류의 지성과 가슴, 즉 그를 '이해할 수 있는' 모든 시대의 모든 사람에게 말한다.

알렉산드로스가 원정을 갈 때, 『일리아스』를 보석 상자에 넣어서 휴대했다는 것은 전혀 이상한 이야기가 아니다.[7] 기록된 말은 최상의 유물이다. 그것은 다른 어떤 예술 작품보다도 우리에게 친숙하면서 동시에 보편적인 무엇이다. 인생 자체와 가장 가까운 예술 작품이다. 모든 언어로 옮겨져 읽힐 수 있을 뿐만 아니라, 실제

---

7 마케도니아의 알렉산드로스 대왕(기원전 356~기원전 323)은 전리품으로 획득한 보석 상자의 용도를 놓고 의견이 분분했을 때, 그 속에 『일리아스』를 보관하는 것이 좋겠다는 의견을 내놓았다.

로 모든 인간의 입술로 말해질 수 있다. 단지 캔버스나 대리석에 재현될 수 있을 뿐만 아니라, 인생의 호흡 자체로 새겨질 수 있다. 고대인에게는 사상의 상징이었던 것이 현대인에게는 언어가 된 것이다. 2,000년의 세월은 그리스의 대리석 기념비에 그랬던 것처럼 문학 기념비에도 더욱 성숙한 황금빛 가을 색조를 입혔다. 그 문학적 기념비는 평온하고 천상적인 고유한 분위기를 모든 땅에 전하고, 시간의 침식에 대항하여 문학 자신을 온전히 보호하기 때문이다. 책은 세계의 귀중한 재산이며, 여러 세대와 국가의 고귀한 유산이다. 모든 오두막의 선반에는 가장 오래되고 훌륭한 책이 자연스럽고 당당하게 놓인다. 책은 스스로 어떤 대의도 내세우지 않지만, 독자를 계몽하고 마음의 양식이 되는 한, 상식 있는 독자라면 그것을 거부하지 않을 것이다. 고전의 저자들은 모든 사회에서 당연히 매혹적인 귀족으로서 왕이나 황제보다도 많은 영향을 인류에 미친다. 무식하고 어쩌면 냉소적인 장사꾼이 사업과 근면으로 바라고 바라던 여가와 독립을 획득하고 부와 유행의 무리에 끼게 되면, 그는 마침내 더 높지만 접근이 불가능한 지성과 재능의 무리로 눈을 돌리기 마련이다. 그리고 그는 자신의 교양이 불완전하며 모든 재산이 헛되고 불충분하다는 것을 절감한다. 나아가 자기가 뼈저리게 느끼는 지적 교양의 부족함을 자식들만은 면하게 하려고 노력함으로써, 그 나름의 훌륭한 양식을 발휘한다. 이리하여 그는 한 가문의 창시자가 된다.

옛 고전을 원어로 읽을 줄 모르는 사람은 인류의 역사에 대해 매우 불완전한 지식을 가질 수밖에 없다.[8] 우리 문명 자체를 고전의

---

8 소로는 그리스어를 읽을 수 있었지만 그리스 작품을 항상 원어로 읽지는 않았으며 라틴어판, 불어판, 또는 영역판을 이용했다.

복사판이라 여긴다면 모르지만, 현대어로 옮겨진 고전은 놀라울 정도로 없기 때문이다. 호메로스의 작품은 아직 영어로 인쇄된 일이 없고, 아침 자체만큼이나 정제되고 단단하고 아름다운 작품을 쓴 아이스킬로스나 베르길리우스의 그것도 마찬가지다.[9] 후세 작가들은 비록 천재적이라고 일컬어지더라도 정교한 미, 완성도, 평생 영웅적으로 매달리는 문학적 노력 면에서 고대 작가들에 필적하는 경우가 좀처럼 없다. 고전 작가들을 잊자고 말하는 사람들은 그 작가들을 모르는 이들이다. 고전에 관심을 기울여서, 그것을 충분히 감상할 수 있을 정도의 학문과 재능을 갖추었을 때에야 비로소 고전 작가의 존재를 잊어도 결코 늦지 않을 것이다. 우리가 고전이라 부르는 유산들과 이것들보다 더 오래되고 더 고전적이지만 잘 알려지지 않은 여러 나라의 경전들이 더욱 많이 쌓일 때, 바티칸의 큰 도서관들이 『베다』와 『젠드아베스타』[10]와 『성경』, 호메로스와 단테와 셰익스피어의 작품들로 채워질 때, 그리고 앞으로의 모든 세기가 각자 거둔 트로피들이 모두 세계의 토론 광장에 차례로 쌓아 놓일 때, 그 시대는 정말로 풍요로워질 것이다. 이렇게 집적된 유산의 디딤돌을 딛고서야 비로소 우리는 하늘에 오르기를 희망할 수 있을 것이다.

위대한 시인의 작품은 위대한 시인만이 읽을 수 있는 것이어

---

9 호메로스의 작품은 조지 채프먼이 1624년에, 아이스킬로스의 작품은 로버트 포터Robert Potter(1721~1804)가 1777년에, 베르길리우스의 작품은 개빈 더글러스Gavin Douglas(1475~1522)가 1513년에 각각 영어로 번역한 적이 있지만, 원본의 정신을 성공적으로 옮긴 적이 없다는 뜻이다.

10 『베다』*Vedas*는 힌두교 경전이고, 『젠드아베스타』*Zendavestas*는 조로아스터교 경전이다.

서, 아직 인류에게 읽힌 적이 없다. 그들의 시는 대중이 별을 읽듯이 읽혔을 뿐이니, 천문학적으로가 아니라 기껏해야 점성술적으로 읽힌다. 생업에서 계산서를 정리하고 사기를 당하지 않으려고 셈법을 배웠듯이, 대부분의 사람은 하찮은 편리를 도모하기 위해 읽기를 배웠지만, 고귀한 지성적 운동으로서의 독서에 대해서는 아는 것이 별로 없거나 전혀 모른다. 하지만 사치품처럼 우리를 스르르 잠재우거나, 읽는 동안 우리의 고귀한 재능까지 잠들게 하는 독서가 아니라, 발끝으로 서서 눈을 부릅뜨고 깨어 있는 시간을 바쳐서 읽지 않으면 안 되는 것만이 차원 높은 독서이다.

글자를 배운 이상 우리는 문학의 정수를 읽어야 할 것이며, 평생을 줄곧 초등학교 4학년이나 5학년 학생처럼 교실 맨 앞줄의 가장 낮은 벤치에 앉아서 에이a 비b 에비에스abs나 단음절 단어만 되뇌고 있어서는[11] 안 된다고 생각한다. 대부분의 사람은 무엇이라도 읽거나 남이 읽어주는 것을 듣는 데 만족한다. 어쩌면 한 권의 좋은 책, 즉 『성경』[12]의 지혜를 통해 죄를 깨닫고 나서는 여생을 식물처럼 살면서, 이른바 편안한 독서로 자신의 능력을 허비한다. 우리 마을의 순회도서관에는 『리틀 리딩』이라는 제목의 몇 권짜리 책이 있는데, 처음에는 그것이 내가 가본 적 없는 어떤 마을을 칭하는 말이라고 생각했다.[13] 어떤 사람들은 고기와 야채를 배불리 먹은 뒤에도,

---

11 암기식 학습방법을 말한다.
12 『성경』을 흔히 '좋은 책'으로 칭한다.
13 'Little Reading'이 '소소한 읽을거리'라는 뜻이기는 하지만, 영국 동남부에 '리딩'이라는 마을이 있고, 매사추세츠에도 같은 이름의 마을이 있다.

이런 갖가지 책을 가마우지나 타조처럼[14] 거뜬히 읽고 소화할 수 있다. 그들은 버리기가 아깝다고 무엇이든 먹어치운다. 다른 사람들이 이런 여물을 공급해주는 기계라면, 그들은 그런 여물을 먹어치우는 기계인 셈이다. 그들은 제블런Zebulon과 세프로니아Sephronia[15]에 대한 이야기를, 즉 이들 두 사람이 과거 누구도 하지 못한 사랑을 했으며, 참된 사랑의 길을 순탄하게 달리지 못했지만, 어쨌든 '그들의 사랑이 달리다가 넘어지고, 다시 일어나고, 또 달렸다!'는 식의 이야기를 9,000번째 읽는다. 어떤 딱하고 불운한 친구가 교회 종탑에 오른 이야기도 있다. 애초에 높은 종탑까지 오르지 말아야 할 친구였지만, 쓸데없이 그를 종탑에 올려놓고는 신명이 난 소설가는 종을 쳐서 모든 사람을 불러놓고, '일 날 뻔했어요! 구사일생으로 내려왔어요!'라며 떠벌린다. 나는 어떤가 하면, 내가 생각하기에는 소설가들이 옛날에는 보편적 소설 왕국에 퍼져 있는 대망을 품은 주인공들을 별자리에 올려놓았는데, 이제는 그런 주인공들을 모두 인간 바람개비로 변형하여, 녹이 슬 때까지 계속 돌려서, 그들이 내려와서 정직한 사람들을 짓궂은 장난으로 아예 괴롭히지 못하게 하는 편이 더 좋을 것이다. 그런 소설가가 다음번에 종을 울리면, 나는 공회당[16]이 불에 타버린다 해도 꿈쩍하지 않을 것이다.[17] "『티틀 톨-탄』을 쓴 유명 작가의 새로운 중세 로맨스 『팁-토-합의 도약』[18] 매달 출간 예정!

---

14 타조는 쇠붙이도 소화한다고 한다.
15 당대 감상소설에 단골로 등장하는 이름들.
16 교회 겸용이었다.
17 지역사회의 신체 온전한 사람은 종이 울리면 나와서 불을 꺼야 했다.
18 둘 다 가공의 작품명이다.

주문 쇄도! 한꺼번에 오지 말기 바람!" 사람들은 눈을 휘둥그레 뜨고는 원시적 호기심으로 이런 책들을 모두 읽는다. 그들은 아직 주름을 세울 필요가 없는, 즉 피로를 모르는 모래주머니 속에 이런 책들을 욱여넣고, 척척 소화하는 듯하다. 그들은 벤치에 앉은 네 살짜리 꼬마가 2센트짜리 금박 표지의 『신데렐라』를 읽어치우듯 읽는다. 그러나 그들의 발음, 악센트, 억양에서, 그리고 도덕을 끌어내거나 끼워 넣는 기술에서, 하등의 향상을 발견할 수 없다. 그 결과는 침침한 시력, 정체된 혈액 순환, 그리고 모든 지성적 능력의 일반적인 활력 저하와 상실이다. 매일 이런 종류의 생강 빵[19]이 진짜 밀 빵이나 옥수수 빵을 제치고 거의 모든 솥에서 더 열심히 구워지고, 시장성도 더 확실하게 가지고 있다.

좋은 독자라는 사람조차 최고의 책들을 읽지 않는다. 우리 콩코드의 문화 수준은 어느 정도인가? 이 마을에는 아주 소수의 예외가 있지만, 모든 사람이 읽고 쓸 수 있는 언어로 쓰인 영문학에서조차 최고의 작품이나 이에 버금가는 좋은 작품을 관심 있게 읽으려는 사람이 없다. 다른 곳과 마찬가지로, 이곳에서도 대학 교육을 받은 이른바 진보적 지식인조차 영국의 고전을 잘 모르거나 전혀 모른다. 그리고 인류의 기록된 지혜인 옛 고전과 경전은, 알고자 하는 의욕이 있는 사람이라면, 누구나 접근할 수 있음에도 불구하고, 그런 노력은 어디에서도 찾아보기가 어렵다. 나는 프랑스어 신문을 보는 중년 나무꾼을 한 사람 알고 있다. 그는 뉴스는 초월했기에 뉴스를 보기 위해서가 아니라, 프랑스어권 캐나다 태생이기에 프랑스어

---

19 허울 좋은 책을 비유한 말.

사용을 "놓지 않기 위해서" 신문을 본다고 말한다. 그에게 이 세상에서 할 수 있는 최고의 일이 무엇이라고 생각하느냐고 물으면, 그는 프랑스어 이외에 영어를 따라잡고 늘리는 것이라고 말한다. 이 정도가 대략 대학교육을 받은 사람이 일반적으로 하고 있거나, 하고 싶어 하는 독서이고, 영어 신문을 구독하는 것도 바로 이런 목적을 위해서다. 가령 영어로 쓰인 최고의 책 중 하나를 방금 읽은 사람이 그 책에 대해 대화를 나눠볼 수 있는 다른 사람을 몇이나 찾아낼 수 있을까? 또는 어떤 사람이 그리스어나 라틴어 고전을 원어로 읽었다고 치자. 이른바 무식한 사람에게조차 그 고전에 대한 칭송이 낯설지 않은 그런 책 말이다. 하지만 그는 그 책을 두고 대화할 수 있는 사람을 하나도 찾지 못하고, 침묵을 지켜야 할 것이다. 실제로 대학에는 어려운 그리스어를 통달했어도, 그에 걸맞게 그리스 시인의 기지와 시의 난해성까지 통달하고, 깨어 있는 영웅적 독자들에게 그것을 나누어줄 만한 역량을 가진 교수가 거의 없다. 그리고 인류의 『성경』이라고 할 수 있는 성스러운 경전들로 말하자면, 이 마을에서 그것들의 제목이라도 말할 수 있는 사람이 누가 있는가? 대부분은 유대인 이외의 어떤 민족이 경전을 가졌다는 사실조차 모른다. 1달러짜리 은화를 주울 수 있다면, 누구나 가던 길도 꽤 멀리 돌아갈 것이다. 그러나 고전에는 황금의 말씀이 있다. 이 말씀은 고대 최고 현인들이 했고, 이후 모든 시대의 현인들이 우리에게 그 가치를 보증한 것이다. 그런데도 우리는 여전히 『쉬운 독서』[20], 즉 초보 독본이나 교과서 정도의 읽기만 배우고, 학교를 떠나면 『리틀 리딩』 따위

---

20 당시의 『어린이를 위한 쉬운 독서』를 염두에 둔 듯하다.

의 소년과 초보자를 위한 이야기책 읽기에 그치고 있다. 그렇기 때문에 우리의 독서와 대화와 사고는 모두 피그미 족이나 난쟁이[21]에게 어울리는 아주 낮은 수준에 머물러 있다.

나는 우리 콩코드가 배출한 인물들보다 더 현명한 사람들과 사귀기를 열망한다. 하지만 이곳 사람들은 이런 인물들의 이름조차 잘 모른다. 내가 플라톤Plato의 이름을 듣고도 그의 책을 읽지 않으면 되겠는가? 읽지 않는다면, 그것은 플라톤이 마을 사람인데도 찾아본 적이 없는 것과 다르지 않고, 바로 나의 이웃인데도 지혜가 담긴 그의 말을 들어본 적이 없는 것과 같다. 그러나 실상은 어떠한가? 영원불멸의 지혜를 담고 있는 플라톤의 '대화편'Dialogues이 옆 선반에 놓여 있지만, 나는 아직 그것을 읽은 적이 없다. 우리는 본데없고 비천하며 무식하다. 이런 점에서 고백하거니와, 글을 전혀 읽을 줄 모르는 우리 마을 사람의 무식함과, 어린이나 지적 장애인을 위한 책만을 읽을 줄 아는 사람의 무식함이 크게 다르지 않다고 생각한다. 우리는 고대의 위인들만큼이나 훌륭한 사람이 되어야 한다. 하지만 우선은 그들이 얼마나 훌륭했는지를 먼저 알아야 한다. 우리는 소인[22]의 종족이어서 지성적으로 일간 신문의 칼럼 수준보다 높이 비상하는 일이 거의 없다.

모든 책이 그 독자들만큼 따분하지는 않다. 책에는 우리의 상황에 딱 들어맞는 말이 있을 것이며, 우리가 정말로 듣고 이해할 수 있다면, 책은 우리에게 아침이나 봄보다도 더 많은 활력을 주고, 어쩌면 사물의 얼굴을 새롭게 보게 해줄 것이다. 얼마나 많은 사람이

---

21 여기서 난쟁이manikins는 '마네킹'을 뜻하기도 한다.
22 앞서 말한 피그미 족이나 난쟁이처럼 지성적으로 작은 사람.

한 권의 책을 읽고 인생에서 새로운 전기를 맞이했는가? 아마도 우리를 위해 우리의 기적을 해명해주고 새로운 기적을 밝혀줄 책이 존재할 것이다. 우리가 현재 말로 표현할 수 없는 것들이 어떤 책에 표현되어 있을지도 모른다. 우리를 어지럽히고 당황시키며 혼란스럽게 하는 똑같은 문제가 하나도 빠짐없이 모든 현인에게도 번갈아 제기되었다. 그리고 현인들은 저마다 능력에 따라, 그의 말과 인생을 통해 모든 질문에 답했다. 더욱이, 우리는 그들의 지혜와 함께 관용도 아울러 배울 것이다. 콩코드 교외 어느 농장에 고용된 한 외로운 사람은 특이한 종교적 체험을 하고 다시 태어나서, 그의 믿음을 좇아서, 신봉하는 바대로, 엄숙한 침묵과 배타적인 삶을 살게 되었다지만, 그는 그게 사실이 아니라고 생각할 터이다. 그러나 수천 년 전의 조로아스터Zoroaster[23]도 이 사람과 똑같은 길을 걸었고 똑같은 경험을 했다. 그러나 그는 현명했기 때문에, 그것이 보편적이라는 것을 알았고, 그에 따라 그의 이웃을 대했으며, 사람들 사이에서 심지어 숭배를 끌어내어 확립했다고 일컬어진다. 그러니 그 외로운 농부도 겸손하게 조로아스터와 교감하고, 관용을 베푸는 모든 위인들의 영향을 받아서, 예수 그리스도와도 교감함으로써, "우리의 교회"라는 배타적 신앙을 버리는 것이 좋을 것이다.

우리는 19세기에 속하며 어느 나라보다 빠르게 발전하고 있다고 자랑한다. 그러나 우리 마을이 자체의 문화를 위해 하는 일이 얼마나 적은지 생각해보라. 나는 마을 사람들에게 아첨하고 싶지 않고, 그들에게서 아첨을 받고 싶지도 않다. 그래보았자 우리 중 누구

---

23 기원전 6세기 페르시아인으로 조로아스터교를 창시했다. 자라투스트라Zarathustra의 영어식 이름이다.

에게도 하등의 발전이 없을 터이기 때문이다. 우리는 자극을 받고서, 말하자면 황소처럼 채찍을 맞고서라도, 달음박질칠 필요가 있다. 우리에게는 비교적 훌륭한 초등학교 제도가 있지만, 이것은 어린이만을 위한 것이다. 어른을 위해서는 반쯤 고사 상태인 겨울철 문화강좌[24]와 주 정부의 권장으로 최근 생긴 보잘것없는 도서관을 제외하고는 아무런 교육 기관이 없다. 우리는 정신적 양식보다 육체적 양식이나 질병과 관련한 항목에 더 많은 비용을 쓴다. 이제 우리는 특별 학교[25]를 설립해서 성인이 되기 시작할 즈음에 교육을 중단하는 일이 없도록 해야 한다. 마을이 대학이 되고, 마을의 어르신들이 대학의 연구원이 되어서 여유 있게 — 실로 그들이 그만큼 잘 산다면 — 교양으로서의 학문을 추구하며, 여생을 보낼 때가 되었다. 세계가 영원히 파리대학교나 옥스퍼드대학교 하나로 만족해서야 되겠는가? 학생들이 여기 콩코드의 하늘 아래에 기숙하면서, 교양 교육을 받을 수는 없는가? 우리가 아벨라르[26] 같은 학자를 고용하여 강의를 받을 수는 없는가? 슬프다! 가축에게 꼴을 준다느니 가게를 지킨다느니 하면서, 우리는 너무 오랫동안 학교에 등을 돌리고, 서글프게도 교육을 등한시했다. 어느 면에서는 우리나라 각 마을이 유럽의 귀족을 대신해야 한다. 마을이 예술의 후견인이 되어야 한다는

---

24 뉴잉글랜드의 성인 교육 기관으로, 토론과 강좌 포럼인 '문화강좌'Lyceum가 있었다. 콩코드에는 1828년 설립되었고, 소로는 이곳에서 자주 강연했다.

25 당시의 '보통 학교'common school, 즉 공립초등학교와 대비되는 학교를 '특별 학교'uncommon school로 칭했다. 성인 교육기관을 의미한다.

26 피에르 아벨라르Pierre Abelard(1079~1142). 프랑스 신학자이자 철학자. 파리대학교에서 가르쳤다.

말이다. 마을은 그렇게 할 만큼 부유하다. 다만 그만한 도량과 세련
됨이 부족할 뿐이다. 마을은 농부와 상인이 가치가 있다고 생각하
는 것들에는 돈을 충분히 쓰지만, 지성적인 사람들이 훨씬 더 가치
가 있다고 알고 있는 것들에 돈을 쓰자고 제안하면, 유토피아를 꿈
꾸는 발상이라며 일축한다. 이 마을은 재산 덕분인지 정치 덕분인
지 공회당에 1만 7,000달러의 돈을 썼다. 하지만 아마 100년이 지나
도 공회당의 껍데기 속을 채울 진짜 알맹이인 살아 있는 지혜를 초
빙하는 데는 그만큼 돈을 쓰지 않을 것이다. 겨울철 문화 강좌를 위
해서 매년 걷는 125달러의 기부금은 마을에서 갹출되는 같은 액수
의 다른 어느 돈보다 더 유용하게 쓰인다. 우리가 19세기에 산다면
서, 19세기가 제공하는 이런 이점을 누리지 못할 이유가 있는가? 우
리 삶이 모든 면에서 촌티를 벗지 못할 이유가 있는가? 신문을 읽는
다면, 이곳 뉴잉글랜드의 "중립적 가정"에서 애독하는 신문[27]이 제
공하는 유아식 같은 기사를 핥아먹거나, 『올리브 가지』[28]의 잎을 뜯
어먹는 것을 그만두고, 보스턴의 가십까지 뛰어넘어서, 즉시 세계
최고의 신문을 보지 못할 이유라도 있는가? 모든 학회의 보고서가
우리에게 오도록 하자. 그러면 우리는 그들이 알고 있는 것을 무엇
이라도 알 것이다. 읽을 책을 고르는 일을 '하퍼 앤 브라더스'Harper
& Brothers[29]와 '레딩 앤 컴퍼니'Redding & Co.[30]에 맡길 이유라도 있는
가? 세련된 취향의 귀족이 교양에 도움이 되는 온갖 것, 즉 천재, 학

---

27 모든 가족이 함께 읽기에 적합하도록 정치 기사를 피하는 신문.
28 Olive-Branches. 당대의 주간 감리교 신문.
29 뉴욕 일류 출판사의 하나.
30 보스턴의 출판사.

문, 기지, 책, 그림, 조각, 음악, 과학적 실험 도구 등을 자기 주변에 모으듯, 우리 마을도 그렇게 해보자. 우리의 청교도 조상이 황량한 바위 위에서 추운 겨울을 날 때, 그렇게 했다는 이유로 우리도 교사 한 명, 목사 한 명, 교회지기 한 명, 교구 도서관 하나, 마을 행정위원 세 명으로 만족하지는 말자. 공동으로 행동하는 것은 우리의 여러 제도의 정신에 부합한다. 그리고 우리의 제반 여건이 유럽 귀족보다 나으므로, 우리의 제반 능력도 틀림없이 더 클 것이다. 뉴잉글랜드 는 세계의 모든 현인을 초빙하여 가르치도록 하고, 그들에게 숙식까 지 제공할 수 있다. 그렇게 하면 우리는 촌티를 완전히 벗을 수 있다. 그것이 바로 우리가 원하는 '특별' 학교이다. 우리는 귀족들 대신 보 통 사람들의 고귀한 마을을 갖도록 하자. 필요하면, 강 위에 다리를 하나 덜 놓고 조금 돌아 다니자. 대신 그 비용으로 우리를 에워싼 더 어두운 무지의 심연 위에 구름다리 하나라도 놓자.

소리들

그러나 아무리 정선된 고전이라도, 우리가 책에만 매달려서 그 자체가 편협한 방언에 지나지 않는 특정 문어만 읽는다면, 모든 사물과 사건들이 은유를 거치지 않고 직접 말하는 언어, 즉 홀로 의미가 풍부하고 표준적인 언어를 망각할 위험이 있다. 이 언어는 많은 것이 공표되었지만, 활자화된 것은 별로 없다. 예컨대, 셔터를 통해 스며드는 햇빛의 언어는 셔터를 완전히 없애버리면 더 이상 기억되지 않는다. 어떤 방법이나 훈련도 항상 눈을 부릅뜨고 볼 필요성을 대신하지는 못한다. 그러니 아주 잘 선정된 역사나 철학이나 시를 학습하는 코스도, 최고의 사회나 최고로 감탄할 만한 일상적 삶도, 우리가 볼 수 있는 것을 항상 눈여겨보는 훈련에 비하면, 아무것도 아니지 않은가. 단순한 독자나 학생이 되고 말 것인가? 아니면 '보는 사람'seer[1]이 될 것인가? 당신의 운명을 읽고, 당신 앞에 있는 것을

---

[1] 선각자의 의미를 내포하고 있다.

보고, 계속 미래로 걸어가라.

나는 첫해 여름에는 책을 읽지 않고 콩을 가꾸었다. 아니, 이보다 더 좋은 일을 할 때가 많았다. 정신적인 일이건 육체적인 일이건, 현재라는 순간의 꽃을 어떤 일에 희생시킬 수는 없었던 때가 있었다는 뜻이다. 나는 여백이 넓은 삶을 사랑한다. 여름철 아침이면 때때로, 평소처럼 미역을 감고, 동이 틀 때부터 한낮까지 양지바른 문간에 앉아 한없는 공상에 빠졌다. 소나무, 히코리, 옻나무 등이 나를 에워싸고, 고독과 정적이 나를 지켜주는 가운데, 주변의 새들이 노래를 하거나 소리 없이 내 집을 훨훨 날아갔다. 이렇게 명상에 빠졌다가, 서쪽 창문까지 햇빛이 스며들거나, 먼 신작로에서 들려오는 여행자의 마차 소리를 듣고서야, 시간이 흘렀음을 깨달았다. 이러한 계절이면, 나는 밤사이에 자라는 옥수수처럼 쑥쑥 자랐다. 이런 공상의 시간은 어떤 육체적인 일보다도 훨씬 더 유익했다. 그런 시간은 삶에서 공제된 시간이 아니라, 내게 부여된 통상적인 시간을 훨씬 능가하는 성장의 계절이었다. 나는 동양인들이 말하는 무위와 명상의 의미를 깨달았다. 나는 대체로 시간이 어떻게 흐르는지 개의치 않았다. 하루하루가 내가 짊어진 일의 일부를 덜어주듯이 흘러가는 것 같았다. 아침인가 했는데, 보라, 벌써 저녁이다. 그렇다고 특별히 성취한 것은 없었다. 새처럼 노래하는 대신, 내게 깃드는 끝없는 행운에 조용히 미소를 지었다. 참새가 내 문 앞의 히코리에 앉아서 지저귈 때, 나는 내 둥우리에서 키득키득 웃거나 소리를 억누르고 흥얼댔으니, 아마 참새도 들었으리라. 나의 하루하루는 어느 이교도 신의 이름이 붙여진 요일[2]이 아니었으며, 시간으로 잘게 나뉘어 재

---

2 일요일Sunday과 월요일Monday을 제외하고 나머지 요일은 튜턴 족이나

깍거리는 시계 소리에 안달하는 나날도 아니었다. 내가 푸리Puri[3] 인 디언처럼 살았기 때문이었으니, "그들에게는 어제, 오늘, 내일이 모두 한 단어다. 그들은 어제를 나타낼 때는 등 뒤를, 내일은 앞을, 오늘은 머리 위를 가리키는 식으로 여러 의미를 표현한다."[4] 나의 이런 삶은 마을 사람들의 눈에는 틀림없이 아주 게을러 보였으리라. 그러나 새와 꽃이 나름의 기준으로 판정했다면, 부족함이 없는 삶이라고 했으리라. 사실 인간은 자신의 내부에서 존재 이유를 찾아야 한다. 자연의 하루는 아주 평온하여, 인간의 게으름을 꾸짖는 일이 거의 없으니 말이다.

적어도 내 생활방식은, 오락을 사회와 극장 같은 외부에서 찾을 수밖에 없는 사람들보다 유리했기에, 삶 자체가 즐거운 오락이 되었고, 부단히 신기했다. 그것은 수많은 장면으로 구성되고, 끝이 없는 한 편의 드라마였다. 우리가 항상 최근에 배운 최선의 방법으로 실제 생계를 유지하고 생활을 조절한다면, 결코 권태에 시달리지 않을 것이다. 타고난 본성을 아주 열심히 따르면, 매 순간 새로운 전망이 어김없이 펼쳐질 것이다. 예컨대, 가사는 내게 즐거운 소일거리였다. 마루가 더러우면 일찍 일어나서 침대와 침대 프레임까지 한 묶음으로 꾸린 다음, 모든 가구를 문밖의 풀 위에 내놓는다. 그러고는 마루에 물을 끼얹고, 그 위에 호수에서 가져온 흰 모래를 뿌린 다음에, 자루걸레로 깨끗하고 하얗게 문질렀다. 마을 사람들이 아침 식사를 끝낼 즈음이면 해가 집 안의 물기를 충분히 말려주어서 다시

고대 로마의 신 이름에서 유래했다.
3　브라질의 동부 인디언 종족.
4　이다 로라 파이퍼Ida Laura Pfeiffer, 『어느 여인의 세계일주』 중.

안으로 들어가 계속해서 명상에 정진할 수 있었다. 살림 도구가 모두 풀 위에 나와서, 집시의 봇짐같이 작은 무더기를 이루고, 책과 펜과 잉크를 그대로 놔둔 삼각 테이블이 소나무와 히코리와 어울려 서 있는 광경을 보면 유쾌했다. 그런 물건들도 밖에 나온 것을 기뻐하고, 다시 안으로 들어가는 것을 싫어하는 듯했다. 나는 때때로 그것들 위에 차일을 치고 그 아래에 자리하고 싶은 유혹을 느꼈다. 그것들 위로 햇빛이 비치고, 자유의 바람이 부는 소리를 듣는 것은 값졌으니, 아주 낯익은 물건도 집 안에서보다 바깥에서 보면 훨씬 색다르게 보이는 법이다. 새 한 마리가 바로 옆 나뭇가지에 앉아 있고, 산떡쑥이 탁자 밑에서 자라고, 블랙베리 넝쿨이 탁자의 다리를 휘감는다. 솔방울, 밤송이 가시, 딸기나무 잎사귀가 여기저기 흩어져 있다. 그러고 보니 이런 형상이 이런 식으로 탁자, 의자, 침대 프레임 같은 가구에 새겨지지 않았나 싶었다. 우리의 가구도 한때는 이런 형상들 가운데 서 있지 않았겠는가.

내 집은 더 큰 숲의 끝자락과 맞닿은 어느 야산 기슭, 리기다소나무와 히코리가 한창 자라는 숲 한복판에 있었다. 호수에서 6로드쯤 떨어져 있고, 야산 아래로 호수까지 이어진 오솔길이 있었다. 앞마당에는 딸기, 블랙베리, 산떡쑥, 물레나물, 미역취, 관목 떡갈나무, 모래벗나무, 블루베리, 인디언감자가 자랐다. 5월 말경이면, 모래벗나무Cerasus pumila가 오솔길 양쪽을 섬세한 꽃으로 장식했다. 짧은 나뭇가지 주위에 부채꼴 꽃자루가 원통형으로 배열되어 있어, 가을이면 꽤 큼직하고 탐스러운 버찌 무게를 이기지 못한 가지가 사방으로 고개를 숙여 방사선 모양의 화환을 이루었다. 나는 자연에 경의를 표하는 의미에서, 버찌의 맛을 보았지만 그다지 좋지는 않았다.

소리들

집 주변에는 옻나무 *Rhus glabra* 가 무성하게 자랐는데, 내가 만든 토담을 뚫고 올라오더니, 첫 계절에 벌써 5~6피트나 성장했다. 넓은 깃털 모양의 열대성 옻나무 잎은 이국적이면서도 보기에 즐거웠다. 늦은 봄에 죽은 것 같았던 마른 가지에서 큰 가지 눈들이 갑자기 나와서, 마법에 걸린 듯이 직경 1인치의 우아하고 부드러운 초록색 가지로 성장했다. 가지는 너무 분별없이 자라다가 허약한 마디에 부담을 준 나머지, 이따금 내가 창가에 앉아있을 때면, 바람 한 점 불지 않는데도, 제 무게를 이기지 못한 싱싱하고 여린 가지가 갑자기 부러져, 부채처럼 땅바닥에 툭 떨어지는 소리가 종종 들렸다. 8월이 되면, 꽃을 피웠을 때는 수많은 야생 꿀벌을 끌어들였던 엄청난 양의 딸기가 서서히 벨벳같이 밝은 진홍색을 띠었으니, 딸기나무들은 딸기의 무게에 다시 고개를 숙이고 여린 가지들을 부러뜨렸다.

여름 오후에 창가에 앉아 있자면, 매들이 내가 일군 밭 주변을 빙빙 돌고, 질주하는 산비둘기[5]들이 두셋씩 시야를 엇비스듬히 가로지르거나, 집 뒤 백송나무 가지에 퍼드덕퍼드덕 내려앉으며 조잘거린다. 또한 물수리 한 마리가 거울 같은 호수 수면에 잔물결을 일으키며 물고기 한 마리를 낚아 올리고, 밍크 한 마리가 집 앞 늪에서 몰래 나와서 호숫가의 개구리를 덮친다. 그런가 하면 사초莎草가 이리저리 옮겨 다니는 쌀먹이새들의 무게에 고개를 숙인다. 반 시간 전부터는 보스턴에서 시골로 여행객을 실어 나르는 기차가 덜커덩거리는 소리가 들린다. 그 소리는 사라지는가 싶으면 자고새의 장단처

---

5   소로 시절에 번성했던 철새 비둘기.

럼⁶ 또 다시 들리곤 한다. 어느 소년의 경우와는 달리, 내가 세상과 그리 멀지 않은 곳에 살기 때문에 들리는 소리였다. 내가 듣기로, 그 소년은 우리 마을 동쪽에 있는 한 농부에게 보내져 더부살이를 하다가, 곧 향수병에 걸려서 초라한 모습으로 다시 고향으로 줄행랑쳤다. 우리 마을처럼 따분하고 후미진 곳을 본 적이 없었기 때문이었으니, 사람도 모두 어딘가로 떠났고, 기적소리조차 들을 수 없는 곳이었던 것이다! 그러나 이제 매사추세츠에 그런 곳이 있는지 의심스럽다.

"실로, 우리 마을은 물탱크가 되어서

저들 쏜살같은 증기기관차 중 하나가 갈증을 달래니,

우리 평화의 들판에 퍼지는 안도安堵의 소리, 콩코드이다."⁷

피츠버그 노선 철도는 내가 사는 곳에서 남쪽으로 100로드쯤 떨어진 곳에서 호수 옆을 지난다. 나는 대개 철둑길을 따라 마을로 간다. 말하자면 철도를 연결 고리로 사회와 관계를 맺는다. 화물차를 타고 이 철도를 달리는 사람들은 낯익은 친구를 대하듯, 내게 인사를 한다. 그들은 철로 변에 있는 나를 대단히 자주 지나기 때문에, 나를 철도 종사원쯤으로 여기고 있음이 분명하고, 사실 나는 그런

---

6 숫자고가 암놈을 유인하기 위해 내는 큰 울림소리.

7 채닝William Ellery Channing, 「월든의 샘물」 "Walden Spring" 중. 월든 숲의 샘물을 물탱크로 끌어다가 증기기관차에 공급했다는 것이다. "콩코드"에 접근하는 것을 알리는 기적汽笛은 목마른 기차에게 "안도의 소리"이다.

셈이었다. 나 역시 지구의 궤도 어딘가에서 기꺼이 선로공 노릇을 하고 싶으니 말이다.

기관차의 기적 소리는 여름이고 겨울이고 내 숲을 뚫고 지나간다. 농가 마당 위를 항해하는 송골매의 절규처럼 들리는 기적 소리는, 바쁘게 움직이는 수많은 도시 상인이나 그 반대쪽에서 올라오는 모험적인 시골 상인들이 이 마을의 권역에 당도하고 있음을 내게 알려준다. 양쪽 상인들이 같은 지평선 아래에 당도하면, 서로 길을 비키라며 경고의 기적을 울리니, 때로는 이 소리가 멀리 두 마을에까지도 들린다. '자, 여기 식품이 도착했습니다, 주민 여러분! 양식이 당도했습니다!' 이에 '그런 양식 필요 없소!' 하고 말할 수 있을 만큼 자급자족하는 농부도 없다. 그렇기에 시골 사람이 탄 기차의 기적이 이렇게 소리친다. '자, 물건 값 여기 있소!' 이윽고 목재를 실은 기차가 긴 공성용 망치처럼 도시 성벽을 향하여 시속 20마일로 달려가고, 도시의 성벽 안에 살면서 무거운 짐을 지고 허덕이는 사람들 모두를 앉히기에 충분한 의자들도 실려 간다. 시골은 이렇게 한량없이 크고 둔중한 예의로 도시에 의자를 넘겨준다. 인디언의 월귤 언덕이 모두 발가벗겨지고, 풀밭의 덩굴월귤도 모두 갈퀴로 긁어모아져[8] 도시로 보내진다. 솜은 도시로 올라가고, 직조된 옷감은 시골로 내려간다. 견직물은 올라가고 모직물은 내려간다. 책은 올라가고 책을 쓰는 재사는 내려간다.

나는 행성이 움직이듯이 줄줄이 차량을 매달고 멀리 사라지는 기관차와 마주친다. 아니, 혜성처럼 달린다고 말하는 편이 더 정확

---

8 수확기에 홍수가 져서 수면에 뜬 덩굴월귤을 큰 나무 갈퀴로 걷어 올렸다.

하겠다. 그 궤도가 원점으로 돌아올 곡선으로 보이지 않았기에, 기관차가 그 속도에 그 방향으로 달리면 과연 태양계를 다시 방문할지 알 수 없었기 때문이다. 금색과 은색 화환 모양의 증기구름이 기관차의 꽁무니에서 깃발인 양 나부끼니, 내가 본 수많은 솜털구름이 높은 하늘에서 햇살을 향해 자신의 몸을 뭉게뭉게 펼치는 듯하다. 이런 기관차는 마치 질주하는 반신半神, 즉 구름의 신[9]처럼 머지않아 석양의 하늘도 자신의 제복으로 삼을 것 같은 기세를 내뿜는다. 그리고 우레와 같은 이 철마의 콧바람이 산 너머까지 메아리치는 소리가, 그것의 발굽이 지구를 흔드는 소리가, 그의 콧구멍이 내뿜는 불과 연기의 소리가 내 귓전에 맴돈다. (이제 어떤 종류의 날개 달린 말이나 불 뿜는 용이 새로운 신화에 편입될지 모르겠다.) 이제 지구가 그 위에서 살 만한 어떤 종족을 얻은 듯하다! 만약 모든 것이 보이는 그대로이고, 사람들이 고귀한 목적을 위해서 비바람을 하인으로 부리는 것이라면 얼마나 좋으랴! 만약 기관차 위에 서리는 구름이 영웅적 행위로 인한 땀방울이거나 농부의 밭 위에 떠도는 구름처럼 자비로운 것이라면 얼마나 좋으랴! 그렇다면야 비바람과 대자연 자신도 인간들의 임무에 기꺼이 동행하여 그들의 파트너가 되련만!

아침 열차가 지나가는 것을 바라보면, 해가 뜰 때와 똑같은 기분을 느낀다. 열차는 해돋이만큼이나 규칙적으로 지나가기 때문이다. 보스턴을 향해 달리는 동안, 저 멀리 열차의 꽁무니에 깔아놓은 증기구름이 줄줄이 오르고 또 올라서 하늘에 이르면, 잠시 햇빛을 감추니, 멀리 내 밭까지 그늘이 드리워진다. 증기구름야말로 천상의

---

9 그리스 신화 속 제우스와 힌두 신화 속 인드라의 별칭이 '구름의 신'이다. 둘 다 최고의 신으로, 우레와 비를 주관한다.

소리들

열차이다. 이에 비하면 기껏 땅을 끌어안고 달리는 작은 열차의 행렬은 뾰족한 창끝에 지나지 않는다. 철마의 마부는 이 겨울 아침에도 말에게 먹이를 주고, 마구를 달아주기 위해 산중의 별빛을 보고 일어난다. 그는 또한 아침 일찍 불을 깨워서 철마에 생명의 열을 공급하고 출발시킨다. 이 사업이 이른 아침만큼이나 순진무구한 것이라면 얼마나 좋으랴! 눈이 소복이 쌓인 날이면, 그들은 철마에 설피를 묶어 매고, 거대한 쟁기로 산에서 해안까지 이랑을 짓는다. 그러면 그 이랑을 뒤따라 달리는 열차가 분주한 사람과 떠도는 상품을 시골에 뿌리니, 파종기가 쟁기를 뒤따라 씨앗을 뿌리는 듯하다. 온종일 철마는 주인이 쉴 수 있도록 잠시 멈출 뿐, 전국을 날아다니듯 누빈다. 나는 한밤중에 철마의 발굽 소리와 도발적인 콧바람에 잠이 깨는데, 그때 철마는 숲속 어느 먼 계곡에서 얼음과 눈으로 무장한 비바람과 대결하고 있으리라. 그러고는 샛별이 뜰 때에야 자신의 마구간에 당도하리라. 그러나 철마는 쉬거나 잠을 자지 못하고 또다시 여행을 떠난다. 간혹 저녁때면, 마구간의 철마가 그날 쓰고 남은 에너지를 발산하는 소리가 들리기도 한다. 아마도 신경을 안정시키고 간과 뇌를 식힌 다음, 몇 시간 곤한 잠을 자기 위해서이리라. 지치지 않고 지속되는 이 사업이 이에 못지않게 영웅적이고 당당하다면 좋으련만!

칠흑 같은 밤에 불을 환히 밝힌 이런 객차들이, 한때는 대낮에도 사냥꾼이나 겨우 드나들었던 마을 변두리의 인적 없는 숲을 뚫고, 승객들도 모르는 사이에 쏜살같이 내닫는다. 어떤 순간에는 객차들이 마을이나 도시의 어느 밝은 정거장에 멈추니, 그곳은 사교社交의 무리가 모이는 사교장이다. 다음 순간에는 황량한 늪지대를 지나며 올빼미와 여우를 놀라게 한다. 이제 열차의 출발과 도착은 마을의 하루에서 신기원을 연다. 열차가 매우 규칙적이고 정확하게 오가고, 아주 멀리서도 기적이 들리니, 농부는 열차를 보고 시간을 맞춘다. 이렇게 잘 굴러가는 하나의 제도가 전국을 통제한다. 철도가 발명된 후, 사람들이 시간을 좀 더 잘 지키게 되지 않았는가? 그들은 역마차 역에서보다 기차역에서 더 빨리 말하고 생각하지 않을까? 기차역의 분위기에는 사람을 흥분시키는 무엇이 있다. 나는 기차역이 성취한 기적에 놀라고 있다. 내 이웃 중 몇몇은 역의 종이 울리면, 벌써 승차를 서두른다. 결코 그렇게 빠른 교통수단으로 보스턴에 갈 사람이 아닐 것이라고 예상했는데 말이다. 이제는 '철도 식으로' 일을 처리하는 것이 본보기가 되었다. 그러니 어떤 세력이 자신의 선로를 방해하지 말라고 빈번하고도 진지하게 경고할 때는 그 말을 경청할 필요가 있다. 그런 경우에는 소요단속법을 읽어주기 위해[10] 잠시 멈추지도 않으며, 소요를 일으킨 군중의 머리 위로 경고 사격을 하는 일도 없다. 우리는 옆으로 비켜서지 않는 어떤 운명을, 즉 하나의 '아트로포스'*Atropos*[11]를 스스로 만든 셈이 되었다. (기관차 이름을 이 여신의 이름을 따서 지어라.) 사람들은 기차라는 화살이 몇 시 몇 분에 주변의 특정 지점을 향해 발사될지 알림을 받는다. 하지만 기차는 누구의 사업도 방해하지 않는다. 아이들은 다른 쪽 선로를 따라 등교한다. 우리는 철도 덕분에 더 꿋꿋이 산다. 이렇게 우리는 모

---

10 영국 소요단속법은 소요 군중에게 법을 읽어주고 한 시간 안에 흩어지지 않으면 중죄로 다스리도록 되어 있다.

11 그리스 신화에서 세 운명의 여신 중 하나.

소리들

두 텔Tell의 아들[12]이 되는 교육을 받는다. 대기에는 보이지 않는 화살이 가득하다. 당신 자신의 길 이외의 모든 길은 운명의 길이다. 당신 자신의 길을 벗어나지 않도록 하라.

상업이 마음에 드는 점은 그 진취성과 용기다. 상업은 양손을 모아 쥐고 유피테르에게 기도하지 않는다. 나는 상인들이 날마다 얼마간의 용기와 만족감을 가지고 자기 일에 종사하면서 스스로 기대한 것 이상으로 많은 일을 하며, 어쩌면 자신들이 의식적으로 계획할 수 있었던 것 이상의 역량을 발휘하는 모습을 본다. 부에나 비스타Buena Vista[13]의 전선에서 반 시간을 버텨낸 병사들의 영웅적 행위보다는, 제설 기관차를 겨울철 숙소로 삼고 있는 제설반원들의 꿋꿋하고 명랑한 용기에 더 감명을 받는다. 그들은 보나파르트Bonaparte 황제가 아주 진귀하다고 생각한 새벽 3시의 용기[14]를 가지고 있을 뿐만 아니라, 눈보라가 잠들거나 철마의 근육이 얼어붙어야 비로소 눈을 붙이는 사람들이어서, 그들의 용기 또한 아주 일찍 잠드는 일이 없다. 아마도, 여전히 맹위를 떨치면서 사람의 피를 얼어붙게 하는 '대설'Great Snow[15]이 찾아온 오늘 아침에도, 그들의 차디찬 입김이 서린 먼 안개 둑에서 기관차가 코맹맹이처럼 으르렁거리는 소리가 들린다. 뉴잉글랜드 북동부 눈보라가 거부권을 행사했음에도 불구하고, 열차가 별로 지연되지 않고 '오고 있음'을 알려주는

---

12 전설 속 영웅 빌헬름 텔Wilhelm Tell이 아들의 머리에 올려놓은 사과를 화살로 맞혀 떨어뜨리는 동안 아들은 아버지를 믿고 꿋꿋이 서 있었다.

13 멕시코 전쟁(1846~1848)의 격전지.

14 뜻밖의 경우에 즉각적으로 필요한 용기.

15 1717년 2월 27일의 폭설을 상기한다.

소리다. 이윽고 눈과 서리를 뒤집어 쓴 제설반원들이 제설기 위로 머리를 내밀고 있는 모습이 눈에 들어온다. 하지만 그 제설기는 우주의 변두리를 지키는 데이지와 들쥐의 보금자리는 놔두고, 시에라네바다 산맥[16]의 암석 덩어리 같은 눈을 개키고 있다.

상업은 뜻밖에도 자신만만하고 차분하며, 기민하고, 모험적이고, 지칠 줄 모른다. 게다가 그 방법이 아주 자연스럽고, 허다한 공상적 기획과 감상적 실험과는 비교가 되지 않을 정도로 자연스럽기 때문에, 특유의 성공을 거둔다. 화물차가 덜거덕거리며 내 옆을 지나갈 때면, 기분이 상쾌하고 뿌듯하다. 그리고 롱 부두Long Wharf[17]에서 섐플레인 호수Lake Champlain[18]까지 내내 달리는 화물이 풍기는 냄새는 이국의 땅과 산호초, 인도양과 열대 지방, 지구의 크기를 연상시킨다. 내년 여름에 뉴잉글랜드 사람들의 수많은 금발 머리를 덮어줄 야자 잎[19], 마닐라 삼[20]과 코코아 껍질[21], 낡은 밧줄, 마대, 고철, 녹슨 못을 보면서, 내가 세계의 시민으로 성장한 듯한 느낌이 든다. 이 화차에 실린 찢어진 돛들은 종이로 재생되어 책이 되기보다는 지금 그대로가 읽기도 더 쉽고 재미있다. 폭풍우에 시달린 이 돛들의 역사를 이런 찢긴 자국만큼 생생하게 쓸 수 있는 사람이 누가 있겠는가? 이것들은 더 이상 고칠 필요가 없는 완벽한 교정쇄다. 메인

---

16 Sierra Nevada. 미국 캘리포니아 주의 동부를 남쪽으로 달리는 산맥.
17 보스턴의 부두.
18 미국 버몬트에서 캐나다 퀘벡에 이르는 호수.
19 여름 모자와 샌들을 만드는 데 사용되었다.
20 아바카 잎과 줄기에서 추출한 섬유로, 주로 밧줄을 만드는 데 사용되었다.
21 매트를 만드는 데 사용되었다.

소리들

Maine 주의 숲에서 나온 목재도 여기에 실려 간다. 지난번 홍수에 바다로 떠내려가지 않은 것들이다. 그때 떠내려간 것도 있고 쪼개진 것도 있기 때문에, 1,000달러당 4달러 정도 값이 올랐다. 소나무, 가문비나무, 삼나무는 1등급, 2등급, 3등급, 4등급으로 매겨져 있다. 하지만 최근까지도 모두 같은 등급으로, 곰과 큰사슴과 순록의 머리 위에서 가지를 흔들어대던 나무들이다. 다음에 토마스턴Thomaston[22] 산産 석회가 실려 간다. 최상급의 석회이지만 더 멀리 산간으로 실려 가서 소석회가 된다. 곤포梱包에 꾸려져서 실려 가는 넝마들은 색깔과 품질이 제각각으로, 해지고 해져서 최하 상태로 추락한 무명과 리넨이다. 바로 옷이 맞이하는 최후의 운명이니, 밀워키Milwaukie[23]에서가 아니면 더 이상 입에 오르내리지 않는 무늬의 옷들이다. 영국이나 프랑스나 미국에서 생산된 사라사와 깅엄과 모슬린 등 유행과 빈부 차를 막론하고 모든 지역에서 수집된 한때 화려했던 옷감이 이제 단색이나 두어 가지 색의 종이로 재생될 것이다. 그러면 그 종이 위에 사실에 입각한 높고 낮은 실생활 이야기가 기록되지 않겠는가! 밀폐된 이 화차에서는 절인 생선 냄새가 난다. 뉴잉글랜드의 상업이 풍기는 이 강력한 냄새는 그랜드뱅크스Grand Banks[24]의 어장을 연상시킨다. 어떤 일이 있어도 썩지 않고 성도들의 인내심마저 부끄럽게 할 정도로 단단히 절인 이 생선을 아직도 구경하지 못한 사람이 있을까? 이 생선을 가지고 사람들은 거리를 청소하거나, 도로를 포장하거나, 불쏘시개를 쪼개는 칼로 쓰며, 마부는 이것으

---

22 메인 주의 석회 주산지.
23 패션 감각이 없고 유행과는 동떨어진 곳을 칭한다.
24 캐나다 뉴펀들랜드 남동쪽 해안. 뉴잉글랜드 어부들의 주요 어장이다.

로 해와 바람과 비로부터 자신과 짐을 보호한다. 콩코드의 어떤 상인이 그랬듯이, 사업을 시작할 때 간판 대신 이것을 가게 문에 걸어놓기도 하는데, 마침내 가장 오랜 단골손님도 이것이 동물성인지, 식물성인지, 광물성인지 분명히 알 수 없는 지경이 된다. 하지만 이것은 여전히 눈송이처럼 깨끗하여, 단지에 넣고 끓이면, 토요일 정찬으로 손색이 없는 훌륭한 생선 조림 요리로 둔갑할 것이다. 다음으로 실려 가는 것은 스페인의 소가죽이다. 소의 꼬리는 이 소들이 스패니시 메인Spanish Main[25]의 대초원을 질주하던 때 위로 휘감아 올렸던 각도를 그대로 유지하고 있다. 이 꼬리는 영락없는 고집불통의 상징으로, 타고난 악덕은 모두 거의 속수무책이고 고칠 수 없다는 것을 보여준다. 솔직하게 말해서, 어떤 사람의 진짜 성품을 알고 나면, 나는 타고난 그의 성품을 더 좋게건 더 나쁘게건 바꿀 수 있으리라는 희망을 아예 품지 않는다. 동양인들은 "개의 꼬리를 12년 동안 데우고 누르고 노끈으로 둥글게 묶을 수는 있지만, 그렇게 한다고 해도 그 꼬리는 여전히 본래의 형태로 돌아갈 것이다,"[26]라고 말한다. 이런 꼬리들이 상징하는 고집을 고치는 데 유일하게 효과적인 방법은 꼬리들로 아교를 만드는 것이다. 이것은 꼬리들을 처리하는 흔한 방법이다. 그런 다음에야 꼬리들은 붙여 놓은 그대로 붙어 있을 것이다. 지금 실려 가는 것은 당밀이나 브랜디 통이다. 커팅스빌 Cuttingsville 마을에 사는 존 스미스에게 배달되는 것이다. 이 사람은

---

25 남미의 북쪽 기슭으로, 특히 파나마 지협에서 오리노코 하구 사이의 지역을 가리킨다.

26 찰스 윌킨스Charles Wilkins(1749~1836)가 번역한 『산스크리트 우화와 속담』에 나오는 「사자와 토끼」의 한 구절.

소리들

버몬트 주 그린산맥Green Mountains 지역에서 활동하는 무역업자로, 물건을 수입해서 자신의 개간지 근처에 사는 농부들을 상대로 판다. 아마도 그는 지금쯤 지하실 출입문 근처에 서서 연안에 최근 도착한 상품들이 자기의 물건 값에 어떤 영향을 줄지 생각하면서, 이전에도 스무 번이나 되풀이 한 선전이지만, 이번 기차 편에는 최상급의 물건이 올 것이라고 오늘 아침 이 순간에도 고객에게 선전하고 있을 것이다. 이번 상품의 광고도 『커팅스빌 타임스』 지에 실렸다.

이런 물건들이 도시로 올라가는가 하면, 저런 물건들이 시골로 내려온다. 나는 붕! 하고 경고하는 기적 소리에 놀라 책에서 눈을 떼고 쳐다본다. 큰 소나무 목재가 쏜살같이 마을을 지나가나 했더니, 10분도 안 되어서 다른 누가 볼세라 사라져버린다. 북쪽 먼 산에서 베어내어 그린산맥을 넘고 코네티컷 강을 건너온 목재다.

"어느 큰 기함旗艦의
돛대가 될 목재다." [27]

자, 들어 보라! 가축을 실은 열차가 온다. 수많은 산에서 자란 가축[28]을 실은 이 열차는 공중에 뜬 양의 우리요, 마구간이요, 외양간인 셈이다. 게다가 가축 몰이꾼이 막대기를 들고 있고, 목동이 양 떼 한가운데 서 있으니, 산의 방목장만 실려 있지 않은 것이다. 열차가 9월 강풍에 날리는 나뭇잎처럼 휙휙 지나간다. 송아지와 양의 울음

---

27 존 밀턴, 『실낙원』 중.
28 『시편』 50:10. "숲속의 뭇짐승이 다 내 것이요 산 위의 많은 가축들이 다 내 것이 아니냐?"

소리, 황소가 서로 북적대는 소리가 공중에 가득 차니, 계곡의 목장 전체가 지나가는 듯하다. 선두에 있는 늙은 길잡이 양이 방울을 울리면, 산은 숫양처럼 껑충 뛰고, 언덕은 어린양처럼 깡충 뛴다.[29] 열차의 중앙 칸에 탄 몰이꾼들은 이제 자기들이 몰던 가축과 동격이 되어서 할 일이 사라졌지만, 쓸모없는 막대기를 여전히 직무의 표지인 양 움켜쥐고 있다. 그러나 몰이꾼을 돕던 개들은 지금 어디 있는가? 개들에게는 이것이 큰 패주敗走가 아닌가? 개들은 토사구팽 신세가 되었고, 후각도 상실했다. 개들이 피터보로 산맥Peterboro' Hills[30] 뒤에서 짖어대고 있거나, 그린산맥의 서쪽 등성이를 헐레벌떡 오르는 소리가 들리는 것 같다. 이제 도살에 참여하지는 않을 테니, 그들의 일거리도 끝났다. 그들의 충성심과 총명함은 이제 정상 수준 이하다. 그들은 수치심을 느끼며 슬그머니 개집으로 돌아가거나, 어쩌면 야생의 상태로 돌아가서 늑대와 여우와 한패를 이룰 것이다. 이렇게 우리의 목가 생활도 바람처럼 사라지는구나. 그러나 기차는 기적을 울리고, 나는 철길에서 비켜서서 열차를 보내는 수밖에 다른 도리가 없구나.

나에게 철로는 무엇인가?
나는 그것이 어디서 끝나는지
결코 보러 가지 않는다.
철로는 몇 개의 분지를 메우고,
제비들이 깃들 둑을 쌓기도 한다.

---

29 『시편』 114:4. "산들은 염소처럼 뛰놀았고 언덕들은 양처럼 뛰었다."
30 뉴햄프셔 북쪽의 산맥. 콩코드 주변의 산에서 보인다.

소리들

철로는 모래를 날리기도 하고,
블랙베리를 자라게도 한다. [31]

하지만 나는 숲속의 수레 길을 건너듯 철로를 건너간다. 기차의 연기와 증기와 기적 소리에 눈을 상하거나 귀가 먹는 꼴을 당하지는 않으리라.

열차들이 지나가고, 그것과 함께 분주하던 세상도 지나가고, 호수의 물고기도 열차의 진동을 더 이상 느끼지 않는 지금, 나는 그 어느 때보다도 혼자다. 나머지 오후 내내 내 명상을 방해하는 것은 어쩌면 먼 신작로를 달리는 마차나 말이 희미하게 내는 덜거덕거리는 소리뿐일 것이다.

일요일에 순풍이 불 때면 때때로, 링컨Lincoln, 액튼Acton, 베드포드Bedford, 콩코드Concord 마을의 은은하고 감미로운 종소리, 말하자면 숲으로 들여와도 좋을 만한 자연의 멜로디가 들렸다. 꽤 먼 거리의 숲을 넘어오는 이 종소리에는 윙윙거리는 진동음이 배었다. 마치 종소리가 지평선의 솔잎을 하프의 현인 양 튕긴 듯하다. 아주 먼 거리에서 들려오는 소리는 모두가 똑같은 효과음, 즉 우주의 칠현금이 진동하는 소리를 낸다. 이것은 멀리 보이는 땅의 능선이 중간 대기층을 통과하면서 하늘색을 띠게 되어 우리 눈에 아름답게 보이는 것과 같은 현상이리라. 이런 경우에 들려오는 것은 하늘이 걸러낸 소리이고, 숲의 모든 잎사귀와 침엽과 대화를 나눈 선율이며, 비바

---

31 소로의 시.

람이 낚아채고 전조轉調하여, 계곡에서 계곡으로 메아리치는 소리였다. 그 메아리는 어느 정도 근원적인 소리이고, 바로 여기에 메아리의 마력과 매력이 있다. 메아리는 종소리에서 되울릴 만한 가치가 있는 소리의 반복일 뿐만 아니라, 부분적으로는 숲 자체의 목소리이니, 바로 숲의 요정이 노래하는 작은 언어와 가락인 것이다.

저녁에, 숲 너머 지평선에서 들려오는 암소의 먼 울음소리는 감미롭고 아름다운 선율이었다. 처음에는 그 소리가 가끔 내게 세레나데를 불러주던 떠돌이 가수들이 산과 골짜기를 돌아다니며 부르는 노랫소리라고 착각했다. 그러나 계속되는 그 소리가 시시하고 자연스러운 암소의 음악인 것을 알고는 곧 실망했지만, 기분이 나쁘지는 않았다. 이것은 젊은이들의 노래를 비꼬려는 말이 아니다. 오히려 감사의 뜻을 표현하고자 하는 말로서, 나는 그들의 노래가 분명 암소의 음악과 비슷하고, 결국 두 소리가 모두 대자연이 내는 하나의 소리라고 느꼈다.

여름날 한동안은 야간열차가 지나간 후, 7시 반이면 어김없이, 쏙독새들이 내 집 문 옆의 나무 그루터기나 지붕 끝의 용마루에 앉아서, 반 시간 동안 저녁 노래를 불렀다. 그 새들은 매일 저녁 일정한 시각에, 즉 해가 지고 5분 이내에, 거의 시계처럼 정확히 노래하기 시작했다. 나는 이 새들의 습성을 알 수 있는 흔치 않은 기회를 얻었다. 때로는 네다섯 마리가 숲의 다른 쪽에서 한꺼번에 노래하는 소리가 들리기도 했다. 우연히도 한 마리가 한 소절 노래하면, 다음에는 다른 새가 다른 소절을 노래했다. 나와 아주 가까운 곳에서 노래했기 때문에, 그들이 한 번 노래한 다음 꾸르륵 목을 가다듬는 소리까지 식별했다. 꾸르륵거리는 독특한 소리는 흔히 거미줄에 걸

소리들

린 파리가 퍼드덕거리는 소리와 유사하지만, 파리 소리보다는 상대적으로 컸다. 때때로 새 한 마리가 마치 어떤 줄에 묶여서 뱅뱅 도는 듯이, 불과 몇 피트 떨어진 거리에서 계속 원을 그리며 숲속의 내 주변을 맴돌았다. 아마도 내가 그 새의 알 근처에 접근했는지 모른다. 그들은 밤새 간헐적으로 노래하다가 새벽 무렵이나 그 직전이 되면 으레 또다시 아름다운 노래를 불렀다.

다른 새들이 조용하면 멧부엉이들이 노래를 이어받는다. 곡소리를 내는 여인들처럼 그들은 우룰루! 태곳적 울음을 내기 시작한다. 그들의 울음은 정말로 벤 존슨의 마녀들의 노래[32]처럼 음산하다. 교활한 한밤중의 마녀들! 그들의 울음은 시인들이 전하는 정직하고 무뚝뚝한 부엉부엉![33]이 아니고 장난치는 소리도 아니며, 엄숙하기 짝이 없는 무덤의 노래다. 동반 자살을 한 두 연인이 지옥의 숲에서 서로 위로하며 꿈만 같았던 사랑의 고통과 기쁨을 회고하는 노래다. 그러나 숲 언저리를 따라 부르르! 떨듯이 울리는 멧부엉이들의 통곡과 구슬픈 응답은 듣기에 즐거우니, 때때로 음악과 노래하는 새들을 연상시킨다. 그것은 눈물 어린 어둠의 음악, 노래로 부르고픈 회한과 탄식인 듯하다. 멧부엉이들은 일찍이 밤에 인간의 모습으로 땅을 배회하며 죄를 짓던 타락한 영혼들의 침울한 혼령이고, 우울한 전조다. 이제 그들은 자신들이 저지른 죄의 현장에서 통곡의 찬가나 애가를 불러 속죄한다. 그들은 우리 공통의 집인 자연의 다양성과 가능성에 대한 새로운 감각을 제공해준다. 호숫가에서 한 멧부엉이가

---

32 벤 존슨Ben Jonson의 「마녀들의 노래」(1609)를 가리킨다.
33 윌리엄 셰익스피어, 『사랑의 헛수고』 중. "밤마다 눈망울을 굴리는 부엉이가 부엉부엉 운다!"

안절부절못하고 절망의 선회를 하더니 회색빛 떡갈나무 가지의 낯선 횃대에 내려앉아 한숨을 쉰다. '오오오오오오 내가 태어나지 말아야 하는 것을!' 그다음 더 먼 쪽에서 또 다른 멧부엉이가 떨리는 소리로 복창한다. '오오오오오오 내가 태어나지 말아야 하는 것을!' 그럼 또 멀리 링컨 숲에서 희미한 응답이 나온다. '태어나지 말아야 하는 것을!'

올빼미도 부엉부엉! 세레나데를 불러주었다. 바로 가까이에서 들으면 누구나 그것이 자연에서 가장 우울한 소리라고 상상하리라. 마치 자연이 죽어가는 인간의 신음 소리를 이것으로 정형화한 다음, 올빼미를 자연의 영구 합창단원으로 삼은 것 같다. 희망을 버리고 떠난 어떤 불쌍한 약자의 유골이 어둠의 계곡에 들어서자마자 짐승처럼 울부짖으면서도 인간적으로 흐느끼는 듯하다. 게다가 꼴깍꼴깍! 숨넘어가는 곡조가 더해지니 더욱 소름끼치는 소리가 된다. 이런 소리를 흉내 내려고 하면, 나는 어느새 꼴깍! 하는 소리부터 낸다. 아주 건전하고 용감한 사고의 소유자였던 어떤 사람이 곰팡이 핀 젤라틴같이 흐물흐물한 단계로 추락한 자신의 수치를 표현하는 소리가 바로 이런 것일 게다. 그것은 송장 먹는 귀신이나 백치가 미쳐서 울부짖는 소리를 연상시켰다. 하지만 이제 올빼미 한 마리가 먼 숲에서 부엉부엉, 부엉부엉! 하고 응답한다. 먼 곳에서 들으니 정말로 감미로운 선율이다. 이런 선율은 낮에 듣건 밤에 듣건, 여름에 듣건 겨울에 듣건, 실로 대부분 유쾌한 것을 연상시킨다.

나는 올빼미가 있어서 좋다. 인간을 대신해서 올빼미가 백치나 미치광이같이 부엉부엉! 울게 하라. 이 소리는 한낮에도 어두컴컴한 늪지와 석양의 숲에 딱 어울리니, 인간이 아직 인식하지 못하

소리들

는 미개척의 광활한 자연을 암시하기 때문이다. 올빼미는 우리 모두가 갖고 있는 텅 빈 황혼, 답을 찾지 못한 사념思念을 상징한다. 온종일 태양이 어느 황량한 늪지 위에서 빛났다. 녹회색 이끼가 잔뜩 낀 검은 가문비나무가 서 있고, 작은 매들이 상공을 선회하고, 박새가 상록수 사이에서 지저귀고, 자고새와 토끼가 나무 밑을 살금살금 숨어 다녔다. 그러나 이제 더욱 음산하고 적합한 하루가 열리면, 다른 종의 생물들이 늪에서 깨어나 대자연의 의미를 표현할 차례인 것이다.

늦은 저녁이면 멀리서 마차가 덜거덕거리며 다리를 지나가는 소리 ― 밤에는 어떤 소리보다 멀리까지 들린다 ― 와 개 짖는 소리가 들리고, 때로는 먼 외양간에서 쓸쓸한 암소가 또다시 음매하고 우는 소리가 들렸다. 그러는 사이에 호숫가에는 온통 황소개구리의 나팔소리가 울려 퍼졌다. 그들은 먼 옛날에 축배를 들며 술을 퍼마시던 술고래들의 억센 혼령으로, 여전히 회개하지 않고 지옥의 호수에서까지 ― 월든 호수의 요정들이 이런 비유를 용서할지 모르겠다 ― 이렇게 노래를 이어 부르는 데 열심이다. 월든 호수에는 수초가 거의 없지만, 여전히 개구리들이 산다. 그들은 이렇게 옛 잔칫상의 흥겨운 규칙을 기꺼이 지키고 싶어 한다. 하지만 목이 쉰 데다 장중할 정도로 침통한 그들의 목소리는 술잔치의 환희를 조소한다. 술도 그 맛을 잃어서 단지 배를 채우는 것이 되었을 뿐이다. 그리고 과거의 아픈 기억을 잊게 할 달콤한 도취는 오지 않고, 포만감과 물로 더부룩한 배와 팽창만 있을 뿐이다. 이쪽의 북쪽 호숫가 아래에서 최고참인 개구리가 늘어진 턱을 턱받이 대용인 약모밀34 잎에 괴고,

---

34 일명 어성초. 열대성 약초로, 응달진 숲이나 늪이나 강이나 호숫가에

한때는 경멸했던 물 한 잔을 쭉 마신다. 그러더니 '개구울, 개구울, 개구울!' 소리를 지르면서 잔을 쭉 돌린다. 그러자 먼 후미로부터 수면을 타고 똑같은 암호가 즉각 복창된다. 나이와 비만 서열에서 차석인 개구리가 자신의 수준에 걸맞게 물을 쭉 마셨다는 신호다. 이 의식이 호숫가를 연달아 한 바퀴 돈 다음, 사회자가 만족스럽게 '개구울!' 하고 소리 지르면, 배가 가장 적게 나오고 가장 쿨렁하고 맥없는 개구리에 이르기까지 한 치의 실수도 없이 각자 차례대로 똑같이 복창한다. 그다음 또 주연이 몇 차례 계속되면, 마침내 태양이 아침 안개를 흩뜨린다. 그러면 어르신 개구리만 물속에 들어가지 않고 이따금 '개구울!' 하고 큰 소리로 울고는 잠시 응답을 기다리지만 아무런 소리도 없다.

내 개간지에서 수탉이 우는 소리가 들린 적이 있는지는 잘 모르겠다. 하지만 그 음악만을 위해서 수평아리를 노래하는 새로 키워봄직하다고 생각했다. 한때 인도의 야생 꿩이었던 수탉의 노래는 분명 어느 새보다도 특이하다. 만약 우리가 가금으로 길들이지 않고 자연으로 돌려보내면, 수탉은 곧 기러기의 끼룩끼룩! 또는 올빼미의 부엉부엉! 소리를 능가하여 우리 숲에서 가장 유명한 소리를 낼 것이다. 군주 같은 수탉의 나팔이 잠시 쉴 때, 암탉들의 꼬꼬댁거리는 소리로 빈 공간이 채워진다고 상상해보라! 인간이 이런 새를 가금家禽의 대열에 포함시킨 것은 식용 달걀과 닭다리는 차치하더라도 전혀 이상한 일이 아니다. 이런 닭들이 꽉 차 있는 숲, 닭들의 고향인 숲을 어느 겨울 아침에 산책하며, 야생 수탉들이 나무 위에서 우는

서 자라며, 3~8센티미터의 하트 모양의 잎을 가지고 있다.

소리들

소리를 듣는다고 상상해보라. 아주 맑고 날카로운 울음소리가 몇 마일이고 땅 위에 울려 퍼져서 마침내는 더 연약한 다른 새들의 노랫소리를 삼켜버리지 않겠는가! 생각만 해도 즐겁다. 이 소리는 여러 민족의 잠을 깨울 것이다. 이 소리를 듣고 누가 일찍 일어나지 않겠는가? 날마다 점점 더 일찍 일어나게 되어, 마침내는 모두가 더할 수 없이 건강하고 부유하고 현명해지지 않겠는가? 모든 나라의 시인들이 토박이 새들의 노래와 함께 외래종인 이 수탉의 노래를 칭송한다. 용감한 이 수탉은 어떤 기후에도 적응할 수 있다. 수탉은 토박이 새들보다 더 토박이가 되었다. 수탉은 항상 건강하고, 폐도 튼튼하며, 기백은 결코 시들지 않는다. 대서양과 태평양의 선원까지도 수탉의 목소리에 잠이 깬다.[35] 하지만 내가 수탉의 날카로운 소리를 듣고 잠에서 깬 적은 한 번도 없었다. 나는 개, 고양이, 돼지는 물론 닭도 기르지 않았기 때문에, 일반 가정에서 나는 소리가 부족했다고 말할 수 있을 것이다. 또한 내 집에는 우유를 휘젓거나 물레를 돌리는 소리도 없었고, 심지어는 솥이 노래하거나 단지가 쉭쉭 끓는 소리, 아이들이 우는 소리 등 위로가 될 만한 소리도 없었다. 이런 옛 소리에 익숙한 사람이라면, 자신의 감각을 잃었거나, 그 전에 권태로 죽었을 것이다. 내 집의 벽에는 쥐도 없었으니, 굶어 죽었거나, 먹을 것이 없어 아예 들어오지 않았을 것이다. 다만 지붕 위와 마루 밑의 다람쥐들, 지붕 용마루 위의 쏙독새, 창문 아래에서 울어대는 푸른 어치, 집 아래의 산토끼나 우드척, 집 뒤의 멧부엉이나 고양이올빼미, 호수 위의 야생 기러기 떼나 웃기는 되강오리, 밤이면 울부짖는 여

---

35 오랜 항해를 하는 선원들은 신선한 달걀과 고기를 위해 배에서 닭을 키웠다.

188

우가 있었다. 농장 근처의 온순한 새들인 종달새나 꾀꼬리조차 내 개간지에는 한 번도 찾아오지 않았다. 마당에는 꼬끼오! 하고 우는 수탉도 없고, 꼬꼬댁! 하며 우는 암탉도 없었다. 마당 자체가 없었다. 울타리 없는 자연이 바로 문지방까지 올라와 있었다. 창문 밑에는 어린 숲이 자라고, 야생 옻나무와 블랙베리 넝쿨이 지하실까지 헤치고 들어왔으며, 억센 리기다소나무가 공간이 부족해서 지붕널을 문지르며 삐걱거리고, 아예 뿌리를 집 밑으로 뻗치고 있었다. 강풍에 날아갈 작은 창이나 블라인드 대신에, 딱 부러지거나 뿌리 채 뽑힌 소나무가 땔감으로 집 뒤에 쌓여 있었다. 큰 눈이 내려도, 앞마당의 대문에 이르는 길이 막힐 일은 없었다. 아예 대문도 없고, 앞마당도 없고, 문명세계로 통하는 길 자체가 없었다.

고독

유쾌한 저녁이다. 이런 때는 온몸이 하나의 감각기관이 되어서, 모든 땀구멍을 통해 기쁨을 빨아들인다. 나는 자연의 일부로, 그품 안에서 묘한 자유를 느끼며 오간다. 구름 끼고 바람 불고 싸늘한 날씨이지만, 셔츠 바람으로 자갈 깔린 호숫가를 산책할 때면, 시선을 특별히 끄는 것이 없더라도 만물이 나와 의기투합하니 유쾌하기 그지없다. 황소개구리들이 트럼펫을 울려 밤을 맞이하고, 쏙독새의 가락이 호수 저편으로부터 바람을 타고 물결친다. 너울거리는 포플러 잎과 오리나무 잎과의 교감에 숨이 막힐 지경이지만, 평온한 내 마음은 호수처럼 너울거릴 뿐 구겨지지 않는다. 저녁 바람이 일으킨 자잘한 마음의 파도는 석양에 반짝이는 호수의 수면만큼이나 폭풍과는 거리가 멀다. 이제 어둠이 깔렸지만, 숲속의 바람은 그치지 않고 포효하니, 파도 역시 돌진하고, 어떤 생물들은 노랫소리로 다른 생물들의 마음을 달랜다. 휴식은 결코 완성되지 않는 진행형이다. 가장 야성적인 동물들은 휴식하지 않고, 지금부터 먹이를 찾아 나선다. 이제 여우와 스컹크와 산토끼는 두려움 없이 들과 숲을 마음껏 누빈다. 그들은 자연의 야경꾼이고, 활기찬 생명의 나날들을 이어주는 고리다.

집에 돌아오면 방문객들이 남겨놓은 명함들을 발견한다. 그 명함은 한 다발의 꽃일 수도 있고, 상록수 가지로 엮은 화환이거나, 연필로 이름을 써놓은 노란 호두나무 잎이거나 나무토막일 수도 있다. 어쩌다가 숲을 찾는 방문객들은 오는 길에 무엇이든 숲의 한 조각을 손에 쥐고 만지작거리다가, 의도적이든 우연이든 그것을 놓고 간다. 버드나무 가지의 껍질을 벗긴 다음, 그 가지를 둥근 반지로 엮어서, 탁자 위에 놓고 간 사람도 있었다. 주변의 흰 나뭇가지나 풀, 사람들의 발자국을 보면, 내가 없을 때 방문객들이 다녀갔는지 항상 알 수 있었다. 또한 대개 멀리 반 마일 밖의 철도까지 그들이 떨어뜨린 한 송이 꽃 또는 뽑아 던진 한 다발의 풀, 희미하게 남아 있는 시가 또는 파이프 냄새 같은 사소한 흔적을 보고도, 그들의 성별과 나이와 품성까지 알 수 있었다. 심지어, 파이프 냄새만으로 60로드 떨어진 신작로를 지나가는 나그네가 누구인지 알아맞힌 적도 여러 번 있었다.

우리 주위에는 대개 넉넉한 공간이 있다. 지평선이 바로 턱밑에 있는 경우는 결코 없다. 울창한 숲도, 호수도 바로 우리 문밖에 바로 있는 경우는 없으니, 항상 어떻게든 땅을 개간하고, 써먹어서 친숙하게 하고, 이럭저럭 그 땅을 차지하여 울타리를 치고, 대자연을 이용하기 때문이다. 상황이 그러한데 내가 무슨 이유로 사람들이 버린 이 일대의 광활한 구역을, 인적조차 없는 몇 평방마일의 이 숲을 은둔 생활을 위해 차지했을까? 나의 가장 가까운 이웃도 이곳에서 1마일이나 떨어져 있고, 반 마일 이내에서는 산꼭대기에서가 아

고독

니면 어느 곳에서도 집 한 채 보이지 않는다. 내가 숲과 접하는 지평선을 독차지하고 있다. 한쪽으로는 멀리 호수와 접하는 철도가 보이고, 다른 한쪽으로는 숲의 오솔길과 접하는 울타리가 보인다. 그러나 대체로 내가 사는 곳은 대초원만큼이나 고독하다. 뉴잉글랜드이면서도 아시아나 아프리카 같은 기분이 든다. 말하자면, 나만의 해와 달과 별들을, 나만의 작은 세계를 가지고 있다. 밤이면 내 집을 지나거나 문을 두드리는 나그네도 전혀 없으니, 나는 이 세상 최초의 인간이면서 마지막 인간이나 다름이 없었다. 다만 봄에는 메기낚시를 하러 오는 마을 사람들이 아주 이따금 있었다. 하지만 그들은 월든 호수에서 낚싯바늘에 어둠의 미끼를 달고, 자기들의 본성을 더 많이 낚는 게 분명했다. 그들은 대개 빈 바구니를 들고 "세상을 어둠과 나에게"[1] 맡기고 떠나버리니, 어두운 밤의 알맹이가 사람의 접근으로 더렵혀지는 일은 결코 없었다. 마녀들은 모두 교수형으로 사라졌고, 기독교와 양초가 널리 보급되었지만, 사람들은 아직도 어둠을 꽤 두려워하는 것 같다.

그러나 나는 가장 달콤하고 부드러우며, 가장 순수하고 용기를 북돋우는 벗을 바로 자연의 만물에서 발견할 수 있고, 가련한 염세가와 아주 우울한 사람도 나와 같다는 사실을 때때로 경험했다. 자연의 한복판에 살면서 자신의 감각을 고이 간직한 사람에게는 검은 우울증이 결코 접근할 수 없다. 건강하고 순진한 귀에는 어떤 폭풍도 항상 아이올로스Æolus[2]의 음악으로 들린다. 그 무엇도 단순하

---

1 토마스 그레이Thomas Gray(1716~1771), 「시골 묘지에서 쓴 만가」 중.
 "농부가 지친 걸음을 집으로 옮기니,/ 세상에 남은 것은 어둠과 나뿐."
2 그리스 신화에 나오는 바람의 여신.

고 용감한 사람을 저속한 슬픔으로 내몰 권리는 없다. 사계절과 우정을 나누는 동안은 그 무엇도 나의 삶을 힘겨운 짐으로 만들지는 못하리라. 오늘 콩밭에 비를 뿌려서 나를 집 안에 붙들어 매는 부드러운 비는 따분하고 우울하지 않고, 내게도 좋은 것이다. 비 때문에 콩밭의 풀을 매지는 못하지만, 비는 그보다 훨씬 더 큰 가치가 있다. 비가 너무 오래 내려서 저지대에 심은 감자 씨가 썩어 농사를 망친다 해도 고지대 풀에게는 좋을 것이며, 풀에게 좋다면 내게도 좋은 것이다. 때로 나 자신을 다른 사람과 비교해보면, 나는 분에 넘치게 신들의 총애를 많이 받는 듯싶다. 마치 내가 친구들이 갖지 못한 보증서와 담보를 신들에게 받았으며, 신들의 각별한 인도와 보호를 받고 있다는 기분이 든다. 내가 우쭐대는 것이 아니라 신들이 나를 돋보이게 하니, 이런 일이 가능한지 모르겠다. 나는 외로움을 느낀 적이 없으며, 고독감에 조금이라도 짓눌린 적이 없다. 그러나 숲에 온지 몇 주 지났을 때, 가까이에 이웃이 사는 것이 평온하고 건강한 삶의 필수 조건이 아닐까 하고 한 시간쯤 생각한 적이 있다. 혼자인 상황이 유쾌하지 않게 느껴졌던 것이다. 그러나 동시에 이런 기분이 약간은 비정상이라는 것도 의식했으니, 이 상태에서 벗어나리라고 예감했던 것 같다. 조용한 빗속에서 이러한 생각에 잠겨 있는 동안, 나는 갑자기 대자연에 아주 달콤하고 자애로운 벗이 있다는 것을 느꼈다. 후두두 떨어지는 빗소리에서, 집 주변의 모든 소리와 광경에서, 나를 떠받치는 대기처럼 무한하고 형언할 수 없는 우정이 한꺼번에 몰려와 이웃에 사람이 있으면 좋겠다는 생각이 하찮게 느껴졌고, 그 후 다시는 그런 공상을 하지 않았다. 작은 솔잎 하나하나가 나와의 교감으로 팽창하고 부풀면서 내 벗이 되었다. 나는 흔히 거칠고

고독

황량하다고 생각하는 광경에서도 친근한 무언가가 존재한다는 것을 알게 되었다. 또한 어떤 개인이나 마을 사람이 반드시 나와 가장 가까운 핏줄이 아니며, 가장 인간적인 사람도 아니라는 것을 아주 분명히 알게 되었다. 그렇기에 이제 어느 곳도 내게 낯선 곳으로 보이는 일은 다시는 없으리라.

> "아름다운 토스카의 딸이여,
> 비탄은 슬픈 이의 목숨을 불시에 태워버리니,
> 이 땅에서 그가 살날이 길지 않으리라." [3]

내게 가장 즐거운 시간 중 하나는 봄이나 가을에 폭풍우가 계속될 때였다. 그럴 때면 나는 오전은 물론 오후에도 집에 틀어박혀서 쉴 새 없이 포효하는 바람과 세차게 때리는 빗소리를 들으며 마음을 달랬다. 이른 황혼이 긴 밤을 불러들이기 때문에 그런 밤이면 많은 생각이 뿌리를 내리고 가지를 뻗었다. 북동쪽에서 불어 닥치는 저 비바람이 마을의 집들을 심하게 위협하는 상황에서, 아낙들은 현관 입구에서 빗자루와 물통을 준비하고 범람하는 물을 막으려 서 있지만, 나는 현관이 따로 없는 작은 집의 문 뒤에 앉아서 집의 보호를 충분히 누렸다. 심한 뇌우가 몰아치던 어느 날, 호수 맞은편의 큰 리기다소나무가 벼락을 맞아서 꼭대기에서 밑동까지 깊이 1인치 남짓에 폭 4~5인치의 아주 또렷하고 완전히 규칙적인 나선형 홈이 파였는데, 마치 지팡이에 홈이 파인 것 같았다. 요전 날 나는

---

3   오시안Ossian(?~?), 「크로마: 하나의 시」 중. 오시안은 3세기 무렵 아일랜드의 전설적 시인으로, 낭만적인 서사시를 많이 썼다.

그 나무 옆을 다시 지나갔다. 8년 전 악의 없는 하늘로부터 저항할 수 없는 끔찍한 번개가 내려친 흔적이 전에 없이 더욱 선명하게 남아 있는 것을 우러러 바라보면서 경외감에 압도되었다. 사람들은 자주 내게 "그곳에선 무척이나 외롭지요? 특히 비가 오거나 눈이 내리는 낮과 밤이면 사람들에 더 가까이 있기를 원하겠네요."라고 말한다. 이런 말에 나는 다음과 같이 대답하고 싶은 충동을 느낀다. '우리가 살고 있는 이 지구 전체는 우주에서 하나의 점에 불과합니다. 저쪽 둥근 별은 우리의 측량 도구로는 측정할 수도 없는 너비를 가지고 있는데, 그곳에서 서로 가장 멀리 떨어져 사는 두 주민들 사이의 거리가 얼마나 된다고 생각합니까? 내가 왜 외로움을 느끼겠습니까? 우리의 지구는 은하수에 있지 않습니까? 당신의 질문은 내게 가장 중요한 질문이 아닌 듯합니다. 사람을 친구로부터 고립시켜 외톨로 만드는 것이 어떤 종류의 공간이라고 생각합니까? 나는 두 사람의 마음을 훨씬 더 가깝게 하는 것은 결코 뻔질나게 놀리는 발이 아니라는 것을 알았습니다. 우리는 무엇과 가장 가까이 살고 싶어 할까요? 분명 사람들이 북적이는 곳 근처에서 살고 싶어 하지는 않습니다. 사람들이 가장 많이 모이는 기차역, 우체국, 술집, 공회당, 학교, 식품점, 비컨힐Beacon Hill[4] 또는 파이브 포인츠Five Points[5] 같은 곳이 아니라, 영원한 생명의 근원 가까이에서 살고 싶을 겁니다. 우리의 온갖 경험에 비추어 보면, 버드나무가 물가에 서서 물 쪽으로 뿌리를 뻗듯이, 우리는 생명이 분출한다고 알려진 곳 가까이에서 살

---

4 보스턴의 옛 중심지.
5 소로 시절에는 뉴욕 맨해튼의 우범지역으로 유명했으나 지금은 사라졌다.

고 싶을 겁니다. 그곳이 어딘지는 사람의 본성에 따라 다르겠지만, 현명한 자라면 바로 이곳에 자신의 지하실을 팔 것입니다……' 나는 어느 날 저녁 이른바 "큰 재산"을 축적했다고 하는 — 하지만 나는 결코 그 재산의 '내막'을 알지 못했다 — 마을 사람 한 분을 월든 길에서 앞지른 적이 있었다. 소 두 마리를 시장에 몰고 가던 그는 내가 어떻게 그 많은 문명의 이기를 포기할 결심을 할 수 있었는지 물었다. 나는 그런 삶이 그런대로 분명 좋다고 대답했다. 농담이 아니었다. 그러고는 나는 내 집의 잠자리로 향했다. 하지만 그는 어둠과 진흙 길을 헤치고 브라이턴Brighton[6] — 아니면 브라이트타운Bright-town[7] — 을 향하여 제 갈 길을 갔으니, 다음 날 새벽쯤에나 그곳에 당도했을 것이다.

죽은 사람이 깨어나거나 소생할 가망이 있다면 시간과 장소는 아무래도 좋을 것이다. 이런 기적이 일어날 만한 곳은 항상 똑같으며, 우리 모두의 감각에 형언할 수 없는 유쾌함을 가져다준다. 하지만 거의 대부분의 경우 우리는 동떨어져 있는 일시적인 상황만을 관심사로 삼는다. 사실 이런 상황은 우리의 집중력을 흩트리는 원인일 뿐이다. 모든 사물의 존재를 형성하는 힘은 그 사물과 가장 가까운 곳에 있다. 부단히 실행되는 가장 숭고한 법칙은 우리 '가까이에' 있다. 우리 '가까이'에 우리가 고용한 일꾼이 있으니, 그는 우리가 그토록 일을 시키고 싶어 하는 일꾼이 아니라 반대로 우리를 만드는 일꾼이다.

---

6 보스턴 교외. 당시 수많은 도살장이 있었다.
7 브라이트 타운의 '브라이트bright'는 당시 우량 황소를 칭하는 말로서, 결국 '우시장'을 뜻한다.

"하늘과 땅의 오묘한 능력들의 영향력은 얼마나 넓고 깊은가!"

"우리는 그 능력들을 보려고 해도 보이지 않으며, 들으려 해도 들리지 않는다. 그 재능은 사물의 본질과 같은 것이어서, 하늘과 땅으로부터 분리할 수 없다."

"그 능력들은 모든 우주에서 사람들이 그들의 마음을 신성하게 정화하고, 제의祭衣를 갖추어 입고 조상들에게 제물과 봉헌을 바치게 한다. 우주는 오묘한 지성들의 바다다. 지성들은 우리의 위와 좌우 도처에 있으니, 그들이 사방에서 우리를 에워싸고 있어서다."[8]

우리는 내게 적잖이 흥미로운 실험의 대상자이다. 이러한 상황 하에서 잠시만이라도 가십을 일삼는 세상을 접어 두고, 우리 자신의 생각으로 기운을 북돋우며 살 수는 없을까? 공자는 진실로 이렇게 말한다. "덕은 버려진 고아처럼 외롭지 않으며, 반드시 이웃이 있다."[9]

사색을 하면 우리는 건전한 의미에서 자기를 잊을 수 있다. 우리는 정신의 의식적인 노력을 통해 행위와 그 결과로부터 초연해질 수 있다. 그러면 좋은 것이든 나쁜 것이든, 만사가 급류처럼 우리를 지나가버린다. 그러면서도 우리는 자연에 완전히 휩쓸리지는 않는다. 나는 개울에 떠내려가는 나무 동강이 될 수도 있고, 하늘에서 그 나무 동강을 내려다보는 인드라Indra[10]가 될 수도 있다. 연극 공연을 보고 영향을 '받을 수도' 있는 반면에, 겉보기에는 나와 훨씬 관련이 많은 실제 사건에 영향을 '받지 않을 수도' 있다. 나는 나 자신

---

8 『중용』 16장에 나오는 말.
9 『논어』 「이인편」里仁篇에 나오는 말.
10 고대 인도신화에 나오는 전쟁의 신.

을 하나의 인간적 실체로만 알고 있다. 말하자면 단지 생각과 감정의 무대로만 알고 있는 것이다. 그래서 다른 사람들에게서 만큼이나 나 자신에게서도 멀리 떨어질 수 있다는 확실한 이중성을 느낀다. 내 경험이 아무리 강렬하더라도, 나는 내 한 부분이 나를 비판하는 것을 의식한다. 말하자면 내 한 부분은 나의 일부가 아니라 나와 경험을 나누지 않고 오히려 그것을 주시하는 구경꾼이다. 그것은 내가 아니며, 그렇다고 당신도 아니다. 비극이기 쉬운 인생이라는 연극이 끝나면, 그 구경꾼은 제 갈 길을 간다. 그 구경꾼의 눈으로 보면, 인생은 일종의 허구이고 상상의 작품일 뿐이다. 이런 이중성으로 우리는 쉽게 초라한 이웃이 되기도 하고 때로는 친구가 되기도 한다.

나는 대부분의 시간을 혼자 지내는 편이 심신에 좋다고 생각한다. 아무리 좋은 사람이라도 함께 있으면, 곧 싫증이 나고 주의가 산만해진다. 나는 혼자 있기를 좋아한다. 고독만큼 함께 있을 만한 벗을 아직 발견하지 못했다. 우리는 대부분 방안에 혼자 있을 때보다 밖에 나가서 사람들과 어울릴 때 더욱 외롭다. 사색을 하거나 일을 하는 사람은 어디에 있든지 항상 고독하다. 고독은 친구와의 거리로 측정할 수 있는 것이 아니다. 하버드대학의 매우 혼잡한 교실에서도 정말로 열심히 공부하는 학생은 사막 가운데의 수도승만큼이나 고독하다. 농부가 들이나 숲에서 김을 매거나 나무를 베면서 온종일 일하면서도 외로움을 느낄 수 없는 이유는 그가 일에 몰두하기 때문이다. 그러나 그가 밤에 집에 오면, 잡념에 휩쓸려서 방에 혼자 앉아 있을 수가 없다. 그는 '사람들을 만나서' 기분을 전환하고, 그날의 외로움을 보상할 수 있는 곳을 찾아가야 한다. 그러므로 농부는 학생이 밤과 낮의 대부분을 집에 혼자 앉아 있으면서 어떻게 권태와 '우울'을 느끼지 않을 수 있는지 의아해한다. 하지만 그는 학생이 집에 있어도 농부와 마찬가지로 '자신의' 들에서 일하고, '자신의' 숲에서 나무를 베며, 농부가 추구하는 것과 똑같거나 오히려 더욱 응축된 형태의 기분 전환과 교제를 추구한다는 사실을 인식하지 못한다.

교제는 일반적으로 너무 값싸다. 우리는 너무 자주 만나기 때문에, 서로를 위한 새로운 가치를 얻을 시간을 갖지 못한다. 우리는 하루 세 끼 식사 때마다 만나서 곰팡이 슨 오래된 치즈 같은 우리의 맛을 새삼스레 서로 제공한다. 이런 빈번한 만남을 기분 나쁘지 않은 것으로 만들고 공공연한 싸움판을 벌이지 않도록 하기 위해, 우리는 일정한 틀을 갖춘 에티켓과 예의라는 이름의 규칙에 합의해야 한다. 우리는 우체국이나 친목회에서 만나고, 매일 밤 난롯가에서도 만난다. 우리는 북적거리며 살면서 서로의 길을 막고, 서로의 발에 걸려 넘어진다. 나는 우리가 이래서 서로에 대한 존경심을 상실한다고 생각한다. 드문드문 만나더라도 뜻 깊고 애정 어린 우정을 나누기에 분명 부족함이 없을 것이다. 어느 공장에서 일하는 여공들을 생각해보자. 그들은 혼자 있는 적이 없고 꿈에서도 거의 혼자가 아니다.[11] 내가 사는 이곳처럼 1제곱마일 면적에 한 사람만 살 수 있다면, 그것이 더 좋을 것이다. 우리가 접촉해야 하는 인간의 가치는 꼭 만져봐야만 알 수 있는 것은 아니지 않은가.

나는 숲속에서 길을 잃고 기아와 탈진으로 나무 밑에서 죽어가던 사람의 이야기를 들은 적이 있다. 육체적 쇠약에 따른 병적인

---

11 당시 일부 공장의 여성들은 한 방에서 평균 여섯 명이 잤기 때문에 사생활이 전혀 없었다.

상상력으로 인해, 그는 기괴한 환상에 휩싸였지만, 이런 환상을 사실이라고 믿고서야 고독감에서 해방되었다고 한다. 이와 마찬가지로 우리가 육체적, 정신적 건강을 유지한다면, 그 사람의 경우와 비슷하면서도 더 정상적이고 자연스러운 벗의 성원을 계속 받아서 결코 혼자가 아니라는 사실을 알게 될 것이다.

내 집에는 아주 많은 벗이 있다. 아무도 찾아오지 않는 아침에는 특히 그러하다. 내 처지가 어떤지 이해할 수 있도록 몇 가지 비유를 제시해보겠다. 호수에서 매우 크게 웃는 되강오리나 월든 호수 자체가 외롭지 않듯이 나도 외롭지 않다. 저 외로운 호수에게 도대체 어떤 친구가 있을까? 하지만 호수는 그 푸른 물속에 푸른 악마[12]들이 아니라 푸른 천사들을 품고 있다. 태양은 혼자다. 때로 안개 자욱한 날씨에는 태양이 둘로 보이기도 하지만 그중 하나는 가짜이다.[13] 신도 혼자다. 하지만 악마는 결코 혼자가 아니며 아주 많은 친구를 두고 있다. 그는 군대다.[14] 목초지의 현삼이나 민들레, 콩잎이나 괭이밥, 말파리나 호박벌이 외롭지 않듯이 나는 외롭지 않다. 밀 브룩 Mill Brook[15], 풍향계, 북극성, 또는 남풍, 4월의 소낙비, 1월의 해빙, 새집에 자리 잡은 첫 거미가 외롭지 않듯이 나도 외롭지 않다.

숲속에 눈이 펑펑 내리고 바람이 세차게 부는 긴 겨울밤이면, 나는 이 숲의 옛 개척자이자 본래 주인이었던 이의 방문을 이따금

---

12 우울증blues을 뜻한다.

13 환일mock sun.

14 『마르코의 복음서』 5:9. "예수께서 '네 이름이 무엇이냐?' 하고 물으시자 그는 '군대라고 합니다. 수효가 많아서 그렇습니다,' 하고 대답하였다."

15 콩코드를 관통하는 시냇물로, 물방아 댐에 물을 공급한다.

받는다.[16] 월든 호수를 파고, 돌을 쌓고, 호숫가에 소나무 숲을 조성했다고 알려진 이다. 그는 내게 지나간 세월과 새로운 영원을 이야기한다. 우리는 사과나 사과즙 없이도 교우의 기쁨과 만물에 대한 즐거운 견해를 나누며 곧잘 유쾌한 저녁을 보낸다. 그는 아주 현명하고 유머가 풍부한 벗이어서, 나는 그를 무척이나 사랑한다. 그는 고프나 웨일리[17]보다 더 사람 눈에 띄지 않게 돌아다닌다. 그래서 사람들은 그가 죽었다고 생각하지만, 그분이 묻힌 곳이 어딘지는 아무도 모른다. 내 이웃에는 나이 지긋한 부인[18]도 한 분 살고 있다. 역시 대부분의 사람에게는 보이지 않는다. 나는 때때로 부인의 향기로운 약초원을 거닐면서, 약초도 캐고, 그녀의 우화에 귀 기울이기를 좋아한다. 부인은 비할 데 없이 풍요로우며, 그 기억력은 신화 이전의 먼 과거까지 거슬러 올라가, 모든 우화의 기원은 물론 그 우화가 어떤 사실에 근거하고 있는지도 들려줄 수 있다. 우화의 근거가 되는 사건들이 부인이 젊었을 때 일어났기 때문이다. 혈색 좋고 원기 왕성하고 다정한 부인은 모든 날씨와 계절을 좋아하며, 자신이 낳은 모든 자녀보다도 더 오래 살 것 같다.

자연 — 태양과 바람과 비, 여름과 겨울 — 은 형언할 수 없이 순수하고 자애로워서 우리에게 건강과 활기를 영원히 제공한다! 그리고 자연은 우리 인류에게 깊은 동정심을 느끼기 때문에 누구라도

---

16 그리스 신화의 숲과 목양 신인 판Pan의 가상적 방문을 말한다.
17 에드워드 웨일리Edward Whalley(1607~1675)와 그의 사위 윌리엄 고프 William Goffe(1605~1679)는 청교도혁명 때 찰스 1세의 탄핵과 처형에 가담했다가 왕정복고 후에 뉴잉글랜드로 도망쳐왔다.
18 대자연Mother Nature을 말한다.

정당한 이유로 슬퍼한다면, 대자연도 모두 함께 슬퍼할 것이다. 태양 빛은 흐려질 것이고, 바람은 자비의 한숨을 내쉴 것이며, 구름은 눈물의 비를 내릴 것이고, 숲은 한여름에도 잎을 떨어뜨리고 상복을 입을 것이다. 내가 어찌 땅과 벗하지 않겠는가? 나 자신이 부분적으로 땅에서 피어난 잎이고 부식토가 아닌가.

우리를 계속 건강하고, 평온하고, 만족스럽게 하는 묘약은 무엇인가? 그것은 나와 당신의 증조부가 처방한 약이 아니라, 우리 공동의 증조모인 대자연이 처방하는 보편적인 식물성 약이다. 한창때의 자연은 이 약으로 자신의 젊음을 항상 유지하면서, 파[19]와 같은 수많은 장수 노인보다 더 오래 살았고, 죽어서 썩는 그들의 지방脂肪으로 자신의 건강을 키웠다. 나의 만병통치약은 아케론Acheron[20]과 사해Dead Sea의 물을 혼합해서 만들었다는 엉터리 물약이 아니다. 그런 약은 종종 눈에 띄는 길고 낮고 검은 스쿠너 형태의 약병 운반용 마차에 실려 팔려나간다. 나는 희석되지 않은 순수한 아침 공기를 한 모금 마시겠다. 아침 공기! 만약 사람들이 하루의 원천인 새벽에 아침 공기를 마시지 않는다면, 정말이지 아침 시간에 입장할 수 있는 예매권을 잃어버리고 늦잠을 자는 사람들을 위해서 공기를 병에 담아 가게에서 팔기라도 해야 되리라. 하지만 기억하라. 아침 공기는 아주 시원한 지하실에서도 정오까지 견디지 못하고, 그보다 훨씬 이전에 병마개를 밀어젖히고 아우로라의 발걸음을 따라 서쪽으로 사라질 것이다. 나는 그 옛날 약초에 해박한 아스클레피오스

---

19 토머스 파Thomas Parr(1483~1635). 영국에서 출생하여 152년 살았다고 한다.
20 그리스 신화에 나오는, 지옥에 이르는 강.

Æsculapius[21]의 딸로서 한 손에는 뱀을 들고 다른 손에는 뱀이 물을 마시는 컵을 들고 있는 조각상으로 표현된 히기에이아Hygeia[22]를 숭배하지 않는다. 대신 유노Juno[23]와 야생 상추의 딸로서 신과 인간이 지닌 청춘의 활기를 복원하는 힘을 가졌고 유피테르에게 술잔을 따라 올리는 여자였던 헤베Hebe[24]를 숭배한다. 그녀는 아마도 지구를 걸어 다녔던 여자 중에서 유일하게 완벽한 신체 조건을 가진 건강하고 튼튼한 젊은 여성이었을 게다. 그녀가 나타나는 곳은 어디든지 봄이었다.

---

21 그리스 신화에 등장하는 의술의 신.
22 그리스 신화에 등장하는 건강의 여신.
23 로마 신화에 나오는 최고의 여신으로, 유피테르의 아내. 그리스 신화의 헤라Hera에 해당한다.
24 로마 신화에 나오는 청춘의 여신. 유노가 야생 상추를 먹은 뒤 헤베를 임신했다고 한다.

고독

방문객들

    나도 여느 사람들과 마찬가지로 교제를 매우 좋아하고, 순수한 사람이 눈에 뛰면 언제든지 거머리처럼 찰싹 달라붙어서 한동안 떨어지기 싫어한다. 나는 타고난 은둔자가 아니며, 일 때문에 술집에 가게 되는 경우 술이 가장 센 단골보다 어쩌면 더 오래 앉아 있을 것이다.

    내 집에는 세 개의 의자가 있었다. 하나는 고독을 위한 것이고, 다른 하나는 우정을 위한 것이고, 나머지는 교제를 위한 것이었다. 뜻밖에 손님이 더 많이 와도, 의자는 세 번째 의자밖에 못 내놓지만, 그들은 대개 앉지 않고 서서 공간을 효율적으로 사용했다. 작은 집 하나에 아주 많은 남녀가 들어설 수 있다는 것이 놀랍기만 하다. 나는 스물다섯 명에서 서른 명의 영혼을 그들의 육체와 함께 한꺼번에 내 지붕 아래에 맞아들이기도 했지만, 우리는 너무 비좁아서 답답했다는 느낌을 받지 않고 헤어졌다. 공공의 집이건 개인의 집이건, 우리의 집들은 대부분 거의 헤아릴 수 없을 정도로 많은 방과 거대한 홉과 포도주와 기타 평화 시의 생필품을 저장하는 지하실을 갖추었기에, 그 안에 사는 사람의 수에 비해 터무니없이 커 보인다. 집이 너무 크고 웅장하기 때문에, 거주자들은 거기에 기생하는 한낱 작은 해충으로 보일 정도다. 트레몬트Tremont나 애스터Astor나 미들섹스 하우스 Middlesex House[1] 앞에서 전령이 나팔을 불면, 우스꽝스러운 생쥐 한 마리가 모든 주민을 대신해서 광장으로 기어 나왔다가 곧 보도에 난 구멍으로 다시 기어 들어가는데, 그 꼴을 보면 그저 놀랍기만 하다.[2]

아주 작은 집에 살면서 때때로 경험한 한 가지 불편한 점은 우리가 중요한 생각을 중요한 말로 나누기 시작했을 때, 손님과 충분한 거리를 두기가 어려웠다는 것이다. 당신의 생각이 예정된 항구에 도달할 수 있으려면, 항해의 시동을 걸고 한두 항로쯤 달릴 공간이 있어야 한다. 당신의 생각의 탄환은 먼저 좌우상하로 요동치는 탄도비행을 극복하고, 마지막 정상코스로 진입해서, 마침내 상대방의 귀에 도달한다. 그렇지 않으면, 그 탄환은 듣는 사람의 머리 측면을 스치듯 통과해서, 계속 항진할 것이다. 또한, 우리의 문장들도 간간이 벌려 서서 대오를 지을 공간이 필요하다. 개인 간에도 국가처럼 적당히 넓고 자연스러운 경계선은 물론 상당히 넓은 중립지대까지 있어야 한다. 호수를 사이에 두고, 맞은편 친구와 말을 주고받아

---

1 차례로 보스턴, 뉴욕, 콩코드에 있는 호화로운 호텔.
2 고대 로마 시인. 퀸투스 호라티우스 플라쿠스Quintus Horatius Flaccus(기원전 65~기원전 8)의 『시론』 참조. "산들이 출산할 것이다. 무엇이 태어나는가? 우스꽝스러운 생쥐 한 마리!" 우리 속담 중 "태산명동서일필泰山鳴動鼠一匹"의 상황과 유사하다.

보니 독특한 재미가 있었다. 내 집안에서는 우리 사이의 거리가 너무 가까워서 당초부터 잘 들리지 않았으니, 상대방에게 잘 들릴 정도로 소리를 낮춰서 말할 수가 없었기 때문이다. 이것은 잔잔한 물에 두 개의 돌을 아주 가깝게 던지면 각각의 파동이 서로 방해하는 이치와 같다. 우리가 단지 수다스럽고 시끄러운 말꾼이라면, 뺨과 턱을 맞대고 서로의 호흡을 느낄 만큼 아주 가까이 서서 말해도 좋으리라. 그러나 신중하고 사려 깊게 말하는 경우라면, 좀 더 떨어져서, 우리의 동물적인 열기와 습기가 모두 증발할 틈을 주어야 할 것이다. 말이 필요 없거나, 말로 전할 수는 없는 우리 각자의 내면에 존재하는 생각과 가장 심오한 교제를 누리고자 하는 경우, 우리는 조용해야할 뿐만 아니라, 흔히 신체적으로도 상당히 떨어져서, 어떤 경우에도 서로의 육성肉聲이 되도록 들리지 않도록 해야 할 터이다. 이런 기준으로 보면, 연설이란 청각 장애가 있는 사람들의 편의를 위해 존재하는 것이다. 그러나 고함을 쳐서는 도저히 전달할 수 없는 좋은 생각들이 많이 있다. 대화가 점점 고상하고 숭고한 어조를 띠기 시작하면, 우리는 서로 의자를 점점 더 뒤로 밀어서 반대쪽 코너의 벽에 닿게 했지만, 대개는 충분한 공간이 생기지 않았다.

하지만 내 "최고의" 방, 즉 응접실은 집 뒤의 소나무 숲으로, 항상 손님을 맞을 준비가 되어 있으며, 카펫에 햇볕이 들 염려가 거의 없는 곳이었다.[3] 여름에 귀한 손님들이 오면, 나는 그들을 그곳으로 모셨다. 그러면 아주 귀중한 자연의 도우미가 응접실 바닥을 쓸고 가구의 먼지를 털고 사물을 정돈해주었다.

---

3 알뜰한 뉴잉글랜드 주부들은 응접실에 깔아놓은 카펫의 색이 바래지 않도록 커튼을 쳐서 햇볕을 막았다.

손님이 한 사람일 경우에는 때때로 소박한 식사를 함께했다. 식사를 준비하는 동안에 옥수수 죽을 휘젓거나, 잿더미 속에서 빵 덩어리가 부풀어 익는 것을 지켜보았지만, 그것이 대화에 방해가 되는 적은 없었다. 그러나 스무 명이 와서 내 집에 앉는 경우에는, 두 사람이 먹을 정도의 빵은 충분히 있는데도, 식사에 대해서는 아무도 일언반구를 하지 않았다. 모두가 먹는 습성을 아예 잊은 듯이 말이다. 우리는 자연스레 절식을 실천했다. 모두가 절식이 손님 접대의 예의에 반하는 불쾌한 행위가 아니라, 아주 적절하고 사려 깊은 과정이라고 느꼈다. 우리의 체력은 쉽게 소모되고 쇠약해지기에 꽤 빈번히 보충해야 하지만, 이런 경우에는 체력 소모가 기적적으로 지연되고, 따라서 생명력이 군건히 제자리를 지키는 듯했다. 나는 이렇게 스무 명은 물론 천 명의 손님도 대접할 수 있었다. 그리고 내가 집에 있을 때 어느 손님들이 나의 접대에 실망하거나 배고픈 상태로 돌아갔다면, 나 또한 최소한 그들과 같은 느낌이었다는 사실을 믿어도 좋을 것이다. 이처럼 낡은 관습 대신 새롭고 더 좋은 관습을 수립하는 것은 그리 어려운 일이 아니지만, 많은 주부가 내 말을 의심할 것이다. 당신의 평판을 당신이 제공하는 식사에 의존할 필요는 없다. 나로 말하면, 어떤 케르베로스Cerberus[4]도 다른 사람의 집을 자주 찾는 내 발길을 효과적으로 막은 적이 없다. 하지만 나는 식사를 대접하면서 과시하는 사람의 집에는 더 이상 발걸음을 하지 않는다. 그런 과시를 다시는 그를 괴롭히지 말라는 아주 공손하고 우회적인 암시로 받아들이기 때문이다. 내가 이런 가면의 무대를 또다시 찾는

---

4 그리스 신화에서 지옥문을 지키는, 머리가 셋인 개.

일은 없으리라. 어떤 방문객이 카드 대신 노란 호두나무 잎에 적어놓고 간 스펜서의 시 한 구절을 떳떳하게 내 오두막의 모토로 삼을 것이다.

"그곳에 이르러 그들은 오두막을 가득 채운다,

환대라곤 전혀 없는 집이니 구하지도 않는다.

휴식이 그들의 진수성찬이고, 모든 것이 그들의 뜻대로다.

가장 고귀한 정신이 최고의 만족을 얻는다." [5]

후에 플리머스 식민지Plymouth Colony의 지사가 된 윈슬로[6]가 수행원 한 사람을 데리고 숲속을 걸어서 마사소이트[7] 추장의 집을 예방했을 때의 일이다. 그때 그들은 피곤하고 배가 고팠다. 추장은 그들을 환영했지만, 식사에 대해서는 온종일 아무 말도 하지 않았다. 그들의 말을 빌리면, 밤이 되자 "추장은 우리를 자기 부부와 한 침대에 눕게 했다. 그들 부부는 한쪽 끝에 눕고 우리는 다른 쪽 끝에 누웠다. 침대라는 것이 바닥에서 1피트를 높인 판자 위에 얇은 매트를 깐 것이었다. 추장의 보좌관이 두 명 더 있었는데, 방이 없어서 우리 옆에 바싹 붙거나 포개서 잤다. 그래서 우리는 여행보다도 잠자리 때문에 더 피곤했다." 다음 날 1시에 마사소이트는 "자신

---

5 에드먼드 스펜서Edmund Spencer의 『선녀여왕』(1590) 중.

6 에드워드 윈슬로Edward Winslow(1595~1655). 메이플라워호에 탑승한 영국 청교도들의 지도자로, 플리머스 식민지에서 세 차례 지사를 역임했다.

7 마사소이트Massassoit(1581~1661). 북미 인디언의 지도자로, 1621년 식민지 개척자들과 평화협정을 맺었다.

이 잡은 물고기 두 마리를 가져왔다." 송어보다 세 배쯤 컸다. "이것들을 끓여놓자, 적어도 마흔 명이 나누어 먹으려고 기다리고 있었다. 대부분이 나누어 먹었다. 이것이 이틀 밤과 하루 낮 동안 우리가 먹은 식사의 전부였다. 그리고 우리 가운데 한 사람이 자고새 한 마리를 구입하지 않았더라면, 우리는 내내 굶으면서 여행했을 것이다." 음식이 부족하고, "미개인들의 야만적인 노래 (그들은 늘 노래하면서 잠이 들었다) 때문에," 잠이 부족해서 머리가 어찔어찔할 것이 염려스러운 데다가, 여행할 기력이 남아 있을 때 귀가하기 위해, 그들은 그곳을 떠났다. 좀 부족한 잠자리를 대접받은 것은 사실이지만, 그들이 불편을 느낀 잠자리는 오히려 경의의 표시임이 분명했다. 먹는 것에 관한 한, 인디언들이 그 이상 어떻게 더 잘 대접할 수 있었을지 모른다. 그들에게도 먹을 것이 전혀 없었고, 그들은 손님들에게 사과를 하는 것으로 식사를 대신할 수 있다고 생각할 만큼 어리석지도 않았다. 그래서 그들은 허리띠를 더 졸라매고 그것에 대해 아무 말도 하지 않았던 것이다. 윈슬로가 그들을 다시 방문했을 때는 먹을 것이 풍부한 계절이었으므로, 이 점에서 아무런 부족함이 없었다.

사람은 어디에 살든지 찾아오는 이가 있게 마련이다. 나는 숲 속에 사는 동안 인생의 어느 시기보다 더 많은 방문객을 맞이했다. 방문객이 좀 있었다는 뜻이다. 나는 다른 어느 곳에서보다도 좋은 환경에서 몇몇 방문객을 맞이했다. 그러나 하찮은 일로 나를 만나러 오는 사람은 전보다 줄었다. 이런 점에서, 나와 마을과의 거리가 방문객들을 걸러준 셈이었다. 나는 고독이라는 이름의 거대한 바다 한가운데로 멀리 철수했고, 이곳으로 벗이라는 이름의 여러 강물이 흘러들었으니, 필요한 벗들에 관한 한, 대체로 가장 고운 침전물만 주변에 쌓인 셈이었다. 게다가, 내게는 반대편에 아직 탐사되지 않거나 개척되지 않은 대륙들이 있다는 증거가 흘러들어오기도 했다.

오늘 아침 내 집에 온 사람은 호메로스의 작품에 등장하는 인물이나 파플라고니아인[8]과 다름없는 자가 아니고 누구겠는가? 그는 너무나 그럴싸하고 아주 시적인 이름을 가지고 있으나, 여기서 밝힐 수 없어 유감이다.[9] 그는 캐나다 태생의 벌목꾼이면서 기둥 제조자로, 하루에 쉰 개의 기둥에 구멍을 팔 수 있다. 그는 어제저녁 식사로는 그의 개가 사냥해온 우드척을 요리해서 먹었단다. 자기도 호메로스에 대해 들어 알고 있다고 했다. "책이 없으면 비 오는 날 무얼 할지 모를 거예요,"라고 말하는 친구이지만, 거듭되는 우기에도 아마 책 한 권조차 다 읽지 못했을 것이다. 저 멀리 그의 고향 교구에서 그리스어를 음독할 수 있는 어떤 신부가 그에게 『성경』 구절을 읽는 법을 가르쳤다고 한다. 그런데 이제는 그가 호메로스의 책을 들고 있는 동안, 내가 그에게 번역해주어야 한다. 아킬레우스Achilles가 파트로클로스Patroclus[10]의 슬픈 안색을 보고 책망하는 대목이다.

"파트로클로스, 그대는 어찌하여 계집아이처럼 눈물에 젖어 있는가?
프티아Phthia에서 온 소식을 그대 혼자 듣기라도 한 것인가?
듣건대 악토르Actor의 아들 메노이티오스Menœtius가 아직 살아 있다네.

---

8 Paphlagonia. 흑해에 인접한 고대 아나톨리아 지역으로, 지금의 튀르키예에 해당한다.
9 알렉스 테리앙Alex Therien(1812~1885)이라는 사람이다.
10 아킬레우스의 절친한 친구. 트로이 전쟁에서 헥토르Hector에게 살해당했으나 친구인 아킬레우스가 그 원수를 갚았다.

아이아코스Æacus의 아들 펠레우스Peleus도 미르미돈 사람들 Myrmidons 속에서 산다네.

둘 중 누구라도 죽었다면, 우리가 크게 슬퍼해야겠지만 말이야. [11]

벌목꾼은 "그거 멋집니다,"라고 말한다. 그는 일요일인 오늘 아침에 어느 환자를 위해 모은 갈참나무 껍질[12] 한 다발을 팔 밑에 끼고 있다. 그는 "오늘 일요일인데 이딴 것들을 모으러 다녀도 괜찮을지 모르겠어요,"라고 말한다, 그에게 호메로스는 위대한 작가였지만, 호메로스의 글이 무엇에 대한 것인지는 알지 못했다. 이 사람보다 단순하고 꾸밈없는 사람을 발견하기는 힘들 것이다. 이 세상에 도덕적으로 매우 어두운 그림자를 드리우는 악과 질병도 그에게는 전혀 존재하지 않는 듯했다. 그의 나이는 스물여덟쯤이었다. 12년 전 캐나다에 있는 아버지 집을 떠나 미국에 일하러 왔다고 한다. 마침내 돈을 벌면, 고향으로 돌아가 농장을 살 생각이란다. 그의 외모는 아주 투박했다. 단단한 체격에 동작이 느렸으나, 몸가짐은 정중했다. 햇볕에 탄 두툼한 목덜미, 검고 더부룩한 머리털, 생기는 없지만 가끔 환한 표정을 짓는 푸른 눈을 가지고 있었다. 그는 납작한 회색 작업 모자, 양털 깃의 칙칙한 외투, 소가죽 장화를 착용했다. 그는 고기를 많이 먹었다. 여름 내내 나무를 베었기 때문에, 양철 들통에 점심을 싸들고 내 집 앞을 지나 2마일쯤 떨어진 자신의 일터로 가곤 했다. 그의 점심은 흔히 우드척 냉육과, 허리띠에 끈으로 매단 보온병 속의 커피였다. 때때로 내게도 커피 한 잔을 권했다. 그는 아침 일찍 나의 콩

---

11 『일리아스』 중.
12 소염과 진통제로 쓰였다.

방문객들

밭을 지나갔지만, 양키들과는 달리 불안이나 성급한 기색을 보이지 않고 일터로 향했다. 서두르다가 다치는 일은 없을 것이다. 그의 태도는 하숙비 정도만 벌면 상관없다는 것이었다. 일터에 가는 도중에 그의 개가 우드척을 한 마리 잡으면, 그것을 해 질 녘까지 안전하게 호수에 담가놓을 수 있을지 어떨지를 두고 반 시간 동안 생각하고 나서, —그는 이런 문제들을 곰곰이 생각하기를 즐긴다— 종종 가져온 점심을 덤불숲에 놔두고, 1마일 반을 되돌아가 우드척의 털을 벗기고 내장을 빼낸 다음에 그가 기식하는 집의 지하실에 놔둘 때가 있었다. 아침에 내 집 앞을 지나면서, 그는 "비둘기가 얼마나 많은지 몰라요! 매일 일하는 것이 제 직업이 아니라면, 비둘기, 우드척, 토끼, 자고새 등을 사냥해서 필요한 고기를 몽땅 얻을 수 있을 텐데 아까워요! 하루면 일주일 먹을 고기를 다 얻을 수 있는데 말이에요,"라고 말하곤 했다.

그는 능숙한 벌목꾼이었고, 자신의 기술에 약간의 멋을 부리며 치장하기를 즐겼다. 나무를 벨 때면 땅에 바싹 수평으로 베었으니, 나중에 새싹이 더 원기왕성하게 올라오고 그루터기 위로 썰매가 달려도 미끄러지듯 넘어가게 하기 위해서였다. 그리고 장작더미를 코드 단위로 쌓아 올리고, 버팀목으로 통나무를 그대로 쓰지 않고, 가는 말뚝이나 막대기로 쪼개서 사용함으로써, 나중에 그것들을 손으로 부러뜨려 쓸 수 있도록 했다.

내가 그에게 흥미를 느낀 것은 그가 아주 조용하고 외로우면서도 행복해 보였기 때문이다. 그의 눈가에는 명랑과 만족의 샘물이 넘쳐흘렀다. 그의 기쁨에는 불순물이 섞여 있지 않았다. 때때로 나는 숲속에서 나무 자르고 있는 그를 만났다. 그는 형언할 수 없이 만족스러운 웃음을 지으면서 나를 맞이했다. 영어도 할 줄 알지만, 캐나다식 프랑스어로 인사를 했다. 그에게 가까이 가면, 그는 나를 만난 기쁨을 억제하지 못하는지 작업을 중단하고 베어 넘어뜨린 소나무 동체胴體와 나란히 누웠다. 그러고는 소나무의 속껍질을 벗겨낸 다음, 그것을 둥글게 돌돌 뭉쳐 입안에 넣고 씹으면서, 크게 웃고 떠들었다. 동물적 기백이 넘치는 나머지 어떤 일이 재미 있다고 생각되면, 크게 웃으면서 땅에 뒹굴기도 하고 공중제비를 하기도 했다. 또한 주변 나무들을 살피면서, "정말이지 여기서 벌목하는 것이 아주 많이 즐겁습니다. 이보다 좋은 놀이가 없어요,"라고 외치곤 했다. 한가할 때면 때때로, 권총을 휴대하고 온종일 숲속을 걸어 다니면서, 일정한 간격을 두고 자신을 위한 축포를 쏘면서 즐겼다. 겨울철 정오에는 그는 피워놓은 불에 주전자의 커피를 데웠고, 통나무에 앉아서 점심을 먹을 때면, 때때로 박새들이 훌쩍 날아 그의 팔에 내려앉아서 그의 손에 든 감자를 쪼아 먹는다. 그러면 그는 "이런 꼬마 '녀석들'을 주변에 거느리니 좋아요,"라고 말한다.

그는 주로 동물적 인간성이 발달한 사람이었다. 육체적 인내와 만족으로 치자면, 그는 소나무와 바윗돌의 사촌이었다. 나는 그에게 온종일 일하면 때때로 밤에 피곤하지 않으냐고 물은 적이 있었다. 그는 진지하고 심각한 표정으로, "천만에요. 저는 평생 피곤한 적이 없습니다,"라고 대답했다. 그러나 그의 안에 있는 지성적 인간과 소위 정신적 인간은 잠자고 있었으니, 갓난아이와 다를 바 없었다. 그는 가톨릭 신부가 원주민들을 가르치는 것처럼, 순진하고 비효율적인 방법의 교육밖에 받지 못했다. 이런 식으로는 학생이 의식 있는 수준까지 이르지 못하고, 단순한 믿음과 존경의 수준까지만 이르기 때문에, 어른으로 성장하지 못하고 여전히 어린아이에 머문다. 조물주가 그를 만들었을 때, 그의 몫으로 튼튼한 육체와 만족을 주었고, 타인에 대한 존경과 경외감과 의존심으로 사방에서 그를 떠받쳐주었기 때문에, 그는 칠십 평생을 어린아이로 살게 될 것이다. 그는 너무 순수하고 단순하기 때문에, 이웃에게 그를 소개하려고 해보았자 별로 도움이 되지 않는 것은 우드척을 소개해보았자 별 도움이 되지 않는 것과 같을 것이다. 그가 어떤 사람인지는 스스로 알아내지 않으면 안 되었다. 그는 어떤 역할도 연출하지 않으려 했다. 사람들이 품삯을 지불하여 그가 먹고 입는 것을 도와주었지만, 그는 그들과 의견을 주고받는 적이 없었다. 아무런 야심이 없는 그를 겸손하다고 말할 수 있을지 모르지만, 그는 그저 선천적으로 매우 겸손했다. 겸손의 개념조차 의식하지 못했기 때문에, 겸손이 그의 뛰어난 특질이라고 할 수도 없을 것이다. 그는 자기보다 현명한 사람들을 반신半神 같은 존재로 여겼다. 만약 누가 그런 분이 올 것이라고 말하면, 그는 그처럼 숭고한 분은 자기에게는 아무것도 기대하지 않고, 그분 스스로 모든 책임을 떠맡을 것이기에, 자기 따위는 까맣게 잊을 것이라는 듯 굴었다. 그는 누가 그를 칭찬하는 소리를 한번도 들어본 적이 없었다. 그는 작가와 목사를 특히 존경했다. 그에게 그들은 기적을 행하는 신통한 사람들이었다. 나도 글을 꽤 많이 썼다고 말했을 때, 그는 오랫동안 내가 말하는 것이 단지 필사筆寫이려니 생각했다. 그 자신도 뛰어난 솜씨로 필사를 할 수 있었기 때문이다. 나는 그가 자신의 고향 교구 이름을 프랑스어 고유의 악센트 표시와 함께 큰길 옆의 눈 위에 멋지게 쓴 것을 종종 본 적이 있다. 나는 그 글씨를 보고서, 그가 그곳을 지나갔다는 사실을 알았다. 자신의 생각을 글로 쓰고 싶은 적이 있었는지 그에게 물었다. 그는 글을 읽고 쓸 줄을 모르는 사람들을 위해 편지를 읽어주고 써준 적은 있지만, 자신의 생각을 글로 써보려고 한 적은 없었다고 했다. 정말이지 무엇부터 써야할지 모르겠고, 모르니까 죽을 지경이고, 게다가 동시에 철자법도 신경을 써야 하니, 엄두가 나지 않는다고 말했다.

나는 아주 현명한 어느 사회 개혁가가 그에게 세상이 좀 바뀌기를 원하지 않느냐고 묻는 것을 들은 적이 있다. 하지만 그는 놀라서 껄껄 웃으며, 이제껏 들어보지 못한 생뚱맞은 질문이라는 듯이, 캐나다 특유의 악센트로 "아닙니다, 이대로가 아주 좋습니다,"라고 대답했다. 철학자가 그와 교제했다면, 그에게서 많은 암시를 받았을 것이다. 그를 처음 보는 사람에게는 대체로 그가 세상 물정을 전혀 모르는 자처럼 보였다. 그러나 나는 때때로 이제껏 만나본 적이 없는 인물을 그에게서 발견했다. 그럴 때면 나는 그가 셰익스피어만큼 현명한 사람인지, 어린애처럼 단순하고 무식한 사람인지, 아니면 그가 뛰어난 시적 의식을 소유한 사람인지, 어리석기 짝이 없는 사람인지, 갈피를 잡을 수 없었다. 어떤 마을 사람은 그가 머리에 꼭 맞는 작은 캡을 쓰고 혼자 휘파람을 불면서 마을을 산책하는 모습을 보면, 변장하고 돌아다니는 왕자가 생각난다고 했다.

그가 가지고 있는 책이라고는 연감 한 권과 산수책 한 권이 다였다. 산수에 관해서는 상당한 전문가였다. 연감은 그에게 일종의 백과사전이었다. 그는 연감이 인간의 지식을 요약하여 수록한 책이라고 여겼는데, 사실 크게 틀린 생각도 아니었다. 나는 오늘날 진행되는 여러 개혁에 대한 그의 생각을 즐겨 물어보았다. 그럴 때면 그는 언제나 가장 단순하고 실용적인 관점에서 문제를 보았다. 금시초

방문객들

문인 문제인데도 그랬다. 내가 공장 없이도 살 수 있는가 하고 물었더니 그는 집에서 손으로 짠 버몬트 그레이[13]를 입고 있는데도 만족한다고 대답했다. 차와 커피 없이 지낼 수 있는가? 우리나라에는 물 말고 어떤 음료가 있겠는가? 그는 솔송나무 잎을 담근 물을 마셨는데, 더운 날씨에는 그것이 맹물보다 더 좋다고 대답했다. 그에게 돈이 없어도 살 수 있는지 물었을 때, 그는 화폐 제도의 기원에 대한 가장 철학적인 설명과 일치하고, '돈'*pecunia*[14]이라는 단어의 어원 자체를 암시하는 방법으로 돈의 편리성을 제시했다. 가령 황소 한 마리가 그의 재산인데, 가게에서 바늘과 실을 사고자 하는 경우, 매번 그 값만큼 소의 일부를 계속 저당 잡히는 것은 불편하고 불가능하다는 것이었다. 그는 이런 여러 제도를 어떤 철학자보다 잘 변호할 수 있었다. 이런 제도들을 자신의 체험을 바탕으로 설명하면서, 그것들이 보급된 진짜 이유를 제시했고, 추측성 이유는 제시하지 않았기 때문이다. 또 한번은 내가 플라톤이 인간을 '깃털 없는 두 발 동물'로 정의했으며, 어떤 사람[15]이 털 뽑은 수탉을 들고 그것을 '플라톤의 인간'이라고 불렀다는 이야기를 해주자, 그는 인간과 닭 사이의 중요한 차이점은 '무릎'을 서로 다른 방향으로 굽히는 것이라고 했다. 그는 종종 "이야기하는 것이 정말 좋아요! 정말이지, 온종일이라도 이야기할 수 있어요!"라고 외쳤다. 언젠가 그를 몇 달 만에 보았을 때, 나는 그에게 이번 여름에 새롭게 생각한 것이 무엇이냐고

---

13 버몬트에서 손으로 짠 회색 직물.
14 라틴어에서 돈pecunia은 가축pecus에서 유래했다.
15 그리스의 견유학파 철학자인 디오게네스Diogenēs(기원전 412?~기원전 323?)를 말한다.

물었다. 그는 "별말씀을 다 하십니다. 저같이 일이나 하는 사람은 가지고 있던 생각이나 잊지 않으면 잘한 거지요. 저와 함께 김매는 사람이 경쟁적이면, 단연코 제 마음도 경쟁에 쏠려서 잡초 뽑을 생각만 하거든요,"라고 말했다. 이런 만남에서 그는 종종 그동안 내게 무슨 발전이 있었는지 먼저 묻기도 했다. 어느 겨울날 나는 그에게 자신에게 항상 만족하고 있는지 물었다. 이것은 외적 신부神父를 대체할 수 있는 그의 내적 희망, 다시 말해서 더욱 고귀한 삶의 동기를 그에게 제시하고 싶은 충동에서 한 질문이었다. 그는 "만족이라고요! 만족이라는 게 사람마다 제각각이잖아요. 가진 것이 넉넉하여 등 따습고 배부르기만 하면 온종일 앉아 있어도 만족하는 사람도 있을 겁니다, 참말로!"라고 대답했다. 그러나 나는 어떤 방법을 써도 그가 사물의 정신적인 면을 보게 할 수는 없었다. 그가 이해하는 듯한 최고의 개념은 동물도 인식한다고 기대되는 단순한 편의성뿐인 것 같았다. 사실상 거의 모든 사람이 그렇다고 할 수 있으리라. 내가 그의 생활 방식에 개선할 것이 없는지 슬쩍 떠보면, 그는 아무런 후회의 기색도 없이 그러기에는 너무 늦었다고만 대답했다. 그러나 그는 정직과 그에 수반되는 여러 미덕을 철저히 신봉했다.

하찮은 것일망정, 어떤 긍정적인 독창성이 그에게서 감지되기도 했다. 아주 드문 경우이기는 하지만, 이따금 그가 독자적으로 생각하고 자신의 의견을 표현하는 모습을 보았기에, 나는 그의 생각을 들을 수 있다면 언제든 10마일이라도 달려갔을 것이다. 그의 의견은 사회의 많은 제도를 재창조하는 것이나 다름없었다. 그는 더듬거렸고, 어쩌면 자신의 생각을 분명히 표현하지 못했지만, 그 이면에는 항상 남 앞에 내놓을 만한 멋진 생각이 숨어 있었다. 그러나 그의 생각이 너무 원시적이고 동물적 삶에 젖어 있기 때문에, 단순히 학식만 있는 사람의 생각보다는 유망한데도 남에게 보고할 수 있을 만큼 성숙한 경우는 거의 없었다. 그의 존재는 최하층의 인생에도 천재적인 사람들이 있을 수 있으며, 그들은 영원히 비천하고 무식하다 하더라도, 항상 자신의 견해를 가지고 있거나 아니면 아예 아무것도 못 보는 척한다는 사실을 암시했다. 그들은 비록 어둡고 진흙투성이일망정, 우리가 생각하는 월든 호수만큼이나 깊이가 무한한 사람들이다.

많은 나그네가 나와 내 집의 내부를 보려고 발길을 돌려서 찾아왔으며, 그 구실로 물 한 잔을 청했다. 나는 그들에게 호수의 물을 그대로 마신다는 말과 함께 호수를 가리키면서 바가지를 빌려주겠노라고 말했다. 외딴곳에서 살고 있어도, 만물이 약동하는 4월 초쯤이면 나 역시 사람들의 연례적인 방문을 받았기에 내 몫의 행운을 맞이한 셈이었지만, 방문객 가운데는 좀 별난 사람도 있었다. 빈민 구호소와 그 밖의 곳에 사는 아둔한 사람들까지 나를 찾아올 때가 있었다. 나는 그들이 자신들의 지혜를 전부 짜내서, 하고 싶은 말을 모두 토로할 수 있도록 도왔다. 이런 경우에 지능을 우리의 대화 주제로 삼았고, 나름의 보람을 얻기도 했다. 실로 나는 그들 중 일부는 이른바 빈민 '감독관'이나 마을의 행정위원들보다 더 현명하다는 사실을 발견하고, 이제는 주객이 바뀔 때가 되었다고 생각했다. 지능과 관련해서, 나는 아둔한 사람과 온전한 사람 사이에 별 차이가 없다는 사실도 알게 되었다. 어느 날 양순하고 순진한 거지가 나를 찾아와서, 자기도 나처럼 살고 싶다는 소망을 밝혔다. 나는 그가 다른 사람들과 함께 들판의 큰 곡물 포대 위에 서거나 앉아서, 가축은 물론 그 자신도 달아나지 못하게 울타리 노릇을 하는 모습을 자주 본 적이 있었다. 그는 이른바 겸손이라는 것을 훨씬 능가하거나 훨씬 '못 미치는' 아주 단순하고도 진솔한 태도로, 자기는 "지능이 부족하다,"라고 말했다. 이런 게 그가 사용한 단어들이었다. 하느님이 그를 그렇게 만들었지만, 그는 하느님은 여전히 자기를 다른 사람 못지않게 사랑한다고 생각했다. "저는 어렸을 때부터 항상 그 모양이었습니다. 저는 지능이 신통한 적이 없었습니다. 저는 다른 아이들 같지 않았습니다. 저는 지능이 약했습니다. 그것이 하느님의 뜻이었다고 생각합니다." 그의 됨됨이 자체가 그의 말이 진실임을 증명했다. 그는 나에게 형이상학적 수수께끼였다. 나는 그렇게 희망적인 바탕 위에서 동료로서의 인간을 만난 적이 거의 없었다. 그가 말한 것은 모두 너무나도 단순하고 진지했으며 진솔하기 그지없었다. 정말이지, 그는 자신을 낮출수록 그만큼 더 높아보였다.[16] 처음에는 몰랐지만, 나는 이것이 그의 현명한 처신이 낳은 결과라는 것을 알았다. 머리가 좀 모자란 그 불쌍한 거지가 보여준 진솔함과 솔직함의 기반 위에서라면, 우리 사이의 교제도 현인들 사이보다 더 좋은 어떤 것을 향하여 전진하리라 생각되었다.

나를 찾아온 몇몇 손님은 일반적으로 마을의 극빈자 대열에 끼지는 않았으나, 사실은 끼어야 할 사람들로서, 어쨌든 세계의 빈자貧者에 속하는 이들이었다. 그들은 대접을 바라는 것이 아니라 '자선'에 호소했고, 진정으로 도움 받기를 원하면서도 자력으로 살

---

16 『마태오의 복음서』 23:12. "누구든지 자기를 높이는 사람은 낮아지고 자기를 낮추는 사람은 높아진다."

방문객들

기를 포기하기로 결심했다고 밝힘으로써, 호소呼訴의 서두를 장식했다. 내가 방문객들에게 요구하는 것은, 어쩌다가 세계에서 최고로 왕성한 식욕을 가졌더라도, 굶어 죽기 일보 직전의 상태로 오지는 말라는 것이다. 손님은 자선의 대상이 아니다. 내가 하던 일로 다시 돌아가서 점점 더 멀리서 대꾸를 하는데도, 이제 자기들의 방문이 끝난 줄도 모르는 사람들이 있었다. 천차만별의 지능을 가진 사람들이 이런 나들이 계절에 나를 방문했다. 지능이 넘쳐서 주체하지 못하는 사람들도 더러 있었고, 농장의 예절이 몸에 밴 도망노예들도 있었다. 이 노예들은 우화 속의 여우처럼[17] 자기를 뒤쫓는 사냥개 소리에 때때로 귀를 기울이면서, 간청하듯 나를 쳐다보는데 이렇게 호소하는 듯했다.

"오, 기독교인이여, 당신은 나를 되돌려 보낼 생각입니까?"[18]

나머지 중에는, 내가 북극성 쪽으로 계속 도망치도록 도와주었던 진짜 도망노예도 한 사람 있었다.[19] 한 가지 생각밖에 할 줄 모르는 사람은 오리의 새끼인 줄도 모르고 병아리 한 마리를 달고 다니는 암탉과 같다. 천 가지 생각을 가진 사람들, 그리고 빗질하지 않은 머리를 가진 사람들은 하나의 벌레만 좇는 병아리 백 마리를 달고 다니

---

17 이솝 우화 「여우와 나무꾼」에서 여우는 나무꾼에게 사냥꾼으로부터 숨겨달라고 통사정한다.
18 출처 불명의 인용.
19 소로는 자기 집에 도망 노예를 은신시켰다가 기차표를 구해 북쪽 캐나다로 보내주었다.

는 암탉과 같다. 그러다가 그중 스무 마리는 매일 아침 이슬 속에서 길을 잃기 때문에, 결국 그 암탉은 지글지글 속을 태우다가 추레한 꼴이 된다. 여러 개의 다리 대신 여러 개의 생각을 달고 다니는 사람은 온몸을 근지럽게 기어 다니는 지성의 지네 같다. 어떤 사람은 내게 화이트 산맥White Mountains에서처럼 방문객들이 이름을 기입하는 장부를 비치하라고 말했다. 하지만, 오호라! 나는 너무 기억력이 좋아서 그럴 필요가 없다.

나는 방문객들의 몇 가지 특이성에 주목하지 않을 수 없었다. 소년 소녀나 젊은 여성 들은 대체로 숲속에 들어오는 것을 즐거워하는 듯했다. 그들은 호수를 들여다보고, 꽃을 바라보면서 시간을 선용했다. 사업가들은 나의 고독한 삶과 일, 그리고 내가 이런저런 것들과 동떨어져 사는 것만을 생각했다. 심지어는 농부들도 그랬다. 그리고 이들은 가끔 숲속에서 산책하는 것을 즐긴다고 말했지만, 그렇지 않은 것이 분명했다. 생계를 유지하는 데 모든 시간을 뺏기며 쉴 새 없이 바쁜 사람들도 방문했고, 신에 대한 독점권을 즐기는 듯 신에 관해 말하면서도 갖가지 다른 의견은 용납하지 못하는 목사들도 찾아왔다. 내가 외출했을 때, 내 찬장과 침대를 엿보는 의사, 변호사, 불안한 주부도 있었다. 아무개 부인은 내 침대 시트가 자기 것만큼 깨끗하지 않다는 사실을 어떻게 알았을까? 그리고 청년이기를 포기하고, 이미 닦여 있는 전문직의 길을 따르는 것이 가장 안전하다고 결론을 내린 젊은이들도 왔다. 이 모든 방문객은 일반적으로 현재의 위치에서는 내가 좋은 일을 많이 할 수 없다고 말했다. 그래! 바로 그것이 문제였다. 나이나 성별에 관계없이, 늙고 허약하고 겁 많은 사람들은 주로 질병과 갑작스러운 사고와 죽음을 생각했다. 그들에

방문객들

게는 인생이 위험이 가득한 것으로 보였다. 하지만 아무런 위험도 생각하지 않으면 무슨 위험이 있겠는가? 그들은 부르자마자 B의사[20]가 달려올 수 있는 가장 안전한 곳을 주의 깊게 선택하는 사람이야말로 빈틈없는 자라고 생각했다. 그들에게 마을은 문자 그대로 하나의 '공동체 사회'com-munity이고 상호 방위를 위한 동맹체이니, 그들은 월귤을 따러갈 때도 언제나 구급상자를 휴대하리라. 우선 어떤 사람이 죽은 것이나 다름없이 살면, 그만큼 죽을 위험도 줄어들 것이지만, 사람이 살아 있으면 죽을 '위험'이 항상 뒤따른다. 사람은 무릅쓰는 만큼의 많은 위험을 이용하는 법이다. 마지막으로 가장 따분한 사람들인 자칭 개혁자라는 자들도 방문했다. 그들은 내가 항상 이렇게 노래한다고 생각했다.

이 집은 내가 지은 집이지요,
이 사람은 내가 지은 집에서 사는 자이고요.

하지만 셋째 행이 이렇게 이어진다는 것은 몰랐다.

이 사람들은 내가 지은 집에서 사는
그자를 괴롭히는 이들이지요.

나는 병아리를 키우지 않았으므로, 솔개를 두려워하지는 않았으나, 인간 솔개들을 두려워했다.

---

20 조사이어 바틀릿Josiah Bartlet(1796~1878)을 말하는 듯하다. 그는 반세기 이상 콩코드의 의사였다.

그런 자들과는 달리 유쾌한 방문객들도 있었다. 딸기를 따러 오는 아이들, 깨끗한 셔츠 바람으로 일요일 아침에 산책을 하는 철도 종사자들, 어부와 사냥꾼, 시인과 철학자가 그들이다. 요컨대 그들은 진정으로 마을을 버려두고, 자유를 위해서 숲으로 나온 사람들이고, 모두 정직한 순례자들이다. 나는 이미 이런 종족과 친교가 있는 사이였기에, 그들을 "환영합니다, 영국인들이여![21] 환영합니다, 영국인들이여!" 하고 맞을 준비가 되어 있었다.

---

21 1621년 3월 16일, 영국의 청교도들이 플리머스에 도착했을 때, 인디언 추장이 외쳤다는 환영의 말이다.

방문객들

콩밭

어느새 이미 콩을 심은 이랑의 길이가 모두 합쳐 7마일이었고, 가장 먼저 심은 콩들은 마지막 콩을 심기도 전에 꽤 자랐기 때문에, 김매기를 고대하고 있었다. 정말이지 김매기는 마음 편히 미룰 수가 없었다. 나는 이토록 자존심이 걸린 끝없는 노동, '헤라클레스 노동'Herculean labor의 축소판 같은 이런 노동의 의미가 무엇인지 알지 못했다. 이랑과 콩이 내가 바란 것보다 훨씬 많았지만, 나는 그것들을 사랑하게 되었다. 나는 그것들로 인해 땅에 애착을 느끼게 되었고, 안타이오스[1]같이 땅에서 힘을 얻었다. 그러나 왜 콩을 길러야 하는가? 하늘만이 안다. 내가 여름 내내 매달린 기이한 노동은 다름 아니라 양지꽃, 블랙베리, 물레나물 등에 이어서 달콤한 야생 열매와 아름다운 꽃만을 생산했던 지표의 일부인 이 땅에 그것들 대

---

[1] Antæus. 그리스 신화에 나오는 거인. 대지에 발이 닿을 때마다 힘이 더 세지는 땅의 아들이다.

신에 이 콩을 생산하게 하는 것이었다. 나는 콩에서 무엇을 배우고, 콩은 내게서 무엇을 배울 것인가? 나는 콩을 애지중지하고, 김을 매주고, 아침저녁으로 살핀다. 이것이 내 일과다. 넓적한 콩잎은 보기에 좋다. 나의 지원군은 메마른 땅을 적시는 이슬과 비, 그리고 대부분 메마르고 토박한 땅에 남아 있는 비옥함이다. 나의 적군은 벌레와 추운 날씨, 그리고 무엇보다 우드척이다. 우드척은 4분의 1에이커의 콩을 나를 대신해서 깨끗이 갉아먹었다. 하지만 내가 무슨 권리로 물레나물과 그 밖의 여러 가지 약초들을 쫓아내고, 그것들의 오랜 약초밭을 파헤친다는 말인가? 어쨌든, 남은 콩들은 머지않아 우드척이 갉아먹기에는 억센 것이 되겠지만, 자라면서 새로운 적들을 만나게 될 터이다.

우리 가족은 내가 네 살 때 보스턴에서 이곳 고향 마을로 돌아왔는데,[2] 바로 이 숲과 들을 지나서 이 호수에 이르렀던 기억이 생생하다. 그것은 내 기억에 새겨진 가장 오래된 장면 가운데 하나다. 그리고 이제 오늘 밤 내가 부는 피리가 바로 그 호수의 저편에 잠들어 있던 메아리를 깨운 것이다. 나보다 나이 많은 소나무들이 여전히 서 있다. 아니, 몇 그루의 소나무들은 벌써 쓰러졌다. 나는 쓰러진 소나무 그루터기로 저녁밥을 지었다. 사방에서 새로운 식물이 올라오고 있다. 새로운 동심의 눈을 위해 또 다른 풍경을 준비하고 있는 것이다. 이 풀밭에서 그 옛날과 거의 똑같은 물레나물이 전과 같이 다년생 뿌리에서 솟아오르는구나. 마침내 나도 어릴 적 꿈꾸었던 환상의 풍경에 현실의 옷을 입히는 일에 일조한 것이었다. 그리하여

---

2 소로 가족은 1821년 9월부터 1823년 3월까지 보스턴에서 살았다.

콩밭

나의 존재와 그 영향력의 결과 가운데 하나를 바로 이런 콩잎들, 옥수수 잎, 감자 넝쿨에서 보게 된 것이다.

나는 고지대의 2에이커 반쯤의 땅에 농작물을 심었는데, 겨우 15년 전에 개간된 땅이었다. 그래서 나는 2~3코드의 그루터기를 직접 캐내고, 땅에 거름을 전혀 주지 않았다. 그러나 여름을 지내는 동안에, 콩밭의 김을 매다가 파낸 화살촉으로 보아 백인들이 와서 이 땅을 개간하기 전 태곳적에도 지금은 멸종한 어느 종족이 이곳에 살면서 옥수수와 콩을 심었으며, 그런 이유로 바로 이런 작물에 좋은 지력이 어느 정도 소진된 듯했다.

우드척이나 다람쥐가 쏜살같이 길을 건너기 전에, 또는 태양이 관목 떡갈나무들 위까지 오르기 전에, 또는 이슬이 전혀 마르지 않은 이른 아침에, 나는 콩밭에 줄줄이 늘어선 거만한 잡초들을 쓰러뜨린 다음, 그것들의 머리 위에 흙을 덮기 시작했다. 농부들은 이렇게 일찍 일하는 것을 말렸지만, 나는 가능하면 이슬이 마르기 전에 자신의 모든 일을 마치라고 권하고 싶다. 나는 아침 일찍 맨발로 일했기에, 이슬에 젖어 무너지는 모래흙을 밟으며, 조형 예술가처럼 물을 튀겼다. 그러나 시간이 좀 지나서, 낮에는 발에 물집이 생겼다. 햇빛을 받으며 15로드의 긴 초록색 이랑들을 헤집고, 자갈투성이의 황색 고지대를 천천히 오가면서, 콩밭의 잡풀을 뽑아냈다. 이랑 한 쪽 끝에는 관목 떡갈나무 숲이 있어서 그 그늘에서 쉴 수 있고, 다른 한쪽 끝에는 블랙베리 밭이 있었는데, 한바탕 김매기를 하고 다시 돌아올 때쯤이면, 초록 딸기의 색깔이 더 짙어져 있었다. 잡초를 뽑고 콩 줄기 주변에 신선한 흙을 덮어주면서, 내가 뿌린 씨에서 나온 줄기와 잎들이 잘 자라도록 격려하고, 황색토가 여름에 대한 자신의 생각을 다북쑥이나 후추나무나 기장 같은 잡초가 아니라 콩잎과 꽃으로 표현하도록 설득하여, 땅이 "풀이오!"가 아니라, "콩이오!"라고 외치도록 만드는 것, 이것이 바로 내 일과였다. 나는 말이나 가축, 어른이나 어린 일꾼, 또는 개량된 농기구의 도움을 별로 받지 않았으므로, 일은 훨씬 더디었지만, 그 대신 콩과 한층 친해졌다. 손으로 하는 노동은 따분하고 고될 정도로 추구한다고 해도, 절대로 가장 무익한 형태의 노동이 아니다. 손노동에는 변치 않는 불멸의 도덕성이 있으니, 학자는 그것으로 고전적古典的인 결과를 얻는다. 링컨과 웨일랜드[3] 마을을 지나 어딘지 모를 서쪽으로 향하는 나그네들에게 나는 아주 '근면한 농부'로 비쳤다. 그들은 말고삐를 꽃목걸이처럼 느슨하게 늘어뜨린 채, 팔꿈치를 무릎에 얹고 이륜마차에 편안히 앉아서 구경했다. 그들의 눈에 나는 고향에 남아 열심히 일하는 토박이 농사꾼일 뿐이었다. 하지만 내 농장은 그들의 생각과 눈에서 곧 사라졌다. 상당한 거리를 지나는 동안, 길 양쪽을 통틀어 경작지라고는 내 땅이 유일했기에, 그들은 내 농장을 한껏 감상했을 것이다. 그런 나그네들이 주고받는 잡담과 평가는 때때로 밭에서 일하는 사람의 귀에는 더욱 따갑게 들렸다. "콩을 심기에는 너무 늦었어! 완두콩을 심기에는 너무 늦었다니까!" 다른 사람들이 김매기를 시작했을 때, 내가 계속해서 콩을 심는 것을 보고 하는 말이었다. 콩 전문가인 목사님[4]이라면 심을 생각도 안 했을 것이다. "여보게, 사료

---

3 웨일랜드Wayland 마을은 콩코드 남쪽 5마일에 있고, 링컨Lincoln 마을은 웨일랜드를 지나 서남쪽으로 약 3마일에 있다.

4 헨리 콜먼Henry Colman(1785~1849)을 말한다. 그는 목사이자 농업개혁의 선구자였다.

콩밭

는 옥수수야, 사료는 옥수수가 제일 아닌가." 검은 보닛을 쓴 여자가 회색 외투를 입은 남자에게 묻는다. "그 사람 저기에서 '살고 있나요?'" 이윽고 험악한 인상의 농부가 굽실거리는 말의 고삐를 당기며 멈춰 선다. 그러고는 이랑에 거름이라고는 보이지 않으니, 도대체 어찌된 일이냐고 물으면서 썩은 톱밥이나 배설물이나 재나 석회 등 뭐라도 좀 주라고 권한다. 그러나 여기 2에이커 반의 이랑에는 수레 대신에 호미 한 자루와, 호미를 끄는 내 두 손이 있을 뿐이었다. 나는 수레와 말을 싫어했다. 게다가 썩은 톱밥을 구하려면 아주 멀리 가야 했다. 마차에 동승한 나그네들이 덜거덕거리며 지나가면서, 이미 지나온 다른 사람의 밭과 내 밭을 큰소리로 비교했다. 그 덕분에 나는 농업계에서 내가 어떤 위치에 있는지 알게 되었다. 내 밭은 콜먼씨의 보고서[5]에도 포함되지 않은 것이었다. 그건 그렇고, 인간에 의해 개발되지 않은 아주 조악한 이런 밭에서 자연이 생산해내는 작물의 가치를 누가 평가하겠는가? '영국'English 건초[6]는 사람들이 주의 깊게 무게를 달아보고 습도를 재며 규산염과 수산화칼륨의 함량을 측정해본다. 그러나 건초용 토종 풀은 온갖 골짜기와 숲속 웅덩이와 목초지와 늪지에서 풍성하게 자라는데도 사람들이 거두어들이지 않을 뿐이다. 말하자면, 내 밭은 풀이 무성한 들판과 경작지를 연결하는 고리인 셈이었다. 어떤 국가는 개화하고, 어떤 국가는 개화되는 중이고, 또 어떤 국가는 미개하거나 야만적인 것처럼, 내 밭은 경작되는 중이었지만, 나쁜 의미에서 그런 것은 아니었다. 내가 기르

---

5 콜먼Colman 목사는 「매사추세츠 농업 보고서」를 네 차례 냈다.
6 미국에서 재배되는 큰조아재비, 흰겨이삭, 클로버 같은 사료용 수입 작물을 토종 건초용 풀과 구분하기 위해 이렇게 불렀다.

는 콩은 야생의 원시 상태로 기꺼이 돌아가고 있는 것이며, 내 호미
는 그런 콩을 위해 '알프스의 목가'*Ranz des Vaches*를 부른 것이었다.

콩밭 바로 옆 자작나무의 우듬지에서는 갈색 개똥지빠귀
가 ─ 어떤 이는 붉은 개똥지빠귀라고 부르기를 좋아한다 ─ 아침
내내 당신과의 교제가 즐겁다는 듯이 노래를 부른다. 여기에 밭이
없다면, 그놈은 아마 또 다른 농부의 밭을 찾아낼 것이다. 당신이 씨
를 심는 동안 녀석은 이렇게 외친다. "씨를 뿌려라, 씨를 뿌려! 흙을
덮어라, 흙을 덮어! 씨를 쪼아라, 쪼아라, 쪼아!" 그러나 그것은 옥수
수 씨가 아니었으므로, 그 새와 같은 적들로부터는 안전했다. 당신
은 개똥지빠귀의 시시하고 장황한 이야기가, 한 개나 스무 개의 현
을 켜는 그놈의 서툰 파가니니[7] 연주가 씨를 뿌리는 당신의 일과 무
슨 관계가 있는지 의아해할 것이다. 하지만 당신은 재거름이나 석회
거름보다는 그놈의 노래를 더 좋아할 것이다. 녀석의 노래는 내가 전
적으로 신뢰하는 일종의 값싼 웃거름이었다.

나는 호미로 이랑 주변에 더 신선한 흙을 끌어 덮었다. 그러면
서 원시시대에 이곳의 하늘 아래에서 살았지만 역사에는 기록되지
않은 민족들의 흔적을 건드리기도 했다. 그들이 전쟁과 사냥에 사용
한 작은 도구들이 오늘의 햇빛을 보게 된 것이다. 이것들은 다른 자
연석들과 섞여 있었는데, 어떤 것은 인디언의 모닥불에, 어떤 것은
햇볕에 그을린 흔적이 있었다. 그것들은 근래에 이 땅을 경작한 사
람들이 가져온 도기며 유리 조각들과 섞여 있기도 했다. 내 호미가
돌에 짤그랑 부딪히면, 그것은 음악이 되어 숲과 하늘로 메아리쳤으

---

7   니콜로 파가니니Niccolo Paganini(1782~1840). 이탈리아의 전설적인 바
     이올린 연주자. 극도로 화려한 기교로 유명했다.

니, 이런 반주에 힘입은 내 노동은 순간적으로 무한한 수확을 올리곤 했다. 내가 김을 매는 곳은 이미 콩밭이 아니었고, 김을 매는 이도 이미 내가 아니었다. 그리하여 오라토리오를 들으러 도시로 간 친지들이 생각나기라도 하면, 나는 자부심과 함께 그들에 대한 연민을 많이 느꼈다. 내친김에 온종일 김을 맬 때면, 햇빛 밝은 오후의 쏙독새가 내 눈 속에 있는 티처럼, 아니 하늘의 눈 속에 있는 티처럼, 머리 위에서 빙빙 돌았다. 쏙독새는 가끔 마치 하늘이 갈라져서 마침내 넝마와 누더기로 갈기갈기 찢기는 듯이 큰 소리를 내면서 급강하했지만, 창공은 꿰맨 자국 하나 없이 멀쩡했다. 쏙독새들은 하늘을 휩쓸고 다니는 작은 개구쟁이들이지만, 사람들이 별로 발견할 수 없는 지상의 휑뎅그렁한 모래밭이나 산꼭대기의 바위에 알을 낳았다. 그들은 호수에 이는 잔물결처럼 우아하고 늘씬하며, 바람을 타고 하늘을 떠다니는 나뭇잎을 닮았다. 이처럼 자연에는 닮은꼴이 많다. 매는 물결의 닮은꼴로, 상공을 날면서 물결을 내려다본다. 공기에 부푼 완벽한 두 날개는 원초적 바다의 깃털 없는 날개와 닮은꼴이다. 나는 때때로 솔개 한 쌍이 높은 하늘을 빙빙 돌면서, 번갈아 치솟았다가 내려오고, 접근했다가 멀어지는 모습을 지켜본다. 그들은 마치 내 생각을 표현하는 듯싶다. 나는 이 숲에서 저 숲으로 이동하는 산비둘기들에 넋을 잃기도 한다. 그들은 약간 떨리는 날갯짓 소리를 내며, 파발마처럼 휙휙 날아간다. 나는 썩은 그루터기 밑에서 꾸물거리는 불길하고 이국적인 얼룩 불도마뱀을 호미로 파헤치기도 했다. 불도마뱀은 이집트와 나일 강의 흔적을 간직하고 있지만, 여전히 우리 시대의 생물이다. 내가 호미에 몸을 기대고 잠시 일을 멈추면, 밭고랑의 어느 곳에서건 이러한 소리나 광경이 들리거나 보였다. 이것이야말로 이 땅이 제공하는 무궁한 여흥의 일부였다.

경축일[8]에는 읍에서 쏘는 대포 소리가 이 숲에도 메아리쳐 딱총 소리처럼 들린다. 가끔은 흐트러진 군악 소리가 숲에까지 멀리 침투하기도 한다. 마을 반대편 끝의 콩밭에 있는 내게는 대포 소리가 말불버섯이 터지는 소리처럼 작게 들렸다. 때로 내가 모르는 군사 동원이 있을 때면, 모종의 가려움증과 질병이 지평선에 당도해 있어서 성홍열이든 발진이든 어떤 폭발이 곧 일어날 듯한 막연한 불안감을 온종일 느꼈다. 하지만 마침내 시원한 한 줄기 바람이 황급히 들판을 넘어 웨일랜드 마을길을 올라오면서, 그것이 "포병들"의 축포 소리라고 알려준다. 멀리서 윙윙거리는 대포 소리는 마치 어떤 사람의 벌떼가 분봉을 했는데, 그의 이웃들이 베르길리우스의 충고[9]대로 소리가 가장 잘 나는 살림도구를 가볍게 '땡땡!' 치면서 벌떼를 다시 벌통으로 불러들이려고 노력하는 것처럼 들렸다. 그리고 그 소리가 완전히 죽고, 윙윙거리는 바람도 멈추고, 아주 상쾌한 산들바람도 아무런 소식을 실어오지 않으면, 나는 그들이 마지막 수벌까지 미들섹스의 벌통으로 안전하게 몰아넣고, 이제 벌통에 붙은 꿀에만 정신을 쏟고 있다는 것을 알았다.

나는 매사추세츠와 우리 조국의 자유가 아주 안전하게 유지되는 것을 알고 자부심을 느꼈다. 그리고 김매기로 되돌아가면서 형언할 수 없는 자신감에 충만했으며, 평온한 마음으로 미래를 신뢰하며 기꺼이 하던 일을 계속했다.

---

8 콩코드마을에는 4월 19일 독립전쟁 기념일과 7월 4일 독립기념일, 두 경축일이 있었다.
9 베르길리우스Virgil의 『농경시』에 빗댄 것이다.

콩밭

여러 악단이 함께 연주할 때면, 온 마을이 거대한 풀무인 듯이 쾅쾅 울렸다. 모든 건물이 소음으로 팽창했다 찌부러졌다 하는 것 같았다. 그러나 이 숲에 당도하는 소리는 때때로 정말 고상하고 고무적인 가락과, 영광을 노래하는 트럼펫이었다. 그래서 나 같은 사람도 멕시코 병사와 대적하면, 아주 신나게 포화의 불을 내뿜을 수 있을 듯한 기분을 느낀다.[10] 우리가 언제나 하찮은 것들[11]을 수호할 이유가 있겠는가? 이런 기분에 나는 내 용맹을 발휘할 대상으로 우드척이나 스컹크가 주변에 없는지 두루 살피기도 했다. 이러한 군악 소리는 팔레스타인Palestine만큼이나 먼 곳에서 들려오는 것 같았고, 마을 거리를 뒤덮은 느릅나무 꼭대기 가지들이 가볍게 질주하며 파르르 떨렸으니, 지평선에서 행진하는 십자군을 연상시켰다. 오늘은 '위대한' 경축일 중 하나였다. 하지만 평소와 다른 점이라곤 하나도 없이, 내 개간지에서 바라본 하늘도 하루하루 영원히 위대한 모습을 하고 있었다.

내가 콩과 맺은 오랜 교제는 독특한 경험이었다. 나는 콩을 심고, 김을 매고, 수확하고, 타작하고, 점검하고, 팔았다. 파는 일이 제일 힘들었다. 나는 콩을 맛보기도 했으니, 그 경험도 덧붙일 만하다.

---

10 'spit'는 '포화를 내뿜다'와 '꼬치구이를 하다'의 이중적 의미가 있다. 전쟁에서 포화를 내뿜는 행위는 활활 타는 불에 꼬치를 뒤집으며 요리하는 것과 유사한 기분, 즉 군중심리를 조성한다. 영광의 트럼펫 소리는 멕시코전쟁에 반대하는 소로에게도 자아와 양심을 버리고 멕시코 병사에 대적해서 아주 신나게 불을 내뿜고 싶은 충동을 일으킨다.

11 소로 자신이 중시하는 개인의 자아, 양심, 도덕률 등을 반어적으로 칭한 말이다. 전쟁은 이런 것들을 저버리게 한다는 것을 암시한다.

나는 콩을 알기로 결심했다.[12] 콩이 자라고 있을 때면, 아침 5시부터 정오까지 늘 김을 맸으며, 그 후 나머지 시간에는 대개 다른 일을 보았다. 우리가 여러 종류의 잡초와 맺는 친숙하고 기이한 관계를 생각해보자. 그런 노역이 적잖이 반복되었으니, 사연 또한 반복된다. 우리는 풀의 우아한 조직을 아주 무자비하게 파괴하고, 호미를 가지고 아주 불공평한 차별 대우를 하며, 어떤 잡초는 줄줄이 몽땅 쓰러뜨리면서, 어떤 것은 정성을 다해 기른다. 저것은 로마다북쑥, 저것은 명아주, 저것은 괭이밥, 저것은 후추나무다. 저놈을 붙잡아 잘게 썰어버리고, 뿌리를 태양 쪽으로 뒤집어 놓을 것이며, 수염뿌리 하나라도 그늘에 두지 말 것이니, 하나라도 놔두면 그놈이 뒤집고 일어나, 이틀이면 부추처럼 푸르게 자랄 것이다. 이 기나긴 전쟁은 왜가리가 아닌 잡초와 벌이는 것이었다.[13] 잡초들은 해와 비와 이슬을 우군으로 가진 트로이 대군인 셈이었다. 콩들은 내가 날마다 호미로 무장하고, 그들을 구하러 와서, 줄줄이 늘어선 적을 무찌르고, 참호를 잡초의 시체로 가득 메우는 광경을 지켜보았다. 주위에 운집한 전우들보다 최소한 1피트는 우뚝 솟아, 투구의 깃 장식을 휘날리며 용감히 싸우던 수많은 헥토르Hector 장군[14]이 내 무기 앞에서 쓰러지고 나뒹굴면서 먼지를 일으켰다.

나와 동시대 사람들 가운데 일부는 그해 여름을 보스턴이나

---

12 뉴잉글랜드의 표현으로 '콩을 모르다'는 '무식하거나 경험이 없다'는 뜻이다.

13 『일리아스』에서 트로이 대군을 피그미들과 싸우는 왜가리들로 비유했다.

14 『일리아스』에 등장하는 트로이의 영웅. 그의 투구 깃은 말 털로 장식되어 있다. 그는 마침내 아킬레우스Achilles의 창에 맞아 쓰러지고 나뒹굴며 먼지를 일으켰다.

콩밭

로마에서 미술 감상에 전념했고, 어떤 이들은 인도에서 명상에 전념했으며, 또 어떤 이들은 런던이나 뉴욕에서 장사에 전념했다. 하지만 나는 이처럼 뉴잉글랜드의 다른 농부들과 함께 농사에 전념했다. 콩이 먹고 싶어서 그랬던 것은 아니었다. 콩이 죽을 의미하건 투표를 의미하건,[15] 콩에 관한 한, 나는 본래 피타고라스Pythagoras[16] 같은 사람이어서, 그것을 먹지 않고 쌀과 교환했기 때문이다. 그러나 단지 비유와 어구를 찾기 위해서라도, 또는 후일에 어느 우화 작가에게 도움을 주기 위해서라도, 누군가가 콩밭에서 일을 해야만 한다. 콩 농사는 대체로 진기한 즐거움을 맛보게 한다. 하지만 너무 오래 계속하면 정력 낭비가 될 것이다. 나는 콩에 전혀 거름을 주지 않았고, 한꺼번에 모두 김을 매지도 않았다. 깜냥대로 김을 매었고, 종국에는 보상을 받았다. 이블린[17]은 "사실 어떠한 퇴비나 비료도 이처럼 삽을 가지고 흙을 계속 옮기고 파고 뒤집어 주는 것에 견줄 수는 없다,"라고 말했다. 그는 또 다른 곳에서 "흙, 특히 신선한 흙은 어떤 자력磁力을 가지고 있어서 흙에 생명력을 제공하는 염분이나 지력이나 지덕(어느 쪽으로 불러도 좋다)을 끌어 들인다. 그러니 먹고살기 위해서 우리가 흙에 계속 쏟는 모든 노동과 법석의 논거는 바로 이런 지력에 있다. 비료와 기타 지저분한 거름을 쓰는 것은 모두 이런 지력의 개선을 위한 차선책에 불과하다,"라고 덧붙였다. 더욱이 내 밭

---

15 옛날에 콩이 투표 계수용으로 쓰였다.

16 기원전 6세기 그리스의 수학자 피타고라스는 생선과 콩까지도 먹지 않는 엄격한 채식을 했다.

17 존 이블린John Evelyn(1620~1706). 영국의 일기 작가이자 원예가. 이어지는 인용들은 그의 『토지 : 흙에 대한 철학적 담론』(1729)에서 나온 것이다.

은 아마 케넬름 디그비 경[18]이 생각하듯이, "지치고 지력이 소진하여 안식년을 즐기는 밭" 가운데 하나였기에, 공기로부터 "생명의 기"를 흡수했을 것이다. 나는 12부셸의 콩을 수확했다.

하지만 콜먼 씨의 보고가 주로 신사 농부[19]들의 값비싼 실험만 대상으로 했다는 불평이 있으므로, 나는 내 실험을 더욱 상세히 보고하고자 한다. 지출 내역은 다음과 같다.

호미 대금	54센트
밭갈기, 써레질하기, 고랑 내기	7달러 50센트(과다 지출)
종자용 콩	3달러 12.5센트
종자용 감자	1달러 33센트
종자용 완두콩	40센트
무 씨앗	6센트
허수아비용 흰 끈	2센트
써레꾼 및 소년의 3시간 품삯	1달러
수확용 말과 수레	75센트
합계	14달러 72.5센트

---

18 케넬름 디그비Kenelm Digby(1603~1665). 영국의 철학자이자 외교관이자 과학자로 『식물의 생장에 대한 담론』(1661)에서 식물에게 산소, 즉 "생명의 기"가 중요하다는 사실을 최초로 인정했다.
19 농사 이외의 다른 수입원이 있어서 생계보다는 재미로 농사짓는 사람.

콩밭

내 수입은 다음과 같았다. (가장은 구매 습관이 아니라 판매 습관을 익혀야 한다.[20])

콩 9부셸 12쿼트[21] 판매	16달러 94센트
큰 감자 5부셸	2달러 50센트
작은 감자 9부셸	2달러 25센트
나물	1달러
콩대	75센트
합 계	23달러 44센트

다른 곳에서 말한 것처럼 남은 이익금은 8달러 71.5센트였다.

내가 콩을 기르면서 얻은 경험의 결과는 아래와 같다. 6월 1일 경, 희고 작은 보통 강낭콩을 3피트 간격의 두둑 위에 18인치 간격으로 심되, 싱싱하고 둥근 순종 씨를 조심스럽게 고른다. 우선 해충에 유의하고, 싹이 안 난 곳은 새로 심어서 보충한다. 그다음 동물에 노출된 밭이면 우드척을 감시한다. 우드척이 밭을 지나면서 갓 나온 새싹을 깨끗이 갉아먹기 때문이다. 어린 넝쿨이 뻗기 시작하면, 또다시 그놈이 넝쿨에 눈독을 들이고 다람쥐처럼 똑바로 서서 꽃눈과 어린 꼬투리가 달린 넝쿨을 싹둑 잘라먹는다. 그러나 가장 중요한 것은 가능한 한 일찍 수확하는 것이다. 그래야 서리를 피해서 품질

---

20 카토의 『농업론』에 나오는 말.
21 1쿼트는 약 1리터.

좋고 판매 가능한 작물을 얻을 것이다. 이런 방법으로 손실을 많이 줄일 수 있을 것이다.

그 밖에 이런 것도 경험했다. 나는 이렇게 혼잣말을 한 적이 있었다. '내년 여름에는 콩과 옥수수 씨 말고 성실, 진리, 소박, 믿음, 순수 등의 씨앗이 죽지 않았다면, 그런 씨앗을 심고, 좀 더 적은 노력과 거름으로도 그것들이 이 흙에서 자라 내 양식이 될 수 있지 볼 것이다. 이 땅은 분명 이런 작물들이 자랄 수 없을 만큼 메마르지는 않기 때문이다.' 나는 또 혼자 이런 말도 했다. '슬프다! 또 한 번의 여름이, 또 다른 여름이, 그리고 다시 또 한 번의 여름이 지나가는구나.' 독자 여러분에게 고백하지 않을 수 없는 사실은 내가 심었던 것들은 설사 그것이 미덕의 씨앗이라 하더라도 벌레를 먹었거나 생명력을 상실해서 싹이 트지 않았다는 것이다. 흔히 사람들은 자신들의 조상이 용감한 것만큼 용감하거나 소심한 만큼 소심하다. 이 세대는 여러 세기 전 인디언들이 첫 정착민들에게 가르쳐 준 방법 그대로, 마치 그것에 자신들의 운명이 걸린 듯이, 새해가 오면 어김없이 옥수수와 콩을 심는다. 요전 날 나는 어떤 노인이 괭이를 가지고 같은 구멍을 적어도 70년째 파고 있는 것을 보고 깜짝 놀랐다. 자신이 들어가 누울 구멍도 아닌데 말이다! 하지만 우리 뉴잉글랜드 사람들이 그렇게 곡물이나 감자, 사료용 작물과 과수원만 강조할 것이 아니라, 새로운 모험을 통해 다른 작물을 재배하지 않을 이유가 있는가? 종자용 콩에는 그렇게 많이 신경을 쓰면서, 새 세대의 인간에 대해서는 전혀 신경을 쓰지 않는 이유가 무엇인가? 우리가 어떤 사람을 만날 때, 앞에서 열거한 자질들, 즉 우리 모두가 다른 생산물보다 높이 평가하지만 그 씨의 대부분이 바람에 흩뿌려져 공중에 떠

콩밭

다니는 자질들의 씨가 일부나마 그에게서 뿌리를 내리고 자랐다는 것을 확실히 볼 수 있다면, 우리는 정말로 즐겁고 기운이 날 것이다. 예컨대, 진리나 정의같이 형언할 수 없이 미묘한 자질의 씨앗을 길가에서 발견했다고 하자. 그 양이 아주 적거나 새로운 변종일지라도 우리의 대사大使들은 이런 자질의 씨앗을 본국으로 보내라는 훈령을 받아야 할 것이며, 의회는 그것이 전국에 배포되도록 도와야 할 것이다.[22] 우리는 결코 형식을 신주 모시듯 고수해서는 안 된다. 신뢰와 우정의 핵만 있으면, 우리는 결코 비열한 언행으로 서로를 속이고 모욕하고 배격하지는 않을 것이다. 너무 성급하게 사람을 만나서도 안 된다. 나는 대부분의 사람을 전혀 만나지 않는데, 그들이 시간이 없어 보이기 때문이다. 그들은 자신들의 콩을 가꾸는 데 너무 바쁘다. 우리는 그렇게 항상 일만 하는 사람은 상대하고 싶지 않을 것이다. 그런 사람은 일하다 중간에 쉴 때도, 호미나 삽을 지팡이 삼아 몸을 의지하고 선다. 버섯처럼 반듯하게 서지 않고, 땅에서 반쯤 일어선 자세로 선다. 엉거주춤 일어선 모습이 땅 위에 내려와 어기적거리는 제비들 같다.

"그리고 그가 말할 때면 날아가려는 듯,
이따금 양 날개를 폈다가 다시 접는다."[23]

그러니 우리는 날개 단 천사와 대화를 하고 있는지도 모른다고 생각할 것이다. 빵이 항상 우리에게 필요한 자양분을 공급하지는 않는

---

22 당시 의회가 주민에게 씨앗을 무료로 배포하는 것이 유행이었다.
23 프랜시스 퀄스Francis Quarles(1592~1644), 「목동의 신탁들」 중.

다. 오히려 까닭 없이 마음이 아플 때는, 인간이나 대자연의 너그러 움을 인식하고 순수하고 영웅적인 기쁨을 나누는 것이 언제나 도움 이 되니, 우리의 뻣뻣한 관절까지 부드럽게 해주고, 몸놀림을 유연하 고 활기차게 만든다.

옛 시와 신화를 보면, 한때는 농사가 적어도 성스러운 예술이 었음을 알 수 있다. 하지만 우리는 큰 농장과 큰 수확만을 목표로 삼은 나머지, 성급하고 조심성 없고 불경스럽게 농사를 짓는다. 우 리에게는 농부가 직업의 신성함을 느끼고 표현하거나 농부에게 농 사의 거룩한 기원을 환기해주는 축제도, 행진도, 의식이라고 할 만 한 것도 없으니, 가축 품평회와 이른바 추수감사절도 예외가 아니 다. 농부를 유혹하는 것은 부가가치와 포식뿐이다. 농부는 케레스 Ceres[24]와 '땅을 다스리는 유피테르'Terrestrial Jove가 아니라 지옥을 다스리는 플루토스Plutus[25]에게 제사를 지낸다. 우리 누구도 자유롭 지 못한 탐욕과 이기심, 그리고 땅을 재산이나 재산 획득의 수단으 로만 보는 비굴한 습관 때문에, 풍경은 불구가 되고 농사일은 품위 를 잃었다. 결국 농부는 누구보다 비천한 삶을 영위한다. 농부는 자 연을 알고 있되, 강도의 심보로 알고 있다. 카토는 농업의 이익은 '특 별히 경건하거나 정의로운'maximeque pius quæstus 것이라고 말했다. 그 리고 바로[26]에 따르면, 옛 로마인들은 "동일한 땅을 어머니Mother나

---

24 로마 신화에 나오는 대지의 여신, 그리스 신화의 데메테르Demeter.
25 그리스 신화에 나오는 재물의 신이지만, 로마인들은 명부의 신 플루토 Pluto와 혼동하여 사용했다.
26 마르쿠스 테렌티우스 바로Marcus Terentius Varro(기원전 116~기원전 27). 로마의 철학자이자 저술가. 소로는 바로의 『농업 총론』의 한 구절 을 인용했다.

케레스Ceres로 불렸으며, 땅을 경작하는 사람들은 경건하고 유익한 삶을 영위했고, 그들만이 사투르누스 왕[27]의 후손으로 남았다."

우리는 태양이 우리의 밭과 대초원과 삼림을 차별 없이 내려 다본다는 사실을 잊기 쉽다. 이것들은 모두 태양 광선을 똑같이 반사하고 흡수한다. 그리고 경작지는 태양이 매일 다니는 길에서 내려다보는 멋진 그림의 작은 부분일 뿐이다. 태양이 보기에 땅은 모두가 똑같이 잘 가꾸어진 정원이다. 그러므로 우리는 태양의 빛과 열의 혜택을 그에 상응하는 믿음과 도량으로 받아들여야 한다. 내가 이런 콩 씨를 소중히 여겨서 그해 가을에 수확한다 한들, 그것이 뭐 그리 대단한 일인가? 내가 그토록 오래 보살핀 이 넓은 밭은 주요 경작자로 내게 의지하는 것이 아니라, 나와는 별도로 자기에게 더욱 친절한 자연에 의지한다. 자연이 밭을 적시고 푸르게 하는 것이다. 이러한 콩의 결실을 내가 다 수확하는 것도 아니다. 콩의 일부는 우드척을 위해서 자라지 않는가? 밀 이삭(라틴어로 'spica'인데 폐어인 'speca'에서 유래했다. 'spe'는 '희망'을 뜻한다.)이 농부의 유일한 희망이어서는 안 된다. 밀 알맹이나 낱알(라틴어로 'granum'이고 '낳다'를 뜻하는 'gerendo'에서 유래했다)만이 밀이 생산하는 것의 전부도 아니다. 그렇다면 우리의 수확이 어찌 실패할 수 있겠는가? 잡초의 씨앗도 새의 곡식이 되니, 잡초의 무성함도 기뻐해야 하지 않겠는가? 밭이 농부의 창고를 가득 채우느냐 아니냐는 그리 중요하지 않다. 다람쥐가 올해 숲에 밤이 열릴지 아닐지 전혀 근심하지 않듯이, 진정한 농부라면 근심을 비우고 그날그날의 노동을 마치면서, 자기 밭의 산물에

---

27 King Saturn. 로마 신화에 등장하는 농경과 계절의 신. 그리스 신화의 크로노스Cronos에 해당한다.

대한 소유권을 모두 포기하고, 첫 번째 열매는 물론 최후의 열매까지 제물로 바칠 마음을 품을 것이다.[28]

---

28 『출애굽기』 23:19. "너희 밭에서 난 만물 중에서 제일 좋은 것을 너희 하느님 야훼의 집으로 가져와야 한다."

콩밭

마을

오전에 김을 매거나 글을 읽고 쓰고 난 다음이면, 대개 호수에서 다시 미역을 감고 건너편 작은 만까지 잠깐 헤엄을 친다. 그러면서 몸에서 노동의 먼지를 씻어 내거나, 공부로 인해 생긴 주름살을 말끔히 폈다. 오후에는 완전한 자유인이 되었다. 나는 매일 또는 하루걸러 마을로 산책을 갔다. 입에서 입으로, 또는 신문에서 신문으로 쉴 새 없이 마을에 떠도는 가십gossip을 듣기 위해서였다. 이런 가십은 아주 조금만 들으면, 살랑거리는 나뭇잎 소리나 개골거리는 개구리 소리 못지않게 나름대로 정말 신선하고 재미가 있다. 새와 다람쥐를 보려고 숲속을 거닐었던 것처럼, 어른과 아이들을 보려고 마을을 거닐었다. 소나무 사이에서 부는 바람 소리 대신, 덜거덕거리는 수레 소리가 들렸다. 내 집에서 한쪽 방향으로는 강가의 초원에 사향뒤쥐가 개척한 식민지가 있고, 맞은편의 지평선상에는 우거진 느릅나무와 아메리카플라타너스 아래에서 사람들이 바쁘게 움직이는 마을이 있었다. 내 눈에는 마을 사람들이 프레리도 그¹들처럼 신기하게만 보였다. 각자 자신의 굴 입구에 앉아 있거나, 이웃의 굴 앞으로 달려가서, 가십을 주고받는 것이었다. 나는 이런 그들의 습성을 관찰하기 위해, 자주 마을에 갔다. 마을은 내게 큰 뉴스 열람실처럼 보였다. 마을 한쪽에는, 마을을 먹여 살리기 위해, 한때 스테이트 거리²의 레딩 앤 컴퍼니Redding & Company가 그랬듯이, 건포도, 소금, 곡물 가루, 기타 식품까지 구비되어 있었다. 어떤 사람은 앞서 말한 일용품, 즉 뉴스에 대한 엄청난 식욕과 튼튼하기 짝이 없는 소화 기관을 가지고 있어서, 큰길가에 붙박이처럼 꼼짝 않고 앉아서, 뉴스를 지글지글 끓이거나, 지중해의 계절풍처럼 살랑살랑 퍼뜨리거나, 아니면 에테르ether를 흡입하듯 들이마셨다. 그런 뉴스는 감각의 마비와 고통의 무감각을 초래할 뿐, 사람의 의식에는 아무런 영향도 주지 않는다. 그렇지 않다면, 듣기에 고통스러울 때가 많을 것이다. 마을을 거닐 때면, 거의 어김없이 이런 양반들이 줄지어 사다리에 걸터앉아 일광욕을 즐기며, 상체를 앞으로 숙이고, 눈을 이리저리 굴리며, 기사를 훑는 모습이 보인다. 게다가 때로는 음란한 표정을 짓기도 하고, 아니면 호주머니에 손을 넣고 창고에 몸을 기대고 서 있는데, 마치 창고를 떠받치는 여인상 기둥 같았다. 그들은 대개 문밖에 나와 있으므로, 풍문에 들려오는 소문이란 소문은 다 듣고 있었다. 이런 사람들은 아주 거친 맷돌들인 셈이기에,

---

1 일명 '개쥐'이다. 북아메리카 프레리(대초원)에서 가족 단위의 촌락을 이루고 사는데, 한 가족은 수컷 한 마리에 암컷 서너 마리와 새끼들로 이루어진다. 땅속에 구멍을 파고 살며, 낮에 먹이를 구하기 위해서만 나온다. 굴은 입구가 적어도 두 개로, 하나는 적의 공격에 대비한 비상구이다. 위험할 때는 크게 짖는 소리나 찍찍대는 소리를 낸다.
2 State Street. 보스턴의 가장 오래된 거리.

우선 이들에게서 소문이 대강 소화되거나 분쇄된다. 그런 다음에 그 소문을 집 안에 있는 더 곱고 섬세한 제분기 아가리에 쏟아붓는다. 내가 보기에 마을의 심장부는 식료품점, 술집, 우체국, 은행이었다. 그리고 조직의 필수 부품으로 종, 대포, 소방차가 편리한 곳에 비치되어 있다. 상가商家들이 행인을 최대한 끌어들이도록 좁은 길에 서로 마주보는 형태로 배치되어 있기 때문에, 나그네는 모두 일종의 태형³을 견뎌내야 했으니, 상가의 남녀노소 누구나 그에게 아첨을 떨었다. 물론 줄의 선두와 가장 가까운 곳에 자리한 사람들이 가장 잘 볼 수 있고, 또한 남들 눈에도 잘 띄며, 맨 먼저 나그네를 낚아챌 수 있으므로 가장 높은 자릿세를 지불했다. 그리고 줄지은 집들 사이의 간격이 길어지기 시작하고, 나그네가 담을 넘거나 샛길로 도망칠 수 있는 변두리에 처져 있는 소수의 주민은 아주 적은 자릿세나 창문세⁴를 냈다. 사방에는 나그네를 끌기 위한 각종 간판이 걸려 있었다. 술집이나 식료품점 간판은 식욕을 자극하고, 포목상과 보석상 간판은 화려함을 자랑하고, 기타 이발소와 구두점과 양복점 간판은 머리나 발이나 스커트를 내세워, 나그네를 낚아채려 했다. 게다가 이런 상가마다 내방來訪을 부추기는 훨씬 더 끔찍한 판박이 초청장도 있었고, 이때쯤을 노리는 내객來客들도 있었다. 나는 이런 위험들을 대부분 거뜬하게 피했다. 태형을 당하는 사람이 흔히 듣는 충고대로, 나는 무작정 대담하게 결승점을 향하여 달리거나, 오르페

---

3 군대에서 사용되던 형벌로서, 죄수가 양쪽으로 무장하고 늘어선 사람들 사이를 통과하면 양쪽의 사람들이 지나가는 그를 때렸다.
4 17세기에 도입된 영국의 집세는 창문의 수에 따라 부과했다.

우스Orpheus[5]처럼 고상한 생각에 골몰함으로써 위기를 모면하기도 했다. 오르페우스는 "하프 가락에 맞추어 신의 찬가를 크게 부름으로써 세이렌Siren들의 목소리를 압도하고, 위험에서 벗어났다." 나는 때로는 갑자기 달아났기에, 아무도 내 행방을 알 수가 없었다. 나는 체통을 고집하지 않고, 울타리의 개구멍 앞에서도 망설이지 않았다. 어느 집[6]에 불쑥 들어가는 짓에도 익숙했으니, 그 집에서 대접을 잘 받고, 그 집의 제분기로 곱게 빻아 체로 걸러낸 뉴스의 알맹이와 핵심, 전쟁과 평화에 대한 전망, 세계가 훨씬 더 오래 단결할지 아닐지 등등을 알고 난 연후에, 뒷길로 빠져나와 다시 숲으로 도망쳤다.

밤늦게까지 마을에 머물다가 밤길을 떠날 때, 특히 깜깜하고 비바람이 몰아치는 가운데 호밀이나 옥수수가루 한 부대를 어깨에 메고, 마을의 어느 밝은 응접실이나 강연장을 떠나서, 숲속의 아늑한 내 항구를 향해 떠날 때면, 참으로 기분이 좋았다. 나는 내가 탄 배의 외부를 단단히 여민 다음, 생각이라는 명랑한 선원과 함께 해치 밑으로 물러났다. 내 육체만 키를 잡고 있거나, 순항일 때는 키마저 고정했다. 나는 "항해를 하면서" 선실 난롯가에서 기분 좋은 생각을 많이 했다. 심한 폭풍을 만나기도 했지만, 어떤 기후에서도 표류하거나 조난을 당한 적은 없었다. 평범한 밤에도 숲속은 사람들이 생각하는 것보다 더 어둡다. 나는 길을 확인하기 위해서 길 위쪽 나무 사이의 공간을 자주 쳐다보아야 했다. 그리고 수레바퀴 자국마저 없는 곳에서는, 내가 밟고 다니던 희미한 길을 발로 더듬어 찾아야 했다. 숲 한복판에 이르러서, 예컨대 서로의 간격이 18인치도

5　그리스 신화에 나오는 시인이자 전설적인 음악가.
6　에머슨Emerson의 집을 말한다.

안 되는 두 소나무 사이를 통과할 때면, 내가 알고 있는 특정한 나무와 나무의 관계를 손으로 더듬어서 키를 조종할 수밖에 없었으니, 칠흑 같은 밤이면 어김없이 그러했다. 때로 줄곧 꿈꾸듯 멍한 상태에서, 내 눈으로 볼 수 없는 길을 발로 더듬으며, 깜깜하고 무더운 밤 아주 늦게 귀가할 때, 나는 빗장을 들어 올리려고 손을 올리게 되어서야 비로소 제정신이 들었다. 이런 때는 내가 걸어온 길을 한 발자국도 기억할 수 없었으니, 나는 손이 아무런 도움 없이도 입을 찾아가듯이, 내 육체도 주인인 내가 버린다 해도 집을 찾아오리라는 생각이 들었다. 몇 번인가 어떤 방문객이 우연히도 밤늦게까지 머물다 돌아가게 되었을 때, 나는 어쩔 수 없이 집 뒤쪽의 손수레 길까지 그를 바래다준 다음에, 그가 가야할 길의 방향을 가리켜주면서, 눈보다는 발의 안내를 받아야 길을 놓치지 않을 수 있다고 일러둬야 했다. 어느 깜깜한 밤 나는 호수에서 낚시질하던 두 청년에게도 이런 식으로 길을 가리켜주었다. 그들은 숲을 지나 1마일쯤 떨어진 곳에 살았고, 그 길에 아주 익숙한 터였다. 하루 이틀 뒤 그들 가운데 한 청년이 내게 말하기를, 그들은 자기들의 집 근처에서 거의 밤새 헤매느라고 새벽 무렵까지 집에 도착하지 못했다고 한다. 그 사이 몇 차례 심한 소나기를 만났고, 나뭇잎들도 젖어 있어서, 그들도 물에 빠진 생쥐 꼴이 되었다고 했다. 어느 속담대로, 나는 칼로 자를 수 있을 만큼 어둠이 짙은 밤에는 마을길에서도 길을 잃는 사람이 많다는 소리를 들은 적이 있다. 변두리에 사는 사람이 마차를 타고 마을에 장을 보러왔다가 길을 잃고 어쩔 수 없이 하룻밤을 묵은 적도 있고, 나들이 나온 신사와 숙녀가 발로만 보도를 더듬거리다가, 언제 빗나갔는지도 모른 채 반 마일이나 길을 벗어난 적도 있다고 한다. 어느 때고 숲속에서 길을 잃는 것은 애간장을 태우는 잊지 못할 일이지만, 값진 경험이기도 하다. 낮에도 눈보라가 칠 때면, 잘 아는 길인데도 어느 쪽으로 가야 마을인지 알 수 없을 때가 흔히 있다. 천 번은 다닌 길이라는 것을 알지만, 그 길의 특징을 알아보지 못하면 시베리아의 어느 도로처럼 낯설게만 느껴진다. 물론 밤에는 그 당혹감이 한없이 더 크다. 아주 사소한 산책을 할 때도, 우리는 무의식적이지만 언제나, 도선사처럼 잘 아는 등대나 갑岬을 보고 항해의 키를 조종한다. 그리고 통상적인 항로를 벗어난 경우라도 우리는 여전히 가까이에 있는 갑의 방위를 명심한다. 이 세상에서는 누구든 눈을 감고 한 바퀴만 회전해도 방향감각을 상실하는 법이니, 우리는 완전히 길을 잃거나 한 바퀴 헤매고 제자리에 돌아와야 비로소 대자연의 방대함과 낯설음을 깨닫게 된다. 사람은 누구나 잠에서 깨어나건 몽상에서 깨어나건, 그때마다 자주 나침반 바늘을 다시 익혀야 한다. 우리는 길을 잃어보아야, 바꾸어 말하면 세상을 잃어보아야 비로소 우리 자신을 발견하고, 우리가 처한 위치를 인식하며, 우리가 맺는 관계의 범위가 무한함을 깨닫기 시작한다.

첫 여름이 거의 끝나가던 어느 오후, 나는 구둣방에 맡긴 구두를 찾으려고 마을에 갔다가 체포되어 투옥되었다. 다른 곳에서 말했듯이,[7] 나는 상원 의사당 앞에서 남녀노소 할 것 없이 인간을 가축처럼 팔고 사는 국가에 대해 그 권위를 인정하지 않았고, 세금도 납

---

7 「시민 불복종」을 말한다. 소로는 매사추세츠 주의 노예제도와 1845년 시작된 '멕시코전쟁'에 반대해 인두세 납부를 거부했으며, 그 결과 체포되어 하룻밤을 감옥에서 보낸 적이 있다. 이때의 경험을 바탕으로 쓴 것이 바로 「시민 불복종」이다.

마을

부하지 않았기 때문이다. 내가 숲으로 간 것은 다른 목적이 있어서 였다. 그러나 한 인간이 어디를 가든, 사람들이 뒤를 좇아와 더러운 제도의 앞발로 그를 할퀴면서 온갖 방법으로 가망 없는 비밀공제조 합[8]의 일원이 되도록 압박을 가한다. 사실, 나는 폭력적으로 저항하 여 다소간의 효과를 거두거나, 사회에 대항하여 미친 듯이 "날뛸" 수도 있었을 것이다. 하지만 나는 사회가 나에 대항하여 미친 듯이 "날뛰는" 편이 더 좋겠다고 생각했으니, 절망에 빠진 쪽은 바로 사회 였기 때문이다. 하지만 나는 그다음 날 석방되었고, 수선된 구두를 찾아 숲으로 돌아오다가 페어헤이븐 언덕[9]에서 마침 잘 익은 월귤 로 점심을 먹었다. 나는 국가를 대표하는 사람들 이외의 어느 누구 에게도 괴롭힘을 당한 적이 없었다. 나는 내 기록물을 보관하는 책 상 외에는 자물쇠도 걸쇠도 빗장도 채운 적이 없고, 창문 위에 못하 나 꽂아놓은 적도 없다. 며칠 동안 집을 비울 때도 있었지만, 밤이나 낮이나 결코 출입문을 잠그는 일이 없었고, 그다음 해 가을에 메인 Maine주 숲속에서 2주를 보냈을 때도 마찬가지였다. 그런데도 내 집 은 한 무리의 병사들이 포위했을 경우보다도 더 존중받았다. 산책을 하다가 피곤한 사람은 내 집 난롯가에 앉아 쉬면서 몸을 녹일 수 있 었으며, 문학에 취향이 있는 사람은 탁자 위에 놓인 몇 권의 책을 즐 길 수 있었으리라. 호기심 많은 사람은 찬장 문을 열고, 내가 점심에 무엇을 먹고 남겼으며, 저녁 식사로 무엇을 먹을지 살펴볼 수도 있었 을 것이다. 이처럼 온갖 계층의 사람이 내 집에 이르는 길로 호수를 다녀갔지만, 그들 때문에 심각한 불편을 겪은 적이 없으며, 잃어버린

---

8 당시 노예제도와 멕시코전쟁을 지지한 단체나 정치인을 총칭하는 말이다.
9 Fair-Haven Hill. 월든에서 남서부 쪽으로 1.5마일 지점에 있는 강둑.

것이라고는 조그만 책 한 권뿐이었다. 그것은 호메로스의 책[10]으로, 어울리지 않게 금박을 입힌 것이기에 사라졌을 것이다. 하지만 지금쯤 우리 진영의 다른 병사가 이 책을 입수했으리라고 믿는다.[11] 나는 모든 사람이 그 당시 내가 살았던 것만큼 소박하게 산다면, 절도와 강도질은 없으리라 확신한다. 절도와 강도질은 어떤 사람은 넘치는 재물을 소유하고 있지만 다른 사람은 충분히 가지지 못한 사회에서나 발생하는 것이다. 포프가 번역한 호메로스의 책도 곧 적절히 배포될 것이다.

"너도밤나무 그릇만으로 충분하던 시절에는,

전쟁 또한 사람을 괴롭히지 않았다."[12]

"그대 정치하는 사람들이여, 형벌을 사용할 필요가 어디 있는가? 덕을 사랑하라, 그러면 백성의 덕도 높아질 것이다. 군자의 덕은 바람과 같고, 소인의 덕은 풀과 같은 것이니, 풀은 그 위에 바람이 불면 고개를 숙이느니라."[13]

---

10 영국시인 알렉산더 포프Alexander Pope(1688~1744)가 번역한 호메로스의 『일리아스』와 『오디세이아』. 여기서 언급한 "한 권"은 『일리아스』의 1권을 말한다.
11 사실은 잃어버린 것이 아니라, "우리 진영의 다른 병사"가 슬그머니 빌려간 것이다. 다른 병사란 앞의 「방문객들」에 등장하는 벌목꾼 알렉스 테리앙을 말한다.
12 고대 로마 시인 알비우스 티불루스Albius Tibullus(기원전 55?~기원전 19?)의 「비가」의 한 구절.
13 『논어』, 「안연편」顔淵篇에 나오는 말.

호수들

    때때로, 마을에 가서 인간 사회와 뜬소문을 실컷 맛보고, 만나볼 친구들도 빠짐없이 만나고 나면, 나는 늘 다니던 곳에서 훨씬 더 서쪽으로 발길을 돌려서, "신선한 숲과 새로운 목초지"[1]를 찾아 마을의 인적이 아주 드문 곳으로 향했다. 또는 해가 저무는 무렵이면, 페어헤이븐 언덕에 올라 월귤과 블루베리 열매로 저녁을 때우고, 며칠간 먹을 것을 더 따기도 했다. 과일은 그것을 구매하는 사람이나 시장에 내다 팔려고 재배하는 사람에게는 참다운 맛을 보여주지 않는다. 과일 맛을 아는 방법은 딱 한 가지뿐인데, 그런 방법을 택하는 사람은 별로 없다. 월귤 맛을 알고자 하면, 목동이나 자고새에게 물어봐라. 월귤을 손수 따본 적이 없으면서, 그것의 맛을 안다고 생각하는 것은 형편없는 오산이다.[2] 보스턴에서는 진짜 월귤을 결코

---

1 존 밀턴의 『리시다스』*Lycidas* 중.
2 월귤은 풍부하지만 따기가 아주 힘들기 때문에 상업성이 없다.

볼 수 없다. 월귤은 보스턴의 세 언덕[3]에서 자랐기 때문에, 그것의 진짜 맛을 아는 사람은 없다고 할 수 있다. 상인의 수레에 실려 오면서 딸기의 과분果粉이 벗겨지면, 이와 함께 과실의 아주 맛있는 핵심부가 사라지고 단순한 식품이 되기 때문이다. '영원한 정의'가 살아 있는 한, 순수한 월귤은 한 알도 교외의 언덕에서 보스턴 시내로 이송될 수가 없다.

때때로, 그날의 김매기를 마치면, 나는 아침부터 조급하게 호수에서 낚시질을 하는 어떤 친구와 합류했다. 그는 오리나 물 위에 떠있는 나뭇잎처럼 움직이지 않고 조용히 앉아서, 이런 저런 철학을 수행한 끝에, 내가 도착할 무렵이면, 흔히 자신이 옛 '시노바이트'cenobite[4]의 일원이라는 결론에 이르러 있었다. 나이가 더 많은 또 다른 사람은 뛰어난 낚시꾼이면서 갖가지 목공에 능숙했다. 그는 내 집을 낚시꾼의 편의를 위해 지어진 것으로 여기고 즐거워했으니, 그가 문간에 앉아 낚싯줄을 손볼 때면 나도 똑같이 즐거웠다. 우리는 간혹 호수에 같이 배를 띄우고 어울렸다. 그는 보트 한쪽 끝에 앉고 나는 다른 쪽 끝에 앉아 있을 뿐, 우리 사이에 많은 말이 오가지는 않았다. 요 몇 해 사이에 그의 귀가 어두워졌기 때문이다. 그가 이따금 흥얼거리는 찬송가는 내 철학과 아주 잘 조화를 이루었다. 이처럼 우리의 친교는 대체적으로 완전한 하모니를 이루었으며, 말을 통해 사귐을 유지하는 경우보다도 훨씬 더 기억에 남고 즐거웠다. 거의 늘 그랬지만, 이야기 상대가 아무도 없을 때면, 나는 보트의 옆구리

---

3 콥스Copp's, 포트Fort, 비컨Beacon 언덕을 말한다.
4 수도원에서 공동생활을 하는 수도승. 발음이 "See no bites"와 같아서 "입질 구경도 못한다"는 뜻을 동시에 표현하고 있다.

를 노로 두들겨서 메아리를 일으켰다. 그 메아리가 원을 그리며 퍼져서 주변의 숲을 가득 메우고, 동물원 사육사가 야수를 선동하듯 숲을 선동하면, 마침내 나는 모든 골짜기와 중턱으로부터 으르렁 함성을 이끌어냈다.

따뜻한 저녁이면 종종 보트에 앉아서 피리를 불었는데, 그 소리에 반한 듯한 농어[5]가 주변을 맴도는 모습도 보이고, 숲의 잔해들이 깔려 있는 이랑진 호수 바닥에 어른거리는 달의 모습도 보였다. 전에도 어두운 여름밤에, 때때로 친구와 함께 모험하는 기분으로 이 호수에 온 적이 있었다. 우리는 물고기를 유인할 생각으로, 물가에 불을 피워 놓고는, 낚싯줄에 지렁이를 잔뜩 꿰어서 메기를 잡았다. 그리고 이슥한 밤에 낚시를 끝내면, 타다 남은 등걸불을 폭죽처럼 하늘 높이 던졌다. 그것들이 호수로 떨어지면서, 쉬익! 요란한 소리를 내며 꺼지고 나면, 우리는 갑자기 칠흑 같은 어둠 속에서 더듬거렸다. 우리는 어둠을 뚫고 휘파람을 불면서, 사람들이 사는 곳으로 다시 발걸음을 옮겼다. 그러나 이제 나는 아예 호수 옆에 집을 마련했다.

때때로, 나는 마을의 어느 응접실에 앉아 있다가, 그 집 식구들이 모두 잠자리로 물러난 뒤에야 숲으로 돌아왔다. 그리고 다음 날의 만찬 거리를 마련할 겸, 달빛 아래에서 한밤중의 몇 시간을 보트낚시를 하며 보냈다. 이럴 때면 올빼미와 여우가 세레나데를 불러주었으며, 때로는 바로 옆에서 이름 모를 새가 찍찍 울기도 했다. 이런 것들은 나에게 매우 잊을 수 없고 소중한 경험이었다. 나는 호숫

---

5   농엇과의 민물고기.

가에서 20~30로드 떨어진, 수심 40피트의 지점에 닻을 내리고, 간혹 달빛 아래에서 꼬리를 치며 수면에 잔물결을 일으키는 수천 마리의 농어와 모래무지에 둘러싸인 채, 40피트 아래 물속에 살고 있는 신비스러운 밤의 물고기들과 긴 아마亞麻 낚싯줄을 통해서 교신했다. 그리고 때로는 부드러운 밤의 미풍에 표류하면서, 60피트의 낚싯줄을 이리저리로 질질 끌고 다니노라면, 이따금 낚싯줄을 타고 오는 가벼운 진동을 느꼈다. 어떤 생명체가 낚싯줄 끝 언저리를 배회하면서, 지루하고 불확실하고 어줍은 입질로, 낚싯밥을 물지 말지 망설이고 있음을 암시하는 것이었다. 마침내 내가 손을 번갈아 당기며, 천천히 끌어올리니, 뿔 돋친 메기가 끽끽거리며 꿈틀꿈틀 상공으로 올라온다. 특히 어두운 밤에, 나의 생각들이 다른 천체들의 방대하고 우주론적인 주제로 꿈꾸듯 흘러갔을 때, 이런 어렴풋한 입질을 느끼는 것은 아주 야릇한 기분이었으니, 그런 입질로 인해 나는 꿈에서 깨어나 다시 자연과 연결되기 때문이었다. 다음번에는 아래쪽의 이런 호수뿐만 아니라, 그보다 낚을 것이 더 많은 위쪽의 하늘로도 낚싯줄을 던질 수 있을 듯했다. 이처럼 나는 말하자면 하나의 낚싯바늘로 두 마리의 물고기를 낚았던 것이다.

월든 호수의 경치는 수수하고 아름답기는 하지만, 장관에는 이르지 못하여, 오랫동안 자주 와보거나 호숫가에서 살아본 사람 말고는 관심을 가진 이가 많지 않다. 그러나 이 호수는 특출하게 깊고 맑기 때문에, 각별히 기술할 만한 가치가 있다. 맑고 깊은 청정 샘물인 호수는 길이 0.5마일에 둘레가 1.75마일, 면적이 약 61.5에이커에 이른다. 소나무와 떡갈나무 숲 한복판에 자리 잡은 영원한 샘물

호수들

로서, 구름과 증발 외에는 눈에 띄는 유입구나 유출구가 하나도 없다. 주변을 둘러싼 낮은 산들은 수면에서 40~80피트 정도까지 가파르게 솟아 있다. 하지만 남동쪽과 동쪽에는 호수에서 0.25~0.3마일 거리 이내에, 100~150피트 정도 되는 산들이 솟아 있다. 호수 주변은 나무들로 빼곡히 둘러싸여 있다. 콩코드의 모든 수역은 적어도 두 가지 색깔을 띠고 있다. 하나는 멀리서 본 색깔이고, 다른 하나는 아주 가까이에서 본 것으로 더 고유한 색깔이다. 멀리서 본 색깔은 빛에 많이 좌우되어서, 하늘색을 따른다. 여름철 맑은 날씨에, 그리 멀지 않은 거리에서, 특히 물이 일렁거릴 때 보면 푸르게 보이고, 물결이 일 때 보면 더욱 푸르며, 아주 멀리서 보면 모두 똑같이 푸르다. 폭풍우가 몰아칠 때는, 때때로 암청색을 띤다. 하지만 바다는 감지할 만한 대기 변화가 전혀 없어도, 어떤 날은 하늘색으로 보이고 어떤 날은 녹색으로 보인다고 한다. 산천이 모두 눈에 뒤덮였는데, 우리 호수의 물과 얼음은 풀처럼 거의 초록색을 띠고 있는 것을 본적도 있다. 어떤 사람은 푸른색이 "액체 상태건 고체 상태건, 순수한 물의 색깔"[6]이라고 생각한다. 그러나 보트를 타고 직접 호수를 내려다보면, 매우 다른 색깔로 보인다. 월든 호수는 똑같은 관측 지점에서도, 어떤 때는 푸른색이고 어떤 때는 초록색이다. 땅과 하늘 사이에 위치한 이 호수는 양쪽의 색깔을 모두 띠는 것이다. 산꼭대기에서 보면, 월든 호수는 하늘의 색깔을 반영하지만, 가까이서 보면 모랫바닥이 보이는 호숫가는 누런 색조를 띤다. 조금 더 깊은 곳은 옅은 초록색을 띠며, 점차로 색깔이 짙어져서 호수 한복판에 이르

---

6 출처 불명.

면 똑같이 어두운 초록색을 띤다. 빛에 따라, 산꼭대기에서 보아도, 호숫가의 물까지 선명한 초록색을 띠기도 한다. 어떤 사람은 이것이 녹음이 반영된 결과라고 했다. 그러나 철로의 모랫둑과 인접한 호숫가의 물도 초록색이고, 잎이 피기 전의 봄에도, 그 물이 여전히 초록색인 점으로 보아, 이것은 그저 지배적인 푸른색이 모래의 노란색과 혼합된 결과일지 모른다. 호수의 홍채 색깔이 초록색인 것이다. 여기서 홍채는 봄철에 호수 바닥에서 반사되고 또한 땅을 통해 전도되는 태양열을 받아 따뜻해진 부분의 얼음이 맨 먼저 녹아서 아직 얼어 있는 호수 복판의 언저리에 형성되는 좁은 수로 부분을 말한다. 다른 수역들처럼, 맑은 날씨에, 물이 많이 일렁거릴 때는, 수면이 직각으로 하늘색을 반사하기 때문인지, 아니면 더 많은 빛이 수면과 혼합되기 때문인지, 월든 호수도 약간 떨어진 거리에서 보면 하늘 자체보다 더 짙은 푸른색으로 보인다. 그리고 이런 때, 호수 수면 위에서, 반영을 볼 수 있도록 분리된 시각으로 보면, 비할 데 없고 형언할 수 없는 옅은 푸른색이 분별되었으니, 이것은 물에 넣거나 색깔이 수시로 변하는 물결무늬 비단 그리고 번득이는 칼날이 보이는 푸른색, 즉 하늘 자체보다도 더 하늘다운 색깔이고, 이런 하늘색과 물결 반대쪽 숲 본래의 암녹색이 번갈아 보이니, 비교하자면 후자는 우중충하게 보일 뿐이었다. 내가 기억하기로, 이 하늘색은 초록색을 띤 유리질의 하늘색으로, 해 지기 전 서쪽 구름 사이를 통해 멀리서 바라본 겨울의 하늘 조각과 동일한 색깔이다. 하지만 빛에 비추어본 한 잔의 호수 물은 똑같은 양의 공기처럼 색깔이 없다. 잘 알려졌듯이, 대형 판유리는 초록 색조를 띠는데, 이것은 유리 제조자들이 말하는 것처럼 판유리의 "입체성"에서 기인한다. 하지만 같은 판유리

호수들

라도 하나의 작은 조각은 색깔이 없다. 월든 호수의 물이 초록 색조를 띠려면 얼마나 큰 입체성이 필요한지 실험으로 증명해본 적은 없다. 이곳의 강물은 그것을 똑바로 내려다보는 사람에게는 검거나 아주 짙은 갈색으로 보이고, 대부분의 호수 물처럼, 그 속에서 목욕하는 사람의 몸은 누런색으로 보인다. 그러나 월든 호수의 물은 수정처럼 맑기 때문에, 거기서 목욕하는 사람의 몸이 설화석고처럼 백색으로 보이는데, 이것은 한층 더 기이한 색조로서 기괴한 효과를 연출한다. 그리하여 팔다리가 확대되거나 뒤틀려 보이기도 하니, 미켈란젤로 같은 화가에게 좋은 연구 대상이 될 것이다.

월든 호수의 물은 워낙 투명해서 25~30피트의 깊이라도 바닥을 쉽게 볼 수 있다. 그 위에서 노를 젓노라면, 물 밑 수십 피트의 깊이에서 떼 지어 다니는 농어와 모래무지를 볼 수 있다. 농어는 길이가 1인치 정도밖에 안 되지만, 가로 줄무늬가 있어서 쉽게 식별된다. 이런 곳에서 호구지책을 찾다니, 그들은 틀림없이 금욕적인 물고기들인가 보다. 몇 해 전 어느 겨울날, 나는 강꼬치를 잡으려고 얼음 구멍을 뚫고 있었다. 나는 물가로 나오려다가 발을 잘못 디며 도끼를 다시 얼음 쪽으로 내찼다. 그러나 어떤 악귀가 사주한 듯 도끼는 4~5로드 정도 미끄러지더니, 곧장 수심이 25피트쯤 되는 곳에 뚫어 놓은 얼음 구멍으로 쏙 들어갔다. 호기심에서, 얼음 위에 엎드려 구멍 안을 들여다보았다. 한쪽으로 약간 치우친 채 자루가 곤추세워진 도끼가 호수의 맥박에 맞추어 이리저리 가볍게 흔들리는 것이 보였다. 만약 그대로 놔두었더라면, 도끼는 세월이 흐르면서 자루가 썩어 없어질 때까지 그곳에 꼿꼿이 서서 흔들렸을 것이다. 나는 가지고 있던 끌을 사용해서, 바로 그 위에 또 다른 얼음 구멍을 뚫고,

근처에서 발견할 수 있는 가장 긴 자작나무를 칼로 잘라 그 끝에 올 가미를 만들어 붙이고는, 조심스럽게 물속으로 내렸다. 그런 다음 자루의 손잡이 부분을 올가미에 걸고는, 자작나무에 매단 줄을 당 겨서 도끼를 다시 끌어올렸다.

호반은 한두 군데 짧은 모래사장을 제외하고는 도로 포장용 자갈처럼 매끄럽고 둥근 하얀 자갈이 깔려 있다. 그리고 매우 가파 르기 때문에 한 번만 펄쩍 뛰어들어도 사람 키를 넘어서 머리까지 잠기는 곳이 많았다. 물이 그처럼 투명하지 않다면, 바닥이 다시 높 아지는 반대편 호숫가에 이를 때까지 물 밑이 보이지 않을 것이다. 어떤 사람은 월든 호수가 바닥이 없다고 생각한다. 흙탕물인 곳은 한 군데도 없으며, 무심하게 보면 수초가 전혀 없다고 할 정도다. 최 근 침수된 곳, 정확히 말해서 호수에 속하지 않은 작은 풀밭을 제외 하면, 주목할 만한 식물 중에서 창포, 부들, 황색이나 백색 나리꽃은 눈을 씻고 보아도 없고, 약간의 작은 약모밀과 가래와 어쩌면 한두 개의 수련만 보일 뿐이다. 하지만 목욕하는 이들의 눈에는 이것들마 저 보이지 않을 것이다. 이런 식물들도 그것들이 자라나는 물만큼이 나 맑고 투명하기 때문이다. 자갈 띠가 물속 1~2로드까지 뻗어 있 고, 거기서부터 바닥은 깨끗한 모래로 이뤄져 있지만, 아주 깊은 곳 에는 가을마다 호수로 떠내려 온 나뭇잎이 썩어서 쌓인 약간의 침전 물이 있다. 그래서 한겨울에도 바닥에 쌓여 있던 싱싱한 녹색 풀이 보트의 닻에 걸려 올라오기도 한다.

월든 호수와 똑같은 호수가 하나 더 있는데, 여기서 서쪽으로 2.5마일쯤 떨어진 나인에이커코너Nine Acre Corner 마을에 있는 '화 이트 호수'White Pond가 그것이다. 나는 월든 호수를 중심으로 반경

호수들

12마일 이내의 호수는 대부분 알고 있다. 그러나 월든 호수의 순수하고 우물 같은 특질의 3분의 1이라도 가진 호수는 보지 못했다. 여러 민족이 잇달아 이 호수에서 물을 마시고, 감탄하고, 그 깊이를 재고, 사라졌지만, 그 물은 여전히 변함없이 초록색이고 투명하다. 맥박이 멈추지 않는 샘물! 아담과 이브가 에덴에서 추방되던 그 봄날 아침에도 월든 호수는 이미 존재했을 테고, 그때도 안개와 남풍을 동반한 부드러운 봄비에 얼음이 녹고 있었을 것이며, 호수를 뒤덮은 수많은 오리와 기러기가 타락의 소식을 듣지 못한 채, 그처럼 맑은 호수들에 마냥 행복했을 것이다. 그때 이미 호수는 물이 불었다 줄었다 하기 시작했고, 자신의 물을 정화하여 현재 입고 있는 색깔로 물들였으니, 세계 유일의 월든 호수로서 천상의 이슬을 증류할 수 있는 하늘의 특허를 획득한 것이다. 수많이 사라진 민족의 문학에서, 이 호수가 카스탈리아의 샘7으로 존재했는지, 또는 황금시대에는 어떤 요정이 이 호수를 지배했는지 누가 알겠는가? 이 호수야말로 콩코드가 쓰고 있는 왕관에 박힌 일등급 보석이다.

하지만 이 샘물에 맨 먼저 왔던 사람들은 그들의 발자취를 얼마간 남긴 듯하다. 나는 호수를 빙 둘러, 최근에 울창한 나무를 잘라낸 호숫가에도, 가파른 산허리에 얹은 선반처럼 좁은 통로가 번갈아 오르고 내리면서, 물가와 가까워졌다가는 다시 멀어지는 것을 보고 놀란 적이 있는데, 아마도 이곳의 종족만큼이나 오래된 길일지니, 원주민 사냥꾼들의 발에 밟혔었고, 지금도 때로는 이 땅의 주민들이 무심코 밟고 다닌다. 겨울에 눈이 약간 내린 직후에 호수의 복

---

7 Castalian Fountain. 그리스 신화에서 시의 신 뮤즈Muse에게 영감의 원천이 되었던 파르나소스Parnassus 산의 샘물.

판에 서서 보면, 잡초와 나뭇가지가 시야를 가리지 않기 때문에, 길이 한층 선명하게 보이고, 하얀 선이 또렷이 굽이치는 것 같다. 여름이라면 아주 가까이서도 알아볼 수 없는 곳이 여러 군데이지만, 겨울에는 4분의 1마일 정도 떨어져서 보아도 아주 또렷이 보이는 길이다. 말하자면, 눈이 선명하고 하얀 활자로 돋을새김 해놓은 것이다. 어느 날 이곳에 지어질 별장의 아름다운 정원도 이 길의 흔적을 일부 보존하리라.

호수의 수위는 오르내리기를 반복한다. 아무도 그것이 주기적인 현상인지, 그리고 그 주기는 얼마인지 모르지만, 늘 그렇듯이 아는 척하는 사람은 많다. 수위는 대체로 겨울에는 더 높고 여름에는 더 낮지만, 일반적인 우기와 건기와는 일치하지 않는다. 나는 내가 호숫가에 살았을 때보다 수위가 1~2피트 낮았을 때와 적어도 5피트 이상 높았을 때도 기억할 수 있다. 호수에는 물이 흘러드는 좁은 모래톱이 하나 있는데, 그 한쪽은 수심이 매우 깊다. 나는 1824년경 호숫가에서 약 6로드 떨어진 이 모래톱 위에서 어른들이 잡탕을 한 솥 끓이는 것을 거들었다. 이제는 물에 잠겨 그 위에서 무엇을 할 수 없게 된 지 25년이나 되었다. 한편 그로부터 몇 년 후, 내가 이 숲속의 어느 외진 후미에서 보트 낚시를 했다고 하면, 친구들은 믿기지 않는다는 듯 놀라워하며, 내 이야기에 귀를 기울였다. 그 후미는 그들이 아는 유일한 후미에서 15로드나 떨어진 곳으로, 이제 풀밭으로 변한지 오래되었기 때문이다. 그러나 호수의 수위는 지난 2년간 꾸준히 올랐고, 1852년 올여름에는 내가 그곳에 살던 때보다 꼭 5피트 높아졌다. 이제 수위가 30년 전만큼이나 높아졌으니, 풀밭으로 변한 그곳에서 또다시 낚시질이 계속되고 있다. 이것으로 보면,

수위의 변동 폭은 최대 6~7피트가 되는데, 주변 산에서 스며드는 물의 양은 보잘것없으므로, 이 같은 수위 상승은 땅속 깊은 샘물에 영향을 주는 여러 요인에서 기인한다고 보아야 할 것이다. 바로 올여름에 호수 수위는 다시 내려가기 시작했다. 주기적이건 아니건, 이런 오르내림이 여러 해 걸려야 완성되는 듯한 현상은 주목할 만한 일이다. 나는 한 차례의 상승과 두 차례의 하강 중 일부를 관찰했는데, 12~15년 후에는 물이 다시 내가 알고 있는 최저 수위로 떨어지리라 예상한다. 동쪽으로 1마일 떨어진 '플린트 호수'Flint's Pond는 유입구와 유출구로 인한 수위 변동을 감안해야겠지만, 이 호수와 중간의 더 작은 호수들 역시 월든 호수와 호흡을 같이한다. 그리하여 최근 모두 같은 시점에 최고 수위에 도달했다. 내가 관찰한 바로는 화이트 호수도 마찬가지다.

월든 호수가 이처럼 오랜 간격을 두고 물이 불었다 줄었다 하면, 적어도 다음과 같은 효용성이 있다. 호수가 1년 이상 이런 높은 수위를 유지하면, 그 주위를 걸어 다니기는 어렵지만, 지난번 수위가 올라간 이후에 호수 가장자리에 자라난 리기다소나무, 자작나무, 오리나무, 사시나무 등과 기타 관목들은 죽는다. 그래서 수위가 다시 내려가면, 거치적거릴 것 없는 호반이 남는다. 이래서 매일 조수의 영향을 받는 여러 호수, 강, 바다와는 달리, 월든 호반은 수위가 가장 낮을 때 가장 깨끗하다. 내 집 옆의 호반에는 15피트 높이의 리기다소나무들이 줄줄이 죽어서, 지렛대로 넘어뜨린 것처럼 쓰러져 있다. 이렇게 해서 나무가 호수를 잠식하는 현상이 저지된다. 쓰러진 나무의 크기를 보면, 지난번 수위 상승 이후 이 높이로 재상승하기까지 몇 년이 흘렀는지 알 수 있다. 이런 오르내림에 의

해 호수는 호반에 대한 권리를 확인하고, '호반'shore은 '수염을 싹 깎고'shorn, 나무는 호반에 대한 소유권을 주장할 수 없게 된다. 호반은 수염이 자라지 않는 호수의 입술이다. 호수는 때때로 자신의 빰을 핥는다. 물이 불어나면, 오리나무, 버드나무, 단풍나무는 자신들을 지탱하려는 노력의 일환으로 물속에 잠긴 가지들이나 땅바닥에서 3~4피트 높이까지의 가지들에서 몇 피트 길이의 많은 붉은 섬유질 뿌리를 사방으로 뻗는다. 또한 호반 주변에서 자라는 하이블루베리[8] 덤불은 대개 열매를 맺지 않지만, 이런 상황에서는 많은 열매를 맺는다.

어떤 사람들은 어떻게 해서 호숫가에 자갈이 고르게 깔렸는지 궁금해한다. 이에 대해서는 마을 사람들이 모두 알고 있고, 최고령 어른들도 젊었을 때 들었다는 전설이 있다. 옛날 옛적에 인디언들이 이곳의 어느 산 위에 모여 의식을 치르고 있었는데, 그 산은 지금의 호수가 땅속으로 함몰한 깊이만큼이나 하늘로 높이 치솟아 있었다. 인디언들은 결코 신성모독의 죄를 범하는 종족이 아니었지만, 전해지기로는 이 의식에서는 신성모독이 많이 저질러졌고, 그러는 동안에 산이 흔들리면서 갑자기 함몰했다는 것이다. 이때 '월든'Walden 이라는 한 노파만 도망쳐 목숨을 건졌는데, 그 노파의 이름에서 호수의 이름이 유래했다는 것이다. 산이 흔들리면서 이런 자갈들이 산허리를 굴러 내려와 지금의 호숫가에 깔렸다고 사람들은 추측한다. 어쨌든 옛날에는 이곳에 호수가 없었지만, 지금은 있다는 사실만은 아주 분명하다. 이런 인디언의 전설은 내가 이미 말한 바 있는 고대

---

8 블루베리blueberry는 1피트 이하와 10피트 정도 자라는 두 가지로 구별되는데, 전자를 '로'low 블루베리, 후자를 '하이'high 블루베리라고 한다.

호수들

의 개척자가 들려준 이야기[9]와도 전혀 상충되지 않는다. 그 개척자는 자기가 탐지 지팡이를 들고 이곳에 처음 왔을 때, 풀밭에서 엷은 수증기가 올라오는 것을 보았고, 개암나무 지팡이가 계속 아래쪽으로 향했기 때문에, 이곳에 샘을 파기로 결심했노라고 또렷이 기억하고 있다. 자갈에 대해서는 여전히 많은 사람들이 산에 부딪치는 물결 작용으로 설명하기가 어렵다고 생각한다. 하지만 내가 관찰해보니, 주변 산에는 이와 똑같은 종류의 자갈이 놀라울 정도로 풍부하고, 호수에서 제일 가까운 곳에 철도를 부설할 때도 이런 자갈을 처리하기 위해 철로 양쪽에 자갈로 담을 쌓아야 했다. 더욱이 가장 가파른 호반에 자갈이 가장 많다. 그러므로 유감이지만 이제 자갈의 유래는 나에게 더 이상 신비로운 일이 못된다. 나는 자갈을 깐 문제의 포장공이 누구인지 안다.[10] 호수의 이름이 예컨대 새프런 월든 Saffron Walden 같은 영국의 어느 지명에서 온 게 아니라면 본래 '월드인'Walled-in[11] 호수로 불렸으리라 추정할 수 있다.

월든 호수는 잘 파놓은 나의 우물이었다. 연중 4개월은 그 물은 항상 청정한 만큼이나 차갑다. 이때의 물은 마을에서 최고는 아닐지라도 어느 것 못지않게 좋다는 게 내 생각이다. 겨울에는 대기에 노출된 모든 물이 대기로부터 보호되는 샘물이나 우물보다 더 차다. 1846년 3월 6일 오후 5시부터 그다음 날 정오까지, 온도계는

---

9 앞서 「고독」의 말미에 그리스의 판Pan 신이 월든 호수를 직접 팠다는 이야기가 나온다.

10 포장공은 바로 빙하다. 빙하의 작용으로 주변의 자갈이 호숫가로 내려와 깔린 것이다.

11 '담으로 에워싸인'walled-in이라는 뜻.

지붕에 내리쬐는 햇볕의 영향을 얼마간 받아서 어떤 때는 18~21도까지 올라갔지만, 내가 앉아 있던 방에 놔둔 월든 호수의 물 온도는 5.5도로, 마을에서 방금 길어온 가장 차가운 우물물보다도 0.5도 더 차가웠다. 보일링 샘Boiling Spring[12]은 그 옆의 얕게 고이는 지표수와 섞이지만 않으면, 여름에 내가 아는 샘물 중에서 가장 차가운 물이지만, 같은 날의 온도가 7도로서 온도를 재본 샘물 중에서는 가장 미지근했다. 더욱이, 여름철에는, 월든 호수의 물은 그 깊이 때문에 햇볕에 노출된 대부분의 다른 물만큼 뜨뜻해지는 일이 결코 없다. 아주 더운 날씨에는, 나는 대개 월든 호수의 물을 한 통 가득 길어다가 지하실에 놓아두었다. 그러면 밤새 물이 시원해져서 다음 날 낮에도 그대로 있었지만, 나는 근처에 있는 샘을 자주 찾기도 했다. 호수의 물은 일주일이 지나도 길어온 날 못지않게 좋았고, 펌프 냄새도 나지 않았다. 누구든 여름에 일주일 동안 호반에서 야영하면, 물을 한 통 길어서 그의 캠프 그늘에 몇 피트 깊이로 묻어두기만 하면 구태여 사치스러운 얼음에 기댈 필요가 없다.

　월든 호수에서는 강꼬치가 잡혔다. 무게가 7파운드나 되는 놈이 잡히는가 하면, 낚싯대에 단 릴을 끌고 굉장한 속력으로 달아나버리는 놈도 있는데, 눈으로 확인하지 못한 낚시꾼은 그놈이 족히 8파운드는 될 것이라고 해도 상관없었다. 그리고 농어와 메기도 잡혔는데, 어떤 것은 2파운드가 넘었다. 모래무지, 황어 또는 잉어 Leuciscus pulchellus, 송어Pomotis obesus 몇 마리, 장어도 두어 마리 잡혔는데, 장어 중 한 마리는 무게가 4파운드나 되었다. 내가 이처럼 장어

12　온천이 아니라 땅에서 부글부글 솟는 샘으로, 월든 서쪽 1.5마일 지점에 있다.

의 무게에 각별한 관심을 기울이는 이유는, 물고기의 경우 흔히 그 무게가 유일한 자랑거리인 데다, 이런 장어들이 여기서 잡힌다는 말은 그때 처음 들었기 때문이다. 은빛 옆구리에 등은 초록색이었고, 황어와 특징이 비슷했다. 나는 길이가 약 5인치인 어떤 작은 물고기도 어렴풋이 기억한다. 여기서 내가 주로 이런 것들을 언급하는 까닭은 이 같은 사실들을 우화와 연결하기 위해서이다. 그럼에도 불구하고, 이 호수에는 물고기가 별로 풍부하지 않다. 강꼬치는 수가 많지는 않지만, 이 호수의 주요 자랑거리다. 언젠가 나는 얼음 위에 엎드려서 적어도 세 종류의 강꼬치를 목격했다. 하나는 강철 색깔을 띠고 길고 납작했는데, 다른 강물에서 잡히는 것들과 거의 같다. 또 하나는 이 호수에서 흔히 볼 수 있는 것으로, 밝은 황금색을 띠고 놀랄 만큼 짙은 녹색 반사광을 발한다. 또 다른 것은 역시 황금 색깔을 띠고 있고 모습도 두 번째와 비슷하지만, 옆구리에 짙은 갈색이나 검정색 작은 반점이 희미한 핏빛 반점 몇 개와 뒤섞여 있어서 송어와 아주 흡사하다. 이 세 번째 것은 '그물무늬 종'*reticulatus*보다는 '반점박이 종'*guttatus*에 더 가까울 것이다. 모두 살이 매우 단단한 물고기여서 보기보다는 무게가 나간다. 다른 곳보다 물이 더 깨끗하기 때문에, 모래무지, 메기, 농어 등 실로 이 호수에 서식하는 물고기는 모두 다른 호수에서 서식하는 물고기보다 훨씬 깨끗하고, 잘생기고, 살이 단단해서 쉽게 구별할 수 있다. 아마도 많은 어류학자가 이들 가운데 일부를 새로운 변종으로 분류하게 될지도 모르겠다. 호수에는 깨끗한 종의 개구리와 거북이와 민물조개도 있다. 사향뒤쥐와 밍크가 호수 주변에 발자국을 남기고, 가끔은 떠돌이 자라가 호수를 방문하기도 한다. 아침에 보트를 띄울 때면, 때때로 밤에 보트 밑에 몰래 숨어들었던 큰 자라가 화들짝 놀라기도 했다. 봄과 가을에는 오리와 기러기가 호수를 찾아오고, 녹색 제비*Hirundo bicolor*가 호수 위를 스치듯 날고, 물총새는 후미진 곳으로부터 쏜살같이 날아가고, 얼룩 도요새*Totanus macularius*는 자갈 깔린 호숫가를 여름 내내 "뒤뚱거리며"teter 걷는다. 때때로 나는 호수 위로 뻗은 백송나무에 앉아 있는 물수리의 평온을 깨뜨리기도 했다. 그러나 페어헤이븐 하구와는 달리, 갈매기 날개가 이 호수를 더럽힌 적은 없는 것 같다. 기껏해야, 이 호수는 매년 찾아오는 되강오리 한 마리를 묵인하고 있을 뿐이다. 이것들이 현재 호수를 드나드는 주요 동물들의 전부다.

날씨가 고요할 때, 물의 깊이가 8~10피트 되는 동쪽 모래땅 호반 근처나 호수 몇 군데에서 보트를 타고 물속을 내려다보면, 주변은 모두 모래뿐인데, 달걀보다 작은 크기의 자갈로 이루어진 직경 6피트에 높이 1피트 정도의 둥그런 더미를 볼 수 있다. 처음에는 인디언들이 어떤 목적으로 얼음 위에 이런 더미를 쌓았고, 얼음이 녹으면서 그것이 바닥으로 가라앉은 것이 아닌가 생각했다. 하지만 더미가 너무 규칙적이고, 어떤 것은 아주 최근에 만들어진 것이 분명해, 그렇게 생각하기도 어렵다. 이런 더미들은 강에서 흔히 발견되는 자갈 더미와 비슷하지만, 이곳에는 서커sucker[13]도 칠성장어도 없으니 어떤 물고기가 이 자갈 더미를 쌓았는지 모르겠다. 어쩌면 황어의 집일지도 모른다. 이런 것들은 호수 바닥에 즐거운 신비를 더한다.

호반은 선이 꽤 불규칙해서 전혀 단조롭지 않다. 나는 여러 개의 깊은 만으로 들쑥날쑥한 서쪽 호반, 그보다 선이 굵은 북쪽 호반,

---

13 뉴잉글랜드에서 서식하는 흔한 물고기로, 빨판으로 자갈을 옮겨 쌓는다.

호수들

연이은 갑岬이 서로 겹쳐서 사이사이에 사람의 발길이 닿지 않은 후미를 감추고 있는 부채꼴의 아름다운 남쪽 호반을 마음의 눈으로 바라본다. 물가에 솟은 언덕들로 둘러싸인 작은 호수의 한가운데에서 바라보는 숲은 진귀하게 아름다운 최고의 배경背景을 이루고, 이 경우에 숲이 반영되는 호수는 최고의 전경前景이 되며, 구불구불한 호반은 가장 자연스럽고 보기 좋은 숲과의 경계선이 된다. 나무의 일부가 도끼에 잘려나가거나, 경작지에 인접한 숲과는 달리, 이 숲의 가장자리에는 상처나 결함이 전혀 없다. 나무들은 물가로 충분히 내뻗을 수가 있어서, 모두 그쪽 방향으로 제일 힘찬 가지를 내보낸다. 조물주가 숲과 호수의 경계를 자연스럽게 엮어 짰으니, 우리의 시선은 호숫가의 가장 낮은 관목에서 시작하여 가장 높은 나무까지 단계적으로 올라간다. 인간의 손이 미친 흔적이라고는 거의 찾아볼 수 없다. 물은 1,000년 전이나 다름없이 호반을 어루만진다.

호수는 풍경 중에서 가장 아름답고 표정이 풍부한 지형 요소다. 그것은 지구의 눈이어서, 그 눈을 들여다보는 사람은 자신의 본성의 깊이를 잰다. 호숫가 둔치에서 자라는 나무는 눈가에 나 있는 가느다란 속눈썹이고, 주변의 우거진 산과 절벽은 눈두덩 위의 눈썹이다.

고요한 9월의 어느 날 오후, 가벼운 안개 때문에 맞은편 호숫가의 선이 불분명할 때, 호수의 동쪽 끝 매끈한 모래사장에 서면, '명경지수'明鏡止水라는 표현이 어디서 유래했는지 알 수 있다. 머리를 숙여 다리 사이로 보면, 호수는 먼 소나무 숲을 배경으로 계곡을 가로질러 펼쳐 놓은 곱디고운 비단처럼 반짝이면서 하나의 대기층과 또 다른 대기층을 갈라놓고 있다. 맞은편 산까지 물에 젖지 않고 수면 밑으로 걸어갈 수 있고, 호수 위를 스치듯 날아가는 제비들도 그 위에 편안히 앉을 수 있을 것만 같다. 실제로 제비들은 때때로 착각이라도 한 듯이, 수면 아래로 잠수하려는 척하다가 속은 것을 알고 다시 날아오른다. 서쪽으로 호수 상공을 바라볼 때면, 진짜 태양과 호수에 비친 태양이 똑같이 눈부시기 때문에 두 손으로 눈을 가리지 않으면 안 된다. 그리고 두 개의 태양 사이로 수면을 유심히 관찰하면, 문자 그대로 거울처럼 매끄러운 수면이 눈앞에 전개된다. 다만 호수 전역에 일정한 간격으로 흩어져 있는 소금쟁이가 햇빛 속에서 움직이면서 상상할 수 있는 최고의 멋진 섬광을 반짝반짝 발하는 곳이나, 혹여 오리 한 마리가 날개를 가다듬고 있는 곳이나, 이미 말했듯이 제비 한 마리가 너무 낮게 날다가 날개를 스치는 곳의 수면은 일렁거리기도 한다. 멀리서 물고기 한 마리가 공중에 3~4피트의 원호를 그릴 때도 있는데, 공중에 뛰어오를 때면 눈부신 섬광이 번득이고, 물을 칠 때면 또다시 섬광이 번득인다. 때로는 은빛 원호가 몽땅 한눈에 들어오기도 한다. 또는 엉겅퀴 관모冠毛가 수면 여기저기에 떠다니는데, 물고기들이 그것에 달려들면 호수에 다시 잔물결이 일어난다. 호수는 식었지만 아직 굳지 않은 용해된 유리 같고, 그 속에 있는 몇몇 티끌은 오히려 청순하고 아름다워서 유리 속의 불순물 같다. 종종 다른 곳보다 더 매끄럽고 색깔이 짙은 수면을 발견할 수 있는데, 마치 눈에 보이지 않는 거미줄, 즉 수면에서 휴식하는 물의 요정들이 친 경계선이 다른 수면과 분리해놓은 듯하다. 수면 어디에서 물고기가 도약해도, 산꼭대기에서 보면 거의 다 시야에 들어온다. 강꼬치나 모래무지가 매끄러운 수면에서 곤충을 낚으면 으레 호수 전체의 평정이 눈에 띄게 깨지기 때문이다. 이런 단

호수들

순한 사실이 얼마나 절묘하게 널리 알려지는지 놀랍기 그지없다. 물고기가 저지르는 살생까지도 이렇게 탄로가 나기 마련이다. 원을 그리며 퍼지는 물결이 직경이 6로드쯤 되면, 멀리 나뭇가지에 걸터앉아 쉬는 나도 분간할 수 있기 때문이다. 심지어 4분의 1마일의 거리에서도 물방개 한 마리가 매끄러운 수면 위에서 쉴 새 없이 전진하는 것까지 알아볼 수 있다. 물방개가 수면에 작은 이랑을 내면서 나아가면, 선명한 잔물결이 두 갈래의 선을 그으며 너울거린다. 그러나 소금쟁이는 눈에 보이는 물결을 일으키지 않고 수면을 미끄러지듯 활주한다. 심한 물결이 일 때는, 소금쟁이도 물방개도 수면에서 자취를 감춘다. 하지만 잔잔한 날이면, 그들도 충동을 이기지 못하고 호숫가의 안식처를 박차고 나와서 모험적으로 활주하니, 호반이 완전히 그들로 뒤덮인다. 태양의 온기가 정말로 고맙게 느껴지는 어느 청명한 가을날, 이와 같이 높은 산 위의 나무 그루터기에 걸터앉아 호수를 굽어보며, 물 위에 비치는 하늘과 나무의 영상으로 인해 잘 보이지 않는 수면에 이런 곤충들이 끊임없이 그리는 동그란 잔물결을 관찰하노라면, 마음이 느긋해진다. 이 넓은 수역에 어떤 동요가 있어도, 이처럼 즉시 소리 없이 잠잠해지고 진정되는 모습은 물이 가득한 항아리를 흔들면 파문이 가장자리로 밀려갔다가 모든 것이 다시 잠잠해지는 현상과 유사하다. 물고기 한 마리가 도약하거나 곤충한 마리가 호수 위에 떨어져도, 아름다운 선을 그리는 동그라미 잔물결이 영락없이 그 사실을 말해준다. 말하자면, 그 잔물결은 끊임없이 솟아오르는 호수의 분수이고, 부드럽게 고동치는 호수의 생명이며, 부풀어 오르는 호수의 가슴이다. 기쁨과 고통의 전율이 구분되지 않는다. 이 호수에서 일어나는 현상은 얼마나 평화로운가! '인

간의 작품'이[14] 다시 봄날처럼 빛나는구나! 그래, 지금 오후 한창인
데도, 모든 잎과 가지와 자갈과 거미줄이 봄날 아침에 이슬을 머금
은 듯 반짝이는구나! 노와 곤충이 움직일 때마다 섬광을 발하는구
나! 노가 물을 칠 때 생기는 메아리 또한 얼마나 감미로운가!

9월이나 10월의 청명한 날이면, 월든 호수는 완벽한 숲의 거울
이 되는데, 그 가장자리를 장식한 돌들은 보석처럼 값지고 더욱 희
귀해 보인다. 땅 위에서 호수처럼 아름답고 순수하고 동시에 드넓은
것은 아무것도 없으리라. 하늘의 물! 여기에는 울타리가 필요 없다.
수많은 민족이 오가지만 이 물을 더럽히지 못한다. 그것은 어떤 돌
로도 깰 수 없는 거울이다. 거울의 수은은 결코 벗겨지지 않는다. 자
연이 계속 새로 도금하기 때문이다. 어떤 폭풍이나 먼지도 항상 맑
은 그 표면을 흐릴 수가 없다. 태양의 아지랑이 솔이, 즉 부드러운 헝
겊이 먼지를 털어주고 닦아주기 때문에, 불순물이 끼면 모두 가라
앉아 사라져버린다. 월든 호수는 누가 입김을 불어도 흔적 없이 지
워버리고, 오히려 자기 입김을 상공으로 높이 띄워 올리는데, 그러
면 그 입김은 구름이 되어 호수의 가슴에 조용히 비친다.

들판 같은 호수는 공중에 서려 있는 정기를 드러낸다. 그것은
상공으로부터 끊임없이 새로운 생명과 운동을 받아들인다. 호수는
그 본성에서 땅과 하늘의 중간에 위치한다. 땅 위에서는 풀과 나무
만 바람에 흔들리지만, 호수는 스스로 잔물결을 일으킨다.[15] 햇빛 줄

---

14 원문의 "the works of man"라는 표현은 "the works of God"을 재미있
게 바꾼 것으로, '신의 작품'인 '자연'을 의미한다.
15 호수의 표면은 하늘의 바람에 호응하여 물결을 일으킨다. 물결은 음양
의 조화이다.

호수들

기나 섬광을 보면, 산들바람이 수면을 스치며 지나는 곳을 알 수 있다. 우리가 호수 표면을 이렇게 굽어볼 수 있다는 것은 놀랄 만한 일이다. 아마도, 우리는 이처럼 대기 표면을 굽어보면서, 더욱 신묘한 정기가 어디를 스치고 지나는지 알게 될 터이다.

10월 하순경 된서리가 내리면 소금쟁이와 물방개는 마침내 자취를 감춘다. 이어 11월 평온한 날이면, 보통 수면에 물결을 일으킬 만한 것이 전혀 없다. 11월의 어느 오후였다. 며칠간 계속되는 비바람이 그치고 평온해졌지만, 하늘에는 여전히 구름이 잔뜩 끼어 있고, 대기에는 안개가 자욱하며, 호수는 놀랄 만큼 잔잔하여, 수면조차 분간하기 어려웠다. 하지만 호수는 더 이상 10월의 밝은 색조가 아니라, 주변의 산처럼 칙칙한 11월의 색조를 띠고 있었다. 나는 가능한 한 부드럽게 노를 저었지만, 보트가 일으킨 작은 물결이 시야의 끝까지 멀리 퍼져나가면서, 수면에 부딪치는 반사광에 이랑이 일어났다. 그러나 수면을 굽어보니, 저 멀리 이곳저곳에서 희미한 불빛이 깜빡거렸다. 마치 서리를 피한 소금쟁이가 그곳에 모인 것 같았다. 아니면 수면이 아주 잔잔하니, 어쩌면 호수 바닥에서 뽀글뽀글 샘물이 솟는 곳을 드러내는 것도 같았다. 이곳 중 하나로 가만히 노를 저어 가까이 가자, 놀랍게도 수많은 작은 농어가 나를 에워쌌다. 약 5인치 정도의 선명한 청동색 농어들이 초록색 물에서 뛰놀다가는 끊임없이 수면으로 올라와 잔물결을 일으키는가 하면, 때로는 수면에 기포를 남기기도 했다. 이처럼 투명하고 바닥이 없어 보이는 물에 구름까지 비치고 있으니, 마치 풍선을 타고 하늘을 날고 있는 기분이었다. 헤엄치는 농어들은 일종의 비행이나 호버링hovering[16]을 하

---

16 헬리콥터가 제자리에서 정지 비행을 하는 것.

는 듯한 인상을 주었다. 농어들은 마치 빽빽한 새 떼처럼 내 비행 고도 바로 밑을 좌우에서 지나가고, 지느러미는 돛처럼 활짝 펼쳐져 있었다. 호수에는 이런 농어 떼가 많았다. 겨울이 하늘의 넓은 채광창에 얼음 셔터를 내리기 전, 그것들은 얼마 남지 않은 짧은 계절을 누리고 있음이 분명했는데, 때로는 그 모습이 산들바람이 수면을 치거나, 몇 개의 빗방울이 수면에 떨어지는 것처럼 보였다. 내가 조심성 없이 접근하다가 놀라게 하면, 그것들은 누군가가 나뭇가지 솔로 물을 후려친 것처럼, 갑자기 꼬리로 물을 튀기고 잔물결을 일으키면서, 이내 깊은 물속으로 피신했다. 마침내 바람이 일고 안개가 짙어지고 파도가 일기 시작하자, 농어는 이전보다 훨씬 더 높이 뛰어오르며 상반신을 드러냈는데, 금방 3인치의 검은 점 백여 개가 수면 위로 솟았다. 어느 해에는 12월 5일인데도 아직 수면에 잔물결이 보이는데다 대기에 안개가 자욱했기에, 나는 서둘러 노를 저어서 집으로 향했다. 얼굴에 빗방울이 떨어지지는 않지만, 이미 비가 급속히 몰려들었기에 금방이라도 흠뻑 맞을 것만 같았다. 그러나 내가 젓는 노의 소음에 농어가 깜짝 놀라 물속 깊이 피신한 탓에, 그것이 일으킨 잔물결이 수면에서 갑자기 사라지고, 자취를 감추는 농어 떼의 모습이 아련히 보일 뿐이었다. 결국 나는 그날 오후를 따분하게 보냈다.

거의 60년 전에 이 호수를 자주 드나들었던 한 노인의 말에 따르면, 당시 호수는 숲에 에워싸여 어두컴컴했으며, 오리와 그 밖의 물새들로 활기가 넘쳐흘렀고, 주변에는 독수리가 많았다고 한다. 그 노인이 이곳으로 낚시질을 올 때는 호숫가에서 발견한 낡은 통나무 카누를 이용했다고 한다. 그것은 두 개의 백송 통나무의 속을 파내 맞붙인 뒤, 양쪽 끝을 직각으로 자른 것이었다. 매우 엉성한 카누였

호수들

지만, 오랜 세월 사용되다가 마침내 물이 스며들어 호수 바닥에 가라앉았을 것이라고 한다. 그 노인은 카누가 누구의 것인지 몰랐다. 호수가 그 주인이었을 것이다. 노인은 길고 가느다란 히코리 껍질을 엮어 만든 굵은 밧줄을 닻줄로 썼다. 미국이 독립하기 전에 어떤 옹기장이 노인이 호수 옆에 살았는데, 한번은 옹기장이가 그에게 호수 바닥에 철궤가 있는 것을 직접 보았다고 했단다. 철궤는 때때로 호숫가로 떠올랐지만, 누군가가 그쪽으로 가면 깊은 물속으로 다시 사라졌다고 한다. 나는 노인의 낡은 통나무 카누 이야기를 듣고 기뻐했다. 그 카누는 같은 재료로 만들었지만 더 우아한 구조의 인디언 카누를 대신한 것으로, 어쩌면 당초에는 호수 기슭에 서 있던 나무였을 것이다. 어쩌다가 물속으로 쓰러져서, 한 세대 동안 그 호수에 가장 적합한 배로 떠 있었을 것이다. 내가 호수의 깊은 곳을 처음 들여다보았을 때, 큰 통나무들이 바닥에 잔뜩 누워 있는 것을 희미하게 본 기억이 있다. 이런 통나무들은 전에 바람에 쓰러졌거나, 목재 값이 쌌을 때 마지막으로 벌목한 나무를 얼음 위에 팽개친 것이었으리라. 하지만 지금은 대부분 사라지고 없다.

내가 월든 호수에서 처음으로 노를 저었을 때, 호수는 울창하고 드높은 소나무와 떡갈나무 숲에 완전히 둘러싸여 있었다. 호수의 일부 갑岬에서는 포도 넝쿨이 물가의 나무 위까지 뻗어서 정자 모양을 이루고 있었으며, 그 밑을 보트가 지나다닐 수 있었다. 호반의 언덕들은 매우 가파르고 그 위의 나무들은 매우 컸으므로, 서쪽 끝에서 내려다보면 호수는 멋들어진 경관을 연출하는 숲속의 원형 극장처럼 보였다. 내가 더 어렸을 때는, 어느 여름날 오전에 산들바람이 부는 대로 수면을 떠다니다가 호수 가운데로 노를 저어간 다음, 앉을깨에 반듯이 누워서 눈을 뜬 채 꿈을 꾸며 여러 시간을 보내고는 했다. 그러다가 보트가 호숫가의 모래에 부딪히면, 퍼뜩 꿈에서 깨어났고, 그제야 운명의 여신이 나를 호숫가로 데려왔는지 알았다. 게으름이 가장 매력적이고 생산적인 일이었던 시절이다. 나는 오전에 훌쩍 집을 나와서 하루 중 가장 귀한 시간을 이렇게 보내기를 좋아했다. 나는 돈이 많은 부자는 아니지만, 햇빛 밝은 시간과 여름날만큼은 마음껏 누리고 아낌없이 썼을 만큼 부자였다. 또한 이런 시간을 공장이나 교단에서 더 낭비하지 않은 것을 결코 후회하지 않는다. 그러나 내가 호반을 떠난 이후 벌목꾼들이 그곳을 더욱 황폐하게 만들었으니, 이제 앞으로 여러 해 동안 가끔 숲속의 오솔길 사이로 호수의 경관을 바라보며 산책하는 즐거움은 없을 것이다. 이후로 나의 뮤즈Muse가 침묵한다면 그것은 그녀의 탓이 아닐 것이다. 새들의 숲이 베여 쓰러지는데, 어찌 새들이 노래하기를 기대할 수 있겠는가.

이제 호수 바닥의 통나무와 낡은 카누와 주변의 울창한 숲도 사라졌다. 마을 사람들은 호수가 어디에 있는지도 거의 모른다. 그들은 호수에 가서 목욕을 하거나 물을 마시는 대신, 파이프로 그 물을 마을로 끌어와서 접시를 닦을 생각이나 한다. 최소한 갠지스 강만큼 신성해야 할 물인데 어찌 된 일인가! 자신들의 월든을 수도꼭지를 돌리거나 마개를 뽑아서 얻으려 하다니! 악마 같은 저 철마의 귀청 떨어지게 하는 울음소리가 온 마을에 울리니, 보일링 샘물이 악마의 발에 짓밟히고 말았구나! 월든 호반의 숲을 모두 갉아먹은 것도 바로 그 철마이다.[17] 그의 배 속에 천 명의 적병이 숨어 있으

---

17 증기기관차는 물을 끓이기 위해 엄청난 양의 물과 나무가 필요하다.

호수들

니, 돈만 아는 그리스인들이 보낸 트로이의 목마가 아니고 무엇이겠는가! 저 거만한 괴수를 디프컷Deep Cut[18]에서 맞이하여, 그의 갈비뼈 사이에 복수의 창을 깊숙이 꽂을 '무어 홀의 무어'Moore of Moore Hall[19] 같은 이 나라의 용사는 어디에 있는가?

그럼에도 불구하고, 내가 알고 있는 모든 인물들 가운데서 월든 호수가 최고의 청정淸淨을 지니고, 그것을 가장 잘 보존하고 있을 것이다. 많은 사람이 월든 호수에 비유되었지만, 그런 영예를 받을 만한 사람은 별로 없다. 맨 먼저 벌목꾼이 호반의 여기저기를 벌거벗겼고, 아일랜드 일꾼들이 호수 근처에 돼지우리 같은 집을 지었으며, 철도가 호수의 변두리를 잠식했고, 한때는 채빙업자가 호수의 얼음을 걷어갔지만, 호수 자체는 변하지 않고, 여전히 내가 어릴 때 본 모습 그대로이다. 변한 것은 나 자신뿐이다. 호수에 온갖 잔물결이 일었지만, 영원히 남을 주름살은 하나도 생기지 않았다. 호수는 영원히 젊다. 그러니 호반에 서서 보면, 분명 옛날과 다름없이 제비 한 마리가 곤충을 낚아 올리려는 듯이 수면에 살짝 몸을 적시리라. 20년 이상 거의 매일 본 호수이지만, 나는 오늘 밤 또다시 처음 보는 것 같은 감동을 받았다. 아, 여기에 월든 호수가 있구나! 내가 여러 해 전에 발견한 것과 똑같은 숲속의 호수! 작년 겨울에 호숫가의 수목이 베여 쓰러진 곳에서 또 다른 수목이 전과 다름없이 기운차게 올라오고 있다. 그때와 똑같은 사념의 샘물이 호수 표면으로 솟아오른다. 호수는 자기 자신과 조물주에게 변함없는 기쁨과 행복을 주고 있다. 정말이지, 내게도 그러하기를! 호수는 분명 아무런 간계도

---

18 월든과 콩코드 사이에 땅을 깊이 파헤쳐 철도를 부설한 지점.

19 영국 설화 「원틀리의 용」The Dragon of Wantley에서 괴물인 용을 죽인 영웅.

없는 용감한 이의 작품이구나! 그는 이 호수를 손수 마무르고, 그의 생각에 따라 깊이 파고, 물을 정화한 다음, 그의 의지에 따라 콩코드에 물려주었다. 호수의 얼굴을 보니, 나와 똑같은 회상에 잠긴 것을 알 수 있구나. 그러니 나는 거의 이렇게 말할 수밖에 없으리라. 월든 호수여, 그대인가?

> 시 한 줄을 장식하는 것이
> 내 꿈은 아니네.
> 내가 그대 월든 곁에서 사는 것보다
> 신과 하늘에 더 가까워질 수 있는 길은 없네.
> 나는 그대의 자갈 깔린 호반이고,
> 그대 위를 스쳐가는 산들바람이네.
> 내 우묵한 손바닥에는
> 그대의 물과 모래가 담겨 있고,
> 그대의 가장 깊은 곳은
> 내 생각 안에서 높이 자리하는구나.

열차가 호수를 바라보기 위해 멈추는 일은 없다. 그러나 기관사와 화부와 보조 승무원과 정기권을 가지고 호수를 자주 왕래하는 승객은 이 호수를 보면서 더 선량한 사람이 되었으리라는 상상을 해본다. 기관사, 아니 그의 본성은 이런 평온하고 순수한 광경을 적어도 하루에 한 번쯤은 보았다는 사실을 밤에도 잊지 못할 것이다. 단 한 번만 보았어도, 호수는 스테이트 거리의 먼지와 기관차의 검댕을 모두 씻어내는 데 도움을 준다. 어떤 이는 이 호수를 "신의

호수들

약수"로 부르자고 제안한다.

월든 호수에는 눈에 보이는 유입구나 유출구가 없다고 말했지만, 한편으로는 멀리 플린트 호수와도 간접적인 관련이 있다. 월든 호수보다 더 높은 위치에 있는 플린트 호수는 그쪽 방면에서 발원하는 일련의 작은 호수를 통해 월든 호수와 연결되어 있다. 그리고 다른 한편으로는 더 낮은 위치에 있는 콩코드 강과도 직접적이고 명백한 관련이 있으니, 역시 비슷한 일련의 작은 호수들을 통해 강과도 연결되어 있다. 어떤 지질시대에는 월든 호수도 이런 일련의 호수들을 거쳐 콩코드 강으로 흘렀을 것이다. 당치 않은 일이지만, 지금이라도 바닥을 조금 파면 호수를 다시 그쪽으로 흐르게 할 수 있으리라. 월든 호수가 숲속의 은자처럼 이렇게 오랜 세월을 과묵하고 검소하게 생활함으로써 그처럼 놀라운 순수성을 얻었는데, 상대적으로 불결한 플린트 호수의 물이 월든 호수의 물과 섞이거나, 월든 호수 자체가 흘러 바다의 물결 속에서 그 상큼한 맛을 허비한다면, 그 누가 애석해하지 않겠는가?

링컨 마을에 있는 플린트 호수, 일명 '모래 호수'Sandy Pond는 우리 고장에서 가장 큰 호수이자 내해다. 월든 호수의 동쪽 약 1마일 지점에 있다. 면적이 197에이커로 월든 호수보다 훨씬 크고 물고기도 더 풍부하다. 그러나 비교적 얕으며, 두드러지게 맑지도 않다. 나는 종종 숲을 거쳐서 그곳으로 산책하며 기분을 전환했다. 볼을 마음껏 때리는 바람을 느끼고, 물결이 일렁이는 것을 보면서, 선원들의 삶을 기억하는 것만으로도 그럴만한 가치가 있었다. 바람 부는 어느 가을날, 그곳으로 밤을 주우러 갔다. 마침 밤이 물속으로 떨어지고 있었고, 물결에 밀려 내 발밑까지 떠내려 왔다. 어느 날 상쾌한 물보라가 얼굴에 부서지는 가운데, 사초 무성한 호숫가를 천천히 걷고 있을 때, 우연히 썩어가는 보트 잔해를 발견했다. 배의 양 옆구리는 사라지고 평평한 바닥의 흔적만 골풀 사이에 남아 있었다. 그러나 그 골격만은 뚜렷했으니, 마치 썩은 큰 수련이 잎맥을 간직하고 있는 듯했다. 바닷가에서나 상상할 수 있는 아주 인상적인 난파선이었으니, 그것 못지않은 훌륭한 교훈을 주었다. 이제는 그것도 부엽토가 되어 호수 주변의 흙과 구분할 수 없었고, 골풀과 창포가 그 흙을 뚫고 얼굴을 내밀고 있었다. 나는 이 호수 북쪽 끝의 모랫바닥에 난 물결 자국을 볼 때마다 감탄했는데, 그런 자국은 물의 압력으로 굳어서 걷는 사람의 발에 단단하고 딱딱하게 느껴졌다. 그런 자국과 조화를 이루듯, 줄줄이 파도치며 일렬종대로 무성하게 자라는 골풀역시 감탄스러웠는데, 마치 파도가 심어놓은 것 같았다. 또한 거기서 이상스럽게 생긴 공을 꽤나 많이 발견했다. 아마 곡정초의 가느다란 풀잎이나 뿌리가 뭉쳐진 것이 분명하다. 직경이 0.5~4인치가량이었고, 완전히 둥글었다. 이런 공은 얕은 물속의 모랫바닥에서 앞뒤로 출렁이다가, 때로는 호숫가에 밀려 나오기도 했다. 공의 중심에는 단단하게 뭉쳐 있는 풀이나 약간의 모래가 들어 있다. 처음에는 누구나 그것이 조약돌처럼 파도의 작용으로 만들어졌다고 말할 것이다. 그러나 직경이 0.5인치밖에 안 되는 아주 작은 공도 똑같이 거친 재료로 이루어지는데다가, 1년 중 한 계절에만 만들어진다. 더욱이 파도라는 것은 이미 어느 정도 단단한 물질을 더 단단하게 하기보다는 부스러뜨린다고 생각된다. 이런 공들은 말리면 언제까지나 그 형태를 유지한다.

호수들

'플린트의 호수'Flint's Pond라니! 우리의 작명법이 얼마나 빈곤한지를 보여주는 이름이다. 이 천상의 호수 근처에 농장을 일구어서, 호반을 무자비하게 벌거벗겨놓았던 불결하고 멍청한 농부가 무슨 권리로 자기의 이름을 호수에 붙였다는 말인가? 그는 지독한 구두쇠가 아닌가? 뻔뻔스러운 제 얼굴을 비추어 볼 수 있는 1달러짜리 은화나 1센트짜리 동전의 번쩍이는 표면을 호수보다 더 사랑했고, 호수에 정착한 들오리마저 침입자로 간주한 인물이다. 그의 손가락들은 하르피이아Harpy[20]처럼 재물을 움켜쥐는 오랜 습관으로 꼬부라지다 못해 맹금의 각질 발톱으로 변해버렸다. 그러니 내게는 그 이름이 도무지 마뜩하지 않다. 내가 그 호수에 가는 이유는 그 사람을 보거나, 그 사람의 소식을 듣기 위해서가 아니다. 그 농부는 호수를 참다운 눈으로 '본' 적이 없고, 호수에 몸을 담근 적도 없으며, 호수를 사랑한 적도 보호한 적도 없고, 호수에 대해 좋은 말을 한 적도 없으며, 호수를 만드신 하느님께 감사한 적도 없다. 차라리 그 속에서 헤엄치는 물고기, 그곳을 자주 찾는 야생 조류나 네발짐승, 호반에서 자라는 야생화, 호수 자체의 내력과 밀접하게 얽혀 있는 미개인이나 어린이의 이름을 따서 호수의 이름을 짓는 편이 좋았을 것이다. 그와 비슷하게 사고하는 이웃이나 법률이 그에게 준 권리증서 말고는 호수에 대한 하등의 권리도 주장할 수 없고 호수를 금전 가치로만 따지는 농부의 이름을 붙이지는 말아야 했다. 아마도 그가 나타나면, 호반 전체가 저주를 받았을 것이니, 그는 주변의 지력을 소진하고, 호수의 물까지도 기꺼이 말려버렸을 사람이다. 그는 호수

---

20 그리스 신화에서 더럽고 가증스럽고 탐욕스러운 괴물. 못생긴 얼굴에 새의 날개와 꼬리와 발톱을 가졌다.

가 영국 건초나 덩굴월귤이 자라는 풀밭이 아닌 것만을 유감스러워했다. 정말이지, 그의 눈에는 호수를 보상할 것이 아무것도 없었다. 그는 호수의 물을 빼서 바닥의 진흙이라도 팔아먹었을 것이다. 호수로는 그의 물방아도 돌리지 못했으니, 호수를 바라보기만 하는 것은 그에게 아무런 '특권'이 아니었다. 나는 그의 노동을 존경하지 않으며, 모든 것에 가격이 매겨져 있는 그의 농장도 마찬가지이다. 그는 한 푼이라도 돈벌이가 될 수 있다면, 풍경도 시장에 내고, 심지어 그의 신까지도 돈벌이가 되면 시장에 내다 팔 사람이다. 그는 사실 그의 '물신'을 찾아서 시장에 가는 것이다. 그래서 그의 농장에서는 아무것도 거저 자라는 것이 없다. 그의 들에서는 곡식 대신 돈이 자라며, 풀밭에서는 꽃 대신 돈이 피고, 나무에서는 과일 대신 돈이 열린다. 그는 과일의 아름다움을 사랑하지 않는다. 그의 과일은 달러로 환산될 때까지는 익은 것이 아니다. 나는 진정한 부를 즐길 수 있는 가난이 더 좋다. 농부들이 가난한 정도에 비례해서 그들에 대한 내 존경심과 관심도 높아진다. 나는 가난한 농부들이 좋다! 도대체 모범 농장이라니! 집들은 퇴비 더미에서 자라난 버섯처럼 우뚝 서 있고, 사람과 말과 소와 돼지의 방들이, 청소가 되었건 되지 않았건, 모두 서로 붙어 있는 곳 아닌가! 가축이 사람과 함께 수용되는 곳이 아닌가! 분뇨와 버터우유의 냄새가 진동하는 거대한 시궁창! 그것이 인간의 심장과 뇌까지 퇴비로 쓰는 높은 수준의 경작이라니! 묘지에서 감자를 재배하는 것과 다를 바 없구나! 모범 농장이란 게 바로 그런 것이다.

안 된다, 이건 아니다. 가장 아름다운 풍경에 사람의 이름을 붙인다면, 가장 고귀하고 훌륭한 자의 이름으로 국한하자. 우리의

호수들

호수에 적어도 '이카로스의 바다'Icarian Sea[21]처럼 진짜 이름을 붙여주자. 그 "해안에서는 아직도" 이카로스의 "용감한 도전이 메아리친다."[22]

규모가 작은 '구스 호수'Goose Pond[23]는 플린트 호수로 가는 길목에 있다. 여기서 남서쪽으로 1마일 지점에는 콩코드 강이 확장되어 형성된 '페어헤이븐 호수'Fair-Haven Pond가 있는데, 면적이 70에이커쯤 된다고 한다. 그리고 페어헤이븐을 지나서 1마일 반쯤 되는 곳에, 40에이커 면적의 화이트 호수가 있다. 이것이 나의 호수 지구다.[24] 콩코드 강과 더불어 이 지구가 내가 물을 이용할 수 있는 권리를 누리는 곳이다. 해마다, 밤이든 낮이든, 이 호수들은 내가 가지고 가는 곡식을 어김없이 빻아준다.

벌목꾼과 철도, 그리고 나 자신까지 월든 호수를 더럽혀놓은 이후, 우리의 모든 호수 중에서 화이트 호수가 가장 아름답지는 않더라도 가장 매력적이고 숲의 보석이라 할 것이다. 물이 남달리 맑은 데서 유래했든 모래 색깔에서 유래했든, '화이트 호수'라는 평범한 이름은 무엇인가 부족한 느낌이 든다. 하지만 이런저런 점에서 화이트 호수는 월든 호수의 쌍둥이 동생이다. 두 호수는 틀림없이 지하로 연결되었다고 할 수 있을 정도로 너무나 닮았다. 호반에 자갈이

---

21 에게 해의 일부. 그리스 신화에서 이카로스Icarus는 밀랍으로 만든 날개로 태양에 너무 접근했다가 녹아서 바다로 추락했다.

22 윌리엄 드러먼드William Drummond(1585~1649)의 「이카로스」 중에서.

23 월든 호수 동쪽의 작은 호수.

24 영국의 낭만 시인 윌리엄 워즈워스William Wordsworth(1770~1850)가 사랑한 '호수 지구'Lake District에 빗댄 말이다.

깔린 것도 똑같고, 물빛도 그러하다. 삼복더위일 때, 그리 깊지는 않지만 바닥에서 반사되는 색조를 머금은 호수의 만灣들을 숲 사이로 내려다보면, 그 물이 안개 낀 청록색이나 회백색으로 보이는데, 이것 또한 월든 호수와 닮았다. 여러 해 전에 나는 사포를 만들 모래를 채취하기 위해 수레를 끌고 그곳에 가곤 했는데, 그 후 계속 찾게되었다. 그곳을 자주 찾는 어떤 사람은 이 호수를 '비리드 호수'Virid Lake[25]로 부르자고 한다. 나는 다음과 같은 이유에서 '미송美松 호수'Yellow-Pine Lake로 부르는 편이 좋겠다고 생각한다. 약 15년 전, 호숫가에서 몇 로드 떨어진 깊은 수면 위로 리기다소나무 끝이 삐죽 나온 것을 볼 수 있었다. 진귀한 종은 아니지만, 이 근처에서 미송이라고 부르던 품종이다. 심지어 어떤 사람은 이 호수는 땅이 침몰해서 생겼고, 이 나무는 과거 원시림 중 하나였다고 추정했다. 아주 오래전인 1792년에 콩코드의 한 시민이 매사추세츠 역사학회 논문집에 「콩코드 마을의 지형」이라는 글을 발표했다. 그 글에서 저자는 월든 호수와 화이트 호수를 언급한 뒤에 다음과 같이 덧붙였다. "수위가 매우 낮을 때는 화이트 호수의 복판에 나무가 한 그루 서있는 것이 보인다. 현재 서 있는 곳에서 자란 것처럼 보이지만, 뿌리는 수면에서 50피트 아래에 박혀 있고, 나무 끝은 절단되어 있는데, 절단 부위의 직경이 14인치에 달한다." 1849년 봄, 나는 서드베리Sudbury 마을에서 그 호수와 가장 가까운 데 살고 있는 사람과 이야기를 나누었는데, 그는 10~15년 전에 이 나무를 뽑아낸 사람이 바로 자기라고 했다. 그가 기억하기로 그 나무는 호숫가에서 12~15로

---

25 비리드virid는 '초록'green의 시적인 표현이다.

호수들

드쯤 떨어진 곳에 서 있었고, 그곳 수심은 30~40피트쯤 되었다고 한다. 그는 오전에 얼음을 잘라내다가, 오후에 이웃들의 도움을 받아 그 늙은 미송을 뽑아내기로 결심했다. 톱으로 얼음을 잘라서 호숫가 쪽으로 수로를 낸 다음, 황소를 동원하여 그것을 계속 위로 끌어당겨서, 마침내 얼음판으로 끌어냈다고 한다. 일을 시작한지 얼마 안 되어서 나무의 뿌리가 위로 솟고, 가지는 거꾸로 아래를 향했으며, 가지의 작은 끝이 모랫바닥에 단단히 박혀 있는 것을 발견하고는 깜짝 놀랐다. 그 나무의 굵은 쪽 직경이 1피트쯤 되어서, 좋은 판자용 원목이 되리라 기대했지만, 땔감으로밖에 쓸모가 없을 정도로 썩어 있었고, 그마저도 문제가 있었다. 그는 나무의 일부가 자기의 헛간에 있다고 했다. 나무 밑동에는 도끼 자국과 딱따구리들이 쫀 자국이 있다. 그는 그것이 호숫가의 죽은 나무였을 테지만, 마침내 바람에 쓰러져 호수에 잠겼으며, 밑동 끝은 바싹 말라서 가벼운데 나무 끝은 물에 흠뻑 젖어 무거워진 뒤에, 호수 가운데로 떠내려가 거꾸로 가라앉게 되었다고 여겼다. 여든 노령인 그의 아버지는 그 나무가 그곳에 없었던 적을 기억하지 못했다. 바닥에는 아직도 몇 개의 아름다운 큰 통나무가 깔려 있는 것이 보이는데, 수면이 일렁이면 큰 뱀이 꿈틀거리는 것처럼 보인다.

이 호수에는 낚시꾼을 유혹하는 물고기가 별로 없어서 호수가 낚싯배에 더럽혀지는 일은 별로 없다. 진흙이 필요한 흰 수련이나 흔한 창포 대신에, 붓꽃이 호숫가 주변의 자갈 깔린 바닥에서 솟아올라 맑은 물에서 드문드문 자란다. 6월이면 벌새들이 이 꽃을 찾으니, 푸른 색깔의 잎사귀와 꽃, 특히 물에 비친 붓꽃의 그림자가 회백색의 물과 독특한 조화를 이룬다.

화이트 호수와 월든 호수는 지상의 거대한 수정 보석이며, '빛의 호수들'이다. 만약 이 호수들이 영원히 응결되어 손으로 움켜쥘 정도로 작다면, 노예들이 보석처럼 캐내서 황제의 머리를 장식할 것이다. 하지만 액체인데다 양이 풍부하며 우리와 후손들의 몫으로 영원히 남게 될 것이므로, 우리는 이것들을 거들떠보지 않았고 '코이누르Kohinoor의 다이아몬드'[26]에만 눈독을 들였다. 호수는 너무 순수하여 시장가치를 매길 수 없다. 거기에는 불순물이 전혀 없다. 우리의 인생보다 얼마나 더 아름다우며, 우리의 인격보다 얼마나 더 투명한가! 우리는 호수로부터 천박함을 배운 적이 없다. 호수는 오리가 헤엄치는 농부의 문 앞에 있는 연못보다 얼마나 더 깨끗한가! 이곳으로는 깨끗한 들오리가 몰려온다. 자연에는 그것의 가치를 고맙게 여기는 인간이 없다. 깃털과 노래를 지닌 새는 꽃과 조화를 이루지만, 야성적이고 풍요로운 자연의 미와 기맥을 통하는 젊은 남녀가 있는가? 자연은 그들이 살고 있는 마을에서 멀리 떨어져 홀로 번성한다. 자연을 옆에 두고 천국을 운운하다니! 너희는 땅에 불충하는 인간이로다!

---

26 인도 산 전설의 다이아몬드로, 크기가 186캐럿이었다고 한다. 1850년 동인도회사가 빅토리아 여왕에게 선물했다.

베이커 농장

때때로 나는 소나무가 우거진 숲으로 산책을 갔다. 우뚝 선 소나무들이 신전들이나 한껏 돛을 올린 바다의 함대들처럼, 가지를 흔들며, 햇빛과 함께, 물결 춤을 추었다. 어찌나 부드럽고 푸르고 시원한지 드루이드Druid¹들도 아마 떡갈나무 숲을 버리고 이곳에서 예배를 드렸을 것이다. 어떤 때는 플린트 호수 너머에 있는 삼나무 숲으로 산책을 가기도 했는데, 고색창연한 블루베리가 뒤덮인 나무들이 하늘 높은 줄 모르고, 우뚝 솟은 것이 발할라 전당² 앞에 서면 딱 어울릴 모습이다. 게다가 덩굴 노간주나무에 주렁주렁 매달린 열매들이 화환처럼 땅을 뒤덮고 있다. 때로 늪지로 산책을 가기도 했는데, 이곳에는 가분비나무 가지로부터 송라松蘿 이끼가 꽃목걸이처럼 늘어지고, 늪의 신들이 회담하는 원탁인 듯 독버섯들이 땅을 뒤

---

1 고대 켈트족 종교였던 드루이드교의 성직자.
2 Valhalla. 북유럽 신화에서 최고의 신 오딘Odin을 위해 싸우다가 전사한 영웅들의 혼을 모신 궁전.

284

덮고 있으며, 더욱 아름다운 나비, 조가비, 또는 경단고둥 모양의 버섯들이 그루터기들을 장식하고 있다. 그리고 늪 패랭이꽃과 층층나무가 자라는가 하면, 빨간 감탕나무 열매가 꼬마도깨비 눈처럼 빛난다. 아메리카 노박덩굴은 아무리 단단한 나무라도 으스러지듯 휘감아 홈을 내고 짓구긴다. 호랑가시나무 열매들이 너무 아름다워서 보는 이로 하여금 집에 갈 생각을 잊게 한다. 따먹기에는 너무나 아름다운 이름 모를 금단의 야생 열매들이 보는 이의 눈을 유혹하고 마음을 어지럽힌다. 나는 어떤 학자를 방문하는 대신에, 이 근처에서는 보기 드문 나무들을 여러 번 찾아갔다. 그것들은 멀리 목초지 한복판이나, 깊은 숲이나 늪이나, 산꼭대기에 멀리 떨어져 있다. 예컨대, 우리 고장에는 직경이 2피트나 되는 잘생긴 검정 자작나무 몇 그루가 있다. 그 사촌뻘인 노랑 자작나무는 헐렁한 황금색 조끼를 입었고, 검정 자작나무와 똑같은 향을 풍긴다. 아주 말쑥한 나무 줄기에 이끼가 아름답게 덮여 있고, 어디 하나 나무랄 데가 없는 너도밤나무 몇 그루가 여기저기 흩어져 있지만, 나는 이것들 말고 꽤 큰 너도밤나무가 콩코드 지역에 작은 숲을 이룬 곳을 하나 알고 있다. 이 나무 열매를 미끼로 비둘기를 잡던 시절에, 비둘기들이 이 근처에 심은 것들이라고 추측된다. 이 나무를 쪼갤 때, 번쩍하는 은빛 나뭇결은 정말 볼만하다. 근방에는 참피나무와 서어나무도 있고, 일명 '개느릅나무'Celtis occidentalis라는 팽나무도 있지만, 잘 자란 것은 단 한 그루밖에 없다. 돛대처럼 훌쩍 큰 소나무와 자단[3], 또는 보통 이상으로 완벽한 솔송나무도 숲 한가운데에 탑처럼 우뚝 서 있다.

---

3 콩과의 상록 활엽 교목.

이외에도 언급할 만한 나무가 많다. 여름이건 겨울이건, 내가 방문한 성지는 바로 이런 나무들이었다.

언젠가 나는 우연히 무지개의 아치 끝자락에 선 적이 있다. 무지개가 낮은 대기층을 꽉 채우고 주변의 풀과 나뭇잎을 물들이고 있어서, 마치 채색된 수정을 통해 세상을 보는 것처럼 눈이 황홀했다. 세상은 무지갯빛의 호수였으며, 그 속에서 나는 잠깐이나마 돌고래처럼 유영했다. 유영이 더 오래 계속되었더라면, 내 일과 삶도 무지개 색으로 채색되었으리라. 철둑길을 걸을 때면, 내 그림자 주변에 생기는 후광을 보고 신기해하면서, 어쩌면 내가 선택받은 사람 중 하나일 것이라는 공상에 빠지기도 했다. 나를 찾아온 어떤 사람은 자기 앞에 걸어가는 아일랜드인의 그림자 주변에는 후광이 없었다면서, 토박이[4]만이 눈부신 후광을 가졌다고 단언했다. 벤베누토 첼리니[5]는 회고록에서 말하기를, 자신이 산탄젤로St. Angelo 성[6]에 갇혀 있는 동안 어떤 끔찍한 꿈을 꾸거나 환상을 본 뒤로는, 이탈리아에 있건 프랑스에 있건, 아침과 저녁에 자기 머리 그림자 위로 찬란한 빛이 서렸고, 풀이 이슬에 젖어 있을 때는, 그 빛이 더욱 찬란했다고 한다. 아마도 이것이 내가 말한 것과 같은 현상이었을 것이니, 이런 찬란한 빛은 아침에 특히 잘 보인다. 하지만 다른 때에도 보이고, 달빛 아래에서도 보인다. 이것은 부단히 나타나는 현상이지만, 누구에게나 보이지는 않는다. 그리고 첼리니처럼 흥분하기 쉬운 상상력을

---

4 인디언이 아니라 매사추세츠에 정착한 본래의 청교도를 가리킨다.
5 벤베누토 첼리니Benvenuto Cellini(1500~1571). 이탈리아의 조각가, 금세공인, 음악가, 군인.
6 로마 테베레Tevere 강 서쪽 기슭에 있는 성채.

가진 경우에는, 그 빛이 미신의 바탕이 되고도 남으리라. 게다가, 그는 자신의 빛이 극소수의 사람에게만 보였다고 말한다. 그러나 어쨌든 스스로 선택받은 존재라고 의식하는 사람들은 진정 기품 있는 자들이 아닐까?

나는 어느 날 오후 숲을 지나서 페어헤이븐 호수로 낚시를 하러 갔다. 채소 위주의 빈약한 식단을 보충하기 위해서였다. 그리로 가려면 베이커 농장에 딸린 '즐거운 초원'Pleasant Meadow[7]을 지나게 된다. 이후 그 한적한 피난처를 한 시인은 이렇게 노래했다.

"그대의 입구는 유쾌한 들판,
이끼 긴 과일 나무가 들판의 일부를
기운찬 개울에 양보하니,
활주하는 사향뒤쥐와
휙휙 돌진하는
잽싼 송어가 떠맡는구나." [8]

나는 월든에 가기 전에 이곳에서 살아볼 생각을 했다. 이곳을 지나면서 사과를 "슬쩍 후무렸고," 개울을 뛰어넘었고, 사향뒤쥐와 송어를 놀라게도 했다. 그날 낚시를 하러 떠났을 때는 무한히 지루하게 느껴지는 오후였다. 앞으로도 많은 사건이 발생할 것 같았고, 우리의 목숨이 길게만 느껴지는 오후 중 하나였지만, 이미 반나절이 지

7　월든 호수 남쪽 1마일의 페어헤이븐 만 기슭에 있는 집.
8　채닝Channing의 시 「베이커 농장」 중.

난 뒤였다. 도중에 갑자기 소나기가 몰려와, 머리 위에 나뭇가지를 얹고 손수건을 뒤집어쓰고는 반 시간 동안 소나무 아래에 서 있어야 했다. 마침내 배꼽까지 차는 물속으로 들어가서 물옥잠 너머로 낚싯줄을 드리웠다. 내가 갑자기 먹구름의 그림자 속에 있는 것을 알았고, 뇌성이 우르르 쾅쾅! 울리기 시작했기 때문에, 낚시질은 엄두도 내지 못하고 천둥소리만 듣고 있었다. 무장도 하지 않은 불쌍한 낚시꾼을 쫓으려고 저렇게 무서운 삼지창 번개까지 동원하다니, 신들이 힘자랑을 하는 것이 틀림없다는 생각이 들었다. 그래서 피난처를 찾아 가장 가까운 오두막으로 급히 달려갔다. 어느 길에서도 반 마일은 떨어진 오두막이었지만, 그만큼 호수로부터는 더 가깝고, 오랫동안 사람이 살지 않은 집이었다.

"그리고 멀고 먼 옛날에
이곳에 시인이 집을 지었으니,
무너져 내리고 있는
이 하찮은 오두막을 보라." 9

시의 여신 뮤즈Muse는 이렇게 우화적으로 묘사한다. 그러나 막상 그곳에 가보니, 오두막에는 존 필드John Field라는 아일랜드인과 그의 아내가 살고 있었다. 그리고 아버지의 일을 돕다가 비를 피하기 위해 방금 늪에서 아버지와 같이 뛰어온 넓적한 얼굴의 소년에서부터, 시빌레sibyl10들처럼 쭈글쭈글하고 머리가 원뿔꼴인 어린아이에 이르기

---

9 채닝의 시 「베이커 농장」 중 일부를 약간 변경한 것.
10 그리스 신화에서 예언과 신탁을 전달하는 열두 명의 무녀들. 아폴로

까지, 몇 명의 자녀가 있었다. 아이는 귀족의 저택에서처럼 아버지의 무릎에 앉아서, 비가 내리고 배가 고픈 가운데서도, 아이다운 특권을 발휘하여, 낯선 사람을 호기심 어린 눈으로 내다보았다. 그러나 아이는 자신이 존 필드의 굶주리고 여윈 불쌍한 자식이기는커녕, 어느 귀족 가문의 막내이고 세상의 희망이며, 주목의 대상이라는 사실을 전혀 모르고 있었다. 그곳에서 우리는 비가 가장 적게 새는 지붕 밑에 함께 앉아 있었다. 밖에서는 여전히 소나기가 퍼붓고 천둥이 치고 있었다. 오래전, 이 가족을 미국으로 태우고 온 배가 건조되기 전에도, 나는 여러 차례 이 자리에 앉았던 적이 있다. 존 필드는 분명 정직하고 열심히 일하지만, 주변머리가 없는 사람이었다. 그의 아내 역시 날이면 날마다 씩씩하게도 높고 오목한 솥에 밥을 지어대느라 여념이 없었다. 그녀는 둥글고 기름때 묻은 얼굴에 가슴을 드러낸 채, 여전히 언젠가는 형편이 나아질 것이라고 생각하고 있었다. 한 손에는 항상 자루걸레가 들려 있으나, 눈에 띄는 효과는 어느 곳에서도 찾아볼 수 없었다. 역시 비를 피해 이곳으로 들어온 병아리들이 가족처럼 방을 이리저리 활보하니, 너무 인간화되어서 구워 먹기는 어렵겠다는 생각이 들었다. 병아리들은 똑바로 서서 내 눈을 바라보거나 내 구두를 의미심장하게 쪼았다. 그러는 사이에 집주인은 자신의 이야기를 들려주었는데, 그는 이웃 농부와 계약하여 향후 1년 동안 거름을 써서 그 땅을 경작하는 조건으로, 1에이커에 10달러의 임금을 받기로 하고는, 삽이나 늪지용 괭이로 목초지를 뒤집으면서, 아주 열심히 "흙 갈아엎기"를 하고 있었다는 것이었다. 넓

Apollo는 그들에게 손에 쥘 수 있는 모래 수만큼 장수長壽를 허용했지만 젊음을 주지는 않았다.

베이커 농장

적한 얼굴의 어린 아들도 아버지 옆에서 즐겁게 일하는데, 아버지가 얼마나 불리한 계약을 맺었는지는 모른다고 했다. 나는 내 나름의 경험으로 그를 도우려고 이렇게 말했다. '그는 나와 가장 가까운 이웃 중 하나이며, 그에게는 내가 이곳으로 낚시나 다니는 게으름뱅이로 보이겠지만, 나 역시 그와 마찬가지로 일을 해서 생계를 유지하는 사람이다. 그리고 나는 탄탄하고 밝고 깨끗한 집에서 살고 있으며, 그 집을 짓는 데는 그의 오두막처럼 낡은 집의 1년 치 집세보다도 더 적은 비용이 들었고, 그가 선택하면 역시 한두 달 안에 대궐 같은 집을 지을 수 있다. 나는 차도 커피도 버터도 우유도 신선한 고기도 먹지 않기 때문에, 그런 것을 얻기 위해 일할 필요가 없다. 게다가 열심히 일을 하지 않으니, 열심히 먹을 필요가 없고, 따라서 음식에 드는 비용도 얼마 되지 않는다. 하지만 그는 차와 커피, 버터와 우유와 소고기로 시작했기 때문에, 그 비용을 감당하기 위해 열심히 일해야 하며, 그러고 나면 소모된 에너지를 보충하기 위해, 다시 열심히 먹어야만 한다. 그러니 결국은 피차일반일 것 같지만, 사실 피차일반이 아닌 것이, 그는 만족하지 못했고 게다가 인생까지 허비했다. 그런데도 그는 여기서 차와 커피와 고기를 매일 먹을 수 있으니, 미국 땅에 오길 잘했다고 평가하지만, 진실로 참다운 미국은 그런 것 없이도 살 수 있는 삶의 양식을 마음대로 추구할 수 있고, 그런 것들을 사용함으로써 직간접으로 초래되는 노예제도, 전쟁, 그리고 기타 쓸데없는 비용을 국민에게 부담시키려고 노력하지 않는 나라다.' 나는 이런 말을 그에게 일부러 들려주었다. 마치 그가 철학자이거나, 철학자가 되고자 하는 사람인 것처럼 말이다. 지상의 모든 풀밭이 야생 상태 그대로 남는다면, 그리고 그것이 인간이 자신을 구제하려는 노력에서 생긴 결과라면, 나는 기뻐할 것이다. 인간은 자신을 닦는 데 무엇이 가장 좋은지 알기 위해 역사를 공부할 필요는 없을 것이다. 하지만 슬프다! 아일랜드인을 교화하는 것은 일종의 도덕적 늪지를 뒤집어엎는 괭이[11]로 수행해야 하는 힘든 과업이다. 나는 그에게 이런 말을 했다. '당신은 아주 열심히 늪을 뒤집어엎는 일을 하기 때문에, 두툼한 장화와 튼튼한 옷이 필요하지만, 금방 때에 찌들고 해집니다. 그러나 나는 가벼운 구두와 얇은 옷을 입으므로, 그 비용이 당신의 절반도 들지 않습니다. 그런데도 당신은 내가 신사복을 입었다고 생각할 것입니다. (하지만 신사복이 아닙니다.) 그리고 나는 원하면 한두 시간 이내에 일이 아니라 즐기는 기분으로 이틀 분의 물고기를 잡을 수도 있고, 일주일 먹고 살기에 충분한 돈도 벌 수 있습니다. 만약 당신과 당신의 가족이 소박하게 살고자 하면, 여름철에 놀이 삼아 월귤을 따러 갈 수도 있을 것입니다.' 존은 내 말을 듣고 한숨을 내쉬었고, 그의 아내는 양손을 허리에 대고 나를 노려보았다. 두 사람 모두 그런 삶을 시작할 만한 자본도 없고, 있다 해도 그런 삶을 이행할 만한 계산 능력도 없는데, 어쩌겠느냐는 표정이었다. 그들에게 그런 삶은 추측 항법에 의한 항해와도 같은 것이었다. 그래서 그들은 딱히 어떤 방법으로 항구에 도착할지 알지 못했다. 그러므로 그들은 거대한 삶의 기둥에 날카로운 쐐기를 박아 쪼갠 다음 그것에 세밀한 홈을 팔 기술을 가지고 있지 않기 때문에, 여전히 자신들의 방식대로 삶에 덤벼들어서 얼굴과 얼굴을 맞대고, 이빨로 물어뜯고, 손톱으로 할퀴고 있을 것이다. 그들은 엉겅퀴

---

11 늪지용 괭이는 늪지에서 이탄을 캐내는 데 쓰는 도구로, 아일랜드가 거쳐 온 가난의 역사를 상징한다.

베이커 농장

를 다루는 것처럼 삶을 거칠게 몰아칠 생각만 한다. 그러나 엄청나게 불리한 싸움을 하고 있다. 슬프다, 존 필드! 아무런 계산 능력도 없이 그렇게 실패를 거듭하고 있다니!

나는 "혹시 낚시를 하나요?" 하고 물었다. "물론입니다. 한가할 때는 가끔 한 접시 올릴 만큼 잡아오죠. 물 좋은 농어를 잡지요." "미끼로는 무엇을 쓰나요?" "지렁이로 모래무지를 잡아서 그걸 농어 미끼로 씁니다." "존, 지금 잡으러 가면 좋겠군요." 그의 아내가 눈을 반짝이며 희망찬 얼굴로 말했다. 그러나 존은 난색을 보였다.

이제 소나기는 그쳤고, 동쪽 숲 위에 뜬 무지개가 맑은 저녁을 약속했다. 그래서 나는 출발했다. 집 밖으로 나와서 물 한 그릇을 청했다. 집 구경을 마무리하기 위해, 우물 바닥이 보고 싶었던 것이다. 그러나 안타깝게도 있는 것이라고는 얕은 여울과 흘러내린 모래, 끊어진 밧줄과 회수 불능의 두레박뿐이었다. 한편 부엌에서는 그의 아내가 적당한 그릇을 골라 물을 끓이는 듯했다. 남편과 의논하며 오래 지체한 끝에, 목마른 자에게 물 한 그릇이 전해졌다. 하지만 아직 식지도 않고, 불순물도 가라앉지 않은 물이었다. 나는 '이런 죽 같은 물이 이곳에서 생명을 떠받치는구나!' 하고 생각했다. 나는 두 눈을 감고, 티끌을 능숙하게 아래쪽으로 보내면서, 그 부부의 친절에 호응하기 위해 가능한 한 실컷 물을 마셨다. 나는 예절이 문제 되는 이런 경우에 까다롭게 구는 사람이 아니다.

나는 비가 그친 뒤 그 아일랜드인의 집을 떠나, 발걸음을 다시 호수로 향했다. 강꼬치를 잡으려고 서두른 것이다. 이렇게 한적한 초원, 저습지와 수렁, 쓸쓸하고 황량한 곳에서 허우적거리고 있자니, 대학까지 다닌 내게는 모든 광경이 한순간 하찮아 보였다. 그러나 붉게 물들어가는 서쪽을 향하여 언덕을 달려 내려갈 때, 어깨 위에 무지개가 걸렸고, 맑은 대기를 통해 희미한 말방울 소리가 들려왔다. 어딘지 모르는 곳에서 내 수호신이 이렇게 말하는 것 같았다. '날마다 멀리, 그리고 널리 돌아다니며, 낚시와 사냥을 하라. 더 멀리, 그리고 더 널리 돌아다니라. 또한 여러 시냇가와 난롯가에서 마음 놓고 쉬라. 젊은 시절에는 그대를 지은 이를 기억하라.[12] 새벽이 되기 전에 근심을 떨치고 일어나서, 모험을 찾아 나서라. 정오에는 다른 호숫가에 가 있도록 하고, 밤에는 당도한 곳이 어디든 그곳을 집으로 삼으라. 이곳보다 넓은 들판은 없으며, 여기서 할 수 있는 놀이보다 더 가치 있는 놀이는 없다. 이곳의 사초와 고사리처럼, 그대는 본성에 따라 거칠게 자라도록 하라. 이것들은 결코 영국 건초가 되는 일은 없으리라. 천둥이 울면 울게 하라. 그것이 농부의 작물을 망칠 염려가 있다 한들 어떤가? 천둥은 그런 용무로 그대에게 오는 것이 아니니. 사람들이 수레와 헛간으로 도망칠 때, 그대는 구름 밑으로 피하라. 밥벌이를 그대의 직업으로 삼지 말고, 도락으로 삼아라. 땅을 향유하되, 소유하지 말라. 사람들은 모험심과 믿음의 부족으로 현재의 위치에 머물면서, 농노처럼 제 삶을 사고팔면서 낭비하느니라.'

오, 베이커 농장이여!

"하찮고 순진한 햇빛이

---

12 『전도서』 12:1. "그러니 좋은 날이 다 지나고 '사는 재미가 하나도 없구나!' 하는 탄식소리가 입에서 나오기 전, 아직 젊었을 때에 너를 지으신 이를 기억하여라."

그대의 가장 값진 풍경이로다.”

“울타리 친 그대의 초원에 달려와
뛰노는 이 아무도 없구나.”

“그대는 아무와도 다투지 않으며,
질문에 당황하는 일도 없으니,
소박한 적갈색 개버딘 옷을 입고
지금도 처음처럼 유순하구나.”

“오라, 사랑하는 사람들아,
그리고 미워하는 사람도.
신성한 비둘기의 자녀든
반역자 가이 포크스[13]의 자녀든 모두 와라.
그리고 단단한 나무 서까래에 매달아서,
음모를 교수형에 처하자!”[14]

　사람들은 인근의 들이나 길거리에서 일을 하다가 밤이 되면
축 늘어져 귀가한다. 일터에서도 가정의 메아리가 여전히 괴롭힌다.
그들의 삶은 내쉬었던 숨을 또다시 호흡하는 것이기 때문에 야윈다.
그러니 아침저녁 그들의 그림자들이 일상의 발걸음보다 더 멀리 축

13　가이 포크스Guy Fawkes(1570~1606). 로마 가톨릭의 억압에 대항하여
　　‘화약 음모 사건’을 일으킨 영국 천주교 신자.
14　채닝의 시 「베이커 농장」을 약간 변형한 시구.

늘어지는 것이다. 우리는 멀리서, 모험에서, 위험에서, 그리고 매일의 발견에서, 새로운 경험과 인격을 가지고, 귀가해야 한다.

내가 호수에 당도하기 전 존 필드가 내 뒤를 따라왔다. 새로운 충동으로 마음을 바꾸었는지, 해지기 전에 해야 할 "흙 갈아엎기"를 그만둔 것이었다. 그러나 내가 한 꿰미 풍성하게 낚는 동안 불쌍한 그는 겨우 한두 마리가 입질했을 뿐이었다. 그는 그것이 자신의 운이라고 말했다. 하지만 함께 탄 보트에서 서로 자리를 바꿔 앉자, 운 또한 자리를 바꿔 앉았다. 딱하구나, 존 필드! 그가 이런 운의 의미를 읽지 못한다면, 그의 삶도 향상되지 않을 것이다. 모래무지를 미끼로 농어를 잡으려 하다니, 이렇게 젊고 원시적인 나라에서 늙은 나라에서 쓰던 전래의 방법으로 살려는 것 아닌가! 물론 모래무지도 때로는 좋은 미끼라는 것을 인정한다. 하지만 자신의 지평선을 몽땅 앞에 두고도, 그는 여전히 가난하다. 그는 아일랜드의 빈곤과 가난한 삶, 그의 조상의 조상 때부터 내려오는 늪의 방식을 물려받고 가난하게 태어났기에, 그도 그의 후손도 늪을 헤매고 다니는 오리발 뒤꿈치에 '날개 달린 샌들'*talaria*을 붙이기 전에는, 이 세상에서 일어서지 못할 것이다.

도덕률[1]

    물고기 꿰미를 들고 낚싯대를 질질 끌면서 숲을 지나 집으로 돌아오는 길이었다. 이미 깜깜한 밤이었는데, 내 앞을 슬쩍 가로지르는 우드척 한 마리가 얼핏 보였다. 나는 야릇하고도 야만적인 기쁨의 전율을 느끼면서, 그놈을 잡아 날것으로 먹고 싶은 강렬한 유혹을 느꼈다. 배가 고파서가 아니라, 그것이 상징하는 야성野性에 구미가 돌았던 것이다. 어쨌든 호숫가에 사는 동안, 나는 한두 차례 이상 하게도 반은 굶주린 사냥개가 걸신들린 듯이, 잡아먹을 수 있는 짐승을 찾아서 숲을 누비고 다녔다. 그런 때는 고기라면 아무리 잔인하게 잡은 것이라도 먹을 수 있었을 것 같았다. 어찌 된 일인지 아주 난폭한 살생도 낯설어 보이지가 않았다. 나는, 대부분의 사람처럼, 더 고매한 삶이나 이른바 정신적인 삶을 지향하는 본능과, 원시적이

---

    1   소로는 인간의 '본능'instincts 또는 '본성'Nature은 '야성'the wild과 '선성'the good으로 구성되며, 전자가 후자에 발전적으로 종속되어 하나로 통합된 '완전한 자아'의 행동양식을 '도덕률'higher laws로 규정한다.

고 상스럽고 야만적인 삶을 지향하는 또 다른 본능을 내 안에서 발견하였고, 지금도 발견한다. 나는 두 본능을 모두 존중한다. 나는 선성善性 못지않게 야성野性을 사랑한다. 나는 낚시에 내포된 야성과 모험성 때문에 아직도 낚시를 좋아한다. 때로는 아주 야성적인 삶을 살고 싶은 충동에 하루를 동물처럼 보내고 싶기도 하다. 내가 자연과 아주 친한 친구가 된 까닭은 아마도 아주 어렸을 때부터 즐긴 낚시와 사냥 덕택일 것이다. 낚시와 사냥은 우리에게 자연의 풍경을 일찌감치 소개해주고, 우리를 그 안에 붙들어둔다. 그것이 아니라면, 어린 나이에 자연과 사귈 기회가 별로 없을 것이다. 낚시꾼, 사냥꾼, 벌목꾼 등은 들과 숲에서 인생을 보내면서, 자기들도 자연의 일부라는 독특한 감각을 지니게 된다. 그리하여 그들은 흔히 생업을 추구하는 틈틈이, 기대를 가지고 자연에 접근하는 철학자나 시인보다도 더 호의적인 마음으로, 자연을 관찰한다. 자연도 그들에게 자신의 모습을 드러내기를 두려워하지 않는다. 대초원을 여행하는 사람은 자연히 사냥꾼이 되고, 미주리 강과 컬럼비아 강의 상류를 여행하는 사람은 덫을 놓는 사냥꾼이 되며, 세인트메리 폭포St. Mary Falls[2]를 여행하는 사람은 낚시꾼이 된다. 단지 여행자로 그치는 사람은 만물을 간접적으로, 반절밖에 학습하지 못하기 때문에, 반거충이 권위자가 된다. 사냥꾼과 낚시꾼이 체험이나 본능으로 알고 있는 사실들을 과학이 보고하는 경우, 우리는 아주 흥미로워한다. 그런 과학만이 진정한 '인문학'humanity이나 인간 경험의 보고서이기 때문이다.

미국에는 영국처럼 공휴일도 많지 않고, 어른과 아이가 다양

---

2 미국 몬태나Montana 주 글레이셔 국립공원Galcier National Park에 있는 폭포 중의 하나.

한 놀이도 별로 하지 않기 때문에, 양키들에게는 오락이 별로 없다고 주장하는 이들이 있는데 잘못된 생각이다. 여기서는 사냥과 낚시 같은 더 원시적이나 개인적인 놀이가 아직 오락에 자리를 양보하지 않았기 때문이다. 내 나이 또래의 뉴잉글랜드인은 거의 모두가 열 살에서 열네 살 사이에 어깨에 엽총을 메었다. 영국 귀족의 전용 수렵 지구와는 달리 이곳의 사냥터와 낚시터는 출입에 제한이 없고, 미개인의 그것들보다도 더 광활했다. 그러기에, 뉴잉글랜드 소년이 마을 공원에 머물며 노는 일이 드물었던 것은 전혀 이상하지 않다. 그러나 어떤 변화가 이미 일어나고 있으니, 증가된 박애博愛 때문이 아니라, 사냥감의 희소성 증가에 그 원인이 있다. 아마도 이제는 사냥꾼이 사냥되는 동물의 가장 친한 친구가 되었고, '동물애호협회'Humane Society도 이와 마찬가지일 게다.

호숫가에 사는 동안, 나 또한 때때로 식단에 물고기를 추가하고자 했다. 나는 사실상 최초의 낚시꾼과 똑같은 필요성 때문에 낚시를 했다. 내가 박애를 내세워 낚시에 반대한다면 모두 허위이고, 내 감정보다는 철학에 치우친 것이다. 내가 지금 낚시에 대해서만 이야기하는 까닭은, 새 사냥에 대해서는 오랫동안 달리 느끼고 있어서, 숲에 들어오기 전에 이미 총을 팔아치웠기 때문이다. 내가 다른 사람들보다 덜 자비롭다는 뜻은 아니지만, 나는 낚시를 하면서 감정의 동요를 크게 느끼지는 않았다. 물고기나 벌레를 동정하지 않았던 것이다. 이것은 습관이었다. 새 사냥에 대해 말하자면, 총을 가지고 다니던 마지막 몇 년 동안, 나는 조류학을 공부하고 있다는 핑계로 새롭거나 희귀한 새만 찾아다녔다. 그러나 고백하건대 이제 이보다 좋은 방법으로 조류학을 공부할 수 있다는 쪽으로 생각이 기울었다. 새로운 공부 방법은 새의 습성을 더욱 면밀히 관찰해야 하므로, 그 이유만으로도 나는 기꺼이 총을 내려놓았다. 자비의 관점에서 보면 찬성할 수 없지만, 사냥을 대신할 만큼 좋은 스포츠가 있는지 의심하지 않을 수 없다. 그래서 몇몇 친구가 자식에게 사냥을 시켜야 할지 걱정스레 물으면, 나는 내가 받은 최고의 교육이 바로 사냥이었음을 기억하고 이렇게 대답했다. '그래, 소년기의 자식들을 사냥꾼으로 키워라. 처음에는 스포츠맨으로 키우되, 가능하면 마침내 위대한 사냥꾼이 되도록 키워라. 그리하면 그들이 이곳이나 어떤 삼림에서도 충분한 사냥감을 발견하지 못할 것이니 — 사냥꾼은 물론이거니와 사람을 낚는 어부[3]가 되게 키워라.' 내 대답은 초서의 작품에 나오는 수녀의 의견과 상통한다. 그 수녀는 말했다.

> "사냥꾼은 성인聖人이 아니라는 구절을
> 털 뽑은 닭만큼도 유의하지 않았다."[4]

인류의 역사만이 아니라 개인의 역사에도, 알곤퀸족Algonquins[5]이 불렀듯이, 사냥꾼들이 "최고의 인간들"인 기간이 있다. 우리는 총을 한번도 쏘아보지 않은 소년을 가엾게 생각하지 않을 수 없으니, 슬프게도 그의 사냥교육을 소홀히 하는 동안, 그는 더 이상 인정이 있는 사람이 아니다. 이것이 바로 사냥에 열심인 젊은이들에 대한 나

---

3 『마르코의 복음서』 1:17. "'나를 따라 오너라. 내가 너희를 사람 낚는 어부가 되게 하겠다,' 하고 말씀하셨다."
4 제프리 초서Geoffrey Chaucer의 『캔터베리 이야기』(1476) 중. 이 구절은 수녀가 아니라 사냥을 좋아한 수사가 한 말이다.
5 북아메리카 원주민 부족 가운데 하나.

도덕률

의 대답이었으니, 나는 그들이 곧 사냥을 하지 않으리라고 믿었기 때문이다. 인정 있는 사람이라면, 그의 생각 없는 소년기가 지나면, 자기와 똑같은 생명권을 가진 동물을 제멋대로 죽이지 않을 것이다. 비참한 상황에 처한 토끼는 어린아이처럼 운다. 어머니들에게 경고하거니와, 나의 '동정'sympathies은 언제나 흔히 있는 '인간 편애적인'phil-*anthropic* 박애가 아니다.

보통 젊은이는 이렇게 숲을 알고, 그다음에 자신의 근본을 알게 된다. 그는 처음에는 사냥꾼이나 낚시꾼으로 숲에 간다. 그리고 그에게 더욱 훌륭한 생의 씨앗이 있다면, 그는 마침내 시인으로든 박물학자로든 자신의 올바른 목표를 식별하고, 총과 낚싯대를 버린다. 이런 점에서 대중大衆은 여전히 그리고 언제나 미숙하다. 어떤 나라에서는 사냥하는 목사를 흔히 볼 수 있다. 이런 목사는 좋은 목동의 개 노릇은 할지 모르나, '착한 목자'Good Shepherd[6]와는 거리가 멀다. 내가 알기로는, 어른이건 아이이건, 우리 마을의 모든 주민을, 단 한 사람을 제외하고,[7] 한나절 내내 월든 호수에 주저앉힐 수 있는 확실한 일은 낚시뿐이라는 사실을 생각하니 놀랍다. 나무를 베거나, 얼음을 자르는 일 등등의 생업을 제외하면, 그러하다는 말이다. 낚시를 하는 내내 호수를 바라보는 기회를 누리는데도, 사람들은 긴 꿰미의 물고기를 잡지 못하면, 자기들이 운이 없거나 시간을 허비했다고 생각하기 일쑤였다. 아마 낚시를 천 번은 다녀야 비로소 낚

---

6 『요한의 복음서』 10:11. "나는 착한 목자이다. 착한 목자는 자기 양을 위하여 목숨을 바친다."
7 누구를 일컫는지 불분명하다. 소로 자신일 수도 있고, 그의 스승 에머슨일 수도 있다.

시 찌끼가 바닥으로 가라앉고, 그들의 목적이 순수해질 테지만, 분명 이러한 정화淨化의 과정은 낚시를 즐기는 내내 계속될 것이다. 주지사와 주 의회의원들도, 소년 시절에 낚시를 다녔기에, 어렴풋이 호수를 기억하고 있지만, 지금 낚시하기에는 너무 나이가 많고 지체가 높아서 이제 호수와는 영영 남남이 되었다. 그런데도 그들은 여전히 죽어서 천당에 가기를 기대한다. 만약 주 의회가 호수에 관심을 갖는다면, 주로 이곳에서 사용되는 낚싯바늘의 수를 규제하는 조치가 될 것이다. 그러나 낚싯바늘에 입법이라는 미끼를 꿰서 호수 자체를 낚을 수 있는 바늘 중의 바늘에 대해서는 아무것도 모른다. 문명사회에 살면서도, 미숙한 인간은 이처럼 수렵기를 거쳐서 성장한다.

나는 요 몇 해 사이 낚시를 할 때마다 자존심을 조금씩 잃어간다는 사실을 반복적으로 깨달았다. 나는 낚시에 도전하고 또 도전했다. 낚시에 솜씨도 있고, 많은 친구와 마찬가지로 낚시에 대한 본능도 어느 정도 가지고 있어서, 그것이 때때로 되살아난다. 하지만 낚시를 끝내면 언제나 낚시를 안 했더라면 더 좋았으리라는 느낌이 든다. 그 느낌이 잘못된 것은 아니라고 생각한다. 어렴풋한 힌트일 테지만, 새벽의 첫 햇살도 어렴풋하지 않은가. 이런 하등 동물에 속하는 본능이 내게도 분명 있기는 하지만, 나의 낚시질은 해마다 줄어들고 있다. 그렇다고 내 인간성이 더 고양되었다거나 지혜가 늘어났다는 말은 아니다. 현재 나는 전혀 낚시꾼이 아니다. 그러나 내가 만약 광야에 산다면 다시 진실로 낚시꾼과 사냥꾼이 되고 싶은 유혹을 받을 것이다. 게다가, 이런 물고기나 모든 육식에는 본질적으로 불결한 무엇이 있다. 그래서 나는 집안일이 어디에서 시작되는지 알게 되었다. 비용이 아주 많이 들지만, 매일 단정하고 보기 좋은

도덕률

옷을 입고, 집을 아름답게 유지하여, 악취와 흉한 모양에서 벗어나
려는 노력이 어디에서 비롯되는지도 알기 시작했다. 나 자신이 밥상
을 받는 신사인 동시에, 푸주한이고 부엌데기고 요리사였다. 그래서
나는 흔치 않은 완벽한 체험을 토대로 말한다. 내 경우에 육식을 반
대하는 실질적인 이유는 그것이 불결하기 때문이다. 물고기들을 잡
아서 깨끗이 손질하고 익혀 먹는 경우에도, 내게 본질적인 양식을
공급한 것 같지 않기 때문이다. 그것은 시시하고 불필요해 보였으
며, 얻는 것보다 잡는 비용이 더 많이 들었다. 약간의 빵이나 몇 개
의 감자로도 충분하며, 그렇게 하면 수고와 더러움도 줄어들 것이다.
내 또래의 여러 사람과 마찬가지로, 나 역시 여러 해 동안 동물성 식
품, 차, 커피 등에 별로 손을 대지 않았다. 그런 식품이 초래하는 나
쁜 영향을 속속들이 추적했기 때문이 아니라, 어쩐지 꺼림칙하다는
생각이 들었기 때문이다. 동물성 식품에 대한 반감은 경험의 결과가
아니라 일종의 본능이다. 검소하게 살고 소박하게 먹는 것이 여러 점
에서 더 아름다워 보였다. 나는 완벽하게 그렇게 하지는 못했지만,
상상력을 즐겁게 할 정도의 검소한 식생활을 했다. 자신의 정신적
또는 시적 능력을 최고 상태로 보존하고자 항상 열심인 사람들은
누구나 동물성 식품을 멀리하고, 어떤 식품이건 과식을 삼가는 성
향이 두드러진다고 믿는다. 곤충학자들이 말하는 다음과 같은 사실
은 의미심장하다. 커비와 스펜스[8]는 그들의 저서에서 "완전한 상태
의 일부 곤충은 섭취 기관이 있지만, 사용하지 않는다,"라고 말한다.
또한 "대체로 완전한 상태의 거의 모든 곤충은 유충 상태일 때보다

---

8 윌리엄 커비William Kirby(1759~1850)와 윌리엄 스펜스William Spence (1783
   ~1860). 19세기의 생물학자인 두 사람은 『곤충학 입문』을 함께 썼다.

훨씬 덜 먹는다. 게걸스러운 모충이 나비가 되고 나면 …… 그리고 게걸들린 구더기가 파리가 되고 나면," 모두 한두 방울의 꿀이나 그 밖의 단물로 만족한다고 말한다. 나비의 날개 밑에 있는 복부는 여전히 유충 시절을 나타낸다. 바로 진미인 이 복부 때문에, 나비는 잡아먹히는 신세가 되고 만다. 대식가는 유충 상태의 인간이라 할 것이다. 전체가 대식가 상태인 종족에게는 공상이나 상상력이 전혀 없으니, 거대한 복부가 곧 이들의 정체를 드러낸다.

상상력에 방해가 되지 않는 아주 소박하고 정결한 식사를 준비하고 요리하기는 쉽지 않다. 그러나 육체의 양식을 먹을 때는 상상력의 양식도 먹어야 한다고 생각한다. 육체와 상상력 모두 같은 식탁에 앉아야 한다. 아마 그렇게 할 수 있을 것이다. 과일을 절제해서 먹으면 식욕을 부끄러워할 필요가 없고, 그런 과일은 가장 가치 있는 것을 추구하는 데 방해가 되지도 않을 것이다. 그러나 음식에 과다한 양념을 치면, 그것은 우리에게 독이 될 것이다. 산해진미로 산다는 것은 아무런 가치가 없다. 육식이건 채식이건, 대부분의 사람은 매일 그들이 먹을 음식을 다른 사람들에게 준비시키는 한편, 자기 손으로 직접 준비하는 모습을 누가 보면 수치심을 느낄 것이다. 이것이 달라지지 않는 한, 우리는 문명인이 아니며, 설사 신사와 숙녀일지라도 진정한 남자와 여자가 아니다. 이것은 어떤 변화가 일어나야 하는지를 확실하게 시사한다. 왜 상상력이 고기와 지방과 공존할 수 없는지 따지는 것은 쓸데없는 짓이다. 나는 이것들이 공존할 수 없다는 사실에 만족한다. 인간이 육식동물이라는 사실은 하나의 수치가 아닌가? 사실 인간은 주로 다른 동물을 잡아먹어야 살 수 있고, 실제로 잡아먹는다. 그러나 이것은 끔찍한 방법이니, 아마

토끼 덫을 놓거나 양을 도살해본 사람이면 누구나 알 것이다. 이보다 청정하고 건전한 식사에 만족하는 방법을 인간에게 가르치는 사람이 있다면, 그는 종족의 은인으로 존경을 받을 것이다. 내 식습관이 무엇이든, 인류가 점차 발전하면 결국 육식 습관을 버리게 될 것이라고 믿어 의심치 않는다. 이것은 미개인이 문명인과 접촉하면서 서로 잡아먹던 식습관을 버린 것만큼이나 확실하다.

누구든지 자신의 천성이 속삭이는 아주 희미하지만 지속적인 암시들에 귀를 기울인다면, 그것들은 분명 진리의 목소리이기에, 그것이 그를 어떤 극단이나 광기로 인도할지 알 수 없다. 하지만 그런 식으로 그의 결심과 믿음이 점점 강해지면서, 그가 가야 할 길이 뻗는다. 어떤 건전한 인간이 느끼는 자신 있는 거부감은 아무리 미약한 것이라도 결국 인류의 주장과 관습을 이길 것이다. 이제껏 아무도 자신의 천성을 따르다가 잘못 인도된 사람은 없었다. 그 결과가 육체적 허약이라 할지라도, 아무도 그 결과를 두고 유감스럽다고 할 수 없을 것이다. 그런 결과는 도덕률에 부합하는 삶이기 때문이다. 만약 당신이 낮과 밤을 기쁨으로 맞이하고, 당신의 삶이 꽃과 향긋한 약초처럼 향기를 발산하고, 더 탄력적이고, 더 별처럼 빛나고, 더 영원하다면, 그것이 바로 당신의 성공이다. 모든 자연이 당신을 축하하니, 당신은 시시각각 당신 자신을 축복할 이유가 있다. 가장 위대한 이득과 가치들은 그 진가를 인정받는 일이 거의 없다. 우리는 쉽게 그런 것들이 존재하는지 의심하게 된다. 우리는 곧 그것들을 잊는다. 그것들이야말로 최고의 실재다. 아마도 가장 경이롭고 가장 실재적인 사실들은 결코 인간에 의해 인간에게 전달되지 않는다.[9] 나

---

9 도덕률에 완전 부합하는 삶은 신의 경지에 이른 삶이기 때문이다.

의 일상생활에서 거두는 진정한 수확은 아침이나 저녁의 색조처럼 좀처럼 만질 수도 표현할 수도 없다. 그것은 내 손에 잡힌 약간의 우주 먼지이며, 내가 움켜쥔 한 조각 무지개이다.

하지만 나로서는 식성이 유별나게 까다로운 적이 없었다. 필요하다면, 때때로 튀긴 쥐라도 탐식할 수 있었다. 아편 중독자의 천국보다 자연 그대로의 하늘을 더 좋아하는 것과 같은 이유로, 내가 오랫동안 물을 마신 것을 기쁘게 생각한다. 나는 항상 맑은 정신을 유지하고 싶다. 사람이 무엇에 취하든, 그 정도는 천차만별이다. 나는 물이 현명한 사람을 위한 유일한 음료이고, 술은 그다지 고상한 음료가 아니라고 믿는다. 한 잔의 뜨거운 커피로 아침의 희망을 박살내고, 한 잔의 차로 저녁의 희망을 박살낸다고 생각해보라! 아, 이런 음료의 유혹을 받을 때, 내가 얼마나 타락하겠는가! 음악도 사람을 취하게 한다. 겉보기에 아주 사소한 원인이 그리스와 로마를 멸망시켰고, 영국과 미국을 멸망시킬 터이다. 습관적으로 취하는 모든 것들 중에서, 그 누가 자기가 호흡하는 공기에 취하기를 원하지 않겠는가? 내가 오랫동안 계속되는 거친 노동에 강력하게 반대하는 가장 큰 이유는 그런 노동을 하면 어쩔 수 없이 거칠게 먹고 마시게 되기 때문이다. 하지만 사실대로 말하면, 현재의 나는 이런 점에서 전에 비해 덜 까다로워졌다. 식탁에 종교적일 정도의 신조를 끌어들이지도 않고, 무슨 축복 따위를 구하지도 않는다. 이것은 내가 더 현명해졌기 때문이 아니라, 아주 유감스럽게도 세월이 흐르면서 아무것이나 먹게 되고, 식탁에 무관심해졌기 때문이라는 것을 고백하지 않을 수 없다. 아마도 대부분의 사람은, 시詩에 대해 그러하듯이, 이런 문제들에도 젊은 시절에만 관심을 둘 것이다. 이제 나도 의견만

도덕률

남아있고 실천은 "어디에도 없는" 사람이 되고 말았다. 그럼에도 나 자신을 『베다』가 말하는 특혜 받은 자 가운데 하나라고 생각하지는 않는다. 『베다』는 "'편재하는 하느님'Omnipresent Supreme Being을 진정으로 믿는 사람은 세상에 존재하는 것은 아무것이나 먹을 수 있다," 라고 말한다. 다시 말해서, 그는 자신이 먹는 음식이 무엇인지, 또는 그것을 준비한 자가 누구인지 알아볼 필요가 없다는 말이다. 또한 어느 힌두교 해설자[10]가 말했듯이, 우리는 『베다』의 결론도 그 특혜를 "고통의 시기"로 한정했다는 사실을 주목해야 한다.

누구나 식욕과는 상관없는 음식으로부터 형언할 수 없는 만족을 때때로 맛본 적이 있지 않은가? 내가 일반적으로 둔한 미각 덕분에 정신적 지각을 얻었고, 내가 입천장을 통해서 영감을 받았으며, 산기슭에서 따먹은 산딸기들이 내 천성에 양식을 공급했다는 사실을 생각하면 짜릿한 감동을 느낀다. 증자曾子는 "마음이 없으면 보아도 보이지 않으며, 들어도 들리지 않으며, 먹어도 그 맛을 모른다,"[11]라고 말했다. 음식의 참맛을 아는 사람은 대식가가 될 수 없으며, 그 참맛을 모르는 자는 대식가가 되지 않을 수 없다. 시의원이 거북 요리에 군침을 흘리는 만큼이나, 청교도는 흑빵 한 조각에도 군침을 흘릴지 모른다. 사람을 천하게 하는 것은 입속에 들어가는 음식이 아니라, 그것을 먹어치우는 식욕이다.[12] 천한 것은 음식의

---

10 람 모한 로이Ram Mohan Roy(1772~1833)를 말한다. 인도 근대화의 아버지로 불린다. 앞뒤의 인용은 그의 『베다 해석』(1832)에서 나온 것이다.

11 『대학大學』에 나오는 말.

12 『마태오의 복음서』 15:11, 18. "입으로 들어가는 것은 사람을 더럽히지 않는다. 더럽히는 것은 오히려 입에서 나오는 것이다. ……그런데 입에서 나오는 것은 마음에서 나오는 것인데 바로 그것이 사람을 더럽힌다."

질이나 양이 아니라, 감각적인 맛을 탐닉하는 것이다. 음식이 우리의 동물적 생명을 유지하거나 정신적 생명을 고취하는 양식이 되지 않고, 마음을 사로잡은 벌레들의 밥이 될 때 천하다. 사냥꾼이 자라나 사향뒤쥐나 기타 야만적인 진미를 좋아하고, 어엿한 숙녀가 송아지 발로 만든 젤리나 해외에서 수입한 정어리를 좋아한다면, 그들은 피차 다를 바 없다. 차이가 있다면, 사냥꾼은 저수지로 가고, 숙녀는 식품 저장실의 항아리로 간다는 것일 뿐이다. 놀라운 것은 어떻게 이런 사람들이, 어떻게 당신과 내가 이렇게 먹고 마시는 비굴한 짐승처럼 살 수 있느냐는 것이다.

우리의 전체적인 삶은 놀랄 만큼 도덕적이다. 덕과 악덕 사이에는 한순간의 휴전도 없다. 선善이야말로 결코 실패하지 않는 유일한 투자 대상이다. 세상에 울려 퍼지는 하프 음악이 우리를 감동시키는 것은 이러한 선을 강조하기 때문이다. 하프는 우주의 법칙을 추천하고 다니는 '우주 보험회사'의 떠돌이 소리꾼이며, 우리가 지불할 보험료는 고작 작은 선이다. 젊은이는 결국 감각이 무뎌지지만, 우주의 법칙은 결코 무뎌지지 않고, 언제나 가장 민감한 사람의 편에 선다. 미풍이 꾸짖고 있는지 귀를 기울여보라. 그 소리가 분명 들릴 터인데, 그것을 듣지 못하는 자는 불행하다. 현을 건드리거나 눌러서 소리를 바꾸면 언제나 매력적인 도덕적 선율이 우리를 사로잡는다. 귀에 거슬리는 많은 잡음도, 아주 멀리 떨어져서 들으면, 음악으로 들릴 것이니, 천박한 우리의 삶을 풍자하는 당당하고 아름다운 소리이기 때문이다.

우리는 내부에 동물성이 도사리고 있음을 의식한다. 그 동물성은 우리의 도덕적 본성이 잠자는 정도에 비례해서 깨어난다. 그것

도덕률

은 비굴하고 관능적이며, 우리가 살아서 건강할 때도 육체를 점령하는 기생충처럼 완전히 축출할 수 없을 것이다. 우리는 그 동물성으로부터 물러설 수는 있겠지만, 결코 그것의 본성을 바꿀 수는 없을 것이다. 동물성은 나름의 활력을 가지고 있으므로, 우리의 육체는 건강하면서도 순수하지 못할 수 있다. 요전 날 나는 돼지의 아래턱뼈를 주웠는데, 하얗고 건강한 이빨과 엄니가 있었다. 그것을 보고 정신적인 것과는 다른 동물적인 건강과 활력이 존재하겠다는 생각이 들었다. 돼지라는 피조물은 절제와 순수가 아닌 다른 방법으로 성공했다. 맹자는 "사람이 금수와 다른 점은 매우 하찮은 것이다. 보통 사람은 그 차이점을 매우 일찍 잃어버리지만, 군자는 주의 깊게 간직한다."[13]라고 말한다. 우리가 순수에 도달하면 어떤 종류의 삶을 살게 될지 누가 알겠는가? 내게 순수를 가르쳐줄 만큼 현명한 사람을 알고 있다면, 당장이라도 그를 찾아 나설 것이다. "『베다』는 우리의 정욕, 육체적인 외적 감각, 그리고 선행들에 대한 통제력이 우리 마음이 신에게로 다가가는 데 불가결한 것이라고 선언한다."[14] 그러나 정신이 당분간 육체의 모든 부분과 기능에 스며들어 통제하고, 외형상 아주 천박한 관능을 순결과 헌신으로 변형시킬 수 있다. 생성의 에너지는 우리가 방탕할 때는 허투루 쓰여서 우리를 불결하게 만들지만, 절제할 때는 활력과 영감을 준다. 정결은 인간이 활짝 꽃핀 상태이고, 이른바 '천재성'Genius, '영웅적 용기'Heroism, '신성'Holiness 등은 개화의 결과로 얻는 열매에 불과하다. 인간은 청결의 물길이 열릴 때 곧장 흘러서 신神에 이른다. 차례로 우리의 청결

---

13 『맹자』「이루편」離婁篇에 나오는 말.
14 람 모한 로이Ram Mohan Roy의 『베다 해석』 중.

은 영감을 주고 불결은 낙담을 준다. 동물적 본성이 매일매일 죽어 가고 신성이 확립되고 있다고 확신하는 자는 축복받은 사람이다. 자신이 동물적인 열등한 본성과 손잡고 있음에 수치심을 느끼지 않을 사람은 한 명도 없을 것이다. 우리는 기껏 '목신'fauns[15]과 '사티로스'satyrs 같은 신이거나 반신이며, 신성을 소유했으되 짐승과 손잡은 존재이며, 욕망의 피조물에 지나지 않는다. 우리의 삶 자체가 어느 정도 치욕이라는 생각이 든다.

"자신의 짐승들에게 적당한 공간을 내주고
마음을 벌채한 사람은 아주 행복하겠구나!

    *   *   *

말, 염소, 늑대 등 모든 짐승을 부리되,
자신은 다른 자의 나귀가 아니라면 행복하겠지!
그러지 못한 사람은 돼지치기일 뿐만 아니라,
돼지들을 걷잡을 수 없는 광기로 몰며
더더욱 부채질하는 악령[16]이기도 하다." [17]

모든 관능은 하나이지만, 여러 형태를 취한다. 모든 순결도 하나다. 어떤 사람이 먹든, 마시든, 동거를 하든, 육체적 쾌락의 잠을

---

15 로마 신화에 나오는 숲의 신으로 반인반수이며, 그리스 신화의 '사티로스'satyr에 해당된다.

16 『마르코의 복음서』 5:11~12. "마침 그곳 산기슭에는 놓아기르는 돼지 떼가 우글거리고 있었는데 악령들은 예수께 '저희를 저 돼지들에게 보내어 그 속에 들어가게 해주십시오,' 하고 간청하였다."

17 존 던John Donne(1572~1631)의 「줄리어스의 에드워드 허버트 경에게」 중.

도덕률

자든, 모두 똑같다. 이 모두가 하나의 욕망에 불과하다. 어느 사람이 이런 것들 중 어느 한 가지를 행하는 것만 보아도, 그 사람이 얼마나 대단한 관능주의자인지 알 수 있다. 불순은 순수와 함께 서거나 앉을 수 없다. 굴의 한쪽 입구에서 공격당한 불순한 뱀은 다른 쪽 입구에서 혀를 날름거리는 법이다. 정결하고 싶으면 절제해야 한다. 무엇이 정결인가? 자신이 정결한지 어떻게 알 수 있겠는가? 알 수 없을 것이다. 우리는 정결의 미덕에 대해 듣고 있지만, 그것이 무엇인지는 모른다. 우리는 소문에 따라 이러쿵저러쿵 떠들 뿐이다. 지혜와 순결은 노력에서 온다. 그리고 무지와 관능은 나태에서 온다. 공부하는 사람에게 관능은 마음의 나태한 습성이다. 불결한 사람은 보편적으로 게으르고, 난롯가를 떠나지 않으며, 해가 떴는데도 자빠져 자고, 피곤하지도 않은데 쉰다. 불결함과 모든 죄악을 피하고 싶으면, 외양간을 치우는 일이라도 좋으니 열심히 일을 해라. 본성Nature은 극복하기 어렵지만, 극복해야 한다. 이교도보다 더 순결하지 않고, 그들보다 더 자신을 자제하지 못하고, 더 종교적이지 못하면, 기독교도인들 무슨 소용이 있는가? 내가 알고 있는 많은 종교 체제는 이단으로 홀대당하면서도 그 교리를 읽는 사람에게 깊은 수치심을 느끼게 하고, 비록 단순한 의식의 수행에 그치더라도, 새로운 노력을 하도록 자극을 준다.

나는 이런 것을 말하기를 망설이지만, 그것은 그 주제 때문이 아니라, 나의 불결함을 폭로하지 않고는 그것들에 대해 말할 수 없기 때문이다. 사실 나는 나의 '말들'words이 음란하더라도 상관하지 않는다. 우리는 어떤 형태의 관능에 대해서는 수치심 없이 자유롭게 논하지만, 또 다른 형태의 관능에 대해서는 침묵한다. 우리는 인간 본성의 필수적인 기능들에 관하여 이야기도 할 수 없을 정도로 타락했다. 그러나 옛 시대의 어떤 나라들에서는, 인간의 모든 기능들이 경건하게 논의 되고, 법의 규제도 받았다. 예컨대, 힌두 입법자는 아무리 하찮은 것이라도 모두 논의의 대상으로 삼았으니, 오늘날의 취향에는 아주 마뜩하지 않을 것이다. 힌두 입법자는 먹고, 마시고, 동침하고, 대소변 가리는 법, 등등을 가르쳐서 천한 기능들을 되레 드러내고, 이런 기능들을 낮고 천한 것으로 간주함으로써 자신을 거짓 변명하지는 않는다.

모든 사람은 육체란 이름의 사원을 순전히 자기 식대로 지어서 자신이 숭배하는 신에게 바치는 건축가이므로,[18] 육체 대신 대리석을 망치질하는 것으로 끝내서는 안 된다. 우리는 모두 조각가이고 화가이다. 우리의 재료는 우리 자신의 살과 피와 뼈다. 고결함은 어떤 것이든 즉시 인간의 용모에 품위를 더하게 되지만, 천함이나 관능은 야수성을 더한다.

9월의 어느 날 저녁, 존 파머[19]는 하루의 힘든 일을 마치고 자기 집 문간에 앉았지만, 아직도 그의 마음은 오늘 한 일을 얼마간 되새기고 있었다. 목욕을 마치고 이제 자신의 지적인 면을 일신하려고 앉은 참이었다. 꽤 쌀쌀한 저녁이었고, 몇몇 이웃들은 서리를 걱정하고 있었다. 그가 꼬리를 무는 여러 생각에 주의를 기울인 지 얼마 되지 않아서, 어떤 사람이 피리를 부는 소리가 들렸고, 그 소리는 그의 기분과 잘 어울렸다. 그런데도 그는 자신의 일을 생각했다. 그

---

18 『I 고린토』 3:16. "여러분은 자신이 하느님의 성전이며 하느님의 성령께서 자기 안에 살아 계시다는 것을 모르십니까?"
19 John Farmer. 가상의 농부.

런 생각이 무거운 짐이 되어서 그의 머리를 떠나지 않았으며, 자신의 의지에 반하여 계속 일을 계획하고 설계하고 있었다. 그러나 그는 별로 마음에 두지 않았다. 그것은 고작 피부에서 계속 떨어져나가는 비늘 같은 것이었다. 그러나 피리 가락은 그가 일하는 세계와는 다른 세계에서 들려왔으며, 그의 내부에서 잠자는 어떤 능력들이 해야 할 일을 암시했다. 그 가락은 그가 살고 있는 거리와 마을, 국가의 존재를 조용히 소멸시켰다. 어떤 목소리가 그에게 말했다. '그대에게 영광스러운 삶이 가능한데도 왜 이곳에 머물면서 힘들게 이런 천한 삶을 사는가? 여기가 아닌 다른 들판 위에도 저 하늘의 별과 똑같은 별이 빛나느니라.' 그러나 그는 어떻게 이런 여건에서 벗어나, 실제 그쪽으로 옮겨 갈 수 있을까? 그가 궁리할 수 있는 것은 고작 새로운 내핍耐乏을 실천하는 것, 그의 정신을 육체 안으로 내려보내서 육체를 구원하며, 점점 커지는 존경심으로 자신을 대하는 것이었다.

야생의 이웃들

이따금 함께 낚시질을 하는 친구[1]가 있었다. 그 친구는 시내 반대쪽에서 마을을 지나 나의 집으로 왔다. 그리고 낚시로 먹을거리를 잡는 일이 함께 식사하는 것 못지않은 친교의 행사가 되었다.

은자[2]

나는 지금 세상이 어떻게 돌아가는지 모르겠네. 지난 세 시간 동안 소귀나무 저편에서 우는 메뚜기 소리도 못 들었어. 비둘기도 모두 둥지에서 잠자고 있나봐. 날갯짓도 전혀 없으니 말이야. 방금 숲 저편에서 들려오는 저것은 농부의 정오 나팔 소리인가? 일꾼들이 소고기 소금 조림과 사과즙과 옥수수 빵을 먹으러 들어오고 있

---

1 소로의 친구 채닝Channing을 가리킨다. 그는 당시 월든 호수에서 남쪽으로 6마일 떨어진 곳에 살았다. 여기서는 '시인'으로 지칭된다.

2 소로 자신을 가리킨다. 가상적 자아를 이렇게 불렀을 뿐 자신이 은자라는 뜻은 아니다.

을 거야. 사람들은 왜 사서 고생할까? 먹지 않는 사람은 일할 필요
도 없는데 말이야. 그들이 얼마나 수확했는지 궁금하군. 개 짖는 소
리 때문에 도무지 사색할 수 없는 곳에서 누가 살고 싶을까? 오, 살
림살이는 어떻고! 오늘처럼 화창한 날, 빌어먹을 문손잡이에 광을
내고, 욕조를 닦다니! 차라리 살림살이를 장만하지 않는 게 낫지.
이봐, 속 빈 나무를 집으로 삼는 게 나을 거야. 그런 다음 아침 방문
객들을 맞이하고, 만찬회를 열어봐. 겨우 딱따구리 한 마리가 속 빈
나무를 똑똑 두드릴 거야. 어허, 마을에는 사람들이 너무 우글댄단
말이야! 그곳은 햇볕도 너무 무더워. 그곳 사람들은 숙명적으로 삶
에 허덕이거든. 나는 그것이 싫어. 지금 샘에서 길어온 물도 있고, 선
반 위에 갈색 빵도 한 덩어리 있으니, 그거면 족하잖아. 잠깐! 나뭇
잎 바스락거리는 소리가 들리는군. 어떤 굶주린 마을 개가 사냥 본
능에 따라 나온 소리인가? 아니면 숲에서 실종되었다는 돼지가 지
나가는 소리인가? 비 온 뒤에 보니까 돼지 발자국이 있던데 말이야.
그것의 발걸음이 빨라졌군. 내 옻나무와 해당화가 흔들리잖아? 아,
시인 양반, 당신이구먼? 오늘은 세상 돌아가는 꼴이 어떤가?

시인

저 구름을 보게. 두둥실 떠 있잖아! 오늘 내가 본 것 중에서
가장 멋진 광경이야. 옛 그림에도 그와 같은 것은 없고, 외국에도 저
런 것은 없어. 스페인 근해가 아니라면 말이야. 저것이야말로 진짜
지중해 하늘이야. 내가 먹고 살기는 해야 하는데, 오늘 아무것도 먹
지 않았으니, 낚시를 해야겠다고 생각했어. 낚시질은 시인에게 딱 맞
는 사업이지 않은가. 내가 배운 유일한 직업이 그거니까 말이야. 어

서, 같이 가자고.

은자

내가 어찌 거절하겠나. 내 갈색 빵도 곧 바닥날 테니. 곧 기꺼이 같이 가겠지만, 하고 있던 명상은 끝내려고 해. 거의 다 끝났으니, 잠시만 혼자 있게 해줘. 하지만 늦어지지 않게, 자네는 그동안 땅을 파서 미끼를 마련하고 있어. 이 지역의 흙은 거름 기운을 받은 적이 없어서, 지렁이를 만나기가 힘들어. 지렁이는 거의 사라졌어. 배가 너무 고프지 않을 때는, 미끼를 파내는 재미도 물고기 잡는 재미 못지않아. 그러니 오늘은 그 재미를 혼자 보게나. 저쪽에 물레나물이 손짓하는 것 보이지. 그것을 휘감은 인디언감자들 사이를 삽으로 파헤쳐 봐. 잡초를 뽑을 때처럼 풀뿌리 사이를 잘 들여다보면, 뗏장을 세 번 뒤집어엎을 때마다 틀림없이 지렁이 한 마리는 잡을 수 있을 거야. 아니면 좀 더 멀리 가고 싶으면, 그렇게 하는 것도 나쁘지는 않아. 좋은 미끼는 거리의 제곱에 거의 정비례해서 늘어나니까 말이야.

은자 혼자서

보자. 내가 어디에 있었지? 세상이 사방에서 이 낚시 바늘을 맹렬히 공격하고 있다는 기분에 거의 빠져 있었을 거야. 천국에 갈까? 아니면 낚시를 갈까? 만약 이 명상을 곧 끝내면, 이렇게 달콤한 기회가 또 올 가능성이 있을까? 이제까지 내 인생에서 지금처럼 사물의 본질에 녹아들 뻔했던 적이 없었잖아. 내 생각이 다시 떠오르지 않을까 두렵군. 조금이라도 효과가 있다면, 휘파람이라도 불어서 생각을 다시 부르고 싶긴 한데. 생각이 우리에게 어떤 제안을 했을

야생의 이웃들

때, '그것에 대해 생각해볼까' 하고 말하는 것이 현명할까? 내 생각이 전혀 발자국을 남기지 않았으니, 그것이 지나간 길을 다시 찾을수가 없네그려. 내가 생각하고 있는 것이 무엇이었더라? 오늘은 안개 자욱한 하루였어. 공자가 말한 세 문장을 음미해보자. 그러면 이전의 명상 상태로 되돌아갈 수 있을 거야. 그 상태가 우울이었는지, 아니면 싹트는 무아경의 상태였는지 모르겠지만 말이야. 메모. 어떤기회건 기회는 한 번뿐이다.

시인

자, 어떤가, 은자 친구. 너무 이른가? 아주 좋은 지렁이 열세 마리에다가 온전하지 않거나 작은 놈 몇 마리 잡았어. 더 작은 치어를낚기에는 좋을 거야. 지렁이가 낚싯바늘을 완전히 덮지는 않을 테니까 말이야. 마을의 지렁이는 너무 커서 낚싯바늘을 덮어버리거든. 그래서 모래무지가 실컷 뜯어 먹어도 낚시 바늘이 보이지 않을 정도야.

은자

자, 그럼, 가세. 콩코드 강으로 갈까? 물이 너무 불어나지 않았으면 꽤 재미를 볼 거야.

왜 세상은 꼭 우리 눈에 보이는 이런 물상들로 이루어졌는가?왜 인간은 이런 종의 동물들만을 이웃으로 두고 있는가? 가령 이런틈새는 왜 생쥐만 들락거릴 수 있는가? 필페이[3]와 그 밖의 우화 작가

---

3 필페이Pilpai(?~?). 인도 우화집 『필페이의 우화』를 썼다.

들[4]은 동물들을 최고로 활용했던 것 같은데, 그런 동물들은 어떤 의미에서는 모두 '짐 나르는 짐승'들로서, 인간의 생각을 일부 전하도록 창조된 게 아닌가 생각한다.

내 집을 들락거리는 쥐들은 영국에서 전래했다는 흔한 종이 아니라, 마을에서는 발견되지 않는 토종 들쥐*Musleucopus*였다. 유명한 생물학자[5]에게 그 토종 쥐 한 마리를 보냈더니, 그는 큰 관심을 보였다. 내가 집을 짓고 있을 때, 이런 쥐 한 마리가 이미 집터 아래에 보금자리를 틀고 있었다. 헌 판자로 마루를 깔고 나서, 깎아낸 부스러기를 쓸어내기 전이었는데, 점심시간이면 이 쥐가 어김없이 나와서 내 발 밑의 빵부스러기를 주워 먹었다. 이전에 사람을 구경한 적이 없는 것 같았다. 그 쥐는 곧 나와 아주 친해져서, 내 구두를 넘어 다니기도 하고 옷에 기어오르기도 했다. 동작이 다람쥐와 비슷해서 순간적인 추진력으로 방의 벽을 쉽게 오를 수도 있었다. 드디어, 내가 어느 날 벤치에 팔꿈치를 대고 비스듬히 앉아 있는데, 그놈이 내 옷을 기어오른 다음, 소매를 타고 휙 내려와서는 점심을 싼 종이 주위를 뱅뱅 돌았다. 나는 종이를 꽉 쥐고, 피하면서 그놈과 숨바꼭질을 했다. 마침내 내가 엄지와 검지 사이에 치즈 한 조각을 가만히 쥐고 있을 때, 그놈이 와서는 내 손에 앉아 치즈를 조금씩 갉아먹었다. 그러고는 파리처럼 얼굴과 앞발을 깨끗이 씻고, 유유히 사라졌다.

얼마 후 딱새 한 마리가 헛간에 집을 지었고, 울새가 집에 맞

---

4 이솝Aesop(기원전 620?~기원전 560?), 장 드 라퐁텐Jean de La Fontaine (1621~1695) 등을 말한다.

5 장 루이 루돌프 아가시Jean Louis Rodolphe Agassiz(1807~1873). 하버드 대학 교수로 근무했다.

야생의 이웃들

붙어 자라는 소나무에 안식처를 정했다. 6월이 되자 수줍음이 아주 많은 자고새*Tetrao umbellus*가 내 집 뒤 숲에서 나와서, 어린 새끼들을 데리고 내 집 창문을 지나 이동하면서, 암탉처럼 꼬꼬댁 하며 새끼들을 불렀다. 그런 모든 행동에서 숲의 암탉으로 손색이 없는 모습이었다. 사람이 접근하면 새끼들은, 어미의 신호에 따라, 갑자기 흩어졌는데, 마치 회오리바람에 휙! 휩쓸린 듯했다. 녀석들의 모습이 바람에 날리는 낙엽이나 나뭇가지를 꼭 닮았기 때문에, 많은 나그네가 새끼들의 한가운데에 발을 딛고 서 있는데도, 바로 발밑에 새끼가 있다는 낌새를 느끼지 못했다. 그도 그럴 것이 어미 새가 휙 날아오르며 날갯소리를 내거나, 애타게 새끼를 부르며 우는 소리를 들려주거나, 아니면 날개를 질질 끌며 사라지는 모습을 보여주면서, 나그네의 관심을 자기 쪽으로 끌기 때문이다. 어미 새는 때때로 깃털을 어지럽게 풀어헤친 모습으로 우리 앞에서 뒹굴거나 회전한다. 그래서 그것이 어떤 종류의 동물인지 잠깐 알아보지 못하는 경우도 있다. 새끼들은 가만히 납작 엎드려 있거나, 흔히 머리를 나뭇잎 아래에 처박고 있으면서, 멀리서 어미가 보내는 지시에만 신경을 쓴다. 또한 사람이 다가가도 일어나서 달리거나 머리를 들지 않는다. 그래서 새끼들을 아예 밟거나, 잠시 쳐다보고 있어도, 발견하지 못하는 수도 있다. 언젠가 바로 그런 때에 내가 새끼들을 손바닥에 올려놓은 적이 있다. 그런데 새끼들의 유일한 관심은, 그들의 어미와 본능에만 순종하면서, 두려워하거나 떨지 않고, 내 손바닥에 그대로 엎드려 있는 것이었다. 이 본능은 너무나 완벽했다. 언젠가 새끼들을 다시 나뭇잎 위에 내려놓았을 때, 한 마리가 우연히 옆으로 떨어졌다. 10분 후에 와보니, 그 새끼는 다른 새끼들과 함께 정확히 똑같은 위치에 그대로 있었다. 대부분 새의 새끼들과는 달리 자고새 새끼는 이미 깃털이 나 있고, 병아리보다도 더 완전히 성장하여 어른스럽다. 이런 새끼들의 동그랗고 평온한 눈동자에 담긴 놀랄 만큼 어른스러우면서도 순진한 표정은 결코 잊을 수 없다. 모든 지성이 그런 눈에 어려 있는 듯하다. 그들의 눈은 유아기의 순수뿐만 아니라, 경험으로 명료해진 지혜까지 암시한다. 그런 눈은 그 새가 태어날 때 생겨난 게 아니라, 그 눈이 반사하는 하늘과 같이 태어났다. 숲은 그런 보석을 두 번 다시 생산하지 않는다. 그와 같은 투명한 샘을 나그네가 들여다볼 기회는 흔치 않다. 무식하거나 무모한 사냥꾼은 이런 때의 어미 새를 쏘아 죽인다. 그러면 이렇게 순진한 새끼들은 떠도는 짐승이나 새의 먹잇감이 되거나, 자기와 꼭 닮은 썩어가는 나뭇잎과 서서히 뒤섞이고 만다. 암탉이 자고새의 새끼를 부화한 경우, 새끼가 어떤 것에 놀라게 되면 곧바로 흩어져서 실종된다고 한다. 새끼를 다시 불러 모으는 어미의 소리가 한번도 들리지 않기 때문이다. 이 자고새들이야말로 나의 암탉과 병아리들이었다.

아주 많은 동물이 사람의 눈에 띄지 않고 숲속에서 야생 상태로 자유롭게 살지만, 놀랍게도 먹을 것은 마을 근처에서 조달한다. 사냥꾼만이 이런 사실을 알아챈다. 수달은 이곳에서 얼마나 조용히 살고 있는가! 몸길이가 4피트나 되어서 덩치 작은 소년만 하지만, 얼핏이나마 그것을 본 사람은 없을 것이다. 나는 전에 내 집터 뒤의 숲에서 너구리를 본 적이 있는데, 아마도 밤이면 그놈이 우는 소리가 들릴 게다. 나는 통상 씨를 뿌리고 나서, 정오에 그늘에서 한두 시간 쉬면서, 점심을 먹고 샘물 옆에서 약간의 독서를 했다. 이 샘은 늪과 개울의 발원지로, 내 밭에서 반 마일 떨어진 브리스터

야생의 이웃들

언덕[6] 밑에서 질금질금 흘러나온다. 이 샘에 접근하려면 풀이 무성하고 어린 리기다소나무가 빽빽한 내리받이 계곡을 연거푸 지나서, 늪 주변의 더 큰 숲으로 들어가야 한다. 그곳에는 가지를 쭉 뻗은 한 그루 백송 아래에 아주 한적한 그늘이 있고, 사람이 앉을 만한 깨끗하고 튼실한 잔디밭이 있었다. 나는 샘물을 파내서 맑은 중수中水 우물을 만들었는데, 물을 휘저어도 흐리지 않고 한 통 퍼낼 수 있었다. 월든 호수의 물이 가장 미지근해지는 한 여름에는 매일 그곳으로 물을 길으러 갔다. 누른도요도 그곳으로 새끼들을 데리고 와서는 진흙을 뒤져 벌레를 잡아먹었다. 어미 새가 새끼들 위로 겨우 1피트 높이에서 날면서 둑을 따라 내려오면, 새끼들은 어미의 날개 밑에서 떼를 지어 달렸다. 그러다가 어미가 나를 발견하면, 새끼들을 떠나 내 주위를 빙빙 돌면서 결국 4~5피트 이내까지 점점 접근한다. 그리고는 날개와 다리가 부러진 척하며 내 주의를 끌어서 새끼들을 달아나게 한다. 새끼들은 이미 어미가 지시한 대로, 늪지를 지나는 일렬종대의 대오를 지어서, 가냘프지만 강단 있게 삐악삐악 울면서 행군을 다시 시작했다. 어미 새는 보이지 않고, 새끼들이 우는 소리만 들릴 때도 있다. 또한 거북비둘기들도 샘물 위쪽에 내려와 앉거나, 내 머리 위의 부드러운 백송나무 가지에서 가지로 옮기며 날개를 퍼덕거렸다. 붉은 다람쥐도 내 바로 옆의 나뭇가지를 타고 내려와서는 특별히 친근하고 호기심 어린 표정을 지었다. 숲속의 어느 매력적인 곳에 오래 앉아 있노라면, 이렇게 숲의 모든 주민들이 차례로 찾아온다.

---

6 월든 호수 북쪽으로 4분의 1마일에 있는 작은 구릉.

나는 별로 평화롭지 않은 사건을 목격하기도 했다. 어느 날 장작더미, 정확히 말하면 그루터기를 쌓아놓은 곳에 갔다가, 큰 개미 두 마리가 사납게 싸우는 광경을 보았다. 하나는 붉은 개미이고, 다른 하나는 훨씬 더 큰 검은 개미로 길이가 거의 0.5인치나 되었다. 일단 엉겨 붙으면 서로 결코 놓지 않고 나무토막 위에서 쉴 새 없이 싸우고 씨름하고 뒹굴었다. 자세히 보니까, 놀랍게도 나무토막은 그런 개미 전사들로 뒤덮여 있었다. 두 개미 간의 '결투'duellum가 아니라 두 종족 간의 '전쟁'bellum이었다. 붉은 개미가 항상 검은 개미와 맞붙어 싸우는데, 흔히 검은 개미 한 마리에 붉은 개미 두 마리가 붙었다. 이렇게 미르미돈[7] 같은 개미 군단이 장작을 쌓아놓은 야적장의 모든 언덕과 계곡을 뒤덮었으며, 땅에는 이미 숨을 거두었거나 거두고 있는 붉은 개미와 검은 개미가 온통 널려 있었다. 이것은 내가 목격한 유일한 전투였고, 전투가 벌어지는 상황에서 발을 디뎌본 유일한 전쟁터였다. 한쪽은 붉은 공화주의자 개미 군대이고, 다른 한쪽은 검은 제국주의자 개미 군대로, 그야말로 대격전이었다. 사방에서 개미 군대가 필사적인 전투를 벌이고 있었지만, 내 귀에는 아무런 소음도 들리지 않았으니, 인간의 군대가 그처럼 결연하게 싸운 적은 없었으리라. 나는 양지바른 작은 계곡의 나무토막 사이에서 서로 엉겨 붙어서 옴짝달싹 못 하는 개미 한 쌍을 지켜보았다. 때는 정오이지만 그들은 해가 질 때까지, 아니면 목숨이 다할 때까지 싸울 태세였다. 몸집이 더 작은 붉은 용사는 적의 앞가슴에 악착스레 착 달라붙어서, 적의 더듬이 하나를 그 뿌리 근처에서 꽉 물고 몸부림치는

---

7 트로이 전쟁 때 아킬레우스 휘하에서 싸웠던 종족. 미르미돈Myrmidon 이라는 이름은 '개미'를 뜻하는 '미르멕스myrmex'에서 유래했다.

야생의 이웃들

격투를 벌이며 단 한순간도 놓지 않았다. 적의 다른 더듬이 하나는 이미 잘려서 땅에 떨어져 있었다. 반면에 힘이 더 센 검은 개미는 붉은 개미를 좌우로 마구 흔들어대는데, 더 가까이 가보니, 붉은 개미의 다리도 몇 개 이미 잘려 땅바닥에 떨어져 있었다. 그들은 불도그보다 더 끈질기게 싸웠다. 어느 쪽도 물러날 기색이라고는 조금도 보이지 않았다. 그들의 전투 구호는 분명 '정복 아니면 죽음을 달라'였다.[8] 그러는 동안에 자기 측 계곡 중턱에서 붉은 개미 한 마리가, 흥분을 가누지 못하고, 이쪽으로 오고 있었는데, 자신의 적을 해치웠거나, 아직 전투에 참가하지 못한 개미였을 것이다. 팔다리가 모두 멀쩡한 것으로 보아 후자인 듯했다. 그의 어미가 그더러 이겨서 방패를 들고 돌아오든지 죽어서 방패에 실려 돌아오라고 당부했을 것이다.[8] 아니면 그가 바로 붉은 개미 군단의 아킬레우스 장군으로, 멀리서 분노를 삭이다가, 자신의 친구 파트로클로스Patroclus를 구하거나, 그의 원수를 갚기 위해, 지금 왔는지도 모른다. 검은 개미는 붉은 개미보다 거의 두 배나 컸기에, 붉은 개미는 이런 불공평한 전투를 멀리서 바라보다가, 빠른 걸음으로 접근했고, 마침내 전사들로부터 0.5인치 이내의 거리에 서서 경계 태세를 취했다. 그런 다음에, 붉은 개미는 기회를 살피다가, 검은 전사에게 덤벼들었다. 적의 오른쪽 앞다리의 뿌리 근처에서 작전을 개시하면서, 적에게도 자신의 다리 하나를 골라잡도록 허용했다. 그리하여 세 마리의 개미가 목숨을 걸고 엉겨 붙었는데, 마치 새로운 종류의 접착제가 발명되어서 다른 모든 자물쇠와 시멘트를 무색하게 하는 듯했다. 이때쯤 양쪽의 개미

---

8 스파르타의 어머니들은 출전하는 아들에게 이렇게 당부했다고 한다.

진영이 각기 높은 나무토막에 군악대를 배치하고, 계속 그들의 애국가를 연주하면서, 느린 병사를 독려하고 죽어가는 전사를 응원했다 하더라도, 나는 전혀 의아해하지 않았을 것이다. 개미들이 인간이기라도 한 듯이 나 자신도 약간 흥분했다. 생각하면 할수록, 개미와 인간은 차이가 없었다. 미국 역사라면 몰라도, 적어도 콩코드 역사에서는 참전자 수로 보나 발휘된 애국심과 영웅심으로 보나, 이 개미전쟁에 비견할 만한 전투 기록은 분명 없다. 참전자와 사상자 수로 보면 그것은 아우스터리츠Austerlitz 전투나 드레스덴Dresden 전투[9]에 맞먹었다. 콩코드 전투는 비교도 안 되었다! 독립군 측에서 두 명이 전사하고, 루서 블랜처드[10]가 부상을 당한 정도이지 않았는가! 하지만 이곳에서는 모든 개미가, 버트릭[11]처럼 '발사! 즉각 발사!'를 외쳤으며, 수천의 개미가 데이비스 대위와 호스머[12]의 운명을 맞이했다. 이곳에는 단 한 명의 용병도 없었다. 나는 개미들이 우리의 조상처럼 신념을 위해 싸웠지, 자기들의 차茶에 부과되는 3페니의 세금을 피하기 위해 싸우지는 않았다[13]는 것을 추호도 의심하지 않는다. 이

---

9 나폴레옹 전쟁 당시 최고 격전지로 알려진 두 곳. 도합 팔천 명 이상이 전사했다.

10 루서 블랜처드Luther Blanchard(1756~1775). 1775년 4월 19일 콩코드 전투에서 영국군의 발포에 최초로 부상당했다.

11 존 버트릭John Buttrick(1731~1791). 콩코드 전투에서 오백 명의 민병을 지휘한 독립군 소령.

12 아이작 데이비스Isaac Davis(1745~1775)와 데이비드 호스머David Hosmer(?~1775). 콩코드 전투에서 전사한 두 명의 미국 독립군.

13 미국 독립 전쟁의 도화선이 된 1773년의 '보스턴 차 사건'Boston Tea Party.

야생의 이웃들

전투의 결과는, 적어도 벙커힐Bunker Hill[14] 전투처럼, 당사자들에게는 중요하고도 잊히지 않을 것이다.

나는 앞에서 자세히 묘사한 세 마리 개미들의 싸움이 벌어지고 있는 나무토막을 집으로 들고 와서, 창문턱 위 큰 유리컵 밑에 놓고, 싸움 경과를 지켜보았다. 현미경을 들고 처음에 언급했던 붉은 개미를 보니, 적의 하나 남은 더듬이마저 잘라버리고, 지금은 적의 앞다리 근처를 열심히 물어뜯고 있었다. 하지만 그의 가슴도 산산이 찢기고, 거기에 있던 내장도 모두 검은 전사의 턱에 무방비로 노출되어 있었다. 검은 전사의 가슴팍은 너무 두꺼워서 붉은 전사가 분명 꿰뚫을 수 없었다. 고통 받고 있는 붉은 전사의 짙은 적갈색 눈은 전쟁만이 고조시킬 수 있는 살기로 이글거리고 있었다. 큰 유리컵 아래에서 반 시간을 더 싸운 그들을 다시 보니 검은 병사가 두 적의 머리를 몸에서 잘라낸 상태였다. 하지만 여전히 살아 있는 붉은 전사의 두 머리는 마치 말안장 테에 매단 섬뜩한 전리품처럼 검은 병사의 양 옆구리에 매달려 있었는데, 그야말로 거머리처럼 옆구리를 물고 늘어졌다. 이제 두 더듬이가 싹 잘리고, 다리는 하나뿐이고, 게다가 수많은 상처를 입은 검은 개미는 물고 늘어지는 붉은 개미의 머리를 떼어내려고 힘없이 버둥거리고 있었다. 반 시간이 더 지나서야, 그는 겨우 그 일을 완수했다. 내가 유리컵을 들어 올렸더니, 검은 개미는 처절하게 절뚝거리는 상태로 창문턱을 넘어서 사라졌다. 검은 개미가 마침내 그 전투에서 살아남아서 여생을 '앵발리드 요양원'[15] 같은 곳에서 보냈는지 어떤지는 모른다. 하지만 그의 굽히지 않

---

14 미국 독립 전쟁 중 1775년 6월 17일 보스턴 근처에서 벌어졌던 전투.
15 Hotel des Invalides. 17~18세기 파리에 세워진 대건축물로, 부상병

는 정신은 이후 별 쓸모가 없었으리라. 나는 어느 쪽이 승리했는지, 또는 전쟁의 원인이 무엇이었는지 알지 못했다. 하지만 그날 내내 인간이 벌이는 전쟁의 처절함과 잔인함, 그리고 살육의 현장을 바로 내 집 문 앞에서 목격한 것처럼 내 감정이 쥐어뜯기는 듯 아픔을 느꼈다.

커비와 스펜스는 개미의 전투는 예부터 칭송받았으며 전투 연월일까지 기록되었지만, 그 전투를 목격한 현대 학자는 위베르[16]뿐인 듯하다고 말한다. 그들은 "에네아 실비오[17]는 큰 개미와 작은 개미 種들이 배나무 줄기에서 아주 끈질기게 싸우는 전투를 아주 상세히 기록했다"고 말하고 나서, 덧붙인다. "'이 교전은 교황 에우제니오 4세[18]시절의 저명한 법률가인 니콜라스 피스토리엔시스Nicholas Pistoriensis 면전에서 벌어졌으며, 그는 전투의 전 과정을 아주 충실하게 전해주었다.' 큰 개미와 작은 개미 간의 비슷한 교전을 올라우스 마그누스[19]도 기록했는데, 여기서는 승리한 작은 개미들이 아군 병사의 시체는 매장했지만, 몸집이 거대한 적군의 시체는 새의 먹잇감이 되도록 그대로 방치했다고 전한다. 이 교전은 폭군 크리스티안 2세[20]가 스웨덴에서 축출되기 이전에 발생했다."[21] 내가 목격한 개미

요양병원, 나폴레옹 무덤, 군대 박물관 따위로 유명하다.
16 피에르 위베르Pierre Huber(1777~1840). 스위스의 곤충학자.
17 에네아 실비오 피콜로미니Enea Silvio Piccolomini(1405~1464). 교황 비오 2세의 속명. 시인, 지리학자, 역사가.
18 에우제니오 4세Eugenius IV(1383~1447). 재임 1431~1447년.
19 올라우스 마그누스Olaus Magnus(1490~1557). 스웨덴 신부, 역사가.
20 크리스티안 2세Christian II(1481~1559). 덴마크, 노르웨이, 스웨덴의 폭군.
21 윌리엄 커비와 윌리엄 스펜스, 『곤충학 입문』 중.

야생의 이웃들

의 전투는 웹스터Webster의 '도망노예법'Fugitive-Slave Bill[22]이 통과되기 5년 전, 포크Polk[23] 대통령 재임 시절에 일어났다.

마을에 있는 많은 개는 지하 식품 저장실에서 겨우 자라의 뒤나 쫓기에 적합하다. 그런데도 그들은 주인도 모르게, 무거운 엉덩이를 과시하며 숲속에 나타나서, 오래된 여우굴이나 우드척 구멍의 냄새를 맡아보지만 헛수고였다. 아마 그들을 안내한 것은 숲을 잽싸게 누비면서, 숲속 동물들에게 타고난 공포를 일으키는 날씬한 들개였을 것이다. 하지만 동네 개들은 이제 안내자보다 훨씬 뒤처져서, 나무 위에 올라가 예리하게 동정을 살피는 작은 다람쥐를 향하여 맹견인 듯이 짖어댄다. 그런 다음, 제 딴에는 길 잃은 들쥐 가족을 뒤쫓는다고 생각하는지, 육중한 체구를 뒤뚱거리면서 덤불을 쓰러뜨리며, 구보로 달렸다. 언젠가 나는 고양이가 자갈 깔린 호숫가를 거닐고 있는 모습을 보고 놀랐다. 고양이가 인가와 그처럼 멀리 떨어진 곳에서 배회하는 일은 거의 없기 때문이다. 고양이와 나는 서로 놀랐다. 그렇지만 날이면 날마다 양탄자 위에 누워 있던 최고로 길들여진 고양이에게도 숲이 제집처럼 아주 편해 보였고, 은밀하고 교활한 고양이의 습성 때문인지, 숲의 정식 주민보다도 더 토박이처럼 보였다. 한번은 산딸기를 따다가 숲에서 새끼를 거느린 고양이를 만난 적이 있는데, 아주 야성적이어서 어미처럼 새끼들도 모두 등을 곤

---

22 1850년 통과된 법으로, 도망노예의 재판을 금하고 그를 도와준 이도 처벌하게 했다. 매사추세츠 주의 상원 의원 대니얼 웹스터Daniel Webster(1782~1852)가 이 법을 지지했다.

23 제임스 녹스 포크James Knox Polk(1795~1849). 미국 11대 대통령. 재임 1845~1849.

두세우고 나를 보면서 사납게 야옹거렸다. 내가 숲속에 살기 몇 년 전, 호수에서 가장 가까운 링컨 마을에 질리언 베이커Gilian Baker라는 농부가 살았는데, 그 집에 "날개 달린 고양이"라고 불리는 녀석이 있었다. 1842년 6월에 그 암고양이(그것이 수컷인지 암컷인지 모르지만 편의상 암고양이라고 쓴다)를 구경하려고 방문했더니, 녀석은 평소 습관대로 숲으로 사냥을 나가고 없었다. 하지만 여주인의 말에 따르면, 녀석은 약 1년 전인 4월에 집 근처에 나타났다가, 결국 식구가 되었는데, 털은 짙은 회갈색이고, 목에 흰 반점이 있으며, 발은 희고, 여우처럼 덥수룩한 털과 긴 꼬리를 가졌다고 한다. 겨울에는 털이 양 옆구리를 따라 두툼하고 넓게 자라서, 너비 2인치 반에 길이 10~12인치의 날개 띠를 형성하고, 턱 밑에도 토시 같은 털이 자라는데, 위쪽은 느슨하고 아래쪽은 펠트처럼 조밀하며, 봄에는 이렇게 덥수룩해진 털이 모두 빠진다고 했다. 농부 부부는 고양이의 빠진 털, 즉 "날개" 한 쌍을 내게 주었는데, 나는 아직도 그것을 간직하고 있다. 그 날개에는 피막 같은 것이 없다. 어떤 사람은 이 고양이가 날다람쥐나 다른 야생 동물과의 교잡종이라고 생각했는데, 불가능한 일은 아니다. 생물학자들의 말에 따르면, 족제빗과의 담비와 집고양이의 교접으로 여러 교잡종이 나왔다고 하니 말이다. 내가 만약 고양이를 길렀다면, 바로 이런 부류의 고양이가 적당했을 테니, 시인의 고양이라면 시인이 타는 말처럼 날개가 달려 있어야 하지 않겠는가?[24]

가을이 되자 여느 해와 마찬가지로 되강오리*Colymbus glacialis*가

---

24 그리스 신화에서 시신 뮤즈Muse의 말 페가수스Pegasus에는 날개가 달려 있었다.

호수에 찾아와서 털갈이를 하고 목욕도 했는데, 내가 일어나기도 전에 녀석의 거친 웃음소리가 온 숲에 울려 퍼졌다. 되강오리가 도착했다는 소문에 콩코드의 사냥꾼들은 모두 새로 고안된 소총과 원추형 탄환과 쌍안경을 갖추고, 두셋씩 짝을 지어서, 마차를 타거나 걸어서, 민첩하게 사냥 길에 나선다. 그들은 가을의 낙엽처럼 바스락거리며 숲속을 헤집는데, 되강오리 한 마리에 적어도 열 명은 따라붙는다. 어떤 이들은 호수의 이쪽에, 어떤 이들은 저쪽에 진을 친다. 그 불쌍한 새가 동시에 어디에나 나올 수는 없는 노릇이기에, 만약 이쪽에서 잠수하면 저쪽으로 나올 것이 틀림없기 때문이다. 그러나 이제 친절한 10월 바람이 일면서, 나뭇잎이 바스락거리고, 수면에 물결이 일기 때문인지, 되강오리는 한 마리도 보이지 않고 그 소리도 들리지 않는다. 그런데도 녀석의 적들은 쌍안경으로 호수를 살살이 살피면서 숲에 총성을 울린다. 파도가 크게 일어나 성난 듯 돌진하면서 모든 물새의 편을 들면, 사냥꾼들은 그들의 마을과 가게와 제쳐두었던 일로 후퇴할 수밖에 없다. 하지만 그들이 성공하는 때도 적지 않았다. 아침 일찍 물 한 통을 길어 오려고 호수에 갈 때면, 나는 불과 몇 로드 떨어진 후미에서 이 당당한 새가 헤엄쳐 나오는 것을 자주 보았다. 어떻게 움직이는지 보려고 보트를 타고 따라잡으려 하면, 녀석은 잠수하여 완전히 자취를 감추었고, 때로는 그날 오후 늦게까지도 다시 발견하지 못했다. 그러나 수면 위의 나는 녀석의 만만찮은 적수였다. 비가 오면 녀석은 어딘가로 자취를 감추었다.

아주 고요한 10월의 어느 오후, 나는 북쪽 호숫가를 따라 노를 젓고 있었다. 이런 날에는 특히 되강오리들이 민들레 솜털처럼 사뿐히 호수 위에 내려앉기 마련인데, 호수를 두루 살펴보았지만 한 마리도 눈에 띄지 않았다. 이때 갑자기 되강오리 한 마리가 물가에서 호수 가운데를 향하여 헤엄쳐 나오더니, 불과 몇 로드 떨어진 내 앞에서 거친 웃음소리를 내면서 자신의 존재를 알렸다. 내가 노를 저어 뒤를 쫓자 녀석은 잠수했지만, 다시 수면으로 올라왔을 때는 전보다도 더 가까운 거리에 있었다. 녀석은 다시 잠수했다. 그러나 나는 녀석이 움직이는 방향을 잘못 짚었고, 수면으로 올라왔을 때는 50로드나 떨어져 있었다. 내가 잘못 짚어서 서로의 간격을 넓히는데 일조했기 때문이었다. 녀석은 다시 오랫동안 크게 웃었으니, 그럴만한 이유가 전보다 많았던 것이다. 녀석은 내가 6로드 이내로 접근할 수 없을 정도로 아주 교활하게 움직였다. 수면에 올라올 때마다, 자신의 머리를 이쪽저쪽으로 돌리면서 호수와 육지를 냉정하게 관찰했고, 수역이 제일 넓고 보트와의 거리가 가장 먼 지점에서 수면에 오르도록 잠영 코스를 선택하는 것이 분명했다. 녀석이 얼마나 재빨리 결심하고 실행하는지 놀라웠다. 녀석은 금방 나를 호수의 가장 넓은 부분으로 유인했고, 요리저리 나를 피하며 그곳을 떠나지 않았다. 녀석이 제 머릿속에서 무엇인가를 생각하고 있으면, 나는 그 생각을 내 머릿속에서 알아맞히려고 애썼다. 그것은 잔잔한 호수의 표면에서 벌어지는 인간 대 되강오리 간의 멋진 게임이었다. 장기에서 적의 말이 갑자기 장기판 아래로 사라지면, 그 말이 다시 나타날 지점과 가장 가까운 곳에 내 말을 놓는 것이 묘수였다. 때때로 녀석은 뜻밖에 내 반대쪽에서 올라왔는데, 보트 바로 밑을 통과한 것이 분명했다. 녀석은 숨을 길게 쉬고 쉽게 지치지도 않기 때문에, 아주 멀리 헤엄을 쳤음에도 불구하고 금방 다시 잠수하곤 했다. 녀석이 깊은 호수의 잔잔한 수면 아래 어디에서 물고기처럼 재빠르게 이동

야생의 이웃들

하는지 알아낼 재사는 아무도 없었다. 왜냐하면 녀석은 가장 깊은 지점의 호수 바닥까지 헤엄쳐 잠수할 수 있는 여유와 능력을 갖추었기 때문이다. 뉴욕 주의 호수에서는 송어를 낚으려고 수면 80피트 아래에 던진 낚싯바늘에 되강오리가 잡혔다는 말이 있지만, 월든 호수는 그보다 더 깊다. 물고기들은 외계에서 온 볼품없는 이 방문객이 자기들과 섞여서 빠르게 헤엄치는 것을 보고 얼마나 놀랐을까! 그러나 녀석은 수면에서처럼 물 밑에서도 자신의 항로를 확실히 아는 듯했고, 오히려 물 밑에서 훨씬 더 빨리 헤엄을 쳤다. 한두 번 나는 녀석이 동정을 살피려고 수면에 접근해서 머리만 내밀었다가 금방 다시 잠수하는 곳에서 일어나는 잔물결을 보았다. 나는 녀석이 수면의 어디에서 올라올지 계산하려고 애를 쓰기보다 차라리 노에 편안히 기대고 앉아서 다시 나타나기를 기다리는 편이 더 좋으리라는 것을 알았다. 내가 눈을 부릅뜨고 한쪽 수면을 바라보고 있으면, 갑자기 뒤에서 들려오는 녀석의 괴상한 웃음소리에 깜짝 놀라는 일이 되풀이되었기 때문이다. 그런데 그렇게 많은 잔꾀를 과시한 뒤에 올라오는 순간, 으레 아주 크게 웃음으로써 자신의 정체를 드러내는 이유는 무엇인가? 녀석의 하얀 가슴으로도 충분히 정체를 드러내지 않았는가? 나는 녀석이 정말로 어리석은 놈이라 생각했다. 녀석이 수면으로 올라올 때 찰싹 물을 튀기는 소리가 자주 들렸고, 그래서 나는 그 위치를 감지했다. 그러나 한 시간이 지나도 녀석은 여전히 기운이 넘치는 듯 언제나 서슴없이 잠수하고 처음보다 더 멀리 헤엄을 쳤다. 녀석이 수면에 올랐을 때, 모든 동작을 물 아래의 물갈퀴에 맡기고, 가슴 털은 전혀 흩트리지 않은 채 유유히 항해하는 모습을 보고 나는 놀랐다. 녀석은 평소 이처럼 악마 같은 웃음소리를 냈지만, 그것은 얼마간 물새의 울음소리 같기도 했다. 그러나 가끔 가장 성공적으로 나를 따돌리고 멀찌감치 떨어진 수면에서 올라올 때, 녀석은 괴상한 울부짖음 소리를 길게 냈다. 그것은 전혀 새의 소리가 아니라 어쩌면 늑대의 소리에 더 가까웠으니, 어떤 짐승이 주둥이를 땅에 대고 일부러 울부짖는 것 같았다. 이것이 녀석의 얼간이 짓이었다. 숲을 쩌렁쩌렁하게 울리는 이 울음소리는 아마도 이곳에서 들리는 가장 거친 소리일 것이다. 나는 녀석이 자신의 능력을 믿고, 내 노력을 조롱하는 너털웃음을 터뜨렸다고 결론지었다. 이때쯤에는 하늘에 구름이 잔뜩 끼었으나, 호수는 너무나도 잔잔했다. 그렇기에 녀석의 소리가 들리지 않아도 그것이 어디에서 수면의 평화를 깨뜨렸는지 알 수 있었다. 녀석의 하얀 가슴, 고요한 대기, 잔잔한 수면, 이 모든 것이 녀석에게 불리했다. 마침내 되강오리가 50로드 떨어진 수면으로 올라와서는 마치 자기를 도와달라고 제 신을 부르는 듯이 길게 울부짖는 소리를 내었다. 그러자 금방 동쪽에서 바람이 불더니 수면에 잔물결이 일어났고, 대기에는 온통 안개비가 충만했다. 마치 되강오리의 기도가 이루어지고, 녀석의 신이 내게 노하는 듯했다. 그래서 나는 멀리 거친 수면으로 사라져가는 녀석을 바라보고만 있었다.

가을이면, 나는 오리들이 약삭빠르게 사냥꾼들을 멀리 피하여 지그재그로 방향을 바꾸면서 호수 중앙을 지키는 모습을 몇 시간이고 지켜보곤 했다. 루이지애나 늪지의 강어귀에서라면 녀석들은 이런 곡예를 할 필요가 별로 없을 것이다. 사냥꾼들 때문에 어쩔 수 없이 날아올라야 할 때면, 때때로 꽤 높은 상공에서 마치 하늘에 떠 있는 검은 티끌처럼 호수를 빙빙 선회한다. 거기서 그들은 다른

야생의 이웃들

호수와 강을 쉽게 살펴볼 수 있었다. 내가 녀석들이 이미 어디론가 가버린 지 오래라고 생각하고 있으면, 그들은 4분의 1마일의 높이에서 비스듬히 날아 아무도 없는 호수의 먼 부분에 내려앉곤 했다. 녀석들이 월든 호수 한가운데에서 헤엄침으로써 얻는 것이 안전 말고 또 무엇이 있는지 나는 모르겠다. 녀석들도 나와 같은 이유로 월든 호수를 사랑하는가 보다.

난방하기[1]

10월이 되자 나는 강변의 풀밭으로 포도를 따러 갔다. 먹을거리 때문이 아니라 아름다움과 향기 때문에 포도송이를 잔뜩 땄다. 그리고 따지는 않았지만 덩굴월귤 열매들도 황홀한 눈으로 바라보았다. 그것들은 작은 밀랍 보석이고, 왕포아풀[2]이 건 목걸이로서, 진주처럼 빨갛다. 그러나 농부가 추한 갈퀴로 곽곽 긁어모으면, 반드러웠던 풀밭은 엉망이 된다. 농부는 이렇게 긁어모은 초원의 보석들을 아무렇게나 부셀과 달러로 잰 다음 보스턴이나 뉴욕에 내다 팔아버린다. 그러면 그 보석들은 그곳에서 '잼'으로 으깨져서 자연을 사랑한다는 사람들의 입맛을 충족시킨다. 마찬가지로 도살자들은 초

---

1 "영국 사람의 집은 성城이다,"라는 말처럼 일반적으로 사람들은 집을 아무에게도 침입을 허락하지 않는 공간이라고 여긴다. 소로는 이런 사고를 거부한다. 그에게 집은 겨울에도 닫힌 공간이 아니라 지나는 길손은 물론 말벌, 두더지, 다람쥐, 어치 등 야생 이웃들에게도 항상 열려있는 따뜻한 공간이다.
2 볏과의 여러해살이풀로, 높이가 30~80센티미터 정도 된다.

목이 꺾이고 시드는 것은 아랑곳하지 않고, 드넓은 초원에서 들소의 혀들을 갈퀴로 긁어모은다.[3] 나는 매자나무의 눈부신 열매 또한 보는 것만으로 만족했지만, 땅 주인과 나그네들이 따지 않고 지나간 야생 사과는 살짝 삶아 먹기 위해 약간 따서 모아두었다. 밤도 영글면 겨울에 대비해서 반 부셸을 저장했다. 이런 계절에, 끝없이 드넓은 링컨 마을의 밤나무 숲을 돌아다니는 것은 아주 신명나는 일이었다. 하지만 그 밤나무들이 지금은 철도 침목이 되어서, 긴 잠을 자고 있다. 나는 항상 서리가 내릴 때까지 기다리지 않고, 어깨에는 자루를 메고, 손에는 밤송이를 깔 막대기를 들고서, 바스락거리는 나뭇잎들을 헤집고 다녔다. 붉은 다람쥐와 어치가 선택한 밤송이에는 틀림없이 옹골진 알밤이 들어 있었기에, 나는 때때로 그들이 반쯤 먹고 남긴 밤을 후무렸다. 그리하여 그들에게서 요란한 꾸지람을 듣기도 했다. 가끔은 밤나무에 올라가 흔들어서 밤을 따기도 했다. 밤나무들은 내 집 뒤꼍에서도 자랐다. 그중 한 그루는 집을 거의 뒤덮을 만큼 컸으며, 꽃피는 계절이면 꽃다발이 되어 이웃에 온통 꽃향기를 선사했다. 하지만 다람쥐와 어치들이 그 열매를 대부분 차지했다. 어치는 이른 아침에 떼를 지어 날아와서, 밤들이 땅에 떨어지기 전에 밤송이에서 쪼아 먹었다. 나는 뒤뜰 밤나무는 아예 이들에게 양도하고, 더 멀리 있는 밤나무 숲을 찾아갔다. 밤들은 나름대로 빵을 대신하는 훌륭한 먹을거리였다. 이 밖에도 많은 대용 식품을 발견할 수 있을 것이다. 어느 날 나는 지렁이를 파내다가 덩굴에 딸려온 인디언감자*Apios tuberosa*를 발견했다. 이것은 원주민의 감자이면서

---

3 들소의 혀는 별미로 여겨져서 포획의 대상이 되었다.

환상의 열매다. 이미 말했듯이,[4] 어렸을 때 캐 먹었던 사실조차 알쏭
달쏭했기에, 꿈에서도 생각하지 않은 것이었다. 이제껏 오글오글하
고 비로드처럼 보드라운 빨간 꽃이 다른 초목의 줄기에 기대어 있
는 것을 자주 본 적이 있었지만, 그것이 바로 인디언감자의 꽃인 줄
은 몰랐다. 경작이 본격적으로 시작된 이후 인디언감자는 거의 멸
종되었다. 그 맛은 서리 맞은 감자처럼 달콤하다. 구운 것보다는 삶
은 것이 더 맛있었다. 이 감자는 훗날 언젠가 이곳에서 자신의 자손
을 소박하게 키우겠노라는 자연의 희미한 약속처럼 보였다. 한때 인
디언들의 '토템'totem이었던 이 뿌리는 가축이 살찌고 들판에 곡물이
물결치는 오늘날에는 완전히 잊히고 하찮아졌거나, 그저 꽃피는 덩
굴로만 알려져 있다. 그러나 자연이 다시 한번 이곳을 지배하는 시
절이 오면, 아마도 허약하고 사치스러운 영국 곡물은 그 무수한 적
앞에서 종적 없이 사라질 것이다. 옥수수 또한 사람이 돌보지 않으
면, 까마귀가 최후의 한 톨까지 인디언 신이 지배하는 서남쪽의 광
활한 옥수수 밭으로 도로 가져갈 것이다. 본래 까마귀가 그곳에서
옥수수 씨를 가져왔다고 하니 그러지 않겠는가.[5] 하지만 지금 거의
멸종된 인디언감자는 서리와 거친 땅에도 불구하고 다시 살아나서
번성할 것이며, 이 땅의 토종임을 증명하면서, 그 옛날 수렵 민족의
주식으로서 누린 중요성과 품위를 되찾을 것이다. 인디언의 케레스
나 미네르바[6]가 틀림없이 인디언감자의 창조자이자 증여자였을 것

---

4 앞의 「소리들」과 「야생의 동물들」에서 인디언감자를 언급했다.
5 뉴잉글랜드의 인디언들은 남서쪽 신의 땅에서 까마귀가 한쪽 귀에는
   옥수수씨를, 다른 쪽 귀에는 콩씨를 담아 가져왔다고 믿었다.
6 로마 신화에서 케레스Ceres는 대지의 신(그리스 신화의 데메테르

난방하기

이다. 그리고 이곳에서 시詩의 지배가 시작된다면, 인디언감자의 잎과 줄기는 우리의 예술 작품에 다시 표현될 것이다.

9월 1일, 호수 맞은편에 있는 작은 단풍나무 두세 그루가 이미 벌써 진홍색으로 바뀌었고, 그 아래에는 사시나무 세 그루의 하얀 줄기가, 호숫가 갑岬의 끄트머리에서, 양쪽으로 갈라져 뻗고 있었다. 아, 저들의 색깔은 수많은 이야기를 전하는구나! 그리고 한 주일 한 주일이 서서히 지나가면서 모든 나무가 특성을 드러내고, 거울 같은 잔잔한 호수에 비친 저마다의 모습을 자랑했다. 매일 아침 이 화랑의 매니저는 벽에 걸린 낡은 그림 대신, 더 눈부시고 조화로운 채색으로 돋보이는 새로운 그림을 내걸었다.

10월이 되자 말벌이 수천 마리씩 떼를 지어, 겨우살이 할 곳을 찾아왔다는 듯이, 내 집에 와서는, 창문과 머리 위의 벽에 자리를 잡았다. 때로는 방문객이 들어오는 것을 방해하기도 했다. 매일 아침, 말벌이 추위에 얼어붙으면, 그 일부를 쓸어내기도 했지만, 굳이 내쫓으려고 하지는 않았다. 말벌이 내 집을 적절한 피난처로 여기는 것에 우쭐한 기분을 느끼기까지 했다. 말벌들은 나와 함께 잠을 잤지만, 나를 심하게 괴롭힌 적은 없었고, 나도 모르는 어떤 틈으로 서서히 사라져서 겨울과 혹독한 추위를 피했다.

11월, 나도 드디어 말벌처럼 겨우살이 거처로 들어가기 전에[7] 북동쪽의 월든 호반을 자주 찾았다. 그곳은 리기다소나무 숲과 자갈 깔린 호반에서 반사되는 햇빛이 있기에, 말하자면 월든 호수의

Demeter)이고, 미네르바Minerva는 지혜의 신(그리스 신화의 아테나 Athena)이다.

7 소로는 가장 추운 겨울에는 월든에서 살지 않았다고 한다.

난롯가였다. 햇빛으로 몸을 녹일 수만 있으면, 인공적인 난로보다 훨씬 더 상쾌하고 건강에 좋다. 햇빛은 사냥꾼처럼 홀쩍 떠나버린 여름이 남긴 불등걸이었으니, 나는 이처럼 아직 꺼지지 않은 불등걸에 내 몸을 덥혔다.

굴뚝을 올릴 때가 되었을 때, 나는 벽돌 쌓는 일을 공부했다. 흙손으로 다듬을 필요가 있는 중고 벽돌을 사용했기 때문에, 벽돌과 흙손에 대해 보통 이상의 많은 공부를 했다. 벽돌에 붙어 있는 회반죽은 50년이 되었지만, 아직도 굳고 있는 중이라고 한다. 그러나 사실이건 아니건 이런 말은 사람들이 되뇌기 좋아하는 것 중 하나다. 이런 이야기 자체가 점점 단단해지고 해가 지나면서 더욱 견고하게 들러붙기 때문에, 식자연하는 사람에게서 이런 생각을 떨어내려면 흙손으로 여러 번 쳐야 할 것이다. 메소포타미아의 많은 마을은 바빌론의 폐허에서 구한 아주 질 좋은 헌 벽돌로 지어졌다. 거기에 붙어 있는 시멘트는 내 것보다 오래되었고, 아마 훨씬 단단할 것이다. 어찌 되었건, 나는 그렇게 많은 타격을 받고도 끄떡없이 버티는 강철 흙손의 단단함에 깊은 인상을 받았다. 내 벽돌은 네부카드네자르[8] 대왕의 이름이 새겨진 것은 아니지만, 전에 어떤 굴뚝에 썼던 것이다. 그래서 벽난로에 쓸 벽돌도 가능한 한 많이 골라서, 일손과 낭비를 줄였다. 벽난로 둘레에 쌓은 벽돌과 벽돌 사이의 공간들은 호숫가에서 가져온 자갈로 채웠고, 회반죽 역시 같은 곳에서 가져온 흰 모래로 만들었다. 나는 벽난로가 집의 가장 중요한 부분

---

8 네부카드네자르 2세Nebuchadnezzar II(기원전 605?~562). 신바빌로니아 전성시대의 왕. 『성경』에는 '느부갓네살'로 표기되어 있다.

난방하기

이라고 생각하고, 그것에 가장 많은 공을 들였다. 실로 아주 정성을 들여 작업했기 때문에, 아침에 바닥부터 벽돌로 쌓기 시작하면 밤이 되어서도 겨우 몇 인치 올렸을 뿐이다. 그리고 그날 밤 쌓아 올린 벽돌을 내 베개로 사용했다. 하지만 그것 때문에 내 목이 뻣뻣해진 것은 분명 아니었다. 뻣뻣한 목은 해묵은 것이었다. 그 무렵에 한 시인을 손님으로 맞아서 2주 동안 숙식을 제공했는데,[9] 나는 마룻바닥에서 잘 수밖에 없었다. 내게 나이프가 두 개 있었는데도, 그는 자기 나이프를 가져왔으며, 우리는 나이프를 땅에 푹 박아서 녹을 벗기곤 했다. 그는 밥 짓는 일을 거들기도 했다. 나는 굴뚝이 점차로 아주 반듯하고 단단하게 올라가는 것을 보고 기뻐했다. 일이 느리게 진척되었지만, 그만큼 굴뚝이 오래 견딜 것 같다고 생각했다. 굴뚝은 어느 정도 독립된 구조물이다. 그것은 땅을 딛고 섰지만, 집을 거쳐서 하늘로 올라간다. 집이 불탄 뒤에도 여전히 땅 위에 서 있을 때가 있으니, 그것의 중요성과 독립성은 명백하다. 내가 굴뚝을 올린 때는 여름이 끝나갈 무렵이었다. 지금은 11월이다.

북풍으로 호수는 이미 차가워지기 시작했다. 그러나 호수가 아주 깊기 때문에, 완전히 차가워지려면 북풍이 몇 주일간 꾸준히 불어야 했다. 나는 저녁에 난로를 피우기 시작했다. 벽에 회반죽을 바르기 전이라서 판자와 판자 사이의 수많은 틈으로 굴뚝 연기가 술술 빠져나갔지만, 바람이 잘 통하고 서늘한 그 집에서 며칠간 즐거운 저녁을 보냈다. 나는 옹이가 많이 박힌 거친 갈색 판자벽과, 껍질

---

9 1845년 가을, 시인 채닝Channing이 방문했다.

을 벗기지 않고 머리 위에 드높이 얹은 서까래에 에워싸여 지냈다. 집이 회반죽을 바른 뒤에는 내 눈을 그리 즐겁게 하지는 않았지만, 전보다 아늑해진 것은 부인할 수 없었다. 사람이 사는 집이라면 모두 머리 위에 어두컴컴한 곳이 생길 만큼 충분히 천장을 높여서, 저녁이 되면 명멸하는 그림자가 서까래 주변에서 춤을 추게 해야 하지 않을까? 이런 형상이 공상과 상상을 자극하기에는 프레스코 벽화나 가장 값비싼 가구보다 더 적합할 것이다. 집을 비와 바람을 피하는 장소로뿐만 아니라 몸을 따뜻하게 하는 공간으로 사용하기 시작했으니, 이제야 비로소 내 집에 살기 시작했다고 말할 수 있다. 나는 낡은 장작 받침쇠를 두 개 깔아서 벽난로 바닥과 장작 사이를 떼어놓았다. 그리고 내가 세운 굴뚝 뒤쪽에 검댕이 생기는 것이 보기 좋아서, 전보다 더 당당하고 만족스러운 기분으로 장작을 쑤석거려 불을 돋우었다. 내 집은 작기 때문에. 안에서 메아리를 즐길 수는 없었지만, 방 한 칸짜리인데다가 이웃에서도 멀리 떨어져 있어서, 제법 커 보였다. 집이 가진 모든 매력이 방 하나에 집중되어서, 부엌, 침실, 응접실, 거실을 겸했다. 부모나 아이, 주인이나 하인이 집에서 얻는 만족이 무엇이든 간에 나는 그런 만족을 모두 즐겼다. 카토Cato는 한 집안의 '가장'patremfamilias은 시골 별장에 반드시 "여러 통의 기름과 포도주를 지하실에 저장해 놓고, 어려운 시기를 즐겁게 기다려야 한다. 그것은 그의 장점과 덕과 영광에 이로울 것이다."[10]라고 말했다. 내 지하 저장실에는 작은 통에 든 감자, 바구미가 섞인 완두콩 2쿼트가 있었고, 선반에는 약간의 쌀과 당밀 한 병, 호밀가루와 옥

10 카토Cato, 『농업론』 중.

수수 가루 각 1펙(약 9리터)씩 비치되어 있었다.

　나는 때로 황금시대에 지은 더 크고 사람도 더 많이 사는 집을 꿈꾼다. 탄탄한 자재를 쓰고, 값싸고 번지르르한 소용돌이 장식[11]도 없으며, 방은 여전히 하나인 집이다. 천장도 없고, 회반죽도 바르지 않았으며, 그저 광대하고, 투박하고, 견실하고, 원시적인 하나의 홀이다. 휑뎅그렁한 서까래와 도리가 사람의 머리 위에서 낮은 하늘을 떠받치고 있으니, 비와 눈을 막기에 알맞다. 문지방을 넘어선 손님이 엎드려 있는 고대 왕조의 사투르누스Saturn 신상에 경배하면, 왕 기둥[12]과 여왕 기둥[13]이 버티고 서서 그의 알현을 받아들인다. 동굴 같은 집이어서, 그 안에서 지붕을 보려면 횃불을 매단 장대를 높이 들어야 한다. 어떤 사람은 벽난로에서, 어떤 사람은 구석진 창문에서, 어떤 사람은 긴 벤치 위에서, 어떤 사람은 홀의 한쪽 끝에서, 어떤 사람은 다른 쪽 끝에서, 어떤 사람은 거미들과 함께 높은 서까래 위에서 살아도 좋다. 자신이 선택하는 대로 말이다. 바깥문을 열기만 하면 이미 집 안에 들어가 있으니, 문을 여는 것으로 모든 의식이 끝난다. 지친 나그네가 세수하고, 먹고, 대화하고, 잠을 잘 수 있으니, 더 멀리 여행할 필요가 없다. 비바람이 부는 밤에도 반가운 피난처로서, 집의 필수품을 모두 갖추고 있으면서도, 관리할 것이라고는 아무것도 없다. 그 집의 보물은 한눈에 다 볼 수 있으며, 사람이 사용할 용품은 빠짐없이 못에 걸려 있다. 그 집은 부엌 겸 식료품 저

---

11 당시 처마의 선을 따라 붙이는 목재 소용돌이 장식이 유행했다.
12 king post. 삼각 지붕에서 기저와 꼭짓점을 연결하는 큰 수직 기둥.
13 queen posts. 왕 기둥을 좌우에서 보조하는 두 개의 수직 기둥이지만 꼭짓점에는 미치지는 않는다.

장실이고, 응접실, 침실, 창고, 다락방이기도 하다. 술통이나 사다리 같은 필수품과 찬장 같은 편리한 가구를 볼 수 있고, 냄비가 끓는 소리도 들을 수 있으며, 정찬을 요리하는 불과 빵을 굽는 오븐에 경의를 표할 수도 있다. 필요한 가구와 가정용품이 곧 집을 꾸며주는 주요한 장식이다. 빨랫감을 내놓는 일도 없고, 난롯불을 끄는 일도 없으며, 안주인을 당황하게 하는 일도 없다. 요리사가 지하 저장실에 내려가고자 할 때면, 때때로 당신에게 지하로 통하는 뚜껑 문에서 비켜달라고 요청할 것이다. 그래서 쿵쿵 걸어보지 않고도 바닥이 단단한지 아니면 텅 비어 있는지 알 수 있다. 새의 둥우리처럼 집안이 개방되어 잘 보이기 때문에, 앞문으로 들어가고 뒷문으로 나오더라도 언제나 상당수의 거주자들을 볼 수 있다. 이런 집의 손님이 된다는 것은 그 집을 마음대로 돌아다닐 수 있는 자유를 얻는 것이다. 그 집 공간의 8분의 7로부터 조심스레 거부당해 어떤 방에 갇혀 고독한 유폐 속에 편안히 있으라는 말을 듣는 일도 없다. 요즈음은 집주인이 '자신의' 난롯가로 손님을 들이는 것이 아니라, 미장공을 시켜 집의 뒷골목 어딘가에 손님을 위한 벽난로를 따로 짓게 한다. 그리하여 손님 접대는 손님을 가급적 멀리 '떼어놓는' 기술이 되어버렸다. 요리에도 비밀이 너무 많아서 마치 주인이 손님을 독살하려는 계획을 품고 있기라도 한 것만 같다. 나는 많은 사람의 집과 대지에 발을 디뎠다가는 법적으로 퇴거 명령을 받을 수도 있다는 것을 알지만, 실제로 사람의 집에 들어가 본 기억은 별로 없다. 앞에서 묘사한 그런 집에서 소박하게 사는 왕과 왕비가 있고, 내가 마침 그쪽으로 가는 길이라면, 입은 옷 그대로 방문할 것이다. 하지만 내가 현대의 궁전에 갇혀 있다면 거기서 뒷걸음쳐 빠져나올 궁리만 할 것이다.

　　　　　　　　　　　　　　난방하기

우리의 응접실 언어는 그 자체가 활력을 모두 상실하여 완전히 '잡담'palaver으로 전락하고, 우리의 삶은 그 상징인 응접실과는 동떨어진 곳에서 영위되고 있으며, 우리의 삶의 은유와 비유까지도 필연적으로 식품과 식기 운반용 활차와 승강기를 통해서, 아주 먼 곳에서 끌어다 쓰는 듯하다. 바꾸어 말하자면, 응접실은 주방과 작업장에서 너무 멀다. 흔히, 응접실 정찬도 어느 정찬의 우화寓話에 지나지 않는다. 마치 미개인만이 '자연과 진리'에 아주 가까이 살기에, 그것들로부터 비유법을 빌려오는 것 같다. 노스웨스트 테리토리 North West Territory[14]나 맨Man 섬[15]처럼 동떨어진 곳에 사는 학자가 자기 집 주방의 화두가 무엇인지 어찌 알 수 있겠는가?

그러나 손님들 가운데에서 나와 함께 머물다가 옥수수 죽을 나누어 먹을 만큼 용기 있는 사람은 겨우 한두 명뿐이었다. 위기의 순간이 닥쳐오는 것을 알면, 손님들은 옥수수 죽을 나누어 먹는 것이 내 집의 기둥뿌리를 흔들어놓을 것처럼, 허겁지겁 퇴각했다. 하지만 내 집은 꽤 많은 옥수수 죽을 나누어 먹었어도 끄떡없이 서 있다.

나는 얼음이 어는 추운 날씨가 되어서야 벽에 회반죽을 발랐다. 그 재료로 건너편 호숫가에서 아주 희고 깨끗한 모래를 보트에 실어왔다. 이 운반 작업은 신나는 일이었고, 필요하다면 더 멀리 나가고 싶은 유혹을 느꼈다. 그때까지 내 집은 사면이 땅바닥까지 지붕을 이는 널로 둘러쳐져 있었다. 윗가지를 붙일 때, 단 한 번의 망치질로 못을 단단히 박을 수 있어서 흐뭇했다. 이제 회반죽을 반죽판에서 벽으로 깔끔하고도 빠르게 옮겨 바르는 것이 내 포부였다.

---

14 미국 오하이오 강 이북 지역의 옛 이름. 소로 시대의 신개척지였다.
15 아일랜드 해의 영국 섬.

우쭐대기 좋아하던 어느 녀석의 이야기가 생각났다. 그는 한때 멋진 옷을 입고 동네를 배회하면서, 일꾼들에게 충고하기를 일삼는 버릇이 있었다. 어느 날 그는 말 대신 행동을 보여주겠다고 덤벼들었다. 소매를 걷어붙이고, 회반죽 판을 잡았다. 그러고는 흙손에 무난히 회반죽을 옮겨 얹은 다음, 머리 위의 외를 만족스레 쳐다보면서 대담하게 흙손을 움직였다. 그 순간 흙손에 얹힌 회반죽이 주름 장식을 단 그의 가슴에 와르르 쏟아지면서, 망신살이 뻗치고 말았다. 나는 회반죽 바르기의 경제성과 편리성에 새삼 감탄했으니, 그것은 추위를 아주 효과적으로 차단하고 집을 멋지게 마무리해준다. 미장공이 겪기 쉬운 여러 곤란에 대해서도 알게 되었다. 회반죽을 매끄럽게 손질하기도 전에, 메마른 벽돌이 벌써 회반죽의 물기를 싹 빨아들인다. 나는 새 벽난로에게 세례를 주면서, 아주 여러 통의 물이 필요하다는 사실에 놀랐다. 전해 겨울에 실험을 위해서 우리 강에서 수집한 민물조개 껍질을 태워 소량의 석회를 만든 적이 있었기에, 내가 쓰는 회반죽 재료가 어디서 나오는지 잘 알고 있었다. 그럴 마음만 먹으면, 1~2마일 이내에서 좋은 석회석을 구해서 직접 석회를 구울 수도 있었을 것이다.

그러는 동안 호수에서 볕이 가장 안 들고 수심이 가장 얕은 후미에는 살얼음이 얼었다. 호수가 전체적으로 얼기 며칠 전, 아니 몇 주 전이었다. 첫 얼음은 단단하고, 색이 짙고, 투명해서 얕은 곳에서는 바닥을 훤히 들여다볼 수 있는 절호의 기회를 제공해주기 때문에, 특별히 흥미롭고 이상적이다. 불과 1인치 두께의 얼음 위에 수면 위의 소금쟁이처럼 큰대자로 누워서, 2~3인치밖에 안 떨어진 호수의 바닥을 유리 밑의 그림을 보듯이 한가롭게 관찰할 수 있다. 그 때의 물은 필연적으로 항상 잔잔하다. 모랫바닥에는 어떤 생물이 기어갔던 길을 되짚어 오면서 생긴 이랑이 많다. 잔해로 말하면, 고운 흰 석영 알갱이로 지은 날도래 유충의 집들이 바닥에 흩어져 있다. 이런 집들의 일부가 이랑에서 발견되는 것을 보면, 어쩌면 날도래 유충들이 바닥에 이랑을 냈는지도 모른다. 그러나 그들이 냈다고 하기에는 이랑이 꽤 깊고 넓다. 가장 흥미로운 대상은 얼음 자체이지만, 얼음을 살필 최초의 기회를 잘 활용해야 한다. 얼음이 언 다음 날 아침에 자세히 살펴보면, 처음에 얼음 안에 있는 것으로 보였던 기포 대부분이 얼음의 아래 표면에 붙어 있다는 것을 알게 되고, 더 많은 기포가 호수 바닥에서 계속 올라오고 있는 것도 발견한다. 바꿔 말하면, 얼음이 아직 비교적 단단하고, 두툼한 동안에는, 얼음을 통해 물이 보인다. 이런 기포들은 직경이 80분의 1인치에서 8분의 1인치까지 다양하고, 매우 맑고 아름답다. 얼음을 통해 기포에 반사되는 사람의 얼굴까지 보일 정도다. 1제곱인치에 이런 기포가 삼사십 개 있을 것이다. 또한 얼음 안에도 이미 길이가 약 0.5인치쯤 되는 좁은 직사각형의 수직 기포가 모여 있으니, 제각기 꼭짓점을 위로 한 날카로운 원뿔 모양을 하고 있다. 또는 더 흔히, 얼음이 금방 얼었을 때는, 미세한 둥근 기포가 아래위로 겹겹이 생겨서, 마치 실에 구슬을 꿴 것 같다. 그러나 이런 얼음 안의 기포는 얼음 아래의 기포만큼 수효가 많지도 않고 눈에 잘 띄지도 않는다. 나는 때때로 얼음의 강도를 시험해보려고 돌을 던져보았다. 그런데 얼음을 푹 깨는 돌이 물속에 빠지면서 공기도 함께 끌고 들어갔고, 이 공기가 형성하는 매우 크고 뚜렷한 하얀 기포들이 얼음 밑에 매달렸다. 어느 날 48시간 후에 같은 장소에 가보니, 1인치의 얼음이 더 형성되었지만, 예의 큰 기포들은 여전히 완전하다는 것을 발견했는데, 깨졌던 얼음덩이 가장자리에 붙은 이음매를 보고 또렷이 알 수 있었다. 그러나 지난 이틀 동안은 날씨가 인디언 서머Indian summer처럼 따뜻했기 때문에, 얼음이 투명하여 물과 바닥의 짙은 녹색을 띠지 않고, 불투명하여 색깔이 희끄무레했다. 그리고 얼음은 전보다 두 배로 두꺼워졌지만 별로 더 단단하지는 않았는데, 이처럼 따뜻한 기온에 기포들이 크게 팽창하여 서로 합쳐지면서 균형을 잃었기 때문이다. 기포들은 더 이상 한 기포가 다른 기포 바로 위에 있지 않고, 흔히 자루에서 쏟아져서 서로 포개진 은화들처럼, 한 기포가 다른 기포 위에 겹치거나, 얇은 조각들 형태로 가느다란 틈새를 점령하고 있는 듯했다. 이제 얼음의 아름다움은 사라졌고, 호수 바닥을 관찰하기에는 너무 늦었다. 앞에서 말한 기포들이 새 얼음에서는 어떤 위치를 차지하고 있는지 호기심이 발동돼서, 나는 보통 크기의 기포들을 함유한 얼음덩이를 하나 깨서, 그 바닥을 뒤집어보았다. 새 얼음이 기포 주변과 그 아래에 형성되었기에, 기포가 두 얼음 사이에 끼어 있었는데, 완전히 아래층 얼음 안에 있었지만 위층 얼음에 바싹 붙어 있었고, 평평하거나 어쩌면 다소 볼록렌즈 같았으니, 가장자리는 둥그스름하고, 직경 4인치에 두께는 4분의 1인치였다. 나는 기포들 바로 밑의 얼음이 받침접시를 엎어놓은 형태로 아주 규칙적으로 녹은 것을 발견하고 놀랐다. 녹은 곳의 중심부는 높이가 8분의 5인치 정도였고, 물과 기포 사이에는 8분의 1인치 미만의 얇은 칸막이가 남아 있었다. 그리고 여러 군데에서 이 칸막이 안의 작은 기포들이 아래쪽으로 터져 있는 것으로 보아, 아마도 직경 1피트의 제일 큰 기포들 밑에는 얼음이 아예 없었을 것이다. 나는 얼음의 표면 밑에 붙어 있던 수많은 미세한 기포들도 이제 얼음 안에서 똑같이 동결되었고, 각 기포가 그 크기에 따라 볼록렌즈같이 작용을 해서 그 아래의 얼음을 녹여 뭉그러뜨렸다고 추측했다. 이런 기포들이야말로 얼음을 우지끈 깨는 데 한몫 끼는 작은 공기총들이다.

마침내 본격적인 겨울이 시작되었다. 때마침 나는 벽에 회반죽 바르는 작업을 끝냈다. 그리고 때를 기다렸다는 듯이 바람이 집 주변에서 울부짖기 시작했다. 땅이 눈에 뒤덮인 뒤에도, 기러기들은 밤이면 밤마다 어둠 속에서 끼룩끼룩 울고 획획 날갯짓을 하면서 몰려왔다. 일부는 월든 호수에 내려앉았고, 또 일부는 멕시코로 가기 위해 페어헤이븐 호수를 향하여 숲 상공을 낮게 날아갔다. 내가 밤 10시나 11시쯤 마을에서 돌아올 때면, 집 뒤쪽에 있는 웅덩이 옆의 숲으로 올라온 한 떼의 기러기나 오리가 마른 잎을 밟으며, 먹이를 찾는 소리나, 선도자가 끼룩끼룩 꽥꽥 희미하게 전하는 신호에 따라 황급히 자리를 뜨는 소리를 몇 번 들었다. 1845년 12월 22일 밤에야 월든 호수는 비로소 전체가 꽁꽁 얼었다. 플린트 호수와 더 얕은 다른 호수는 얼어붙은 지 이미 열흘도 더 되었다. 월든 호수는 1846년에는 12월 16일, 1849년에는 31일경, 1850년에는 12월 27일경, 1852년에는 1월 5일, 1853년에는 12월 31일에 얼었다. 눈은 11월 25일부터 이미 뒤덮어, 나는 갑자기 겨울 풍경에 에워싸였다. 나는 내 껍질 속으로 더욱 깊숙이 침잠하여, 집과 가슴의 내부에 계속 불을 활활 지피려고 노력했다. 이제 내가 집 밖에서 할 일은 숲속에서 죽은 나무를 모아서, 양손에 들거나 어깨에 지고 집으로 가져오거나, 때로는 죽은 소나무를 양 겨드랑이에 끼고 헛간으로 끌고 오는 것이었다. 한창때가 지난 낡은 숲 울타리는 큰 횡재였다. 울타리가 더 이상 테르미누스Terminus[16] 신을 섬길 수 없기에, 나는 그것을 불카누스Vulcan[17]에게 바쳤다. 방금 눈밭으로 나가 밥 지을 땔감을 마련한 사람, 아니 마련한 게 아니라 후무린 사람이 먹는 저녁식사는 얼마나 더 흥미로울 것인가! 그의 빵과 고기는 다디달다.[18] 우리 마을의 숲에는 대부분 갖가지 삭정이와 죽은 나무가 널려 있어서 땔감을 대기에 충분하지만, 현재 그것들을 땔감으로 쓰는 사람은 아무도 없고, 그렇게 하면 어린 나무의 성장을 방해한다고 생각하는 사람들도 있다. 호수로 떠내려 온 나무도 있었다. 여름 동안에 나는 껍질을 벗기지 않은 리기다소나무 뗏목을 하나 발견했는데, 철도를 놓을 때 아일랜드 노동자들이 통나무를 엮어서 만든 뗏목이었다. 나는 이것을 호숫가로 일부분 끌어올렸다. 2년 동안 물에 잠겨 있다가, 6개월 동안 호숫가에 누워 있는 이 뗏목은 말릴 수 없을 정도로 물이 배어 있었지만, 아주 멀쩡했다. 어느 겨울 날 나는 뗏목을 해체한 통나무들을 거의 반 마일이나 미끄러트려서 호수 건너편으로 옮기는 일로 즐거운 시간을 보내기도 했다. 15피트 길이의 통나무 한쪽 끝은 어깨에 들쳐 메고, 다른 한쪽 끝은 얼음에 올려놓고, 스케이트 타듯 밀고 가거나, 통나무 몇 개를 가는 자작나무 가지로 묶은 다음, 끝에 갈고랑이가 있는 더 긴 자작나무나 오리나무에 걸어서 끌고 갔다. 통나무들은 완전히 물을 먹어서 거의 납만큼이나 무거웠지

---

16 로마 신화에서 땅의 경계를 다스리는 신.
17 로마 신화에 나오는 불의 신.
18 『잠언』 9:17. "훔친 물이 더 달고 몰래 먹는 떡이 더 맛있다."

　　　　　　　난방하기

만, 오래 탈 뿐만 아니라 화력도 아주 좋았다. 아니, 물을 먹어서 더 잘 탄다는 생각이 들었다. 마치 램프의 송진이 물을 흠뻑 머금으면 더 오래 타는 것처럼 말이다.

길핀Gilpin은 영국의 숲 변두리에 사는 사람들에 대한 글에서 다음과 같이 말한다. "사람들이 숲에 무단출입하거나, 이처럼 숲 변두리에 집을 짓고 울타리를 치는 것은 옛 삼림법에서는 상습적으로 사냥감을 놀라게 하거나 삼림을 해치는 것만큼이나 중대한 불법 방해로 간주되어서, '불법침해'*purprestures* 죄목으로 엄하게 처벌받았다."19 그러나 나는 사냥감이나 나무를 보존하는 일에 사냥꾼이나 벌목꾼보다도 더 많은 관심을 기울였으니, 마치 나 자신이 '삼림감독관'Lord Warden인 것 같았다. 나는 실수로 숲에 불을 낸 적도 있지만, 그 일부라도 불에 타면 숲 주인보다 더 오래 슬퍼하고 낙담했다. 아니, 주인이 직접 나무를 자를 때도 슬펐다. 고대 로마인들이 '신성한 숲'*lucum conclucare*에 햇빛이 들어오게 하기 위해서 간벌을 하러 왔을 때, 느끼던 경외감의 일부라도 우리 농부들이 숲을 벌목할 때 느끼면 좋겠다. 다시 말해 숲이 어떤 신에게 바쳐진 것이라고 여기기를 바란다. 로마인들은 속죄의 제물을 바치고는 이렇게 기도했다. '남신이든 여신이든, 신성한 이 숲에 계시는 당신께 바라옵건대, 저와 제 식구와 자녀들 등에게 자비를 주시옵소서.'

새로운 이 시대, 새로운 이 나라에서도 황금보다 더 항구적이고 보편적인 가치가 여전히 나무에 매겨지고 있다는 것은 놀라운 일이다. 온갖 발견과 발명을 해낸 오늘날이지만, 장작더미를 그냥 지

19　윌리엄 길핀William Gilpin, 『숲과 삼림 지대의 풍광에 대하여』 중.

나치는 사람은 아무도 없다. 우리의 색슨족과 노르만족 선조들에게 그랬듯이, 나무는 우리에게도 똑같이 소중하다. 선조들이 나무로 활을 만들었다면, 우리는 개머리판을 만든다. 30여 년 전 미쇼는 이렇게 말했다. 뉴욕과 필라델피아에서 연료용 나무 값은 "파리의 최고급 나무 값과 거의 같거나 때로는 더 비싸다. 파리는 해마다 30만 코드 이상의 장작이 필요한 광대한 수도이고, 주변 300마일이 경작지에 에워싸여 있는데도 그렇다."[20] 이 읍에서도 장작 값은 꾸준히 오르는 추세이며, 작년보다 금년에 얼마나 더 오를지가 문제일 뿐이다. 다른 용건이 없는데도 직접 숲을 찾는 직공과 상인도 장작 경매에는 꼭 참석하며, 벌목꾼이 떠난 후 부스러기를 주워 모을 수 있는 권리를 높은 값에 사기도 한다. 사람들이 땔감과 각종 공예 재료를 숲에 의지한 지 벌써 많은 세월이 흘렀다. 뉴잉글랜드 사람과 오스트레일리아 사람, 파리 시민과 켈트인, 농부와 로빈 후드, 구디 블레이크Goody Blake와 해리 질Harry Gil,[21] 세계 도처의 왕자와 농부, 배운 사람과 못 배운 사람 모두가, 똑같이 자기 몸을 따뜻하게 하고 밥을 지으려면 적어도 몇 개의 나뭇가지를 숲에서 얻을 필요가 있다. 나 역시 나무 없이는 살 수 없을 것이다.

누구나 자기의 장작더미에 애정의 눈길을 보낸다. 장작더미가 높아질수록 땔나무를 마련하는 즐거움이 더욱 잘 떠오르기 때

---

20 프랑수아 앙드레 미쇼François André Michaux(1770~1855), 『북미의 숲』 중.
21 윌리엄 워즈워스William Wordsworth의 시 「구디 블레이크와 해리 질」에서 불쌍한 노파 블레이크는 부자 농부 해리 질의 울타리에서 나뭇가지를 훔친다.

문에, 나는 장작더미를 창문 앞에 쌓아놓길 좋아했다. 내게는 임자 없는 헌 도끼가 하나 있었는데, 겨울이면 가끔 그것을 가지고 콩밭에서 캐낸 그루터기를 집 옆 양지 바른 곳에서 잘게 쪼개면서 놀았다. 내가 밭갈이를 할 때 소몰이꾼이 예언한 대로, 그 그루터기들은 나를 두 번 따뜻하게 해주었다. 한번은 그것들을 도끼로 쪼갤 때였고, 또 한번은 태울 때였다. 그러고 보니 어떤 땔감도 그루터기보다 화력이 더 좋지 않았다. 도끼로 말하면, 마을 대장간에 가서 "벼리라"jump는 충고를 받았으나, 나는 그의 충고를 '점프하고'jumped, 그냥 숲에서 잘라 온 히코리로 자루를 만들어 끼워서, 쓸 만한 것으로 만들었다. 날은 무디었지만, 적어도 자루는 제대로 끼운 도끼였다.

송진이 잔뜩 엉긴 소나무 그루터기는 몇 개만 있어도 큰 보물이었다. 이런 땔감이 아직도 얼마나 많이 땅 밑에 숨어 있는지 생각하면 흥이 난다. 지난 몇 년 동안 나는 과거에 소나무 숲을 이루었던 헐벗은 산기슭을 자주 "탐사하면서" 송진이 잔뜩 엉긴 소나무 뿌리를 캐냈다. 이런 뿌리는 썩지 않고 거의 그대로였다. 적어도 30~40년 된 그루터기는 아직도 그 고갱이가 멀쩡했다. 하지만 겉의 백목질白木質은 모두 부식토가 되었으니, 그루터기의 중심에서 반경 4~5인치 떨어진 두꺼운 껍질이 땅바닥과 수평으로 푸슬푸슬 벗겨져서 둥근 테를 이루고 있는 것을 보아 알 수 있다. 나는 도끼와 삽을 가지고 이 보고를 탐사하면서 금광맥이라도 발견한 듯이, 쇠기름처럼 노란 알짜 고갱이를 따라, 땅속 깊이 파들어 간다. 그러나 통상 불쏘시개로 쓴 것은 눈이 오기 전에 헛간에 저장해둔 낙엽이었다. 벌목꾼이 숲에서 야영을 할 때는, 잘게 쪼갠 푸른 히코리를 불쏘시개로 쓴다. 나도 가끔 한번씩 이것을 썼다. 마을 사람들이 지평선 너머에서 불을 지필 때, 나 역시 굴뚝으로 가늘고 긴 연기를 내보내서, 월든 계곡에 사는 여러 야생의 주민들에게 내가 깨어 있다는 것을 알려주었다.

> 날개 가뿐한 연기여, 날아오르며
> 자신의 날개를 녹이는 이카로스의 새여,
> 너는 노래하지 않는 종달새, 새벽의 메신저다.
>
> 부락의 상공을 보금자리인양 맴도는구나.
> 아니면 너는 떠나는 꿈인가,
> 치맛자락을 여미며 어른거리는 심야의 비전인가.
> 밤에는 별을 가리고,
> 낮에는 해를 덮어 빛을 어둡게 하는구나.
> 그대는 나의 향, 이 난로에서 하늘 높이 올라,
> 신들께 밝은 이 불꽃을 용서하십사고 빌어라.[22]

방금 자른 단단한 생나무는 다른 어느 것보다 땔감으로 적합했지만, 나는 이것을 별로 사용하지 않았다. 어느 겨울날 오후에 산책을 나갈 때면, 때때로 잘 피워놓은 난로를 그대로 두고 나갔는데, 서너 시간 뒤에 돌아와 보면, 아직도 불이 살아서 이글거리고 있었다. 내가 나가고 없어도 집은 비어 있지 않았다. 마치 쾌활한 가정부에게 집을 맡기고 떠난 듯했다. 내 집에는 바로 나와 가정부인 난롯

---

22 소로 자신의 시.

불이 살고 있었고, 보통 이 가정부는 믿을 만했다. 그러나 어느 날 장작을 패고 있을 때, 집에 불이 나지 않았는지 창문으로 들여다보고 싶은 생각이 들었다. 내 기억에 난롯불 때문에 불안했던 것은 바로 그때 한 번이었다. 집 안을 들여다보니, 과연 불똥이 침대에 옮겨 붙어 있었다. 곧장 들어가서 불을 껐지만, 이미 손바닥만큼 침대를 태운 뒤였다. 그러나 내 집은 아주 양지바르고 바람을 잘 막아주는 곳에 자리 잡았고, 지붕도 아주 낮아서, 겨울에도 한낮에는 거의 난로를 끄고 지낼 수 있었다.

두더지가 내 지하실에 보금자리를 짓고, 감자 세 개 걸러 하나는 조금씩 물어뜯고, 심지어는 회벽을 바르고 남은 일부 석회와 갈색 종이로 그곳에 아늑한 침대까지 만들었다. 아주 야성적인 동물도 인간과 마찬가지로 아늑함과 따뜻함을 좋아한다. 동물들은 아주 주의 깊게 아늑하고 따뜻한 잠자리를 확보하기 때문에, 용케도 겨울을 살아남는다. 내 친구 몇몇은 내가 얼어 죽으려고 일부러 숲으로 가는 것인 양 말했다. 동물은 단지 바람을 막을 수 있는 곳에 잠자리를 마련하고, 그곳을 자신의 체온으로 따뜻하게 한다. 하지만 불을 발견한 인간은 널따란 방에 공기를 가두어 놓고, 체온을 빼앗기는 대신에 공기를 덥혀서 그곳을 따뜻한 잠자리로 만든다. 그는 그 안에서 오히려 거추장스러운 옷을 벗어던지고 움직이면서, 한겨울에도 여름처럼 지낸다. 그리고 창문을 이용하여 빛을 들이기도 하고, 램프로 낮의 길이를 늘이기도 한다. 이처럼 인간은 본능을 넘어서 한두 걸음 나아가고, 멋진 예술에 바칠 시간을 약간 남겨둔다. 몹시 사나운 강풍에 오랫동안 노출되어 온몸이 무감각할 때도, 내집의 온화한 분위기에 안기면, 곧바로 몸의 기능을 회복하고 생명을 연장할 수 있었다. 그러나 가장 사치스러운 집도 이런 점에서 뽐 낼 것이 별로 없다. 또한 우리는 인류의 종말이 어떻게 올지 구구하 게 억측할 필요도 없다. 언제라도 조금 더 모진 강풍이 북쪽에서 불 면, 인간의 목숨은 쉽게 끊어질 것이다. 우리는 '혹한의 금요일'Cold Fridays과 '대폭설'Great Snow²³의 날을 기억하지만, 조금 더 추운 금요 일이나 조금 더 큰 폭설이 오면, 지구상의 인간은 더 이상 존재할 수 없을 것이다.

나는 숲을 소유하지 않았기 때문에, 다음 해 겨울에는 땔감 절약을 위해 작은 요리용 스토브를 사용했다. 하지만 스토브는 앞 이 트인 벽난로만큼 그렇게 좋은 화력을 유지하지 못했다. 이제 밥 짓기는 더 이상 시적인 작업이 아니라 단순히 화학적인 작업이 되어 버렸다. 이런 스토브 시대에 사는 우리는 일찍이 인디언 방식으로 감자를 불탄 재에 구워 먹었다는 사실을 곧 잊고 말 것이다. 스토브 는 자리를 차지하고 집에 냄새를 풍길 뿐만 아니라, 그 불도 노출되 지 않기 때문에, 나는 친구 하나를 잃은 느낌을 받았다. 스토브와는 달리 벽난로 불에서는 항상 어떤 얼굴을 볼 수 있다. 노동자는 저녁 에 벽난로 불을 들여다보며 낮에 쌓인 삶의 찌꺼기와 저속함을 마 음에서 정화한다. 그러나 이제 나는 가만히 앉아서 벽난로 불을 들 여다볼 수 없게 되었으니, 어느 시인의 적절한 시구가 새로운 힘을 가지고 머릿속에 떠올랐다.

---

23 '혹한의 금요일'이란 1810년 1월 19일, 뉴잉글랜드에 닥친 강추위를 말 한다. 이때 기온이 영하 50도 이하로 떨어졌다. '대폭설'이란 1717년 2월 17일, 미국 북동부에 내린 폭설을 말하는 듯하다. 5피트 이상의 눈이 내렸다.

"밝은 불꽃이여, 삶의 상을 비추는 너의 소중하고,
친밀한 공감을 내게서 거두어가지 마라.
그토록 밝게 타오른 것이 바로 내 희망 아닌가?
밤에 그토록 푹 꺼져버린 것이 바로 내 운명 아닌가?

어째서 너는 우리의 가정과 홀에서 추방되었는가?
모든 사람이 환영하고 사랑했던 너 아닌가?
따분하기 짝이 없는 우리 인생의 평범한 빛에게는
너의 존재가 너무 환상적이었다는 것인가?
너의 눈부신 섬광은 유쾌한 우리 영혼과 신비로운 교감을
나누지 않았는가? 너무도 대담한 신비 아닌가?
그래, 이제는 희미한 그림자가 어른대지 않는
스토브 옆에 앉았으니 우리는 안전하고 강하지만,
우리를 기쁘게 하는 것도 슬프게 하는 것도 없이
불은 우리의 손발을 녹여주는 것만으로 만족하는구나.
작고 다부진 실용적인 스토브 옆에서
현재는 편히 앉아 잠을 청할 수 있겠지만,
또한 희미한 과거에서 걸어 나와 희미한 옛 장작불 곁에서
우리와 대화하던 유령을 두려워하지도 않겠구나."

Mrs. Hooper

예전 주민들과 겨울 방문객들

나는 몇 차례의 눈보라를 즐겁게 맞으면서, 난롯가에서 유쾌한 겨울밤을 보냈다. 이럴 때면 밖에서는 눈발이 사납게 휘날리고, 부엉부엉! 울어대던 올빼미마저 침묵했다. 몇 주일 동안 산책길에서 만난 사람이라고는 이따금 숲에서 벤 나무를 썰매에 싣고 마을로 가는 이들뿐이었다. 하지만 자연의 매력에 이끌린 나는 눈이 소복하게 쌓인 숲속에 길을 내었다. 내가 일단 지나가면, 바람이 내 발자국 안에 떡갈나무 잎들을 날려 보냈고, 그곳에 자리 잡은 떡갈나무 잎들은 햇빛을 흡수하여 눈을 녹였다. 그러면 발을 디딜 수 있는 마른 바닥이 생겨났고, 밤이면 검은 발자국 띠가 안내자 역할을 해주었다. 인간들과의 교유交遊가 그리워진 나는 예전에 이 숲에 살았던 주민들을 상상의 마법으로 불러낼 수밖에 없었다. 내 집과 가까운 길에는 옛 주민들의 웃음과 잡담 소리가 울려 퍼졌고, 길과 접한 숲의 여기저기에는 옛 주민들의 작은 집과 텃밭이 흩어져 있었다. 꽤 많은 마을 사람이 이를 기억하고 있다. 하지만 당시의 숲길은 지금보다 훨씬 더 비좁았다. 내가 기억하기에 어떤 길은 소나무들이 이륜마차의 양 옆구리를 동시에 긁을 정도로 비좁았다. 그리고 이 길로 혼자 링컨 마을까지 걸어가야 했던 아낙네와 아이들은 겁이 나서 거의 뛰어갔다. 주로 이웃 마을로 가는 사람이나 벌목꾼들의 마차가 다니는 초라한 길이었다. 그러나 한때는 다채로웠기에 지금보다 나 그네의 눈을 더 즐겁게 했고, 그의 기억에 더 오래 남아 있다. 지금은 단단하고 광활한 들판이 마을에서 숲까지 뻗어 있으나, 당시에는 중간에 단풍나무 늪지가 있어서, 바닥에 통나무를 깔고 통행했다. 그 통나무 길의 자취가 지금은 구빈원이 된 스트래턴 농장Straton Farm에서 브리스터 언덕Brister's Hill에 이르는 먼지 이는 현재의 신작로 밑에 아직도 또렷이 남아 있다.

내 콩밭 동쪽, 길 건너에는, 카토 잉그램Cato Ingraham이라는 사람이 살았다. 그는 콩코드 마을의 신사였던 덩컨 잉그램[1]의 노예였다. 덩컨은 이 노예에게 집을 한 채 지어주고, 월든 숲에서 살도록 허락했다. 카토는 '우티카의'Uticensis 카토[2]가 아니라, '콩코드의'Concordiensis 카토였다. 어떤 사람은 그가 기니에서 팔려온 니그로[3]였다고 말한다. 몇몇 사람은 호두나무 숲속에 있던 그의 작은 밭뙈기를 기억하

---

1 덩컨 잉그램Duncan Ingraham(1726~1811). 당시 콩코드의 최고 부자.
2 우티카의 마르쿠스 포르키우스 카토Marcus Porcius Cato Uticensis(기원전 95~기원전 46)를 말한다. 북아프리카 우티카Utica에서 자살한 로마 정치가로, 공화정을 옹호하여 율리우스 카이사르Julius Caesar와 맞서다 실패했다. 그의 증조부 Marcus Porcius Cato와 구분하기 위해서 이름에 '우티카의'Uticensis를 덧붙였다.
3 아프리카 서해안의 기니Guinea는 16~18세기까지 아프리카 흑인 노예의 주요 공급지였다. 미국 태생의 흑인 노예와 구분된다.

고 있다. 카토는 늙어서 필요할 때를 대비해 호두나무를 길렀다고 한다. 그러나 결국 그보다 더 젊고 피부가 하얀 투기꾼이 그 호두나무 숲을 차지했다. 하지만 그 투기꾼 역시 현재는 똑같이 좁은 집⁴을 차지하고 있을 뿐이다. 반쯤 파괴된 카토의 지하 저장실이 아직 남아 있으나, 주변의 소나무에 가려 행인의 눈에는 보이지 않기에 아는 사람이 별로 없다. 이제는 그곳에 미끈한 옻나무*Rhus glabra*가 꽉 들어찼고, 조생종 미역취*Solidago stricta*가 무성하게 자란다.

내 밭의 모퉁이, 마을과 더 가까운 쪽에는 흑인 여자 질파 Zilpha의 작은 집이 있었다. 그녀는 여기서 마을 사람들이 쓸 아마포를 짰다. 크고 특이한 목소리를 가진 그녀가 노래를 부를 때면, 날카로운 소리가 월든 숲에 울려 퍼졌다. 마침내 1812년의 전쟁⁵에서 가출소한 영국 포로병들이 그녀의 집에 불을 질렀다. 마침 그녀는 출타 중이었지만, 그녀의 고양이와 개와 닭이 모두 불에 타서 죽고 말았다. 그녀는 다소 인간 이하의 힘든 삶을 살았다. 이 숲을 자주 찾던 한 노인의 기억에 따르면, 노인이 점심때 그녀의 집을 지나게 되었는데, 그녀가 펄펄 끓는 냄비를 살피면서 "전부 뼈뿐이구나, 뼈뿐이야!"라며 중얼대는 소리를 들었다고 한다. 이제는 떡갈나무 숲이 들어선 집터에 벽돌 몇 개가 보일 뿐이다.

길을 더 내려가서, 오른쪽 브리스터 언덕에는, 브리스터 프리먼 Brister Freeman이 살았다. 그는 "솜씨 좋은 니그로"로 알려졌으며, 한때 마을 유지인 커밍스⁶의 노예였다. 그곳에는 브리스터가 심고 가

---

4 무덤.
5 나폴레옹전쟁 기간에 영국의 무역 규제로 인해 발발한 영미 간의 전쟁.
6 존 커밍스John Cummings(1728~1788). 콩코드의 의사였다.

예전 주민들과 겨울 방문객들

꾸었다는 사과나무들이 여전히 자라고 있다. 지금은 크고 늙은 나무가 되었지만, 그 열매의 맛은 아직 야생 그대로 새콤하다. 얼마 전에 링컨 마을의 옛 공동묘지에서 그의 묘비를 읽었다. 콩코드에서 후퇴하다가 전사한 몇몇 영국 척탄병들의 표식 없는 무덤들 근처에 있는 그 묘비는 한쪽으로 기울어져 있었다. 묘비에는 "시피오 브리스터Sippio Brister, 유색인a man of color"이라고 쓰여 있었다. 그를 스키피오 아프라카누스Scipio Africanus[7]라고 부를 만하지만, "유색인"이라고 특기하는 것은 그의 시신이 변색되었다는 뜻처럼 들린다. 묘비를 보면, 그가 사망한 때가 특히 눈에 띄는데, 이것은 그가 일찍이 살았다는 사실을 강조하는 간접적인 방법일 뿐이다. 상냥한 아내 펜다 Fenda와 함께 살았는데, 그녀는 기분 좋게 점을 쳐주는 점술가였으며, 몸집이 크고 둥글둥글하고 피부가 까만 여자였다. 어떤 어둠의 자식보다도 더 까맸으니, 그 이전이나 이후에도 그렇게 검고 둥근 달이 콩코드에 떠오른 적이 없었다.

언덕을 쭉 내려가서, 왼쪽 숲속의 옛 길에는, 스트래턴Stratton 일가의 농가 흔적이 약간 남아 있다. 한때는 그의 과수원이 브리스터 언덕 비탈을 모두 차지하고 있었으나, 리기다소나무 때문에 사라진지 오래 되었고, 몇 개의 그루터기가 남아 있을 뿐이다. 하지만 아직도 그루터기의 옛 뿌리에서 나온 야생종에 접목한 많은 과수가 마을에서 무성하게 자라고 있다.

---

7 푸불리우스 코르넬리우스 스키피오 아프리카누스Publius Cornelius Scipio Africanus(기원전 236~기원전 184). 아프리카의 카르타고를 침공하여 한니발을 물리쳤기 때문에 '아프리카누스'라는 칭호가 붙은 로마 장군.

좀 더 마을 가까이로 가면, 길 건너편 쪽 숲 끝자락에, 브리드
Breed[8]의 집터가 있다. 이 터는 옛 신화에도 나온 적이 없는 어떤 마
귀[9]의 장난으로 유명하다. 그 마귀는 뉴잉글랜드 생활에서 놀랍고
두드러진 역할을 했으니,[10] 그 행적은 신화에 나오는 어느 인물 못지
않게 언젠가는 기록할 만한 가치가 있다. 그는 처음에 친구나 일꾼
으로 위장하고 온 다음에, 모든 가족의 돈을 뺏거나 살해했는데, 그
이름은 바로 '뉴잉글랜드 럼'New England Rum주酒이다. 그러나 이 집
에서 벌어진 비극의 역사를 그대로 전하기에는 아직 시기상조인 듯
하니, 세월이 흘러 어느 정도 완화되고 하늘색을 띨 때까지 기다리
기로 하자. 아주 불분명하고 의심스러운 전설에 따르면, 이곳에는 한
때 술집이 있었다고 한다. 당시의 샘물이 그대로 있는데, 그것은 나
그네의 술맛을 부드럽게 해주고, 말의 원기를 회복시켜주었다고 한
다. 당시 사람들은 이곳에서 서로 인사를 나누고, 소식을 주고받은
뒤, 다시 제 갈 길을 갔다.

　브리드의 오두막은 오랫동안 아무도 살지 않았지만, 불과
12년 전까지도 그 자리에 있었다. 그 집은 크기가 대략 내 집만 했
다. 내 기억이 틀림없다면, 어느 선거일 밤에 개구쟁이 소년들이 그

8　존 브리드(John Breed, ?~1824). 콩코드의 이발사로, 럼주에 중독된 주
　정뱅이였다.

9　당시 금주 운동가들은 알코올의 공포를 요약하기 위해 '럼주 마귀'라
　는 용어를 사용했다.

10　17~18세기 뉴잉글랜드에는 아프리카 기니에 가서 노예를 구입하고 서
　인도제도에서 당밀을 들여와 럼주를 생산하여 돈을 번 사람들이 많았
　다.

집에 불을 질렀다. 당시 나는 마을 변두리에 살았고, 대버넌트[11]의 시 『곤디버트』에 푹 빠져 있었다. 그 해 겨울, 나는 무기력증으로 힘들어하고 있었는데, 차머스[12]의 『영시 선집』을 빼놓지 않고 읽으려는 계획 때문인지 유전병 때문인지 알 수 없었다. 내게는 외삼촌이 한 명 있는데, 그는 혼자 면도를 하다가 잠이 들기도 하고, 안식일은 뜬 눈으로 지켜야 한다면서, 일요일이면 지하실에서 감자 싹을 따기도 했으니, 혈통 때문이었을 수도 있다. 아무튼 내 네르비Nervi[13]는 무기력증에 완전히 점령당했다. 내가 『곤디버트』에 몰입하기 시작하자마자 화재를 알리는 종이 울렸고, 어른과 아이가 뒤엉켜 앞장선 가운데 소방마차들이 황급히 그쪽으로 달려갔다. 나는 개천을 뛰어넘어 지름길로 갔기 때문에,[14] 곧 선두 그룹에 끼었다. 우리는 불난 곳이 숲 너머 훨씬 남쪽이라고 생각했다. 창고든, 상점이든, 주택이든, 아니면 이 모든 것이든, 우리는 화재 현장으로 달려간 전력이 있었다. 누군가가 "베이커의 창고다," 하고 소리쳤다. 그러자 다른 사람이 "코드먼의 집이야," 하고 단언했다. 바로 그때 지붕이 내려앉은 듯이 새로운 불길이 숲 상공으로 솟아올랐고, 우리는 모두 "콩코드여, 불 끄러 갑시다!" 하고 외쳤다. 으스러질 듯이 많은 사람을 실은 마차들이 총알처럼 무서운 속도로 지나갔다. 마차에 탄 사람 중에는 아무

---

11 윌리엄 대버넌트William Davenant(1606~1668). 영국시인. 미완성 서사시 『곤디버트』*Gondibert*를 썼다.

12 알렉산더 차머스Alexander Chalmers(1759~1834). 스코틀랜드 작가. 『초서에서 쿠퍼까지의 영시선집』(1810)을 간행했다.

13 본래 지금의 벨기에 일부를 차지한 게르만 족을 가리키지만, 여기서는 '용기'나 '체력'을 뜻하는 'nerve'의 곁말이다.

14 당시 소로는 에머슨의 집에 살았고, 바로 집 뒤에 개천이 흘렀다.

리 먼 곳이라도 현장에 가봐야 하는 보험회사의 대리인도 섞여 있었을 것이다. 이따금 소방 마차가 딸랑딸랑 종을 울리면서, 더 천천히 그리고 침착하게 달리고, 사람들이 나중에 쑤군대는 소문에 의하면, 불을 놓고 경보를 발령한 녀석들이 맨 후미에서 쫓아왔다고 한다. 이렇게 우리는 진짜 이상주의자들처럼 감각기관이 제시하는 증거를 모두 무시한 채 덮어놓고 계속 달렸다. 마침내 길모퉁이를 돌자, 우지직 타는 소리가 들렸고, 담 너머에서 밀려오는 불의 열기를 몸으로 느낄 수 있었다. '아, 현장이구나!' 하고 실감했다. 막상 화재 현장에 접근하자 오히려 우리의 열정은 식었다. 처음에 우리는 개구리 연못의 물을 몽땅 퍼부으려고 생각했지만, 집이 거의 타버려 그럴 가치가 없어지자, 타도록 놔두기로 결정했다. 우리는 소방차 주위에 둘러서서, 서로 밀치면서 손나발로 자신의 감상을 표현하거나, 배스컴 상점[15] 화재를 비롯하여 세계가 목격한 대형 화재 이야기를 낮은 목소리로 주고받았다. 그리고 우리끼리의 이야기이지만, 만약 우리의 "소방 마차"가 제때 와 있고, 물이 가득 찬 개구리 연못이 가까이 있다면, 절박했던 최후의 범인류적 화재[16]를 또 하나의 홍수[17]로 바꾸어 놓을 수 있으리라고 생각했다. 마침내 우리는 어떤 나쁜 짓도 저지르지 않고 물러나, 각자의 잠자리나 『곤디버트』로 돌아갔다. "기지機智는 영혼의 화약" 운운하는 『곤디버트』 서문에는, "그러나 대부분의 인간은 인디언들이 화약에 문외한이듯이, 기지에 문외한이다,"라는 구절이 있는데, 나라면 이 구절을 뺄 것이다.

---

15 Bascom's Shop. 콩코드에 있는 것으로, 1828년 5월 3일 불탔다.
16 작은 화재를 세상의 종말로 과장한 것이다.
17 제2의 노아의 홍수. 역시 해학적인 과장법이다.

그다음 날 밤, 나는 전날의 화재 시각과 거의 같은 시각에 우연히 들판을 지나 화재 현장 쪽으로 산책을 했는데, 불이 난 지점에서 낮은 신음 소리가 들렸다. 어둠을 헤치고 가까이 다가갔더니, 내가 아는 브리드 집안의 유일한 생존자이자 그 집의 덕과 악을 모두 물려받을 상속자가 거기에 있었다. 그는 이번 화재에 홀로 관심을 가지고 땅바닥에 납작 엎드려, 저 밑에서 아직도 연기를 내고 있는 불똥을 지하실 벽 너머로 바라보면서, 그의 버릇대로 무언가를 중얼거리고 있었다. 그는 꽤 멀리 떨어진 강변의 풀밭에서 온종일 일하는 일꾼이었기에, 자유시간이라고 할 수 있는 틈을 이용해서, 조상의 집이자 그가 어린 시절을 보낸 집을 찾아온 것이었다. 그는 계속 엎드린 자세로 돌아가면서, 사방의 여러 각도에서 지하실을 들여다보았다. 그가 기억하는 어떤 보물이 돌과 돌 사이에 숨겨져 있는 것 같기도 했지만, 벽돌과 잿더미 이외에는 아무것도 없었다. 집이 소실되었으니, 남은 것이라도 있는지 살펴보는 것이었다. 그는 내가 같이 있다는 사실만으로도 위안을 받았는지, 어두워서 잘 보이지 않는 가운데서도, 우물을 덮어놓은 곳으로 나를 안내했다. 고맙게도, 우물은 결코 불에 탈 수 없는 것이었다. 그는 담 주변을 더듬어 자신의 아버지가 깎아서 설치한 두레박틀을 찾아냈다. 그러고는 무거운 쪽 끝에 추를 달았던 갈고리인지 꺾쇠인지를 손으로 더듬으면서, 그것이 보통 "두레박틀"이 아니라는 사실을 내게 납득시키려 했다. 이제는 그것이 그가 매달릴 수 있는 유물의 전부였던 것이다. 나는 그것을 만져보았고, 아직도 산책할 때마다 유심히 바라본다. 한 가문의 역사가 그것에 매달려 있기 때문이다.

거기서 조금 더 내려가다, 왼쪽으로 보면, 담 옆으로 우물과 라일락 덤불이 보이는 곳이 있다. 이제는 탁 트인 들판이 되어버린 그 곳에 너팅[18]과 르 그로스[19]가 살았다. 그러나 콩코드 이야기는 여기서 그만하고 링컨 쪽으로 돌아가자.

앞서 말한 어떤 집들보다도 숲속 깊숙이 들어가 길이 호수와 가장 인접한 곳에 옹기장이 와이먼[20]이 살았다. 그는 땅을 무단으로 점령하고, 마을 사람들에게 질그릇을 공급했다. 그리고 그 가업을 자손들에게 물려주었다. 자손 또한 재산이 풍족하지 않았고, 살고 있는 땅도 땅 주인이 눈감아주어 차지하고 살았다. 세리가 세금을 징수하려고 왔지만 허탕 치기 일쑤였다. 세리의 징수 보고서에 의하면, 그는 형식상 "압류명령 부착"이라는 꼬리표를 붙여놓고 갔다. 남의 땅 말고는 차압할 만한 것이 아무것도 없었기 때문이다. 한여름의 어느 날, 내가 김을 매고 있는데, 옹기를 한 수레 가득 싣고 시장으로 향하던 어떤 사람이 밭 옆에서 말을 멈추더니, 와이먼의 아들에 대한 안부를 물었다. 그 사람은 오래전에 와이먼의 아들에게서 토기 제조용 녹로를 구입했는데, 그의 근황이 궁금하다고 했다. 나는 『성경』에서 옹기장이의 점토와 녹로에 대해서 읽은 적이 있다.[21] 하지만 우리가 지금 사용하는 옹기가 으레 성서시대부터 깨지지 않

---

18 스티븐 너팅Stephen Nutting(1768~?). 집, 창고, 113에이커의 땅을 구입했던 사람.

19 프랜시스 르 그로스Francis Le Grosse(1764?~1809). 집, 창고, 작은 땅을 임차했던 사람.

20 존 와이먼John Wyman. 「호수들」에서 언급된 옹기장이.

21 『예레미야』 18:3, 6. "옹기장이는 마침 녹로를 돌리며 일을 하고 있었다," "진흙이 옹기장이의 손에 달렸듯이 너희 이스라엘 가문이 내 손에 달린 줄 모르느냐? 이스라엘 가문아, 내가 이 옹기장이만큼 너희를 주무르지 못할 것 같으냐?"

고 내려오는 것도 아니고, 어딘가에 있는 나무에 박처럼 주렁주렁 열리는 것도 아니라는 생각은 해보지 못했다. 그렇기에 일찍이 그런 옹기기술을 생업으로 삼은 사람이 이웃에 있었다는 소리를 듣고 기뻤다.

　나보다 앞서 이 숲에 마지막으로 거주한 사람은 와이먼의 집에 거주한 휴 코일Hugh Quoil(철자 쓰기가 아주 혼란스러웠다.[22])이라는 아일랜드인이었다. 사람들은 그를 코일 대령이라고 불렀다. 소문에 따르면 그는 워털루Waterloo 전투의 용사였다고 한다. 그가 살아 있었다면, 나는 그의 옛 무용담을 다시 들려달라고 했을 것이다. 그는 도랑 파는 일을 했다. 전투가 끝나고 나폴레옹은 세인트 헬레나 St. Helena 섬으로 갔고, 코일은 월든 숲으로 왔다. 내가 그에 대해 알고 있는 것은 모두 비극적이다. 그는 세상을 두루 경험한 사람답게 예의가 바르고, 보통 사람이 듣기에는 지나치리만큼 점잖은 언사를 구사할 수 있었다. 한여름에도 두툼한 외투를 입었는데, 알코올중독에 의한 섬망증譫妄症에 걸렸기 때문이다. 그의 얼굴은 짙은 자주색이었다. 그는 내가 숲에 온 직후 브리스터 언덕 기슭에 있는 도로 위에서 죽었기에, 이웃으로서의 그에 대한 기억은 별로 없다. 그의 집이 헐리기 전, 그의 전우들마저 "재수 없는 성"이라며 피하던 때, 나는 그 집에 문상을 갔다. 높은 판자 침대 위에 그의 낡은 옷이 구겨진 채로 놓여 있는 것이, 마치 그 자신이 누워 있는 듯했다. 샘물 옆

22　코일Quoil의 동음이의어인 'coil'이 '소음, 법석, 혼란'등의 의미가 있음을 빗대서 한 말이다. 혼란스러운 럼주 중독자였다는 사실과 무관하지 않은 듯하다.

에 깨진 그릇[23]이 있는 대신에, 난로 위에 깨진 담배 파이프가 놓여 있었다. 깨진 그릇이 그의 죽음을 상징하는 것이 될 수는 없었을 것이다. 그는 브리스터의 샘물Brister's Spring[24]에 대한 소문은 들었지만, 가본 적은 전혀 없다고 고백한 적이 있기 때문이다. 그리고 마루에는 다이아몬드, 스페이드, 하트 등 때 묻은 카드들이 흩어져 있었다. 유산 관리인도 붙잡을 수 없었던 검은 병아리 한 마리가 옆방에서 잠자리에 들었다. 깜깜한 밤만큼이나 검은 이 병아리도 여우 르나르 Reynard[25]가 오기를 기다리면서, 꼬꼬거리지도 않고, 조용했다. 집 뒤에는 윤곽이 희미한 텃밭이 있었다. 씨를 뿌리기는 했지만, 주인의 무서운 수전증 때문에 지금 수확기가 되도록 한번도 김을 매지 않았다. 그곳은 로마다북쑥과 가막사리로 뒤덮여 있었고, 열매 대신 가막사리 가시들이 내 옷에 달라붙었다. 집 뒷벽에는 그의 마지막 워털루 전투의 전리품이라 할 수 있는 우드척 가죽이 최근에 펼쳐진 그대로 있었다. 그러나 이제 그에게는 따뜻한 모자나 장갑이 필요 없어졌다.

이제 땅이 움푹 파인 자국만이 묻혀버린 지하실 돌들과 함께 이곳이 옛날 집터였음을 알려준다. 그리고 양지 바른 풀밭에는 딸기, 나무딸기, 산딸기, 개암나무 관목 숲, 옻나무가 자란다. 굴뚝이 있던 외진 곳에는 리기다소나무나 옹이 진 떡갈나무가 자리를 잡고 있고, 섬돌이 놓였을 법한 자리에서는 향긋한 검정 자작나무가 가

---

23 『전도서』 12:6. "은사슬이 끊어지면 금 그릇이 떨어져 부서진다. 두레 박 끈이 끊어지면 물동이가 깨진다."
24 바로 그가 죽은 브리스터 언덕 기슭에 있는 샘.
25 중세의 우화시 『여우 이야기』에 나오는 여우.

예전 주민들과 겨울 방문객들

지를 흔든다. 때때로 움푹한 우물터가 보이는데, 한때는 샘물이 흐르던 곳이지만, 지금은 눈물조차 메마른 풀이 차지하고 있다. 아니면 이곳에 마지막으로 살았던 사람들이 떠나면서, 훗날 어느 때까지는 발견되지 않도록, 우물 위에 평평한 돌을 덮고 뗏장을 씌워서 깊숙이 숨겨져 있는지도 모른다. 우물을 덮다니 얼마나 슬픈 짓인가! 그것은 눈물의 샘이 고이는 것과 때를 같이 했으리라. 한때는 분주하고 시끌벅적한 삶이 있었고, 이런저런 형식과 언어로 "운명, 자유 의지, 절대적 예지"[26]를 번갈아 논의하던 곳에 남겨진 것은 버려진 여우 굴 같은 움푹 들어간 지하실 터와 옛 구덩이들뿐이었다. 그러나 이곳 주민들이 내린 결론에 대해 내가 알 수 있는 것은 고작 이곳에서 "카토와 브리스터가 무두질을 했다."[27]라는 것이다. 하지만 이런 결론은 더 유명한 철학 학파들의 역사만큼이나 교훈적이다.

출입문과 상인방과 문지방이 사라진 지 한 세대가 지났어도, 라일락은 여전히 활기차게 자라서, 봄마다 향기로운 꽃을 피우니, 생각에 잠긴 나그네가 무심코 꺾는다. 그 옛날 이 집 아이들이 직접 앞마당 빈터에 심고 가꾼 라일락인데, 이제는 외딴 초원의 담장 옆에 서서 새로이 자라는 숲에 자리를 양보하고 있구나! 라일락은 바로 이 집안의 마지막 후손이고 유일한 생존자다. 가무잡잡한 이 집 아이들이 앞마당의 그늘진 땅에 잎눈이 두 개뿐인 작은 라일락 접지를 꽂고, 매일 물을 주었었다. 하지만 그 라일락 접지가 스스로 뿌리를 내려서, 그들보다 오래 살고 있음은 물론, 뒤쪽에서 그늘을 드

---

26 『실낙원』 중. 악마들이 받는 벌 가운데 하나는 이런 주제에 대해 끝없이 논의하는 것이었다.
27 여기서 '무두질 하다'는 '속여먹다'는 뜻을 가지고 있다.

리우던 집 자체와 텃밭과 과수원을 가꾸던 가족들보다도 오래 살아서, 그 아이들이 성장해서 죽은 지 반세기가 지난 후까지도, 그들의 이야기를 외로운 방랑자에게 어렴풋이나마 전하리라고 생각이나 했겠는가? 지금도 라일락은 그것이 맞이했던 첫 번째 봄처럼 아름다운 꽃을 피우고, 달콤한 향기를 풍긴다. 나는 아직도 부드럽고, 정중하며, 명랑한, 라일락 색깔을 감회에 젖어 바라본다.

그러나 콩코드 마을은 그 기반을 굳건히 지키고 있는 반면에, 콩코드 이상으로 유망했던 이 작은 마을은 왜 사라지고 말았을까? 정말이지 이곳은 자연의 혜택, 특히 물의 특혜를 전혀 받지 못해서 그런 것일까? 그렇다, 이곳 주민들은 깊은 월든 호수와 시원한 브리스터의 샘에서 건강에 좋은 물을 실컷 마실 수 있는 특혜를 받았으면서도, 그 모든 것을 활용하지 못하고, 고작 물로 술맛을 부드럽게 했을 뿐이다. 그들은 너 나 할 것 없이 술에 목마른 종족이었다. 이곳이 바구니, 마구간 빗자루, 매트를 만들고, 옥수수를 볶고, 아마포를 짜고, 옹기를 만드는 등 번성하는 사업으로, 황무지를 장미꽃처럼 꽃피게 하고,[28] 수많은 후손이 조상의 땅을 물려받게 할 수는 없었을까? 땅이 척박하니 최소한 기름진 저지대의 타락한 삶이 발을 붙이지는 못했을 것 아닌가. 슬프다! 여기서 살던 사람들에 대한 추억이 이렇게 아름다운 자연의 풍경에 별로 보탬이 되지 못하다니! 아마도 자연은 이 마을에서 나를 최초의 정착자로, 지난봄에 지은 내 집을 가장 오래된 집으로 삼고, 다시 한 번 시험을 할지 모르겠구나.

나는 내가 차지한 터에 누구라도 집을 지은 적이 있었는지 알

---

28 『이사야』 35:1. "메마른 땅과 사막아, 기뻐하여라. 황무지야, 내 기쁨을 꽃피워라."

지 못한다. 그러나 고대의 어느 도시가 세워졌던 터라고 한다면 피하고 싶다. 그런 도시의 재료는 몰락의 잔해이고, 정원은 공동묘지가 아니겠는가. 그 흙은 하얗게 바래도록 저주를 받은 것이 아닌가. 그런 일이 필연이 되기 전에, 지구 자체가 멸망할 것 아닌가. 나는 이렇게 지난날에 대한 여러 회고와 함께 이 숲에 사람들이 다시 사는 날을 그리면서 스르르 잠들었다.

이 계절에는 방문객이 별로 없었다. 눈이 아주 많이 쌓이면 한두 주일 내내 집 근처에서 어떤 방랑자도 찾아볼 수 없었다. 나는 그곳에서 초원의 쥐처럼 아늑하게 살았다. 아니면 먹을 것도 없이 눈보라에 오랫동안 파묻혔다가 살아남았다는 소나 닭처럼 살았다고 할 수도 있고, 그것도 아니면 우리 주州 서튼Sutton 마을의 첫 개척자 가족처럼 살았다고도 할 수 있다. 1717년, 그 개척자가 출타하고 없을 때, 폭설로 그의 오두막이 완전히 묻혔는데, 한 인디언이 그 집 굴뚝이 내뿜는 연기 때문에, 눈이 녹아서 생긴 구멍을 보고 겨우 발견하여, 그 가족을 구출했다고 한다. 그러나 나를 염려해주는 다정한 인디언은 아무도 없었고, 집주인인 내가 집에 편안히 있었기 때문에, 인디언도 그럴 필요가 없었다. 폭설! 얼마나 듣기 유쾌한 말인가! 이때는 농부가 말을 끌고 숲과 늪에 갈 수 없기 때문에, 부득이 집 앞에 그늘을 드리우는 나무들을 잘라서 불을 때지 않으면 안 된다. 또한 지면이 더 얼어붙으면, 늪지의 나무들을 지상 10피트 높이에서 잘라냈는데, 돌아오는 봄에나 지면을 구경할 수 있었기 때문이다.

눈이 아주 많이 쌓였을 때, 큰길에서 집까지 이르는 약 반 마일 정도의 길은 내 발자국이 남긴 구불구불한 점선으로 표시되었는데, 점과 점 사이의 간격은 꽤 넓었다. 날씨가 평온한 일주일 동안, 나는 처음 낸 깊은 발자국을 따라 컴퍼스의 두 다리처럼 용의주도하고도 정확하게 내디디면서, 정확히 똑같은 걸음 수와 똑같은 보폭으로, 이 길을 오갔다. 겨울은 이런 반복적인 일상을 강요하지만, 내 발자국에는 하늘의 푸른색이 그득히 쏟아질 때가 많았다. 그러나 어떤 날씨도 내 산책이나 외출을 치명적으로 방해한 적은 없었다. 아무리 깊이 눈이 쌓여도, 나는 그것을 헤치고 8~10마일 정도를 걸어서, 너도밤나무나 노랑 자작나무나 예부터 친구로 지내는 어떤 소나무와 한 약속을 지켰기 때문이다. 그럴 때는 얼음과 눈의 무게로 나뭇가지가 축 늘어져 꼭대기가 뾰족해지기 때문에, 소나무는 전나무처럼 보인다. 눈이 평지에 2피트 정도 쌓였을 때, 간신히 산 정상까지 올라가보면, 발걸음을 옮길 때마다 머리 위로 또 다시 눈보라가 휘몰아쳤다. 때로 사냥꾼마저 겨울 숙소에 들어가고 없을 때도, 나는 손과 무릎으로 기다시피 허우적거리며 약속 장소로 갔다. 어느 오후에 줄무늬 올빼미를 즐겁게 관찰한 적이 있다. 내가 불과 1로드 거리에 서 있는데도, 밝은 대낮에 올빼미가 백송나무 하단 죽은 가지 위, 나무 몸통과 아주 가까이에 앉아 있는 것이 아닌가! 내가 움직이면서 눈을 저벅저벅 밟는 소리가 들렸을 것이나, 올빼미는 분명 나를 보지 못하고 있었다. 내가 소음을 아주 많이 내면, 올빼미는 목을 쭉 늘인 채 목의 깃털을 세우고 눈을 크게 떴지만, 금방 다시 눈꺼풀을 내리깔고 졸기 시작했다. 녀석이 고양이처럼, 아니 날개 달린 형제 고양이처럼, 이렇게 눈을 반쯤 뜨고 앉아 있는 모습을 반 시간 동안이나 지켜보고 있노라니, 나 역시 졸음을 느꼈다. 올빼미의 눈꺼풀 사이에는 좁은 틈새만 남아 있었음에도, 녀석은 그 틈

예전 주민들과 겨울 방문객들

으로 나와의 관계를 어렵사리 유지하고 있었다. 녀석은 반쯤 감은 눈으로 꿈나라 밖을 내다보면서, 그의 시선을 가로막고 있는 희미한 물체인지 티끌인지 모를 내 정체를 알려고 애를 쓰고 있었다. 마침내, 어떤 더 큰 소리가 나거나 내가 더 가까이 접근하면, 그의 꿈이 방해받은 것에 짜증이 난 듯이, 녀석은 불안해하며 횃대에 앉은 채, 느릿느릿 몸을 뒤척이는 것이었다. 그러다가 날개를 예상 밖의 너비로 쫙 펴고, 소나무들 사이를 살짝 스쳐서 날아올랐다. 날갯짓 소리도 전혀 들리지 않았다. 이처럼, 녀석은 시력보다는 주변에 대한 예민한 감각으로 소나무 가지들을 요리조리 피해서, 말하자면 민감한 깃털로 해질녘의 길을 감지하면서, 새로운 횃대를 찾아내고는, 그의 하루가 동트기를 평화롭게 기다릴 것이다.

초원을 횡단하는 철로를 위해서 만든 긴 둑길을 걸어갈 때면, 살을 에는 사나운 바람을 만나기 일쑤였으니, 그곳은 바람이 거칠 것 없이 뛰놀 수 있는 곳이기 때문이다. 나는 이교도이기는 하지만, 동장군이 한쪽 뺨을 세게 때리면 다른 쪽 뺨도 내밀었다.[29] 브리스터 언덕에서 마을까지의 마찻길 역시 더 나을 게 없었다. 왜냐하면 넓은 들판의 눈이 바람에 날려 월든 길의 담과 담 사이에 죄다 쌓이고, 마지막으로 지나간 나그네의 발자취가 반 시간이면 흔적 없이 사라지는 때에도, 나는 상냥한 인디언처럼 마을에 왔기 때문이다. 월든으로 돌아갈 때면, 새로 쌓인 눈 더미를 어렵사리 헤치며 갔다. 급하게 꺾인 길모퉁이에는 부지런한 북서풍이 가루눈을 듬뿍 퍼부어놓

---

29 『마태오의 복음서』 5:39. "그러나 나는 이렇게 말한다. 앙갚음하지 마라. 누가 오른뺨을 치거든 왼뺨마저 돌려대고 또 재판에 걸어 속옷을 가지려고 허거든 겉옷까지도 내주어라."

왔고, 토끼 발자국이나 훨씬 섬세하고 작은 들쥐 발자국조차 보이지 않았다. 그러나 한겨울에도 따뜻하고 질척한 늪지를 심심치 않게 발견할 수 있었으니, 그곳에서는 풀과 스컹크캐비지가 여전히 파릇파릇하게 고개를 내밀고 있고, 가끔은 더 강인한 새가 봄이 돌아오기를 기다렸다.

간혹 눈이 쌓였는데도 산책을 나갔다가 저녁때 집에 돌아올 때면, 내 집 문에서 시작된 어떤 벌목꾼[30]의 깊은 발자국을 만나기도 했다. 집에 가보면, 그가 남기고 간 지저깨비가 벽난로 바닥에 수북이 쌓여 있고, 그의 파이프 냄새가 집 안에 가득했다. 어느 일요일 오후, 우연히 집에 있노라면 명석한 어느 농부[31]가 저벅저벅 눈을 밟으며 다가오는 소리가 들린다. 그는 우정의 "잡담"을 하기 위해, 멀리서 숲을 지나 내 집을 찾아왔다. 그는 농부로서는 보기 드문 "농업인"[32] 가운데 하나였다. 그는 교수의 가운 대신 작업복을 입었으되, 자기 헛간에서 퇴비를 한 짐 끌어낼 준비가 된 것처럼 교회나 국가에서도 도덕을 끌어낼 준비가 된 사람이다. 우리는 사람들이 엄동설한에 맑은 정신으로 모닥불 주변에 모여앉아 빈둥거리던, 단순하고 소박했던 시절에 대해 이야기했고, 달리 주전부리할 것이 없으면, 영리한 다람쥐가 오래전에 포기한 많은 견과[33]를 이빨로 깨물어보았으니, 껍데기가 아주 두꺼운 견과는 대개 속이 비어 있는 법이다.

---

30 「방문객들」에 등장하는 알렉스 테리앙을 말한다.
31 에드먼드 호스머를 말한다.
32 일반 농부가 농업을 생업으로 본다면, '농업인'은 생업과 도락을 결합하여 농업을 즐기는 자다.
33 견과처럼 깨기 어려운 난제들을 함의한다.

깊이 쌓인 눈과 험한 폭풍을 헤치고, 가장 먼 곳에서 내 집을 찾은 사람은 시인[34]이었다. 농부, 사냥꾼, 군인, 기자, 심지어 철학자까지도 이런 눈보라에는 겁을 먹을 수 있지만, 시인의 발걸음을 막을 수 있는 것은 아무것도 없었다. 그의 동기는 순수한 사랑이기 때문이다. 누가 시인의 오고 감을 예측할 수 있겠는가? 시인은 할 일이 있으면, 어느 때라도, 심지어 의사가 잠을 자고 있는 시각에도, 밖으로 나간다. 우리는 쩌렁쩌렁한 환희의 웃음소리와 진지하게 속삭이는 대화로 내 작은 집을 울리게 함으로써, 월든 계곡의 오랜 침묵을 벌충했다. 그에 비하면, 브로드웨이 거리는 오히려 고요하고 적적했다. 적절한 간격을 두고 규칙적으로 웃음의 예포가 울렸으니, 그것은 방금 전의 농담이나 곧 있을 농담에 무심코 보내는 것이었다. 유쾌한 우정의 분위기와 철학이 요구하는 맑은 정신이 결합되어 우리는 묽은 죽 한 접시를 놓고, "아주 새로운" 인생론을 수없이 펼쳤다.

호수에서 보낸 마지막 겨울에 찾아온 또 하나의 반가운 방문객[35]도 잊을 수 없다. 한때 그는 마을을 지나, 눈과 비와 어둠을 헤치고, 마침내 나무 사이로 비치는 내 집의 등불을 보고, 찾아와서는 며칠간 긴긴 겨울 저녁을 함께 보냈다. 그는 코네티컷 주가 세계에 배출한, 마지막 남은 철학자들 중의 한 사람이었다. 그의 표현에 따르면, 그는 처음에는 코네티컷 주의 물건을 팔러 다녔고, 나중에는 자신의 두뇌를 팔고 다녔다. 아직도 그는 두뇌를 팔고 다니면서 신을 자극하고, 인간의 수치를 드러내면서 두뇌의 열매만을 살찌우

---

34 소로의 친구 채닝Channing.
35 미국의 교육가이자 사상가 올컷Amos Bronson Alcott을 말한다. 그는 교육을 통한 육체, 정신, 도덕, 미의 조화를 추구했다.

니, 마치 호두가 알맹이를 살찌우는 것과 같다고 할 것이다. 나는 그가 살아있는 사람 가운데서 가장 굳은 신념을 가졌을 것이라고 확신한다. 그의 말과 태도는 항상 다른 사람이 알고 있는 것보다 더 나은 상태를 상정한다. 그는 세월이 흐르고 흘러도 결코 실망하지 않을 사람이다. 그는 현재에 목매달지 않는다. 오늘날 그의 철학이 비교적 외면당하고 있지만, 그의 때가 오면, 대부분의 사람이 생각지도 못하는 그의 철학적 법칙이 효력을 발휘할 것이다. 그리하여 가장과 나라의 통치자가 그에게 와서 조언을 구할 것이다.

"평온을 볼 수 없는 자는 눈이 멀었도다!"[36]

그는 인류의 진정한 친구이고, 인류 발전에 대한 거의 유일한 옹호자다. 그는 '죽음지기'Old Mortality,[37] 더 정확히 말하면 '영생지기'Old Immortality[38]처럼 지칠 줄 모르는 인내와 믿음으로 인간의 육체에 새겨진 형상은 신의 것을 따른 것이나, 이제는 일그러지고 기울어진 신의 기념비[39]에 불과하다는 것을 밝혔기 때문이다. 그는 친절한 지

---

36 토머스 스토러Thomas Storer(1571~1604), 「추기경, 토마스 울지의 삶과 죽음」 중.

37 로버트 패터슨Robert Paterson(1715~1801)을 가리킨다. 석공인 그는 스코틀랜드를 떠돌면서 17세기에 순교한 종교개혁단원들Covenanters의 비석을 닦아주고 비문을 보수했다. 스코틀랜드 소설가 월터 스콧Walter Scott은 그를 주인공으로 『죽음지기』Old Mortality(1816)를 썼다.

38 패터슨과 달리 올컷은 죽은 사람이 아닌 살아있는 사람의 사라진 신성을 회복하는 철학을 설파했기 때문에 그에게는 '영생지기'Old Immortality라는 별명이 어울릴 것이다.

39 오늘날 인간이 신성을 잃어버렸기 때문에 이렇게 표현했다.

예전 주민들과 겨울 방문객들

성으로 아이, 거지, 실성한 사람, 학자를 포옹하면서, 모든 사람의 생각을 받아들여, 자신의 지성에 폭과 기품을 더한다. 나는 그가 세계의 큰 도로변에 모든 나라의 철학자가 묵을 수 있는 큰 여관을 운영해야 하며, 그 간판에는 다음과 같이 써야 한다고 생각한다. "인간 환영, 짐승 사절. 여유와 평온한 마음을 가지고 진정으로 정도를 찾는 분은 들어오시오." 그는 내가 알고 있는 사람 중에서 아마 가장 온전하고 변덕이 적은 사람으로, 어제도 그랬고 내일도 똑같을 것이다. 옛날 우리는 함께 산책하고 이야기하면서, 효과적으로 속세를 뒤로 했다. 그는 세상 어떤 제도에도 저당 잡히지 않은, '타고난 자유인'*ingenuus*이었다. 우리가 어느 쪽으로 발걸음을 옮기든, 하늘과 땅이 서로 만나는 것 같았다. 그가 풍경의 아름다움을 한층 높였기 때문이다. 하늘색 옷을 입은 그에게 가장 합당한 지붕은 그의 평온한 마음을 비추어주는 드높은 아치의 하늘이리라. 나는 그가 도무지 죽을 수 있는 존재인지 모르겠다. 하지만 자연도 그의 목숨을 살려줄 수는 없겠지.

우리는 각자 잘 말린 생각의 널빤지를 몇 장씩 가지고 앉아서, 그것들을 칼로 다듬었다. 다듬으면서 호박색 소나무 널빤지[40]의 맑고 노란 나뭇결에 감탄했다. 우리는 아주 조용하고 공손하게 걷기도 하고, 아주 의좋게 일하기도 했다. 그렇기에 생각의 물고기들이 놀라서 시냇물에서 도망치는 일도 없었고, 강둑의 낚시꾼을 두려워하는 일도 없었다. 서쪽 하늘을 두둥실 떠가는 구름과 때때로 그곳에서 생겼다가 흩어지는 자개구름처럼, 생각의 구름들은 당당하

---

40 백송 널빤지가 오래되면 호박색으로 변한다.

게 왔다가 갔다. 그곳에서 우리는 작업을 하면서, 신화를 수정하기도 하고, 어떤 우화를 여기저기 다듬기도 하고, 땅에서는 합당한 기초를 찾을 수 없는 성을 하늘에 짓기도 했다. 위대한 관찰자! 위대한 선각자! 그와 나눈 대화는 '뉴잉글랜드의 야화'New England Night's Entertainment[41]였다. 아! 은자이자 철학자, 그리고 내가 말했던 옛 개척자[42], 이렇게 우리 셋이서 많은 이야기를 나누었으니, 작은 내 집은 그 무게로 판자가 휠 정도의 고통을 겪었다. 1제곱인치 당 공기압 이외에 몇 파운드의 무게가 내 집을 짓눌렀는지 감히 말할 수 없지만, 그 무게 때문에 지붕 이음매에 틈이 생기고 말았다. 그에 따른 누수를 막기 위해서, 나는 아주 지루한 작업을 해야 했다. 하지만 그 틈을 틀어막는데 필요한 뱃밥은 이미 충분히 모아두고 있었다.

내게는 또 한 사람[43]이 있었다. 나는 마을에 있는 그의 집에서 오래도록 잊지 못할 "알찬 시즌들"을 함께 보냈고, 때로는 그가 나를 찾아오기도 했다. 월든 호수에서 교유한 사람은 이상이 전부였다.

어디서나 마찬가지로 그곳에서도, 나는 때로 결코 오시지 않는 '방문객'Visitor을 기다렸다. 『비슈누 푸라나』에는 이런 말이 있다. "집주인은 저녁때 앞뜰에 나와 암소의 젖을 짜는 동안, 또는 마음이 내키면, 그보다 더 오랫동안 손님이 도착하기를 기다려야 한다." 나도 자주 이렇게 손님을 맞을 의무를 자주 수행하면서, 암소 한 마리가 아니라 한 떼의 젖을 짤 정도로 오래 기다렸지만, 마을에서 오시는 분은 아무도 보이지 않았다.

---

41 『천일 야화』에 빗댄 말.
42 숲과 목양 신인 '판'Pan을 말한다. 「고독」에서 언급한 바 있다.
43 소로의 스승인 에머슨Emerson을 말한다.

　　　　　　　　예전 주민들과 겨울 방문객들

겨울의 동물들

호수들이 단단히 얼어붙으면, 얼음판에 여러 개의 새로운 지름 길이 날 뿐만 아니라, 낯익은 주변의 풍경도 얼음판에서 보면 새롭게 보였다. 플린트 호수는 내가 자주 노를 젓고 스케이트를 탄 곳이지만, 눈 덮인 호수를 걸어서 건널 때면, 호수가 뜻밖에도 아주 넓고 생소해 보여서 배핀 만Baffin's Bay[1]인가 싶었다. 호수의 눈 덮인 얼음판 중앙에서 보면, 지평선의 끝자락을 링컨 마을의 야산들[2]이 병풍처럼 에워쌌기에, 생전 처음 이 얼음판에 선 것 같은 느낌이 들었다. 그리고 얼음판 너머의 아득한 거리에서 늑대 같은 개들을 데리고 천천히 움직이는 낚시꾼들은 마치 배핀 만의 물개 사냥꾼이나 에스키모처럼 보였다. 간혹 안개 낀 날씨에는, 낚시꾼들이 전설의 인물처럼 어른거렸으니, 나는 그들이 거인인지 난쟁이인지 분간할 수가 없었다. 저녁에 링컨 마을에 강연이라도 하러 갈 때면, 내 오두막에서

---

1 그린란드 서쪽 북극해의 만.
2 플린트 호수의 동쪽과 남쪽과 서남쪽에 위치한 세 개의 낮은 산.

회관까지 이어진 어떤 길이나 집도 지나가지 않고, 호수의 얼음판을 가로질러서 갔다. 가는 길에 위치한 구스 호수Goose Pond에는 한 떼의 사향뒤쥐가 살면서, 얼음판 위에 집을 높이 올렸지만, 내가 호수를 건너갈 때, 집 밖에 나와 있는 사향뒤쥐는 한 마리도 보이지 않았다. 월든 호수도 다른 호수처럼 평소에는 눈이 쌓이지 않거나 바람에 날려 온 눈만 여기저기 얇게 깔리기 때문에, 그 얼음판은 내 마당이나 다름없었다. 다른 곳에서는 눈이 거의 2피트 높이로 쌓여서 마을 사람들이 겨우 길만 트고 다닐 때도, 나는 마음대로 호수를 걸어 다닐 수 있었다. 마을길에서 멀리 벗어나서, 그리고 어쩌다 한 번씩밖에는 들리지 않는 눈썰매의 방울 소리에서도 벗어나서, 나는 마치 잘 다져놓은 거대한 사슴 마당에서 뛰노는 것처럼 호수에서 미끄럼이나 스케이트를 탔다. 주변의 떡갈나무 숲과 근엄한 소나무들은 눈의 무게로 고개를 숙이거나, 고드름으로 머리칼을 곤두세우고 있었다.

겨울밤에는 물론 종종 겨울 낮에도, 아득히 먼 곳에서 부엉부엉! 우는 올빼미 소리가 들린다. 그 소리는 쓸쓸하지만 아름다운 곡조이다. 마치 언 땅을 적당한 채찍으로 때리는 것만 같은 그 소리는 월든 숲의 '방언'*lingua vernacula*이다. 나는 마침내 그 소리에 친숙해졌지만, 울고 있는 올빼미를 직접 본 적은 한 번도 없었다. 겨울밤에 문을 열면 거의 어김없이 그 낭랑한 소리가 들렸다. 부엉! 부엉부엉!, 부엉, 부엉! 첫 세 마디는 '안녕!' 하고 인사하는 것처럼 들렸다. 어떤 때는 그저 부엉부엉! 하고 짧은 가락으로 울었다. 호수에 얼음이 덮이기 전, 어느 초겨울 밤 9시쯤, 나는 기러기들이 크게 우는 소리에 깜짝 놀라서 문간으로 달려갔다. 기러기 떼가 집 상공을 낮게 날면서, 날갯짓하는 소리가 숲속에 휘몰아치는 폭풍처럼 요란했다. 그들은 페어헤이븐 호수 쪽을 향하여 월든 호수 위를 지나갔다. 내 집의 불빛 때문에 월든 호수에 내려앉지 못한 듯했지만, 대장 기러기가 규칙적인 장단으로 끼루룩 울면서 무리를 이끌었다. 갑자기 아주 가까운 거리에서, 고양이올빼미임에 틀림없는 새가 기러기의 울음소리에 일정한 간격으로 응답하는 게 아닌가! 그 소리는 이 숲 주민들에게서 들었던 어떤 소리보다도 크고 날카로웠다. 올빼미는 마치 텃새인 자신의 음역과 성량이 기러기보다 크다는 것을 과시함으로써, 허드슨 만에서 온 그 침입자들의 정체를 폭로하여 망신을 주고, 콩코드의 지평선에서 그들을 쫓아내려고 작정하고, 부엉부엉! 소리치는 것 같았다. '나 올빼미에게 바쳐진 이런 늦은 시간에, 내 요새를 깜짝 놀라게 하는 너의 의도가 도대체 무엇이냐? 내가 이런 시간에 잠이나 자는 줄 아느냐? 내 폐와 후두가 너의 것만 못하리라고 생각하느냐?' 부엉, 부엉, 부엉! 나는 일찍이 이렇게 짜릿한 불협화음을 들어본 적이 없었다. 하지만 만약 분별 있는 귀를 가진 자가 있다면, 이 평원에서 보지도 못하고 듣지도 못한 화음의 요소들을 그 울음소리에서 감지했으리라.

나는 콩코드의 숲에서 나와 함께 잠자는 위대한 친구, 즉 월든 호수의 얼음이 외치는 소리도 들었다. 호수는 마치 잠을 이루지 못하고 몸을 뒤척이거나, 위장에 가스가 차서 악몽에 시달리는 듯하다. 나는 땅이 얼어서 쿵 하고 갈라지는 소리에 잠이 깨기도 했다. 마치 어떤 사람이 수레를 몰고 내 집 문을 치받는 듯했다. 다음 날 아침에 나가보면, 땅이 길이 4분의 1마일에 너비 3분의 1인치 정도로 갈라져 있었다.

때때로 달 밝은 밤에는, 여우들이 자고새나 다른 사냥감을 찾아서 숲속의 개처럼 미친 듯이 거칠게 짖으면서 쌓인 눈이 얼어붙은 숲을 누비는 소리도 들렸다. 마치 여우가 불안으로 괴로워하거나, 한을 달래거나, 광명을 찾아 몸부림을 치는 것 같았다. 여우는 당장 개가 되어서 밝은 동네 거리를 자유롭게 뛰어다니고 싶은 모양이다. 긴 세월을 두고 생각해보면, 인간과 마찬가지로 동물 사이에서도 문명화가 진행되고 있지 않을까? 짐승들은 아직 방어적 위치에 있지만, 언젠가 변화가 오기를 기다리면서, 굴을 파고 있는 원시인들처럼 보였다. 때때로 여우 한 마리가 내 집의 불빛에 이끌려 창문 근처까지 왔다가, 내게 여우다운 저주를 퍼붓고는 물러났다.

새벽에는 보통 붉은 다람쥐*Sciurus Hudsonius*가 나를 깨웠다. 지붕 위를 쏘다니고 사면의 벽을 오르내리는 것이, 마치 나를 깨울 목적으로 숲에서 파견된 듯했다. 겨울이 지나는 동안 나는 여물지 않은 반 부셸의 옥수수 이삭들을 문간 옆의 얼어붙은 눈 위에 던져놓았다. 내가 던진 미끼에 걸린 여러 동물이 움직이는 모습을 지켜보는 것이 즐거웠다. 땅거미가 지고 밤이 되면, 어김없이 토끼들이 와서 포식했다. 붉은 다람쥐들은 종일 오갔는데, 그들의 작전은 퍽 흥미로웠다. 우선 한 마리가 떡갈나무 덤불 사이로 조심스럽게 접근해오는데, 얼어붙은 눈 위를 지날 때는 바람에 날리는 낙엽처럼 발작적으로 달린다. 그러다가 이쪽으로 놀라운 속도로 몇 걸음 달려오면서 에너지를 소비한다. 이때는 내기라도 하듯이, "발"을 믿을 수 없을 만큼 빨리 움직인다. 그러고는 저쪽으로 몇 걸음 달려가는데, 한 번에 0.5로드 이상 전진하지 않고, 종종걸음을 친다. 그다음에는 마치 세상의 모든 눈이 그에게 쏠린 듯이, 우스꽝스러운 표정을 짓고

겨울의 동물들

불필요한 재주넘기를 하다가 갑자기 멈춘다. 다람쥐의 모든 동작은 가장 적막한 숲속에서도 춤추는 소녀의 동작 못지않게 관객을 의식하는 것이었다. 나는 다람쥐가 걷는 것을 본 적은 없지만, 녀석들은 가고자 하는 곳까지 걸어갔어도 충분했을 시간을 이렇게 질질 끌면서 구경꾼의 눈을 살피는 일에 낭비한다. 그러다가 갑자기 어린 리기다소나무 꼭대기까지 눈 깜짝할 사이에 올라가, 자신의 시계태엽을 감으면서 가상적인 모든 관객을 꾸짖고, 온 세상을 향하여 독백하는 동시에 무엇인가를 이야기한다. 나는 다람쥐가 왜 그런 행동을 하는지 모르며, 다람쥐 자신도 알지 못할 것이다. 드디어 다람쥐는 옥수수가 있는 곳에 당도해서 적당한 이삭을 고른 뒤에는, 헷갈릴 만큼 똑같은 삼각 전진 걸음으로 민첩하게 춤을 추며, 창문 앞 장작더미 꼭대기까지 올라온다. 녀석은 내 얼굴을 빤히 쳐다보면서, 몇 시간이고 그곳에 앉아 있다. 그는 가끔 새 옥수수 이삭을 가져오는데, 처음에는 게걸스럽게 갉아먹다가는, 반쯤 까먹은 옥수수 속대를 그냥 버렸다. 그러다가 마침내 입맛이 더 떨어졌는지, 먹을 것을 가지고 장난을 치면서 알맹이만 맛보기도 했다. 녀석이 막대기 위에 올려놓고 한쪽 발로 움켜쥐고 있던 옥수수 이삭이 부주의로 땅바닥으로 굴러 떨어질 때도 있었다. 그러면 녀석은 반신반의하는 우스꽝스러운 표정으로 그것을 내려다본다. 옥수수 이삭이 살아서 도망쳤다고 생각하는 모양이었다. 그는 그것을 다시 집어올지, 새 것을 가져올지, 아니면 자리를 뜰지 결정하지 못하고 망설이는 것 같았다. 녀석은 옥수수를 생각하다가도, 그다음에는 바람이 전하는 소리를 들으려고 귀를 쫑긋 세웠다. 그렇게 이 건방진 꼬마는 오전 한때 많은 옥수수 이삭을 허비했다. 마침내 녀석은 자신보다 훨씬 크고 긴 통통한 옥수수 이삭을 잡고, 능숙하게 균형을 잡은 다음, 호랑이가 들소를 물고 가듯이, 그것을 물고 숲으로 떠났다. 녀석은 전과 똑같이 지그재그 코스로 달리다가, 자주 멈추었다. 옥수수 이삭이 녀석에게는 너무 무거워서, 시종 땅으로 떨어지는지 그것을 질질 끌면서 갔다. 녀석은 어떻게든 해내고야 말겠다는 듯, 그것을 수직과 수평 사이의 대각으로 눕혀서 끌고 갔다. 아주 방정맞고 종잡을 수 없는 녀석이었지만, 어쨌든 옥수수 이삭을 제 집까지 끌고 갔다. 아마도 소나무 꼭대기까지 40~50로드의 거리를 운반했을 것이다. 나중에 나는 숲속 여기저기에 흩어져 있는 옥수수 속대를 발견했다.

오래전부터 귀에 거슬리는 소리로 울던 어치 떼가 드디어 당도하기 시작했다. 8분의 1마일 밖에서 조심스럽게 접근해온 녀석들은 남의 눈에 띨세라 살금살금 나무에서 나무로 훌쩍 날아다닌다. 녀석들은 점점 가까이 접근하여 다람쥐가 떨어트린 옥수수 알맹이들을 줍는다. 그러고는 리기다소나무 가지에 앉아, 자기들의 목구멍에는 너무 커서 숨이 막히는 알맹이를 급히 삼키려다가, 갖은 고생 끝에 다시 토해내고는, 부리로 계속 쪼아서 잘게 부수는 데 한 시간을 보낸다. 녀석들이 도둑질을 하는 것이 분명하기에, 나는 그들에게 별다른 호감을 갖지 않았다. 그러나 다람쥐들은, 처음에는 망설이지만, 자기들의 것을 가져간다는 듯이, 운반 작업을 시작했다.

한편 박새들 역시 떼를 지어 찾아왔다. 녀석들은 다람쥐가 떨어트린 부스러기들을 주워서, 가장 가까운 나뭇가지로 날아갔다. 그러고는 부스러기들을 발톱으로 꽉 잡고는, 그것이 나무껍질 속의 곤충인 양, 작은 부리로 열심히 쪼아서, 그들의 가는 목구멍으로 넘어갈 정도로 충분히 잘게 부수었다. 이런 박새들이 매일 몇 마리씩 와서 장작더미에서 먹을 것을 찾거나, 문간에서 부스러기를 주워 먹었다. 녀석들은 약하지만, 날카롭게 혀 꼬부라진 울음소리를 내는데, 마치 풀잎에 매달린 고드름이 찌르릉! 하고 서로 부딪히는 소리 같다. 아니면 짹짹짹! 활기차게 울기도 하고, 웬일로 겨울에도 봄처럼 화창한 날에는, 여름철 숲가에서 우는 것처럼, 찌익찍! 당차게 운다. 박새들은 나와 아주 친해져서, 마침내 어떤 녀석은 내가 한 아름 안고 들어오던 장작개비 위에 내려앉아, 겁도 없이 막대기를 쪼기도 했다. 언젠가 내가 마을 텃밭에서 김을 매고 있을 때, 참새 한 마리가 내 어깨에 잠시 내려앉은 적도 있었다. 나는 어깨에 달 수 있었던 어떤 견장보다도 그런 상황이 더 큰 영광이라고 느꼈다. 마침내 다람쥐들 역시 나와 아주 친해졌으니, 지름길이다 싶으면 가끔 내 구두를 밟고 가기도 했다.

땅에 눈이 많이 쌓이지 않은 초겨울, 그리고 남쪽 산비탈과 장작더미 주변의 눈이 녹는 겨울의 끝자락에는, 자고새들이 아침저녁으로 먹이를 찾아서 숲에서 나왔다. 숲의 어느 쪽으로 걸어가든 놀란 자고새가 갑자기 날개를 퍼덕이며 휙휙 날다가 높은 나뭇가지와 마른 잎에 부딪히면, 쏟아지는 눈이 햇빛을 받아서 금가루처럼 날렸다. 용감한 이 새는 겨울이 전혀 두렵지 않은 모양이다. 자고새는 자주 눈사태에 휩싸이기도 하는데, 일설에 따르면 "때로는 날다가 부드러운 눈 속으로 돌진하여, 하루나 이틀 동안 그대로 숨어 지낸다,"[3]고 한다. 나는 너른 들로 나온 자고새들을 깜짝 놀라게 하기도 했으니, 야생 사과나무의 "꽃눈"을 따먹으려고 해 질 무렵에 숲에서

---

3 출처 불명.

나온 것이었다. 그들은 매일 저녁 규칙적으로 특정 나무에 오기 때문에, 교활한 사냥꾼들은 거기 숨어서 녀석들을 기다린다. 이렇게 자고새는 숲 옆의 과수원에 적잖은 피해를 준다. 어쨌든 나는 녀석들이 먹을 것을 구하는 것이 기쁘다. 자고새야말로 꽃눈과 무공해 물을 먹고 사는 대자연의 귀염둥이인 것이다.

어두운 겨울 아침이나, 해가 짧은 겨울 오후에는, 때때로 한 무리의 사냥개가 추적 본능을 물리치지 못하고, 그들답게 컹컹 짖으면서 온 숲을 누비는 소리가 들렸다. 이따금 들리는 사냥 나팔 소리로 보아 사냥꾼이 뒤따르는 것을 알 수 있었다. 숲에는 다시 총소리가 울려 퍼지지만, 호수의 광활한 얼음판에는 아직 여우 한 마리도 나타나지 않고, 악타이온Actæon⁴을 추적하는 사냥개 무리도 뒤따르지 않는다. 하지만 저녁때쯤이면 전리품으로 여우 꼬리 하나를 썰매에 매어 질질 끌면서 여관을 찾아 돌아가는 사냥꾼들의 모습이 보일지도 모른다. 그들의 말에 따르면, 여우가 언 땅의 품에 그대로 안겨 있으면 안전할 것이고, 그것이 아니라도 직선으로 계속 뛰면 어떤 사냥개도 여우를 따라잡을 수 없으리라고 한다. 하지만 여우는 일단 자신의 추격자들을 멀리 따돌리면, 걸음을 멈추고 쉬면서 그들이 다가올 때까지 귀를 기울인다. 그러다가 다시 달아나면, 옛 서식지로 되돌아가는 습성이 있다. 이를 노린 사냥꾼이 거기서 여우를 기다린다. 그러나 때때로 여우는 어느 담장 위를 한참 달리다가, 저 멀리에서 어느 한쪽으로 뛰어내린다. 그리고 물이 자신의 냄새를 차단한다

---

4 그리스 신화에서 사냥의 여신 아르테미스Artemis가 요정과 함께 숲에서 목욕하는 것을 보고 수사슴으로 변했다가, 그만 자신의 사냥개에게 먹히고 만 사냥꾼.

는 것도 아는 듯하다. 어떤 사냥꾼의 말에 따르면, 언젠가 사냥개에 쫓긴 여우가 여기저기 얕은 물웅덩이가 생긴 월든 호수의 얼음판에 갑자기 뛰어들었다고 한다. 여우는 얼마간 건너가다가, 같은 호숫가로 되돌아왔다. 머지않아 사냥개들이 도착했지만, 여기서 여우의 냄새를 놓쳤다고 한다. 때때로 사냥꾼 없이 단독으로 사냥에 나선 한 무리의 개들이 내 집에까지 와서 한 바퀴 돌았다. 그들은 나를 거들떠보지도 않고, 광기에 사로잡힌 듯이, 짖으며 여우를 추적했다. 아무것도 그들의 추적을 따돌릴 수 없는 기세였다. 이처럼 사냥개들은 돌고 돌면서 기어이 여우의 최근 발자국을 찾아내는데, 현명한 사냥개는 이렇게 만사 제쳐두고 그 족적만 추적한다. 어느 날 렉싱턴Lexington에서 온 어떤 사람이 자기 사냥개의 행방을 묻기 위해 내 오두막에 왔다. 그의 사냥개는 많은 발자국을 남기면서, 단독으로 사냥에 나선지 일주일 되었다고 했다. 그러나 내가 말한 것은 모두 그에게 전혀 도움이 되지 못했을 것이다. 그의 질문에 대답하려고 할 때마다, 그는 "이런 곳에서 뭘 하세요?"라고 물어서 내 말을 중단시켰기 때문이다. 그는 개를 한 마리 잃은 대신에 사람 하나를 발견했던 것이다.

천연덕스런 늙은 사냥꾼이 있었다. 이 노인은 1년에 한 번 월든 호수의 물이 가장 따뜻한 무렵에 와서 미역을 감았는데, 그럴 때면 꼭 내 집에 들렀다. 그는 이런 이야기를 들려준 적이 있다. 여러 해 전 어느 오후에 노인이 총을 들고 월든 숲으로 사냥을 나갔다. 그가 웨이랜드Wayland 마을[5]길을 걷고 있을 때, 사냥개 짖는 소리가 점

---

5 콩코드 남쪽 약 10마일 지점에 있는 마을.

점 가까이 들렸다. 이윽고 여우 한 마리가 담을 넘어 길로 뛰어들더니, 눈 깜짝할 사이에 다른 쪽 담을 넘어 사라졌다. 그때 그가 재빨리 방아쇠를 당겼지만 놓치고 말았다. 조금 뒤에 주인 없이 자기들끼리 사냥에 나선 어미 개 한 마리와 새끼 개 세 마리가 여우를 쫓아 힘차게 달려오더니, 다시 숲으로 사라졌다. 오후 늦게, 그가 월든 남쪽의 울창한 숲에서 쉬고 있는데, 저 멀리 페어헤이븐 호수 쪽에서 아직도 여우를 추적하는 사냥개들의 소리가 들렸다. 이윽고 사냥개들이 다가오면서 짖어대는 소리가 숲 전체에 울려 퍼졌다. 개들이 짖는 소리가 웰메도Well-Meadow초원[6]쪽에서 들리다가, 베이커 농장 쪽에서 들리다가 하면서, 점점 가까워졌다. 사냥꾼은 오랫동안 가만히 서서 그 소리에 귀를 기울였다. 그의 귀에는 매우 달콤한 음악처럼 들렸다. 이때 갑자기 여우 한 마리가 나타나더니, 침착하고 빠른 걸음으로 삼엄한 숲길을 헤치고 도망쳤다. 여우를 동정하는 듯, 바스락거리는 나뭇잎 소리가 녀석의 발소리를 묻어주었다. 여우는 재빠르고 조용하게 예의주시하면서 추적하는 사냥개를 멀찌감치 따돌렸다. 이제 여우는 숲속 어느 바위에 펄쩍 뛰어올라, 사냥꾼을 등지고 똑바로 앉아서, 귀를 쫑긋 기울였다. 연민의 감정이 잠시 사냥꾼의 팔을 붙들었으나, 그것은 한순간의 기분이었다. 사냥꾼은 더 이상 생각할 겨를도 없이 총을 겨누었다. 이윽고 빵! 바위에서 굴러떨어진 여우는 땅바닥에 쓰러졌다. 사냥꾼은 여전히 그 자리에 서서 사냥개들의 소리에 귀를 기울였다. 사냥개들이 더 가까이 다가왔고, 이제 근처 숲에는 악마같이 짖어대는 사냥개 소리가 골짜기마

---

6 페어헤이븐 호숫가의 초원.

겨울의 동물들

다 울려 퍼졌다. 마침내 어미 사냥개가 땅에 코를 대고 냄새를 맡다 가는 미친 듯이 허공을 물어뜯으며 불현듯 나타나더니, 곧장 바위 로 달려갔다. 그러나 죽은 여우를 발견한 어미 사냥개는 깜짝 놀라 벙어리가 된 듯 갑자기 짖기를 멈추고, 침묵 속에서 여우 주위를 돌 고 또 돌았다. 이윽고 새끼 사냥개들도 차례차례 도착했는데, 수수 께끼 같은 사태에 퍼뜩 정신이 든 듯이, 어미와 마찬가지로 침묵을 지켰다. 그러자 사냥꾼이 앞으로 나와서 개들 사이에 버티고 섰다. 마침내 수수께끼가 풀렸다. 사냥꾼이 여우 가죽을 벗기는 동안, 사 냥개들은 조용히 기다리고 나서, 그가 끌고 가는 여우 꼬리를 잠시 뒤따르다가, 결국 숲속으로 사라졌다. 그날 저녁 웨스턴Weston[7]의 한 신사가 콩코드 사냥꾼의 집에 찾아와서 자기 사냥개들의 행방을 물 으면서 개들이 웨스턴 숲에서 출발하여 자기들끼리 사냥에 나선 지 일주일이 되었다고 했다. 콩코드의 사냥꾼은 자신이 아는 바를 말하 고, 그에게 여우 가죽을 내밀었으나, 그는 사양하고 떠났다. 그날 밤 그는 자신의 사냥개들을 찾지 못했다. 그러나 그다음 날 그는 개들 이 강을 건너 어느 농가에서 묵었고, 그 집에서 잘 얻어먹은 다음에, 아침 일찍 떠났다는 사실을 알았다.

내게 이런 이야기를 들려준 사냥꾼은 샘 너팅Sam Nutting이라 는 사람을 기억하고 있었다. 너팅은 페어헤이븐 산의 바위너설에서 사냥한 곰의 가죽을 콩코드 마을에서 럼Rum주와 바꾸어 마시곤 했 는데, 그 산에서 큰 사슴을 본 적도 있다고 했다. 너팅에게는 버고인 Burgoyne[8]이라는 이름의 유명한 여우 사냥개가 있었는데, 그는 버진

---

7 콩코드 남쪽 7마일 지점에 있는 마을.
8 독립전쟁 당시 대영 제국군 장군이었던 존 버고인John Burgoyne (1722~

Bugine이라고 발음했다. 이 이야기를 전하는 노인도 가끔 그 개를 빌려서 사냥했다고 한다. 그리고 전직 대위였으며, 이 마을의 서기 겸 대의원을 지낸 적이 있는 늙은 상인이 있었다. 그의 "회계장부"Wast Book에는 다음과 같은 기록이 있다. 1742~1743 회계연도, 1월 18일. "존 멜번, 대변貸邊, 회색 여우 한 마리, 2실링 3펜스." 회색 여우는 이제 이곳에서 발견되지 않는다. 그리고 그의 원장에는 이런 기록도 있다. 1743년, 2월 7일. "헤저카이어 스트래턴, 대변, 1/2 고양이 가죽, 1실링 4.5펜스." 여기서 고양이는 물론 살쾡이를 말한다. 스트래턴은 '프랑스-인디언 전쟁'9에 참여한 중사였으니, 그가 살쾡이를 사냥한 것은 당연하다. 이 정도의 멋진 사냥감을 사냥해야 그의 명예에 득이 될 것이기 때문이다. 사슴 가죽이 대변에 기록된 경우도 있는데, 그것은 매일 매매되었다고 한다. 어떤 사람은 이 인근에서 살해된 마지막 사슴의 뿔을 아직 보관하고 있다고 하며, 또 다른 사람은 자신의 삼촌이 참가한 사냥에 대해 자세히 말해주기도 했다. 예전에 이곳에는 명랑한 사냥꾼들이 다수 있었다. 나는 삐쩍 마른 어느 니므롯Nimrod10을 잊지 못한다. 그는 길가에서 나뭇잎을 따서 그것으로 피리를 불었는데, 내 기억으로는 그 가락이 어느 사냥 나팔보다도 흥겹고 구성졌다.

한밤중, 달이 밝을 때면, 나는 산책길에서 때때로 숲속을 배회하는 사냥개들과 마주쳤다. 그들은 나를 두려워하는 것처럼, 슬그

1792)의 이름을 딴 것이 확실하다.

9　French and Indian War. 1754~1763년에 있었던 전쟁으로, 프랑스와 아메리카 인디언 연합군이 영국에 대항해서 싸운 것이다.

10　사냥꾼의 대명사. 『창세기』 10:9. "야훼께서도 알아주시는 니므롯 같은 힘센 사냥꾼'이라는 속담까지 생겼다."

머니 길을 비켜서서, 내가 다 지나갈 때까지 덤불 사이에 조용히 있었다.

다람쥐와 들쥐는 내가 저장해둔 견과를 가지고 다투었다. 내집 주변에는 지름 1~4인치의 리기다소나무가 약 스무 그루 있는데, 지나간 겨울에 들쥐들이 많이 갉아먹었다. 눈이 많이 내린데다가 오랫동안 녹지 않아서, 녀석들에게는 노르웨이 겨울처럼 혹독했으니, 어쩔 수 없이 소나무 껍질을 주식으로 하면서, 부족한 먹이를 보충해야 했다. 이런 소나무들은 빙 둘러 껍질이 완전히 벗겨졌지만, 여전히 살아서 한여름에도 분명히 무성하게 자랐으며, 그중 많은 것이 1피트나 성장했다. 그러나 그런 겨울을 한 해 더 보내고 나면, 소나무들은 예외 없이 죽었다. 들쥐 한 마리가 소나무 하나를 통째로 먹이로 차지하여, 위아래로 갉아먹지 않고, 빙 둘러 갉아먹게 허락된 것은 놀라운 일이다. 하지만 그것은 예사로 울창하게 자라는 이런 나무들을 솎아내기 위해 필요한 자연의 조화인지도 모른다.

산토끼들Lepus Americanus과도 아주 친숙해졌다. 어떤 토끼는 겨우내 나와의 사이에 겨우 마룻장 하나를 두고, 내 집 밑에 굴을 파고 살았다. 매일 아침 내가 움직이기 시작할 때면, 녀석은 으레 갑작스레 굴을 떠나는 바람에 나를 깜짝깜짝 놀라게 했다. 녀석은 급한 나머지 머리로 마루를 쾅쾅쾅 때리는 것이었다. 산토끼들은 해 질 녘에 문간에 몰려와서 내가 버린 감자 껍질을 갉아먹었다. 그들은 땅 색깔과 너무 비슷해서 가만히 있으면 거의 분간할 수 없었다. 땅거미가 깔릴 때는 때때로 창문 아래에 꼼짝 않고 앉아 있는 토끼가 번갈아서 사라졌다가 다시 나타났다. 저녁에 문을 열면, 녀석들은 끽끽 소리를 지르면서 단번에 튀어 달아났다. 아주 가까이에서 본

토끼들은 측은하기 짝이 없었다. 어느 날 저녁, 한 마리가 내게서 두어 발짝 떨어진 문간에 앉았다. 그놈은 처음에는 두려워 떨면서도 움직이려고 하지 않았다. 가련한 것, 삐쩍 마르고 뼈만 앙상하구나! 귀는 누더기고, 코는 뾰족하고, 꼬리는 짧고, 앞발은 가늘구나! 마치 자연이 아주 고귀한 혈통의 이 토끼를 더 이상 품지 않고 저버린 것만 같구나! 그놈의 큰 눈들은 어리고 건강하지 않은 것이, 거의 수종水腫에 걸린 듯했다. 그러나 내가 한 발짝 다가갔더니, 어럽쇼, 그놈은 몸과 다리를 우아한 길이로 쫙 펴고, 탄력 있는 용수철처럼 얼어붙은 눈 위를 질주하더니, 곧 나와 저만큼 거리를 두고 숲속으로 사라졌다. 자유로운 야생 동물이 자신의 활기와 자연의 품위를 과시하는 순간이었다. 산토끼가 가냘픈 데는 이유가 있을 것이다. 그렇다면 그것은 자연이 준 산토기의 특성이었다. (산토끼는 라틴어로 레푸스Lepus다. 어떤 이들은 경쾌한 발이란 뜻의 '레비페스'levipes에서 유래한 단어라고 생각한다.)

산토끼와 자고새가 없다면 그게 무슨 땅이라 하겠는가? 그들은 가장 단순하고 토착적인 동물로서, 오늘날과 마찬가지로 고대에도 알려진 오래되고 존경할 만한 가족이다. 그들은 자연 자체의 색과 본질을 가지고 있으니, 나뭇잎과 땅과 가장 가까운 친척이고, ─ 서로 간에도 가장 가까운 사이이다. 날개가 발달하거나 다리가 발달한 차이가 있을 뿐이다. 토끼나 자고새가 갑자기 달아날 때, 우리는 길들지 않은 동물이 아니라 자연의 생물을 본 것이니, 바람에 나뭇잎이 바스락거리는 것처럼 당연한 것이다. 자고새와 토끼는 어떤 변혁이 일어나도, 흙의 진정한 토박이답게, 반드시 번성할 것이다. 숲의 나무가 잘려 없어져도, 새로 돋아나는 싹과 수풀이 그들에게

숨을 장소를 제공할 것이니, 그들의 수는 전에 없이 증가할 것이다. 토끼를 먹여 살리지 못하는 땅은 그야말로 메마른 땅이리라. 우리의 숲에는 이 두 동물이 충만하고, 모든 늪의 주변에도 그들이 왕래하는 길이 보일 것이다. 하지만 길목마다 목동이 관리하는 잔가지 울타리[11]와 말총 덫이 즐비하니 안타깝구나!

---

11 야생 동물을 덫으로 몰아넣기 위해 사용된다.

겨울의 호수

고요한 겨울밤을 보내고 잠에서 깨어났는데, 꿈결에서 어떤 질문을 받고, 그것을 해결하려고 애썼으나 허사였다는 기억이 생생했다. 그 질문은 무엇을, 어떻게, 언제, 어디서에 대한 것이었다. 그러나 새벽을 여는 대자연이 있었으니, 모든 생물의 보금자리인 그녀는 평온하고 만족스러운 얼굴로 내 집의 넓은 창문을 들여다보고 있었다. '그녀의' 입술에는 어떤 질문도 담겨 있지 않았다. 나는 문득 그 질문에 대한 답변, 즉 자연과 햇빛에 눈을 떴다. 어린 소나무들이 띄엄띄엄 얼굴을 내민 땅 위에 소복이 쌓인 눈, 그리고 내 집이 서 있는 산비탈 자체가, "전진하라!"라고 말하는 듯했다. 자연은 아무런 질문도 품지 않으며, 우리 인간이 던지는 어떤 질문에도 대답하지 않는다. 자연은 확고한 결단을 내린 지 오래였다. "오 왕자시여, 우리가 이 우주의 신비롭고 다채로운 장관을 황홀한 눈으로 바라보고 영혼에 전달하나이다. 밤이 영광스러운 이 창조의 일부를 베일로 가리는 것은 의심의 여지가 없지만, 이윽고 낮이 이런 위업을 만천하

겨울의 호수

에 드러내니, 그 위업이 땅에서부터 드넓은 창공으로 떨치나이다."[1]

이어서 나는 아침 일을 시작한다. 그게 한낱 꿈이 아니라면, 우선 도끼와 물통을 들고 물을 찾아 나선다. 눈 내리는 추운 밤을 보낸 다음 날 아침에 물을 찾으려면 탐지용 막대가 필요했다. 해마다 겨울이면 바람 한 점에도 매우 민감하고, 빛과 그림자가 모두 비치는, 맑고 유동적인 호수의 표면은 1~1.5피트의 두께로 단단히 얼어서, 최고로 무거운 우마차도 끄떡없다. 그리고 혹여 눈이 얼음 두께만큼 소복이 쌓이기라도 하면, 호수는 평평한 들판과 구분할 수 없게 된다. 주변의 산에서 잠자는 마멋처럼, 호수는 눈꺼풀을 내리고 3개월 이상 동면에 들어간다. 눈 덮인 얼음판에 서면, 마치 산중의 풀밭에 선 기분이 든다. 우선 1피트 두께의 눈을 헤친다. 그다음 1피트 두께의 얼음을 깨고, 발 아래로 창문을 하나 낸다. 그런 다음 무릎을 꿇고 물을 마시며, 물고기들의 조용한 거실을 내려다본다. 젖빛 유리창으로 들어온 듯한 부드러운 햇빛이 사방을 비추니, 모랫바닥은 여름철과 똑같이 눈부시다. 파도 없는 영원한 평온이 황혼의 호박색 하늘에서처럼 호수를 지배하니, 주민들의 침착하고 평온한 기질에 상응한다. 하늘은 우리의 머리 위는 물론 발밑에도 있다.

이른 아침, 만물이 동장군으로 인해 움츠릴 때, 낚시 릴과 간단한 점심을 들고 눈 덮인 얼음 들판에 가느다란 낚싯줄을 드리우는 사람들이 있다. 강꼬치와 농어를 잡으려는 것이다. 그들은 마을 사람들과는 다른 유행을 좇고, 다른 권능을 믿는 야성적인 사람들이고, 그들은 오가면서 그들이 아니면 끊어질 수도 있는 마을 간의

---

1 고대 인도의 서사시 『하리반사』 중.

유대를 부분적으로 꿰매어 합친다. 두툼하고 질긴 방한복을 입은 그들은 호숫가의 마른 떡갈나무 잎 위에 앉아서 점심을 먹는다. 그들은 일반인이 인공적인 지식에 밝은 것만큼이나 자연적인 지식에 해박하다. 그들은 책을 참고한 적이 없기에, 그들의 지식과 말솜씨도 그들의 경험에 비해서 훨씬 빈약하다. 그들이 행하는 것은 일반인이 아직 모르는 것이다. 예컨대, 한 낚시꾼은 다 자란 농어를 미끼로 강꼬치를 낚는다. 그의 들통을 들여다보면 누구나 여름의 호수를 들여다보는 듯 경탄을 금치 못한다. 그가 여름을 편안히 가두어 놨거나, 여름이 물러나 있는 곳이 어딘지 아는 듯싶기 때문이다. 아니, 한겨울에 어떻게 이런 물고기들을 잡았을까? 그래, 땅이 얼었으니 땅 대신 썩은 통나무에서 벌레를 잡아 그것을 미끼로 잡은 것이다. 그의 삶 자체가 박물학자의 연구 이상으로 더 깊이 자연을 파고든 것이고, 그 자신이 박물학자의 연구 대상이다. 학자는 곤충을 찾아서 이끼와 나무껍질을 나이프로 조용히 걷어 올리는 반면, 낚시꾼은 도끼를 들고 썩은 통나무를 짝 쪼갠다. 그러면 이끼와 나무껍질이 저 멀리 공중으로 날아간다. 그는 나무껍질을 벗겨서 생계를 유지한다. 그런 사람이야말로 낚시질할 자격을 지니고 있다. 나는 그를 통해 대자연의 섭리가 수행되는 양상을 즐겁게 구경한다. 농어는 굼벵이를 삼키고, 강꼬치는 농어를 삼키고, 낚시꾼은 강꼬치를 삼킨다. 그리하여 존재의 사슬[2]에서 모든 빈틈이 메워진다.

안개 낀 날 호수 주변을 거닐다보면, 가끔 소박한 낚시꾼이 원시적인 방법을 쓰고 있는 것을 보게 되는데, 그 모습이 재미있다. 그

---

2 천사에서 최하의 무생물에 이르기까지 자연 만물이 단절되지 않고 하나로 이어져 있다는 개념으로, 19세기 초의 생물학적, 종교적 정설이었다.

겨울의 호수

는 얼음판에 뚫은 좁은 구멍들 위에 오리나무 가지를 걸쳐놓았을 것이다. 그 구멍들 간의 간격은 4~5로드일 터이고, 호숫가에서 구멍까지의 거리도 그와 똑같을 것이다. 그리고 낚싯줄 끝을 막대기에 묶어서 낚싯줄이 물속으로 끌려들어가는 것을 막고, 느슨한 낚싯줄은 얼음판 상공으로 1피트 이상 뻗친 오리나무 가지에 걸쳐놓은 다음에, 낚싯줄에는 마른 떡갈나무 잎을 하나 매달아놓았을 것이다. 그 잎이 아래로 당겨지면, 입질이 있다는 것을 알게 될 것이다. 호수 주변을 반쯤 산책하다보면, 이런 오리나무 가지들이 안개 속에서 일정한 간격으로 아른거렸다.

　아, 월든 호수의 강꼬치들! 그들이 얼음판 위 또는 낚시꾼이 도려낸 작은 얼음 위나 우물에 누워 있는 것을 볼 때마다, 나는 그들의 진기한 아름다움에 놀란다. 그들은 전설의 물고기인 듯, 세속의 거리는 물론 숲과도 전혀 무관한 존재로 보이는데, 아라비아 반도가 우리 콩코드의 생활과 무관한 것이나 다름없다고 할 것이다. 그들은 세속의 거리에서 명성을 떨치는 송장 같은 대구나 명태와는 전혀 다르게, 눈이 부실 정도의 초월적인 미를 지니고 있다. 소나무처럼 녹색도 아니고, 돌처럼 회색도 아니며, 하늘처럼 푸르지도 않다. 하지만 내 눈으로 보기에, 강꼬치들은 어쩌면 더 진기한 색깔을 지닌 꽃이나 보석 같다. 그들은 월든 호수의 진주이며 동물질의 '핵'*nuclei* 또는 수정이라 해야겠다. 물론 그들은 월든을 빼닮은 호수이고, 동물 왕국에서는 그들 자신이 작은 월든 호수들, 즉 청정한 성도聖徒들이다. 그들이 여기서 잡힌다는 것은 놀라운 일이다. 저 위의 월든 길에서는 덜커덕거리는 우마차, 유람 마차, 딸랑거리는 썰매가 다니는데, 그 아래의 깊고 너른 이 샘물에서는 이런 위대한 황금과 에메랄드

빛 물고기들이 헤엄치다니 놀랍다. 나는 어느 시장에서도 이런 종류의 물고기를 본 적이 없는데, 시장에 나온다면 만인이 찬미하리라. 그들은 장난치듯 몇 번 꿈틀거리고는 쉽게 물속의 삶을 단념하는데, 수명을 다하지 못하고 하늘의 공기로 산화하는 인간과 다를 바 없구나!

나는 오랫동안 알 수 없었던 월든 호수의 밑바닥을 알고 싶어서, 1846년 초 얼음이 녹기 전에, 줄 달린 나침반과 측심의測深儀를 가지고 호수 바닥을 세밀히 측정했다. 이 호수에 바닥이 있다느니 없다느니 많은 이야기가 있었으나, 분명한 근거는 전혀 없었다. 사람들이 호수바닥을 측정해보려고도 하지 않고 아주 오랫동안 바닥이 없다고 믿다니 놀랍기 그지없다. 나는 그 주변으로 산책을 갔다가 이른바 '바닥없는 호수'Bottomless Ponds 두개를 구경한 적이 있다. 많은 사람은 월든 호수가 지구의 정반대 쪽까지 이어졌다고 믿었다. 어떤 이들은 얼어붙은 호수에 오랫동안 엎드려 있다가, 착시를 일으키는 환경으로 인해, 게다가 어쩌면 눈물 어린 눈으로 내려다보다가, 가슴에 찬바람이라도 들까 봐 성급하게 이런 결론을 내렸던 것이다. 그들은 만약 물속으로 마차를 몰 사람만 있다면, "건초를 잔뜩 실은 마차도 진입할 수 있는" 거대한 구멍들을 보았다고 말했다. 그 구멍들은 분명 스틱스Styx 강[3]의 발원이고, 이 고장에서 황천으로 가는 입구일 것이라고 말했다. 또 다른 사람들은 눈금이 인치로 표시된 밧줄 한 수레와 "56파운드의 추"를 준비해 마을에서 내려갔으나, 호

---

3 그리스 신화에서 지하세계를 흐르는 강. 'styx'라는 말은 원래 '가증스러운'이라는 뜻으로, 죽음에 대한 혐오를 나타낸다.

겨울의 호수

수의 바닥을 발견하지 못했다. 왜냐하면 그들은 "56파운드의 추"가 바닥에 이르렀는데도, 밧줄을 계속 풀었기 때문이다. 그들은 경이로움을 받아들이는 자신들의 참으로 무한정한 능력의 깊이를 재보려는 헛된 시도를 했던 것이다. 그러나 나는 월든 호수가 예사롭지 않게 깊지만, 터무니없이 깊지는 않으며, 꽤 단단한 바닥을 가지고 있다는 것을 독자 여러분에게 확인해줄 수 있다. 나는 대구 잡이 낚싯줄에 약 1.5파운드 무게의 돌을 달아서 그 깊이를 쉽게 측정했다. 또한 낚싯줄이 진흙 바닥에서 돌이 떨어지는 순간도 정확히 말할 수 있는데, 그 순간에는 훨씬 더 힘주어 당겨야 하기에 정확한 측정에 도움을 준다. 가장 깊은 곳은 정확히 102피트였고, 그 후에 불어난 5피트를 더하면 107피트가 된다. 면적이 아주 작은 호수치고는 놀라운 깊이지만, 단 1인치도 멋대로 뺄 수는 없다. 만약 모든 호수가 얕다면 어찌 될까? 그것이 사람들의 마음에 어떤 영향을 미치지는 않을까? 나는 이 호수가 하나의 상징이 될 만큼 깊고 맑은 것에 감사한다. 인간이 무한을 신봉하고 있는 한 어떤 호수는 바닥이 없다고 생각될 것이다.

한 공장주는 내가 알아낸 호수의 깊이를 듣고는, 그럴 리가 없다고 생각했다. 댐에 대한 그의 지식으로 판단하면, 매우 가파른 둔치에 모래가 쌓일 리가 없다는 것이었다. 그러나 대부분의 사람이 생각하는 것과는 달리, 아무리 깊은 호수도 면적에 비해 그렇게 깊지 않고, 물이 마르고 보면 놀랄 만큼 가파른 둔치가 드러나지는 않을 것이다. 호수는 산과 산 사이에 컵 모양으로 움푹 꺼진 구덩이가 아니다. 월든 호수의 경우, 면적에 비해 보통 이상으로 깊지만, 그 중심을 관통하는 수직 단면으로 보면, 얕은 접시 정도로 깊어 보인다.

대부분의 호수는 물을 다 빼면, 흔히 보는 평평한 풀밭이 나타날 것이다. 윌리엄 길핀William Gilpin은 풍경과 관련된 모든 정보에서 아주 감탄할 만하고 대개는 매우 정확한 판단을 하는데, 스코틀랜드의 '피너 호수'Loch Fyne의 물목에 서서 "깊이는 60~70패덤fathom이고 너비는 4마일의 염수만이다,"라고 했다. 그리고 길이는 약 50마일이고, 주변은 산으로 둘러싸였다고 묘사하고는, 이렇게 말한다. "호수가 홍적기의 붕괴로 생겼든, 자연계의 어떤 격변으로 생겼든, 물이 꽉 들어차기 전의 호수를 볼 수 있었다면, 얼마나 끔찍한 협곡으로 보였겠는가!

> 융기한 산이 높이 오른 만큼 낮게
> 움푹한 바닥이 함몰하니, 넓고 깊은
> 광활한 호수의 바닥이 되었더라."[4]

그러나 피너 호수의 최단 지름을 이용하여, 그 면적과 깊이 간의 비율을 월든 호수에 적용한다면, 이미 살펴보았듯이, 월든 호수는 수직 단면으로 볼 때 얕은 접시로밖에 보이지 않는다. 피너 호수는 월든 호수에 비해 네 배는 얕아 보일 것이다. 그러니 피너 호수의 계곡들이 물이 없을 때 '얼마나 더' 흉물스러웠을 것인가에 대한 이야기는 이쯤 하기로 하자. 미소 짓는 수많은 계곡에 펼쳐진 옥수수 밭이 정확히 그 "흉물스런 계곡"을 차지하고 있는 셈이니, 물이 빠져버린

---

4 윌리엄 길핀, 『그레이트브리튼의 일부 지역에 대한 관찰』 중. 밀턴의 『실낙원』에서 인용한 것으로, 라파엘 천사가 아담에게 신이 지구를 창조한 것을 말하는 대목이다.

계곡이 곧 밭인 것이다. 하지만 그저 그러려니 생각하는 주민들에게 이런 사실을 납득시키려면, 지질학자의 통찰력과 거시적인 눈이 필요할 것이다. 탐구적인 눈을 가진 사람이라면 지평선의 낮은 언덕이 곧 원시적인 호수의 언저리라는 사실을 감지할 수 있을 것이다. 그 후에 일어난 어떠한 평원의 융기도 반드시 호수의 이런 역사를 감추지는 않는다. 그러나 소나기가 온 뒤 생기는 웅덩이를 보면 호수의 흔적들을 아주 쉽게 알 수 있는데, 도로 공사를 하는 사람들은 이 사실을 잘 알고 있다. 내가 말하려는 것은 인간의 상상력은 조금이라도 자유를 얻으면 자연이 허용하는 것보다 더 깊이 잠수하고 더 높이 비상한다는 사실이다. 실제로 알고 보면, 아마도 바다의 깊이는 그 너비에 비하면 아주 미미할 것이다.

　　나는 얼음을 뚫고 월든 호수의 깊이를 측정했으므로 얼어붙지 않는 항구를 측정할 때보다 훨씬 더 정확하게 바닥의 형태를 측정할 수 있었다. 놀라운 사실은 호수 바닥이 일반적으로 고르다는 점이었다. 가장 깊은 곳에서는 몇 에이커의 바닥이 형성되어 있었는데, 태양과 바람과 쟁기로 손질된 어떤 들판보다 더 평평했다. 예컨대, 임의로 선정한 어느 선상線上에서 깊이를 재보니 30로드당 1피트 이상 차이 나는 곳이 없었다. 대체로 호수 가운데 부근에서는, 어느 방향으로든 100피트마다 3~4인치 이내의 차이를 예측할 수 있었다. 어떤 사람들은 이와 같이 바닥이 모래인 조용한 호수에도 깊고 위험한 소沼가 있다고 흔히 말하지만, 이런 환경에서는 물의 작용으로 바닥의 모든 높낮이가 평평해진다. 호수 바닥이 아주 고르고, 바닥의 형세가 이쪽의 호숫가와 낮은 산들의 형세와 완전히 일치하기 때문에, 저쪽의 갑岬은 저쪽 호숫가의 수심을 드러내었다. 따라서 저쪽 호숫가를 관찰하면, 저쪽 갑의 방향도 가늠할 수 있었다. 갑은 모래톱에 상응하고, 평원은 여울목에 상응하며, 주변의 계곡과 협곡은 물과 수로의 깊이에 상응한다.

내가 10로드를 1인치로 축소하여 호수의 지도를 만든 다음, 모두 백 곳 이상의 수심을 기록하고 보니, 다음과 같은 놀라운 우연의 일치를 발견했다. 가장 깊은 수심을 나타내는 숫자가 분명 지도 중앙에 있다는 것을 알고, 지도 위에 세로와 가로로 잣대를 놓아보았다. 그랬더니 놀랍게도 가장 긴 세로선이 가장 넓은 가로선과 교차하는 곳이 '정확히' 가장 깊은 지점이었다. 중심부는 거의 수평에 가깝고, 호수의 윤곽은 아주 불규칙하며, 가장 긴 세로선과 가장 넓은 가로선은 후미까지 측정해서 얻었는데도 결과가 그러했다. 나는 이렇게 혼잣말을 했다. '이것은 호수나 웅덩이는 물론 바다의 가장 깊은 곳에도 통한다는 것을 암시하지 않을까? 또한 계곡을 엎어놓은 것으로 볼 수 있는, 산의 높이에도 통하지 않을까? 알다시피 산의 가장 좁은 부분이 가장 높은 부분은 아니지 않은가.'

다섯 개의 작은 만 중에서, 수심을 측정한 세 곳은 모두 그 어귀 전체에 모래톱이 있었고, 모래톱 안쪽의 물이 더 깊다는 사실을 알았다. 그래서 이런 만이 수평적, 수직적으로 육지 내의 수역으로 확장되어서 웅덩이나 독립된 연못을 형성하는 경향이 있었고, 두 갑의 방향은 모래톱의 행로를 나타냈다. 해안가의 모든 항구에도 그 입구에 모래톱이 있다. 만의 어귀가 길이보다 너비가 더 큰 것에 정비례해서 모래톱 너머의 물이 웅덩이의 물에 비해 더 깊었다. 그러므로 만의 길이와 폭, 물가의 주변 특성을 알면, 어떤 경우에도 통하는 공식을 수립할 만한 요소들이 거의 모두 확보되는 셈이다.

겨울의 호수

이런 경험을 살려 어떤 호수 표면의 윤곽과 물가의 특징만을 관찰함으로써, 그 호수의 가장 깊은 지점을 얼마나 정확하게 맞힐 수 있는지 알아보기 위해, 나는 화이트 호수의 도면을 작성했다. 이 호수는 면적은 약 41에이커이고, 월든 호수처럼 그 안에 섬도 없고 눈에 띄는 유입구나 배출구도 없다. 너비가 가장 긴 가로선이 너비가 가장 짧은 가로선에서 아주 가까운 곳을 지났고, 이 지점에서 마주 보는 두 갑은 서로 근접하고, 마주 보는 두 만은 움푹 들어갔기에, 나는 너비가 가장 긴 가로선에서 조금 떨어지고 길이가 가장 긴 세로선상에 있는 어떤 지점을 과감하게 가장 깊은 지점으로 표시했다. 실제로 가장 깊은 지점은 내가 표시한 지점에서 100피트 이내에 있고, 더욱이 내가 가늠했던 방향에 있었으며, 깊이는 예측보다 겨우 1피트 더 깊은 60피트로 판명되었다. 물론 호수를 관류하는 수로나 섬이 있으면, 문제가 훨씬 복잡해질 것이다.

우리가 대자연의 법칙을 모두 안다면, 단 하나의 사실이나 실제로 일어난 하나의 현상에 대한 기록만으로, 그 지점에서 일어날 수 있는 모든 구체적 결과를 추론할 수 있을 것이다. 지금 우리는 몇 가지 법칙밖에 모르고 있어서 신통한 결과를 얻지 못하는 것이다. 물론 그것은 자연에 존재하는 어떤 혼란이나 변칙 때문이 아니라, 계산하는 데 필요한 요소들을 모르기 때문이다. 법칙과 조화에 대한 우리의 개념은 보통 우리가 발견해낸 사례들에 국한된다. 그러나 우리가 아직 탐지하지 못해서, 보기에는 서로 모순이지만, 실제로는 합치되는 훨씬 많은 수의 법칙이 있으니, 이런 법칙으로 인한 조화야말로 경이롭기 짝이 없는 것이다. 특정한 자연 법칙은 우리의 관점에 지나지 않는다. 예컨대, 어느 산의 모습은 절대적으로 하나이지

400

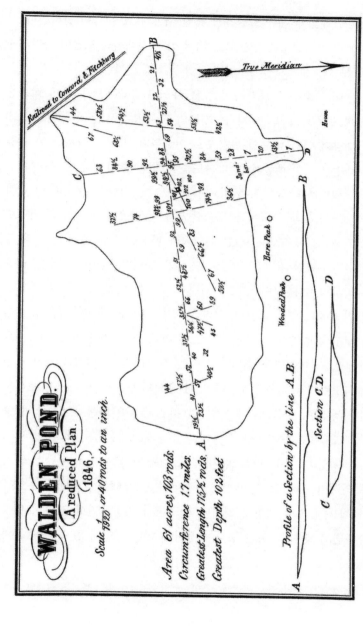

WALDEN POND.
A reduced Plan.
(1846.)

Scale $\frac{1}{7920}$, or 40 rods to an inch.

Area 61 acres, 103 rods.
Circumference 1.7 miles.
Greatest Length 175½ rods.
Greatest Depth 102 feet.

Profile of a Section by the line A.B.

Section C.D.

True Meridian

Railroad to Concord & Fitchburg

House

Bare Peak

Wooded Peak

소로가 그린 월드 호수 지도(1846).

401

겨울의 호수

만, 나그네의 눈에는 발걸음을 옮길 때마다 그 윤곽이 달라진다. 산을 쪼개거나 구멍을 뚫는다고 해서 산의 절대적인 모습이 파악되지는 않는다.

내가 호수를 관찰하여 얻은 사실은 윤리에도 똑같이 적용된다. 바로 통용의 법칙이다. 두 지름의 교차 법칙은 우리를 태양계 내의 태양과 인간 내부의 마음으로 인도한다. 그뿐만 아니라 한 인간의 특정한 일상 행동과 삶의 파도를 그 만과 후미까지 모두 재서, 전자를 세로로 하고 후자를 가로로 하는 선을 그으면, 두 지름이 교차하는 곳이 그의 인격에서 가장 높거나 깊은 곳이 될 것이다. 아마도 그의 해안선 윤곽과 인접한 지역이나 환경만 알면, 우리는 그의 깊이와 감추어진 바닥을 추정할 수 있을 것이다. 만약 그가 아킬레우스의 고향처럼[5] 산이 많은 환경에 둘러싸이면, 준엄한 봉우리가 그의 가슴에 반영될 터이니, 그만큼 그의 마음도 깊어질 것이다. 그러나 낮고 평평한 해안 쪽에서는 그의 마음 역시 얕아진다. 우리의 육체에서, 툭 튀어나온 대담한 이마는 그 아래의 두뇌와 관계가 있어서 사고력의 깊이를 암시한다. 또한 우리의 모든 만의 입구는 모래톱이나 특정한 경사면이 가로지른다. 각 모래톱은 한동안 우리의 항구가 되고, 우리는 그곳에 정박하여 부분적으로는 육지에 갇힌다. 이러한 성향은 대개 변덕스럽지 않고, 예부터 융기의 축인 주변의 갑에 의해서 형태, 크기, 방향이 결정된다. 이 모래톱이 폭풍이나 조류나 해류에 의해 점차 커지거나 바닷물이 침하하면서 표면으로 부상하면, 처음에는 어떤 생각이 정박해 있던 해안의 한 후미에 불과

---

5 그리스의 영웅 아킬레우스의 고향은 그리스 북동부 산악지대인 테살리아다.

했던 모래톱이 독자적인 호수가 되고, 바다와 단절되면서, 그 생각이 호수 안에서 독자적인 성향을 갖게 된다. 어쩌면 그 호수는 염수에서 담수로 바뀌어 짜지 않은 바다가 되거나, 죽은 바다 또는 늪이 될 것이다. 각각의 생명이 탄생하면, 어딘가에서 이러한 모래톱이 표면에 부상했다고 생각할 수는 없을까? 정말이지, 우리는 매우 서투른 항해자이기 때문에, 우리의 생각은 대부분 항구 없는 해안에서 육지와 멀어졌다 가까워졌다 하면서 헤맨다. 그리고 그것들은 오로지 굴곡이 완만한 시詩의 만과 친교를 나누거나, 배의 키를 돌려 대중적인 항구로 항진하여 메마른 과학의 부두에 들어간다. 하지만 우리의 생각은 여기서 세속에 맞도록 재정비될 뿐, 자연스러운 해류와 합류하여, 그 생각의 개성을 살리지는 못한다.

나는 비나 눈이나 증발 이외에는 월든 호수의 유입구나 배출구를 발견하지 못했다. 하지만 온도계와 낚싯줄을 사용하면, 아마도 물이 들어오고 나가는 곳을 발견할 수 있을 것이다. 호수에 물이 유입되는 곳은 여름에는 가장 차고 겨울에는 가장 따뜻할 것이기 때문이다. 1846~1847년에 채빙 인부들이 여기서 작업할 때, 어느 날 호숫가로 운반된 얼음덩이가 다른 것들과 나란히 놓을 만큼 두껍지 않다는 이유로, 얼음을 적재하는 작업을 하던 사람들이 퇴짜를 놓은 적이 있었다. 그리하여 채빙인부들은 일부 구역의 얼음이 다른 곳의 얼음보다 2~3인치 얇다는 사실을 발견했고, 그래서 그곳에 유입구가 있다고 생각했다. 또한 그들은 나를 얼음덩이에 태우고 나가서, 호수 물이 산 밑으로 스며서 이웃 초원으로 흘러드는 "누수 구멍"이라고 생각되는 곳으로 직접 안내했다. 수면보다 10피트 아래에 있는 작은 구멍이었다. 그러나 나는 그보다 더 심한 누수가 발견되기까지는 호수를 땜질할 필요가 없다고 생각한다. 어떤 사람은 그런 "누수 구멍"이 발견된다면, 그 구멍이 어떤 초원과 연결되어 있는지 어떤지 시험하기 위해서, 그 입구에 유색 가루나 톱밥을 투입한 다음 초원의 샘물에 여과기를 씌워놓는 방법을 제안하기도 했다. 그렇게 하면 흐르는 물에 떠내려 온 일부 미립자가 걸러질 터이니, 그것으로 연결되어 있음이 증명될 수 있을 것이라고 했다.

내가 호수를 관찰하고 있는 동안에, 16인치 두께의 얼음덩이가 가벼운 바람에도 물결처럼 출렁거렸다. 잘 알려져 있다시피, 얼음 위에서는 수평기를 사용할 수 없다. 수평기를 땅에 놓고 얼음 위에 세워 놓은 눈금 막대기를 향해 관찰해보니, 호숫가에서 1로드 떨어진 얼음의 최대 파동이 4분의 3인치였지만, 얼음은 호숫가에 단단히 붙어 있는 것처럼 보였다. 아마 호수 가운데에서는 파동이 더 클 것이다. 측정 기구가 아주 정교하다면, 지각의 파동도 탐지할 수 있을지 누가 알겠는가? 수평기의 두 다리는 호숫가에, 세 번째 다리는 얼음 위에 놓고, 이 다리 너머로 가늠자를 맞추어 본 결과, 얼음이 아주 극미한 정도로 파동을 쳐도 호수 맞은편의 나무에는 몇 피트의 영향을 미쳤다. 호수의 깊이를 측정하려고 얼음판에 구멍을 뚫기 시작했을 때는 깊이 쌓인 눈 밑의 얼음 위에 물이 계속 스며들어서 3~4인치나 고여 있을 때였다. 하지만 고여 있던 물이 뚫린 구멍으로 즉시 흘러들기 시작하더니, 계속해서 이틀 동안이나 깊은 시냇물처럼 흘렀다. 이 물이 사방의 얼음을 얇게 녹이는 바람에, 호수 표면의 물기를 없애는 데 주된 역할까지는 아니더라도 불가결한 기여를 했으니, 물이 빠지면서 얼음을 붕 뜨게 했기 때문이다. 이것은 어느 배 바닥에 구멍을 내어서 물을 배출시키는 것과 흡사했다. 그런 구멍이 다시 얼고, 이어서 비가 내리고, 마침내 호수가 새로이 얼어서, 그 전체에 신선하고 매끄러운 얼음이 덮이면, 호수 내부에 검은 도형의 아름다운 무늬가 생긴다. 거미줄과 흡사하므로, '얼음 장미'ice rosettes라고 불러도 좋을 그 무늬는 사방에서 호수의 중심으로 몰려드는 수로에 의해 생긴 것이다. 또한 얼음 위에 얕은 웅덩이 물이 고여 있을 때는, 때때로 나 자신의 그림자가 이중으로 보이기도 했다. 한 그림자가 다른 그림자의 머리에 서 있으니, 하나는 얼음 위에, 다른 하나는 나무 위나 산비탈에 서 있었다.

아직 추운 1월이고, 눈과 얼음이 두껍고 단단한데, 마을에 사는 빈틈없는 땅주인은 여름철에 마실 음료를 시원하게 해줄 얼음을 채빙하려고 온다. 지금 1월인데, 벌써 7월의 더위와 갈증을 내다보고 두툼한 외투와 장갑을 끼고 오다니, 그 현명함이 인상적이고 한층 애처롭구나! 미처 대비하지 못하는 것이 아주 많은 시절 아닌가! 그런 그이지만 저승에서의 여름철에 마실 음료를 시원하게 해줄 어떤 보물도 이 땅에서는 쌓아 두지 못하리라.[6] 그는 단단히 얼어붙은 호수를 자르고 톱질하고, 물고기의 집인 호수의 지붕을 들어내어, 물고기가 마실 물과 공기 자체를 장작 동여매듯 쇠사슬과 말뚝으로 단단히 묶어서 마차에 싣고는, 순조로운 겨울바람을 헤치며 지하실로 운반하여 여름에 대비하려는 것이다. 마을길에 실려 가는 얼음을 멀리서 보면, 단단한 하늘빛을 보는 것 같다. 채빙 인부들은 농담

---

6 『마태오의 복음서』 6:19~20. "재물을 땅에 쌓아두지 말아라. 땅에서는 좀먹거나 녹이 슬어 못쓰게 되며 도둑이 뚫고 들어와 훔쳐간다. 그러므로 재물을 하늘에 쌓아두어라."

을 잘하고 놀기를 좋아하는 명랑한 족속이다. 그리고 내가 그들이 일하는 곳에 가면 그들은 예사로 나를 끌어들여 구덩이 톱질[7]을 하자고 했는데, 나는 항상 구덩이 밑에 섰다.

1846~1847년 겨울의 어느 날 아침, 북방인[8] 계통의 남자 백 명이 우리 호수에 들이닥쳤다. 그들은 볼품없는 농기구, 썰매, 쟁기, 조파기, 잔디용 삽, 보통 삽, 톱, 갈퀴 등을 여러 수레에 가득 싣고 왔으며, 각자가 끝이 뾰족한 쌍갈래 장대로 무장하고 있었다. 『뉴잉글랜드 농부』나 『경작자』 같은 잡지에서도 기술된 적이 없는 장대였다. 그들이 겨울 호밀의 씨앗을 뿌리러 왔는지, 최근에 아이슬란드에서 도입된 다른 곡물 씨앗[9]을 뿌리러 왔는지 알 수 없었다. 비료가 눈에 띄지 않는 것으로 보아, 그들은 이곳의 땅이 기름지고 아주 오래 묵은 것이라고 여기고, 내가 그랬던 것처럼, 지력의 단물을 빼먹을 모양이라고 나는 생각했다. 그들의 배후에는 돈을 배로 늘리려는 한 신사 농부[10]가 있다고 한다. 내가 알기로는 그의 돈은 이미 50만 달러에 달한다. 그러나 한 장 한 장의 달러에 또 다른 달러를 포개기 위해서, 그는 엄동설한에 월든 호수의 유일한 코트, 아니 피부 자체를 벗겨먹으려 하고 있었다. 그들은 즉시 작업에 들어가서, 마치 이

---

7 구덩이 위에 나무를 걸쳐놓고 한 사람은 밑에서, 또 한 사람은 위에서 톱의 양쪽 끝을 각각 잡고 함께 톱질하는 방법. 얼음 가루가 당연히 구덩이 밑으로 떨어지기 때문에 아래에 선 사람이 더 고생한다.

8 그리스 신화에서 북풍 너머에 산다는 북방인Hyperborean을 말한다. 여기서는 추운 북쪽에서 온 사람을 총칭한다.

9 아이슬란드는 '얼음의 땅'이니 얼음 위에 뿌리는 희귀한 씨앗이라는 뜻. 일종의 말장난이다.

10 프레더릭 튜더Frederic Tudor(1783~1864). '얼음 왕'으로 알려진 당대의 얼음 수출업자.

곳을 모델 농장으로 만들려고 노력하는 것처럼, 놀랄 만큼 질서 있게 쟁기질하고 써레질하고 땅을 고르고 고랑을 팠다. 그러나 내가 그들이 무슨 종류의 씨앗을 고랑에 뿌릴지 눈을 부릅뜨고 살피고 있을 때, 내 옆에 있던 한 패의 인부가 갑자기 특유의 빠른 동작으로 지금까지 손대지 않은 흙 자체를 갈고리로 끌어 올렸다. 아주 질척한 흙이기 때문인지, 그들은 모래층까지 아니 물 밑까지 갈고리를 집어넣고 바닥의 '굳은 땅'*terra firma*까지 모두 떠올린 다음에, 썰매에 실어서 끌고 가기 시작했다. 그제야 나는 그들이 늪에서 이탄泥炭을 캐는 모양이라고 짐작했다.[11] 이렇게 그들은 기관차에서 들리는 특이한 기적소리와 함께 매일 호수에 오갔는데, 내가 보기에는 북극의 흰 멧새 떼처럼 극지방의 어느 지점에서 오가는 듯했다. 그러나 때로는 월든 호수의 신령이 그들에게 복수를 했다. 한 인부가 마차 뒤에서 걷다가 푹 꺼진 땅속으로 미끄러져 타르타로스Tartarus[12]로 갈 뻔했으니, 그렇게도 용감하던 사람이 갑자기 반의 반쪽으로 오그라들어, 자신의 동물적 기운을 거의 포기하고 말았다. 결국 그는 내 집으로 선뜻 피신하여, 난로가 이렇게 좋을 수가 없다면서 고마워했다. 어떤 때는 언 땅에 쟁기 보습의 쇳조각이 떨어져나가 못 쓰게 되기도 하고, 쟁기가 고랑에 푹 박혀서 그것을 부러뜨릴 수밖에 없을 때도 있었다.

말 그대로, 백 명의 아일랜드 인부가 매일 양키 감독관과 함께

---

11 얼음을 자르던 인부들이 아일랜드 이민들이기 때문에 채빙을 아일랜드 늪지에서 이탄을 캐는 것에 빗대어 말한 것이다.
12 그리스 신화에서 지하의 명계冥界 가장 밑에 있는 나락의 세계.

케임브리지Cambridge[13]에서 와서 채빙을 했다. 그들은 설명이 필요 없을 만큼 잘 알려진 방법으로, 얼음을 여러 덩어리로 자르고, 썰매에 실어 호숫가로 운반하여, 얼음 적치대로 신속하게 끌어올린 다음, 말을 동원하고, 갈고랑쇠와 도르래와 자아틀을 이용해, 얼음 더미 위에 올려놓았다. 숱한 밀가루 통을 쌓듯이 착착 들어 올려 나란히 층층으로 얼음을 쌓았다. 마치 구름을 꿰뚫도록 설계된 오벨리스크의 기초를 단단히 쌓는 듯했다. 그들의 말에 따르면, 순조로운 날에는 1,000톤의 얼음을 뜰 수 있다고 했다. 그것은 약 1에이커의 면적에서 나오는 양이었다. 썰매가 같은 통로를 계속 다니기 때문에, 얼음판에는 '굳은 땅'terra firma에서처럼 깊은 바큇자국과 "작은 침하"가 생겼다. 그리고 말들은 예외 없이 양동이 모양으로 속을 파낸 얼음덩이에 담긴 귀리를 먹었다. 인부들은 이처럼 공터 한쪽에 높이가 각각 35피트에 6~7제곱로드의 더미로 얼음덩이를 쌓았다. 덩이 바깥쪽의 층과 층 사이에는 건초를 채워서 공기를 차단했다. 강한 찬 바람이 아니더라도 바람이 일단 어떤 통로를 찾으면, 지나가면서 얼음 더미와 더미 사이에 큰 구멍을 만들어 여기저기 취약한 받침기둥과 샛기둥만 남기고, 결국 얼음 더미를 무너뜨리기 때문이었다. 처음에는 그 얼음 더미가 거대한 하늘색 요새나 발할라Valhalla 궁전처럼 보였다. 하지만 인부들이 틈과 틈 사이에 초원의 거친 건초를 찔러 넣기 시작하고, 이것에 서리와 고드름이 뒤덮이면, 이끼 끼고 고색창연한 유서 깊은 하늘색 대리석 유적처럼 보였다. 또는 우리의 연감에서 볼 수 있는 겨울 영감[14]이 거처하는 처소처럼, 그 영감이 우

---

13 콩코드 동쪽 15마일 지점에 있는 도시.
14 1850년대의 역서인 『늙은 농부의 연감』Old Farmer's Almanac 1월 편에 겨

리와 함께 여름을 보낼 요량으로 지은 오두막처럼 보였다. 채빙업자들은 이 얼음 중에서 25퍼센트도 목적지에 도달하지 못할 것이며, 2~3퍼센트는 화물 열차에서 녹아 없어질 것이라고 예측했다. 그러나 이 얼음 더미 중 훨씬 많은 양이 본래의 의도와 다른 운명을 맞이했는데, 예년보다 더 많은 공기가 얼음에 들어차서 기대한 만큼 보관이 잘 되지 않았거나, 다른 이유로 아예 출시조차 되지 않았던 것이다. 1846~1847년 겨울에 쌓은 약 1만 톤의 이 얼음 더미는 결국 건초와 판자에 덮여 방치되었다. 7월에 지붕을 걷고, 그 일부는 어디론가 운반됐지만, 나머지는 햇빛에 노출된 채 그해 여름과 겨울을 견뎌냈으며, 1848년 9월에야 비로소 완전히 녹았다. 이리하여 호수는 그 대부분의 물을 되찾은 셈이었다.

물과 마찬가지로, 월든 호수의 얼음도 가까이서 보면 초록색이지만, 멀리서 보면 아름다운 하늘색이다. 그래서 4분의 1마일의 거리에서도, 콩코드 강의 하얀 얼음이나 일부 호수의 단순한 초록색 얼음과는 다른 월든 호수의 얼음을 쉽게 식별할 수 있다. 때때로 채빙업자의 썰매에서 미끄러진 큰 얼음덩이가 마을 거리에 떨어져서 일주일 동안 거대한 에메랄드처럼 방치되기도 하는데, 오가는 모든 사람에게 흥미의 대상이 된다. 월든 호수의 어떤 부분은 액체 상태일 때는 초록색으로 보이지만, 얼면 같은 지점에서도 대개 하늘색으로 보인다. 그래서 겨울에는 때때로 이 호수 주변의 웅덩이에도 호수 물과 비슷하게 초록색 물이 고이지만, 그다음 날 물이 얼면 하늘색으로 보인다. 물과 얼음이 하늘색을 띠는 이유는 그것이 내포하고

울이 모두 '영감'으로 묘사되었다.

있는 빛과 공기 때문일 것이다. 가장 투명한 물과 얼음이 가장 깨끗한 하늘색을 띤다. 얼음은 흥미로운 명상의 대상이다. 사람들 말에 따르면 프레시 호수Fresh Pond[15]의 얼음 창고에는 5년 묵은 얼음이 있는데, 처음 그대로 신선하다고 한다. 한 통의 물은 곧 더러워지는 반면, 얼면 언제까지나 신선한 이유가 무엇인가? 흔히들 이것이 바로 애정과 지성 간의 차이라고 한다.

이처럼 16일 동안 나는 내 창문에서 백 명의 인부가 수레와 말과 갖가지 농기구를 가지고 바쁜 농사꾼처럼 일하는 것을 지켜보았다. 그들의 모습은 역서曆書 첫 페이지에서 볼 수 있는 것과 비슷해서 창밖을 내다 볼 때마다 종달새와 추수하는 사람의 우화[16]라든지, 씨 뿌리는 사람의 우화[17] 따위가 생각났다. 이제 그들은 모두 가버렸고, 30일이 더 지나면, 나는 같은 창문에서 바다처럼 푸른 청정한 월든 호수의 물을 보게 될 것이다. 호수는 구름과 나무를 비추면서 외롭게 수증기를 올려 보낼 것이다. 일찍이 그 위에 사람이 섰던 흔적 따위는 전혀 보이지 않으리라. 얼마 전까지도 백 명의 인부가 마

---

15 케임브리지Cambridge에 있는 호수. 케임브리지는 당대 얼음 산업의 중심지였다.

16 장 드 라퐁텐Jean de La Fontaine의 「종달새와 그 새끼들과 밭 임자」 등 여러 우화를 의미한다.

17 『마태오의 복음서』 13:4~8. "씨를 뿌리는데 어떤 것은 길바닥에 떨어져 새들이 와서 쪼아 먹었다. 어떤 것은 흙이 많지 않은 돌밭에 떨어졌다. 싹은 곧 나왔지만 흙이 깊지 않아서 해가 뜨자 타버려 뿌리도 붙이지 못한 채 말랐다. 또 어떤 것은 가시덤불 속에 떨어졌다. 가시나무들이 자라자 숨이 막혔다. 그러나 어떤 것은 좋은 땅에 떨어져서 맺은 열매가 백 배가 된 것도 있고 육십 배가 된 것도 있고 삼십 배가 된 것도 있었다."

음 놓고 일하던 그곳에서, 아마도 외로운 되강오리 한 마리가 잠수하여 깃털을 가다듬으며 내지르는 웃음소리가 들리거나, 보트에 몸을 싣고 물에 뜬 나뭇잎처럼 물결에 비치는 자신의 모습을 응시하는 외로운 낚시꾼의 모습이 보이리라.

이리하여 찰스턴Charleston과 뉴올리언스New Orleans, 마드라스Madras와 봄베이Bombay와 캘커타Calcutta[18]의 더위에 시달리는 주민들이 내가 마시는 샘물을 마실 것 같다. 아침에 나는 『바가바드기타』의 거대한 우주생성 철학에 내 지성을 목욕시킨다. 이 성스러운 책이 쓰인 이후 신들의 해[19]가 여러 해 지나갔으나, 그 시대에 비해 오늘날의 세계와 그 문학은 미약하고 보잘것없다. 그리고 그 철학의 숭고함이 우리의 개념과는 거리가 너무 멀기 때문에, 그 철학이 인간이 존재하기 이전의 상태를 언급하는 것이 아닌가 생각된다. 나는 그 책을 내려놓고 샘으로 물을 길러 간다. 그런데 아니, 그곳에서 브라만Brahmin의 하인을 만난다. 브라만은 브라흐마Brahma와 비슈누Vishnu와 인드라Indra를 섬기는 사제로서, 갠지스 강가의 사원에 조용히 앉아 『베다』Vedas를 읽거나, 자신이 먹을 빵 조각과 물병을 가지고 어느 나무 밑에서 기거한다. 내가 만난 사람이 바로 자신의 상전인 브라만을 위해 물을 길러 온 하인이니, 말하자면 우리 두 사람의 물통이 같은 우물 안에서 맞부딪친 것이다. 청정한 월든 호수의 물이 갠지스의 성스러운 물과 섞인다. 순풍을 만나면 월든 호수

---

18 뉴잉글랜드의 얼음을 수입했던 인도의 세 도시. 각각 첸나이Chennai, 뭄바이Mumbai, 콜카타Kolkata의 전 이름이다.
19 힌두교에서 신들의 1년은 인간의 360년에 해당된다.

의 얼음은 전설적인 아틀란티스Atlantis[20]와 헤스페리데스Hesperides 섬[21]의 유적지를 감돌아 한노Hanno가 두루 항해했다는 헤라클레스의 기둥들[22]을 돌고, 테르나테Ternate 섬과 티도레Tidore 섬[23]과 페르시아 만 입구를 지나, 인도양의 열대성 강풍에 녹으며, 알렉산드로스 대왕도 이름만 들었다는 항구에서[24] 하역될 것이다.

---

20 지브롤터 해협 서쪽에 있던 전설상의 섬으로, 찬란한 문화를 지녔으나 주민들이 사악해져 신의 벌을 받아 바다에 침몰했다.
21 그리스 신화에서 세계의 서쪽 끝에 있다는 축복의 섬으로, 황금 사과가 열린다.
22 Pillars of Hercules. 지브롤터 해협 동쪽 끝의 양쪽에 서 있는 두 개의 바위.
23 필리핀군도 남쪽에 있는 두 섬으로, 일명 '향료 군도'다. 한노가 이 경로를 항해했다.
24 알렉산드로스 대왕은 인도 북서부까지 제국을 확장했으나 갠지스 강 지역은 말만 듣고 도달하지 못했다.

봄

채빙 인부들이 잘라낸 얼음 면적이 넓으면, 통상 호수는 더 일찍 해빙한다. 추운 날씨에도 바람에 출렁대는 물이 주변의 얼음을 잘라먹기 때문이다. 그러나 그해에는 그런 현상이 일어나지 않았다. 월든 호수가 곧바로 낡은 외투를 벗고, 두툼한 새 외투로 갈아입었기 때문이었다. 이 호수는 근처의 다른 호수와 달리 일찍 녹지 않는다. 수심이 더 깊은 데다 얼음을 녹이거나 잠식하는 수로도 없기 때문이다. 나는 겨울이 지나는 동안 이 호수가 녹았다는 소리를 들은 적이 없다. 호수들이 아주 혹독한 시련을 겪은 1852~1853년의 겨울도 예외 없이 녹지 않았다. 월든 호수는 통상 4월 1일쯤에 녹는데, 플린트 호수와 페어헤이븐 호수보다 일주일 정도 늦게, 얼음이 처음 얼기 시작한 북쪽의 얕은 물가부터 녹기 시작한다. 이 호수는 일시적인 온도변화에 영향을 가장 덜 받기 때문에, 근처 어느 호수나 강보다 계절의 진행을 어김없이 잘 나타낸다. 3월에 혹독한 추위가 며칠 동안 이어져도, 앞서 언급한 다른 호수에서는 해빙이 많이 지연

되기도 하지만, 월든 호수의 온도는 거의 꾸준히 상승한다. 1847년 3월 6일에 월든 호수의 복판에 집어넣은 온도계가 섭씨 0도로 빙점을 가리켰고, 호숫가 근처는 0.5도였다. 같은 날 플린트 호수의 복판은 0.2도였고, 호숫가에서 안쪽으로 12로드 떨어진 곳에는 1피트 두께의 얼음으로 덮여 있었는데, 그 밑의 온도는 2.2도였다. 플린트 호수에서는 이렇게 깊은 물과 얕은 물 사이에 2도의 차가 있고, 호수 대부분이 비교적 얕다는 사실 때문에, 월든 호수보다 훨씬 일찍 해빙한다는 것을 알 수 있다. 해빙 무렵에는 수심이 제일 얕은 부분의 얼음이 복판의 얼음보다 몇 인치 더 얇았다. 하지만 한겨울에는 복판이 제일 따뜻해서 그곳의 얼음이 제일 얇다. 또한 여름에 호숫가의 물속을 걸어본 사람이면 누구나 깊이가 3~4인치밖에 안 되는 가장자리의 물이 조금 더 떨어진 안쪽의 물보다 훨씬 따뜻하며, 깊은 곳에서는 수면의 물이 바닥 근처의 물보다 훨씬 따뜻하다는 사실을 알아차렸을 것이다. 봄에는 태양이 공기와 땅의 온도를 높여서 영향력을 발휘할 뿐만 아니라, 1피트 이상의 두꺼운 얼음을 통과한 열이 수심이 얕은 곳의 바닥으로부터 반사되면서 물을 따뜻하게 하기 때문에, 얼음 아랫부분이 녹는다. 이와 동시에 윗부분은 태양열에 더욱 직접적으로 녹아서 얼음이 울퉁불퉁해지고, 얼음 속의 기포가 위아래로 팽창하면서, 결국 얼음은 완전히 벌집 모양이 된다. 마침내 봄비가 한 번만 내려도, 호수의 얼음은 갑자기 사라진다. 얼음도 목재처럼 결이 있어서, 얼음덩이가 붕괴하거나 "빗"comb이 되기 시작하면, 다시 말해, 벌집의 모양을 갖추기 시작하면, 그것의 위치가 어찌 되었든, 그 안의 기포는 본래의 수면과 직각을 이룬다. 수면 가까이에 바위나 통나무가 솟아 있으면, 그 주변의 얼음은 훨씬 얇아서,

반사되는 태양열에 완전히 녹아버리는 경우가 많다. 케임브리지에
서는 얕은 수심의 연못을 나무로 만들어 물을 얼리는 실험을 했다
고 한다. 이 실험에서 연못의 물 밑에서 찬 공기를 순환시켜서 위아
래 양쪽에서 찬 공기를 접하게 했지만, 바닥에서 반사되는 태양열이
이런 이점을 상쇄해버렸다고 한다. 한겨울에 따뜻한 비가 내려 월든
호수의 눈과 얼음을 녹여버리면, 한복판에 검거나 투명한 색깔의 단
단한 얼음판이 남게 되는데, 이때 호숫가 언저리에는, 바닥에서 반사
되는 태양열의 작용으로, 이보다 더 두껍지만 푸석하고, 희며, 너비
가 1로드 남짓의 얼음 띠가 생긴다. 또한, 이미 말했듯이, 얼음 내의
기포 자체가 볼록렌즈 작용을 하여 그 아래의 얼음을 녹인다.

　　1년의 현상들은 호수에서도 작은 규모이지만 날마다 일어난
다. 일반적으로 말하면, 매일 아침에는 얕은 곳의 물이 깊은 곳의 물
보다 더 빨리 따뜻해지지만, 결국 그렇게 많이 따뜻하지는 않으며,
저녁부터 다음 날 아침까지는 깊은 곳의 물보다 얕은 곳의 물이 더
빨리 차가워진다. 하루는 1년의 축소판이다. 밤은 겨울이고, 아침과
저녁은 각각 봄과 가을이며, 정오는 여름이다. 얼음에 금이 가면서
우지끈 깨지는 소리가 나는 것은 온도 변화를 나타낸다. 1850년 2월
24일, 추운 밤이 지나고 상쾌한 아침이었는데, 나는 하루를 보낼 생
각으로 플린트 호수에 갔다. 도끼머리로 얼음을 두드렸더니, 징을 치
거나 팽팽한 북을 친 듯이, 얼음 소리가 사방으로 멀리 울려 퍼져서
깜짝 놀랐다. 해가 뜨고 약 한 시간 뒤, 산 너머에서부터 비스듬히
비치는 햇빛의 영향을 받아, 호수는 우지끈 소리를 지르기 시작했
다. 호수는 잠에서 깨는 사람처럼 기지개를 켜고 점점 요란한 소리
를 내며 하품을 했는데, 이런 상태가 서너 시간 계속되었다. 정오에

는 호수도 짧은 낮잠을 잤고, 햇볕의 영향력이 약해지는 저녁 무렵에 다시 한 번 요란하게 하품을 했다. 정상적인 날씨에는, 호수가 아주 규칙적으로 저녁 예포를 발사한다. 그러나 한낮에는 얼음에 금이 가득하고, 공기의 팽창력도 줄어들어서, 공명 효과를 완전히 상실한다. 그 때문에 호수를 강타하는 소리에도 물고기와 사향뒤쥐가 놀라지 않을 것이다. 낚시꾼 말에 따르면 물고기가 "호수의 천둥소리"에 놀라면 입질을 하지 않는다고 한다. 호수가 매일 저녁 천둥을 치는 것도 아니어서, 언제 그런 소리를 낼지 확실히 알 수가 없지만, 날씨의 차이를 전혀 감지할 수 없는 데도, 호수는 천둥소리를 낸다. 그렇게 크고 차갑고 두꺼운 피부를 가진 호수가 그처럼 예민할 것이라고 누가 상상했겠는가? 그러나 자신의 법칙에 순종하는 호수는 봄에 새싹이 돋는 것처럼 때가 되면 어김없이 천둥소리를 낸다. 땅은 완전히 살아있으며, 예민하고 작은 돌기로 뒤덮여 있다. 아무리 큰 호수라도 온도계 속의 수은처럼 대기의 변화에 예민하다.

숲에서 사는 매력 가운데 하나는 봄이 오는 모습을 지켜볼 수 있는 여유와 기회를 누리는 것이었다. 호수의 얼음이 마침내 벌집이 되기 시작하면, 나는 걸어가면서 얼음 위에 뒤꿈치 자국을 낼 수 있다. 안개와 비와 따뜻한 태양이 점차로 눈을 녹이고, 낮의 길이도 체감할 만큼 길어진다. 이제 큰 불은 피우지 않아도 되므로, 장작을 더 보태지 않아도 겨울을 날 것이다. 나는 봄이 오는 첫 징후를 주의 깊게 살핀다. 나는 돌아오는 철새의 우연한 노랫소리, 또는 비축한 식량이 거의 바닥나서 찍찍 우는 줄무늬 다람쥐 소리에 귀를 기울이기도 하고, 겨울 집을 용감히 박차고 나온 우드척에 눈을 돌리기도 한다. 3월 13일, 파랑새와 멧종다리와 개똥지빠귀의 노랫소리가 이미 들린 뒤였으나, 호수의 얼음 두께는 아직도 거의 1피트였다. 날씨는 점점 따뜻해지는데도, 호수의 얼음은 강의 얼음처럼 눈에 띄게 물에 잠기거나, 갈라져서 떠다니지 않았다. 호숫가의 얼음은 반 로드 너비로 완전히 녹았지만, 한복판의 얼음은 그저 벌집 모양을 이룬 채 물에 흠뻑 젖어 있을 뿐이고, 두께가 6인치나 되어서 발을 디딜 수 있을 때도 있다. 그러나 그다음 날 저녁, 안개가 낀 후에 따뜻한 비라도 한 줄기 내리면, 얼음은 완전히 녹아서, 귀신이 안개와 함께 쓸어간 것처럼, 흔적조차 없었다. 어느 해에는 얼음이 완전히 사라지기 불과 5일 전에 호수 한복판을 건넌 적도 있었다. 1845년에 월든 호수는 4월 1일 처음으로 완전히 해빙되었다. 그리고 1846년에는 3월 25일, 1847년에는 4월 8일, 1851년에는 3월 28일, 1852년에는 4월 18일, 1853년에는 3월 23일, 1854년에는 4월 7일경에 완전 해빙되었다.

사계절이 뚜렷한 기후에 사는 우리에게는 강과 호수의 해빙과 날씨의 안정과 관련된 모든 현상이 특별한 관심의 대상이다. 날씨가 따뜻해지면, 강 근처에 사는 사람들은 밤에 얼음이 대포 소리 못지않게 크고 요란한 소리를 내며 우지직 금 가는 소리를 듣는다. 마치 얼음 족쇄가 끝에서 끝까지 찢기는 소리 같다. 그 후 얼음은 며칠 이내에 급속히 사라진다. 악어도 이러한 땅의 진동과 함께 진흙에서 나온다. 대자연을 면밀히 관찰해온 한 노인이 있는데, 자연의 모든 작용을 훤히 알고 있는 것이, 마치 그가 소년이었을 때 대자연이 조선대造船臺 위에 올려놓아졌고, 그가 자연이라는 배의 용골을 세우는데 일조한 듯했다. 그가 '이제는 노년에 이르렀으니, 설사 므

두셀라Methuselah만큼 장수를 한다고 해도[1] 더 이상 자연에 관한 지식을 습득할 수 없다'고 내게 말했다. 그리고 나는 그와 자연 사이에는 아무런 비밀도 없다고 생각했기에, 그가 대자연의 움직임에 새삼스레 감탄하는 소리를 듣고는 놀랐다. 어느 봄날 그는 오리 사냥이나 할 생각에 총과 보트를 챙겨 나갔다고 한다. 초원에는 아직 얼음이 있었으나, 강에는 모두 사라졌을 때였기에, 그는 자신이 살던 서드베리 강에서 페어헤이븐 호수까지[2] 거침없이 보트를 저어 내려갔는데, 뜻밖에도 호수 대부분이 단단한 얼음에 뒤덮여 있었다. 따뜻한 날인데, 그렇게 큰 얼음덩이가 남아 있는 것을 보고 그는 놀라지 않을 수 없었다. 오리는 한 마리도 보이지 않았기에, 그는 호수 안에 있는 어떤 섬의 북쪽, 즉 그 섬의 뒤쪽에 보트를 숨겨놓은 다음, 남쪽 덤불에 숨어서 오리를 기다렸다. 물가에서 3~4로드까지는 얼음이 녹아 있고, 물결은 잔잔하고 따듯했으며, 안쪽 바닥은 오리들이 좋아하는 진흙으로 이루어져 있었기 때문에, 그는 오리가 곧 날아오려니 생각했다. 한 시간쯤 그곳에 가만히 숨어 있노라니, 낮지만 매우 멀리서 나는 듯하지만, 이상하게도 장엄하고 인상적인 소리가 들려왔다. 그때까지 들어본 어떤 소리와도 다른 그 소리는, 보편적이고 기억에 남을 만한 어떤 결말을 보려는 듯이, 성난 사자처럼 포효하며 기세등등하게 돌진했다. 그는 그곳에 정착하려는 엄청난 새 떼가 몰려오는 소리라고 생각하고, 흥분한 나머지 재빨리 총을 잡고 몸을 벌떡 일으켰다. 그러나 엎드려 살펴보니, 송두리째 꿈틀거리기

I 『창세기』 5:27. "므두셀라는 모두 969년을 살고 죽었다."
2 콩코드 강의 지류인 서드베리 강물이 페어헤이븐 호수로 흘러들고, 서드베리에서 호수까지의 거리는 약 5마일이다.

시작한 얼음이 물가로 떠내려 왔고, 바로 이 얼음의 끝이 물가와 맞부딪히는 소리였다는 것을 알고 깜짝 놀랐다. 처음에는 조용히 조금씩 부딪히며 부서졌지만, 마침내는 상당한 높이까지 솟구쳐서 섬 주위에 잔해를 흩어놓고 나서야 잠잠해졌다.

드디어 아침 해가 중천에 이르고, 따뜻한 바람이 안개와 비를 몰고 오니, 눈 더미가 녹는다. 안개를 흩뜨리는 태양은 황갈색과 하얀색의 향을 모락모락 피워 올리는 체크무늬 풍경을 굽어보며 미소를 짓는다. 나그네가 작은 섬에서 작은 섬으로 발걸음을 옮기면서 그 풍경을 한껏 누비나니, 겨울의 피를 혈관에 가득 싣고 어딘가로 졸졸졸 흐르는 수많은 실개천과 개울의 음악이 흥겹기 그지없다.

내가 마을에 갈 때면 가파르게 깎은 철둑을 지나게 된다. 해빙기의 모래와 진흙이 가파른 양쪽 둑을 흘러내리면서 갖가지 형상을 그리는데, 이런 현상을 관찰하는 것보다 더 큰 즐거움을 주는 것은 별로 없었다. 철도가 발명된 이래, 적절한 재료로 갓 쌓은 벌거숭이 철둑 수가 크게 증가했겠지만, 이처럼 대규모의 해빙 현상은 흔하지 않았다. 철둑에 쓰는 재료는 대개 갖가지 굵기와 형형색색의 모래흙을 약간의 진흙과 혼합한 것이었다. 봄에 서리가 땅 위로 나올 때나, 겨울에 눈이 녹는 날이면, 모래흙이 용암처럼 비탈을 흘러내리기 시작하는데, 때로는 눈을 헤치고 나와서 전에 보이지 않던 모래가 둑에 넘쳐흐른다. 무수한 모래 실개천이 부분적으로 서로 겹치고 얽혀서, 일종의 혼합물의 양상을 보이니, 반은 흐름의 법칙을 따르고, 반은 식물의 법칙을 따른다. 흐르는 모래는 질척한 나뭇잎이나 덩굴의 형상을 취하면서, 두께 1피트 이상의 걸쭉한 비말을 이룬다. 이것들을 위에서 내려다보면, 어떤 이끼류의 톱니 모양과 귓불 모양과 비

봄

늘 모양의 엽상체葉狀體와 흡사하다. 아니면 산호, 또는 표범의 발톱이나 새의 발, 또는 인간의 뇌나 폐나 내장, 그리고 갖가지 배설물을 연상시키기도 한다. 그것은 참으로 '기괴한' 식물이다. 우리는 그런 형상과 색깔의 잎사귀를 가진 식물이 청동 제품에 재현된 것을 볼 수 있는데, 일종의 건축학적 잎사귀인 것이다. 그것은 아칸서스 잎, 치커리, 담쟁이덩굴, 포도덩굴³ 등 어떤 잎사귀보다 더 오래되고 상징적인 잎사귀이다. 어쩌면, 어떤 상황에서는, 미래의 지질학자들에게 수수께끼가 될 운명일지도 모른다. 가파른 철둑 전체가 햇빛에 드러난 종유석 동굴 같은 인상을 주었다. 갈색, 회색, 누런색, 불그레한 색 등 다양한 쇠붙이 색깔의 모래가 유별나게 윤택하고, 보기에 좋았다. 흐르는 덩어리가 둑의 발치에 있는 배수로에 당도하면, 더 평평한 '가닥들'로 나누어져, 본래의 반원통형 형상을 잃어버리고, 점차로 더 납작하고 넓어진다. 그것이 더욱 묽어지면서 서로 합류하여, 결국 거의 평평한 '모래밭'을 형성하는데, 여전히 다채롭고 아름다운 색을 띠고 있으나, 본래 가졌던 식물 형상의 자취도 찾아볼 수 있다. 마침내 그것이 물에 잠기면서, 강어귀에 형성되는 것과 같은 '둔덕'banks으로 변모하니, 식물의 형상은 그 밑바닥에서 잔물결을 일으키며 사라진다.

　20~40피트 높이의 둑 전체가 때로는 이와 같은 질펀한 잎사귀, 즉 갈라지는 모래흙으로 뒤덮인다. 4분의 1마일에 이르는 둑의 한쪽 또는 양쪽이 이렇게 모래 잎사귀로 질펀하니, 바로 봄날 하루

3　아칸서스 잎은 코린트식 원주圓柱의 머리에, 치커리는 15세기 고딕 건축에, 담쟁이덩굴은 에트루리아와 그레코로만 건축에, 포도덩굴은 초기 기독교와 비잔틴 건축에 장식으로 쓰였다.

만에 생겨난 것이다. 놀라운 것은 이런 모래 잎사귀가 이처럼 갑자기 생겨난다는 것이다. 태양이 한쪽 둑에 먼저 비치기 때문에, 다른 쪽 둑은 아무렇지도 않은 반면, 다른 한쪽 둑에는 이런 무성한 잎사귀가 한 시간 만에 생겨나는 것이다. 마치 내가 세계와 나를 창조한 예술가의 실험실에 서 있다는 야릇한 느낌으로, 그 예술가가 이 철 둑에서 노닐면서, 넘치는 에너지로 자신의 새로운 구상을 사방에 뿌리고 있는 현장에 왔다는 생각이 들었다. 나는 지구의 내장에 더 근접한 것 같은 느낌도 드는데, 이렇게 흘러넘치는 모래가 동물의 내장과 마찬가지로 잎사귀 모양의 덩어리이기 때문이다. 그리하여 이런 모래흙 자체에서 식물성 잎사귀의 생성을 기대하게 된다. 땅이 외적으로는 자신을 잎사귀 형상으로 표현하는 동시에, 내적으로는 착상着想의 산고産苦를 겪는 것은 이상하지 않다. 원자들은 이미 이런 법칙을 터득했고, 그 법칙에 따라 수태한다. 쑥 뻗어 나온 잎은 자신의 원형을 이런 모래흙에서 본다. 땅globe 속에 있건 동물 안에 있건, '내적으로'internally 잎은 축축하고 두꺼운 '판'lobe이다. 이 단어는 간과 폐, 그리고 지방의 '잎들'leaves에 특별히 적용할 수 있다. (라틴어 'labor'는 아래로 '흐르다', '미끄러지다'를 뜻하고, 'lapsus'는 '흘러감'을 뜻한다. 'globus'는 '판'lobe과 '구'globe를 뜻하고, '걸치다'lap, '나부끼다'flap 등 여러 단어의 어원이다.) 그리고 '외적으로'externally 잎은 마르고 얇은 '잎사귀'leaf로서, 단수 'leaf'의 'f'와 복수 'leaves'의 'v'는 '판'lobe의 'b'가 압축되어 마른 것이다. 판lobe의 어근은 'lb'이고, 이면의 유음 'l'과 결합한 부드러운 음량의 'b'(홑잎의 b나 겹잎의 B)가 그것을 앞으로 힘차게 민다. '구'globe는 어간 'glb'의 인후음 'g' 때문에 그 의미에 목구멍의 성량이 첨가된다. 새의 깃털과 날개는 이를테면 더 마르고 얇아진 잎사귀들이다. 이처럼, 우리 또한 땅속의 통통한 유충으로부터 활개 치는 우아한 나비로 탈바꿈하는 과정을 거친다. 지구자체도 부단히 자신을 초월하여 탈바꿈한 끝에, 날개를 달고 궤도를 돈다. 얼음도 섬세하고 수정 같은 잎사귀로 시작하는데, 얼음 잎사귀는 마치 수초의 엽상체葉狀體들이 거울 같은 수면에 깊이 새긴 거푸집으로 흘러든 것 같은 형상이다. 나무 전체도 하나의 잎사귀에 불과하고, 강들은 더 거대한 잎사귀들이며, 강 사이사이에 낀 땅은 그런 잎사귀의 난자卵子들이고, 마을과 도시는 곤충이 그 잎사귀의 겨드랑이에 까놓은 알이라 할 수 있다.

태양이 물러나면 모래는 흐르기를 그치지만, 다음 날 아침이면 다시 흐르기 시작하여 수많은 흐름으로 가지에 가지를 칠 것이다. 여기서 혈관이 어떻게 형성되는지 알 수 있을 것이다.[4] 자세히 관찰하면 해빙하는 모래흙 덩어리로부터 물방울 같은 촉을 가진 부드러운 모래가 불쑥 움직이기 시작하여, 서서히 그리고 무턱대고 갈 길을 더듬으며 하향하는 것을 볼 것이다. 해가 더 높이 떠오르면서, 마침내 모래의 흐름은 더 많은 열기와 습기로, 가장 비활성적인 부분까지도 따르는 법칙에 복종하려는 노력에서, 가장 활성적인 부분이 가장 비활성적인 부분에서 분리하여, 그 자체로 구불구불한 수로나 동맥을 형성한다. 이런 수로에서 어느 단계의 걸쭉한 잎이나 가지에서 또 다른 단계로 나아가면서 번개처럼 번득이며 흐르는 작은 은빛 개울이 보이는데, 이 개울은 이따금 모래에 흡수되어 종적을 감추기도 한다. 모래가 흐르면서 얼마나 빠르고 완벽하게 자신

---

4 이 말은 과학적으로는 옳지 않지만 비유적으로 쓴 말이다.

을 조직하는지 놀랍기 그지없으니, 모래는 자기 수로水路의 끝을 날카롭게 만들기 위해서 모래 덩어리가 제공하는 최고의 재료를 사용한다. 강의 근원도 바로 이런 것이다. 아마도 물이 침전시키는 규산질의 물질에 강의 뼈가 되는 조직이 있을 것이며, 더 고운 흙과 유기물 속에 강의 살이 되는 섬유나 세포 조직이 있을 것이다. 인간도 해빙하는 진흙 덩이가 아니고 무엇이겠는가?[5] 인간의 둥근 손가락 끝은 응결된 한 방울의 물에 지나지 않는다. 손가락과 발가락은 해동하는 육신 덩어리에서 출발하여 그 외연까지 흘러나온 것들이다. 더 쾌적한 하늘 아래에서라면 인간의 육체가 어디까지 확장하여 나아갈지 누가 알겠는가? 손은 판과 정맥을 갖추고서 확장하는 '손바닥' 잎이 아니겠는가? 공상을 더해보자면, 귀는 머리 측면에, 판lobe 또는 물방울drop을 달고 있는 이끼umbilicaria이다. 입술lip은 (라틴어 '입술'labium의 어원은 '진통하다'labor일까?) 동굴 같은 입의 양쪽을 두르거나 지난다. 코는 응결된 물방울 또는 종유석인 것이 분명하다. 턱은 더 큰 물방울로, 얼굴에서 방울방울 떨어진 물방울이 하나로 합쳐진 것이다. 뺨은 이마에서 얼굴의 골짜기로 미끄러진 물방울이 광대뼈에 막혀서 확산된 것이다. 초목의 잎 끝에 있는 둥근 판 역시 크건 작건 모두 현재 꾸물거리고 있는 두툼한 물방울이다. 이런 판들이 바로 잎의 손가락들이다. 그리고 판의 숫자가 많을수록, 잎은 그만큼 많은 방향으로 흐르려는 성향이 있다. 더 많은 열을 받거나 달리 환경이 더 쾌적했다면, 잎은 더 멀리 흘렀으리라.

이처럼 비탈진 언덕 하나가 대자연의 모든 작용의 원리를 보

---

5 『이사야』 64:7. "우리는 진흙, 당신은 우리를 빚으신 이, 우리는 모두 당신의 작품입니다."

여주는 것 같았다. 이 지구의 조물주는 잎사귀에 대한 특허만을 얻었을 뿐이다. 어떤 샹폴리옹[6]이 이 상형문자를 우리를 위해 해독해서, 우리가 마침내 새로운 잎사귀를 하나 펼치게 할 것인가? 나는 기름지고 풍요로운 포도밭보다 언덕에서 벌어지는 이런 현상에 더 신명이 난다. 사실, 이런 현상은 배설물 같은 특성을 약간 지니고 있다. 그리하여 지구의 내장이 뒤집힌 것처럼, 간과 폐와 내장의 덩어리가 땅에서 끝없이 흘러나온다. 그러나 이것은 적어도 대자연이 내장을 가지고 있으며, 다른 한편으로는 자애의 어머니가 바로 이 내장에 있다는 사실을 암시한다.[7] 땅속에서 냉기가 빠져나오는 이 현상이 바로 봄이다. 이른 봄에 이어 푸르고 꽃피는 늦은 봄이 뒤따르니, 신화 다음에 정형시가 뒤따르는 것과 같다. 이런 봄은 겨울의 독기와 소화불량을 씻어주는 최고의 정화제이다. 이때는 대지가 아직 기저귀를 차고 있으며, 사방으로 손가락을 뻗치고 있다고 나는 확신한다. 아주 민둥민둥한 이마에서 싱싱한 곱슬머리가 돋아난다. 모든 것은 유기적이다. 용광로의 찌꺼기처럼 철둑에서 잎사귀 모양으로 흘러내리는 모래흙 무더기는 자연의 내부가 "한창 불타고" 있음을 증명한다. 땅은 주로 지질학자와 고고학자가 연구하는 죽은 역사의 부스러기이거나 책장처럼 겹겹이 쌓인 지층에 불과한 것이 아니라, 꽃과 열매에 앞서서 피어나는 나뭇잎과 같이 살아 있는 시詩이다. 화석의 땅이 아니라 살아 있는 땅인 것이다. 만물의 중심이 되는 땅의 위대한 생명에 비하면, 모든 동물과 식물의 생명은 기생적인 것에

---

6 장 프랑수아 샹폴리옹Jean Francois Champollion(1790~1832). 이집트의 로제타석에 새겨진 상형문자를 해독한 프랑스 학자.
7 옛 생리학에서는 내장이 연민이나 인정이 자리한 곳이라고 생각했다.

지나지 않는다. 땅의 진통은 우리가 벗은 허물을 무덤에서 토해낼 것이다. 우리는 금속을 녹여서 최고로 아름다운 모양의 거푸집에 부을 수 있겠지만, 나를 더욱 흥분시키는 것은 봄빛에 녹은 이런 흙이 흘러나와 빚어내는 여러 형상이다. 땅뿐만 아니라 땅 위의 모든 제도도 옹기장이의 손아귀에 쥔 진흙처럼 빚어 만들 수 있는 것이다.[8]

머지않아, 이 둑뿐만 아니라 모든 언덕과 평원과 분지에서, 땅속에 숨어 있던 냉기가 동면하던 네발짐승이 굴에서 기어 나오듯이 빠져나와서, 노래를 부르며 바다를 찾거나, 구름이 되어 다른 지방으로 이동한다. 부드러운 설득력을 지닌 해빙은 해머를 든 토르Thor[9]보다 더 힘이 세다. 전자는 녹이지만, 후자는 조각조각 깰 뿐이다.

땅이 부분적으로 눈옷을 벗어던지고, 따뜻한 날씨가 며칠 동안 이어지면서 지표의 물기가 어느 정도 마를 때면, 방금 고개를 내민 새해의 부드러운 첫 징후들과 시들었지만 당당하게 겨울을 견뎌 낸 초목의 아름다움을 비교하는 것도 즐거운 일이었다. 산떡쑥, 미역취, 쥐손이풀, 우아한 야생초는 여름보다 이때 눈에 더 잘 띄고 흥미로운 경우가 많은데, 그제야 비로소 그것들의 아름다움이 무르익은 듯 보이기 때문이다. 그리고 황새풀, 부들, 현삼, 물레나물, 조팝나무, 메도스위트, 기타 줄기가 튼튼한 식물은 아직 고갈되지 않은 곳간으로서, 이른 봄에 가장 먼저 오는 새들을 즐겁게 한다. 그것들

---

8 『예레미야』 18:6. "진흙이 옹기장이의 손에 달렸듯이 너희 이스라엘 가문이 내 손에 달린 줄 모르느냐? 이스라엘 가문아, 내가 이 옹기장이 만큼 너희를 주무르지 못할 것 같으냐? 야훼가 하는 말이다."
9 북유럽 신화에 나오는 천둥의 신. 천둥과 함께 전쟁, 농업을 주관한다.

은 적어도 헐벗은 자연이 입은 멋진 잡초 옷이다. 나는 볏단 모양의 둥근 머리를 가진 골풀[10]에 특히 매료되었다. 그것은 우리의 겨울 회상回想들에 여름을 소환하고, 예술이 모방하기 좋아하는 형상 가운데 하나이며, 또한 식물의 왕국에서는 이미 인간의 마음에 자리한 천문天文의 형상들과 동일한 관계를 가진다. 그것은 그리스나 이집트보다 더 오래된 양식樣式인 것이다. 이처럼 겨울의 많은 현상은 형언할 수 없는 부드러움과 깨지기 쉬운 우아함을 암시한다. 우리는 흔히 겨울이 난폭하고 시끄러운 폭군으로 묘사되는 것에 익숙하지만, 겨울은 여름의 머리털을 부드러운 연인의 손길로 매만져준다.

봄이 오면서 붉은 다람쥐 두 마리가 한꺼번에 내 집 마루 밑으로 들어왔다. 내가 앉아서 책을 읽거나 글을 쓰노라면 녀석들은 바로 발밑에서 계속 찍찍거리거나 쨱쨱거리는가 하면, 그때까지 들어본 소리 중 가장 괴이하게 꾸르륵 혀를 굴리는 소리를 냈다. 내가 발을 구르면 녀석들은 더욱 크게 쨱쨱거렸는데, 마치 장난에 미쳐서 모든 두려움과 존경심을 떨쳐버리고 자신들을 제지하려는 인간을 거역하는 것 같았다. '안 돼요, 그러지 마요! 찍찍 쨱쨱, 찍찍 쨱쨱!' 녀석들은 내 요구에 완전히 귀를 막았거나, 내 요구에 담긴 힘을 감지하지 못하고, 억누를 수 없는 저항의 욕설을 퍼부었다.

봄의 첫 참새! 어느 해보다 더 젊은 희망으로 출발하는 한 해다! 파랑새, 멧종다리, 개똥지빠귀가 지저귀는 소리가 눈옷을 반쯤 벗은 촉촉한 들판 너머에서 어렴풋이 들려오니, 겨울의 마지막 눈송

---

10 일명 등심초. 물가나 습지에서 50~100cm 정도 자라며, 원기둥 모양의 머리를 가진 밋밋한 녹색 줄기는 속이 가득 차 있어 자리를 만드는 데 사용된다.

이가 떨어지면서 딸랑딸랑 은방울 소리를 내는 것 같구나! 이런 때에 역사, 연대기, 전통, 기록된 모든 계시가 대체 무엇이겠는가? 시냇물이 캐럴과 무반주 합창곡으로 봄을 맞는다. 벌써 초원의 상공을 낮게 나는 개구리매가 겨울잠에서 깨어나는 미끈미끈한 첫 생물을 찾고 있다. 눈이 녹아 꺼지는 소리가 모든 계곡에서 들려오고, 호수에서는 얼음이 빠르게 녹는다. "봄비의 부름을 받고 풀이 솟아오른다."[11]라고 했거늘, 구릉에서는 풀이 봄 불처럼 타오르니, 마치 땅이 돌아오는 태양을 영접하기 위해서 내부의 열을 발산하는 것만 같다. 이런 불꽃의 색깔은 노란색이 아니고 초록색이다. 영원한 젊음의 상징인 풀잎은 긴 초록색 리본처럼 뗏장을 뚫고 여름으로 흐른다. 사실 서리의 제지를 받지만, 풀잎은 이내 다시 전진하여 아랫도리의 싱싱한 생명력으로 지난해의 마른 풀잎을 제치고 솟아오른다. 풀잎은 실개천이 땅에서 질금질금 흘러나오듯이 꾸준히 자란다. 풀잎은 실개천과 거의 같다. 6월의 성장기에, 실개천이 마를 때는, 바로 풀잎이 실개천의 수로가 되고, 가축들은 해마다 영원히 푸른 이 수로에서 물을 마시며, 풀을 베는 사람도 바로 이 수로에서 겨울에 쓸 건초를 때맞추어 얻는다. 이와 마찬가지로 인간의 생명도 뿌리까지 시들지만, 여전히 푸른색 잎을 영원으로 내뻗는다.

월든 호수는 빠르게 녹고 있다. 북쪽과 서쪽에 너비 2로드의 수로가 생기고, 동쪽 끝에는 더 넓은 수로가 있다. 큰 운동장만한 얼음이 본체에서 갈라져 나왔다. 호숫가에서는 멧종다리의 노랫소리가 들린다. '올릿, 올릿, 올릿, 칩, 칩, 칩, 치 차르, 치 위스, 위스, 위

---

11 바로Varro의 『농업 총론』 중.

스!' 이 녀석 역시 얼음을 깨는 데 한몫 거들고 있다. 얼음 가장자리의 크고 힘찬 곡선은 얼마나 멋있는가! 얼마간 호반의 곡선에 상응하지만, 한층 매끄럽지 않은가! 최근의 일시적 강추위 때문에, 얼음이 매우 단단하고, 궁정 마루처럼 물을 머금어 물결무늬 아닌가![12] 동쪽으로 부는 바람이 이 얼음의 불투명한 표면을 헛되이 쓰다듬고, 마침내 그 너머의 살아 있는 수면에 다다른다. 이런 물의 리본, 즉 환희와 젊음이 충만한 호수의 맨얼굴이 햇빛에 반짝이는 것을 바라보는 것은 마냥 즐겁다. 마치 물속 물고기와 호숫가 모래의 기쁨을 대변하는 것 같지 않은가. 은빛 광채가 황어*leuciscus*의 비늘에서처럼 반짝이니, 말하자면 호수 전체가 살아 있는 물고기 같았다. 겨울과 봄은 이렇게 엄청난 대조를 이룬다. 월든 호수는 죽었다가 이제 다시 살아났다. 그러나 이미 말했듯이, 금년 봄에는 호수가 예년보다 더 차분하게 기지개를 켰다.

폭풍 치는 겨울에서 화창하고 온화한 날씨로, 어둡고 굼뜬 시간에서 밝고 탄력적인 시간으로 변화하는 시간은 만물이 선언하는 중대한 전환점이다. 마침내 그런 변화가 순식간에 온 것 같다. 저녁이 가까웠고, 여전히 겨울의 구름이 잔뜩 끼어 있고, 처마에서는 진눈깨비가 뚝뚝 떨어졌지만, 갑자기 쏟아지는 햇빛이 집을 가득 메웠다. 나는 창밖을 내다보았다. 그런데 보라! 어제 회색빛의 찬 얼음이 있던 곳에 이미 평온하고 희망이 가득한 맑디맑은 호수가 누워 있다! 벌써 여름 저녁인 듯 호수가 자신의 가슴에 여름 하늘을 비추고 있다! 하늘에는 아무것도 보이지 않았지만, 호수는 마치 먼 지평

---

12 대리석 마루의 물결무늬에 빗댄 말이다.

선과 교신을 하는 것 같다! 멀리서 울새 소리가 들렸다. 생각해보니 몇 천 년 만에 처음 듣는 소리였고, 나는 그 가락을 몇 천 년 더 잊지 못할 것이다. 먼 옛날이나 다름없이 아름답고 힘찬 노래였다. 오, 뉴잉글랜드의 어느 여름날 끝자락에 노래하던 저녁의 울새여! 녀석이 앉아 있는 나뭇가지를 발견할 수 있다면 얼마나 좋을까! 나의 '울새'! 나의 '나뭇가지여'! 이 새는 적어도 '철새 지빠귀'*Turdus migratorius*가 아니다. 집 주변의 리기다소나무와 관목 떡갈나무는 아주 오랫동안 축 늘어져 있었지만, 갑자기 몇 가지 특성을 되찾아 더 밝고, 푸르고, 꼿꼿하고, 활기차게 보였다. 마치 빗물에 효과적으로 씻겨서 원기를 회복한 듯했다. 나는 더 이상 비가 내리지 않으리라는 것을 알았다. 겨울이 지났는지 아닌지는 숲의 나뭇가지를 보면, 아니, 장작더미만 보아도 알 수 있을 것이다. 날이 점점 어두워질 때, 숲을 낮게 날아가는 기러기들이 힝힝! 우는 소리에 깜짝 놀랐다. 마치 지친 나그네들이 남쪽 호수에서 늦게 돌아와, 마침내 마음 놓고 투덜거리면서 서로 위로하는 것 같았다. 문 앞에 서니, 세차게 나아가는 기러기의 날갯소리가 잘 들렸다. 녀석들은 내 집을 향하여 달려오다가, 갑자기 불빛을 보고는, 시끄러운 울음소리를 죽이고 방향을 틀어서 호수에 내려앉았다. 이윽고 나는 집에 들어와, 문을 닫고, 숲속에서 맞이한 첫 봄날 밤을 보냈다.

다음 날 아침 나는 문간에 서서 안개 속의 기러기들을 지켜보았다. 녀석들은 50로드 떨어진, 호수 복판에서 헤엄치고 있었다. 그수가 엄청 많은데다 어찌나 시끌벅적한지 월든 호수가 녀석들을 위해 만든 놀이터처럼 보였다. 그러나 내가 호반에 서자, 녀석들은 대장의 신호에 따라 날개를 요란하게 퍼덕거리며 일제히 날아올랐다.

녀석들은 횡대로 대열을 정비하더니, 내 머리 위를 한 바퀴 선회했다. 모두 스물아홉 마리였다. 이어 녀석들은 월든 호수보다 탁한 연못에서 주린 배를 채우리라 기대하는지, 대장이 보내는 규칙적인 힝힝! 구호에 맞추어 일정한 간격을 두고, 곧장 캐나다 쪽으로 향했다. 이와 동시에 한 "떼거리"의 오리가 호수에서 날아오르더니, 더 시끄러운 사촌들의 뒤를 따라 북으로 항로를 잡았다.

일주일 내내 외로운 기러기가 아침 안개 속에서 탐색의 선회를 하면서, 끼룩끼룩 우는 소리가 들렸다. 짝을 찾는 소리이지만, 숲도 감당하기 어려울 만큼 우렁찬 생명의 소리로 숲을 채웠다. 4월이 되자, 비둘기들이 작은 무리를 지어 다시 휙휙! 나는 모습이 보였고, 머지않아 제비들도 내 밭 상공을 쩻쩻! 울며 지나가는 소리가 들렸다. 하지만 마을이 너무 많은 제비를 주체하지 못해서, 숲속에 사는 내게까지 할애한 것 같지는 않았다.[13] 나는 이런 제비들은 백인이 이 땅에 오기 전에 속이 빈 나무에서 살았던 특별한 역사를 가졌던 종족이리라 상상했다. 거의 모든 고장에서 거북이와 개구리는 봄의 선구자이자 전령이다. 그리고 새들은 노래와 번득이는 깃털로 날고, 초목은 싹이 트고 꽃이 피며, 봄바람은 분다. 이렇게 봄의 도래는 지구 양극의 미세한 진동을 바로잡아 대자연의 평형을 유지한다.

모든 계절은 차례대로 우리에게 최고의 계절로 보인다. 마찬가지로 봄의 도래는 카오스에서 이루어지는 코스모스의 창조이자 황금시대의 실현인 것 같다.

---

13 제비는 통상 창고나 처마 밑 등 사람이 사는 곳 가까이에 둥지를 틀기 때문에, 마을에 마땅한 장소가 없어서 숲까지 찾지는 않았으리라는 뜻이다.

"동풍이 아우로라로 물러나니 나바테아 왕국[14]과

페르시아와 산마루가 아침 햇살을 받는구나.

　　　　　……

인간이 탄생했다. 더 좋은 세계의 근원인

만물의 조물주가 인간을 신의 씨앗에서 만들었거나,

아니면 땅이 최근에 드높은 창공에서 분리되면서

동족인 하늘의 씨앗을 일부 간직했겠지."[15]

　부드러운 비가 단 한 번만 내려도 풀은 몇 배 더 초록빛을 띤
다. 이처럼 더 좋은 생각이 유입되면, 우리의 장래도 훨씬 밝아진다.
풀이 떨어지는 아주 작은 이슬의 영향도 고백하는 것처럼, 만약 우
리가 언제나 현재에 살면서 우리에게 일어나는 모든 일을 선용하면
축복을 받을 것이다. 하지만 우리는 지나간 기회들을 소홀히 한 대
가를 보상하느라 시간을 낭비하면서, 그것을 우리의 의무라고 말한
다. 우리는 이미 봄인데도 겨울 속에서 머무적거리고 있다. 상쾌한
봄날 아침이면, 모든 사람의 죄가 용서된다. 이런 날은 악惡과도 휴
전한다. 이런 날의 태양이 꺼지지 않고 불타는 동안에는, 아주 사악
한 죄인도 돌아올 것이다. 우리가 자신의 순수를 회복하면, 이웃들
의 순수도 분간하게 된다. 어제의 당신은 이웃을 도둑이나 주정뱅이
나 호색가로 알고, 단순히 그를 동정하거나 경멸하면서 그런 세태에
절망했을지 모른다. 그러나 태양은 밝게 빛나고, 이 봄의 첫날 아침

14　헬레니즘 시대부터 로마 시대에 걸쳐 번영했던 아라비아계 왕국으로,
　　시리아와 아라비아 북동부 사이에 세워졌다.
15　오비디우스Ovid, 『변신 이야기』 1권 중.

을 따뜻하게 한다. 이렇게 태양이 세계를 재창조하니, 당신도 평온하게 일하는 이웃을 만난다. 그리고 그의 지치고 타락한 혈관이 기쁨으로 조용히 팽창하고 새날을 축복하는 것을 보면서, 유아기의 순수함으로 봄기운을 느낀다. 그러면 그의 모든 허물이 당신의 기억에서 사라진다. 그의 주변에는 선의의 분위기가 감돌 뿐만 아니라, 신생아의 본능처럼, 아마도 맹목적이고 비효율적이겠지만, 성스러운 향기마저 발산할 기회를 탐색한다. 잠시 동안 어떤 저속한 농담도 남쪽 산허리에 메아리치지 않는다. 당신은 순진하고 아름다운 새싹이 껄쭉껄쭉한 껍질에서 터져 나와서 가장 어린 초목답게 부드럽고 싱싱한 또 다른 한 해의 삶을 준비하는 모습을 본다. 이제 당신의 이웃까지도 주님의 기쁨에 참여하는 것이다. 어찌하여 교도관은 감옥문을 열어놓지 않으며, 어찌하여 판사는 자신이 맡은 사건을 기각하지 않으며, 어찌하여 목사는 회중을 해산하지 않는가! 그것은 그들이 신이 준 암시에 복종하지 않고, 신이 모두에게 아낌없이 베푼 용서를 받아들이지 않기 때문이다.

"매일 평온하고 자비로운 아침의 숨결 속에서 생겨난 선으로 복귀하는 것은, 덕을 사랑하고 악을 미워한다는 점에서, 인간을 태고의 본성으로 약간 다가서게 하니, 남벌한 숲에서 새싹이 돋는 것과 같다. 마찬가지로 하루 동안에 사람이 저지르는 악은 다시 싹트기 시작한 덕의 싹이 자라나지지 못하도록 방해하고 그것을 파괴한다.

"덕의 싹이 이렇게 자라나지 못하도록 여러 차례 방해를 받은 다음에는, 저녁의 자비로운 숨결도 그것을 보존하기에 충분하지 않다. 저녁의 숨결이 더 이상 덕의 싹을 보존하기에 불충분해지는 즉시 인간의 성질은 짐승의 그것과 별로 다를 바 없게 된다. 사람들은 짐승의 성질과 같은 자를 보고, 그가 선천적인 이성 능력을 소유한 적이 없다고 생각한다. 그러나 그것이 과연 인간의 진정한 선천적 정서이겠는가?"[16]

"황금시대가 처음 창조되었을 때는
복수하는 사람도 법도 없었고, 저절로 성실과 공정을 기렸더라.
벌과 두려움이 존재하지 않았으며,
매달아 놓은 동판에 위협적인 말을 적는 일도 없었고,
탄원하는 군중이 판관의 말을 두려워하지도 않았으며,
복수하는 사람도 없어 안전했더라.
산에서 잘린 소나무가 출렁이는 바다에까지 내려와
낯선 세계를 본 일도 아직 없었고,
인간도 자신의 해안밖에 알지 못했더라.

        ······

영원한 봄이 있었고, 평온한 미풍이 따뜻하게
불어서 씨 없이 태어난 꽃을 위로했더라."[17]

4월 29일, 나는 나인에이커코너Nine-Acre-Corner 다리[18] 근처의 강둑에서 방울새풀과 버드나무 뿌리를 딛고 서서 낚시를 하고 있었다. 이곳은 사향뒤쥐들이 서식하는 곳이었다. 그때 달그락거리는 특이한 소리가 들렸는데, 소년들이 손가락으로 갖고 노는 딱따기 소리

---

16 『맹자』 「고자편」告子篇에 나오는 말.
17 오비디우스, 『변신 이야기』, 1. 89~96, 107~108.
18 콩코드 서남쪽 1.5마일쯤의 서드베리 강을 가로지르는 다리.

와 비슷했다. 하늘을 쳐다보니, 쏙독새처럼 아주 작고 우아한 매가 1~2로드를 잔물결처럼 스르르 날아올랐다가는 갑자기 하강하는 동작을 반복하고 있었다.[19] 그러면서 햇빛을 받아 반짝이는 날개 안쪽은 공단 리본 같기도 하고, 조가비 안의 진주처럼 보이기도 했다. 그런 모습에 매사냥이 생각났고, 그 운동과 연관되는 고귀한 것과 시詩가 떠올랐다. 그 매를 멀린Merlin[20]이라고 불러도 좋을 것 같았다. 그러나 나는 이름에는 별 관심이 없다. 그 비상은 일찍이 내가 목격한 것 중에서 가장 우아했다. 그 매는 단순히 나비처럼 퍼덕거리지도 않고, 더 큰 매들처럼 비상하지도 않으면서, 대기층에 멋들어지게 몸을 의지하고 노닐었다. 매는 특이한 울음소리를 내며, 오르고 또 오르다가, 연처럼 거듭 뒤집어지면서, 자유롭고 아름다운 하강을 거듭한 다음에, 고고한 공중제비를 멈추고, 또다시 날아올랐다. 녀석은 단단한 땅에는 발을 댄 적이 없는 듯했다. 상공에서 혼자 노는 모습이 천지간에 친구라곤 없으며, 함께 노는 아침과 창공 이외에는 아무도 필요 없는 듯했다. 그 모습이 외로워 보이지 않았고, 오히려 그 밑에 있는 모든 땅을 외롭게 할 뿐이었다. 녀석을 낳은 어미와 형제와 애비는 하늘의 어디에 있을까? 하늘의 주민인 그 매는 하나의 알이었고, 한동안 어느 험한 바위틈에서 부화된 사실 말고는 땅과는 관련이 없어 보였다. 아니면 태어난 둥지마저 무지개 부스러기와 석양의 하늘을 엮어 짠 다음, 땅에서 집어 올린 한여름의 부드러운 안개로 안을 대서, 어느 구름의 한쪽 구석에 만들어놓은 것

---

19 짝짓기 계절에 보이는 행동이다.
20 초서Chaucer의 『아서왕 이야기』에 나오는 예언자이자 마법사. 이 단어는 매의 일종인 '쇠황조롱이'라는 뜻도 가지고 있다.

이란 말인가? 이제 매의 둥지는 험준한 어떤 구름이다.

매 구경 이외에도, 나는 금색, 은색, 밝은 청동색의 진귀한 물고기를 보기 드물게 많이 낚았다. 그것들은 줄에 꿴 보석 같았다. 아! 봄이 찾아온 첫날 아침이면, 나는 내가 작은 언덕에서 작은 언덕으로, 버드나무 뿌리에서 버드나무 뿌리로 뛰어다니며, 얼마나 많이 초원을 헤집고 다녔던가! 그럴 때면 강가의 황량한 계곡과 숲에는 아주 깨끗하고 밝은 햇볕이 내리쬐지 않았는가! 어떤 이들이 생각하듯, 죽은 사람이 무덤에서 잠을 자고 있었다면, 그들의 눈도 뜨게 했을 햇빛 아닌가! 이보다 더 강력한 불멸의 증거가 어디 있겠는가? 지금 만물이 그러한 빛을 받으며 살고 있지 않은가! 오, 죽음이여, 그대의 독침은 어디에 있었는가? 오, 무덤이여, 그대의 승리는 어디에 있었단 말인가?[21]

우리 마을의 삶은 그것을 에워싸고 있는 밟지 않은 숲과 초원이 없다면 활기를 잃을 것이다. 우리에게는 야생의 강장제가 필요하다. 때로는 알락해오라기와 뜸부기가 잠복하는 늪을 건너고, 도요새가 우는 소리를 들을 필요가 있다. 그리고 더 야성적이고 더 외로운 새만이 둥지를 짓고, 밍크가 배를 땅에 밀착시키고 기어가는 곳에서, 살랑거리는 사초의 냄새를 맡을 필요도 있다. 우리는 만물을 진지하게 탐사하고 공부하는 동시에 그 만물이 신비에 싸여 탐사할 수 없기를 바란다. 또한 육지와 바다가 언제까지나 자연 그대로이고 측량되지 않아서, 그 깊이를 헤아릴 수 없기를 바라기도 한다. 우리는 결코 자연을 충분히 소유할 수 없다. 자연의 무진장한 힘, 티탄처

---

21 『I 고린토』 15: 55, "죽음아, 네 승리는 어디 갔느냐? 죽음아, 네 독침은 어디 있느냐?"

럼 웅대한 자연의 용모, 난파선 잔해가 깔린 해안, 살아 있는 나무와 썩어가는 나무가 뒤엉킨 황야, 뇌운雷雲, 3주간이나 계속되어 홍수를 이루는 비를 목격하고, 원기를 회복해야 한다. 우리는 어떤 생명이 인간의 한계를 벗어나서, 우리가 결코 돌아다니지 못하는 곳에서 자유롭게 풀을 뜯고 있는 것을 목격할 필요가 있다. 속을 메스껍게 하고 용기를 꺾는 썩은 고기를 독수리가 먹고 나서, 건강과 힘을 얻는 것을 보면, 우리는 오히려 기운이 난다. 한번은 집으로 가는 길가 웅덩이에 죽은 말이 한 마리 있었다. 때때로, 특히 후덥지근한 밤이면, 어쩔 수 없이 우회했다. 하지만 죽은 말을 보면서, 나는 자연의 왕성한 식욕과 범할 수 없는 자연의 건강에 대하여 확신했고, 그럼으로써 작은 불편에 대한 큰 보상을 받았다. 나는 자연이 생명으로 충만하여 무수한 생물들이 서로 잡아먹는 희생과 고통을 감당할 능력이 있다는 것, 그리고 연약한 생물체가 펄프처럼 조용히 으깨져 죽을 수 있고, 왜가리가 올챙이를 꿀떡 삼키며, 거북이와 두꺼비가 도로에서 깔려죽고, 때때로 살육의 피가 비 오듯 쏟아지는 것이 보기에 좋다! 사고의 위험이 상존하지만, 우리는 그것이 별로 문제되지 않는다는 것을 알아야 한다. 현명한 사람은 그런 것을 보편적으로 무해하다고 받아들인다. 독은 따지고 보면 독이 아니며, 상처 또한 어느 것도 치명적인 것은 없다. 연민이 들어설 자리는 없다. 연민은 응급 처방임에 틀림없다. 그것에 호소하는 것은 표준 처방이 될 수 없을 터이다.

5월 초, 호수 주변의 소나무 숲 사이에서 막 올라온 떡갈나무, 히코리, 단풍나무 그리고 그 밖의 나무들이 주변 풍경을 햇살처럼 환히 빛나게 해주었다. 구름 낀 날일수록 더욱 그러했는데, 마치 태양이 안개를 헤치고 나와서 산허리 여기저기에 아련한 빛을 비추는 듯했다. 5월 3일인가 4일에는 호수에서 되강오리 한 마리를 보았다. 그리고 그 달 첫 주 동안에 쏙독새, 갈색개똥지빠귀, 개똥지빠귀, 큰 나무딱새, 되새, 그 외의 새들이 우는 소리가 들렸다. 티티새의 소리를 들은 것은 훨씬 전이었다. 딱새는 벌써 다시 찾아와서 문과 창문을 들여다보며, 내 집이 과연 살기 적합한 동굴처럼 생겼는지 살폈다. 집 안을 살피는 동안, 딱새는 마치 공기가 떠받쳐주는 듯이 발톱 끝을 꽉 구부리고 활발한 날갯짓으로 허공에 매달려 몸을 지탱했다. 곧 노란 리기다소나무의 유황 같은 꽃가루가 호수와 호숫가의 돌과 썩은 목재를 뒤덮었다. 누구라도 한 통 가득 쓸어 담을 수 있었을 것 같았다. 이것이 흔히 말하는 "유황 소나기"이다. 칼리다사[22]의 희곡 『사콘탈라』에도 "연꽃의 황금색 꽃가루로 노랗게 물든 실개천"이라는 구절이 있다. 이렇게 계절은 구르고 굴러서 여름이 되고, 사람들은 쑥쑥 커가는 초원으로 산책을 나간다.

이리하여 숲에서 보낸 첫해의 삶은 끝났고, 이듬해도 첫해와 비슷했다. 나는 1847년 9월 6일, 마침내 월든 숲을 떠났다.

---

22 칼리다사Kalidasa(?~?). 4세기 말 5세기 초에 활동한 인도의 시인이자 극작가.

봄

맺는말

현명한 의사는 환자에게 공기와 풍경을 바꾸어보라고 권한다. 고맙게도, 이곳은 세계의 전부가 아니다! 마로니에 나무는 뉴잉글랜드에서는 자라지 않으며, 흉내지빠귀 울음소리도 여기서는 거의 들리지 않는다. 기러기는 우리보다 범세계적이어서, 캐나다에서 아침을 먹고, 오하이오에서 점심을 먹으며, 남부 강어귀에서 밤을 지내고자 깃털을 가다듬는다. 들소조차 어느 정도 계절과 보조를 맞추는데, 콜로라도 강변의 초원에서 풀을 뜯다가, 때가 되면 더 푸르고 맛있는 풀이 기다리는 옐로스톤 강변으로 이동한다. 하지만 우리는 농장의 가로장 울타리를 헐고 돌담을 쌓고 나면, 우리의 삶과 운명의 경계가 결정되었다고 생각한다. 만약 누군가가 마을 서기로 선출되면, 그는 정말이지 금년 여름에 티에라델푸에고[1]에 갈 수는 없을 것이지만, 지옥불의 땅[2]에는 가게 될지도 모른다. 우주는 우리 생각

---

1 남아메리카 남쪽 끝에 있는 군도. 스페인어로 '불의 땅'이라는 뜻.
2 저승.

보다 훨씬 넓다.

그러니 우리는 호기심 많은 선객처럼, 선미의 난간 너머를 더 자주 돌아봐야 할 것이고[3], 뱃밥이나 만드는 비번非番 선원처럼 멍청하게 항해해서는 안 될 것이다. 지구의 반대편은 우리와 소식을 주고받는 사람이 거주하는 땅일 뿐이다. 우리의 항해는 대권大圈항해[4]에 지나지 않고, 의사들은 겨우 피부병 약을 처방할 뿐이다. 어떤 사람은 기린을 사냥하기 위해 남아프리카로 직행한다지만, 기린은 분명 사람이 뒤쫓을 사냥감이 아니다. 정말이지 사람이 그렇게 할 수 있다고 한들, 얼마나 오랫동안 사냥하겠는가? 도요새나 누른도요 역시 진기한 사냥감이 되겠지만, 나는 자아를 사냥감으로 삼는 편이 더 고귀한 놀이가 되리라고 믿는다.

"너의 눈을 안쪽으로 돌려라.
그러면 너의 마음속에서 아직 발견되지 않았던
천 개의 지역을 발견할 것이다. 그곳을 여행하라,
그리고 자아 우주학의 전문가가 되어라."[5]

아프리카는 무엇을 상징하는가? 그리고 서부는 무엇을 상징하는가? 우리 자신의 내면은 해도에 하얀 공백으로 남아 있지 않은가?[6] 하지

---

3 선미의 난간에 서서 배의 항적을 응시하는 선객처럼 인생의 항적을 부단히 응시해야 한다는 뜻이다.
4 지구상의 두 지점을 최단거리로 잇는 항해. 지름길 인생 항로를 뜻한다.
5 윌리엄 해빙턴William Habbington(1605~1664), 「존경하는 내 친구 에드워드 나이트 경에게」 중.
6 19세기 해도는 미답의 해안을 공백이나 흰색으로 그냥 두었다.

맺는말

만 알고 보면, 아프리카의 해안처럼 검다는 사실이 밝혀질지 모른다.[7] 우리가 발견할 것은 나일 강, 나이저 강, 미시시피 강의 발원지인가 아니면 이 대륙을 우회하는 북서항로[8]인가? 이런 것들이 인류의 가장 중대한 문제인가? 아내가 애타게 찾고 있는 사람이 실종된 프랭클린[9]뿐인가? 그리넬[10]은 지금 자기가 있는 곳을 알고 있는가? 차라리 당신 자신의 강과 바다를 탐험하는 멍고 파크[11], 루이스와 클라크[12] 그리고 프로비셔[13]가 되어라. 당신의 자아에서 더 높은 위도를 탐색하라. 그리고 필요하면, 식량으로 고기 통조림을 배에 가득 싣고 가서 먹고, 빈 깡통을 하늘 높이 쌓아 하나의 표지로 남겨라.[14] 고기 통조림은 고기만을 보존하기 위해 발명되었는가? 천만에, 당신

7 19세기 해도에 검은색으로 표시된 아프리카 해안은 답사되었다는 사실뿐만 아니라 주민들의 검은 피부색과도 관련이 있었다.

8 북아메리카를 우회하여 대서양과 태평양을 연결하는 항로. 이 항로 개척은 당대 숙원이었고, 1906년 노르웨이 탐험가인 로알 아문센Roald Amundsen(1872~1928)이 그것을 달성했다.

9 존 프랭클린John Franklin(1786~1847). 영국 탐험가로, 1847년 북극 탐험 중 난파로 실종되었다.

10 헨리 그리넬Henry Grinnell(1799~1874). 1850년과 1853년 두 번에 걸쳐 프랭클린 구조대를 보냈던 뉴욕의 상인.

11 멍고 파크Mungo Park(1771~1806). 스코틀랜드의 탐험가로, 서아프리카 나이저 강을 탐험하던 중 익사했다.

12 메리웨더 루이스Meriwether Lewis(1774~1809)와 윌리엄 클라크William Clark(1770~1838). 미국의 서부 탐험가들로, 태평양에 이르는 육로를 발견했다.

13 마틴 프로비셔Martin Frobisher(1535~1594). 영국 탐험가로, 세 번에 걸쳐 북서항로 발견을 시도했다.

14 존 프랭클린이 머물던 겨울 야영지에 600개의 고기 통조림 깡통이 쌓여 있었다고 한다.

내면의 모든 새로운 대륙과 세계를 탐험하는 콜럼버스가 되어라. 그리하여 교역의 새 항로가 아닌 생각의 새 항로를 열어라. 모든 사람은 한 왕국의 군주다. 이 왕국에 비하면, 제정 러시아 황제의 지상 제국은 작은 국가, 즉 빙산이 남긴 작은 언덕에 불과하다. 그러나 어떤 사람은 '자존'self-respect을 버리고, 작은 것을 위해 큰 것을 희생하는 애국자가 될 수도 있다. 그들은 자신의 무덤이 되는 흙을 사랑하는 나머지, 육신에 변함없는 활력을 공급할 수 있는 정신을 지지하지 않는다. 애국심은 그들의 머릿속에 존재하는 구더기이다. 온갖 퍼레이드를 하고 경비를 들인, '남해 탐험대'[15]의 의미는 무엇인가? 그것은 도덕세계에도 대륙과 바다가 있고, 모든 사람은 그 자신도 아직 탐험한 적이 없는 지협이나 후미라는 사실을 간접적으로 시인한다는 뜻이다. 그러나 이런 내면의 바다, 즉 '나'만의 대서양과 태평양을 혼자 탐험하는 것이, 정부의 배를 타고, 오백 명 대원들의 도움을 받아서, 추위와 폭풍과 식인종을 헤치고, 수천 마일을 탐험하는 것보다, 더 어렵다는 사실을 의미하기도 한다.

"그들이 방랑하면서 이국의 오스트레일리아인들을 관찰케 내버려두어라.

나는 신을 더 섬기고, 그들은 길을 더 섬기는 것이니라."[16]

---

15 1838~1842년까지 미국 해군 장교 찰스 윌크스(Charles Wilkes, 1798~1877)의 지휘 아래 남태평양과 남극 대륙을 탐험한 조직.

16 클라우디우스 클라우디아누스Claudius Claudianus(370?~404?),「베로나의 노인에 대하여」중. 클라우디우스는 고대 로마 시인이다.

잔지바르[17]의 고양이 수를 세기 위해 세계를 일주하는 것은 그럴 만한 가치가 없다. 그러나 그보다 좋은 일을 할 수 있을 때까지는 그렇게 하라. 그러면 마침내 지구 내부에 당도할 수 있는 "시머스의 구멍"[18]을 발견할지 모른다. 영국과 프랑스, 스페인과 포르투갈, 황금해안Gold Coast과 노예해안Slave Coast[19]은 모두 미답의 바다를 향하여 있지만, 인도[20]로 가는 직항로임이 분명한데도, 그곳을 떠난 어떤 범선도 감히 육지를 벗어나 먼 바다로 나가지 못했다. 만약 당신이 모든 언어를 말하고, 모든 국가의 관습에 순응하려 한다면, 그리고 모든 여행자보다 더 멀리 여행하고, 모든 풍토에 적응하며, 스핑크스가 바위에 머리를 부딪쳐 자살하게 하려면,[21] 더더욱 옛 철학자의 가르침에 복종하여 당신 자신을 탐험하라.[22] 그러기 위해서는 통찰력과 용기가 요구된다. 패배자와 도망자만이 전쟁에 나간다. 그들은 자아 탐험을 피해서, 군대에 입대하는 겁쟁이일 뿐이다. 이제 가장 먼 서쪽을 향해 떠나라.[23] 이 길은 미시시피 강이나 태평양에서 멈추지

17 동아프리카 해안 밖의 섬.

18 Symmes' Hole. 1818년 미국의 존 클리브스 시머스(John Cleves Symmes, 1780~1829)는 지구는 속이 비어 있고, 양극의 구멍을 통해 지구 내부에 들어갈 수 있다는 이론을 내놓았다.

19 둘 다 서아프리카 기니만의 북쪽 해안을 말하는 것으로, 16~18세기에 황금과 노예의 공급원이었다.

20 소로에게 인도는 마침내 속살을 드러낼 정도로 외피가 벗겨진 땅의 상징으로, 세속에서 해방된 진정한 자아를 은유한다.

21 스핑크스는 그리스 신화에 나오는 여자 괴물로, 행인에게 수수께끼를 내서 풀지 못하면 죽였다. 오이디푸스가 수수께끼를 풀자 스핑크스는 바위에 머리를 부딪쳐 자살했다.

22 델포이의 아폴로 신전에 "너 자신을 알라,"는 격언이 새겨져 있다.

23 소로는 1848년 오리건 산길이 개척되고 캘리포니아에서 금이 발견되

않으며, 케케묵은 중국이나 일본 쪽으로 인도하지도 않으며, 자아의
별까지 직선 항로로 인도할 것이니, 여름이건 겨울이건, 낮이건 밤이
건, 해가 지건, 달이 지건, 마침내 땅이 꺼져도 끊이지 않을 것이다.

미라보[24]는 그의 자아가 "가장 신성한 사회법에 공식적으로 맞
서기 위해서는 어느 정도의 결단이 필요한지 확인하기 위하여" 노
상 강도질을 했다고 한다. 그는 "대열을 지어 싸우는 병사들에게는
노상강도를 하는 데 필요한 용기의 절반도 필요하지 않다,"—그리고
"명예와 종교가 숙고 끝에 내린 단호한 결심을 가로막은 적은 결코
없다,"라고 선언했다. 세속의 관점에서 보면, 이것은 남자다운 태도
이지만, 무책임하고 어쩌면 발악하는 것이었다. 좀 더 분별 있는 사
람이라면 사회법보다도 신성한 법에 순종함으로써, 사람들이 "가장
신성한 사회법"으로 여기는 것에 번번이 "공식적으로 맞서기에" 충
분한 자아를 발견했을 것이며, 일부러 그의 길을 일탈하지 않고도
그의 결심을 시험했을 것이다. 인간이 할 일은 반사회적인 태도를 취
하는 것이 아니라, 자기 존재의 법칙에 순응하는 과정에서 몸소 발
견하는 태도가 무엇이든, 그것을 스스로 견지하는 것이다. 이런 태
도는 그가 어쩌다가 의로운 정부와 마주치는 경우라도, 결코 그런
정부에 반하는 것이 아닐 것이다.

나는 숲에 갔을 때와 똑같이 그럴만한 이유로 숲을 떠났다.[25]

면서 서부 개척의 역사가 시작된 직후에 이 글을 썼다.

24 미라보 백작Honoré Gabriel Riqueti de Mirabeau(1749~1791). 프랑스의 개
혁정치가. 여기에 나온 미라보 이야기는 「미라보, 그의 사생활 일화」에
서 인용한 것이다.

25 에머슨이 유럽으로 강연을 가면서 소로에게 그의 집과 가족을 돌봐주
기를 원한 것이 직접적인 이유이지만, 소로 자신도 떠날 준비가 되어

아마도 내가 살아야 할 삶이 몇 가지 남아 있기에, 숲속 생활에 더 이상의 시간을 할애할 수 없다고 생각했을 것이다. 우리가 부지불식 간에 쉽사리 특정의 노선에 빠져서 늘 다니는 길로 삼는 것은 놀랄 만하다. 숲속에 산지 일주일도 안 되어서 내 발길로 인해 내 집 문간에서 호숫가까지 길이 났다. 밟지 않은지 5~6년이 지났는데도, 그 길은 여전히 뚜렷하다. 사실은 다른 사람들이 애용했기에, 그 길이 유지되지 않나 생각한다. 땅 표면은 아주 부드러워서, 밟으면 발자국이 남는다. 마음이 다니는 길 역시 마찬가지다. 그렇다면 세계의 고속도로들은 얼마나 닳고 먼지 자욱하겠으며, 전통과 순응의 바큇자국은 얼마나 깊을 것인가! 나는 선실 항해를 택하지 않고, 오히려 세계의 돛대 앞과 갑판 위에서 항해하고 싶었다. 갑판 위라야 산과 산 사이의 달빛을 가장 잘 볼 수 있기 때문이다. 이제 나는 갑판 아래로 내려가고 싶지 않다.[26]

　　나는 내 실험으로 적어도 다음과 같은 것을 배웠다. 사람이 자신의 꿈을 향해 자신 있게 나아가고, 자기가 상상했던 삶을 살고자 노력하면, 평소에는 예상하지도 못했던 성공을 맞볼 것이다. 그는 어떤 것들을 뒤로하고, 보이지 않는 경계선을 넘어설 것이다. 새롭고 보편적이고 더 진보적인 법칙이 그의 주변과 내부에 확립되기 시작하거나, 옛 법칙이 확장되어서, 그에게 유리하고 더 진보적인 의미로 해석될 것이며, 그러면 그는 한 차원 높은 존재의 법칙에 따라 살아갈 면허를 받게 된다. 삶을 간소화하는 것에 비례해서 우주의 법칙도 그만큼 덜 복잡해 보일 것이다. 그리하여 고독은 고독이 아니고,

---

있었다.

26 선실 안과 갑판 아래는 승객용이고, 돛대 앞과 갑판 위는 선원용이다.

빈곤 역시 빈곤이 아니며, 약점 또한 약점이 아닐 것이다. 만약 당신이 공중에 누각을 지었더라도, 그 일이 반드시 헛되지는 않을 것이니, 누각이 있어야 할 곳은 바로 공중이기 때문이다. 이제 그런 누각들 밑에 기초를 놓아라.

영국인과 미국인이 자기가 좀 알아들을 수 있도록 말하라고 한다면, 그것은 우스꽝스러운 요구다. 그렇게 해서는 인간도 독버섯도 성장할 수 없다. 그들은 자신들이 이해하는 것이 중요하고, 그들이 아니면 당신을 이해할 사람이 별로 없다고 여기는 것 같다. 마치 대자연이 한 가지 질서만 이해하고 지지할 수 있기 때문에, 네발짐승과 새, 기어 다니는 생물, 날아다니는 생물 모두를 먹여 살릴 수는 없으며, 수레를 끄는 황소도 이해할 수 있는 '이랴!' 또는 '워!' 같은 유치한 언어가 최고의 언어인 듯 간주하는 태도가 아닌가 한다. 우둔만이 안전한 처신이라는 듯이 하는 말 아닌가! 나는 혹시라도 내 표현이 충분히 '일탈적이지'extra-vagant 않을까봐 걱정한다. 다시 말해서, 일상적 경험이 가지고 있는 좁은 한계를 벗어나서, 내가 확신하는 진리에 적합할 만큼 충분히 일탈하지 못할까봐, 충분히 멀리 헤매지 못할까봐 두렵다. '일탈!'Extra vagance! 그것은 당신이 얼마나 울타리 안에 갇혀 있느냐에 따라 달라진다. 예컨대, 또 다른 위도에서 새로운 초원을 찾으려고 이동하는 들소는 젖 짜는 시간에 들통을 박차고, 마당 울타리를 뛰어넘어서, 새끼 송아지를 뒤쫓는 암소만큼 일탈적이라고 할 수는 없다. 나는 어딘가에서 아무런 구속 '없이' 말하고 싶고, 잠에서 깨는 순간에 있는 사람이 똑같이 잠에서 깨는 순간에 있는 이들에게 말하듯이 말하고 싶다. 진정한 표현의 기초라도 놓으려면, 아무리 과장하더라도 불충분하다고 확신하

맺는말

기 때문이다. 음악을 들어본 사람이라면, 그 누가 일탈적으로 말하는 것을 더 이상 두려워하겠는가? 미래나 가능성의 견지에서, 아주 느슨하고 불명확하더라도 앞서가는 삶을 살아야 하며, 우리의 윤곽이 희미하고 애매하더라도 솔선수범하며 살아야 할 것이다. 우리의 그림자가 보이지 않는 땀을 흘리며 태양을 향해 살아가듯이 말이다. 우리의 말이 지닌 진리의 휘발성은 남아 있는 진술의 불충분성도 부단히 드러낼 것이다. 말의 진리는 곧바로 '해석되고'translated,[27] 그것의 본래 의미가 담긴 기념비만 남는 법이다. 우리의 믿음과 경건을 표현하는 말은 명확하지 않지만, 본성이 탁월한 사람에게는 유향처럼 의미심장하고 향기롭다.

왜 우리는 항상 자신의 인식을 가장 둔감한 수준까지 낮추고, 그것을 상식이라고 찬양하는가? 가장 평범한 상식은 잠자는 사람들의 감각이고, 그들이 표현하는 상식은 코 고는 소리에 불과하다. 때때로 우리는 우리보다 반 곱절이나 명석한 사람들을 반편이로 취급하는 경향이 있다. 우리가 그들의 지혜를 3분의 1밖에 이해하지 못하기 때문이다. 어떤 사람들은 아침의 붉은 하늘까지 흠잡을 것이다. 혹여 그들이 그럴 만큼 일찍 일어난다면 말이다. "인도인들은 카비르[28]의 시詩에는 환상, 정신, 지성, 그리고 『베다』의 대중적 교리 등 네 가지의 다른 의미들이 있는 체한다,"고 나는 듣고 있다. 그러나 지구의 이쪽 사람들은 만약 어떤 사람의 글이 한 가지 이상의 해

---

27 특정 의미로 해석되거나, 그 형태가 바뀌거나, 더 높은 차원으로 이동되거나, 다른 언어로 번역된다는 등의 여러 의미를 동시에 함축한다.

28 카비르Kabir(1440~1518). 인도의 신비주의자로, 힌두교와 이슬람교를 화해시키려고 노력하는 등 여러 종교의 구별을 배제했다.

석을 허용하면, 그것이 바로 불만의 근거라고 생각한다. 영국은 지금 감자 썩는 병을 치료하려고 노력하고 있으면서, 이보다 훨씬 더 넓고 치명적인 두뇌 썩는 병을 치료하려는 노력은 왜 하지 않는가?

나는 내 글이 난해의 경지에 도달했다고 감히 생각하지 않는다. 하지만 사람들이 월든 호수의 얼음에서 발견한 흠결 이상의 치명적인 흠결을 내 글의 난해성에서 발견하지 않는다면, 나는 자랑스럽게 생각할 것이다. 남쪽의 고객들은 월든 호수의 얼음이 푸른색이라고 싫어하고 케임브리지의 얼음을 선택했다. 푸른색은 얼음이 깨끗하다는 것을 증명하는데도 탁하다고 생각했기 때문이다. 케임브리지의 얼음은 흰색이기는 하지만, 수초 맛이 난다. 사람들이 사랑하는 청정은 지구를 뒤덮고 있는 안개 같은 것이지 그 너머의 파란 창공 같은 것이 아니다.

어떤 사람들은 우리 미국인과 일반적인 현대인이, 고대인은 물론 엘리자베스 시대의 사람들과 비교해서도, 지성적으로 난쟁이에 불과하다고 귀가 아프도록 떠들어댄다. 그러나 그것이 무슨 의미가 있는가? 살아 있는 개가 죽은 사자보다 낫다.[29] 어떤 사람이 피그미 종족에 속했다고 해서, 그 자신이 될 수 있는 가장 큰 피그미가 되려고 노력하지 않고 목을 매어 죽어야 하는가? 우리 모두 자신의 일에 열중하고, 각자 타고난 대로의 인물이 되도록 노력하자.

왜 우리는 성공하려고 그렇게 필사적으로 서두르고 무모한 모험을 해야 하는가? 어떤 사람이 자신의 동료와 보조를 맞추지 않는다면, 그것은 아마 다른 고수鼓手의 북소리를 듣기 때문일 것이다.

---

29 『전도서』 9:4. "그렇다. 사람이란 산 자들과 어울려 지내는 동안 희망이 있다. 그래서 죽은 사자보다 살아 있는 강아지가 낫다고 하는 것이다."

맺는말

어떤 가락이 되었건, 아주 먼 곳에서 들리는 가락이라도, 그가 자신의 귀에 들리는 음악에 맞추어 걷도록 내버려두어라. 그가 사과나무나 떡갈나무처럼 빨리 성숙하는 것은 중요하지 않다. 자신의 봄을 곧바로 여름으로 바꿔야 하겠는가? 우리의 타고난 여러 조건이 아직 성숙하지 않았다면, 이를 대체할 수 있는 현실은 무엇이겠는가? 우리는 결코 헛된 현실에 난파되어서는 안 될 것이다. 우리 머리 위에 푸른 유리 하늘을 애써 만든다고 하자. 그것이 완성되면, 우리는 분명 계속해서 훨씬 위의 진짜 푸른 하늘을 응시하지 않겠는가? 마치 유리 하늘은 존재하지 않는 듯이 말이다.

쿠루[30]에 완전을 갈구하는 성향의 장인이 있었다. 하루는 지팡이를 만들어야겠다고 생각했다. 그는 불완전한 일에는 시간이 문제가 되지만 완전한 일에는 문제가 되지 않는다고 생각한 나머지, 평생 다른 일은 전혀 하지 못해도, 모든 면에서 완벽한 지팡이를 만들겠다고 다짐했다. 부적절한 재료로 만들어서는 안 되겠다고 생각한 그는 즉시 나무를 구하러 숲으로 떠났다. 그가 적절한 막대기를 찾고 또 찾고 또 퇴짜를 놓는 동안, 친구들은 점차 그의 곁에서 떠나갔다. 그들은 일을 하면서 늙어 죽었으나, 그는 단 한순간도 더 늙지 않았다. 외곬의 목적, 굳은 결심, 숭고한 신앙심이 그 자신도 모르게 그에게 영원한 젊음을 부여했던 것이다. 그는 시간과 타협하지 않았기에, 시간은 멀리 비껴간 채, 그를 정복할 수 없는 사실에 한숨만 쉬었다. 그가 모든 점에서 적절한 재목을 발견했을 때, 쿠루는 이미 백발의 폐허가 되었다. 그는 폐허의 흙무덤에 앉아서 막대기의 껍질

---

30 인도의 전설적인 영웅 쿠루를 상기시키는 가공의 도시. 이어서 나오는 설화는 소로의 창작이라는 것이 일반적인 견해다.

을 벗겼다. 막대기를 적절한 모양으로 다듬었을 때, 칸다하르 왕조는 이미 멸망했다. 그는 막대기 끝으로 그 종족의 마지막 인간의 이름을 모래에 쓴 다음에, 그의 일을 다시 시작했다. 그가 지팡이를 매끄럽게 다듬고 윤을 냈을 즈음에는, 칼파[31]도 이미 흘러간 북극성이었다. 그리고 지팡이에 장식 홀笏을 달고, 그 머리에 보석을 박았을 때는, 브라흐마가 이미 여러 번 잠이 깨고 잠이 들었다.[32] 그런데 나는 왜 이런 이야기를 전하고 있는가? 그의 작품에 마무리 손질을 가하자, 아주 놀랍게도 그것은 장인의 눈앞에서 더욱 커지더니, 브라흐마의 모든 창조물 가운데서도 가장 아름다운 것이 되었다. 그는 지팡이를 만들면서 새로운 체계와 완벽하고 아름다운 균형의 세계를 세웠던 것이다. 비록 옛 도시와 왕국은 사라졌지만, 대신 더 아름답고 영광스러운 도시와 왕국이 들어섰다. 이제 그는 자기 발밑에 수북이 쌓인, 아직도 싱싱한 지저깨비들을 보고, 그와 그의 작품의 경우, 이제까지의 시간은 하나의 환상에 불과하며, 흘러간 시간이래야 브라흐마의 두뇌에서 나온 단 하나의 섬광이 인간 두뇌의 부싯깃에 떨어져 점화되기까지 소요된 시간에 불과하다는 사실을 깨달았다. 재료가 순수했고, 그의 기예도 순수했으니, 그 결과가 경이롭지 않을 수 있겠는가?

어떤 사물의 표면을 아무리 포장한다 해도, 결국 진실만큼 이

---

31 힌두교에서 우주의 시작에서 종말까지의 기간으로, 브라흐마의 하루를 말한다. 인간의 시간으로는 43억 2천만 년에 해당된다. 우리말로는 흔히 '겁劫'이라고 한다.

32 브라흐마는 하루가 끝나면 잠을 잤는데, 그의 밤은 낮과 똑같이 43억 2천만 년이다. 그러므로 낮과 밤의 한 주기는 86억 4천만 년이다.

익이 되는 것은 없다. 진실만이 늙지 않는다. 우리는 대부분 본연의 자리에 있지 않고, 거짓된 위치에 있다. 나약한 본성 때문에, 우리는 어떤 경우를 가정하고, 그 속에 자신을 집어넣는다. 그래서 두 가지 경우에 동시에 갇히는 결과가 되어, 거기서 빠져나오기가 두 배로 어렵다. 정신이 온전할 때, 우리는 사실들, 즉 존재하는 경우들만 주시한다. 그러니 의무감에서 하는 말을 하지 말고, 하지 않고는 못 배기는 말을 하라. 어떤 진실도 허위보다는 낫다. 교수대에 선 땜장이 톰 하이드는 할 말이 있느냐는 질문을 받고, 이렇게 말했다. "재봉사에게 첫 바느질을 시작하기 전에, 잊지 말고 실에 고를 지으라고 전해주시오."[33] 그의 동료 사형수가 한 기도는 전해지지 않는다.

삶이 아무리 비천하더라도, 외면하고 욕하지 말고, 받아들이며 살아야 한다. 나쁜 것은 당신의 삶이 아니라 바로 당신이다. 당신이 가장 부자일 때, 당신의 삶은 가장 가난해 보인다. 매사 흠을 잡는 자는 천국에 가서도 흠을 잡는다. 비록 당신의 삶이 가난해도, 그 삶을 사랑하라. 구빈원에 있더라도, 당신은 유쾌하고 신나고 영광스러운 시간을 보낼 수 있을 것이다. 지는 해는 부자의 저택 창문과 똑같이 구빈원 창문도 밝게 비춘다. 구빈원 문 앞의 눈도 봄이면 똑같이 일찍 녹는다. 평온한 마음의 소유자는 그곳에서도 궁정에 있는 것처럼 만족스럽게 살 것이고, 즐거운 생각을 할 것이다. 내가 보기에는 마을의 가난한 사람들이 흔히 누구보다도 독립적인 삶을 사는 듯하다. 아마도 그들은 마을의 도움을 스스럼없이 받아들일 만

---

33 "고를 하나 짓지 않은 재단사는 바늘 하나를 잃는다,"라는 18세기 초의 속담을 변형한 것이다. 톰 하이드가 누구인지는 불명확하나, 영미 설화에서 톰은 흔히 부랑자나 노상강도로 등장한다.

큼 도량이 넓을 것이다. 대부분의 주민은 자신이 결코 마을의 도움을 받을 사람이 아니라고 생각한다. 하지만 부정한 방법이 아니고는 자신을 부양할 수 없는 경우가 더 많으니, 그것이 더 불명예스러울 것이다. 샐비어 또는 남새밭의 채소를 경작하듯이, 가난을 경작하라. 옷이든 친구든, 새것을 얻으려고 너무 애쓰지 말라. 헌 옷은 뒤집어 입어라. 옛 친구들에게 돌아가라. 사물은 변하지 않는다. 변하는 것은 우리다. 당신의 옷을 팔더라도, 당신의 생각을 간직하라. 그러면 당신이 고독하지 않도록 신이 보살펴줄 것이다. 만약 내가 날이면 날마다 거미처럼 다락방 한구석에 갇혀있다고 하자. 그래도 그 거미집에서 내 생각을 거느린다면, 세계는 전과 똑같이 넓어 보일 것이다. 어떤 철학자는 "삼군三軍의 총수를 빼앗아 혼란에 빠트릴 수는 있으나, 한낱 필부의 뜻을 빼앗을 수는 없다,"[34]고 말했다. 자신을 발전시키려고 안달하는 나머지, 갖가지 영향력에 휘둘리지 말 것이니, 그것이야말로 방종이다. 겸손은 어둠과 같아서 천상의 빛을 드러낸다. 가난과 비천함의 그림자들이 우리 주변에 모이지만, "보라, 신천지가 우리 눈앞에 펼쳐진다."[35] 크로이소스[36]의 재산이 우리에게 증여된다 하더라도, 우리의 목적은 전과 다름없으며, 우리의 수단도 본질적으로 전과 같다는 사실을 우리는 자주 떠올린다. 더욱이 가난 때문에 운신의 제한을 받아서, 예컨대 책과 신문을 살 수 없다

---

34 『논어』「자한편」子罕篇에 나오는 말.
35 스페인 출신의 신학자이자 시인 조제프 블랑코 화이트(Joseph Blanco White, 1775~1841)의 「밤과 죽음」중.
36 크로이소스Kroisos(기원전 ?~기원전 ?). 고대 리디아 왕국 최후의 왕으로 세계 최고의 부자였다.

면, 도리어 가장 의미 있고 중요한 다른 경험에 집중하게 되는 셈이다. 그리하여 가장 많은 당분과 가장 많은 전분을 만들어내는 재료만 다룰 수밖에 없게 된다. 뼈에 붙어 있는 삶이야말로 가장 맛있다. 이런 삶을 사는 사람은 결단코 게으름뱅이가 되지 않는다. 어떤 사람도 더 높은 차원의 도량으로 인해 비열해지는 일은 없다. 불필요한 재산은 사치품들을 살 수 있을 뿐이다. 정신의 필수품을 사는 데는 돈이 필요 없다.

나는 납처럼 둔중한 어느 담의 모퉁이에 살고 있다. 약간의 종청동鐘靑銅[37] 성분을 혼합해서 조립한 담장이다. 한낮에 잠시 쉬노라면, '작은 종소리'*tintinnabulum* 같은 금속성 소리가 시끌벅적 들려온다. 그것은 나의 동시대인들이 내는 소음이다. 내 이웃들은 자신들이 유명한 신사나 숙녀를 상대로 어떤 모험을 했는지, 즉 만찬 자리에서 어떤 명사들을 만났는지 떠들어댄다. 하지만 나는 그런 것에는 『데일리 타임스』의 기사보다도 관심이 없다. 그들의 관심과 대화는 주로 의상과 예절에 관한 것이지만, 어떤 옷을 입혀도 거위는 거위일 뿐이다. 그들은 내게 캘리포니아와 텍사스, 영국과 서인도제도에 대해 말하고, 조지아인지 매사추세츠인지에 사는 존경하는 아무개 씨[38]에 대해 말하지만, 모두가 일시적이고 덧없는 것뿐이다. 결국 나는 맘루크Mameluke[39] 사관처럼 그들의 안마당에서 언제든지 달아날 궁리만 한다. 나는 내 위치로 돌아와야 기쁘다. 눈에 잘 띄는 곳

---

37 종을 주조하는 데 쓰이는 청동의 일종.
38 대니얼 웹스터Daniel Webster 같은 명사들.
39 이집트의 백인 장교 가문. 막강한 권력을 누렸으나 1811년 총독 무함마드 알리에 의해 학살되었는데, 이때 그 일가 중 한 사람이 말을 타고 담을 넘어 탈출했다는 이야기가 전해진다.

에서 다른 사람들과 함께 화려하게 과시하며 다니지 않고, 가능하면 조물주와 함께 걷는 것이 기쁘다. 나는 들뜨고, 불안하고, 분주하고, 천박한 19세기에 살기보다, 이 세기가 지나는 동안, 기꺼이 생각에 잠겨 서 있거나 앉아 있고 싶다. 사람들은 무엇을 축하하는가? 그들은 모두 어떤 준비 위원회에 속해 있고, 명사의 연설을 시시각각 듣고 싶어 한다. 신도 그날의 회장님에 불과하고, 웹스터 같은 명사가 신을 대신해서 연설한다. 나는 저울대에 올라가 무게를 재고, 균형을 잡은 다음, 가장 강하고 올바르게 나를 끌어당기는 쪽으로 가고 싶다. 결코 저울대에 매달려서 체중을 줄이려고 발버둥치지는 않으리라. 어떤 경우를 가정하지 않고, 상황을 있는 그대로 받아들이고 싶다. 내가 갈 수 있는 길, 일단 발을 디디면 어떤 힘도 나를 제지할 수 없는 길만을 여행하고 싶다. 단단한 기초를 쌓기도 전에, 어떤 아치를 세우기 시작하는 것은 내게 아무런 만족도 주지 않는다. 살얼음판을 달리는 장난은 하지 말자. 단단한 바닥은 어디에나 있다. 어느 나그네가 자기 앞에 있는 늪지에 바닥이 있는지 소년에게 물었다. 소년은 바닥이 있다고 대답했다. 그러나 곧 그 나그네의 말이 뱃대끈까지 푹 빠졌다. 나그네는 소년에게 말했다. "너는 이 늪의 바닥이 단단하다고 하지 않았느냐?" 소년이 "네 그렇습니다만, 아직 바닥의 절반에도 미치지 못했습니다,"라고 대답했다. 사회의 늪과 흘러내리는 모래도 마찬가지이지만, 이를 알고 있는 사람은 이 소년처럼 성숙한 사람뿐이다. 보기 드문 일이지만, 생각하는 것과 말하는 것과 행동하는 것이 일치하는 경우만이 선이다. 나는 외椳[40]와 회벽에

---

40 흙벽을 바르기 위하여 벽 속에 엮은 나뭇가지.

맺는말

무턱대고 못을 박는 어리석은 사람은 되지 않겠다. 그런 행동을 하면 밤잠을 이루지 못할 것이다. 내게 망치를 주고, 회벽 안에 댄 널빤지를 더듬어 찾게 하라. 접착제에 의존하지 말라. 못을 제대로 박고, 못 끝을 아주 성실하게 두드리고 구부려서, 밤중에 깨어나더라도 박은 그 못을 만족스럽게 되돌아볼 수 있도록 하라. 당신의 시신詩神을 불러내어 고해를 해도, 부끄럽지 않도록 못을 박으라. 신은 그렇게 하도록, 오직 그렇게 하도록, 당신을 도울 것이다. 당신이 그런 일을 계속한다면, 당연히 박힌 못 하나하나가 우주라는 기계에서 또 다른 대갈못이 될 것이다.

내게는 사랑보다, 돈보다, 명예보다, 진리를 달라. 언젠가 기름진 음식과 포도주가 풍성하고 고분고분하게 시중드는 이가 있는 식탁에 앉은 적이 있었는데, 성실과 진실은 없는 자리였다. 결국 나는 불친절한 식탁을 물리치고, 배고픈 채로, 그 자리를 떠났다. 손님 접대가 식탁의 얼음 조각만큼이나 차가웠다. 그런 조각을 얼릴 냉동기가 필요 없을 것 같았다. 그들은 고급 포도주의 나이와 명성에 대해 말했다. 그러나 나는 더 오래되고, 더 새롭고, 더 순수하고, 더 영광스러운, 고급 포도주를 생각했다. 그들에게는 이런 것이 없었고, 사려야 살 수도 없었다. 접대 방식, 집과 뜰, "여흥"entertainment은 내게 아무것도 아니다. 나는 왕을 방문했지만, 왕은 나를 자신의 홀에 세워놓고는 접대할 능력이 없는 사람인 양 행동했다. 내 이웃 중에 속이 빈 나무에서 살던 사람이 있었다. 그의 태도야말로 참으로 제왕다웠다. 내가 그를 방문했더라면 더 좋았을 것이다.

우리는 얼마나 오랫동안 현관에 죽치고 앉아서, 부질없고 진부한 미덕을 실천할 것인가? 어느 일이건, 그런 미덕은 부적절할 것이다. 예컨대, 어떤 사람이 오랫동안 뒤척거리다 하루를 시작하고[41], 사람을 고용해서 감자를 캐고, 오후에는 미리 생각한 선심으로 기독교적 온순한 자비를 실천하러 나간다고 가정하자! 이런 것이 중국의 자만이고[42] 정체된 인간의 자기도취 아닌가? 이 세대는 자신들이 빛나는 혈통의 마지막 후예라고 자축하는 경향이 약간 있다. 그리하여 그들은 보스턴과 런던과 파리와 로마에서 자신들의 오랜 혈통을 생각하면서, 예술과 과학과 문학의 발전을 만족스럽게 떠든다. 여러 철학회의 간행물과 '위인들'Great Men에 대한 공개 송덕문을 보라! 이것은 착한 아담이 자신의 미덕을 감상하는 꼴 아닌가? "그래, 우리는 위대한 공적을 이룩했고, 성스러운 노래를 불렀으니, 이것들은 결코 죽지 않을 것이다." 다시 말해서 '우리'가 그 공적과 노래를 기억할 수 있는 한, 우리는 죽지 않으리라는 것이다. 하지만 찬란했던 아시리아의 학회와 위대한 인물은 지금 어디에 있는가? 우리는 얼마나 어린 철학자이고 실험주의자인가! 내 독자들 가운데서 인간의 완전한 삶을 산 사람은 아직 한 명도 없다. 인류의 삶에서 지금은 봄의 몇 달에 불과할지 모른다. 콩코드에서 7년간 옴[43]으로 고생한 사람은 있을지 모르지만, 17년을 유충으로 사는 매미를 본 사람은 아직 없을 것이다.[44] 우리는 우리가 살고 있는 지구의 얇은 껍데기만 알고 있을 뿐이다. 대부분의 사람은 지상 6피트 아래를 파본

---

41 아침에 일찍 일어나지 않고 침대에서 꾸물대는 버릇을 빗댄 말.
42 소로가 살던 당시 중국은 자급자족을 실현하고 강력한 힘을 가진 나라였다.
43 너무 오랫동안 괴롭히거나 지속되는 질병 혹은 상황을 일컫는 말.
44 소로는 1843년 뉴욕의 스태튼 섬에서 17년을 땅속에서 유충으로 사는 매미를 목격한 일이 있다고 한다.

맺는말

적이 없고, 지상 6피트 이상 뛰어오른 적도 없다. 우리는 우리가 있는 곳을 모른다. 더구나 시간의 거의 절반을 깊은 잠으로 보낸다. 그런데도 스스로 현명하다 평가하고, 지상에 어떤 확립된 질서를 세운다. 정말이지 우리야말로 속이 검은 사상가이고 야심만만한 존재 아닌가! 나는 숲의 땅바닥에 깔린 솔잎 사이를 기어 다니면서 내 눈에 띄지 않으려고 애쓰는 곤충을 물끄러미 서서 굽어본다. 그리고 자문한다. '저 곤충은 왜 저렇게 객쩍은 생각을 할까? 어쩌면 내가 자기의 은인이 되어서 종족에게 즐거운 정보를 나누어줄지도 모르는데 왜 머리를 숨길까?' 나는 나보다 위대한 '은인'Benefactor이자 '지성'Intelligence이 물끄러미 서서, 곤충과 다름없는 인간 곤충인 나를 굽어보는 장면을 머리에 떠올린다.

세상에는 아주 새로운 것이 끊임없이 유입된다. 그런데도 우리는 믿을 수 없이 따분한 옛것을 감내한다. 가장 개화된 국가에서 사람들이 아직도 어떤 설교를 듣고 있는지 귀띔하기만 하면, 내 말의 뜻을 알 것이다. 설교에 기쁨과 슬픔 같은 단어가 있기는 하지만, 그것은 콧소리로 흥얼대는 찬송가의 후렴에 불과할 뿐이고, 우리는 여전히 평범한 것과 비천한 것을 신봉한다. 우리는 바꾸어 입을 수 있는 것이 옷뿐이라고 생각한다. 흔히 대영제국은 아주 크고 훌륭하며, 미합중국은 일류 강국이라고 말한다. 대영제국을 지저깨비처럼 물 위에 띄울 수 있는 강력한 조류가 모든 사람의 등 뒤에서 오르내리고 있다는 사실을 명심해야 마땅하건만, 우리는 그것을 믿지 않는다. 다음번에는 어떤 부류의 17년생 매미가 땅에서 나올지 누가 알겠는가. 내가 살고 있는 미국 정부는 영국 정부처럼 만찬 뒤에 포도주나 마시며 담소하는 가운데 구성된 정부는 아니지 않은가?

우리의 생명은 강물과 같다. 금년에는 과거 어느 때보다 물이 불어서 메마른 고지대가 강물로 범람할지 모른다.[45] 파란 많은 한 해가 되어서, 우리의 사향뒤쥐가 모두 익사할지도 모른다. 우리가 사는 곳이 항상 마른 땅은 아니었다. 나는 과학이 홍수를 기록하기도 전, 아득한 고대에 강물이 범람한 둑들의 흔적이 멀리 내륙 쪽에 있다는 것을 안다. 뉴잉글랜드에 쫙 퍼져 있는 어떤 이야기가 있다. 사과나무 식탁의 마른 널판에서 나왔다는 힘세고 아름다운 벌레에 대한 이야기다. 문제의 식탁은 60년 동안 한 농부의 부엌에 있었다고 한다. 처음에는 코네티컷 주에 있다가 나중에는 매사추세츠 주로 옮겨졌다. 그 벌레는 살아 있는 나무에 까놓은 알에서 나온 것으로, 바깥쪽의 나이테를 세어본 바로는 60년도 훨씬 더 지난 알이었다. 아마 커피 주전자의 열로 인해 부화되었고, 그 이후 몇 주 동안 판자를 갉아먹는 소리를 내다가, 마침내 밖으로 나왔다는 것이다. 누구라도 이 이야기를 듣고 부활과 불멸에 대한 자신의 믿음이 강화되는 느낌을 받지 않겠는가? 날개를 단 아주 아름다운 생명의 알이 처음에는 살아 있는 푸른 나무의 겉재목에 자리를 잡았다가, 그 나무가 점차로 잘 말라서 알의 무덤 비슷한 것으로 변하는 바람에, 동심원을 이루는 수많은 목질 층 밑에 오랫동안 묻혀, 죽은 채로 메마른 사회생활을 하고 있었지만, 뜻밖에 사회의 가장 하찮고 허름한 가구에 섞여 있다가 튀어나와서, 마침내는 찬란한 여름 생활을 즐기게 될지 누가 알았겠는가! 농부의 가족들이 즐거운 식탁에 둘러 앉아 있을 때, 그들은 수년 동안이나 밖으로 나오려고 나무를 갉는 벌

---

45 사향뒤쥐는 수면 바로 위에 집을 짓기 때문에 물이 불어나면 익사할 수 있다.

맺는말

레의 소리를 듣고 크게 놀랐으리라.

　나는 존이나 조너선이 이 모든 것을 명확히 이해하리라고 생각하지는 않는다. 하지만 그것이 바로 내일來日의 특성이니, 시간이 흐른다고 동이 트는 것은 아니다. 우리의 눈을 멀게 하는 빛은 어둠과 같다.[46] 우리가 깨어 있는 날만 동이 튼다. 앞으로도 수많은 날에 동이 트리라. 태양은 아침에 뜨는 샛별에 불과하다.[47]

끝

---

46 눈을 감으면 빛도 어둠이 된다. 『루가의 복음서』 11:35. "그러니 네 안에 있는 빛이 어둠이 아닌지 살펴보아라."

47 에머슨의 「정치」라는 글에 "우리는 우리의 문명이 정오에 다다랐다고 생각한다. 그러나 우리는 아직 수탉이 울고 샛별이 뜨는 단계에 있다," 라는 구절이 있다. 소로는 "횃대 위에 올라선 아침의 수탉처럼, 기운차게 뽐내보고자 한다,"라는 모토를 가지고, 이렇게 새벽의 이미지로 글을 맺음으로써 『월든』이 이웃들의 잠을 깨우려는 경고로 쓰였음을 강조한다.

1817   7월 12일 매사추세츠 주州 콩코드Concord 마을에서 출생.

1822   5살 때 가족과 함께 월든 호수Walden Pond를 처음으로 방문하다.

1823   소로 가족 콩코드에 정착하다.

1833   하버드대학Harvard College에 입학하다.

1833   에머슨Ralph Waldo Emerson 콩코드에 정착하다.

1837   8월 30일, 하버드대학을 졸업하다.

　　　　10월 22일, 이웃이자 평생 멘토mentor인 에머슨의 격려로 일기를 쓰기 시
　　　　작하여 1861년 11월까지 47권의 방대한 일기를 남겼다. 일종의 작가노트
　　　　로 발전하여 창작의 원천이 되었다.

1838-1841   형 존John과 함께 콩코드 아카데미Concord Academy를 인수하여 가르
　　　　치다.

1838   콩코드 문화회관Concord Lyceum에서 첫 강연을 하다.

1839   8월~9월, 형 존과 함께 콩코드Concord와 메리맥Merrimack 강으로 1주일간
　　　　직접 제작한 보트를 저어 강상여행을 하다.

1840-1844   초월주의 잡지 『다이얼』The Dial이 간행되다.

　　　　이 잡지에 7편의 에세이와 4편의 시를 기고하다.

1841 형 존의 건강 악화로 콩코드 아카데미를 폐교하고, 2년간 에머슨의 집에서 잡역부로 기식하다.

1842 1월 11일, 형 존이 파상풍으로 사망하면서 정신적 고통에 시달리다.

7월 19~22일, 리처드 풀러Richard Fuller와 매사추세츠 주에서 가장 높은 산인 와추세트 산Mount Wachusett(611m)에 오르다.

소설가 너새니얼 호손Nathaniel Hawthorne을 알게 되다.

1843 5~12월, 에머슨의 집을 떠나 뉴욕 주 스태튼 섬Staten Island에서 에머슨의 형 윌리엄 에머슨William Emerson의 자녀들을 가르치다.

12월 콩코드의 집으로 돌아오다.

1844 아버지 연필공장에서 일하다. 실수로 콩코드 숲에 불을 내어, 300에이커를 태우다.

7~8월, 뉴잉글랜드 서부 지역으로 도보여행을 하다.

1845 3월, 피츠버그 철도Fitchburg Railroad가 완공되다.

7월 4일, 월든 호숫가의 오두막으로 이사하다.

『콩코드 강과 메리맥 강에서의 일주일』*A Week on the Concord and Merrimack Rivers*을 쓰기 시작하다.

1846 『월든』*Walden*을 쓰기 시작하다.

5월, 미국이 멕시코에 선전포고를 하자, 인두세poll tax 납부를 거부했고, 7월, 하룻밤을 감옥에서 보내다.

8~9월, 메인 숲Maine Woods으로 첫 여행을 가다.

1847 9월 6일, 월든 호수의 집을 떠나, 에머슨이 유럽에서 순회 강연하는 동안 에머슨 가족과 함께 살다.

1848 1월 26일, 콩코드 문화회관Concord Lyceum에서 「주와 개인의 관계」The Relation of the Individual to the State라는 제목으로 강연하다.

1월, 캘리포니아에서 금이 발견되어 골드러시Gold Rush가 시작되다.

2월, 멕시코 전쟁 종결로, 멕시코는 500,000평방마일의 영토를 미국에 양도하다.

소로는 생계를 위해 측량을 공부하다.

소로 연보 / 옮긴이 작성

1849 5월, 『콩코드 강과 메리맥 강에서의 일주일』과 「시민 불복종」Civil Disobedience이 출판되다.

7월, 누나 헬렌Helen이 사망하다.

10월, 친구 채닝Ellery Channing과 케이프 코드Cape Cod로 첫 여행을 가다.

1850 측량사로 자주 일하다.

6월, 케이프 코드를 두 번째로 여행하다.

9월, '도망노예 법'The Fugitive Slave Law 통과에 격분하다.

9월, 친구 채닝과 캐나다로 기차여행을 하다.

1851 북부나 캐나다로 도망치는 도망노예를 집에 숨겨주고, 갈 길을 도와주던 비밀조직 '언더그라운드 레일로드'Underground Railroad에서 활발히 활동하다.

1853 메인Maine 주州로 두 번째 여행을 가다. 「캐나다의 양키」A Yankee in Canada 를 뉴욕의 『퍼트넘즈 먼슬리』Putnam's Monthly 지에 기고하다.

1854 5월 30일, '캔자스-네브래스카 법'Kansas-Nebraska Act이 통과되다.

7월 4일, 매사추세츠 주 플레이밍햄Framingham 시에서의 강의에서 「매사추세츠에서의 노예제도」Slavery in Massachusetts를 읽다.

8월 9일, 『월든』Walden, or Life in the Woods이 출판되다.

필라델피아Philadelphia 등에서 「원칙 없는 삶」Life without Principle을 순회 강연하다.

1855 7월, 친구 채닝과 케이프 코드를 세 번째로 방문하다.

1856 9월 5~10일, 버몬트Vermont와 뉴햄프셔New Hampshire를 여행하다.

10~11월, 뉴저지New Jersey와 뉴욕New York을 여행하면서, 시인 월트 휘트먼Walt Whitman을 만나고, 휘트먼의 1856년 판 『풀잎』Leaves of Grass 한 권을 선물로 받다.

1857 3월, 노예폐지운동가 존 브라운John Brown을 만나다.

6월~8월, 케이프 코드 및 메인 숲을 마지막으로 여행하다.

1858 7월, 뉴햄프셔 주의 화이트 산맥White Mountains을 방문하고, 최고봉인 워싱턴 산정Mount Washington에 오르다.

편집인 제임스 러셀 로웰James Russell Lowell의 청탁을 받고 『애틀랜틱 먼슬리』*Atlantic Monthly* 지에 기고하다.

1859 2월 3일, 아버지 사망으로 연필공장 인계받다.

10월 16일, 노예폐지운동가 존 브라운John Brown이 버지니아Virginia 주, 하퍼스 페리Harpers Ferry의 연방정부 조병창을 습격하여 무기 탈취를 시도하다가 체포되다.

10~11월, 소로는 매사추세츠 주 콩코드Concord, 보스턴Boston, 그리고 우스터Worcester 등지에서 「캡틴 존 브라운을 위한 탄원서」A Plea for Captain John Brown를 읽으면서 브라운 구명운동에 나서다.

12월 2일, 존 브라운 반역죄로 처형되다.

1860 8월 4~9일, 친구 채닝과 뉴햄프셔 주 남부의 모나드노크 산Mount Monadnock에 오르다.

12월, 기관지염에 걸리다.

12월, 링컨Lincoln이 미국 대통령에 당선되다.

1861-1865 1861년 4월 12일, 남북전쟁이 발발하다.

4년간의 전쟁에서 남부 연합군이 패하여, 미국 전역에서 노예제가 폐지되는 중요한 계기가 되다.

1861 건강 회복을 위해 미네소타Minnesota로 전지요양하다. 건강회복에 실패하고 콩코드에 돌아와 월든 호수를 고별 방문하다.

1862 5월 6일, 지병인 결핵으로 콩코드 집에서 45년의 짧은 생을 마감하다.

1863-1866 사후에 *Excursions*(1863), *The Main Woods*(1864), *Cape Cod*(1865), 그리고 *A Yankee in Canada*(1865) 등 유작들이 계속 출판되다.

월든

클래식 라이브러리   009

1판 1쇄 인쇄   2023년 8월 16일
1판 1쇄 발행   2023년 8월 24일

지은이   헨리 데이비드 소로
옮긴이   신재실
펴낸이   김영곤
펴낸곳   아르테

책임편집   송현근
디자인   김단아
문학팀   김지연 원보람
출판마케팅영업본부장   한충희
마케팅2팀   나은경 정유진 박보미 백다희
출판영업팀   최명열 김다운 김도연
제작팀   이영민 권경민

출판등록   2000년 5월 6일 제406-2003-061호
주소   (우 10881) 경기도 파주시 회동길 201(문발동)
대표전화   031-955-2100
팩스   031-955-2151

ISBN   979-11-7117-042-5 04800
ISBN   978-89-509-7667-5 (세트)

아르테는 (주)북이십일의 문학 브랜드입니다.

『슬픔이여 안녕』『평온한 삶』『자기만의 방』『워더링 하이츠』『변신』『1984』『인간 실격』『도리언 그레이의 초상』『월든』『코』『사랑에 대하여』『비계 덩어리』『라쇼몬』『이방인』『데미안』『수레바퀴 밑에서』『노인과 바다』『위대한 개츠비』『작은 아씨들』

클래식 라이브러리 시리즈는 계속 출간됩니다.